KB024529

공무원 | 공시생 | 회사원 모두에게 권하는 책

공무원의 길
차마고도
茶馬古道

이강석 지음

서기보 ✔
#9급 #8급 #7급 #6급 ▶ 사무관되기
5급

부지런한 동장 게으른 부시장

공무원 | 言論人
한계령 | 금강산 | 백두산
백령도 | 독도
茶山 정약용 | 하피첩 | 목민심서

한누리미디어

국립중앙도서관 출판예정도서목록(CIP)

공무원의 길 차마고도 / 지은이 : 이강석. -- 서울 : 한누리미디어, 2017
    p. ;   cm. --

ISBN   978-89-7969-747-6   03810 : ₩18000

수기(글) [手記]

818-KDC6
895.785-DDC23   CIP2017014101

공무원의 길 차마고도

•

지은이 / 이강석
발행인 / 김영란
발행처 / 한누리미디어
디자인 / 지선숙

•

08303, 서울시 구로구 구로중앙로18길 40, 2층(구로동)
전화 / (02)379-4514
Fax / (02)379-4516
e-mail/hannury2003@hanmail.net

•

신고번호 / 제 25100-2016-000025호
신고년월일 / 2016. 4. 11
등록일 / 1993. 11. 4

•

초판발행일 / 2017년 6월 20일

•

ⓒ 2017 이강석 Printed in KOREA

값 18,000원

ISBN 978-89-7969-747-6 03810

글쓰기의 등대 역할을 한 단어들 (※ 한글워드 프로그램 '찾아서 바꾸기' 로 단어 숫자를 확인하였습니다.)

단어	수	단어	수	단어	수	단어	수
공무원	758	방송	161	공직자	87	화성	39
언론	426	교육	142	면장	82	미래	37
기자	394	서기관	139	강의	77	변화	36
행정	357	결재	131	동두천	72	시험	36
공직	259	현장	126	청렴	71	위원회	35
인사	249	남양주	119	후배	70	혁신	32
전화	246	사무관	116	의원	61	가족	30
동장	245	공보	112	소통	59	금연	28
부시장	204	시장	102	인터넷	51	기안	27
군수	193	홍보	101	다산 ·	47	감독	27
보도	184	오산	95	총무	44	신규	26
승진	181	민원	95	수해	44	선배	17
발령	174	설명	94	보도자료	42	정약용	11

【 key Word - 1 】
손 글씨로 표현하였습니다.

【 key Word - 2 】
공무원 758회, 언론 426회 .... ✓

惡筆^{악필}입니다. 타자를 열심히 배웠고 지금도 컴퓨터 키보드를 좋아합니다.

CONTENTS

공무원의 길
차마고도
茶馬古道

목차 해설

[1958] 출생 | 시작하는 글

지방공무원 9급에서 6급까지 근무하면서 선배의 경험만으로 일하였고, 마치 徒弟制度^{도제제도}와 같은 지방 행정기관 근무 분위기 속에서 우리의 젊은 공무원들에게 작은 경험적 참고자료를 내놓고자 하는 생각에서 자료집을 준비하게 되었습니다. 특히 사무관이 되어 동장으로 근무하면서 지방행정 기관에는 축적된 매뉴얼이 부족하다는 생각이 들었고, 그래서 동장 경험을 바탕으로 행사, 회의, 의전 등 조임관리사가 가져야 할 업무추진 방법에 대해 사례를 중심으로 적어 보았습니다.

책의 제목을 정함에 있어서 크게 잡는 것보다는 지엽적이고 구체적으로 이야기하고자 했습니다. 어려서 밤을 주우러 산에 가면 三政丞^{삼정승} 3개짜리 초콜릿색 밤톨을 만나기도 하고 가끔은 쭈그렁 밤탱이를 보기도 합니다. 그런데 그 허름한 밤송이 속에 단 1개의 밤이 들어있는데 동그란 그 모양이 기대 이상으로 아주 알토란인 행운을 만나면 참으로 행복했습니다. 이는 마치 빈 박스를 버리러 갔는데 구석에 흰 종이에 싸인 싱싱한 배 한 개를 발견한 상황처럼 기분 좋은 일입니다. 풍성하기로 말하면 토란을 따라올 식재료가 없으니 살면서 풍성한 상황을 '알토란'이라고도 합니다.

감히 이 책에서 그런 감흥을 얻어 가시기를 기대하고 노력하였습니다만 표현력과 哲學^{철학}과 문학적 소양이 부족하므로 느낌 그대로 원재료를 열거하는 수준에서 벗어나지 못하고 있음을 미리 알려 드립니다.

[추천의 글] 김원기 | 소병구

김원기 박사님은 1984년 미국 LA에서 열린 하계올림픽 레슬링 종목에서 금메달을 따신 우리나라 역대 3번째 올림픽 금메달리스트입니다. 김원기 선수가 중심이 된 짜장면 봉사활동을 계기로 친분을 쌓아왔으며, 제가 요청하여 이 책을 추천하는 글을 받았습니다. 기업을 하시면서 사회활동, 봉사활동, 후학 양성 등 전국을 무대삼아 바쁘게 일하시는 존경받는 분입니다.

소병구 박사님은 전통문화예술단장이시고 국악인으로서 특히 장구를 잘 치시는 무용학 박사님입니다. 2012년 지방행정연수원에서 강사와 학생으로 만난 이후 많은 지도를 받고 있습니다. 지금도 연수원 출강, 공연활동으로 바쁘게 일하십니다.

[1965] 옥수수빵 | 탈지분유

미국에서 지원해 준 옥수수를 갈아서 빵을 만들어 초등학교 학생들에게 공급하였습니다. 버스기사님이 면 소재지에 빵 자루를 내려주면 학부형들이 교대로 8km 거리의 학교까지 우마차로 실어오고 선생님이 학생들에게 나누어 줍니다. 이 빵을 먹는 날은 세상을 다 얻은 듯 기뻐했습니다. 이와 함께 탈지분유, 옥수수죽도 참으로 맛있는 간식이었습니다.

[1967] 가설극장 | 동물농장

전기가 들어오지 않는 농촌마을에 사는 사람들은 1년에 2번 돌아서 다시 우리 마을에 오는 가설극장에서 영화를 보았습니다. 영화관이 없으니 반드시 저녁 8시 이후 어두워져야 영화를 볼 수 있습니다. 전기가 약하면 배터리를 이용해서 상영하는데 가끔 영화가 끊기기도 합니다.

[1975] 서정쇄신 | 음서제도 | 알아야 면장

서정쇄신은 공직사회의 부정부패를 제거하고 국민을 위해 일하는 분위기를 만들기 위한 행정의 개혁적 조치입니다. 공직사회에 큰 변화를 가져온 획기적인 조치입니다. 음서제도, '알아야 면장'도 추억이 되었습니다.

[1977] 5급을류(현, 9급) | 左遷좌천 | 그린벨트 | 다방과 전화

당시 5급을류 공무원은 지금의 9급 공무원입니다. 당시의 행정상황에 대해 19살 청년의 시각으로 설명해 드립니다. 시골마을 면사무소는 지금의 도심 동사무소와 큰 차이가 있습니다.

[1978~1980] 書務서무와 庶務서무 | 사표서와 사직원 | 행려사망자 | 봉급

업무를 제대로 하지 못해 힘들었던 일, 지금 생각해도 감당하기 어려운 행려사망자 처리 등 요즘 젊은 공무원에게 참고가 될까 생각하는 스토리를 적었습니다. 당시의 실패사례를 반면교사로 삼아 미래의 공직 발전을 도모하여 나가시기 바랍니다.

[책속의 보너스] 강원도 한계령 3박4일

친구 3명이 3박4일 무전여행을 하자 했는데 두 친구가 오지 않았고, 당시에는 2~

3시간 내에 연락할 방법이 없었으므로 혼자 출발을 감행하였는데 여행을 하면서 느낀 바를 적어 보았습니다. 무모한 도전이었지만 젊음이라는 힘이 있어 가능한 모험이었고 힘든 만큼 큰 보람을 얻었습니다.

[1982] 8급 승진 타자 | 운전 | 함바집 | 방물장수

이제 8급 승진이 무엇인가 설명하고 타자배우기, 운전면허, 구내식당, 그리고 방물장수가 망해 버린 사연을 새마을운동과 연결하여 당시에 선배들로부터 들은 이야기를 바탕으로 정리했습니다.

[1984] 7급 공무원 6급 승진 | 빛나는 사무관 승진 방법

7급이 되면 평생의 공직자로 들어서는 것이고 6급에 오르면 사명감에 불타게 됩니다. 그리고 사무관에 승진하기 위해서 9급부터 6급까지 어찌해야 하는가를 정리했습니다. 정답은 아니지만 참고사항으로서의 가치는 있다고 봅니다.

[책속의 인생길] 쌍둥이 육아일기(1991~1993)

남매 쌍둥이를 낳고 키우면서 인생의 의미를 알게 되었고 행복한 가정을 이루었습니다. 아내가 아이들이 태어나기 1년 전부터 지금까지 평생을 일기로 기록하고 있습니다. 쌍둥이 육아일기는 경기도 기록에도 올랐으며 그 德澤(덕택)으로 수십 차례 신문과 방송에 나갔습니다.

[1996] 사무관(5급) 동장 | 동두천시청

동두천시청에서 동장으로 일하면서 수해를 입고 복구하고 주민들과 소통하고 공무원들과 친밀하게 지냈고 훗날 부시장으로 다시 컴백하는 영광의 주인공이 되었습니다.

[책속의 작은 체험코너] 水害(수해) 복구 이야기

동두천시 동장으로서 수해에 대응하고 피해를 복구하며 주민들과 함께한 60일의 기록입니다. 재난을 당하여 공무원이 해야 할 일에 대해 생각하고 반성하고 미래를 걱정할 수 있는 기회가 되었습니다. 공무원으로서 주민과 함께하고 동료 공무원들과 소통하는 계기도 되었습니다.

[1997] 동장이야기 청년구하기 | 동장 역할 해설

동장의 역할에 대한 이야기를 하고자 이 책을 꾸몄습니다. 후배 공무원들이 보시고 공직자로서, 동장으로서 가져야 할 소양과 동장으로서의 활동에 작은 참고가 되기를 바랍니다.

[1999] 공보 7년과 언론 13년

그냥 바쁘게 일하다 보니 공보부서에서 내리 7년을 근무하면서 언론인을 만나고 일하고 시행착오를 겪으면서 느낀 바를 적었습니다. 7급, 5급, 4급 근무까지 합하면 공보실 근무기간은 11년입니다.

[책속의 언론 상식] 언론인과 공무원 악어와악어새

- 악어와 악어새
- 과하게 보도되는 사건에 대하여
- 보도자료는 요리가 아니라 식재료
- 언론인의 취재방법
- 언론인에게 있어서 선배란?
- 기사와 가십
- 1988년 세로쓰기 신문
- 경기도청 기자실
- 기자의 숙명
- 신문과 방송 스크랩
- 장학금 기사와 사설까지
- 방송기자가 좋아하는 기사
- 1999년 라디오 홍보시대
- 열심히 일하면 지적 받는다
- 밤 깊은 방화수류정에서
- ABC 제도
- 언론인 응대요령
- 신문사 편집부
- 긍정과 부정의 차이
- 주라는 법도 말라는 법도 없으니
- 사건 보도의 사례
- 기차를 타고 달리는 기자의 원고지
- 골프장 보도와 계장님 순직
- 사회부 기자
- 기자의 책상
- 언론사 1도1사
- 언론사간 경쟁에 대해—S차장과 G기자
- 보도자료 작성법
- 종이 신문과 인터넷 신문
- 언론인과 공무원의 상반된 입장
- 언론사와 행정기관의 광고
- 기자와 취재원
- 기자와 기자실
- 기자실과 기자단
- K기자의 경우
- 통신 기자와 신문 방송 기자
- TV보도와 인터뷰
- 방송 인터뷰가 취소되는 이유
- 언론과 경영
- 공보실에 발탁된 것은 아니지만
- 언론중재위원회
- 언론인의 소금과 간재미의 소금
- 선언후공
- 중앙지 가판 이야기
- 홍보기획과 전략
- 공보관의 외부채용
- 기사 작성 스타일
- 기차를 타고 달리는 기자의 원고지
- 기관장 사진은 3장이 필요합니다
- 나쁜 기사 대처법은 없습니다
- 기자 선후배의 기준
- 기자, 사진기자, 편집기자
- 언론은 나의 편

※ 언론인의 취재, 편집, 가십 등 言論^{언론}과 至近^{지근}거리에서 일하며 보고 듣고 느낀 바를 적어둔 자료를 모아 보았습니다.

[2007] 장기교육 | 금연

10개월간의 장기교육을 받으면서 금연을 실천하고 강의내용을 받아 적어서 자료집으로 발간하여 동료 교육생에게 배부하였습니다. 연수를 받으면서 수업시간에 졸지 않고 열심히 받아 적었습니다.

[사건기록] 위기일발 미스 매칭 – 도의원 獨島^{독도} 방문

그냥 일반적인 독도, 울릉도 여행일 것으로 생각하고 출발하였는데 금요일 배표를 토요일로 예매하는 실수로 겪은 대 사건의 顚末^{전말}에 대한 기록으로서 정직한 자세로 사과하고 성실하게 대처하여 도의원의 신뢰를 얻은 계기가 되었습니다.

[2011] 게으른 부시장 | 폭탄주조례 | 두 번째 수해

동두천시 부시장으로 근무하면서 작은 개선·개혁을 하고자 한 바를 적었고 두 번째 수해복구 과정을 기록해 두었습니다. 부시장은 게을러야 하고 소통해야 하고, 생각하면서 未來^{미래}를 준비해야 합니다.

[2014] 오산비행장 | 의사봉 | 세마대 | 청렴 | 삶은 계란 | 인사

오산시청에서 19개월 근무하면서 작은 변화를 추구하고 간단한 개선을 통해 큰 효과를 얻은 몇 가지 아이템이 있었습니다. 오산시의 청렴을 다른 기관 공무원에게 강의하고 받은 수당으로 계란을 삶아 나누어 먹었습니다. 변화와 혁신, 개선을 위해 노력해야 합니다.

주변 동료 공무원들과 호흡을 맞춰서 함께 논의하고 고민하면서 청렴을 이룩하고 변화를 이끌어 냈습니다.

[청렴에 대하여] 오산시 事例^{사례}

청렴교육 강의 몇 가지를 소개합니다. 청렴은 革新^{혁신}에서 출발하며 혁신은 나 자신의 변화와 양보로부터 가능해진다고 봅니다. 높은 청렴도를 달성하기 위해서는 간부들의 솔선수범이 필요합니다. 여러 기관 단체에서도 오산시의 청렴사례를 참고하면 성과가 있을 것입니다.

[기행문 3편] 금강산 | 백령도 | 백두산

장기 교육기간중에 방문한 현장의 기록을 기행문으로 정리했습니다. 금강산 방문은 제 인생의 전환기가 되었습니다.

금강산의 절경을 보는 것뿐 아니라 배를 타고 동해바다를 지나 장전항에 들어가는 과정이 가슴 벅차고 먹먹하게 다가왔습니다. 그리고 백령도 安保^{안보}현장을 방문하여 국토의 의미를 가슴 뻐근하게 느꼈으며, 백두산과 고구려, 발해의 역사현장을 체험하면서 우리 민족, 국가, 국민에 대해 더 깊게 생각하고 공무원으로서 강인한 자부심을 가슴에 새겼습니다.

[2015] 拔擢^{발탁} | 남과 북 | 안전모

공직에 들어와 9급에서 실장에 승진하는 과정을 담담하게 적어 보았습니다. 모든 공무원들이 최선을 다해 높이 승진하시기를 바랍니다. 안전모 이야기는 반드시 읽어보시기를 권합니다.

[2016] 남양주시청 하피첩 | 茶山^{다산}·정약용 | 목민심서

남양주시는 茶山^{다산}의 고장입니다. 한강변에 위치한 다산 정약용 선생님의 목민정신을 본받고 牧民心書^{목민심서}에서 제시하신 말씀을 마음에 새겨야 합니다. 공직자로서 긴급사태에 능동적으로 대응하는 공직자의 기본자세도 중요합니다.

[2017] 글을 쓰고 나서

열심히 쓰고 정리하였지만 수준에 이르지 못하였고, 책을 내는 일이 이처럼 어렵다는 사실을 알게 되는 계기가 되었습니다. 부족한 사람이 60세에 한 권의 책을 세상에 내놓을 수 있도록 도와준 주변의 知人^{지인}들에게 감사드립니다.

企劃^{기획}과 校正^{교정}에 '고양이 손'을 빌려준 사랑하는 아내 최경화 여사와 자랑스러운 딸 현아, 아들 현재에게 ; "사랑합니다. 고맙습니다. 감사합니다."

1958년

시작하는 글

▶▶ 6급 공무원 대상에서 9급까지 확대

이 글을 시작한 동기는 시청과 군청의 팀장, 실무자인 지방행정주사에서 사무관에 승진 임용된 후 부여되는 동장, 과장, 소장, 계장 등 다양한 부서에서 중간 관리자가 취해야 할 자세와 지녀야 할 비전, 그리고 미래를 준비하는 일, 다음 번 승진 등 다양한 역할과 과업에 대하여 정리를 할 필요가 있다는 생각이 들었고, 이를 후배 공직자들에게 전하면 좋겠다는 趣旨^{취지}에서 출발하였습니다.

1970년대 면사무소 행정은 오로지 선배들의 徒弟制度^{도제제도}와 같은 경험 전수와 전임자의 서류를 筆寫^{필사}하는 것이 전부인 듯 보였고 스스로 공직의 미래를 개척하는 사례는 적다는 느낌을 받았습니다.

그래서 경험을 바탕으로 자료를 정리하였고 초안을 들고 주변에 이미 책을 여러 권 쓰신 글쓰기 선배들의 컨설팅을 받은 바 몇 가지 포인트를 얻게 되었습니다. 우선 제목으로 '6급에서 사무관 승진하기'로 잡았던 바 '6'을 뒤집어 '9'로 하자 합니다. 숫자 하나 뒤집으니 공무원 9급 시절부터 써야 했으므로 글이 감당할 분야가 아주 넓어졌습니다.

그래서 어린 시절 이런저런 이야기를 추가하였습니다. 기억이 가물거릴 수도 있는 초등학교 입학 전후의 이야기 중 가설극장이 생각났고, 초등학교에 들어가서 만난 조미료가 많이 들어간 옥수수 빵, 강냉이 죽, 탈지분유에 대한 기억을 살려 보았고, 가설극장 情景^{정경}과 신기함의 극치랄 수 있는 無聲映畵^{무성영화}의 액션 장면이 떠올랐습니다.

그리고 이런저런 기억과 자료를 모으면서 욕심이 하나 둘 늘었습니다. 9평 토담집을 지으려다가 50평 별장으로 확장되고 주변 垈地^{대지}가 넓어지는 기분입니다. 고맙고 다행인 것은 집을 넓게 지으려면 공사비와 시간이 더 많이 소요될 것인데 글쓰기는 밤 시간, 새벽 시간을 조금 아끼니 가능했습니다.

평소 좋은 습관으로 좋은 기억들을 글로 적어둔 것이 있어서 기존의 자료들을 끌어와 집짓기의 벽채 흙으로 활용했습니다. 공직에서 겪은 일들은 서까래가 되었고 거기에 새로운 기억이 떠오르면 附椽·婦緣^{부연}을 달았습니다.

본래 글보다 부연이 더 길게 되었습니다만 우리의 행정도, 우리가 하는 일도, 한 번 실수가 있어도 이를 포기하지 않고 새로운 활로를 개척하면 해결책은 물론 더 큰 발전의 기회가 되기도 합니다. 비판을 받더라도 풀죽지 말고 새로운 해법을 제시하면 더 좋은 성과를 얻을 수 있습니다.

우리는 다른 이가 하는 일에 대해 자신의 생각과 다르면 틀렸다고 합니다. 객관적인 기준을 가지고 평가하기는 참으로 어렵습니다. 말이 많으면 소란스럽다고 하면서도 긍정 표현으로는 시원시원한 사람이라고 합니다. 말이 적으면 답답하다고 하면서도 자기편 사람이면 변호하는 말로 '그 사람 참 과묵하다'고 합니다.

쌀이 반 가마 밖에 남지 않았다고 하는 분이 있고, 반 가마나 있다고 희망적인 말씀을 하시는 어른도 있습니다. '상유십이 미신불사' (尙有十二 微臣不死), 이순신 장군의 희망 메시지를 공무원 모두가 가슴 깊이 간직해야 합니다.

【附椽^{부연}의 유래】 부연이란 며느리가 시아버지에게 역발상을 제시하여 크게 성공한 궁궐 짓기에서 유래한다고 합니다. 선대왕부터 3~4대에 걸쳐 전국에서 참 좋은 목재를 모아가던 중 100년에 이르러 모은 재목으로 궁궐 짓기를 시작했습니다. 도목수는 궁궐 짓기에 필요한 목재를 다듬는 작업을 하던 중 서까래 길이를 짧게 재는 바람에 100년 동안 모은 서까래 모두를 짧게 자른 것을 발견합니다. 그 순간 도목수는 3족이 멸하게 될 죄를 지었다 판단하고 집에 돌아와 머리를 싸매고 병석에 들었습니다.

이때 나이어린 며느리가 시아버지인 도목수에게 문병을 하면서 그 연유를 물었습니다. 목수는 어린 네가 알아 무엇 하느냐며 답하지 않았는데 귀찮을 정도로 질문을 반복하므로 사실을 말합니다. 그러자 며느리는 아주 담백하게 "잘린 서까래를 이으면 되겠군요"라고 말합니다. 황당하기는 하지만 3족의 목숨을 살리는 일이니 도목수는 어찌 해 보자 생각하고 궁궐터로 나가서 목재에서 잘라낸 부분을 네모로 깎아서 둥근 서까래에 연결했습니다.

궁궐공사를 마치고 현장을 둘러본 왕과 신하들은 그동안 보지 못했던 아름다운 궁궐의 추녀 끝을 보면서 크게 감탄하였습니다. 이제까지는 지붕 위에서 아래로 삼각형 형태의 추녀로 구성되었는데 새로 지은 궁궐의 추녀에는 이중의 흐름이 나타나므로 더욱 아름다운 모습이었습니다.

새롭게 창조된 한옥의 추녀를 바로 '부연'이라 합니다. 며느리의 의견을 받아 잘려 나간 목재를 연결했다는 婦椽^{부연}의 의미가 담겨 있습니다.

▶▶ 9~6급 공직지침^{公職指針}이 되고자 하는 소망

공무원의 일하는 방식에 대한 설명이나 지침서를 하나 정도 남겨 보고 싶어서 이 자료집을 정리하기 시작했습니다. 저는 공무원으로 일하면서 선배의 서류를 보고 일을 배웠습니다. 직업관련 교육은 교양과 공직자세 등 추상적인 내용이 많습니다. 실무적인 業務研鑽^{업무연찬}의 기회가 부족했다고 생각합니다.

세월이 흘렀고 인터넷이 발전하고 첨단으로 내달려도 아직은 서점에 가면 書架^{서가}의 휘황찬란한 조명 아래 참으로 많은 책들이 저마다의 독특한 디자인을 바탕으로 멋진 자태를 뽐내며 독자들의 선택을 기다리지만 공무원의 經驗^{경험}에 대한 자료집은 찾기 어려웠습니다.

진열대의 책에서 뿜어져 나오는 글 중 가장 많이 보이는 단어는 CEO가 어찌 해야 한다는 제목인 것 같습니다. 혁신과 창의력을 키우는 내용을 중심으로 참 으로 멋진 기획이 돋보이는 책이 반짝거리며 우리를 맞이합니다.

이 사회를 끌고 가는 기업인, 경영인, 사업가들에게 전하는 메시지를 담은 책들이 공무원 독자와 젊은 회사원, 학생들을 기다리고 있습니다. 공무원이라 는 키워드로 들어가 보면 공무원 채용 시험 문제집이 많이 보입니다. 9급 공무 원과 7급 공무원 시험 문제집이 많습니다.

최근 기사에 보니 9급 공무원 경쟁률이 46:1입니다. 공무원 4,910명 모집에 22만8천 명이 응시했습니다. 선발 예정인원의 2배를 뽑는다면 대략 1만 명이 1 차 시험에 합격하고 전체 응시생 중 21만8천 명이 낙방하여 다시 고시원이나 학원에서 또 다른 공무원 시험이나 대기업 入社試驗^{입사시험}을 준비해야 합니다.

공직에 들어오기 위해 많은 젊은이들이 공부하고 재수, 三修^{삼수}하며 도전하 고 있습니다. 여기에 대학 졸업생이 추가로 합류할 것입니다. 물론 중도에 포 기하는 분들의 숫자는 파악조차 어렵습니다.

치열한 경쟁을 통해 입문하는 공직자들이 일단 공무원이 되면 무슨 일을 하 는지, 민원인은 어찌 모셔야 하는지, 조직문화, 행정환경, 부서간의 관계 등에 대해 설명해 주는 자료는 많이 부족해 보입니다. 마치 도제제도처럼 처음 발령 받은 부서의 선배, 팀장, 과장님의 생각에 적응하는 공직자가 되어야 하는 운 명에 처할 수도 있을 것입니다.

제 아무리 복잡한 구조라 하더라도 약방의 감초처럼, 자동차 엔진의 윤활유 처럼 자존심과 자부심을 가지고 자신의 주장을 내놓을 수 있는 공무원이 꼭 필 요합니다. 정해진 원고를 읽는 아나운서가 아니라 스스로 뉴스를 진행하는 앵 커와 같은 공무원이 되어야 합니다. 행정이 機械^{기계}라면 공무원은 潤滑油^{윤활유}입 니다. 행정이 自動車^{자동차}라면 공무원은 방향을 잡는 운전대이고 행정을 추진하 는 액셀러레이터며 緩急^{완급}을 조절하는 브레이크입니다.

전문가들은 기계 돌아가는 소리만 들어도 윤활유가 부족한 것을 알 수 있습니다. 같은 일도 어느 공무원이 담당하는가에 따라 달라집니다. 아침이슬을 뱀이 먹으면 毒^독이 되고 사슴이 마시면 鹿茸^{녹용}이 되는 것과 같습니다. 적극적인 공무원이 하는 업무내용과 소극적인 자의 업무 결과는 큰 差異^{차이}가 있습니다.

같은 일도, 똑 같은 답변도 태도에 따라 억양으로 인해 달리 느껴지고 더 멋지게 들리는 답변이 있고, 그냥 하는 말인데도 불편하게 들릴 수도 있습니다. 그래서 공무원의 봉사정신이 중요합니다. 친절한 자세와 봉사정신을 바탕으로 일히는 공무원의 人性^{인성}이 중요하다는 말을 하고 있습니다.

저는 중학생 때 선생님 심부름으로 선생님의 하숙방 가방 속에서 물건을 꺼내오게 되었는데 마침 그 속에 들어있는 우리 반 학생들 글짓기 원고 중 맨 위에 놓여있는 제 이름을 발견하고 '나는 이제부터 文學^{문학}의 길로 들어서야 한다'는 결심을 하였습니다. 공무원으로 들어온 계기도 큰 산 넓은 강줄기를 바라보며 결심한 것은 아니고 동네 이장님의 권유로 반 발짝 들였다가 공직에서 40년을 보냈습니다.

그래서 어느 분야이든 그 속에서 긴 시간 함께한 경험자의 평범한 이야기를 글로 적어서 주변의 젊은이들이 볼 수 있게 한다면 그들은 조금 準備^{준비}된 자신의 未來^{미래}를 맞이할 수 있을 것이라는 생각을 하였습니다.

▶▶ 사무관^{事務官}이 되어서 생각하면 늦습니다

공무원의 꽃이라는 사무관(5급)으로서 읍면동장(이하 '동장'이라 합니다), 과장, 소장 등 다양한 부서에서 일하게 되는 40대 中堅^{중견} 공무원들에게 공직경험을 전하는 책이나 자료 등 정보를 제공하는 노력이 필요합니다.

9급으로 공직에 입문하여 6급이 되어 일하던 중 어느 날 불쑥 5급 요원이 되고 행정자치부 지방행정연수원에서 6주간 교육을 받고 나오면 과장이 되고 동장이 되고 읍장, 면장으로 발령받아 그날부터 방송으로 치면 생방송 라이브(live)로 지역 주민들과 함께하면서 중요한 사안을 결정하고 다양한 분야의 행정을 진행, 執行^{집행}하게 됩니다.

그리고 일부는 50대 중반에 서기관으로 승진하여 부군수가 되고 급수가 올라가 부시장이 되어 더 넓은 영역의 행정을 담당하게 됩니다. 평생의 공직 대부분을 지시받은 업무처리에 바쁘고 정해진 규정과 틀 속에서 일해 온 이들에게 거의 예고 없이 주어지는 동장, 부시장이라는 다소 생소한 파트의 업무방식에 대한 표준안은 명확하지 않습니다.

　지금 잘하고 있는지, 부족한지, 과한 것인지를 가늠하는 體溫計^{체온계}, 바로미터^{Barometer}, 체중계가 필요합니다. 소금 간을 보는 기미상궁 같은 기준점이 있어야 합니다. 일반 사회에서도 그러하겠습니다만 대부분의 공직자들은 所信^{소신}보다 기존의 틀 속에서 代理人^{대리인}처럼 움직입니다. 동장이 할 일, 부시장의 위치와 역할에 대해 기관장이 문서로 알려주지 않습니다. 사무 分掌^{분장}에 보면 동정업무 總括^{총괄}, 시정업무 총괄입니다.

　총괄의 범위가 어느 정도인지 가늠하기 어렵습니다. 총괄이란 이런저런 모든 일에 책임이 있다는 의미로 해석될 수 있습니다. 수많은 다양한 일을 책임진다고 하므로 새로운 업무에 대한 기획을 할 여유가 없습니다. 기존의 업무도 많다고 생각하는 상황에서 새로운 영역의 일을 창의적으로 기획하고 적극적으로 추진하기가 어렵습니다.

　그러니 자신의 공직 경험을 바탕으로만 일하는 한계에 逢着^{봉착}합니다. 좀 더 발전하는 기획안을 제시할 기회가 없습니다. 수십 년간 반복해 온 일에 대해 반대할 수 있는 사람은 처음 그 업무를 접한 간부, 혁신적인 과장에게만 가능한 일인 것이며, 미래지향적인 부시장, 부군수와 개혁적인 몇몇 간부들만이 행정을 혁신하고 우리의 사회를 變化^{변화}시킬 수 있습니다.

　혁신을 말할 때 코끼리가 등장합니다. 서커스 단장에게 2살 때 팔려온 아기 코끼리는 10살이 되는 8년 동안 늘 쇠줄에 묶여 있었고 여러 번 탈출을 시도하다 매번 실패합니다. 그런데 8년 되는 해에 코끼리가 입단한 날을 생일로 정하고 축하 이벤트로 서커스 단장은 무거운 쇠줄을 풀고 연약한 새끼줄로 매어둡니다.

　하지만 8년 동안 묶인 채 길들여진 코끼리는 더 이상 탈출을 시도하지 않습니다. 이제는 연약한 새끼줄에 매여 있지만 이미 현실에 길들여진 코끼리에게는 8년을 속박해 온 무거운 쇠줄로 인식하고 있기 때문입니다. 변화와 혁신을 피하면서 현실에 안주하는 개인적 이유도 있을 것입니다.

그런데 어느 날 서커스단 선배 코끼리를 묶었던 그 쇠줄이 최근에 새로 들어온 아기 코끼리의 다리를 묶고 있는 것이 발견됩니다. 코끼리 다리를 묶어 속박하는 쇠줄이 나 하나로 끝난 것이 아니라 후배를 속박하여 창의력을 말살하게 된다는 사실을 알게 됩니다.

변화와 革新혁신을 오늘 내가 우선 實踐실천해야 하는 이유입니다. 자신이 일해 온 지난날의 경험만으로는 발전적인 미래를 개적하기 어렵다고 생각합니다. 우리는 주변의 다양한 경험을 직접, 간접으로 공유해야 합니다.

더 이상 나의 어려웠던 초임시절의 아픔을 후배들에게 물릴 수는 없습니다. 他山之石타산지석, 反面教師반면교사로 삼아 오늘부터 내가 변하고 자신이 혁신해야 합니다. 그래서 혹시 작은 참고가 될까 해서 공직을 마치고 사회로 나서기 6개월 전부터 동장 2년 경력과 몇 년간 부시장으로 일하면서 행한 업무에 대해 정리해 보았습니다. 정답은 아니지만 건방지게도 스스로 고민하고 생각하고 변화하고 혁신에 노력했다는 생각을 했습니다.

그 중에 잘한 것도 있고 試行錯誤시행착오도 있었습니다만 가급적 잘했다고 자평하는 내용을 중심으로 적어 보았습니다. 공직의 현장에서 겪은 다양한 어려움 중에서 고민하고 실천하여 어느 정도 성과를 올린 내용만을 정리하였습니다.

실패한 사례도 몇 가지 적어 보았습니다만 오랜 공직생활로 인해 자신의 잘못을 스스로 인정하기는 참 어렵다는 공무원적 固執不通고집불통이 저에게도 있음을 알게 되었습니다.

그리고 이 작은 자료들을 동장, 부군수, 부시장으로 일하시는 동료, 후배 공무원들이 참고했으면 하는 상큼 潑剌발랄한 상상을 했습니다. 그냥 參考事項참고사항입니다. 정답은 아니고 이런 경우 살짝 고민을 했습니다. 完璧완벽하게 답을 제시하지는 못합니다.

빌려온 옥구슬을 정확하게 다시 돌려주었고 명확하게 돌려받았다는 말에서 完璧완벽이라는 단어가 나왔습니다. 세상만사에 아침에 태양이 뜨고 저녁에 달이 뜬다는 진리처럼 모두에게 틀림없이 的確^{적확}하게 적용되는 명쾌한 진리를 만들기는 쉽지 않습니다. 하지만 여러 市道^{시도}와 시군구의 과장, 국장, 실장을 하시는 공무원들도 참고가 될까 생각합니다. 6급 간부들이 보시면 실무에 도움이 될까 기대합니다. 공직의 모양이 경기, 강원, 충북, 충남, 전북, 전남, 경북, 경남, 제주도가 大同小異^{대동소이}합니다.

　서울특별시가 특별합니다만 행정 공무원 일하는 행태는 서울 역시 다른 지방자치단체와 유사한 점이 많을 것입니다. 부산, 대구, 인천, 광주, 대전, 울산, 세종시도 다 같은 행정을 합니다.

　그런데 동장의 입장에서 보면 각각 지역의 여건에 따른 행정환경이 많이 다를 것으로 생각합니다. 5천 명이 거주하는 농촌 山村^{산촌} 면장이 있고, 6만 명이 사는 큰 동의 洞長^{동장}이 있습니다.

　경기도 연천군 중면의 인구는 223명입니다. 남자 133명, 여자 90명이고 세대당 1.84명이니 독거노인이 많습니다. 2개리에 이장님은 두 분이니 면장실 소파에서 월례회의를 해도 자리가 부족하지 않을 것입니다.

　제가 동장으로 근무한 동두천시 생연4동의 1997년도 인구는 4,500명이었습니다. 나중에 인근 3동과 합하여 10,000명으로 중앙동이 되었습니다. 2016년 오산시 대원동 인구는 66,797명입니다. 다른 군 지역 전체 인구보다 많은 분들을 모시고 일하는 동장이 있습니다. 인구는 5만 명이 안 되지만 그 땅의 넓이가 오산시보다 넓은 郡^군 지역에 군수님, 부군수님, 실장님, 과장님 등 수십 명의 사무관 이상 간부들이 근무하고 있습니다.

　우리의 행정여건은 참으로 다양하고 복잡하며 보면 볼수록 시군별로 특징과 재미가 있습니다. 산술적으로 생각하고 고민해서는 풀리지 않는 지방행정의 특징이 있고 기본적으로 행정에 필요한 埋沒^{매몰} 비용이 있습니다. 거기에 평생 동안 근무하는 공직자들의 노하우가 보태져서 지방정부를 이끌고 유지하는 것입니다.

　섬마을에 사시는 노부부 2명을 위해서 투표함을 실은 배가 들어갑니다. 이것이 행정입니다. 두 분이 투표를 하시면 다시 배에 싣고 돌아와 개표를 기다립니다. 요즘에 활성화된 사전투표 방법이 있습니다. 노부부 두 분이 면사무소에 오시는 일정을 일부러라도 만들어서 투표일 전에 국민의 권리를 행사할 수도 있을 것입니다.

하지만 섬마을에 투표소가 설치된 경우 마을에서 투표하는 것이 대원칙입니다. 국민의 주권을 외부에 표현하는 흔하지 않은 기회가 투표입니다. 행정은 원칙이 지켜져야 국민의 共感^{공감}을 받고 동의를 얻게 됩니다.

그런 과정 속에서 행정을 집행하는 공직자들의 자세와 의식이 중요합니다. 특히 중간 간부들이 어떤 생각과 무슨 가치관으로 주민을 모시는가가 참 중요하다는 생각이 공직을 떠나니 제대로 머릿속에 자리힙니다.

복잡하고 다양한 행정을 추진하는 우리의 행정환경 속에서 우리 동장, 면장, 읍장님의 역할이 얼마나 중요한가에 대해서는 평가하기 어렵겠지만 자주 오시지 못하는 국회의원, 여러 곳을 다니셔야 하는 도의원, 시의원보다 매일 아침저녁으로 관내를 순찰하면서 대소사를 챙기시는 동장의 역할이 얼마나 중요한가에 대해 한 번 더 생각해 보는 계기가 되기를 바라는 마음을 가져봅니다.

그래서 지난날 중소도시의 동장으로서의 경험, 크고 작은 도시의 부시장 근무를 하면서 느낀 점들에 대해 他山之石^{타산지석}으로 삼으시고 溫故而知新^{온고이지신}하시기를 바라는 마음입니다. 이 자료의 출간을 계기로 더 많은 훌륭하신 선배님, 후배님들이 자신의 공직 경험을 자료집으로 발표하는 轉換點^{전환점}이 되기를 소망합니다.

▶▶ 저는 행복한 공무원입니다

9급 공무원 합격증, 임용후보자 등록필증, 5급을류(9급) 초입 발령장, 공무원 명예퇴직 발령장을 차근차근 모아 보관해 오다가 공무원 39년 8개월을 마감한 명예퇴직 직후에 경기도청에 기증하였습니다.

경기도청 담당자님의 말씀으로는 1960년대에 공직에 오셔서 관선 군수와 시장, 도 국장으로 퇴임하신 선배님들의 발령장 등 공직관련 자료를 기증받기 위해 접촉하고 있다고 합니다.

이 선배님 중 한 분께서 저의 발령장 기증 소식을 들으시고 전화를 주셨습니다. 참 대단한 결심이라고 격려해 주셨습니다. 여러 선배님들이 속히 공직 자료를 후배들에게 보여주시기를 간절히 바랍니다.

그리고 지금 연수원에서 사무관 승진 교육을 받으시는 전국의 동을 책임지시는 간부들이 임지에 귀임하시면 공직생활중 최고로 멋지고 화통한 간부로서 최선을 다해 일해 주시기를 기대합니다. 이제 곧 사무관에 승진하실 주무관님들의 건승을 기원합니다.

이 책에서는 시대순이나 이야기 전개의 맥락은 기대하지 마시고 각각의 에피소드^{episode}, 사건사고에 대한 記憶^{기억}과 追憶^{추억}으로 이해하여 주시기 바랍니다. 처음 써보는 長文^{장문}이라서 스토리 진행이 매우 未洽^{미흡}합니다. 惠諒^{혜량}하여 주시기 바랍니다.

존경하는 동료 선배 후배 公職者^{공직자} 여러분, 대단히 감사합니다.

2017년 봄 어느 날 새벽/ 경기도 수원시 영통구 매탄동 서재에서

不肖(불초) 이 강 석 드림

첫 번째 추천의 글

김 원 기
올림픽 금메달리스트/ 체육학박사/ 기업인

1984년 제23회 미국 LA 하계 올림픽에서 금메달을 획득한 김원기 선수입니다. 저는 영원히 레슬링 선수로 호칭되기를 희망합니다. 선수생활을 했고 감독으로서 후배를 양성하며 제2의 인생에서 사업가가 되어 땀 흘려 일하고 있습니다.

제가 소속된 메달리스트로 구성된 스포츠 봉사단 단원들이 경기도청의 소개로 안양시 복지관에서 짜장면 봉사활동을 할 당시에 소개와 진행을 도와주고 신문에 기고문을 써서 체육인들의 봉사 활동을 홍보해 주신 당시 경기도청 체육과 이강석 과장님을 2009년에 처음 만났습니다.

그냥 평범한 공무원으로 생각했는데 만날수록 친밀감이 가는 분이어서 10년 가까이 많은 것을 교류하고 있는 사이입니다. 마침 공직 39년 8개월을 마감하면서 책을 내신다 하여 이야기를 들어보니 9급 공무원 시절부터 최근까지의 공직 애환을 구구절절 담고 있습니다.

제가 아무도 알아주지 않았던 시절, 여리고 약한 몸으로 매트를 뒹굴던 시절이 생각났습니다. 제가 올림픽에서 금메달을 목에 걸고 애국가를 부르며 태극기를 향해 가슴 벅차게 울었던 그 해에 이강석 과장님은 공무원 8급 서무담당자로서 바쁘게 일했다고 합니다.

저는 10대 초반에 레슬링 선수가 되어 수없이 넘어지고 매트에서 동료들과 목과 머리를 잡고 돌고 밀고 당기는 훈련을 거듭했습니다. 그 결과 금메달과 함께 34년 세월이 흐른 지금도 두 귀 모두 만두귀가 되었습니다. 레슬링, 유도 등 격투기 선수들은 만두귀를 귀에 걸고 또 하나의 금메달처럼 생각합니다.

누구나 인생에서 힘든 과정을 거쳐 지금에 이르렀다고 합니다만 이 시대 대한민국에서 9급, 8급, 7급 공무원으로 근무한다는 것이 얼마나 어려운가 생각해 보았습니다. 운동선수들이 피땀으로 얼룩진 훈련을 통해 자신의 체급을 유지하고 예선 준결승전을 이기고 비기고 올라가 메달을 따듯이 매일매일 최선을 다해 애쓰시는 우

1984년 錦衣還鄉금의환향한 김원기 선수와 어머니

리 대한민국 젊은 공무원 여러분께 격려의 박수를 보냅니다.

공직 경험담을 담은 인생의 기록이고 공직 발전을 위한 작은 題言제언과 간절한 소망의 기록이라 할 수 있는 이 책을 공직자뿐만 아니라 일반 사회, 조직에서 일하시는 모든 분들이 참고하시면 큰 도움이 되겠다는 생각을 하고 있습니다. 보다 적극적으로 일하는 사람, 긍정의 마인드로 어려움을 해결하는 자세, 주변 사람들의 도움을 청해서 목표를 이루는 소통 등 일반인, 일반 사회에서도 참고가 되고 도움이 되는 사람 냄새나는 스토리가 들어있습니다.

이 책을 통해 대한민국 공무원의 세계를 조금이나마 이해하였고, 언론이 얼마나 중요한가도 확인했으며, 조직사회에서 우리가 갖춰야 할 자세를 알게 되었습니다.

제가 참으로 좋아하는 이강석 부시장님의 책에 추천의 글을 쓰는 영광을 얻었습니다. 대한민국을 이끌고 국민을 위해 일하시는 대한민국 공무원 여러분께 박수를 보냅니다. 공직자 여러분이 있어 대한민국 국민 모두가 행복합니다. 모든 분들을 축복합니다!

두 번째 추천의 글

소 병 구
전통문화예술단장/ 무용학박사/ 국악인

국악인으로서 공무원을 대상으로 강의를 하고 있습니다. 제가 이강석 국장님을 수원시 파장동에 있었던 지방행정연수원에서 만난 해는 2012년 봄날이었습니다. 20년 넘게 지방행정연수원에서 국악을 강의하면서 많은 간부 공무원들을 만나고 교류하고 대화를 했습니다.

이 국장님도 평범한 공직자이고 성실한 교육생 중 한 분으로 보였는데 어느 날 대화를 하다 보니 강의내용을 받아 적고 노트북으로 정리한다고 했습니다. 그리고 교육이 마무리되는 12월에 700쪽이 넘는 강의 자료집을 인쇄해서 교육 동기에게 나누어주고 연수원에 배포하는 것을 보고 크게 감동하였습니다.

나중에 알았는데 2007년에 1년 장기교육을 받은 내용을 자료집으로 정리하여 자료집을 발행한 바 있으므로 두 번이나 강의내용을 자료로 정리한 부지런한 공무원입니다. 10개월 긴 기간 동안 꾸준히 강의를 듣고 사진을 찍고 자료를 모아서 결실을 이루신 것입니다.

수많은 교육생들이 교육을 받고 열성적으로 공부를 하지만 그 내용을 모두 적어서 자료집으로 발간하는 사례는 전무후무한 것이 아닐까 싶습니다. 제가 성실하고 적극적인 교육생들을 많이 만나고 이 분들이 우리 대한민국을 이끌고 있다는 확신을 가지고 있습니다만, 강의내용을 자료집으로 묶어내는 이 국장님에게는 더 큰 信賴신뢰가 보였습니다.

마침 제가 사는 오산시의 부시장으로 오셨으므로 만나서 교육 당시의 일들을 회고하는 등 교류를 하였고, 늘 시민들을 위해 애쓰시고 민원을 해결하기 위해 고민하시는 모습을 보면서 역시 교육을 열심히 받으시니 행정도 잘하신다는 생각을 하였습니다.

지금은 지방행정연수원이 전북 완주시로 이사하여 저는 이곳으로 출강을 하고 있는데 몇 번은

국악 강의를 하는 소병구 박사

이강석 부시장님이 청렴을 주제로 강의를 오셨습니다. 대한민국 공무원이라면 淸廉^{청렴}해야 하는데 오산시가 청렴한 자치단체에 1등으로 선정되어 오산시 공무원을 대표하여 강의를 오셨다 하니 더더욱 반가웠습니다.

이제 공직에서 물러나셨지만 그 부지런함을 다하여 모든 공직자들에게 참고가 되고 귀감이 될 책을 발간하신다 하므로 축하의 글을 쓰겠다고 자청하였고, 여기에 사진과 글을 올리는 영광을 함께하고 있습니다. 참 좋은 내용, 공감하는 스토리가 많이 있습니다.

9급 공무원에서 부시장에 이르는 동안 늘 성실한 자세로 사명감을 가지고 일하신 분으로 알고 있습니다. 현직의 9급에서 6급 공무원들이 이강석 부시장님의 경험을 공유한다면 공직 생활에 큰 도움이 될 것으로 기대합니다.

대한민국을 이끌어 가시는 우리 공무원은 물론 일반 회사원, 공무원시험 응시생들도 읽어보시면 큰 도움이 될 것임을 확신합니다.

공무원 여러분의 발전과 승진을 응원합니다.

1965년

탈지분유 | 옥수수빵

▶▶ 탈지분유 | 옥수수빵

　1965년에 초등학교에 들어갔습니다. 52년 전 일이기도 합니다만 저의 집중력이 약해서인지 기억나는 것이 별로 없습니다. 도시락 뚜껑에 옥수수죽을 받아먹었던 추억과 탈지분유를 얻어온 기억은 있습니다. 탈지분유를 물에 반죽을 한 후 네모난 노란색 도시락에 담아 밥솥에서 밥과 함께 쪄내면 노란색 우유 반죽이 돌덩이처럼 굳어집니다.

　이 우유 덩어리를 들고 다니면서 먹어야 하는데 엄청 단단하므로 돌판 위에 올리고 다른 돌로 쳐서 깨 먹었습니다. 입에 넣고 씹으면 우유 맛이 나기는 합니다만 가끔 돌가루가 섞여 들어오는 부작용이 있습니다.

　초등학교 3학년 때에 어디에선가 옥수수로 만든 거친 빵을 보내 주었습니다. 대중교통 빨강버스가 지나는 비봉면 소재지에서 6km나 떨어진 오지마을 청룡초등학교까지는 학부형들이 하루씩 당번이 되어서 옥수수빵을 가져다 주셨습니다. 우마차를 끌고 2시간을 가서 노선버스 조수 아저씨가 길바닥에 내려준 빵자루 3개를 싣고 다시 2시간 동안 먼 길을 돌아와 학교에 전해 주셨습니다.

학교 소사 아저씨는 빵이 도착하면 멍석 두레반을 펴고 자루의 아래 귀퉁이 속에 2개의 빵이 자루 밖으로 나오지 않도록 꽉 잡고 쏟아냅니다. 그리고 빵 2개가 남아있는 자루와 다른 빈 자루를 둘둘 말아 이날 빵을 배달하신 당번 학부형에게 건네 드립니다. 이 마대자루이거나 광목천으로 만든 자루 속에 옥수수빵 2개가 들어있는 것입니다.

아이들은 아침부터 오늘 할아버지나 아버지가 빵 배달 당번인 것을 알고 있습니다. 10일 전부터 오늘을 기다려 왔습니다. 학교를 대강대충 마치고 3~4시경 집으로 달려가면 배달 보너스로 받은 빵 2개가 아이들을 기다리고 있습니다.

요즘같이 외아들인 경우는 흔하지 않고 대부분의 가정이 아들딸 4~5명이 와글거리던 시절이므로 핼리혜성처럼 수년에 한 번 오는 옥수수빵 먹는 기회는 마치 生存競爭^{생존경쟁}의 한 장면입니다.

영화에서 본 기억이 있는 미국 서부개척시대 말달리기로 땅을 차지하던 모습과 비슷합니다. 오늘은 수업이 귀에도 들리지 않고 선생님도 눈에 보이지 않습니다. 오직 수업이 끝나기를 기다려 가방을 메고 집에 도착해 있을 그 2개의 빵을 생각하며 어금니를 물고 달려갑니다.

그래도 당시의 부모님들은 자녀들에게 엄격하셨으므로 아이들 숫자만큼 빵을 4~5등분하여 마루에 펼쳐 놓았습니다. 일찍 도착한 선수에게 금메달이 주어지는 것이 아니라 식구 수만큼 나누어진 빵조각 중 가장 큰 것을 차지할 수 있는 權限^{권한}이 주어집니다.

요즘 제과점 진열대의 소보루 빵과 비슷하여 빵가루가 바닥에 있으니 이것부터 집어먹을 수 있는 특혜가 주어집니다. 요즘에도 마트에 가서 시식코너에 들러보면 빵가루부터 집게 되는 것은 당시의 기억과 추억이 머릿속에 남아있기 때문일 것입니다.

다음날 학교에 가서는 주변의 친구들의 축하를 받기에 바쁩니다. 어제 아버지가 가져오신 추가 빵을 맛있게 먹은 사실을 자랑할 수 있습니다. 당시 학생 수가 지금보다는 많아서 1반에 70명이 넘었고 6학년까지 계산하면 400명이 넘기 때문에 우리 반 아버지의 빵 배달 기회는 1년 후에나 다시 옵니다. 아들딸이 그 빵자루 귀퉁이에 고이 싸여 집으로 온 빵을 먹을 기회도 역시 1년을 더 기다려야 합니다.

그 구수한 탄수화물의 맛과 알 수 없는 香辛料^{향신료}의 추억은 지금 이 순간에도 미각을 자극하고 뒷머리 속으로 강력한 전류가 흐르는 느낌을 받습니다. 보리밥에 김치만 먹던 아이들의 味覺^{미각}에 혁명을 준 그 빵맛의 추억을 잊지 못합니다. 옥수수빵, 옥수수죽, 그리고 탈지우유 가루는 6.25 한국전쟁 직후에 태어난 아이들의 영양식으로 매우 중요했습니다.

50년 전 일인데 참 기억이 새록새록 납니다. 이제는 조금 전 읽은 책의 내용이 가물거리는 기억력인데 50년 전 먹을 것을 앞에 놓고 벌인 짜릿한 추첨상황이 그림처럼, 비디오처럼 명확하게 떠오르는 것은 어린 시절의 기억들이 腦裏^{뇌리}에 강하게 박힌 때문일까요, 아니면 먹을 것에 대한 뇌의 집중력이 높기 때문일까요. 빵이 부족한 날에는 우리 반 학생의 절반은 먹고 나머지는 못 먹는 추첨대결도 있었습니다.

하지만 요즘 아이들은 김치를 먹지 않아 야단을 맞고 밥을 강제로 떠먹이는 엄마들의 고충이 이만저만 아닙니다. 날씬하기 위해 밥을 굶는다고 하니 50년 세월이 그렇게 긴 것인가 생각해 봅니다.

▶▶ 피자 | 치킨 | 된장 | 부추전

요즘 엄마들은 아이들에게 느끼한 피자와 기름에 튀긴 치킨만을 사주면서 스스로에게 또는 주변 사람에게 辨明^{변명}을 합니다. "우리 집 아이들은 피자와 치킨만 좋아한다"고 말합니다. "우리 아이들은 배달 음식만 좋아한다"고 강하게 주장합니다.

하지만 이 시대 어머니들은 반성해야 합니다. 아이들에게 어렸을 때부터 삼계탕이나 닭죽을 먹이지 않았고, 김치전, 감자전, 녹두전, 메밀전병을 만들지 않았으니 아이들은 그런 음식이 있다는 사실조차 모르고 있습니다.

어머니의 정성이 들어간 가정식 백반이 참으로 소중한 시대입니다만 오늘도 1588-15✻✻ 전화만 하면 20분 내에 들이닥치는 피자배달, 치킨배달 청년들에게 신용카드를 내주고 있습니다.

옥수수빵 반 개를 향해 4km 下學^{하학}길을 숨차게 달렸던 60대 전후의 세대들이 마주했던 초등학교 시절을 한 번쯤 생각해 봅니다. 이제는 회갑노인이 된 당시의 아이들은 옥수수빵 반쪽에서 어금니 근처 침샘이 아주 많이 뻐근한, 그렇게 커다란 幸福^{행복}을 느꼈습니다.

아이들에게 보리빵, 개떡, 인절미, 된장찌개, 부추전의 맛을 전해 주어야 합니다. 주방에서 만든 음식으로 아이들의 미래를 이끌어 주시고 미래의 식단을 짜 주시기 바랍니다. 身土不二^{신토불이}, 자신이 사는 땅에서 생산된 농산물이 가장 좋은 우리를 위한 식품이라고 합니다.

夫婦^{부부}가 시장을 함께 가시고 남편이 사고 싶은 채소는 다 사야 합니다. 지금 우리 집 家長^{가장}의 몸이 필요로 하는 영양소가 있는데 오늘 장에서 전과 다르게 눈에 띄는 채소가 지금 바로 그것이기 때문입니다.

1967년

가설극장 | 동물농장

▶ **가설극장**劇場

1967년도에 기억나는 영화 이야기는 아랫마을 방아다리에서 시작됩니다. 1년에 두 번 정도 가설극장이 들어서는데 영화 시작 수 시간 전부터 음악을 틀고 간간이 辯士변사나 演士연사가 영화 홍보를 위한 방송을 하는데 그 내용은 다음과 같습니다.

"文化문화와 藝術예술을 사랑하시는 자안리(숨쉬고) 리민 여러분, 안녕하십니까~아? 오늘 저녁, 오늘 저녁~ 우리 三光삼광영화사에서는 리민 여러분의 문화와 예술을 드높이기 위해 선정한 영화 '청산에 우는 새야~, 청산에 우~ 우는 새야~'를 방영합니다~아."

지금도 머릿속에 생생하게 기억나는 변사님의 마이크 쉰소리입니다. 당시 영화 주인공으로 유명한 분은 김진규, 황해, 황정순, 신영균, 허장강, 박노식 선생님 등입니다. 연세 드신 연예인들은 선생님으로 부르는 것이 요즘에도 이어지는 영화계, 예술계의 전통인 듯합니다.

방아다리 전기는 가정용이 아니고 방앗간 동력선입니다. 3개의 구리줄이 어디에선가 날아들어 방앗간의 기계를 돌리는 것인데 거기에서 전기를 따 110V

전기를 쓸 수 있는가 봅니다. 그 전기로 영사기를 돌리고 저녁 땅거미가 올 무렵에는 100촉 전구를 장대에 매달아 近洞^{근동}을 비추는데 그 밝기가 보름달을 능가하는 것이었습니다.

요즘 사람들에게는 작은 방에 30촉을 켜도 어둡다 하겠으나 당시에는 2km가 넘을 거리에서도 100촉 전구는 태양과도 같은 존재감을 보여주었습니다. 당시에 조상님께 제사를 지내느라 밤 12시에 촛불 2개를 켜면 온통 집안이 환하게 보였는데 요즘에는 50촉 전구를 켜도, 형광등 대자를 매달아도 어두침침하다는 느낌이 드는 것은 그만큼 우리의 시력이 약해진 듯 보입니다.

영화사 변사님의 반복되는 방송으로 목소리가 조금 탁해지고 거칠어질 즈음 불나방이 모여들 듯이 100촉 전구 빛을 향해 동네 처녀총각들이 무리지어 집결합니다. 處子^{처자}(처녀)들은 일단 집에서 항아리를 열어 쌀 반말 정도를 자루에 담아 가슴에 안고 종종걸음으로 달려옵니다. 내려오는 길에 쌀자루는 동네 쌀가게 할머니에게 드리니 10원짜리 몇 장을 내주십니다. 당시에 10원짜리는 紙幣^{지폐}가 있었고, 영화표는 5원 정도에 끊었을 것입니다. 원본, 부본, 영수증 등 3장으로 구성된 표를 끊어주었으므로 표를 사면서 '끊는다' 했습니다. '차표를 끊는다'는 말도 마찬가지일 것입니다.

어린 조카의 손을 잡은 고모들이 입장을 하고 동네 청년들 중 일부는 이른바 가설극장 영화관 입구에서 '기도(kido, きど, 木戸/ 일본어)' 아저씨와 실랑이를 벌입니다. 우리 동네에 극장을 차렸으니 텃세를 부리는 동네 청년 몇 명은 무료입장을 해야 한다는 막연한 지역구 관리 차원의 자존심 대결인 것입니다. 결국 기도를 보는 어깨들은 몇 번 어깨싸움을 벌이다가 이내 화해 무드로 이어집니다. 일주일 이상 영화를 상영해야 하니 어쩔 수 없는 타협을 하게 되는 것입니다.

당시 영화는 이른바 '活動寫眞^{활동사진}'입니다. 사진이 활동을 하고 움직이는 것입니다. 사람이 움직이는데 그 모습이 어색하고 말과 입모양의 타이밍이 정확하지는 않습니다. 동시녹음이 아니고 추가 더빙을 한 영화이고 필름이 늘어나거나 줄어서 오디오가 정확하지 않습니다. 그래도 영화 속 스토리는 전개됩니다. 다만 총을 맞고도 왜 이리 오래 살고 홍건히 피를 흘리면서도 할 말은 다

하는 엑스트라(extra)에게는 심히 짜증이 날 정도입니다.

그리고 주인공의 액션은 화려하고 조폭 보조들은 왜 주인공이 공격할 때만 움직이고 허점이 보이는 주인공을 공격하지 않고 잔 주먹만 날리다가 주인공 두발차기에 나자빠지는 것인지 이해되지 않습니다. 차라리 관객이 뛰어들어 대판 싸움을 벌이고 싶은 심정인 것입니다.

이별하는 장면에서 그 고갯길은 구불구불 멀기만 한데 보일락 말락 할 때까지 산을 넘고 들판을 지나가는 장면은 도대체 몇 번을 보여주는 것인지 관객들은 두 번째로 화가 납니다. 당시에는 제작비를 아끼는 전략이었거나 관객들이 느린 편집을 받아들였을 것입니다.

요즘에는 주인공이 외국 가는 것은 비행기 뜨는 화면으로 대체하고 귀국은 비행장 앞에서 모범택시 타고 도심으로 들어오는 장면으로 설명합니다. 만남의 장면도 꼭 다방에 들어서고 의자에 앉아야만 하는 것은 아닌 줄 생각합니다.

요즘 드라마는 많은 부분을 시청자들의 상상으로 돌리고 징검다리 내달리듯 스토리를 전개하는데 말입니다. 그래서인가 결혼식 장면은 중요하지 않은 경우 스틸 사진으로 대체하기도 하고 葬禮^{장례} 모습도 몇 장의 사진으로 대체하는 경우가 많습니다.

스토리상 생략할 수 없다면 상징적인 몇 장면을 보여주면 시청자들이 이해하고 다음 내용을 기다릴 것입니다. 유명 작가일수록 다양한 경우의 수를 늘어놓고 시청자들이 선택하게 한다고 합니다.

네티즌들이 의견을 내고 있습니다. 암에 걸린 주인공이 죽으면 안 된다, 스토리상 죽을 수밖에 없다면서 밖에서 자기끼리 싸우고 있고, 결국 作家^{작가}는 죽은 것도 산 것도 아닌 채로 마무리하기도 합니다.

당시의 영화는 관객의 주장을 담을 정도의 양방향 시대가 아닙니다. 더구나 전력사정이 나빠서 출력이 떨어지면 화면이 흐려지기도 하고 가끔은 영화상

✱ **CG**(Computer Graphics) : 도형 영상을 출력하기 위한 계산 활동을 포함하는 일반적인 용어. 컴퓨터에 의한 그래프의 입력 · 출력 및 처리를 말한다.

영이 중단되어 표를 나누어 주면서 다음날 다시 오라는 안내 방송을 해야 하는 참으로 열악한 형편에서 영화사를 운영했습니다.

요즘에는 막장에 막장을 더하는 드라마와 영화를 만들어야 시청자의 관심을 받습니다만 그 당시에 본 몇 편의 영화는 하나같이 勸善懲惡^{권선징악}이고 生老病死^{생로병사}이며, 起承轉結^{기승전결}이었고 主人公^{주인공}은 不死^{불사}, 不敗^{불패}입니다.

총알이 소나기처럼 날아와도 주인공은 다치지 않는데 건너편 인민군은 아군의 사격에 1타1피로 쓰러집니다. 아군이 빈총을 들고 방아쇠를 당기는 시늉만 하면 적군은 2~3명이 쓰러집니다. 어린 나이에 기분이 좋기는 한데 탕~ 총 한 방에 한 명씩 쓰러지는 것에 대해서는 공감이 가지 않았습니다.

그리고 전투기의 기관총이 불을 뿜으면 적기는 검은 연기를 뿜으며 떨어지는데 바로 지상에 추락하지 않고 산이나 건물 뒤편으로 迂廻^{우회}한 후 爆發^{폭발}장면을 보여주는 것도 實感^{실감}에서는 조금 멀었습니다.

그 비행기는 다시 떠올라 비행장 활주로로 돌아가고 다른 장치로 검은 연기가 나는 장면을 찍었을 것이라는 생각을 했습니다. 요즘에는 CG가 높은 수준을 자랑하고 있으니 爆破^{폭파} 장면조차 실제라고 생각하는 아이들은 거의 없을 것입니다. 여하튼 영화는 끝나고 사회자는 쇳소리 나는 마이크를 집어 듭니다. 흰색 손수건으로 마이크를 싸고 고무줄로 잡아매었는데 검은 때가 한 가득 끼어 있는 그 마이크를 입에 가까이 대고 불러대는 번호는 아까 입장권에 적힌 번호입니다.

"노랑표 72번, 하얀표 921번…" 하면서 추첨을 하고 당첨된 관객에게는 주황색 플라스틱 바가지를 줍니다. 그래서 물건을 살 때 지나치게 비싸게 사면 바가지를 쓴다고 하나 봅니다.

경품 1등은 재봉틀, 2등은 고급 반상기, 3등은 플라스틱 채반(큰 그릇)입니다. 이들 경품들은 일주일 내내 번호를 불러도 나오지 않는 무지개 같은 상품입니다. 어린 나이였지만 호기심에 가까이 다가가 경품을 살펴보니 재봉틀은

✽ 膝下^{슬하} : 무릎의 아래라는 뜻으로, 어버이나 조부모의 보살핌 아래 주로 부모의 보호를 받는 테두리 안을 이른다.

녹이 슬었고, 반상기는 접합부분이 떨어진 中古品^{중고품}입니다.

영화사 창사 이래 끌고 다니는 광고판인 듯 보입니다. 영화사가 창업 30년을 맞이하는 그날까지도 이 경품을 타간 관객은 없을 것입니다. 당시에 재봉틀은 주부들의 로망이고 비싼 것이어서 영화 한 편 보고 이것을 받는다면 요즘으로 보면 로또 3등 정도에 해당합니다.

이제 추억의 영화 이야기는 끝이 났습니다. 정신없이 돌아간 영사기는 열 받으면 잠시 식혀가며 돌리기도 하고 야한 장면이 나오면 영사기사가 손으로 슬쩍 가려서 청년 관객의 야유를 부르기도 합니다. 수없이 돌린 영화이니 기사님도 이쯤에 19禁^금 장면이 나오는 것을 기억합니다. 그래도 어린 시절 신기하게 보았던 영화에 대한 기억은 머릿속과 가슴속에 한 가득합니다.

영화만큼 재미있는 옛이야기도 있습니다. 어려서 들은 이야기는 더 옛날 일이고 100년도 더 지난 시절의 스토리일 것입니다. 영화에 이어서 膝下^{슬하}에서 들었던 口傳^{구전}동화 몇 편을 소개하고자 합니다.

▶▶ 참새 | 꿩 | 오리 | 호랑이 | 곰 | 산토끼 사냥법

가장 쉬운 이야기로 참새를 잡아 드리겠습니다. 참새를 잡으려면 폭설이 내려 새들의 먹잇감이 흰 눈에 감춰진 상황에서 눈을 치우고 멍석을 펴고 그 위에 흰 쌀을 뿌린 후 채반을 막대기로 세워놓고 막대 끝에 노끈을 맨 후 방안 문틈에 연결한 다음 새들이 오기를 기다리면 됩니다.

폭설이 내린 산마을을 날던 참새 떼가 마당 한가운데 멍석에 뿌려진 먹이를 발견하고 단체로 달려옵니다. 정신없이 쌀을 쪼아 먹다가 어느 어리숙한 새들이 채반 아래 안쪽에 뿌려진 쌀에 욕심을 내고 깊숙이 들어섭니다. 방안에서 이를 지켜보던 동네 청년은 5마리에서 7마리 정도 단체 참새 손님이 들어와 盛饌^{성찬}을 즐기는 순간에 연결된 노끈을 살짝 잡아당깁니다.

마치 오스트레일리아 시드니 바닷가에 건립된 오페라하우스(1973년 준공)처럼 들려있던 채반이 내려오면서 7마리 중 4마리가 압사합니다. 3마리는 가장자리에 있었으므로 급하게 탈출하여 목숨을 부지합니다. 청년은 달려가서 참새 4마리를 수확하고 다시 채반을 오페라 하우스처럼 세운 후 쌀 한 줌을 뿌리고 방으로 들어와 다음번 바보 참새 떼를 기다립니다.

새머리, 鳥頭^{조두}라고 합니다. 아까 혼비백산한 그 참새가 드론처럼 하늘을 날아다니며 먹이를 찾다가 그 마당에 다시 돌아옵니다. 그리하여 2~3시간 이 작업을 반복한 청년과 8살 어린 아이들은 참새 털을 뽑아 대나무 꼬치에 매달아 숯불에 구운 진정한 '참새구이' 를 먹고 있습니다. 손은 물론 콧구멍까지 검은 재가 묻어 서로를 쳐다보고 웃으면서 겨울날 추위조차 잊고 즐거워합니다.

참새잡기는 실화이고 실제입니다만, 이제부터는 虛構^{허구}의 동물잡기를 시작하겠습니다. 꿩사냥 2제, 오리잡기, 호랑이잡기 순으로 진행하겠습니다. 먼저 꿩사냥 실전은 '콩 싸이나' 로 꿩잡기입니다.

재봉틀에 매단 송곳 돌리기로 흰 콩 가운데를 동그랗게 파낸 후 '싸이나' (청산가리)라는 약을 미량 넣은 후 양초 농으로 봉합합니다. '싸이나' 는 극약이므로 아무에게나 판매하지 않지만 1960년대에는 은밀히 구매가 가능하였습니다. 그리하여 재봉틀이 있는 집 아들에게만 가능한 꿩잡기를 시작하겠습니다.

제조된 싸이나 콩을 이른 새벽 꿩들이 자주 날아와 먹이를 찾는 양지바른 산기슭에 흰 종이를 깔고 콩 3알씩을 놓아줍니다. 그리고 산기슭에 숨어서 꿩이 날아오기를 기다립니다. 이 작업도 참새와 마찬가지로 추운 겨울날 효과적인 작전입니다.

먹이를 찾아 날아온 꿩은 까투리와 장끼가 있습니다. 까투리는 암컷이고 수꿩은 장끼라고 부릅니다. 農樂^{농악}대에서 깃대에 매단 멋진 깃털은 바로 수꿩 장끼의 꼬리털입니다.

이들이 한겨울 폭설 속에서 배가 고픈 차에 맛있는 콩을 발견하고는 잠시 주변을 경계하는 척하다가 이내 맛있게 먹어줍니다. 그리고 몇 분 후 쓰러진 꿩들은 사람이 다가가도 날아갈 힘이 없습니다.

사냥꾼은 즉석에서 잡은 꿩의 배를 갈라 내장을 버리고 옆구리에 차고 집으로 돌아옵니다. 물에 푹 삶으면 꿩탕이고 무쇠 칼로 다듬어 밀가루 반죽한 피로 감싸면 꿩만두가 되는 것입니다.

두 번째 꿩사냥 법은 실전을 확인하지 못하였습니다. 이론적으로는 가능할 것이라는 말씀을 前提^{전제}합니다. 어르신들께서 말씀하신 대로 옛날이야기를 쓰고 있습니다.

우선 꿩이 모일 만한 한적한 산속에 수수깡대로 울타리를 세웁니다. 그리고 꿩의 시선에 잘 보일 것으로 생각되는 남쪽 방향에 다섯 손가락 모양의 나무구조물을 내밀고 흰 장갑을 끼운 후에 쌀, 콩, 좁쌀 등 먹이를 올려둡니다.

4~5일 동안 수시로 가서 먹이를 보충합니다. 아무리 조류 머리라고 하지만 새보다 꿩이 몸집이 크므로 뇌의 양도 조금 더 클 것입니다. 그리하여 꿩들이 이웃의 친구들을 데려옵니다.

여기 무한리필 회전 초밥집이 신장개업하였으니 모두에게 구경 오라는 傳喝^{전갈}을 보냅니다. 꿩들에게도 꿀벌처럼 그들만의 삐삐나 시티폰이 있을 것입니다. 요즘에는 스마트폰을 쓰는 귀족 집안 꿩집과 벌집의 아들딸도 있을 것입니다.

그리하여 인근 근동의 꿩들이 거의 다 모였다 생각될 즈음에 본격적인 꿩사냥을 시작합니다. 수수깡으로 만든 울타리 안에 직접 들어가 흰 장갑의 나무마네킹 손을 안으로 끌어들이고 직접 손에 흰 장갑을 끼고 먹이를 놓은 다음 밖으로 내미는 것입니다.

이는 흡사 이항복 어린이가 옆집 영감마님이 우리 집 감나무가 자기 것이라 주장하므로 영감님 집 창문 창호지를 뚫고 팔뚝을 들이민 후 이 팔뚝이 누구의 것인가를 물은 것과 같습니다. 옆집 영감님 답변은 그 팔뚝은 너의 것이다. 그럼 저의 집에서 영감님 댁으로 가지를 뻗은 감나무의 감은 누구의 것입니까? 그것도 너희 집의 것이다. 뭐 이런 스토리인 줄 압니다.

수일 동안 먹이를 먹어온 꿩들은 의심하지 않고 사냥꾼이 내민 손바닥에 날아와 먹이를 먹습니다. 이때 와락 다리를 잡아 안으로 끌어들인 후 다시 먹이를 올린 손을 밖으로 내밀어 두 번째 희생 꿩이 날아오기를 기다리는 것입니다.

다음은 오리잡기입니다. 요즘 가창오리 군무가 멋집니다. 과거에도 저수지에 오리 단체손님이 날아왔습니다. 사람 팔자 뒤웅박 팔자라는 말이 있습니다.

박이란 풀밭이나 젖은 지붕 위에서 영그는 둥근 열매를 맺는 식물로서 흥부전에도 출연합니다. 한여름을 지내고 가을에 그대로 굳어지면 하늘을 본 반쪽은 박의 속살처럼 희고 바닥에 눌린 쪽은 검버섯이 가득합니다.

할아버지께서는 흰 면과 검버섯 면을 갈라서 각각 말려 바가지 제품을 완성하게 되는데 이때 뽀시시한 쪽은 탈이나 조각품의 소재가 되고 최소한 물바가지의 역할을 하게 됩니다만, 검버섯 면은 좀 수준 낮은 분야로 배속되거나 박 터지기 게임의 희생양으로 팔려가게 마련입니다.

그래서 사람 팔자 뒤웅박 팔자라 합니다. 남편을 잘 만나고 못 만나고, 아내를 잘 만나고 못 만나고, 사장을, 상사를, 동료를, 후배를, 그 누구를 어찌 만나느냐에 따라 본인의 팔자가 달라진다는 말입니다.

이 뒤웅박 또는 일반의 둥근 박에 사람의 얼굴을 그린 후 저수지에 던져 넣습니다. 둥둥 떠다니는 농구공처럼 생긴 박이 처음에는 사람인 줄 알고 오리들이 피하다가 자꾸 접하다 보니 익숙해지고 나중에는 발로 툭툭 치면서 놀이를 하게 됩니다. 나중에는 오리 12마리씩 두 편으로 갈라서 수구놀이를 하고 수상 축구를 하는가 하면 농구, 발야구, 테니스 등 오리들 맘대로 놀고 있습니다.

이 또한 일주일 정도 익숙하게 만든 후 뒤웅박 아래를 잘라 눈구멍을 만든 후 TV프로그램 복면가왕처럼 머리에 쓰고 아주 긴 나일론 줄을 메고 물속으로 들어갑니다. 천천히 오리들이 놀고 있는 중앙으로 이동하면 스스로 움직이는 뒤웅박을 본 오리들이 장난을 치기 시작합니다.

물갈퀴를 저으며 사냥꾼 앞으로 다가오는 오리다리를 잡아 준비한 나일론 줄에 엮어 나갑니다. 굴비 엮듯이, 무청 말리려 매달듯이 오리를 잡습니다. 30분이 안 되어 사냥꾼 뒤에 오리 50마리가 다리를 묶인 채 한 줄로 서 있습니다. 여러분의 상상력을 동원하여 주시기 바랍니다.

다음은 더 큰 想像^{상상}을 동원하여 지금은 잘 나타나지 않는 호랑이를 잡아보

✽ **뒤웅박 팔자** : 입구가 좁은 뒤웅박 속에 갇힌 팔자라는 뜻으로, 일단 신세를 망치면 거기서 헤어 나오기가 어려움을 비유적으로 이르는 말.

✽ **뒤웅박** : 박을 반으로 쪼개지 않고 둥근 모양 그대로 꼭지 근처에 구멍만 뚫고는 그 속을 파낸 바 가지

겠습니다. 호랑이는 깊은 산속에 있는 영물이므로 오리잡기보다 더 많은 준비가 필요합니다. 우선 작은 토끼 한 마리를 골라 꿀과 참기름에 듬뿍 발라서 털을 아주 매끄럽게 합니다.

그리고 아까 오리 잡을 때 쓰다가 남은 황색 빨랫줄로 허리를 묶어주고 그 줄에도 참기름을 듬뿍 칠해 줍니다. 이어서 호랑이가 많이 다니는 길목 큰 나무에 토끼를 단단하게 묶어둔 후 산을 내려옵니다. 토끼는 50m 정도의 빨랫줄을 매달고 깡충깡충 뛰어다닙니다.

24시간 후에 다시 호랑이산에 올라가 보면 호랑이 5마리가 한 줄, 같은 방향으로 서서 사냥꾼을 기다립니다. 어제 참기름에 꿀로 코팅을 한 토끼를 호랑이가 한입에 잡아먹었고 매끄러운 토끼는 소화될 틈도 없이 불과 15초 만에 호랑이의 항문으로 탈출합니다.

그리고 다음 호랑이가 토끼를 삼키고 다시 나오고 다시 먹고 나오기를 반복하면서 그 길을 지나던 호랑이 가족 5마리가 빨랫줄을 타고 한 줄로 서서 어찌할 바를 모르고 서 있더라는 말입니다.

허구가 지나쳤으니 이론적으로 가능한 곰잡기 방법 하나를 보너스로 소개하겠습니다. 곰이 다니는 길목에 곰이 좋아하는 꿀을 뿌리고 그 위 나뭇가지에 50kg 짜리 바위를 매달았습니다. 지면과 바위의 사이 間隙^{간극}은 10cm 정도입니다.

몇 시간 후에 곰 한 마리가 꿀 냄새에 끌려서 바위 앞에 도착하니 좋아하는 꿀을 바위가 막고 있습니다. 꿀을 먹기 위해 머리로 밀어보니 살짝 밀립니다. 그래서 꿀을 먹고 있는데 바위가 툭툭 머리를 치며 자꾸만 성가시게 합니다.

그리하여 곰은 다시 그 돌을 머리로 툭 쳐냅니다. 저만치 밀려간 돌이 다시 돌아와 곰의 머리를 건드리고 다시 강하게 밀치자 더 멀리 갔다가 돌아와 머리를 힘차게 때립니다. 먹을 때는 개도 안 건드린다는데 곰이 좋아하는 꿀을 먹고 있는데 바위가 머리를 귀찮게 하므로 이번에는 아주 강력하게 돌을 밀쳐냈고 더 멀리 날아간 돌은 여지없이 돌아와 곰의 머리를 강타합니다.

다음날 현장에 도착하니 곰 7마리가 여기저기 뇌진탕으로 쓰러져 있습니다. 실제 가능한지는 실험과 연구가 필요하겠으나 어린 시절 膝下^{슬하}에서 들은 이야기와 이후 초중시절 책에서 본 이야기에 뻥을 조금 보태서 여기에 올려봅니다.

퇴직하고 집에서 쉬고 있으니 조금 虛構^{허구}가 들어간 글을 쓰는 데도 어려움이 없고 공무원증을 반납하였으므로 조금 거시기한 표현을 써도 걱정이나 부담이 적습니다.

知人^{지인}으로부터 들은 산토끼잡기 추억담을 첨언합니다. 겨울날 눈이 무릎까지 빠지던 그 시절 산에 올라 토끼 발자국을 만나면 열심히 따라가다가 좁은 나무 틈새로 지나간 자리를 발견하면 눈에도 보이지 않는 가느다란 올무를 설치합니다. 올무는 아주 가는 철사줄이라서 토끼의 눈에는 보이지 않는다고 합니다.

그런데 산토끼는 한 번 지나간 발자국을 따라 다시 뛰어간다고 합니다. 눈이 쌓이면 토끼 발자국이 선명하므로 나뭇가지 사이로 통과한 토끼는 산언저리를 한 바퀴 돌아서 다시 그 나뭇가지 사이를 통과한다는 사실을 알고 있는 청년들이 설치한 올무에 토끼의 목이 걸리는 것입니다. 시골에서는 이 鐵絲^{철사}줄을 '올무' 라고 하고 영화에서는 '올가미' 라고 합니다.

그리하여 운동도 할 겸 눈이 가득한 산을 산토끼 발자국을 따라 한 바퀴 돌다 보면 조금 전 설치한 올무에 걸려든 토끼를 발견하게 됩니다. 이 토끼를 잡아 가죽을 벗겨 白礬^{백반}으로 작업을 하면 부드러워지므로 목도리, 귀마개 등 방한물품으로 요긴하게 쓰이며 고기는 매콤하게 요리하여 맛나게 먹습니다.

허구적 이야기를 열거한 이유는 간부공무원이 되면 여유를 가지고 휴식시간이나 회식장에서 업무이야기를 하지 마시고 푸근하게 농담과 조크를 하시라는 뜻에서 제가 평소에 즐겨 써먹던 조크 몇 가지를 적어 보았습니다. 말도 안 된다 하겠지만 그래도 이야기를 들은 분들이 마음속으로 무한한 상상력을 키우는 데는 작은 端初^{단초}가 될 것이라는 확신을 가지고 있습니다.

✽ **단초**端初 : 일이나 사건·생각 등을 풀어 나갈 수 있는 계기.

1975년

서정쇄신
음서제도 | 알아야 면장

▶▶ **서정쇄신**庶政刷新

　제가 1975년경에 공직에 들어왔다면 庶政刷新^{서정쇄신}으로 인해 그 자리를 보전하지 못했을 것이라는 생각이 듭니다. 다행스럽게도 이미 서정쇄신의 칼바람이 지나간 1977년 2월에 공채시험을 보고 5월에 초임 발령을 받았으므로 비교적 평온하게 공직생활을 이어 왔습니다.

　초임 발령자, 고등학생 스포츠머리가 자라기도 전인 어린 공무원에게 면사무소 간부들은 이미 한 번 공직사회를 몰아친 서정쇄신에 대해 이야기하고 淸廉^{청렴} 의무를 강조했습니다.

　더구나 군청 행정계 선배들은 회의에 가면 試補^{시보} 기간중에는 임의로 면직

✽ **서정쇄신**庶政刷新이라는 뜻은 원래 국정전반을 새롭게 한다는 것이다. 그런데 이 서정쇄신이라는 말이 1970년대 이후 우리나라 행정 개혁사에서 특정한 개혁운동을 지칭하는 것으로 이해되어 왔다. 1975년부터 서정쇄신운동을 대대적으로 전개하면서 정부가 공식적으로 규정한 바에 따르면 '서정쇄신은 공무원사회의 모든 부조리를 일소하여 능률적이고 명랑한 봉사행정을 폄으로써 국민의 신뢰를 회복하여 국정능률을 극대화하고 동시에 이를 사회전반에 걸친 부조리와 비능률을 제거하는 사회정화운동과 새로운 가치관에 바탕을 둔 건전한 국민정신을 진작시키는 정신 개혁운동으로 승화시켜 부유한 나라를 만드는 민족중흥의 과업'이라고 하였다.

이 가능하다는 무척이나 겁나는 말씀을 하십니다. 어쨌든 안전한 공직사회에서 주변 선배님들의 보살핌 속에서 40년 가까운 장기 레이스를 시작할 수 있었습니다.

참으로 고마우신 선배님들을 생각하면서 당시에 구전으로 들은 이야기 몇 가지를 되새겨 보고자 합니다. 우선 서정쇄신이라는 말은 공직자로서는 聖經^{성경}, 佛經^{불경}, 論語^{논어}, 코란과도 같은 말씀입니다.

서정쇄신을 통하여 공직사회에 새바람이 불었다고 합니다. 비효율적인 행정 시스템이 획기적인 변화를 가져왔고 신속하고 공정한 행정집행으로 국민의 신뢰를 얻었다고 봅니다. 돌이켜 보면 서정쇄신으로 인한 행정의 발전도 있었겠지만 그 당시에 행정장비 중 복사기, 오토바이, 전화 등 新文明^{신문명} 장비의 보급이 확충되는 단계였으므로 대민서비스의 스피드 면에서 큰 진전이 있었습니다.

이전까지는 리 담당 공무원들은 10km 거리의 부락에 출장을 가면 이장님 댁 사랑방에서 1박을 하고 돌아왔습니다. 통장님, 새마을 지도자님, 부녀회장님 부업살림은 담당 공무원이 소상히 파악하고 있습니다. 부락 담당직원 3년이면 동네 가가호호 살림살이를 기억하고 있습니다.

흔히 하는 말로 '숟가락 젓가락이 몇 개' 인가를 알 정도가 됩니다. 담당 공무원이 이장님 댁 아이들 算數^{산수} 공부도 보아주고 동네 처녀를 사귀어 결혼한 사례도 많습니다.

칼바람으로 중도에 공직을 떠난 분들이 많다고 들었습니다만 이후 후배들은 그 자리에 들어와서 1976년의 대사건을 반면교사로 삼아 공직에 열성적으로 일한 결과 대부분 58세에 이르러 명예퇴직을 하거나 59세에 공로 연수를 다녀와서 60세에 정년을 맞이하는 것이 참으로 보람된 일이라 생각하고 있습니다.

그리하여 행정이 발전하고 공직자의 자신감이 확충되었습니다. 행정의 발전, 사회의 변화, 문화의 진보는 수많은 시행착오와 더 많은 고통을 겪어내는 과정에서 이룩되는 인류의 가치창조 과정인 것입니다.

당시의 선배 공무원들은 공직자로서의 사명감과 자신감이 하늘을 찌르는

勇氣百倍^{용기백배}의 상황이었습니다. 5급을류, 현재의 9급 공무원 공채가 확대되던 시기였습니다. 1950년 생 전후의 선배들이 공채 전성기 주인공입니다.

▶▶ 음서제도^{蔭敍制度}

우리나라 행정 초기에는 학교를 졸업하고 집에서 놀고 있는 유학생 출신의 朴^박 어르신 자제분을 면장님이 오라 해서 글씨 테스트하고 면사무소 임시직으로 들였다가 제대로 적응하면 정규직으로 임명된 경우가 많았다고 합니다.

면장님께서 어르신께 사람을 보내어 아드님 이력서를 받고 면접을 해서 채용하는 현대적 음서제가 있었나 봅니다.

당시 대부분의 40대 공채 高卒^{고졸} 공무원들은 자신이 공무원이라는 점을 강조하고 자랑스럽게 동네 출장을 다니면서 주민을 계도하고 업무를 지도하고 행정을 홍보했습니다. 주민들도 19세 소년 공무원에게 행정의 모든 것을 의탁하고 신뢰했습니다. 그래서 젊은 공무원들이 호기롭게 일할 수 있었습니다.

1970년대 당시 시골 어르신들 유행어에 '하다 못해 면서기, 알아야 면장을 하지' 라는 말이 있었습니다. 면장님 도움으로 음서제도를 통과하면 누구나 할 수 있는 공무원 자리인데 너는 어찌하여 '하다 못해 5급 공무원(5급을류=9급)도 못하느냐' 는 말입니다.

농사짓기도 싫고 나무하기도 귀찮아서 이 일도 저 일도 못하겠으면 차라리 면서기라도 하라는 말입니다. 그 당시에는 공무원에 대한 평가, 특히 지방공무원을 낮게 평가했습니다.

알아야 면장을 한다는 말은 정말로 서류를 만져보지 못한 분들이 면장을 하였기에 나온 말입니다. 면장으로 발령받은 분이 취임식을 하고 면장실에서 총무계장의 보고를 받습니다. 계장님이 결재서류를 올리자 면장님은 "제가 어떤

✱ **음서제**蔭敍制는 고려시대와 조선시대에 나라에 공을 세운 신하나 지위가 높은 관리의 자손을 科舉^{과거}를 치르지 아니 하고 관리로 채용하던 제도.

조치를 해야 하나요?"라고 물었답니다.

"이곳에 결재를 하시면 됩니다." 하였더니 도장을 찍어야 하는지 서명을 해야 하는지 몰라서 쩔쩔매기에 서명을 하도록 했던 바 이름 석자를 간신히 쓰셨다고 합니다. 호랑이 담배피던 시절에는 결재하기도 버거운 어르신이 면장을 하셨나 봅니다. 그래서 '알아야 면장을 하지'라는 말이 나오고 '하다 못해 면서기'라는 이야기도 듣게 되었습니다.

1970년대에 '하다 못해 면서기'는 대부분 5급을류 공무원으로서 현재의 9급입니다. 과거와 현재의 공무원 급을 비교해 보면 5급을=9급, 5급갑=8급, 4급을=7급, 4급갑=6급, 3급을=5급, 3급갑=4급, 2급을=3급, 2급갑=2급입니다. 그래서 5급 공무원으로 들어와서 25년 만에 또 다시 5급 공무원하고 있다는 말이 있었습니다. 하지만 이제는 '하다 못해 면서기'가 아니라 '하려 해도 못하는 9급 공무원' 자리입니다. '알아야 면장'을 하는 것이 아니라 '공직 27년 경력자들이 동장' 발령을 받습니다.

업무가 힘들다는 후배에게 말합니다. 제 아무리 힘들어도 노량진 영등포 학원과 考試院^{고시원}에서 먹는 컵밥보다는 공무원 구내식당 밥이 더 맛있을 것이라고 강조합니다. 더구나 일을 마치고 선배, 동료들과 함께하는 삼겹살과 소주는 아주 맛있으며, 특히 과장님과 계장님을 안주로 삼으면 삼겹살 추가주문 없이도 빈 소주병 한 박스를 모을 수 있습니다.

▶▶ 자안리 | 마이크 | 신이장 | 구이장

1970년대 후반에 시골마을에 전화가 가설되었습니다. 우체국에서 처음으로 시골동네에 전화가 가설된 곳은 이장님 댁이었습니다. 里^리 단위로 1대씩만 보급되었기 때문에 이장님 방에 전화기가 설치되는 것은 당연한 일이었고, 그래서 이장님 댁 주변은 정보의 현장이 되었습니다.

서울이나 외지에 사는 친척에게 전화를 하려면 郵遞局^{우체국}에 가야 하므로 4km 이상을 차를 타거나 걸어가야 했던 것을 동네 이장님 댁에서 전화 통화를 할 수 있으니 얼마나 편안해진 것인가요? 또 외지에 사시는 친척이 전화를 해 오면 10여 분 이내에 받을 수 있으니 전화기는 인간을 편안하게 해 주는 文明^문의 利器^{이기}로 이해되었습니다.

외지에 사시는 분이 고향동네 친척에게 전화를 하려면 우선 이장님을 통해야 합니다. 전화를 받으신 이장님은 전화를 끊고 동네 확성기를 통해 알려줍니다.

"아무개는 서울의 형으로부터 전화가 왔으니 이장 집으로 오기 바랍니다."

방송을 들은 동생은 곧바로 이장님 댁으로 달려가 잠시 기다려 서울 사는 형이 다시 전화를 걸어오면 통화가 되는 것입니다.

경우에 따라서는 이장님은 대변인이 되기도 합니다.

"아무개야! 서울 형이 이번 주 일요일에 벌초를 하자고 한다."

방송을 들은 동생은 더 이상 형에게 전화하지 않습니다. 일요일에 벌초를 하면 됩니다.

그러던 어느 날, 이장님이 바뀌었습니다. 모든 서류와 비품은 인계되었지만 전화기는 넘겨줄 수가 없었습니다. 전화 설치 당시에는 이장님 앞으로 나온 전화였지만 실제로는 개인소유였던 것입니다.

여러 가지 논의를 거듭한 결과 해결책이 나왔습니다. 전 이장님 댁 방송시설은 그대로 두고 새로 되신 이장님 댁에 방송장비를 추가로 설치하여 주민 모두에게 방송이 되는 스피커에 연결하였습니다.

지금까지는 각 가정의 대소사가 전화를 매체로 하여 동네 방송을 타는 관계로 온 동네 사람들이 알게 되었는데, 前^전 이장님과 新^신 이장님 댁에 마이크가 설치되면서는 모든 행정이 더 투명해졌습니다.

면사무소에서 긴급히 이장님 회의를 하려면 전이장님 댁에 전화를 했고 전화를 받은 전이장님은 동네 방송을 통해 신이장님에게 면사무소에서 이장단 회의를 개최한다는 사실을 알려주기 때문입니다. 따라서 다음날 오전에 이장님이 회의참석을 위해 면사무소에 가시는 것이 자연스럽게 알려지고, 호적, 주민등록을 발급받을 주민들은 이장님 댁에 가서 신청을 하게 됩니다.

그런데 면사무소 → 전이장 → 신이장, 그리고 동네 사람들에게 면사무소 이장단회의 개최 사실을 알리는 과정은 참으로 여유롭고 흥미롭습니다. 면사무소의 회의통지 전화를 받은 전이장님은 마이크를 잡고 방송합니다.

"이장님께 알립니다. (대부분 2회 반복) 내일 오전 10시에 면사무소에서 이장님 회의가 있다고 합니다."

그러면 동네 사람들은 이제나 저제나 내일의 이장회의 개최를 신이장이 들으셨는지 궁금해 하기 시작합니다. 일정하지는 않지만 신이장님이 집에 계신 경우에는 5분 이내일 것이고 뒷산에서 일을 하셨다면 30분도 걸리고 그 이상 시간이 지나서야 답변을 들을 수 있을 것입니다. 마침 신이장님이 집에 계신 경우에는 방송이 나오자마자 답변방송^{答辯放送}이 흘러나옵니다.

"네 이장님!(전임 이장님에 대한 예우) 잘 알았습니다."

이제는 집집마다 일반전화가 있음은 물론 개인전화기가 가족 수만큼 그 이상 보급되었고, 젖먹이 아이들이 스마트폰을 문지르며 동영상에 몰입하는 시대입니다.

정말로 편리한 개인전화기의 고마움을 알아야 합니다. 비 오는 날에 공중전화기 부스 안에서 개인전화를 쓰는 서글픈 모습은 불과 20년 전에는 상상도 못해 본 일입니다.

溫故而知新^{온고이지신}, 과거를 잊으면 안 된다고 했습니다.

공중전화기에 시내용과 시외용이 있었습니다. 머리 좋은 선배가 시외용에 20원을 넣고 시내를 걸어도 될 것이라 했는데 정말로 시내 전화 통화를 했습니다.

당시 많은 분들은 시외전화기 부스는 비워두고 시내전화기 줄에 서서 자신이 생각하기에는 참으로 하찮은 타인의 통화내용을 들으면서 10원짜리 동전을 손바닥 체온으로 데우고 있었습니다. 그 시절 우리의 소중한 공중전화기를 더 이상 門前薄待^{문전박대}하지 마시기 바랍니다.

1977년

5급을류 | 그린벨트 | 다방 전화 | 한자

▶▶ 5급을류 행정직 = 지방행정서기보(9급)

1977년에 공무원에 응시하여 2월 17일에 등기우편으로 받은 합격 통지서에는 '5급을류 행정직' 이라고 표기되어 있습니다. 그리고 초임 발령장에는 '지방행정서기보' 에 임한다고 했습니다. 이후 5급을류라는 공무원급의 표시는 9단계로 바뀌면서 오늘의 9등급 공무원 체제로 자리 잡았습니다.

合格通知書

(응시직급) 5급을류 行政 직
응시번호 科258 (성명) 李岡錫

귀하는 197 7 년 시행 제 / 회 5급
지방공무원 공개경쟁임용시험에 합격하였음
을 통지함

197 7 년 2 월 17일

경기도 인사위원회 위 원

主事(주사)님이란 주변의 어르신을 존칭하는 표현으로서 나중에 공무원으로 일하면서 보니 면사무소 계장님, 특히 총무계장, 호병계장, 재무계장, 산업계장이 지방행정주사이고 부면장님도 주사입니다. 해서 공무원이면 대부분 주사로 호칭되지만 7급은 주사보, 8급은 서기, 9급은 서기보입니다.

북한과 중국, 소련 등에서는 당서기

가 최고의 실권자라 하던데 우리나라로 오면 8급 공무원이 되는 것입니다. 남북통일 준비 매뉴얼에 우선 개선정책으로 넣어야 하는 과제중 하나는 우리 공직에서 서기는 '신임'으로 서기관은 '책임관'으로 개칭하든가 북측의 당서기를 '당의장'으로 개명하는 일입니다.

제가 건의한 대로 개편된다면 지방행정신임보(9), 지방행정신임(8), 지방행정주사보(7), 지방행정주사(6), 지방행정사무관(5), 지방책임관(4), 지방부이사관(3), 지방이사관(2), 지방관리관(1)으로 부르게 될 것입니다.

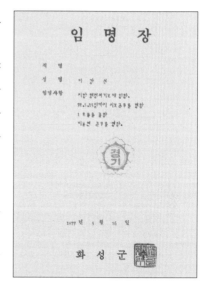

1977년 5월 16일에 화성군청에 가서 반듯하게 다림질한 민방위 복장의 군수님으로부터 발령장을 받았습니다. 참으로 근엄하고 엄숙한 분위기 속에서 발령장을 주십니다. 그 분위기는 40년이 지난 지금의 어느 기관 어느 곳의 공직 사회에서도 마찬가지로 근엄합니다. 공직 발령은 축하받을 일이고 새롭게 면접을 하는 것도 아닌데 신규 발령자들은 면접 때 입은 옷에 그 헤어스타일입니다. 남녀 공무원 모두 같은 회사에서 옷을 빌려 입은 것 같습니다. 남녀 모두 검지는 않은 파르스름한 윤기가 나는 정장차림에 단화를 신었습니다.

마치 같은 병원에서 성형을 한 듯 광고에 모델로 나오는 '성형 미인'처럼 요즘의 신규 공무원들의 차림새는 千篇一律^{천편일률}입니다다만 1977년 신규 공무원들의 복장과 헤어, 신발은 各樣各色^{각양각색}이었습니다.

정말로 면바지에 T-셔츠를 입고 발령을 받으러 갔다가 훗날 우리 면사무소 총무계장님에게 보고서 늦다고 야단치신 행정계장님의 불호령으로 옆자리 어떤 주무관의 점퍼를 빌려 입었습니다. 요즘 임용식 현장에서 만나는 신규 공무

✽ **현행 공무원 급수** : 서기보(9), 서기(8), 주사보(7), 주사(6), 사무관(5), 서기관(4), 부이사관(3), 이사관(2), 관리관(1)

원을 볼 때마다 40년 전 초임발령의 추억이 떠올라 혼자서 미소를 짓기도 했습니다.

▶▶ 그린벨트의 현장

1970년대 중반에 서울에서 35km 거리에 대한민국 최초의 국가공단으로 지정하여 반월공단(안산시 소재)을 개발하면서 주변의 투기를 방지하기 위하여 인근지역을 그린벨트 구역으로 지정했습니다.

선배들의 말씀을 들어보면 주민들은 처음에 그린벨트라는 용어에 대하여 긍정적인 반응을 보였다고 합니다. 수원시 구서울대학교 농과대학 인근에 '푸른 지대' 라는 딸기밭이 있었는데 청춘남녀들의 데이트 필수 코스이고 남녀 고등학생들의 미팅장소로도 많이 활용된 명소였습니다.

주민들은 마치 그런 田園生活^{전원생활}을 상상했다고 합니다. 마침 가수 남진의 히트곡 '님과 함께' 가사처럼 '저 푸른 초원 위에 그림 같은 집을 짓고 살 것' 이라는 기대를 하신 것 같습니다.

하지만 40년이 지난 지금 고향 동네 그린벨트 구역은 유치원 나이에 본 그 모습 그대로입니다. 우리 동네 초가집이 슬레이트나 기와로 지붕이 바뀐 것 이외에는 40년 동안 변화가 없습니다. 더러 재축을 하여 그 한옥집이 있던 자리에 양옥집을 지었거나 집의 크기만큼 옮겨 지은 것이 변화의 전부입니다. 주택 신축이 '절대금지' 인 것은 물론 창고도 공장도 어떤 건물도 지을 수 없습니다.

주택을 새로 지을 수 없으니 지역경제 기반이 농사뿐이고 그래서 詩的^{시적}이고 隨筆^{수필}을 좋아하는 동네 청년들은 나이 들어서도 그 모습이 즐거울 수 있겠지만 농사를 지으면서도 자식들은 넥타이 매고 도시생활을 기대하는 어르신들에게는 그린벨트라는 정책이 참으로 가슴 아픈 행정조치로서 마음의 상처

✱ 공직이나 다른 직장에서 첫 월급을 받으면 부모님께 내복을 사드리는 전통이 있었습니다. 할아버지 할머니, 형제 자매에게도 작은 기념품을 사드리시기 바랍니다.

로 남아있습니다.

16살 중학생까지 살았고, 고등학교 3년 동안은 주말과 방학에 살았으며, 공직에 들어와서는 1981년 23세까지 살았던 시골집은 물론 그대로이고 옆집 건넛집 산기슭의 아무개 집은 지금 당장 종이 위에 그대로 그릴 수 있습니다. 그집 인근의 참죽나무, 감나무, 뽕나무도 그 모습이 무성하게 기억납니다.

이후 도시에 나와 살면서 명절에 고향을 가는 길에 면소재지에서 좌회전하면 양노2리 동네가 나오고 고개를 넘으면 人家인가가 전혀 없는 산속이고 고개를 또 하나 넘어서야 왼쪽으로 안산, 태항산, 심비기산이 나타나면서 어린 시절 동네 언덕처럼 뛰어다니던 추억이 떠오릅니다.

태항산은 요즘 종편방송으로 말하면 '갈 데까지 가보자', '기인열전' 등으로 설명되는 산속 토담집에서 지냈던 추억이 있습니다. 안산은 소나무가 참으로 무성했는데 지금은 활엽수로 樹種수종 갱신되었습니다. 심비기산은 말 그대로 붉은 산이었는데 일본 소나무를 식목하여 푸른 산으로 변신했습니다.

하지만 산등성이 공제선이 조금 변했을 뿐 산의 크기나 모습은 옛날 40년 전 그대로인 채 출향민을 반겨줍니다. 옛 모습에 변함이 없습니다. 그래서 고맙기도 하지만 가슴 한 편으로는 70세 평생을 이곳에서 농사지으며 사시는 어린 시절 '川獵천렵 멤버' 아저씨들을 생각하며 짠한 마음을 달래 봅니다.

그린벨트 덕분에 지금도 고향마을 개천에는 물고기가 살고 있습니다. 그 당시 미꾸라지탕에 국수 반관 넣고 추가로 라면 2~3개를 가마솥에 투하한 후 심부름 잘했다며 그 라면가닥 2~3개를 더 건져 주시던 심○○ 아저씨는 고인이 되었습니다. 참으로 예의바르던 그 아저씨의 아버지는 심 주사님으로 불리었는데 이장을 보신 분으로 당시에는 누구나 할 수 없었던 검정색 선글라스 안경을 쓰신 분이었습니다.

이 그린벨트를 관리하는 업무는 법적 사무이므로 위법이 있으면 군청 도청 건교부에서 지속적인 지도감독을 하고 감사를 하고 문책을 했습니다. 나중에는 그린벨트 단속을 전담하는 직원 2명이 고정 배치되었는데 2년마다 근무지

✱ **천렵川獵** : 냇물에서 고기를 잡음

를 변경해서 위반한 주민들과의 짝짜꿍을 방지하는 전략을 쓰기도 했습니다. 현장에서 감독하는 직원이 슬쩍 눈감아 주면 단속이 어렵기에 근무지를 변경하는 것입니다.

하지만 그린벨트 지정을 하면서 비행기로 높은 상공에서 항공사진을 촬영해 두었습니다. 그리고 주기적으로 정기적으로 같은 코스를 돌면서 다시 사진을 찍어서 기존의 사진과 비교해 봅니다. 그리고 증축 개축 등의 징후가 보이면 해당 시군, 읍면에 보내서 확인을 하고 결과를 보고하도록 했습니다.

1987년경 경기도청에 근무하면서 지역정책과 사무실에 업무차 방문했는데 전문 요원들이 돋보기로 사진을 검색하고 있습니다. 철사로 4개의 다리를 만들고 두 개의 커다란 돋보기 렌즈를 올려놓고 도면을 살피고 있습니다. 그냥 보기에는 회색 종이로만 보이기에 무엇을 보는가 물으니 한 번 보라 합니다. 그 속에는 엄청난 그림이 숨어있었습니다.

1993년에 김포공항에서 비행기를 타고 독일 프랑크푸르트 공항에 착륙하여 인생 최초의 해외여행을 시작했습니다. 6박8일간 독일 프랑스 영국 스위스를 구경하고 기관을 방문하여 예산제도에 대한 설명을 들었습니다. 김포공항에서 뜨고 독일공항에 내리고 다시 비행기를 타고 도버해협을 건너 영국으로 건너갈 때 본 그 지상의 아름답고 경이로운 경치를 미리 본 것입니다.

산과 들과 건물이 모두 회색으로 보입니다. 차량은 쌀벌레 크기이고 사람은 보이지도 않습니다. 공항 인근에서 비행기가 내려갈수록 집이 커지다가 어느 순간 잔디가 보이고 활주로에 진입한 비행기는 굉음을 내며 바퀴가 땅에 닿는 순간에 브레이크를 잡아주면 평시로 돌아옵니다. 그리고 이때서야 우리는 비행기 안에서 안전벨트를 매야 하는 이유를 알게 됩니다.

특히 야간에 비행기를 타고 하늘 높이 날면서 내려다보면 도시와 옆 도시가 한눈에 들어옵니다. 그리고 도로의 가로등은 금줄이 되고 도시는 커다란 王冠왕관이 되어 반짝입니다. 사방으로 퍼져 나간 금줄에는 수많은 차량들이 각각의 목적지를 향해 밤을 새워 달려가고 있습니다.

경기도 그린벨트를 총괄하는 그 사무실에서 항공측량 사진을 보면서 새로 지은 듯 보이는 건물이 있으면 즉시 3년 전 사진과 비교해 봅니다. 증축, 신축,

改築^{개축} 등 바뀐 건물의 모습이 그대로 나타납니다. 착한 일을 하여도 나쁜 짓을 해도 하늘이 다 안다는 말을 합니다. 정말로 하늘 위 항공사진은 지상에서 일어나는 모든 일들을 소상하게 알고 있었고 사진으로 記錄^{기록}하고 있습니다.

돌이켜 보면 그린벨트라는 前代未聞^{전대미문}의 엄청난 정책, 제도의 안착은 대한민국에서만 가능한 일이라고 평가하는 분들도 있습니다. 이를 통해 난개발을 막고 있습니다. 그 동안 이 그린벨트를 지키기 위해 참으로 많은 공무원이 희생되었습니다. 젊은 나이에 공무원을 하다가 본인 의사와 무관하게 다른 건축주의 불법에 의해 잘못 없는 공무원이 자리에서 밀려나 다른 직장으로 떠나간 것입니다.

지금도 차를 타고 어느 도시를 지나다 보면 건축물이 빼곡하게 자리한 곳을 지나다가 순간적으로 논밭이 나타납니다. 이 정도 도시화 지역이면 건축물이 있을 법한 구역인데 아직도 논과 밭이라면 반드시 그린벨트 구역인 것입니다.

이 구역을 논밭으로 지키기 위해 국민들이 재산권을 제한받았고 수많은 공무원이 엄청난 고생을 하고 있는 것입니다. 그래서 그린벨트에 대한 토론이 벌어지고 있습니다. 민간의 모임도 있습니다.

국토를 그린벨트로 지정하고 이를 지키기 위해 참으로 많은 분들이 함께 고생하고 있습니다. 중간에 가슴 아프게 퇴직한 공무원들에게 위로의 말씀을 드립니다. 그리고 국가정책을 지키기 위해 공무원에게 의지하기보다는 국가의 힘으로, 재정정책으로 관리하는 시대가 되어야 한다는 생각을 해 봅니다.

▶▶ 다방 | 음악다방

1977년 시골에는 茶房^{다방}이라는 공간이 있습니다. 커피 마시러 가자 하고 인삼차를 마셔도 되는 곳이 다방입니다. 시골 면소재지에는 2~3곳 다방이 있어서 누군가를 만나는 장소로 활용됩니다.

농사짓기에 몰두하시던 동네 아저씨가 이장이 되어 면소재지 출입이 잦아지면서 다방을 다니게 되고, 그러다가 이장 2년에 논 5마지기(150평×3.3025

㎡×5마지기=2,477㎡)를 팔았다는 이야기가 자주 회자되곤 했습니다. 당시로서는 農耕文化^{농경문화}에서 신문화로 진전하는 과정에서 발생하는 일반적인 後遺症^{후유증}이라 할 것입니다.

신임 이장님이 논을 팔게 되는 이유는 몇 가지가 있습니다만 우선은 면사무소 주변의 다방, 식당, 선술집을 다니면서 돈을 더 쓰게 되고 동네에서 받은 각종 세금을 제때 납부하지 않으니 주머니에서 잔돈 푼돈으로 녹아버리고 연말에 큰 가산금을 보태서 돈을 갚아야 하는 상황을 맞이하는 것입니다.

더구나 다방과 술집에서는 더 큰 돈이 나가는 일이 잦아지고 바늘 도둑이 커져서 돼지 도둑이 되고 다시 소를 훔치는 도둑처럼 과소비를 불러올 수도 있다는 말입니다. 이장 2년에 논 좀 팔아서 정산했다면 다행스러운 善防^{선방}이라 할 것이지만 나이 들어 더 큰 事端^{사단}에 휘말린 사례를 더러 보았던 바입니다. 이런 유형의 사고는 전국적으로도 여러 곳에서 발생하였을 것이라 추정합니다.

하지만 긍정 사례도 많습니다. 조생종 오이를 재배하여 도시에 出荷^{출하}하기에 바쁜 비봉면 구포리 마을에서는 이장 자리를 기피하는 바람에 통별로 돌아가면서 強賣^{강매}하듯 강제로 이장을 맡아 하는 경우도 있었습니다. 이분들은 필요한 날에만 면사무소 회의에 왔다가 급히 돌아가 비닐하우스에 물을 대고 저녁에는 비닐 지붕을 덮어 보온하거나 한여름에는 환기작업을 하는 등 시설원예에 최선을 다하여 큰 수익을 올렸습니다.

이 다방이라는 곳에 가면 면장님, 계장님, 농협 영농부장님, 예비군 중대장님 등 관내 기관장들이 이 코너 저 테이블에서 각각의 손님을 만나 대화하고 담배를 피우고 어떤 분은 가운데가 푹 꺼진 소파에 앉아서 허리 아픈 시간을 보내고 있습니다. 긍정적인 시각에서 보면 면단위 최신 정보가 돌아다니는 면 상황실 같은 역할을 합니다만 가끔은 조금 불편한 사건의 현장이 되기도 했습니다.

이제 버스를 타고 수원시내로 들어가서 음악다방이라는 곳에 가 보겠습니다. 뮤직 박스, DJ(disk jockey) 방에서는 레코드판을 돌려 음악을 들려주면서 동시에 외부에서 걸려오는 전화를 받아줍니다. 음악소리를 줄인 DJ 오빠는 "손님 중에 홍길동씨~ 카운터에 전화~ 입다~." 아주 느끼한 목소리로 안내를 합니다. 나름 자신의 직업에 최선을 다하는 모습입니다.

대부분의 손님들은 일단 다방에 들어서면 뮤직 박스 앞 벽면으로 갑니다. 동그란 레코드판이 벽에 걸려 있고 판의 원주율을 측정하는 노랑 고무줄에 매달린 메모지를 살펴봅니다. 자신에게 보내온 메모를 확인하는 것입니다.

다양한 모양새로 접어 매달거나 고무줄 장력을 이용해 끼워 넣은 메모지의 형형 색상도 이제는 추억 속의 이야기입니다만 당시로서는 소중한 疏通^{소통}의 소품이었습니다. 핸드폰을 늦게 받았다고 싸우는 요즘의 戀人^{연인}들에게 정말로 전하고 싶은 1977년 음악다방에서 만나는 우리들의 모습입니다.

그날 이 다방에서 만나기로 한 친구가 1시간마다 도시로 올라가는 차를 타지 못하면 1시간 이상 늦게 되므로 다방에 전화를 해서 다음 행선지를 전하는 메모를 부탁합니다. 그래서 일찍 와도 메모를 확인해야 하고 늦게 오면 더구나 메모 확인은 必須^{필수}입니다.

일행들이 다방에서 모여 다음 장소인 식당으로 가면서 늦게 온 친구에게 알림장을 전하기 때문입니다. 고약한 나쁜 다른 친구는 전혀 모르는 여성 애인에게 전하는 메모를 떼어다가 기념품으로 간직하니 절친 남녀의 '의문의 이별'을 조장하기도 하였답니다.

당시에도 혁신적인 영업방침을 구사하던 발 빠른 선각자들은 사회 도처에 존재했습니다. 우리 다방 사장님은 테이블마다 유선 전화기를 설치하는 영업 전략을 개발합니다. 전화를 받은 DJ 오빠가 홍길동 손님을 호명하고, 손님이 손을 들면 그 테이블 전화기에 연결해 주는 것입니다. 당시로서는 첨단 과학이었으니 젊은 손님, 특히 여성고객이 바글바글했습니다. 예나 지금이나 작은 아이디어가 돈벌이를 도와주고 문명을 발전시키는 법입니다.

요즘에도 커피점 장사가 잘 되려면 와이파이를 강하게 연결해 주어야 합니다. 노트북 연결이 가능한 LAN망이 있으면 錦上添花^{금상첨화}입니다. 그리고 3시간 동안 한 자리를 지켜도 주인은 절대로 손님에게 불편한 내색을 하면 아니 됩니다. 오히려 무한리필로 손님을 그 자리에 잡아두는 전략이 필요합니다.

손님들이 장시간 자리 잡고 있다고 주인께서 불만스런 표정을 지으면 바로 다음날에 단체 손님이 우르르 다른 업소, 경쟁 관계의 가게로 갈 것이니 말입니다. 오랫동안 자리를 지켜주는 손님이 있다는 사실이 요즘 업주로서는 오히려 행복한 일인 것입니다.

▶▶ 행정전화 | 삐삐선 | 전통

1977년 당시의 행정통신은 王辰倭亂^{임진왜란} 중에 연기를 피워 위급상황을 전하던 봉화에서 조금 나아진 수준입니다. 할머니 장에 가실 때 들고 다니신 검은 줄로 엮어 만든 가방을 보셨을 것입니다. 이 전깃줄을 삐삐선이라고 합니다. 6.25 한국전쟁 때 통신병으로 일하신 어르신들이 어깨에 메고 달렸습니다. 미군이 배에 싣고 태평양을 건너온 검정 전깃줄입니다.

삐삐선 두 가닥에 4개 면사무소 행정전화가 연결되어 있습니다. 벨이 울려도 전화를 받지 않는 이유는 4개 면사무소에 고유 통신 숫자가 있기 때문입니다. 즉, 매송면사무소는 2번 벨이 울리고, 저의 고향 비봉면사무소는 3번, 지금은 화성시청 소재지인 남양면사무소는 4번, 국민가수 조용필 씨의 고향인 송산면사무소는 5번 따르릉 울립니다. 우박이 내리듯 후두두둑 울려대면 4개 면사무소에서 모두 받으라는 신호입니다.

군청 담당자가 비봉면 공무원과 통화를 하고자 하면 자석식 전화기 손잡이를 돌려서 전기를 일으키면 교환수가 받습니다. 비봉면사무소 연결을 부탁하면 교환은 비봉면 등 4개 면에 통합된 전화 잭을 연결하고 전화벨을 3번 울려줍니다. 총무계에서 전화를 받으면 산업계 김 주사를 바꿔달라고 합니다. 대부분 출장갔다고 합니다. 어디로 갔는가 묻습니다. 그리고 지금 아주 급하니 군청 농산과 박 아무개에게 전화를 하라 합니다.

지금 산업계 김 주사는 비봉면 자안리에 출장중입니다. 이장님 댁에 전화를 해서 연락을 부탁하면 마을 방송에 나갑니다.

"아아~~ 마이크 시험중! 면사무소 담당서기님! 면사무소에서 급하게 전화하시랍니다."

들었는지 못 들었는지 그날 오후는 그렇게 흘러갑니다. 39년 전 이야기입니다. 요즘 핸드폰 전화벨 2번 만에 못 받으면 큰 결례라도 한 듯, 죄를 지은 표정을 지으시는 요즘의 젊은이들에게 반드시 이 이야기를 들려주고 싶습니다.

면사무소 행정전화가 울리면 대부분 긴급 현안에 대한 전언통신문(전통)을 불러줍니다. 공문서로 보내는 경우 빨라야 3일이 걸리므로 병해충 방제, 태풍 대비, 폭우 등 자연재해에 대응하기 위한 행정지휘를 전화로 전달하는 것입니다. 전통은 공문서와 동일한 효력이 있으므로 전화를 받은 이, 전화를 걸어서 알려준 공무원의 이름을 적어서 즉시 부면장, 면장님께 보고합니다.

이 전통을 2개의 전화기에 각각 4개 면씩 8개 면 공무원에게 동시에 전합니다. 일단 각 면에서 전통을 받아 적을 준비가 되었는가를 확인합니다. 그리고 8명에게 동시에 그 긴급사항을 불러줍니다. 각각의 전화사정이 다르고 먼 곳과 가까운 곳이 있고 공직 新入신입과 古參고참이 있을 것이므로 국제회의 순차 通譯통역처럼 시간이 많이 필요합니다.

어려운 용어가 나오면 다시 물어보게 되고 답답하니까 어느 面면의 선임이 대신 답변을 하면 군청 직원은 "야! 거기 누구야! 조용히 해!" 소리를 칩니다. 그래서 릴레이식, 비상연락망 방식으로 군청에서 인근 면사무소 4곳에 전화를 걸어 전언통신문을 불러주면 그 다음, 그 다음 면으로 전하고 마지막 번이 군청에 전화해서 결과보고를 하는 시스템도 운영했습니다만 중간에 끊기는 사고가 발생하여 폐지되고 말았습니다.

전언통신문 하나 받는 데 30분이 걸리기도 합니다. 그리고 부면장님 공람결재를 받아 산업계에 전하면 됩니다. 당시 전통은 90% 이상이 산업계 농사행정과 관련한 내용입니다. 그래서 군청 실무자들의 귀는 레슬링선수처럼 뒤로 접혔다는 농담이 있습니다.

격투기 선수들의 뭉개진 귀를 '만두귀' 라 합니다. 고맙게도 저를 위해 추천의 글을 써주신 올림픽 금메달리스트 김원기 선수는 30여 년이 흐른 지금도 만두귀입니다. 군청 사업부서 공무원들도 하루 종일 전화기를 잡고 동 공무원과 입씨름을 하므로 송화기에 눌려서 귀의 모양이 레슬링선수의 만두귀처럼 변했다고 하는 농담이 있을 정도입니다.

요즘에는 부드러운 소재의 이어폰이나 헤드폰을 쓰고 쇼핑 채널에서 주문을 받거나 전화를 이용한 보험판매를 합니다. 이 분들을 '감정 노동자'라 합니다. 긴 시간 전화를 통한다는 것은 힘든 일입니다. 1970년대 전화행정을 하던 시절 그 선배들은 지금 스마트폰을 들고 무슨 이야기를 하실까요.

우리는 지금 스마트폰을 쓰고 있습니다. 더 이상 전화기가 아니라고 합니다. 동영상을 보고 인터넷을 통해 뉴스를 검색하고 쇼핑을 하고 문자를 주고받습니다. 전화를 걸면 '여보세요'가 아니라 '어디야?' 하고, 걸려온 전화를 받을 때에도 발신자가 누구인지 번호와 이름을 보여주므로 "자기야! 왜?"로 대화를 시작합니다.

그래서 한 마디 첨언하고자 합니다. 이 전화기가 다른 이를 위해 구입한 것이 아니고 자신을 위한 것입니다. 조금 늦게 받아도 미안하지 않은 사회 분위기를 조성해야 합니다. 부재중 전화에 이름, 번호가 남아있으니 회의시간에는 꺼두시거나 사무실에 두고 홀가분하게 행사에 참석하시기 바랍니다.

하지만 머피의 법칙이 있습니다. 회의에 열중, 집중하겠다는 생각으로 전화기를 두고 간 그날에는 반드시 정말로 꼭 받아야 할 전화가 옵니다. 제게도 여러 차례 그런 일이 있었습니다. 그래도 회의중에 다른 전화를 받는 것은 缺禮^{결례}입니다. 그래서 '핸드폰 활용 및 관리 지침(안)'을 만들어 보았습니다.

핸드폰 활용 및 관리 지침(안)

제1조(목적) 본 지침은 전 국민이 소지하고 있는 개인전화 (핸드폰 Cell Phone)을 적절히 관리하고 그 운영과 관리에 대한 에티켓을 정하며 이를 공감하도록 하기 위함에 목적이 있다.

제2조(현황) 돌잡이 아이조차 그림책을 손가락으로 문지르고 있으며 젊은이들은 횡단보도를 건너면서도, 짜장면을 먹으면서도, 운전중에도 전화기를 손에 잡고 있고, 마트에서 물건을 담는 데도 왼손만으로 작업하는 등 온 국민이 눈을 떼지 못하는 실정이고 나아가서 온 나라 젊은이들의 걸음걸이를 갈지자로 바꾸고 있는 실정이다.

제3조(전화 에티켓) ① 핸드폰을 즉시 받지 않는 것은 절대로 결례가 아니다. ② 핸드폰 벨은 진동을 우선으로 한다. ③ 회의 참석시에는 핸드폰을 사무실에 둔다. ④ 타기관을 방문하여 회의에 참석하는 경우에는 회의진행 관계자에게

전화기를 보관한다. ⑤ 벨이 울리면 즉시 받은 후 꺼줌으로써 벨소리 울림을 2회 이내로 마친다. 회의중에 누구의 전화인지 발신자를 확인하는 것은 큰 결례이다. ⑥ 누구도 전화를 늦게 받은 데 대하여 항의하거나 탓하지 못하며 이를 다음 업무에 연결하지 않는다. (마음에 담아두지 못한다.) ⑦ 상대편이 자신의 전화번호를 저장하지 않았을 것으로 추정되는 경우 전화를 하여 받지 아니 하면 전혀 속상해 할 수 없으며, 상대방이 궁금해 할 것에 대비하여 전화를 한 용건에 대해 문자를 남긴다.

제4조(개인전화기의 의미) ① 전화기는 개인 소유이며 타인의 전화를 받기 위하여 구입한 것이 아니고, 자신이 남에게 걸기 위하여 소유하고 있는 것이다. ② 다른 이의 전화를 받지 않거나 늦게 받은 것은 전혀 미안한 일이 아니다. ③ 운전중에 걸려온 전화는 받지 않는 것이 예의이다. ④ 실천하기 어렵겠지만 전화를 연결하기 전에 문자를 먼저 보내는 것이 예의이다. SNS를 최대한 활용하고 불통시, 상세 설명이 필요한 경우에 육성 통화를 하도록 한다.

제5조(통화방법) ① 사무실에서는 작은 소리로 통화한다. ② 대중교통 안에서는 용건만 2-3마디 말하고 나중에 통화한다. ③ 전화통화 목소리는 평소 대화의 1/3수준으로 낮춘다. ④ 회의중에 걸려온 전화는 받지 않고 문자로 답한다. ⑤ 발신자의 경우 5번 이상 벨을 울리도록 기다리는 것은 매너에 미달하는 행위이다.

제6조(사회적 약속) ① 전화기 제조사는 핸드폰 벨소리를 촉감 등 본인만 알 수 있는 시그널시스템 개발에 주력한다. 반지, 귀걸이, 불빛 알림 등 다양한 방안을 연구한다. ② 각종 회의실에는 이동전화를 제한하는 전파장치를 법제화하여야 한다. 이 경우 상대방이 통화불능 지역에 있을 수 있다는 메시지를 전해주도록 한다. ③ 통화는 간단히 한다는 점에 국민적으로 공감해야 한다. 다수가 함께 하는 공간에서는 짧은 통화가 에티켓임을 명심한다. ④ 오전 7시 이전, 오후 10시 이후에는 다음 각호의 사유가 있어야만 전화를 연결할 수 있다. 1. 쓰나미 발생경보 2. 상수도관 파열 3. 대형화재(5층 이상 건물) 4. 교통사고로 인한 사망자 발생 5. 앞의 사례보다 위중하다고 판단되는 사안의 발생 ⑤ 초보 운전자는 출발시 전화기를 무음으로 하거나 전원을 꺼야 한다. 본인과 다른 사람의 생명을 살리는 길임을 명심하여야 한다.

제7조(부칙) ① 1970년대 다방 DJ박스에서 메모지를 확인하던 시절을 생각해서 핸드폰의 고마움을 알아야 한다. ② 과도한 스마트폰 사용은 여러 가지 부작용이 있음을 명심해야 한다. ③ 본 조례 예외사항 (적용되지 아니 하는 경우) 1. 부부나 연인 사이 2. 부모와 자녀 사이(1촌) 3. 직장동료(동급), 긴급사안의 경우 상사나 후배는 전화할 수 없고 동료가 하는 것은 무방하다. 4.기타 개인적 판단으로 필요하다고 판단하는 경우

여기에서 지적한 사례중 몇 가지라도 지키고자 하는 노력이 필요합니다. 길을 가면서 전화기 들여다보다가 교통사고를 당하는 일이 많습니다. 도로 경계석에 걸려 넘어져 다치기도 하고 더욱 심한 경우 물구덩이에 빠지고 전화기를 잃어버리기도 합니다. 스마트폰으로 공부를 하다가 사고를 당했다면 할 말이라도 있습니다만 광고나 인터넷 기사를 보다가 사고를 당하면 참으로 황당할 것입니다.

더 이상 전화기의 노예가 되지 말아야 합니다. 가방 속에 주머니에 넣고 올바른 자세로 신호등을 확인하고 주변 사람과 어깨충돌이 발생하지 않도록 바르게 걸어가야 합니다. 궁금한 일은 PC를 통해 확인하시고 과도하게 전화기에 매달려 거북이 목이 되지 않도록 유념하여야 합니다. 부탁드립니다.

▶▶ 한자漢字 이야기

행정에서 많이 쓰이는 한자를 倂記병기하였습니다. 처음 공직에 들어가 접한 어려운 한자가 混亂혼란스러웠습니다. 뜻도 모르고 쓴 한자어가 많았습니다.

한자를 과하게 쓰는 일은 止揚지양해야 하겠지만 적정한 한자 병용은 효율성과 表現표현력에 도움을 줍니다. 공직에 들어와 접한 어렵지만 재미있는 漢字한자를 소개합니다. 과거에 이런 어려운 한자를 행정에서 사용하였구나 생각해 주시기 바랍니다.

初度巡視(초도순시) : 처음으로 그 관할 지역을 순회하여 시찰함.
執務檢閱(집무검열) : 근무하는 사무실의 각종 시설을 점검함.
割愛要請(할애요청) : 타기관 공무원을 우리 기관으로 보낼 것을 요망함.
追加更正(추가경정) : 예산에 대한 추가 또는 변경. 약칭으로는 追更추경.
隨意示談(수의시담) : 가격에 대한 협상.
首題之件(수제지건) : 앞의 결재(보고)건에 대하여.
乾畓直播(건답직파) : 마른 논에 종자를 직접 파종하여 농사를 지음.

小束立乾(소속입건) : 볏단을 작게 묶어 세워서 건조함.

小株密植(소주밀식) : 모내기할 때 개수를 적게 하고 좁게 심어줌.

生藁施用(생고시용) : 볏짚을 그 논에 퇴비로 다시 풀어 줌.

持參報告(지참보고) : 보고 문서를 직접 가져와서 확인 받고 제출함.

韓牛入殖(한우입식) : 소를 키우기 위해 들여옴.

企業養畜(기업양축) : 대규모로 가축을 사육함.

家禽(가금) : 집에서 기르는 조류. 닭, 오리 등.

牝牛(빈우) : 암소.

春耕(춘경) : 봄날의 논밭갈이.

秋耕(추경) : 가을 논밭갈이.

水稻(수도) : 논에 심은 벼.

陸稻(육도) : 밭에 심은 벼.

田作(전작) : 밭작물.

管井(관정) : 지하수 개발.

糧政(양정) : 쌀 관리행정.

1978~1980년

書務 아니고 庶務
사표서 | 행려사망자
군수님의 지갑

▶▶ 서무^{庶務}와 서무^{書務}의 차이점

어느 부서 모든 조직에는 총무라는 직책이 있습니다. 새로운 업무, 잡다한 일을 담당하는 부서가 총무부입니다. 5명만 모여도 총무가 역할을 하고 있고 기업체의 중심에는 총무부장이 있습니다. 행정에는 총무계, 총무과, 총무국이 있습니다. 면사무소에서 조직 전체를 담당하는 직원을 '서무담당' 이라고 합니다.

초임발령으로 받은 비봉면사무소에서의 첫 보직이 서무담당이었습니다. 그 庶務^{서무}담당을 書務^{서무}담당인 줄 알았습니다. 그리하여 군청에서 매일 문서를 가져오시는 홍 주사 아저씨를 오전 내내 기다렸습니다.

사실 처음 발령을 받았을 당시에는 바쁜 일이 없었습니다. 나중에 파악해 보니 일이 없는 것이 아니라 일을 할 줄 몰랐던 것입니다. 면사무소에서 할 일은 택배회사 박스배달처럼 하루 종일 해야 할 일이 밀려 있습니다.

서무담당으로 자임한 가운데 다른 일(庶務)은 몰라라 하고 오로지 書務^{서무}담당으로서 문서접수와 부면장님 先閱^{선열}을 받는 일로 하루를 보냈습니다. 우선 문서를 보면 요즘의 서류와는 많이 달랐습니다.

종이 재질은 마분지입니다. 말똥을 풀어서 종이성분을 모아 김을 재듯이 판을 짜서 말린 종이를 馬糞紙^{마분지}라 합니다. 정말로 회색의 김처럼 말린 종이라 하면 정확한 표현입니다.

글씨는 鐵筆^{철필}로 내려쓴 名筆^{명필}입니다. 이를 일러 '가리방(がりばん)'이라 했습니다. 1960년대에 할아버지 할머니 별세하시면 동네 청년들이 초등학교, 당시에는 국민학교에 가서 소사 아저씨의 손을 빌려 부고장을 만들었습니다. 원지에 철필로 글씨를 써서 잉크로 마분지나 갱지에 인쇄하는 것이었습니다.

그런 형태의 공문을 한 뭉치 가져옵니다. 이제부터 신바람 나게 일을 시작합니다. 공문 전면에 빈 공간이 있으면 접수인을 찍습니다. 첫 페이지에 글씨가 가득하면 뒷면에 접수인을 찍은 후 문서 접수대장에 공문 제목과 발신일, 발신자를 적은 후 전체 서류를 결재판에 넣어서 부면장님 책상에 선열을 올립니다. 부면장님은 접수인 오른쪽 상단 부분에 문서를 보았다는 표시로 서명을 하십니다.

이 대목에서 문제가 발생했습니다. 제 임무가 서무이니 문서관리는 혼자서 다 하는 줄 알았습니다. 부면장님은 문서에 서명을 하신 후 책상 끝으로 밀어주십니다.

저만치서 부면장님을 바라보고 있다가 서명을 마치시면 재빠르게 달려가서 문서를 통째로 받아옵니다. 그리고 그 문서를 개인 캐비닛에 차곡차곡 쌓아두었습니다. 한밤중에 눈이 내리듯 소복소복 쌓인 공문서가 캐비닛 4칸중 1칸을 채웠습니다. 3주간 이렇게 일했습니다.

누구도 가르쳐주지 않았습니다. 당시의 면사무소는 참으로 바빴습니다. 민원인이 오시고 이장님 반장님 새마을지도자님이 오시면 부면장, 면장님이 만나서 대화를 하시고 계장님도 반갑게 악수를 하고 이야기를 나누었습니다.

호병계는 주민등록, 호적부 필사하고 습식 복사하기에 바쁘고 재무계는 美濃紙^{미농지} 領收證^{영수증}에 먹지 2장을 대고 볼펜으로 눌러쓰기에 정신이 없습니다. 총무계는 군청과 통화하고 산업계 자리는 텅 비어 있습니다.

서무담당 혼자 전화 받다가 하루가 갑니다. 업무를 가르쳐 줄 선배는 동네 출장중입니다. 혼자서 알아서 처리해야 하는데 공문서를 여러 날 캐비닛에 방치해도 아무 일이 없었습니다. 그래서 속으로 공무원이 참 좋은 직업이라 생각했습니다. 더구나 서무담당은 말 그대로 '화이트 컬러' 인 줄만 알았습니다.

하지만 사건은 발생합니다. 이 세상에 쉬운 일이 없습니다. 군청 행정계장님이 우리 면사무소 총무계장님에게 전화를 걸어 왔습니다. 총무계장님은 벌떡 일어나 전화를 받는데 "예예~~" 소리를 10번 이상 반복하십니다. '아이고~. 이것이 行政^{행정}인가' 했습니다. 지금 생각해 보아도 군청 행정계장도 6급 공무원이고 우리 계장님도 6급이며 오히려 나이가 많으신데 저렇게 절절 매는 이유를 알지 못했습니다.

전화통화 내용은 공무원 인사통계 자료를 제출하라는 수시보고 통제 공문서를 보냈는데 응신이 없다는 말씀입니다. 늘 군청 아저씨들은 말합니다. 당신 면에서만 보고가 안 되었다고 叱責^{질책}을 합니다. 그래서 오토바이를 타고 20km를 달려 군청 상공과에 보고서를 제출합니다.

숨을 돌려 군청 담당자 책상 위에 이른바 읍면별 용지에 적힌 보고서 제출상황을 보면 우리 면에 동그라미 치고 몇 곳에 동그라미가 그려질 뿐 빈칸이 반이 넘습니다. 아직 절반도 오지 않았습니다. 보이지 않는 전화라고 17개 읍면중 16곳이 들어왔는데 '당신 때문에 취합 집계가 나오지 않는다' 고 야단을 치는 것입니다. 이것은 심하게 말하면 사기입니다.

한편 10분 정도 '예예~'를 반복하신 우리 연세 드신 6급 계장님은 "서무! 공문 어디에 있나?" 물으십니다. 그제야 이것이 공문이라는 것이구나 생각하면서 개인 캐비닛에 쌓아둔 공문더미를 계장님 책상 위에 올려드립니다. 계장님은 공문 야적장에서 조금 전 군청 행정계장님과 통화한 공무원 인사통계 공문을 찾아내시고는 급하게 자료작성을 하십니다. 또 다시 아무런 말씀을 하시지 않습니다.

그래서 다시 공문더미는 캐비닛으로 들어갑니다. 사실은 이 공문서를 4개 계에 각각 배부해야 하는 것이었습니다. 총무계에는 총무계장, 새마을, 회계, 사회, 민방위 등에 담당자가 있습니다.

산업계에는 벼농사, 밭농사, 山林^{산림}, 축산, 양정, 건설 등의 담당이 있고, 재무계가 있어 세금을 징수하고, 호병계가 민원을 처리하고 있습니다. 군청의 각과와 면서무소의 4개 계가 연계되어 일처리를 하는 것입니다.

이런 시스템을 알지 못한 초보 서무는 모든 문서를 저 혼자 보관하고 있었으므로 우리 면사무소는 4주간 공문서 처리가 중단된 것입니다. 첫 번에 터진 것이 군청 행정계장이 직접 처리하는 인사통계인데 이를 방치한 것입니다.

이 같은 사건이 발생한 것을 주변의 선배들이 일찍 알고 차분히 지도해 주셨으면 얼마나 좋았을까요. 일주일만 일찍 알려주었으면 참 좋았을 것요. 하지만 정확히 4주가 흘렀고 군청에 보고서가 늦어서 단체로 야단을 맞았습니다. 군청에서 보고서 독촉장이 날아든 것입니다. 부면장님 개인 도장을 찍은 事由書^{사유서}를 제출해야 했습니다. 결국 1개월 만에 서무담당은 자질이 부족하다는 판결(!)을 받고 좌천되는 아픔을 겪게 됩니다.

졸지에 좌천을 당한 나이어린 신규 공직자는 이 조직이 자신을 버렸다는 생각을 합니다. 그래서 사표를 제출합니다. 요즘 공직 중간에 물러나는 경우 '사직원'을 내게 되는데 예나 지금이나 공직을 떠난다는 의사표시를 '석자 7줄'이라고 했습니다. 석자는 '사직원'의 3글자이고 7줄은 사직원 전체가 7줄로 구성된다는 뜻입니다.

19살 신규 공직자, 지방행정서기보시보는 그날 '사표서'를 냈습니다. 그 내용을 보면 참 단순하게도 '저는 오늘 공무원을 그만 두겠습니다' 라고 적었습니다. 제대로 된 사표는 '개인 사정으로 공무원을 사임한다'고 적어야 합니다. 공무원이 쓰는 기안 갑지, 을지에 쓰면 안 되고 그냥 백지에 적어야 합니다.

원하지 않는 부서로 좌천되어서 기분 나빠 사표를 낸다 하면 받아주지 않습니다. 요즘 기업도 사표 내는 방식과 절차는 공직과 마찬가지일 것입니다. 명예퇴직을 하는 경우에도 명퇴일 3주 전에 미리 명예퇴직원을 제출해야 합니다.

퇴직한다고 하면 감사부서, 기타 관련 부서에 명단을 보내어 사전에 일반퇴직, 명예퇴직을 신

> ## 사표서
>
> 지방행정서기보시보
> 이 강 석
>
> 저는 오늘부터 공무원을 그만 두겠습니다.
>
> 1977. 6. 16
>
> 쓴 사람 : 이강석
>
> 면장님 귀하

청한 공무원의 전후 상황을 검증합니다. 크로스 체크되는 검증과정을 통과해야 공직에서 명예롭게 퇴직하는 것입니다. 이제 공무원을 나와서 돌아보니 명예퇴직, 정년퇴직한 공무원은 尊敬^{존경}해야 합니다.

대략 당시에 제출한 사직원의 모습은 이러합니다.

'사표서, 저는 오늘부터 공무원을 그만 두겠습니다. 1977년 6월 16일 이강석. 면장님 귀하'

▶ 진짜 슈퍼맨 면서기로 다시 일어서다

새롭게 발탁(?)되어 간 부서인 산업계에서 畜産^{축산} 양정 상공 수산 蠶業^{잠업} 관정 업무를 담당하게 되었습니다. 면사무소 담당업무가 이렇게도 많았습니다. 고참 선배 한 분은 수도담당입니다. 수돗물 담당이 아니고 벼농사 담당입니다.

두 번째 고참 선배는 전작과 산림담당입니다. 田作^{전작}은 밭농사이고 산림은 나무를 관리하는 업무입니다. 또 다른 선배는 상공 담당입니다. 요즘으로 말하면 지역경제과 업무입니다. 동료 신입은 토목담당입니다.

신규 임용자 교육이 있습니다. 6주 동안 기본교육을 받았고 2주간의 새마을 정신교육을 받았습니다. 19살 나이에 합숙생활을 하면서 새마을 교육을 받았으므로 그 정신 무장이 지금도 유효한 것 같습니다. 아마도 신규 교육을 받는 중에 공직자로서의 기본자세를 잡은 것 같습니다.

어느 강사님이 사표를 내는 방법과 절차를 설명해 주십니다. 절대로 사표를 내지 말라는 의미에서 하시는 말씀이었습니다. 제대로 작성된 사직원은 '상기 본인은 개인사정으로 인하여 소직을 면하고자 하

> ## 사 직 원
>
> 직 : 지방행정서기보시보
> 성명 : 이 강 석
>
> 상기 본인은 개인사정으로 인하여
> 소직을 면하고자 하오니 청허하여 주시기 바랍니다.
>
> 1977. 6. 16
>
> 위원인 : 이강석
>
> 비봉면장 귀하

흔히 말하는 '3자7줄' 사직원 사례입니다.

오니 청허하여 주시기 바랍니다' 라고 적어야 합니다.

제대로 된 사표를 제출하지 못하였고, 사표를 받아줄 상황도 아니었습니다. 당시 공무원 임용중 1년 동안은 '시보임용' 이라 해서 임의로 부서를 바꿀 수 있었습니다. 군청에서는 1년 동안 제대로 못하면 해직을 할 수도 있다고 했습니다. 형식과 절차를 갖추지 못한 가운데 다음날 아침 부면장님과 산림과 田作전작을 담당하는 권병춘 선배가 오토바이를 타고 5km를 달려 집으로 오셨습니다. 그 당시의 방식으로 소통의 달인이셨던 부면장님이 대문을 열고 들어오십니다.

"어머니! 귀한 자제분을 모셔다가 잘 쓰지 못하고 불상사가 발생하게 되어 대단히 송구합니다."

무조건 면사무소에서 잘못했다는 말씀을 하십니다. 주민을 만나면 민병일 부면장님은 늘 죄송하다 했습니다. 정말로 죄송하였던 것인가는 알 수 없습니다. 지금 생각해 보니 별일 아닙니다만 당시 어린 19살 소년에게 좌천은 크나큰 충격이었습니다. 자존심이 상했습니다. 그리고 스스로 판단하기를 나의 길은 文學문학이라고 생각하였고 중학교 국어교사가 되기 위해서도 그 길로 가겠다는 다짐을 했습니다. 이 글이 책으로 나온다면 그 당시의 착한 憤怒분노를 에너지로 삼았다고 자평할 수 있을 것입니다.

운명은 아주 작은 요소에서 방향을 바꾸곤 합니다. 사직원을 낸 날 저녁부터 이미 서울 광화문 학원으로 돌아갈 준비를 하였지만 아침 버스는 지나갔고 11시 버스를 타기로 마음먹고 있었습니다. 하지만 운명을 바꾸는 데는 오토바이 한 대와 두 분의 선배로써 충분했습니다.

다음날 오전 10시경에 들이닥친 부면장님의 한 말씀으로 광화문 학원이 소재한 서울행은 중단되고 다음날 아침 공직 1개월 만에 총무계 서무에서 산업계 축산 양정 상공 수산 蠶業잠업 관정 담당자가 된 것입니다. 하지만 잘한 짓도 있습니다. 새로운 자리 산업계 말석으로서 바쁘게 일했습니다. 모험적으로 탐색했습니다. 선배들의 서류를 뒤져보기도 하고 지나간 세월 속 문서를 열독했습니다.

군청에서 내려오신 선배님이 기안을 하여 결재를 받은 후 주시면 열심히 공문서를 만들어서 이장님에게 보내는 문서함에 넣었습니다. 당시의 면사무소에는 문서함이 있었습니다. 공문이나 홍보물을 넣으면 이장님이 오셔서 꺼내가시고 담당 공무원이 출장갈 때 꺼내어 봉투에 담아 이장님께 전하기도 합니다. 한 달 동안 제대로 하지 못한 총무계 서무 역할을 산업계 서무가 되어 열심히 정열적으로 뛰어다니며 해냈습니다. 후회 없는 공무원 시보 기간이 신나게 흘러갔습니다.

▶▶ 19살 소년의 장례^{葬禮}작업 참여기

본격적으로 공무원 생활을 하면서 고난도 업무에 임하게 되었습니다. 行旅^{행려} 사망자 처리입니다. 당시에는 시골 동네에서 사망하거나 면 경계 고갯길에서 돌아가시는 분이 더러 있었습니다. 비봉면사무소 근무중에 이렇게 돌아가신 세 분을 산기슭과 공동묘지에 모셨습니다.

이 업무는 사회담당이 합니다. 일단 行旅^{행려} 환자는 보건소에서 치료해 드립니다만 결국 무연고 사망자가 발생하면 경찰에서 수사를 하고 검찰의 지휘에 따라 조치를 합니다. 경찰은 사망자의 열 손가락 지문을 찍고 사진을 촬영하여 사건을 처리합니다. 검찰에서는 대부분 매장지시를 한다고 합니다.

매장지시가 오면 경찰에서 면사무소로 인계합니다. 사회담당이 처리해야 합니다. 어느 날 7급 사회담당 선배가 9급 후배와 저를 식당으로 불러 대낮에 소주를 주문합니다. 당시 소주 안주로는 김치를 끓으면서 두툼한 돼지고기 반 근을 넣고 먹기 직전에 두부 반모를 추가한 매운탕이 제 격입니다. 돼지비계의 기름기가 입맛을 돋우는 美食^{미식}중 하나입니다. 거기에 막걸리나 소주 몇 잔을 마시고 나면 "이제 가자!" 합니다.

오토바이를 타고 현장에 가서 檢屍^{검시}를 마친 행려 사망자를 매장합니다. 산속에서 사망한 경우에는 바로 옆을 파고 장례를 치릅니다. 하지만 민가나 밭둑 등지에서 사망한 경우에는 인근의 공동묘지까지 이송해야 합니다. 19살과 20살 나이에 감당해야 하는 일이었습니다. 요즘 젊은이들은 30세가 되어서도 못한다 할 것입니다만 당시 저보다 5살 많은 25세 선배들이 이 일을 해냈습니다. 20세 후배들이 말없이 따라갔습니다.

제대로 장례를 치르지는 못하였지만 共同墓地^{공동묘지} 양지바른 곳을 택하여 모셨습니다. 지금도 시골 그 산을 지날 때는 그 당시의 기억이 떠오릅니다. 평생을 통해 잊을 수 없는 기억이고 그 자리 인근을 지날 때는 마치 동영상을 돌리는 듯 당시의 상황이 환하게 떠오릅니다.

고인이시여! 아픔과 고통과 가난과 배고픔이 없는 천국에서 永眠^{영면}하소서. 20세 나이에 자안리, 양노2리, 삼화2리 등 세 곳에서 무연고 行旅^{행려} 사망자 장례를 도왔습니다.

이 경험이 훗날 아무리 힘든 일을 만나도 굳건하게 견디는 힘의 원천이 되었나 봅니다. 어린 나이에 큰일에 동참한 기억이 힘이 되는 DNA를 스스로 생성하였다고 생각합니다.

▶▶ 부락 담당 직원이 해야 할 일들

마을 담당 직원이 해야 할 일이 또 하나 있습니다. 봄가을 도로정비 작업을 하는 날에 막걸리 3통을 내놓는 것입니다. 이장님은 부락민들에게 우리 담당 서기가 막걸리를 사왔다며 자랑을 합니다. 어르신들이 박수를 치십니다. 지금 생각해 보니 담당 서기가 술을 준비했다는 사실은 아주 기분 좋은 일입니다.

당시로서는 官員^{관원}, 즉 면사무소 공무원이 나를 위해 막걸리를 받아왔으니 참으로 가슴 뻐근한 일인 것입니다. 그리고 담당 직원의 속내는 1년 동안 이 집 저 집에서 밥 얻어먹은 것에 대한 답례로 생각했습니다.

1978년에 경기도내 여러 곳에서 엄청난 수해가 발생하였습니다. 가가호호에서 부식이 부족하다 하여 고추장 된장을 모아서 전하게 되었습니다. 담당 직원들이 부락에 나가서 된장을 모아 면사무소로 운송했습니다. 신규 공무원이 담당하는 부락은 늘 먼 곳, 오지마을입니다. 차를 갈아타고 돌아오는 교통여건임에도 된장자루 3개를 날랐습니다.

하루 4번 지나가는 오후 2시 버스에 된장자루 3개를 싣고 버스를 바꿔 타고 면사무소에 도착했습니다. 와서 보니 선배들은 5kg 정도 나가는 고추장과 된장을 수집해 왔습니다. 하지만 新入신입이 20kg 짜리 된장과 고추장 포대 3개를 끌고 들어오니 모두가 감탄합니다.

그날 젊은이가 된장자루와 사투를 벌이는 모습을 물끄러미 바라보던 버스 안내양도 누구나 똑같은 세월을 겪었을 것이고 이제는 나이 60이 넘었을 것입니다. 화물 차비 받지 않으신 그 누나도 평생 동안 행복하시기를 기원합니다.

공직에서 큰 시련을 겪고 나면 작은 어려움은 쉽게 극복합니다. 인생에서도 마찬가지일 것입니다. 거칠게 성장한 인물이 크게 성장합니다. 부모님의 과보호, 先代선대의 재산을 물려받은 재벌 2세가 기업 아닌 분야에서 큰 성공을 거두기는 쉽지 않아 보입니다. 물론 다 불가능은 아니겠지만 어려운 여건에서 큰일을 이룩하면 언론에 부각되고 많은 사람들의 존경을 받습니다.

남양주시의 자랑이고 大韓民國대한민국의 인물이시며 유네스코가 인정한 茶山다산 정약용 선생의 名著명저는 강진 유배기간중에 저술되었습니다. 힘들고 어려울 때 사상적으로 더더욱 고양되고 비바람 강풍으로 인한 시련이 강할수록 그 나무의 줄기와 뿌리는 강건해지는 것입니다. 어려운 환경을 이겨낸 공무원들이 관리자가 되면 젊은 직원의 고충을 더 많이 이해하고 그들과 어려움을 함께 할 것입니다.

사자가 새끼를 절벽 아래로 떨어트리고 기어 올라와야 자식으로 인정하고 잘 키운다는 말을 들었습니다. 물론 기어 올라오지 못하면 죽을 것입니다. 사자에게도 인성이 있어서 새끼가 소중하니 약한 새끼도 함께 키우려 해도 이미 절벽 아래로 떨어진 새끼를 다시는 데려오지 못할 것입니다. 공직자에게 일부러 고난을 주자는 것은 아니지만 어느 순간 힘든 상황이 오더라도 잠시 한숨 쉬며 비켜선 후에 긍정의 마인드로 받아들이자는 제안을 합니다.

사실 서너 번의 고난을 저도 참았습니다. 피하지 못하니 즐기기도 하였고 역발상으로 그 속에 뛰어 들어가 온몸으로 맞이해 보았습니다. 그 결과 진흙 속에서 연꽃이 피는 연유를 알 것도 같았습니다.

진실로 대하고 진정으로 모시면 집단 민원인도 아군이 되고 골치 아프다는 직원이 내 편이 되는 경우를 경험해 보았습니다. 소통하고 마음을 열면 가능한 일입니다.

▶ 통일벼 | 안보 | 양보 | 공직자의 자존심

지금 생각해 보면 어처구니가 없는 일이지만 1978년 통일벼 재배를 국가안보의 화두로 삼았던 당시에는 일선 공무원들에게 일반벼 못자리를 밟아 통일벼 재배면적을 확보하는 행정지도를 하도록 엄명을 내렸습니다. 부면장님을 指揮者^{지휘자}로 해서 못자리 전단계인 浸種^{침종} 현장을 확인합니다.

면사무소 산업계장님, 산업계의 水稻^{수도} 담당자는 모든 농가의 논 면적을 파악하고 있고 여기에 필요로 하는 침종의 양을 추계할 수 있습니다. 그리고 일반벼 볍씨는 둥근 모양이고 통일벼 계통의 벼는 일반벼보다 길쭉한 형상입니다. 따라서 볍씨 浸種^{침종}한 양을 보면 이 댁에서 일반벼를 몇% 정도 심을 생각을 하신지 알 수 있으므로 행정에서 권장하는 통일벼 70%에 맞도록 현장에서 조절해 드리는 행정지도를 펼칩니다. 그 방법은 일반벼를 침종한 항아리중 한 곳에 통일벼 볍씨를 넣고 손을 넣어 휘휘 휘젓는 것입니다. 다른 볍씨가 섞이면 파종을 하지 못합니다.

이 같은 행정지도에 대해 어르신들은 처음에 반발하시다가 막상 행정지도 작업이 종료되면 허허허 웃으십니다. 당시에는 면사무소 부면장과 산업계장의 행정지도가 흡수되고 融和^{융화}되는 시기입니다.

작업을 마친 후 부면장님은 어르신께 사과의 말씀을 드리고 정부에서 안보적 차원에서 통일벼 재배를 권장하는 것이니 적극 협력해 주시기를 바란다고 말씀 올립니다. 수시로 만나는 부면장님과 산업계장님이 두 손을 모아 사죄를

✽ **어처구니** : 흔히 맷돌의 손잡이를 말합니다. 소나무 옹이 ㄱ자 부분을 이용하여 만듭니다. 두부를 만들기 위해 콩을 불리고 그릇과 국자 등 필요한 소품을 다 준비한 줄 알고 맷돌을 돌리려 하는데 그 손잡이가 없으므로 작업이 안 됩니다. 즉, 사소한 부주의, 작은 소품의 불비로 인해 업무진행이 안 되는 경우에 '어처구니가 없다' 고 합니다. 듣고 보니 참으로 어처구니가 없지요?

드리면 어르신은 부드럽게 받아주십니다.

그리고 정부의 시책이니 우리가 따라가야 하는 것이기는 한데 老母노모가 계시니 일반미 쌀이 조금은 필요하다시며 다시 한 번 너털웃음으로 분위기를 정리하시고 깔끔하게 마무리해 주십니다.

행정의 영역이 참으로 넓다는 생각을 했습니다. 공무원이 이 정도 대우를 받고 신뢰를 얻고 있다는 사실에 감동했습니다. 그리고 다음 집에 가서도 같은 방식으로 어르신들에게 통일벼 재배의 중요성을 강조했습니다. 그러면 어르신들은 올가을 공출로 다 받아주어야 한다며 약속을 하라 하십니다.

사실은 공출이 아니라 추곡 수매입니다만 일제 강점기에 태어나시고 농사를 지으신 어르신들은 늘 '公出공출'이라 하십니다. 공출이란 일제가 논에서 생산한 벼를 강제로 가져가는 徵發징발입니다. 징병, 징용, 부역, 공출 등은 일제 강점기에 어르신들이 겪으신 참으로 힘든 삶의 아픈 기억들입니다.

한편으로는 일제 강점기 면서기들의 입법, 사법, 행정을 융합한 막강한 권력과 공무원들의 甲갑질에 대한 아픈 상흔이 마음 속 깊은 곳에 남아있나 봅니다. 마치 신경안정제의 재료가 되는 황소 몸속 심연의 牛黃우황 덩이가 어르신의 가슴속 응어리로 자리하고 있나 봅니다.

통일벼를 많이 심어 식량자급을 하고자 하는 정책은 국가 안보와 직결된다는 교육을 받았습니다. 당시의 이 같은 行政指導행정지도는 그 시대의 문화이고 역사이고 삶의 애환이라 할 것입니다. 1978년 鄕里향리의 인심 속에는 공직에 대한 敬畏경외와 敬意경의와 期待기대가 있었습니다.

지극히 계산적이고 개인적인 이 시대의 사회와는 그 모습과 形體형체와 감촉이 크게 달랐습니다. 투박한 주민들의 얼굴에는 온화한 미소가 있었고 거친 손안에 부드러운 애국심이 존재했습니다. 대한민국 공무원이고 우리 지역의 면

✽ **우황牛黃** : 우황이란 담을 제거하고 정신이 혼미한 것을 치료하는 약재로, 암에 걸린 소가 병마와 싸우는 과정에서 생성된 응결체라고 합니다. 치열한 싸움에서 발생하는 결정체로서 이를 정제하면 우황청심환이 됩니다. 우황청심환은 시험보기 전, 면접보기 전에 미리 먹으면 떨리는 가슴을 진정하는 안정기능이 있습니다. 병마와 싸우는 과정에서 생성된 우황에서 신경안정제가 추출된다는 사실도 신비롭지만 이른바 소의 고름덩이에서 약을 만들어낸 인류의 醫術의술도 뛰어납니다.

서기이니 우리를 이끌고 부락을 잘 살게 하고 나라를 융성하게 할 것이라는 아련한 안개 속인 듯 黎明^{여명}의 사이인 듯 어디선가 느껴지는 묵직한 애국이 血流^{혈류}처럼 온몸을 싸고 돌았습니다.

그래서 박봉이지만 새마을 모자를 쓰고 오토바이 시동을 걸면 무한의 세계, 블루오션의 大洋^{대양}으로 내달렸습니다. 목장갑에 흰색 검은색 페인트 통과 붓을 들고 산 정상에 올라 한 번도 착륙하지 않는 헬기를 기다렸습니다.

주민이 아프시면 영웅 슈퍼맨처럼 헬기가 다다다다 수다를 떨며 내려와 환자를 태우고 훅~ 하고 병원 옥상에 내려줄 것이라 믿었습니다. 산불이 나면 더 큰 헬기가 저수지 물을 한 입에 빨아들인 후 왕벌처럼 날아와 소나기처럼 진화해 줄 것을 기대하고 확신했습니다.

그래서 오지 않는 헬기를 기다리며 봄가을에 산에 올라 잡초를 뽑고 풀을 베고 돌을 바르게 정리한 후에 흰색 페인트칠을 합니다. 조상님 벌초행사에는 불참하는 자가 헬기장 정리 작업에는 발 벗고 나서는 것입니다. 그래서 공무원입니다.

페인트칠 작업을 마친 그 행장 그대로 작업장을 이동하다가 학교에서 친구들과 집으로 돌아오던 동생과 遭遇^{조우}합니다. 동생은 저녁을 먹으며 말합니다.

"아버지, 형은 면사무소 공무원이라면서 페인트칠하는 작업반장을 하나요. 친구들에게 창피했어요."

그래도 공무원은 공무원입니다. 남양주시청 8272센터 공무원들은 5급 6급 7급 공무원인데 가정집에서 수도관이나 하수관 등 보수작업을 하면서 우연히 듣는 엄마가 아이들을 훈계하는 이야기가 있습니다.

"너희들 열심히 공부 안 하면 저 아저씨들처럼 되는 거야."

지금도 동네 젊은이가 9급 공무원 공채에 합격하면 플래카드를 내겁니다. 시골 면사무소 소재지에 "양촌리 최불암 어르신 차남, ○○대 합격!", 그리고 "양촌리 이순재 어르신 삼녀, 공무원 합격!" 신규 공무원 발령장을 교부하면서 묻습니다. 初修^{초수} 별로 없습니다. 再修^{재수} 三修^{삼수}에 대부분 자랑스럽게 손을

★ 조우 : 어떤 인물이나 사물, 경우를 우연히 만나거나 마주침.

듭니다. 四修^{사수}도 있을 것이지만 더 이상 질문하지 않습니다.

통일벼 증산을 위한 공무원의 여정은 계속됩니다. 볍씨 양을 조절하는 강제적인 행정지도를 마친 며칠 후 이번에는 젊은 공무원 2명이 차출되어 계장님을 따라 마을 논에 도착합니다. 비닐로 깔끔하게 포장된 여러 개의 못자리를 확인해 보니 이 어르신 논 면적으로 보아 통일벼 70%, 일반벼 30%에 맞추기 위해서는 2판을 폐기해야 한다는 계산이 나옵니다.

계장님은 말씀으로 지시는 안 하시고 눈짓을 보냅니다. 아마도 마음 속으로는 본인이 지시한 것이 아니라는 나름의 변명을 해두고 싶은 심정이었나 봅니다. 20살 철부지였지만 계장님의 눈빛이 무슨 뜻인가는 이해하는 수준이었습니다. 즉시 바지를 올리고 들어가 비닐을 벗기고 못자리에 올라가 밟았습니다. 농민들께는 송구한 일이지만 이것이 행정의 역할이라는 생각을 했습니다.

최근 구제역이 발생한 현장에서 소를 매몰하는 작업에 참여한 직원이 '나는 공무원이기에 낫으로 소의 배를 갈랐다' 는 말을 남겼습니다. 당시 행정지도라는 大義名分^{대의명분}으로 못자리를 밟아버린 행정지도를 결행한 어린 공무원들의 마음 속에서도 비슷한 생각이 들었고 그 변명이 머릿속을 맴돌았을 것입니다.

그리하여 몇 곳을 더 다니며 동일한 작업을 결행한 후에 사무실에 돌아오니 칠판에 분필로 바를 정자(正)가 표기되어 있습니다. 아마도 다른 조의 실적을 내부에 보고한 것으로 생각했습니다.

부면장님이 전체 실적을 총괄하고 다시 면장님이 군청에 보고하였을까 상상해 보았습니다. 지금 이 시대에는 받아들일 수 없을 것 같은 행정지도 실적은 중앙에도 보고되었을 것입니다.

그리고 전국 농촌 지역에서 착한 민심 민초들의 아픈 사연이 하늘에 닿은 듯 다음해 그 이듬해에는 이 같은 아픈 사건은 더 이상 발생하지 않았습니다. 행정지도의 방식과 레벨이 현실적으로 업데이트된 것 같습니다.

하지만 정부가 지원하는 벼 방제작업에는 또한 모순된 일들이 벌어졌습니다. 1980년에는 병해충이 심했나 봅니다. 군청에서 지도 나오고 도청에서 농산과장님이 오시고 농림수산부 간부가 오신다는 傳喝^{전갈}이 옵니다. 공무원들은 논에 나가서 윗분의 차가 지나가는 시간에 맞춰서 농약을 뿌렸습니다.

농약은 맑은 날 오전 10시경에 뿌려야 효율이 높다고 생각합니다만 비 오는 날에도 농약을 뿌렸습니다. 벼 병충해가 발생한 것이 중요한 것이 아닌 듯 보입니다. 높은 분들이 오시므로 뿌려야 합니다. 오시는 분들이 지금 열심히 약을 뿌리고 있다는 확신을 갖도록 하는 일이 우선인 듯 보였습니다.

단계별로 여러 계층의 윗분이 오시므로 농약이 부족하고 오히려 과도하게 투약을 하는 상황이 왔습니다. 그래서 나중에는 맹물을 뿌렸습니다. 장비와 유류비는 지자체와 정부에서 지원하였으므로 기계는 돌릴 수 있습니다.

하지만 농약 값은 농가부담이니 내 돈이 들어갑니다. 또한 농민의 입장에서 사랑하는 벼에게도 '약은 약사에게 진료는 의사에게' 라는 구호가 필요했습니다. 農夫^{농부}의 발자국소리를 듣고 성장한다는 子息^{자식}과도 같은 벼인데 말입니다.

과도한 투약이 오히려 부작용을 초래할 상황인 것입니다. 이 또한 여러 경로를 통해서 중앙에 보고된 듯 보입니다. 이후에는 이런 불필요한 중복 투약 사태가 발생하지 않도록 하는 조처가 있었을 것입니다.

1970년대 면 행정은 농사행정이 70%입니다. 요즘 경기도의 농업 인구 비율이 4.3%이지만 당시에는 행정기관 공무원 대부분이 농사행정 업무를 담당하였습니다. 그래서 관선시절 도지사님은 현장을 다니다가 농사행정이 부진한 군에 대해서는 농사계장을 면사무소로 보내라 하시고 어느 면의 농사행정이 잘 되면 현장에서 군청 농사계장으로 전보 조치했습니다.

물론 같은 6급이지만 면사무소 계장과 군청의 농사계장의 위상 차이는 지금도 현격합니다. 나중에 事務官^{사무관}이 되고 안 되고를 결정하는 비중 높은 요인이 되는 것입니다.

그래서 출세를 하는 공무원이 있고 잘 나가다가 左遷^{좌천}되는 사례가 빈번했습니다. 그리하여 바쁜 농사철에는 차라리 사무실에 있기보다는 출장을 나갑니다. 사무실에서 서류작업을 하는 이는 20일 봉급날 전후 3일 동안 일해야 하는 회계주사 이외에는 없습니다. 그래서 사무실에는 민원 1명, 세무 1명, 병무 보조 방위병 1인이 남게 됩니다.

지금 생각해 보면 면사무소 공무원들은 슈퍼맨입니다. 위기에서 시민을 구하는 영화 슈퍼맨처럼 공무원들은 모든 일을 다 할 수 있습니다. 수십 곳 군청의 실과에서 매일매일 공문으로 지시를 내리면 공무원들은 2~3일 내에 그 지시사항을 이행하고 결과를 보고합니다.

면 전체의 논에 농약을 뿌리고 결과를 보고하라 하면 보고합니다. 관내의 쥐잡기 계획을 시달하면 잡기로 한 목표량에 101%를 달성합니다. 군청 담당자가 잡기로 한 숫자만큼 면 관내의 쥐들이 약속을 한 듯 참으로 신기하게도 그만큼만 죽어주는 것입니다.

모내기 실적 최종보고에서 103% 달성하였다고 보고하기에 그 연유를 물으니 전전환이라 합니다. 밭일이 힘들어서 논으로 전환한 것을 田轉換^{전전환}이라고 합니다. 밭을 논으로 바꿨으므로 군청에서 시달한 목표 면적보다 더 많이 심었다는 논리입니다. 하지만 논을 밭으로 바꾸거나 비닐하우스로 전환한 경우도 많았을 것이라는 생각을 하였습니다. 이 부분에 대해서는 크게 고민하는 눈치가 보이지 않았습니다. 그래서 그냥 그렇게 지나가기로 했습니다.

추곡수매량, 하곡수매량 책정의 기준도 모호하고 고추생산량, 참깨재배 면적, 옥수수 파종 필지 수 등도 정확하게 확인하지 못하였던 것 같습니다. 예를 들어 밭작물의 경우 目測^{목측}으로 대략 200평, 150평으로 조사하여 제출하였습니다. 최소한 그 밭의 지적도를 바탕으로 확인해야 할 것이지만 이장님의 말씀이 고추, 참깨, 옥수수 파종면적으로 확정되었습니다. 호랑이 담배피던 시절의 이야기입니다.

이제는 농업통계사무소에서 과학적 기준으로 농사행정 통계작업을 하고 있으니 걱정은 사라지게 되었습니다. 정확한 파종면적을 바탕으로 강우량과 일조량 등을 분석하면 생산량을 어느 정도 정확하게 추계할 것으로 봅니다. 신뢰수준이 높아졌을 것입니다. 말 그대로 주먹구구 행정을 한 것이지만 당시로서는 그것이 최선이었다고 생각했습니다.

주먹구구란 손가락을 펴면 5×5=25 정도는 맞출 수 있지만 주먹을 쥐면 2×2=4를 맞추기도 어렵다는 뜻이라고 봅니다. 계획성도 없고 비과학적으로 행정을 한다는 지적을 할 때 '주먹구구'라는 말을 많이 들었습니다.

▶ 공직자의 책임감 – 팔탄면사무소에서

1980년 22세에 화성군 비봉면에서 팔탄면으로 근무지가 이동되어 새로운 마음으로 근무를 시작했습니다. 담당 업무는 이른바 '주사'가 담당한다는 회계업무였습니다. 면사무소 근무자는 별정5급 면장님, 6급 부면장, 6급 총무계장, 그리고 7, 8, 9급 공무원과 보조원이 있습니다.

산업계장이 총무, 총무계장이 호병, 호병계장이 산업계장으로 자리이동을 하면서 동시에 공무원 3년차 신입에게 회계담당을 맡겼습니다. 월급 5만 원 정도를 받던 시절인데 매달 수백 만 원을 집행하는 업무는 그 무게감이 엄청났습니다.

우선 월급계산을 하여 대략 20명분 200만원을 농협에서 인출하여 사무실까지 들고 오는데 강도를 만나는 것은 아닐까 하는 걱정에 주변을 살핀 후 급하게 뛰어온 기억이 납니다.

1,000원권 돈다발을 서랍 속에 감추고 한 뭉치씩 꺼내어 봉급봉투에 담아 다시 다른 서랍에 넣었습니다. 봉급 지출액에서 공제액을 제하고 개별 봉투에 넣은 돈이 다 맞아 떨어져야 봉급봉투를 개개인에게 전달하는 것입니다.

10원짜리까지 맞춰서 담고 나면 200원이나 300원이 남게 되는데 그 이유를 밝히기 위해서 다시 세어보고 지출 내역서를 살펴보았습니다. 지금은 엑셀이나 PC에서 마우스 작업으로 합산을 할 수 있지만 당시에는 오로지 주판알을 튕겨야 합니다. 계산기를 쓰는 것도 회계주사만의 특권이었지만 아직 서툰 계산기보다는 주판을 자주 활용했습니다. 회계주사로서 한 가지 기분 좋은 일은 아무리 바쁜 농사행정이 있어도 20일을 전후하여 3일씩 6일간은 현지 출장을 가지 않습니다.

회계주사가 현장업무 지원하다가 봉급계산에 차질이 나면 소중한 월급을 줄 수 없을 것이니 말입니다. 그리고 봉급계산에 소요되는 시간은 본인만이 아는 일이므로 다 마친 후에라도 계속 서류를 펼치고 있으면 부면장님도 출장가라는 말씀을 하지 않으십니다. 전산화 수준이 높은 요즘에는 불가능한 고급 사기극인 셈입니다.

산업계장님이 총무계장으로 오신 후 첫 번 회계문서 결재에서 서류와 인주를 들고 계장님 자리에 갔습니다. 그리고 주머니에서 계장님 이름으로 새긴 도장을 꺼내 드리며 이 도장으로 오늘부터 결재를 하시면 좋겠다고 말했습니다. 22살 어린 신규 3년차 공무원이 참으로 대견했나 봅니다. 참으로 기분 좋은 표정으로 도장 결재를 하셨습니다.

1981년 8월 10일자에 경기도농민교육원으로 전근 갔습니다. 도청 사업소중 하나로서 지금은 도립직업전문학교가 되어 젊은이들에게 기술교육을 하고 있는 미래 지향적인 기관입니다.

새로운 부서에 발령받고 5일이 지나도 면사무소 후임 회계책임자가 지정되지 않아서 인계를 하지 못하였고 결국 17일부터 20일까지 팔탄면에 퇴근하여 俸給^{봉급}계산을 했습니다. 신임 총무계장님의 걱정 하나를 덜어드린 것입니다.

이 일과 함께 근무 당시에 총무계장님 회계결재 도장을 새겨드린 일은 계장님의 오랜 자랑이었습니다. 아무개가 갑자기 전출발령이 나서 면사무소 봉급지급 등 회계처리 업무가 걱정이었는데 저녁 늦은 시각까지 작업을 해서 깔끔하게 처리했다고 주변의 공무원을 만나실 때마다 말씀하셨습니다.

그리고 보니 전임자에게서 회계업무에 대한 사무 인계인수를 받지 않고 전임 계장님으로부터 설명을 들었습니다. 전임자는 입대하였으므로 면사무소에 나올 수 없었기 때문입니다.

회계업무는 참으로 기술적인 일입니다. 그날 그 시각에 결재를 받고 수표를 발행하여 농협에 가서 현금을 받고 다시 연금, 의료보험료, 공제회비, 소득세, 주민세 등을 납부해야 합니다. 그날이 지나고 그 시각이 경과하면 돌이킬 수 없는 것이기에 타이밍이 중요합니다.

공직자는 있어도 없는 듯하고 없어도 있는 듯해야 한다는 선배님의 말씀을 들었습니다. 그 사람이 없으면 불편한 경우는 두 가지입니다. 평소에 부서의 이런저런 일들을 잘 처리하기에 그 분이 없으면 업무가 밀린다는 말입니다.

하지만 또 다른 그 사람이 없어서 불편한 것은 업무처리를 제대로 못하여 민원이 발생하거나 매뉴얼에 맞추지 못하는 업무 스타일로 인해 다른 이가 서류를 열어 보면 처리과정, 전말을 파악할 수 없기에 힘이 드는 것입니다.

머피의 法則^{법칙}(Murphy's law)이 있습니다. 꼭 그 담당자가 없는 날에 민원인이 오십니다. 사무실 대청소하는 날에는 국장님 결재를 받으러 가는 이가 있습니다. 물청소를 하면서는 누군가가 나에게 전화를 걸어왔으면 하는 기대를 하지만 평소에는 자주 오던 전화도 대청소 시간에는 울리지 않습니다.

서무담당 집합 방송도 없습니다. 인사과에서 서무담당을 부르면 가고 오고 그 일을 처리하는데 1시간 정도 쓴다면 그만큼 청소작업에서 列外^{열외}할 수 있는데 말입니다. 이유는 확인되었습니다. 각과 서무담당을 부를 직원들이 지금같이 청소를 하고 있기 때문입니다.

하지만 부지런한 공직자는 누군가가 알아봅니다. 우선은 본인이 부지런한 것을 자신의 다리와 팔과 머리, 그리고 가슴속 심장이 알고 있습니다. 일처리하는 것을 보면 부지런한 주무관인지 게으른 차석인가 알 수 있습니다. 그냥 움직임만으로도 그 사람의 성실성은 파악됩니다.

식당에서 일하는 분들의 어깨에는 계급장도 없고 從業員^{종업원}인지 主人^{주인}인지 명찰에도 표기된 바 없습니다만 움직임을 1분 동안만 보면 알 수 있습니다. 주인은 발걸음이 빠르고 늘 주변을 살피지만 종업원은 묵묵히 자신의 일에만 集中^{집중}합니다.

公務員^{공무원} 모두가 主人公^{주인공}이 되어야 합니다. 우리 사무실의 주인이 되고 책임자가 되어야 합니다. 식당에서도 손님이 많으면 모든 이의 소득이 함께 올라가는 시스템이 필요한 것입니다.

공무원에게도 일부 성과급이 있기는 합니다만 열심히 일하게 되는 유인책은 역시 昇進^{승진}입니다. 승진을 좌우하는 점수는 우리 과장님의 評點^{평점}에서 판가름나기에 과장님, 국장님의 지시를 잘 따르는 것입니다.

✳ 머피의 법칙 : 미국 공군 대위 에드워드 머피의 이름에서 유래했다. 1949년 머피 대위는 조종사들이 받는 중력에 대해 하나의 실험을 진행하고 있었다. 그러나 실험은 계속 실패하였고, 실패의 원인은 실험에 사용된 부품의 배선이 잘못된 사소한 실수로 밝혀졌다. 부품을 설계한 머피 대위는 '어떤 일을 하는 데 두 가지 이상의 방법이 있고, 그 중 하나가 잘못된 결과를 초래한다면 누군가는 꼭 그 방법을 쓴다'고 말했다고 한다. 그 뒤 일의 결과가 잘못될 때, 자신에게 불리한 상황이 반복되는 상황을 표현할 때 사용되면서 일반화 되었다.

식당에서 막 식사를 하려던 손님이 밥 속에 파리가 빠져 있는 것을 발견했습니다. 밥을 밥공기에 퍼 담는 과정에서 들어간 것으로 보입니다. 손님은 종업원을 불러 파리가 들어갔다고 지적합니다.

"이보시오, 공기밥에 파리가 빠져 있군요."

종업원이 달려왔습니다. 공기밥을 확인한 종업원은 손님이 파리라고 지적한 부분을 손으로 집어 입안으로 가져갔습니다.

"손님, 제가 먹어보니 이것은 검정콩의 껍질입니다."

마침 검정콩이 들어간 콩밥이었습니다. 손님은 어이가 없었지만 증거물이 사라졌고 파리가 아니라 콩껍질이라는 종업원의 대응에 더 이상 항의할 수 없었습니다.

손님은 사장을 불러 당부했습니다. 이 종업원은 참으로 주인정신이 뛰어난 직원이니 사장님이 오래도록 같이 일하고 나중에 식당이든 다른 사업이든 잘할 것이니 창업을 지원해 주시기 바란다는 말을 남기고 떠나갔습니다.

아마도 손님은 훗날에도 이 종업원이 사장이 된 식당에 자주 방문했을 것이라고 봅니다. 주인정신은 도처에 필요하며 공직생활에서는 물론 모든 이의 삶의 좌우명입니다.

▶▶ 8급 공무원과 승진

바로 옆 상사와 불협화음을 내는 이가 승진한 사례가 있다면 참으로 오래도록 그 직급, 그 자리에 근무하였을 것입니다. 이 직원은 아마도 세 번 이상 승진에서 누락, 물을 먹었을 것입니다. 소통하지 못하는 이가 그 부서에서 승진하는 것은 동아줄을 바늘구멍에 꿰는 것입니다. 바늘구멍이 아니라 구멍조차 없는 密室^{밀실}에서 홀로 있는 것입니다.

지금부터 자신에 대한 명쾌하고 솔직한 진단이 필요합니다. 누가 확인하지 않아도 스스로 일감을 찾아내서 처리하였는가 반성해야 합니다. 부서의 동료를 위해 대신 어려운 업무를 마무리했는가 반문해 보아야 합니다. 나 홀로 서 있는 화장실에서 바닥에 떨어진 휴지를 주워 통에 버린 경험이 여러 번인가 돌아보시기 바랍니다. 누군가가 같이 있거나 다른 이가 보는 앞에서는 이른바 善行^{선행}을 하지만 나 혼자 있을 때 공공의 질서를 위해 작은 것이라도 스스로의 마음에서 우러나 행동에 옮긴 기억을 살려 보아야 합니다.

인간의 작은 善行^{선행}은 큰 나무의 씨앗입니다. 그 씨가 싹이 나고 줄기에 가지가 자라나서 큰 나무가 됩니다. 선이라는 큰 나무는 숲을 이루고 산을 푸르게 하듯이 나의 작은 선이 보다 큰 자아를 완성하게 됩니다. 그 과정에서 인생의 행복을 알고 자신의 존재를 자랑스럽게 느낄 것이며 그 과정이 부모님께는 효도이고 아내에게는 사랑이며 자식들에게는 자랑이 되는 것입니다.

공무원은 일단 공직이라는 참 좋은 善行^{선행}의 밭에 들어왔습니다. 그 밭과 논에서 선행으로 씨앗을 삼고 보람이라는 비료를 주어 내 인생의 큰 나무를 가꾸어 가는 것이 행복입니다.

인생의 완성이 쉽지 않을 것이고 그 완성도를 평가하는 기준도 다양할 것입니다만 이런 과정 속에서 부모 형제 아내 남편 그리고 자녀와 직장 동료들에게 무한의 긍정에너지를 전해 주고 그 상승작용을 통해 자신이 발전하는 것입니다. 이 순간이 참으로 소중합니다.

▶▶ 군수님의 지갑

면사무소에는 면장님, 시청에는 시장님이 일하십니다만 군청에는 郡長^{군장}님이 아니고 郡守^{군수}님이 근무하십니다. 아마도 군을 지키시는 분이라는 의미가 있나 봅니다. 어느 날 면장님을 모시고 농사 현장에서 행정지도를 하고 있는데 군수님이 승용차를 타고 지나가시다가 차에서 내려 격려하십니다. 접이식 지갑에서 파란 돈 20,000원을 꺼내어 면장님에게 주시면서 직원들하고 막걸리 한 사발 마시라 하십니다.

1978년 당시에 군수님 월급이 얼마인지 몰랐지만 9급 2호봉 월급이 50,000원이니 군수님이 10배 50만원을 받으신다 해도 현장을 다니시면서 하루 10곳만 격려해도 20만원일 것으로 추정해 보면 집에 가져가실 월급이 없겠다는 걱정을 했습니다. 군수님에게는 월급보다 많은 금액의 업무추진비가 있다는 사실을 알지 못한 초임 공직자들은 그냥 돈을 받은 것이 기쁘기보다는 군수님 사모님 살림살이를 걱정했던 것입니다. 하지만 출장가면 여비 주고 행사하면 카드 쓰고 교육가면 식비 주는 공직이 얼마나 소중한가를 다시 한 번 생각해 봅니다.

공직자로 40년 가까이 살아오면서 우리 공직이 얼마나 고마운가에 대해 깊이 생각하지 못하였습니다. 월급 재원은 매년 회계과 금고에 쌓아두고 일만 열심히 했습니다. 민간에 근무해 보니 자신의 봉급을 스스로 벌어야 합니다.

세일즈맨이 되어서 사업을 따오고 그해에 용역을 납품하고 사업비를 받아야 내 월급이 나온다는 사실은 공무원과는 전혀 다른 세계의 현실입니다. 공직에서 나온 지 반 년도 지나지 않아서 그동안 공직이라는 커다란 비닐하우스 안에서 적정한 온도와 습도와 바람막이 속에서 성장해 온 자신을 발견하였다는 말입니다.

새로운 직장에서 보니 이른 시각에 복도에는 우리 회사의 시간제 직원에 응모하여 아침부터 면접을 준비하는 나이 든 젊은이를 보게 됩니다. 나이 든 젊은이라는 말은 모습은 수험생인데 나이가 좀 들어 보인다는 뜻입니다.

표정을 살펴보면 공부를 많이 한 모습이고 나이는 30을 넘은 듯하고 얼굴에 작은 어둠이 서려 있습니다. 정장을 한 경우가 많고 머리에 힘을 주어서 나이를 가늠하기가 참 어렵습니다.

사실 요즘 젊은이들 사회에서 보면 20대로 보이는데 30이 넘었다 하고 40대로 보이지만 더 나이 어린 경우가 많습니다. 과거 40년 전을 돌이켜 보면 얼굴에서 보이는 만큼의 나이를 먹었는데 말입니다.

1970년대에는 하다못해 면서기보다는 기업으로 공장으로 취업을 했습니다. 그 당시를 함께 살아온 복수의 지인들의 말씀을 평균해 보면 9급 공무원 월급 5만원일 당시에 일반 산업체 근로자들은 20만원, 4배 정도를 받았다고 합니다. 하지만 지금 우리 주변의 청년들은 대학을 더 다닌다고 합니다. 취업이 되지 않아서 공부를 더 한다고 하니 부모님 걱정이 태산입니다.

9급 공무원 여러분, 8급 직원 여러분, 그리고 공무원 시험을 준비하는 젊은

이 여러분! 한 번 더 힘을 냅시다. 공직이라는 푸르고 아름다운 무대가 우리 앞에 있습니다. 올림픽 펜싱 결승전에서 우리나라 박상영 선수는 10:14로 뒤진 상황에서 연속적으로 5점을 획득하여 15:14로 승리했습니다. 랭킹 3위와 21위의 대결이었습니다. 총알보다 빠를 수 있다고 생각되는 펜싱의 공격입니다. 연속 5득점은 '할 수 있다'는 자신감이 있어서 가능했습니다.

우리나라 최초의 펜싱경기 올림픽 에페 개인전 금메달입니다. 이후 예능방송 최연소 인기몰이 대박이도 '할 수 이따'는 구호를 외치며 언덕 오르기에 성공하였습니다. 우리도 할 수 있습니다. 여러분이 할 수 있습니다.

책속의 보너스

강원도 한계령 3박4일

출발 동기

1982년이면 24살.

지금 우리 집 아이들 나이인데 철이 없었거나 모험심이 크고 자신만만한 고향 친구 3명이 의기투합하여 강원도 한계령을 걸어서 넘자는 '거친' 프로젝트를 시작했다. 강석은 텐트, ○○는 부식, YY는 식량을 준비하기로 했었다. 대략 이런저런 담당을 정하고 여름 휴가기간을 이용하여 강원도 투어에 나서기로 하였던 것이다. 그리하여 모월모일에 수원역 앞 버스터미널에서 만나기로 약속하였다.

사건 발생

하지만 터미널에서 1시간을 기다려도 두 친구는 오지 않았다. 당시에는 전화가 귀했다. 시골마을에 이장님 댁 전화 1대뿐이다. 연락할 방법이 없다. 요즘 핸드폰 늦게 받았다고 질책하는 것을 보면 이해가 어렵다. 그 폰이 당신 전화 받으려 비싼 돈 주고 마련한 것이 아니라 내가 전화할 일이 있을 때 쓰려고 가지고 다니는 것 아니겠는가. 여하튼 훗날 만나 물어 보니 세 명중 한 명쯤 빠져도 둘이서 갈 수 있는 여행이라 생각하고 두 친구가 동시에 여행을 포기했단다.

결론을 말하면 그래서 두 친구는 강원도 한계령 여행을 하지 못한 것이고 멋지고 장엄하고 아름다운 여행의 추억 한 조각이 모자랄 것이다. 물론 그 4일 동안 자신만의 다른 역사를 축적하였을 것이다. 나는 약간의 고민이 있었지만 텐트도 있고 자신감도 있었으므로 계획대로 혼자서 여행을 진행하기로 했다.

수원역을 출발하여 어딘가를 거쳐 소양강 댐으로 갔다. 소양감 댐은 크고 넓다. 인간의 힘으로 이처럼 거대한 토목의 役事^{역사}를 이룩했다는 사실에 놀랐다. 그리고 그 댐을 기대고 모여든 엄청난 물의 위력에 놀라고 감동했다.

소양호 상류에서

배는 힘찬 경유 엔진소리를 자랑하면서 드넓은 바다 같은 소양호의 물살을 갈랐다. 그 전에 배에 오르면서 고등학교 동창생 육군 將校^{장교}를 만났다. 곧바로 사관학교에 들어갔고 4년만에 장교가 되었고 졸업 후 5년만이니 벌써 중위가 되었다. 그 친구도 휴가를 이용해 여행을 하는 길이라 했다. 會者定離^{회자정리}, 만나면 헤어지지만 헤어짐은 새로운 만남을 기약한다. 그 날의 인연 때문은 아니겠지만 훗날 이 친구를 자주 만났고 최근에도 이런저런 일로 통화를 한다. 시원한 호수바람을 맞아보며 1시간 30분을 달려 도착한 곳은 강원도 양구군이다. 양구군은 군사도시인데 소양강 댐 상류에 위치한 땅 면적이 넓은 지역이다.

양구군 소양호 상류에서

생애를 통틀어 처음으로 텐트를 치고 버너와 코펠을 이용하여 저녁을 지어 먹었다. 김치를 끓이고 밥을 지어서 맛있게 먹었다. 24살 청년에게는 모든 음식이 맛있다. 돌을 씹어 먹지는 않았지만 어른들 말씀중에 차돌을 갈아먹으라 하시기에 마음으로는 여러 번 돌을 먹은 것 같다.

아침에 일어난 기억이 정확하지 않지만 그냥 그려보아도 강 상류의 안개, 성하의 계절이니 풍요로운 녹음과 바람, 산새, 갈대, 그리고 고요한 정경이 그려진다. 이런 그림은 화가가 아니어도 마음 속으로 가슴 속으로 그리곤 하는 것 아닐까. 더 낭만적인 낚시 어르신이 잡아 올린 물고기를 구경한 기억이 난다. 잡은 물고기에게는 떡밥을 주지 않는단다. 역설적이다. 떡밥은 물론 명품가방, 옷, 맛있는 음식을 사주어야 한다. 잡은 물고기는 자신의 아내를 의미하는 것이니 말이다.

원통해서 못 살겠네

양구군에서 하루를 걸려 버스 타고 걷고 다시 버스 타고 도착한 곳이 '인제 가면 언제 오나, 원통해서 못 살겠네~~~!' 인제군 원통면 원통리이다. 재래시장에서 감자와 양파를 사려고 길을 걷는데 자그마한 청년이 공무원처럼 오토바이를 타고 지나간다. 김만수 형이다. 2년 전에 화성군 비봉면에서 함께 근무하였던 선배인데 고향인 강원도로 돌아간다 했다. 그런데 그 형이 원통면사무소에 근무하는 것이다. 2016년 지금쯤 근무하실까? 기억으로는 1956년생이니 공직을 마치고 고향땅을 지키고 있을 것이다.

허겁지겁 달려가서 그 형의 손을 잡았다. 재래시장이 좁아서 오토바이를 따라잡을 수 있었을 것이다. 그리고 24살 청년이 배낭을 메었어도 달음박질 좀 했을 것 아니겠는가. 만수형은 일단 자신의 집으로 가자 했다. 아니라고 했다. 젊은 혈기로 나선 여행이므로 끝까지 야외취침을 하겠다고 고집을 부렸다.

그러자 형은 면사무소 뒤편에 있는 교회 터를 알려주었다. 황토 흙 위에 소가 좋아하는 풀이 무성하게 나서 자연스러운 쿠션이 되는 자리였다. 명당자리에 텐트를 치고 저녁을 지어 먹었다. 양파와 감자, 그리고 된장을 풀고 밥을 뜸들여 함께 먹었다. 강원도에서의 2박을 순조롭게 마치고 드디어 도전의 아침을 맞이하였다.

친절한 만수형은 결전의 아침에 오토바이를 타고 와 격려해 주었다. 이 형을 만나러 가야 한다. 언젠가는 만나야 하는 형이다.

한계령 도전 1

문제는 텐트를 포함한 코펠, 옷, 부식 등 많은 짐이다. 그냥 짊어지기도 버거운 것을 등에 메고 비탈길을 올라야 하는 도전이다. 열심히 걷는 것 같지만 그냥 소나무요 바위요 가시덤불에 구불구불한 도로다. 99곡 구불구불인가. 셀 수조차 없지만 한계령은 그 굽이를 알 수도 없다. 동해안 파도굽이를 산으로 연결한 듯 여기도 구불 저기도 구불한데 하늘은 보이지 않고 땅은 뜨겁고 짐은 뒤로 자꾸만 늘어진다. 오전 내내 걸었지만 아직도 한계령 산기슭이다. 높은 산의 언저리를 맴돌고 있다.

배고프니 아침에 뜸들인, 하지만 이제는 식어버린 밥에 물 말아 김치와 먹었다. 아직 집에서 가져온 김치는 좀 시지만 먹을 만하다. 점심 후 휴식이 필요했다. 그리고 다시 걷기 시작했다.

한계령 도전 2

한계령 정상에 서다.

처음 생각으로는 오늘중에 한계령을 넘을 줄 알았다. '태산이 높다 하되 하늘 아래 뫼이로다.' '천릿길도 한 걸음부터.' 뭐 듣고 읽은 것은 좀 있어 가지고 스스로 마음을 다잡아 가면서 걷고 또 걸었다. 하지만 훗날 교과서적인 이 말씀들은 약간의 수정이 가해진 것을 알았다. 즉 '천릿길은 기차 타고.'

중국의 태산은 수원의 광교산보다 낮다는 설이 있다. 오후 내내 땀 삐질거리며 걸어간 곳이 대승폭포와 소승폭포 인근이다. 그래도 폭포 구경은 가야 했다. 그리고 폭포 아래 사람들이 물놀이를 하였을 법한 바위틈에서 큼직한 참외를 하나 얻었다.

처음에는 유통기간이 지났을 것이라는 걱정을 하였지만 살짝 베어 물어 보니 싱싱하다. 단숨에 어른 주먹보다 큰 참외를 먹어치웠다. 꼭지만 달랑 남기고 다 먹고 나니 배가 불뚝하다.

아마도 평생 맛있게 먹은 음식 베스트 5에 들 것이다.

참고로 맛난 음식 베스트 5는 초3학년 때 수원 남문 옆 중앙예식장 피로연에서 처음 먹은 탕수육, 고입 원서 쓰려고 교실에서 1박하며 투쟁하던 중 친구들과 함께 먹은 짜장면, 고3 수학여행 때 설악산 인근 해안가에서 먹은 전복죽, 공직에 들어와 술 먹은 다음날 새마을지도과 고참들이 사준 복지리. 그리고 1996년경 동두천시 동장으로 근무할 때 경기도 연천군 길옆 식당에서 지역 어르신들과 함께한 양평해장국. 하나 추가하면 연천 어느 식당의 3천원짜리 비빔국수.

위험천만 한계령의 밤

대승폭포와 소승폭포를 다녀오니 어두워진다. 세 번째 텐트를 치기로 했는데 길옆에 공사장 공터가 제법 넓고 안락해 보인다. 주변이 어두웠으므로 더 이상 올라가기도 어렵고 또 산 정상은 바람도 셀 것이라는 짧은 소견을 바탕으로 그 자리에 터를 잡았다. 그리고 잔돌이 어깨와 허리를 찌르는 밤을 견디고 뻐근하게 아침을 맞았다.

그런데 저 앞에서 대형 트럭이 내달린다. 텐트를 밀어낼 기세다. 아뿔싸! 밤새 한계령 굽이굽이 도로 중앙선 연결선상에 텐트를 쳤던 것이다. 7

시간 이상을 도로 중앙선에서 잠을 잔 것이다. 잔돌의 불균형으로 다소 불편했지만 나름 숙면을 한 것 같은데 아침에 일어나 보니 이건 뭐 도로 한복판이다.

조금 설명을 하자면 한계령 도로가 일단 99굽이 이상 굽어지므로 얼마간 내려오면 우회전, 좌회전을 반복하는데 그 굽이길에 설치된 안전지대 공간 위에서 잠을 잔 것이다. 밤새 이 길을 지나간 차량이 1,000대라 치고 그 중 1대가 브레이크 고장, 졸음운전, 기타 사유로 인해 커브길을 틀지 못하고 돌진하였다면 텐트와 함께 저 아래 벼랑으로 낙하하였을 것이라는 사실이다. 1/1,000의 확률 속에서 살아남은 것이다. 평생토록 가슴에 간직할 일이다. 그날 밤 그 길을 지나가신 모든 운전자 여러분께 감사의 인사. 박수 세 번 짝짝짝!

한계령 정상

어렵게 얻은 것이 귀하고 소중하다. 마트에서 엉엉 울어 얻어낸 알사탕을 입에 물고 요리조리 돌리는 3살짜리 아이의 표정을 보자. 방금 전 울었던 표정은 사라지고 엄마를 졸라 얻어낸 사탕의 단맛에 폭 빠진다. 그

제 수원에서 소양호, 양구군, 인제군 원통면, 그리고 한계령 초입, 중간, 위험천만 위기일발의 1박, 그리고 소승폭포와 대승폭포의 시원함, 맛있는 참외, 그리고 맞이한 한계령 정상이다.

얼마 전 지나면서 보니 한계령 정상에는 숙소가 보이고 많은 편의시설이 지어진 것을 확인했다. 1982년 당시 이곳은 공사중이었다. 사진에 나온다. 참으로 힘들었던 여정이기에 증거를 만들고 싶었다. 두 친구에게 보이고 싶었다. 훗날 아이들에게도 자랑하고 싶었다. 하루 부식비는 더 될 듯 비싼 금액이었지만 과감히 투자했다. 아저씨에게 사진을 부탁하고 먼 산을 바라보는 포즈를 취했다. 사진은 30분을 기다려 받았다. 당시의 사진기술은 과거형이었기 때문이다.

오늘 한계령 정상을 밟은 자신감으로 미래의 험준한 파도와 가시밭길을 물리치며 앞으로 나가리라 다짐했다. 지금도 한계령 정상에서 사진사가 찍어주신 사진을 보면 저렇게 날씬한 시절이 있었음을 확인할 수 있다. 참으로 자랑스러운 한 장의 사진이다.

더 힘든 하산길

올라왔으면 내려가야 한다. 파도가 밀려오면 다시 나가기도 한다. 빠삐용의 마지막 탈출을 도운 것은 수십 번의 파도중 가장 멀리 퍼지는 파도였다. 섬의 바위벽을 치고 나가는 파도가 있었던 것이다. 한계령도 올라온 사람에게 내려가라 한다. '저~ 산은 내게 내려~가라 하~네.' '너 이름이 뭐니?' 로 더 유명하신 가수 양희은 씨의 구성진 노래다. 부르진 못해도 들으면 기분이 평온해지는 노래다.

이제 하산을 시작했다. 오전 8시부터 강렬한 태양이다. 땀이 벌벌 난다. 벌이 꽃에서 꿀을 딸 때 몸통을 흔드는데 이 모습이 마치 뙤약볕에서 혹혹 흐르는 땀의 모습을 연상시킨다. 그래서 땀이 벌벌 난다 하는가 보다. 등산화 바닥조차 뜨거우니 이번에는 그냥 숲으로 가로질러 내려간다. 葛藤^{갈등}이다. 온갖 풀과 넝쿨과 가시가 가는 길을 막고 바닥의 깨진 원시시대 바위는 발목을 위협한다.

30분 사투 끝에 아스팔트에 내리니 인간의 문명이 반갑다. 차라리 발바닥 뜨거운 채로 양철지붕 위의 고양이처럼 걸어가자. 3시간 이상의 사투였다. 도착한 오색약수터가 반갑다. 전기를 일으킨다는 칠성장어가 유명한 곳이다. 5가지 색의 지하수가 나오니 오색약수터다.

인생은 어쩌면 무수히 많은 인연의 끈으로 연결된 동아줄이거나 흰 머리 검은 머리가 교차하는 소년의 긴 머리, 아님 몇 올 남지 않은 상투를 덮고 있는 말꼬리 갓으로 포장된 재미있는 만화책인지도 모를 일이다.

강릉 가는 길

당시에는 교통편이 단순해서 강릉을 가서 서울 청량리를 거쳐 수원으로 가는 길을 택했다. 선택의 예시나 보기가 없이 그렇게 연결되는 것으로 파악하였다. 저녁쯤에 강릉에서 서울로 가는 버스를 탔다. 입석이었지만 워낙 피곤하니 양쪽 의자의 안전벨트를 빌려 상호 연결한 후 그 위에 걸터

앉아 배낭을 안고 잠들었다.

얼마를 출렁이며 버스가 달리는데 콧속이 후끈한다. 코피다. 3박4일만에 터져 버린 것이다. 배낭 위에 붉은 피가 번진다. 정신적으로도 힘들었지만 몸도 많은 고생을 하였구나.

청량리의 늦은 밤은 밝았다. 어쩌면 세상에 처음 나온 듯 많은 것이 생소했다. 그리고 버스와 전철을 타고 수원에 도착하니 새벽이 가깝다.

回顧^{회고}와 回想^{회상}

36년 전의 3박4일, 다소 무모해 보이는 한계령 등반기억에 대한 회고의 키워드는 행복이다. 다시 敢行^{감행}하기 어려워 보이는 도전이다.

평생의 삶을 통해 만날 수 있는 위험 요인보다 더 많은 위험성을 그 4일 동안에 모두 만났을 것이라는 생각을 한다. 그래서 고맙다. 차량 운전자들이 고맙고 지나고 거쳐 간 길 위의 바위와 자갈, 산 것과 죽은 것 모두에게 고마움을 전한다.

특히 길 가운데 텐트를 용케도 피해준 운전자 999명＋1명에게 감사하는 것이다. 작금의 24세 청년이 강원도 충청도 경상도 전라도 제주도 산길을 함께 가겠다는 생각조차 하는지, 더구나 혼자 떠나려 하는지, 본인이 가겠다고 하여도 요즘 부모가 보내려 할지, 물론 도전하는 청년들이 많고 예능프로그램에 자주 등장하지만 쉽지 않은 일이다. 우리 아이들이 이런 도전을 하겠다 하면 엄마는 말릴 것이고 아빠는 과연 허락할 수 있을까 생각해 본다.

1982년

경기도청이 참 넓습니다
8급 승진 | 타자 | 운전
함바집 | 방물장수

▶▶ 새로운 시작 | 농조조합장 필체 | 필체가 승진요인

1981년 8월에 경기도농민교육원으로 전근되어 남녀 새마을지도자 교육과 농조조합장 교육을 담당했습니다. 저수지를 관리하면서 농사짓는 데 물을 보내주고 수세를 받는 조합의 책임자 교육입니다.

이곳의 조합장님들이 일주일간 교육을 받으시고 마지막 날에 군대말로 '訴願受理^{소원수리}'를 받아 이를 정리하여 원장님께 보고하는 업무를 담당하고 있었습니다. 자료를 종합하여 식사, 교육환경, 강사, 교직원 서비스 등을 평가하고 기타 의견을 정리하는 일입니다.

그런데 하나같이 그 필체가 범상하지 않습니다. 사인펜으로 슥슥 써 내려가시는 필력이 초서도 있고 행서도 있고 추사 金正喜^{김정희}, 떡장수 아드님 韓錫璘^{한석봉}입니다. 작업을 마치고 선배에게 물었습니다.

"농조조합장님들이 어찌 이리도 하나같이 글씨를 잘 쓰시나요. 농조라 하면 농사짓는 분들이신데 한문 工夫^{공부}를 엄청 하셨는지 다들 명필이십니다."

선배가 말했습니다.

"이분들이 누구신지 그대가 잘 모르는가 보네. 어르신들은 직전에 군수영

감, 시장을 하신 분들인데 정년 2년 전에 물러나서 농조조합장으로 일하면서 정년을 맞이하시는 거라네."

1960년대는 글씨를 잘 쓰면 공무원이 승진하고 출세하는 시절이었습니다. 요즘 공무원의 공로연수에 해당하는 기간에 농조조합장을 하시는 것입니다. 그럼 35년 40년 전에 공직에 들어오신 분들입니다. 1981년 이야기이니 1945년 경에 공무원을 시작하신 분들입니다.

앞서 말씀드린 하다못해 면서기는 면장님의 성원이 있으면 공무원이 되었다는 말입니다. 면장님이 아무개 어르신 자제가 서울에서 대학을 마치고 낙향하여 농사를 짓고 있다고 하는데 한 번 보내시면 저희가 잘 쓰겠다고 하였던 것입니다.

筆力^{필력}이 좋으면 총무계로 가고 말을 잘하면 산업계로 가고 珠板^{주판}이 빠르면 재무계로 가는 것입니다. 그러다가 군청 행정계장 눈에 들면 시청으로, 군청으로 발탁되고 다시 도청 서무과로 가서 주사 5년에 지방행정사무관이 되고 국비 사무관이 되어 과장으로 근무하다가 서기관에 승진하여 군수영감이 되었던 것입니다.

그러니 군수영감치고 필력 약한 분이 있을 수 없고 그중 일부는 한 급 더 올라 市長^{시장}이 되는 것입니다. 그리고 58세에 이르러 사표를 내고 농조조합장이 되거나 유관기관, 산하단체에 책임자로 가는 것이 예나 지금이나 이어지는 공직 循環^{순환} 시스템이었던 것입니다.

▶▶ **적극성 | 운전면허 | 결혼**

秀才^{수재}는 惡筆^{악필}이라고 생각합니다. 생각이 많고 문장이 떠오르는데 글씨가 따라가지 못하기에 그러하다고 생각합니다. 글씨를 못 쓰는 사람을 慰勞^{위로}하는 말입니다. 저는 글씨가 엉망이므로 타자를 배웠습니다. 열심히 배웠습니다. 타자자격증은 없습니다.

전동 타자기로 배운 후 시험장에 가니 아직도 4벌식 타자기이므로 시험을 포기하고 돌아와 더 이상 도전하지 못했지만 타자학원을 다니고 연마를 해서 어느 정도 독수리 타법은 면하고 9손가락이 움직이는 수준입니다.

지금은 안산시, 용인시, 의정부시에 자동차 면허시험장이 있고 가까운 학원에서도 면허시험을 대행하기도 합니다. 하지만 1982년도에 경기도에는 면허시험장이 없었고 인천광역시에 가서 시험을 보았습니다. 지금도 기억하는데 3단으로 출발하여 2단 1단 다시 3단으로 갔지만 시동이 꺼지지는 않았습니다.

T-코스, S-코스, 크랭크(ㄹ)코스에 합격하고 주행시험을 보는데 긴장한 탓에 기어를 들어서 당겨야 하는데 그냥 당기니 3단 기어가 들어간 것입니다. 시험관 경찰이 "이 양반 맘대로 기어를 넣으시네" 하셨지만 合格^{합격}도장을 찍어 주셨습니다.

면허를 따야 할 이유가 있었습니다. 우리 사무실에 차량은 3대가 있었지만 운전 담당은 2명이었고, 강사초빙 등으로 바쁘게 움직이므로 매일 시내에 나가서 은행업무, 행정, 구매 등을 담당하는 입장에서는 꼭 운전직렬이 아니어도 운행이 가능하다는 말을 듣고 스스로 運轉免許^{운전면허}에 도전한 것입니다.

어느 날 간부회의에서 사감실에 습기가 차고 좁아서 불편하다는 이야기가 나왔습니다. 계장님께 공사를 하겠다고 말씀 드리고, 즉시 망치를 들고 나서서 벽을 헐고 방을 넓힌 후 장판을 깔고 2층 침대와 침구를 넣었습니다. 웬만해서는 칭찬을 하지 않으시던 당시의 K원장님께서 큰 칭찬을 하셨습니다.

그 여세를 모아 이번에는 물탱크 청소작업을 하였습니다. 노란색 대형 물탱크 안에 들어가 쌓인 微細^{미세} 모래를 퍼 올렸습니다. 규정에 의하면 물탱크 청소를 하여야 합니다. 나중에 보니 청소하는 업체에 돈 주고 하면 되는 일들을 직접 나섰던 것입니다. 하지만 후회는 하지 않습니다.

눈코 뜰 새 없이 바쁜 면직원 하다가 하루에 한두 건 업무를 하면 시간이 나는 사업소 직원 생활의 여유 속에서 몇 가지 일을 스스로 한 것이니 오히려 무료함을 달래준 사례라고 생각합니다. 그래서 면사무소에서 겪은 민첩성을 이곳 사업소에서 발휘했다는 생각을 하고 있습니다.

1984년 9월 19일에 경기도청 새마을지도과 새마을계 庶務^{서무} 담당이 되었습니다. 그 과정에 작은 인연의 끈이 매어져 있습니다. 1981년 8월 10일에 농민교육원에 전입되어 새마을교육계에 근무하였고, 6개월 후인 1982년 2월 1일에 8급에 승진하자 당시 바쁘게 일하던 서무계로 충원되어 회계업무를 보았습니다. 함께 일하던 선배가 도청 사회과 복지계로 갔는데 인맥이 넓었습니다.

당시 인사계 8급이 승진해 나가면서 자리가 나자 그 자리에 추천했습니다. 그리하여 당시 인사계 8급 고참 이 주사님이 글씨를 테스트하였습니다만 낙방하였습니다. 저의 필체를 심 아무개 차석님에게 보이니 아이는 괜찮은데 글씨가 안 되겠다고 하셨답니다.

그리하여 인사계는 다른 직원이 가시고 새마을과로 발령을 받아 도청 전입 4년 만에야 정말로 도청에서 일하게 되었습니다. 새마을과는 글씨보다는 발빠른 동작이 필요한 부서이고 정해진 일이 아니라 이일 저일 닥치는 대로 하면되는 이른바 눈칫밥 공장이었습니다. 그리하여 서무와 회계를 담당하면서 여러 가지 업무를 배웠고 處世^{처세}를 익혔습니다.

새마을지도과에 서무담당으로 근무하면서 업무소관에 대한 논란이 있었습니다. 당시의 내무부에서 공문이 오면 담당자에게 분류해야 하는데 서로 자기소관이 아니라고 합니다. 그래서 8급 직원이 과장님 계장님 등 전체 공무원 앞에서 서무담당자의 애로사항을 吐露^{토로}했습니다.

우리 새마을 업무중에 쓰레기를 치워야 하는데 그 소관을 생각해 보았습니다. 이 쓰레기를 싸리비로 쓸어버리면 새마을계 소관이고, 삽이나 곡괭이로 처리하면 개발계 일이며, 집게로 집어 봉투에 넣어 처리하면 자연보호계 임무입니다. 그리고 시민들이 쓰레기를 함부로 버리지 않도록 계도하는 일은 교육홍보계이고, 나중에 설치된 국토미화계가 담당한다면 그 쓰레기 주변에 꽃을 심어 보이지 않도록 하면 될 것입니다.

당돌한 8급 서무담당자의 애교 섞인 푸념에 두 번째 계장님이 그 공문서를 처리하겠다고 自請^{자청}해 주셨으므로 문서전달은 잘 마무리되었습니다. 지금 생각해 보면 그 계장님은 당시의 주변 공직자중 가장 적극적인 분이었습니다.

그래서 그 일을 하시겠다고 자청하셨고 훗날 흔하지 않았던 4급 국장에 승진하셨습니다. 공직자에게 있어서 적극성은 승진에 큰 도움이 되는 힘의 원천이라 할 것입니다.

새마을지도과는 새마을중앙회 경기도지부와 여러 가지 업무를 공유하고 함께 추진하였습니다. 매분기별로 예산을 지원하는데 보조금결정 서류를 작성하고 지출결의를 하여 회계과를 통해 자금을 보냈습니다. 그 과정에서 자주 접하던 새마을 도지부 미스 崔^최와 친밀해졌고 처음 인사를 나눈 후 1년 만에 결혼식 웨딩마치를 울렸습니다. 1985년 11월 9일입니다.

경기도청 인사계가 공무원 인사만 하는 것이 아니라 공무원 만사를 책임진다고 할 수 있습니다. 당시 인사계로 발령이 났다면 또 다른 상황을 맞았을 것이고 이후 공직의 선로가 바뀌어 전혀 다른 쪽으로 이동하였을 것으로 생각합니다. 만약 그리 되었다면 39년 8개월 공직을 다 하였을지도 알 수 없는 일이거니와 결혼식 날짜가 다를 수도 있었다는 생각을 합니다. 아직 결혼하지 못하고 독신으로 지낼 수도 있다는 假定^{가정}, 즉 家庭^{가정}을 꾸리지 못했을 수도 있다는 생각을 해 봅니다.

사람의 일이라는 것을 돌이켜 보면 하루하루 선택과 변화의 연속인 것입니다. 내가 이번 달을 어찌 살겠다고 해서 마음대로 되는 것이 아닌 줄 압니다. 우리의 삶속에 운명이라는 것이 있다는 사실에 공감하면서 오늘도 최선을 다하되 그 운명을 마음대로 바꾸려 하는 것은 예의가 아닌 줄 생각하면서 평온하게 오늘 하루를 이어가고자 합니다.

우리의 조선시대 인물이 그리 많아도 현재에 사시는 분은 없고 역사와 문서를 통해 존재한다는 점을 강조하고자 하는 것입니다.

▶▶ 비 오는 날은 공을 치는 이유 | 방물장수와 새마을운동

과거에는 신용카드나 수표가 없었으므로 식당에서 외상으로 술과 밥을 먹는 일이 많았습니다. 그리고 외상을 주지 않으면 손님이 더 이상 가지 않으니 울며 겨자 먹듯이 외상을 주어야 했습니다. 외상을 긋는다는 말은 1900년대에 선술집에서 잔술을 외상으로 거래하면서 생겨난 외상장부라 합니다.

글을 모르는 선술집 酒母^{주모}는 외상으로 잔술을 마시고 모아서 갚아주는 신용 있는 거래자의 얼굴이나 신체의 특징을 벽에 그렸습니다.

코가 큰 사람, 얼굴에 점이 있는 이, 키 큰 작업반장 등 각각의 특징을 벽에 그리고 그 옆에 외상술 숫자를 막대로 그었다는 것입니다. 그래서 외상을 긋는 다고 표현합니다. 요즘에는 신용카드가 외상을 대신하고 있으니 산골마을 가게가 아니라면 외상은 없을 것입니다.

외상장부를 대신한 것은 대형 벽걸이 달력이었습니다. 1960년대 공사장의 함바집에서는 이 달력에 급식 인원수를 기록하였습니다. 글자와 숫자를 쓰는 함바집 주인은 달력 여백에 아침, 점심, 저녁에 급식 숫사를 기록히고 열흘 한 달 단위로 외상급식 대금을 정산하였던 것입니다.

그래서 비 오는 날은 공(○)치는 날이라는 말이 생겨났습니다. 비가 오면 공사장에서 일을 못하므로 함바집 배식도 없으니 달력의 그날 날짜에 동그라미를 그렸다는 데서 유래한 말이라고 합니다.

비슷한 시기에 방물장수들도 글을 몰라서 거래처 시골집 대문 문설주에 자신만의 秘標비표로 외상 금액과 다음번 방문 시에 가져오라고 주문한 물품 목록을 표시했습니다. 거래처 집 앞에 도착하면 우선 문설주에 표시해 둔 자신만의 상형문자를 확인합니다.

그리하여 우선 지난번에 주문한 물건을 보여주고 다른 상품 보따리를 풀어 냅니다. 그리하여 딸, 며느리, 시어머니 구매물품이 결정되면 방물장수는 슬그머니 지난번 외상값 이야기를 꺼냅니다.

그래서 지난번 쌀 1말 외상과 오늘 쌀 한 말 값의 방물 구입을 정산한 후 방물장수는 길을 떠나갑니다. 가족들은 치부책도 없는 방물장수가 어찌 외상값 내역과 지난번에 주문한 물품 목록을 기억하는가 궁금했습니다. 무슨 일이든 거기에 집중하면 그만한 기억력이 생성될 것이라는 말에도 조금 동감을 합니다만 그 정확성은 어떤 기록이 있을 것이라는 추측을 했을 것입니다.

정말로 그런 기록이 있었습니다. 방물장수의 치부책은 각자의 자기 집에서 보관하고 있었습니다. 대문 문설주에 어떤 상형 문자가 있었습니다. 과거 행정에서 통일벼를 많이 심는 집, 조금 파종하는 농가, 아예 행정지도에 불응하는 사람 등으로 분류하여 동그라미, 세모, 가위표시를 하였던 사례가 있었는데 그 표식 사이사이에 방물장수의 외상장부, 주문목록이 숨어있었습니다.

어린 시절 우리가 대수롭지 않게 보아 넘긴 그 표식이 엄청난 행정 자료이고 거대한 상업거래 장부였던 것입니다. 하지만 1972년에 시작된 새마을운동은 행정과 상거래에 대변혁을 가져왔습니다.

우선은 방물장수의 외상장부와 주문서가 모두 사라졌습니다. 새마을운동의 사업중 가장 먼저 시작된 지붕개량과 벽체도색으로 인해 방물장수는 하루아침에 치부책을 분실한 상황에 이른 것입니다.

결국 방물장수의 상거래 영역을 대신한 삼륜차 만물상과 동네마다 글과 숫자를 아시는 젊은 며느리들이 시작한 간판 없는 가게가 방물장수를 대신하게 됩니다.

▶▶ 워드프로세서 | 그 새로운 발견

이 시대 모든 공무원이 책상 위에 마우스와 키보드의 깔끔한 디자인으로 제작된 PC를 한 대 이상 보유하고 있고 스마트폰이나 Note Book, PC, Tablet PC 등 첨단 장비로 무장하고 있는 가히 '람보' 급으로 중무장하고 있습니다. 하지만 과거의 공직 상황은 많이 다릅니다.

1984년경, 30여 년 전으로 돌아가 보면 상황은 이러합니다. 우선 계장님 양수책상을 중심으로 차석과 삼석이 비행기 대형으로 양 날개를 달고 이어지는 7급, 8급의 책상이 도열해 있습니다. 천정에서 내려다보면 항공모함이 동해바다를 항해하는 형상입니다. 이순신 장군의 鶴翼陣^{학익진}과도 같습니다.

그리고 책상에는 검은색 전화기가 2대 1조로 배치되어 총 8대가 있지만 전화번호는 2개입니다. 대개 행정전화 번호는 2422, 6422입니다. 이 전화기는 계장님 책상 위에서 시작되어 서무 담당에게까지 연결되어 있어서 흔히 앞 번호로 2번 전화, 6번 전화로 칭합니다.

그리고 책상 위에 서류가 몇 장 쌓여 있습니다. 결재판과 고무 명판이 보입니다. 계장님의 명패와 이름 석자, 그리고 기결 미결 보류함, 특히 당시에는 당당하게 자리한 대형 재떨이가 있습니다. 오전에 한 수북, 오후에 한 수북 담배꽁초가 쌓이곤 합니다. 컴퓨터는 없습니다. 컴퓨터가 무엇인지도 모른 채 열심히 행정업무에 힘쓰고 있었습니다.

그러던 어느 날 사무실 문서계에 중앙부처 과학기술처로 추정되는 기관에서 택배를 보내왔습니다. 종이 박스 속 스티로폼으로 곱게 포장된 물건의 정체는 다름 아닌 '컴퓨터' 라는 것입니다. 텔레비전 화면도 있고 타자기 자판도 있고 네모난 도트프린터가 들어 있습니다.

이 처음 보는 물건은 무엇에 쓰는 물건인고? 어느 부서에 주어야 하는 택배인가? 이 해괴한 기계, 컴퓨터를 어느 부서에 주어야 하는지 고민하다가 컴퓨터라는 말을 영어사전에서 찾아보니 전자 회로를 이용한 고속의 자동 계산기입니다. 숫자 계산, 자동 제어, 데이터 처리, 사무 관리, 언어나 영상 정보 처리 따위에 광범위하게 이용되는 자동 계산기라 설명합니다. 그리하여 부시맨의 콜라병처럼 어느 날 번뜻 공무원 앞에 나타난 UFO와도 같은 이 컴퓨터는 통계 부서에 배정되었습니다.

어느 날 기획관리실장님이 문서결재를 하던 중 통계담당관실 기안문서 요지가 인쇄된 것을 확인합니다.

"아니 이 사람아! 얼마나 돈이 많다고 결재문서 요지를 인쇄해서 붙이는가?"

"실장님! 우리 과에 컴퓨터라는 물건이 있는데 이 기계에 단어를 치고 漢字한자로 바꾸면 이렇게 인쇄되어 나옵니다."

"그러하다면, 이 기계는 보고서를 많이 만드는 기획부서에 주어야 하는 것 아닌가?"

이후 실장님의 지시에 따라 장비가 옮겨지고 기획부서에 이 컴퓨터를 전문으로 하는 직원이 배치되고 서울 본사에 가서 교육을 받았습니다. 특히 이 장비는 기획계장님이 직할로 관리하는 시스템이 만들어지고 업무와 관련한 중요 문서는 이 기계를 통하도록 합니다.

어느 날 기획계장이 중요 보고서 초안을 기안하여 워딩을 부탁하니 50분이 조금 더 걸렸습니다. 인쇄된 개조식 보고 문서를 다시 검토합니다. 문장이 길면 줄이고 짧은 문장은 길게 늘려 다시 워딩을 부탁합니다. 워딩 담당은 5분

만에 수정을 완료하여 계장님께 넘겨줍니다.

저녁을 먹고 사무실로 돌아와 보고서를 다시 검토한 후 최종 보고하겠다는 생각으로 자리에서 일어선 기획계장과 차석 직원은 5분 만에 다시 가져온 인쇄된 보고서를 보고 크게 놀랐습니다.

"처음에는 1시간 가까이 걸렸는데 이번에는 5분도 안 걸리나?"

"아~ 예, 이 기계 속에는 문서를 저장하는 기능이 있습니다. 한 번 작성한 문서를 기계가 기억을 합니다."

"기계가 문서를 기억한다. 부르면 강아지처럼 쪼르르 달려온다는 말이지? 그 기계 속에 무슨 조화가 들어있기에 종이에 인쇄할 글이 들어있다가 부르면 나오고 들어가라면 들어가고 애완견처럼 말을 잘 듣는다는 말인가요."

이후 모든 부서의 예산편성 시 1순위 사업은 이 워드프로세서 구입 요청이었습니다. 그래서 기준을 세운 바 컴퓨터는 국에 1대, 과에 1대를 거쳐서 나중에는 계에 1대의 시대를 맞이합니다. 결국 1995년 전후엔가 드디어 '1인1PC시대'가 되고 동시에 찾아온 '1인1전화기시대'와 함께 행정의 혁신을 이루게 됩니다.

각종 장비의 열을 식히는 장비 속 환풍기 때문인지 OA사무실이 생겨나고 칸막이가 더 세분되는 변화를 겪게 됩니다. 이른바 OA사무실을 꾸며 칸막이를 하니 조용한 자신만의 공간에서 열심히 일하는 것으로 기대했지만 요즘에는 다시 칸막이를 철거하고 疏通^{소통}하는 행정을 강조하고 있습니다.

정보와 자료는 플로피디스켓에 담아 보내면 상대편 PC에 저장하고 다시 꺼내서 수정하고 합산하는 작업을 통해 행정을 발전시켰습니다. IT는 더 발전하여 작고 견고해진 USB시대를 맞이하여 간단한 선물로 활용되기도 합니다. 그리고 최근에는 스토리 존이라고 아무리 큰 파일도 보내기만 하면 쪼르르 상대방에게 달려가 접수를 기다립니다.

글씨를 못 써서 고민이 많았던 공무원들은 PC를 잘 다루고 문서를 멋지게 편집하면 일 잘하는 것으로 평가를 받았습니다. 사실 아무리 글씨를 잘 써도 인쇄된 문서를 따라가지는 못합니다.

더구나 펜글씨는 1글자가 틀리면 1쪽을 다시 작성해야 하지만 워드프로세서는 저장기능을 활용하여 다시 불러들여 한두 글자 수정하면 또 하나의 원본이 되어 출력할 수 있습니다. 행정의 대혁명을 맞이한 것입니다.

하지만 잃은 것이 많습니다. 전화기 2대 놓고 순서를 기다려 전화를 걸고 걸려온 전화기를 선배와 계장님께 바꿔주던 시대의 낭만은 사라졌습니다.

워드프로세서가 아니라 펜으로 타자기로 열심히 기안을 하던 시대의 동료간 소통, 차석의 權威^{권위}, 계장님의 멋진 모습은 사라졌습니다. 각자가 칸막이 속에 숨어서 각자의 일에만 열중한 나머지 '칸막이 행정'이라는 지적을 받는 시대입니다.

▶▶ 공직과 소주 | 소주병

마이카시대는 공직사회를 바꿔놓았습니다. 이른바 '夕陽酒^{석양주}'가 사라졌습니다. 소주잔을 들고 두부찌개 조려가며 선배의 힘들었던 시절의 이야기를 후배에게 토로하며 현장교육을 하던 모습도 없습니다.

술에 취해 동료의 신혼집에서 소주 한 잔을 더하고, 다시 선배의 집에 가서 "형수님! 형수님!"을 연호하며 소맥을 들이키던 그 시절 낭만도 함께 사라졌습니다.

아침에 일어나니 검정봉지에 들어있는 센베이 과자를 아이들이 맛있게 먹었다 합니다. 어제 오후 취중의 과정을 비디오로 돌려보니 밤 10시경 과일가게에서 계장님이 사서 손에 들려주던 장면이 어렴풋이 떠올라 가슴 먹먹하던 그 추억을 더 이상 만나지 못하게 되었습니다.

1985년경에는 회식을 통해 조직의 화합과 단결을 강조했습니다. 솔직히 말하면 직원을 격려한다는 명분으로 간부들의 존재감을 부각시키는 기회로 삼기도 했습니다. 당시 상사 한 분이 서너 잔 소주잔이 돌아가면 여지없이 맥주

✱ 당시 소주는 25도. 지금 20도 소주는 많이 순화 약화되었습니다. 요즘에 소주 한 잔하고 '캬~' 소리를 내면 야단을 맞게 됩니다. 그 당시에는 25도 30도 소주를 마셨습니다. 오늘날에는 소주 한 잔에 '캬~' 소리는 금지사항이 되었습니다.

잔에 한 글라스 돌리기를 하십니다.

간부님이 맥주잔 소주 먹기를 선도하시자 7급 선배 두 분이 작전을 세웠습니다. 8급 서무인 저에게 술 따르는 과장님을 수행하라고 하고서 뒤에서 빈 소주병에 사이다를 채워서 제게 주신 것입니다.

초임자로서 당시에는 그리 하는 것이 당연한 줄 알고 열심히 소주병을 건네 드렸는데 어느 순간 맥주잔에서 공기방울이 올라오는 것을 보신 간부님이 맥주잔 속 소주의 간을 보신 것입니다. 이것이 사이다임이 발각된 것입니다.

크게 진노하신 간부님은 4인용 밥상 한쪽을 번쩍 올려 엎어버릴 기세입니다. 주변의 계장님들이 상을 잡고 팽팽한 긴장이 돌자 이내 상을 내리고 나서 다시 새 술병을 잡아들고 지금까지 사기를 친 서무담당부터 다시 먹으라 하십니다. 그리하여 깡소주 25도 소주 한 글라스를 원샷하고 다음 사람에게 잔을 넘겼습니다. 그리하여 그날 우리 새마을지도과 직원 25명은 모두 다 소주 원샷 회원이 되었습니다.

溫故而知新^{온고이지신}, 他山之石^{타산지석}. 지난날을 돌아보고 오늘을 새롭게 해야 하는 시대인가 생각합니다. 일보다 힘든 것이 사람과 사람의 관계, 공무원과의 관계, 민원인과의 관계라는 생각을 합니다.

그리고 공직에서는 더 이상 정보를 독점하여 경쟁력을 확보하는 시대가 아니라 공개하고 공유하면서 함께 발전을 도모하는 새 시대를 맞이하여야 하는 것입니다. 이 이야기는 공무원 사회뿐 아니라 우리나라 사회 전반에 공통적으로 적용되는 것이라고 생각합니다.

| 아재 조크 |

어느 사장님이 컴퓨터를 열심히 치다가 비서를 불렀다.
사장 : 김 비서! 당신 알고 있는 새 이름을 말해 보아라.
비서 : 예 사장님, 비둘기, 까치, 참새가 있습니다.
사장 : 야 그것들 말고 흔하지 않은 새 이름을 알아봐라.
비서 : 왜 그러십니까? 사장님.
사장 : 글쎄 내가 새로운 문서를 저장할 때마다 '새 이름'으로 저장하라고 하는데 내가 아는 새 이름은 다 쓰고 없다. 어찌 하면 좋은가?

1984년

7급 공무원 | 술 | 6급 승진 요령
빛나는 사무관 승진 방법

▶▶ 힘든 부서 | 어려운 상사 | 7급 공무원

야단치는 상황과 야단맞는 방법에 대한 이야기로 이어가겠습니다. 어느 부서에 근무할 당시에 모시는(이 말은 그 당시의 용어임) 계장님과 이른바 '코드'가 맞지 않아서 좀 힘든 시기가 있었습니다. 제 생각이 이러한데 계장님은 아니라고 하십니다.

그래서 결재올린 저는 30분 이상 서 있고 검정색 회전의자에 앉으신 계장님은 그 기안지 위에 修訂^{수정}을 하십니다. 한 자 한 문장 쓰실 때마다 여러 마디 잔소리, 비판, 심한 경우 핀잔을 주십니다. 하지만 돌아와 다시 정리하려 하면 잘 안 됩니다. 말씀은 많이 들었는데 글로 적으려면 그 문장이 잡히지 않습니다. 할 말은 많으나 쓸 말이 없다는 옛날 편지 문구가 생각납니다. 아마도 당시에는 계장님이 결재하시면서 무엇인가를 수정하였다는 흔적을 남겨야 하는 것으로 생각하였습니다.

담당자가 기안 올린 것에 그냥 사인하면 과장님에 대한 예의가 아니라고 생각하시는 것 같고 국장님도 내용을 검토하였다는 뜻에서 사인펜으로 중요한 사항, 예를 들면 예산액, 행사명, 장소 등에 살짝 점을 찍거나 체크를 하시곤

했습니다.

지금도 전자 결재에 수정을 하면 그 기록이 남기는 합니다만 당시에는 아날로그 방식으로 종이 위에 기안하고 컬러펜으로 수정을 하면 곧바로 수정의 흔적이 나타나게 됩니다. 우리 계장님께서 내 서류를 검토하시고 고치시면서 잔소리 한 소리 하시는 그 상황을 옆에서 지켜보시는 L계장님은 惻隱之心^{측은지심}으로 저를 바라보십니다.

계장님의 눈빛 말씀은 젊은 저 사람이 울컥 반박이나 반발을 하지 말라는 무언의 대화이고 경고입니다. 그래서 그 계장님을 바라보면서 싱끗 웃습니다. 계장님도 안도의 미소를 보내십니다.

2년 동안 이런 일이 20번, 한 달에 한 번 이상 발생하였지만 늘 계장님의 말씀에 따라 試行錯誤^{시행착오}를 겪으며 업무를 추진했습니다. 그리고 마지막에 제가 승리했습니다. 계장님 생각에 맞춰서 결국 2년 동안 업무를 잘 추진했으니까요. 최후의 강자는 살아남는 자입니다. 강해서 살아남는 것이 아니라 살아남았으니 강한 것입니다.

지금 생각해 보아도 당시 계장님의 말씀을 100% 수용하기에는 어려움이 있었습니다. 예를 들어 시군 평가에서는 성적이 낮은 시군에도 열심히 일한 공무원은 있을 것입니다. 그래서 공적조서를 받아 표창 上申^{상신}을 하고자 하는데 계장님은 평가에서 낮은 점수를 받은 시군의 공무원에게 표창을 할 수 없다는 주장을 하십니다. 평가는 업무 전반적인 분야를 지표로 한 것이고 공무원 개인 표창은 나름의 공적이 인정되는데 말입니다.

그래서 계속 건의하고 말씀드렸지만 결재를 하지 않으시므로 성적 높은 시군의 공무원중 공적 내용이 좀 부실하거나 근무기간이 부족한 직원을 상신한 바 행정자치부 총무과 검증에서 지적되어 무더기로 반송되었으므로 다시 추가 수상 대상자를 올렸습니다. 다시 못 올렸다면 그 해 우리에게 주어진 시청 군청 공무원의 受賞^{수상} 기회를 잃을 뻔했습니다.

행정 요소는 참으로 다양합니다. 쉽게 결정하거나 어떤 특정의 기준으로 전체를 평가하는 것은 위험합니다. 혹시 특혜가 될 수도 있고 선의의 피해자가 발생하기도 합니다. 사실 7, 8급에서 한 급 더 올라가는 승진인사에서는 단순한 경력이 중요한 기준으로 작용하게 됩니다만 공직자의 긴 세월 속 경력을 생각한다면 오늘 8급 직원이 7급에 승진하는 것조차도 참으로 무겁고 중요한 일임을 생각해야 합니다.

한 사람 한 직원이 참으로 소중한 공무원이기에 말입니다. 승진에서 떨어지면 혼자만의 아픔이 아니라 아내, 자녀, 부모, 장인장모님 모두의 슬픔인 것입니다. 물론 모두가 승진을 기다리고 고대합니다. 하지만 그 승진이라는 영광의 자리는 열린 음악회 무대 앞에 깔린 흰색 백조다리 의자처럼 흔하지 않습니다. 본부석의 검은 의자보다 적은 것이 승진자리입니다. 빙글빙글 돌아가는 회전의자가 아니라 다리 하나 바퀴 하나를 1년 2년 동안 만들고 이룩해서 7급에 오르고 6급 주사가 되는 것입니다.

6급 행정主事^{주사}가 되기까지 승진누락으로 몇 번의 酒邪^{주사}를 거쳐야 하는가 생각해 봅니다. 수많은 동료들이 승진누락으로 혹은 좌천으로 暴飮^{폭음}, 痛飮^{통음}을 하고 주변의 동료들에게 酒邪^{주사}를 부렸습니다.

아마도 공무원 승진누락으로, 업무중 고충으로 인해 발생한 술주정 사건을 책으로 기록하면 삼국지, 토지, 태백산맥, 해리포터의 전문보다 많을 것입니다. 조선시대 사초를 모두 모아도 최근 50년 공직사회 공무원들의 悔恨^{회한}의 기록을 감당하지 못할 것입니다. 그래도 참아내고 견뎌내는 공무원의 저력이 우리나라와 이 사회를 이끌고 있음을 자부하고 있습니다.

영화배우 김하늘 씨가 주연으로 나오는 '7급 공무원'이라는 첩보영화를 재미있게 보았습니다. 특히 수원 화성 동문(蒼龍門^{창룡문})이 위치한 연무동 방면 연무대 광장에서 펼쳐진 액션이 참으로 신선했습니다.

수원 화성을 영화를 통해 널리 알리는 기회가 되기도 했습니다. 영화 촬영지가 관광지로 떠오르도록 함으로써 지방자치단체를 홍보하고 경제를 활성화하는 계기가 되었습니다. 영화의 정보통 7급 공무원처럼 일반직의 7급이면 물불안 가리고 山戰^{산전} 水戰^{수전} 공중전을 불사하는 전투적인 시기입니다. 疾風怒濤^{질풍노도} 그 자체일 것입니다. 7급 공무원이 되면 부지런해야 합니다. 그리고 배수

✱ **주사** : 술을 마신 뒤에 나쁜 버릇으로 하는 언행

의 진을 치고 일해야 합니다.

8급이나 9급이라면 나이도 있고 새로운 길을 갈 수 있고 전에 공부하던 다른 책을 잡고 새로운 분야로 나갈 수 있지만 이제 7급이면 공직 10년이고 나이도 40을 바라보고 있습니다. 직장을 바꾸고자 해도 7급이 되기까지 일해 온 세월이 아깝고 솔직히 7급이라는 벼슬을 내던지기에는 청춘의 팔뚝이 강하지 못합니다. 그러니 고스톱 판 못 먹어도 고가 아니라 7급이니 전진입니다. 앞으로 나가야 합니다. 6급이 되면 세상이 또 달리 보일 것입니다. 우리는 이제 5급 사무관의 문고리를 잡을 수도 있다는 가능성을 피부로 느끼기 때문입니다.

▶▶ 신바람 나는 공보실 보도자료

직전 2년 동안 일한 부서에서는 매일 매달 숫자 계산을 위해 계산기를 두드렸습니다. 현금도 아닌 숫자뿐인 집계표를 가로세로 계산하여 맞아 떨어져야 일이 끝나는 것인데 그 일처럼 단순한 노동이 또다시 없을 것 같았습니다.

그런데 나 홀로 일할 수 있는 기회가 왔습니다. 공보실에서 언론에 보도자료를 제공하는 자리를 제안해 온 것입니다. 그것도 6급 차석과 7급 담당자가 구내식당으로 불러서 가 보니 수많은 7급 공무원 중에 그대가 적임이라는 참으로 평생 처음 들어보는 추천, 薦擧^{천거}의 말씀을 하십니다.

아이고, 세상에 이런 날이 다 오기도 하는군요. 공보실 언론계로 발령이 났습니다. 1988년 7월 4일에 이런 엄청난 일이 발생한 것입니다.

고등학교 3년 동안 문예반에서 활동하면서 시도 지어 보고 수필도 쓰다가 수원 화성을 무대로 펼쳐지는 화홍문화제에 고등반 자격으로 백일장에 나가서 시 3등, 수필 장려상을 받은 것이 저의 공직에서 큰 도움이 되었습니다. 고등학교 3학년 학생으로 경희대학교 전국 고교생 백일장 대회에서 4등(참방)상을 받는 행복한 일도 있었습니다.

공보실 7급 직원은 개조식의 공문서를 수필로 바꾸는 일을 합니다. 즉 결재 문서를 바탕으로 신문의 기사문을 만들어 출입기자에게 제공하는 임무입니다. 이것을 보도자료라 하는데 지금도 많은 공무원들이 힘들어 하는 일은 기관장 연설문, 인사문, 그리고 보도자료 작성입니다. 이 일만 없으면 밤새워 일할 자신이 있다는 직원도 있습니다.

그런데 공보실 7급 직원이 하는 이 일은 6급 차석이 관여하지 않고 5급 사무관 계장님조차 담당자가 알아서 하라는 업무입니다. 마음대로 쓰고 신나게 자료를 배포하면 신문에 나고 가끔은 방송도 타는 참 보람찬 업무입니다. 결재된 문서를 바탕으로 경기도가 무슨 일을 하고 있다고 쓰면 그 문장, 워딩이 그대로 신문에 활자로 나가는 것은 참으로 신기한 일입니다. 1988년 7월 4일이면 대부분의 공무원들이 타자를 치거나 볼펜으로 공문서를 정서했습니다.

보도자료 역시 복사하거나 청내 발간실에서 인쇄한 문서를 바탕으로 펜으로 쓰고 복사해서 기자실에 배포하였습니다. 이 보도자료를 발굴하는 것은 特殊^{특수} 임무입니다. 자료를 많이 제공해야 기자실이 행복해집니다. 매일매일 5건 이상을 만들어 내야 합니다. 그래서 좋은 자료, 최신 자료를 발굴하는 일이 중요합니다.

좋은 자료를 얻는 방법이 몇 가지 있습니다. 우선은 발품을 팔아야 합니다. 많이 돌아다녀야 합니다. 자료가 많은 곳이 발간실입니다. 발간실은 각 부서에서 국장, 부지사 결재를 받은 문서를 시군에 보내기 위해 인쇄하는 곳입니다.

요즘 행정기관에서는 電子^{전자}결재를 받으면 자동발송으로 문서가 보내집니다. 전결권자인 과장, 국장님이 결재 클릭을 누르는 순간에 그 문서는 시군 관련 부서의 문서함에 도착합니다.

하지만 1988년 당시에는 결재를 받고 발간실을 거쳐서 문서계로 가져가면 시청과 군청함에 넣고 다음날 아침에 문서사송원이 올라와서 문서 인계인수서를 쓰고 사인을 하고 도장을 받은 후 돌아가서 문서계에 전하면 이를 접수한 후 실과함에 넣고 이것을 찾아가서 또 접수하고 선결하고 담당자에게 전합니다. 문서 결재가 난 후 4~5일만에야 시청과 군청에 도달했습니다.

결재 순간 시청과 군청 해당과 컴퓨터에 가서 접수를 기다리는 요즘의 문서 시스템하고는 많이 달랐던 시절이므로 오전과 오후에 한 번씩 발간실에 가면 따끈한 자료들이 통닭집 진열대의 주황색 통닭처럼 손님을 기다리고 있습니다. 언론에서 좋아하는 행정기관의 문서를 발견하는 것입니다. 일단 제목을 적은 후에 해당과를 찾아가서 오늘이나 내일 시청과 군청에 보낼 문서를 보았는데 이를 보도자료로 작성하면 弘報^{홍보}에 크게 도움이 될 것이라 청합니다.

자료를 받아와서 서술식 보도자료를 만들어 해당과에 가져가서 전합니다. 즉시 검토하기는 어렵겠으므로 다시 연락을 주시면 찾으러 오겠다고 약속을 합니다. 연락이 오지 않아도 2시간 후에 찾아가서 검토된 보도자료를 받아와서 수정을 거쳐 원본을 또다시 담당자에게 전합니다. 전자문서 시스템이 없으므로 발품을 팔았습니다.

1988년 당시에 청사 안에서 다른 부서에 팩스를 보낸다는 것은 생각조차 하지 못했습니다. 몇 년 후에 같은 공간에서도 옆 부서에 팩스를 보내는 것을 보면서 탄식을 했습니다. 행정은 발소리를 듣고 성장하는 논밭의 작물과도 같은 것인데 말입니다.

다음으로 좋은 보도자료가 기다리는 곳은 부지사실, 도지사실, 시장실, 군수실, 부단체장실입니다. 과거에는 결재를 받기 위해 결재신청 대장에 등재를 했고 언제 결재를 받아갔다는 기록이 남습니다. 이 자료를 바탕으로 해당과를 추적하여 좋은 보도자료를 생산해 내는 것입니다.

사실 보도자료란 기관장의 결재를 받은 새로운 사업이라면 보다 더 큰 홍보 효과가 있습니다. 신문 기사가 길어서 큰 기사가 아니고 제목이 4단인가, 2단인가로 기사의 輕重^{경중}을 판단합니다.

그래도 자료를 구하기 어려우면 문서실의 중앙문서 접수대장을 열람합니다. 중앙에서 보내온 문서에는 예산집행이나 새로운 시책을 전하는 내용이 있습니다. 이를 바탕으로 해서 자료를 만들면 기자들의 호응이 높습니다.

그러다가 결국 자료가 빈곤하면 왜 보도자료가 부족한가를 돌아보는 것입니다. 그 이유를 따지다 보면 결국에는 가십이 됩니다. 최근 지루한 인사검토 기간이 이어지면서 모든 부서의 공무원들이 손을 놓고 있고 계장 과장들이 결재를 하지 않는다는 것입니다. 곧 자리이동이 있을 것이라는 기대나 예상으로 인해 업무가 늦어지는 것입니다. 예리한 기자들은 보도자료가 적은 상황에서 멋들어진 가십 기사를 창조해 냅니다.

업무를 하면서 자료의 작성에 효율성을 기하기 위해 각 부서의 동료 공무원 좌석배치도를 바인더북에 정리했습니다. 자료를 주신 분이 누구인가를 그 자리에서 묻기에 좀 미안한 바이니 일단 해당 부서 공무원의 이름과 전화번호를 참고할 수 있습니다. 그러다 보니 청내 대부분의 부서를 순회하고 얼굴을 익혔습니다.

시군에서 나름 날리다가 도청에 전입한 공무원이 조금 난 체를 하면 "너 공보실 이강석을 아는가?" 했답니다. 모른다 하면 "도청에 온 지 얼마 안 되었군" 하면서 더 노력하라 말했다고 합니다. 참으로 많은 분들과 교우, 교류하면서 7급의 2년 반을 공보실에서 보냈습니다.

사실 7급 공무원은 公職社會^{공직사회}의 중심축입니다. 그 당시에는 그랬습니다. 이후에는 주사행정, 사무관행정이라 하더니 2017년 현재에는 局長^{국장} 행정입니다. 중요한 정책은 간부회의에서 논의되는 것이 발전한 현대의 지방자치단체 행정시스템입니다.

▶ 공무원과 술 이야기

사람들은 평생에 마실 술을 타고난다고 했습니다. 젊어서 술을 많이 마시면 70세 이후에는 술을 먹지 못한다고 합니다. 조지훈 선생의 주도 18단계에서 17단계인 관주(觀酒 ; 술을 보고 즐거워하되 마실 수 없는 사람)에 해당하는 것입니다. 혹시 공무원 급수와 조지훈 선생의 주도 단계가 거의 일치하고 있다는 생각을 하신다면 저와 코드가 맞으시는 분입니다. 어쩌면 그 당시에 사회와 이 시대 공무원의 술 습관이 이처럼 정확하게 일치하는가 찬사를 보냅니다. DNA, 염색체 등 모든 진화의 스토리가 딱 맞으 떨어지는 태엽시계의 톱니바퀴와도 같습니다.

박목월 선생, 박두진 선생과 함께 청록파인 조지훈 선생님은 제가 공직을 마친 경기도 남양주시 화도읍 마석 전철역 인근에서 '芝薰 漢陽趙公 東卓之墓' (지훈한양조공 동탁지묘)라는 비석과 함께 만나뵐 수 있습니다. 선생님은 경북 영양에서 태어나셨습니다.

술을 마시라고 권장할 일은 아니겠으나 공직생활중 만나는 술자리에서 적정히 처신하기 위해서는 몇 가지 지켜야 할 기준이 있습니다. 공직 사회에서 일반적인 기준으로 膾炙^{회자}되는 이른바 주법이라는 것이 있습니다.

술은 오른손으로 시작합니다. 술잔도 오른손, 술병도 오른손으로 움직여야

✿ **조지훈의 주도 18단** : 시인 조지훈은 당대의 '주선'이라 자처하며 주도의 18단계를 밝혀 놓았다. 그 사람의 주정을 보고 그 사람의 인품과 직업은 물론 그 사람의 주력을 당장 알아낼 수 있다. 주정도 교양이다. 많이 안다고 해서 다 교양이 높은 것이 아니듯이 많이 마시고 많이 떠드는 것만으로 주격은 높아지지 않는다. 주도에도 엄연히 단이 있다는 말이다. 첫째, 술을 마신 연륜이 문제. 둘째, 같이 술을 마신 친구가 문제, 셋째는 마신 친구가 문제, 넷째, 술을 마신 동기, 다섯째 술버릇 이런 것을 종합해 보면 그 단의 높이가 어떤 것인가를 알 수 있다. 음주는 무릇 18의 계단이 있다.

1. 부주(不酒,9급)=술을 아주 못 먹진 않으나, 안 먹는 사람
2. 외주(畏酒,8급)=술을 마시긴 마시나 겁내는 사람
3. 민주(憫酒,7급)=마실 줄도 알고, 겁내지도 않으나 취하는 것을 민망하게 여기는 사람
4. 은주(隱酒,6급)=마실 줄도 알고, 겁내지도 않고, 취할 줄도 알지만 돈이 아쉬워서 혼자 숨어서 마시는 사람
5. 상주(商酒,5급)=마실 줄도 알고, 좋아도 하면서, 무슨 이익이 있을 때만 술을 내는 사람
6. 색주(色酒,4급)=성생활을 위해 술을 마시는 사람
7. 수주(睡酒,3급)=잠이 안 와서 술을 마시는 사람
8. 반주(飯酒,2급)=밥맛을 돕기 위해서 마시는 사람
9. 학주(學酒,1급)=술의 진경을 배우는 사람 {주졸}
10. 애주(愛酒,1단)=술의 취미를 맛보는 사람 {주도}
11. 기주(嗜酒,2단)=술의 진미에 반한 사람 {주객}
12. 탐주(耽酒,3단)=술의 진경을 체득한 사람 {주호}
13. 폭주(暴酒,4단)=주도를 수련하는 사람 {주망}
14. 장주(長酒,5단)=주도삼매에 든 사람 {주선}
15. 석주(惜酒,6단)=술을 아끼고 인정을 아끼는 사람 {주현}
16. 낙주(樂酒,7단)=마셔도 그만, 안 마셔도 그만, 술과 더불어 유유자적하는 사람 {주성}
17. 관주(觀酒,8단)=술을 보고 즐거워하되 마실 수는 없는 사람 {주종}
18. 폐주(廢酒,9단, 열반주)=술로 말미암아 술 세상으로 떠나게 된 사람

부주, 외주, 민주, 은주는 술의 진경, 진미를 모르는 사람들이요, 상주, 색주, 수주, 반주는 목적을 위하여 마시는 술이니 술의 진체(眞諦)를 모르는 사람들이다. 학주의 자리에 이르러 비로소 주도 초급을 주고, 주졸(酒卒)이란 칭호를 줄 수 있다. 반주는 2급이요, 차례로 내려가서 부주가 9급이니 그 이하는 척주(斥酒) 반(反) 주당들이다. 애주, 기주, 탐주, 폭주는 술의 진미, 진경을 오달한 사람이요, 장주, 석주, 낙주, 관주는 술의 진미를 체득하고 다시 한 번 넘어서 임운목적(任運目適)하는 사람들이다. 애주의 자리에 이르러 비로소 주도의 초단을 주도(酒道)란 칭호를 줄 수 있다.

기주가 2단이요, 차례로 올라가서 열반주가 9단으로 명인 급이다. 그 이상은 이미 이승 사람이 아니니 단을 매길 수 없다. 그러나 주도의 단은 때와 곳에 따라, 그 질량의 조건에 따라 비약이 심하고 갈등이 심하다. 다만 이 대강령만은 확고한 것이니 유단의 실력을 얻자면 수업료가 기백만 금이 들 것이요, 수행 연한이 또한 기십 년이 필요한 것이다.

합니다. 저는 왼손잡이인데 어찌하면 좋은가 묻는 분이 있습니다만 그래도 오른손으로 酬酌(수작 ; 술잔을 주고 받음)해야 합니다. 그리고 두 손으로 술잔을 잡고 권한 후에 미리 준비한 술병을 공손하게 잡고 지극정성으로 따라 올려야 합니다. 오른손 손등이 위로가고 왼손은 가볍게 따라가야 합니다. 골프에서 왼손으로 잡고 오른손이 따라가는 것과는 반대로 기억하시기 바랍니다.

술잔을 권하고 병에서 술을 따르는 과정은 全心全力^{전심전력}을 다해야 하고 집중해야 합니다. 대화를 중지하고 술잔과 술병에 힘을 주고 작업을 진행하여야 한다는 말입니다.

술잔을 권하는 타이밍도 중요합니다. 과장님이 삼겹살을 상추쌈에 싸서 드시는 순간에 잔을 권하는 신규 공무원이 더러 있습니다. 서두르지 마시고 차분히 잔을 드리고 술병을 들어 따라 드리고 가볍게 目禮^{목례}를 하면 좋습니다.

평생을 배워도 정답이 없는 주법에 대해서는 모든 공무원들이 근무 내내 고민하는 바입니다만 기본적인 부분만 체득하면 큰 어려움이 없을 것으로 생각합니다. 다만 폭음은 공직을 힘들게 하고 인생을 망칠 수 있다는 점을 가슴 깊이 새기고 음주운전을 엄금해 주시기 바랍니다. 잘 나가던 수많은 공직자의 앞길을 가로막은 음주운전을 조심해야 합니다.

✱ **건배시 잔을 들어 쨍하는 이유** : 五感^{오감}이라 함은 시각, 촉각, 후각, 미각 그리고 청각입니다. 어느 날 술 한 잔을 하였는데 그냥 소리 없이 마신 관계로 청각이 술 마신 사실을 알지 못했다고 불만을 이야기했습니다. 오감이 모여서 회의를 한 결과 앞으로 술을 마시게 되면 청각을 위해 술잔으로 "쨍~~" 소리를 내기로 했습니다. 술을 마시는 과정을 보면 잔을 들으니 시각과 촉각, 입가로 가져오니 후각, 마시니 味覺^{미각}인데 소리가 나지 않으면 聽覺^{청각}만 알 수 없다는 점에 착안한 것입니다.

▶▶ 7급 공무원과 승진

공무원 7급이라는 자리는 한 인생에서 역사적인 결단을 해야 하는 숙명이 있습니다. 계속 전진하여 6급, 5급으로 갈 것인가, 아니면 새로운 직업을 향한 블루오션(Blue Ocean)의 조각배를 타고 태평양 한가운데로 노를 저어 갈 것인가를 결정해야 합니다.

공직의 길로 결정했다면 더 이상 돈벌이는 아니라는 사실을 각서하고 청렴하되 부지런한 공무원이 되어야 합니다. 월급을 더 받기 위해 일하는 직장이 아니고 더해도 덜해도 그 월급을 받는 것에 불만이 없는 일터라는 사실이 중요합니다.

우리는 자존심을 먹고 사는 공무원이기 때문입니다. 공직자의 수첩에서 자존심을 빼면 남는 것은 스프링뿐입니다. 공무원 수첩의 첫 장 공무원의 신조에서부터 마지막 개인 신상을 적는 메모장까지 모든 것이 자존심입니다. 그것을 잡아주는 스프링은 유연성이라 할 것입니다. 그러니 공무원 수첩을 불태워 버리면 남는 것은 스프링이 전부입니다. 자존심으로 불사른 공직을 돌이켜 남는 것이 없다면 성공입니다.

공직은 자신의 힘으로 밀고 나가는 말과 소가 없는 자신이 끌고 가야 하는 무거운 우마차입니다. 2015년에 박수영 경기도 행정부지사님이 페이스북에서 '자신의 인사는 자신이 한다' 고 말해서 큰 공감을 얻으신 바 있습니다. 여러 가지 해석이 가능한 말씀입니다만 공직자는 늘 준비를 하고 있어야 원하는 자리에 가고 적정한 시기에 승진을 한다는 말씀으로 해석합니다.

육상경기, 특히 숏트랙 경기에서 스케이트 앞날과 뒷날의 승패처럼 공직의 승진 또한 정해진 9명으로 결정하여야 하는 그 순간에 10등으로 떨어진 수많은 공무원을 더 걱정하였던 분입니다. 수많은 번민과 번뇌를 겪으신 후 수많은 경우의 상황을 集大成^{집대성}하여 하나의 문장으로 축약하니 '자신의 인사는 자신이 한다' 로 결론지어지는 것입니다.

그러니 3번 밀리면 2~3년이 흘러가는 것이 공직의 승진인사입니다. 그래서 평소에 자신의 지지기반을 다져야 하는데 가장 강력하고 확실한 기반은 자신에 대한 열정과 본인의 역량을 주변에 심어주는 것입니다.

공직에서도 이제는 일반회사처럼 외부인사의 파워를 적용할 수 없는 시대입니다. 과거에는 더러 외부인사의 도움을 받았다고 합니다만 이제는 불가하니 내 스스로 조직내에서 존재감을 키우고 역할을 다해야 승진명부에서 낙점을 받는 것입니다. 낙점이란 말은 弔針文^{조침문}에 나옵니다.

여기에서 낙점이 나왔습니다. 낙점이란 중국에 사신으로 갈 신하 3명 정도를 천거하여 고하면 임금께서 이중 한 사람의 이름 옆에 붓으로 점을 찍어 정하시니, 이는 마치 승진대상자 4배수 명부를 올리면 인사권자가 승진대상자를 결정하는 것으로서 古今^{고금}에 같은 방식으로 진행되고 있습니다. 이는 자유재량행위이니 4배수 안에서는 누구를 승진자로 정해도 타당하다고 보는 것입니다. 그래서 인사권이 막중한 것입니다.

뒤집어 말하면 평생 동안 승진하지 못할 수도 있습니다. 이번 인사에서 아슬아슬 차점으로 낙방했다 해서 다음번 인사에 1순위가 아닌 것이고 1그룹에 들어갔다 해도 인사권자의 낙점을 받지 못하면 승진하지 못하는 것입니다.

공무원이 승진하려면 일을 잘해야 합니다. 그리고 대인관계를 원만하게 이끌어야 합니다. 주변과 소통해야 합니다. 선배 후배 동료 공무원을 존경하고 사랑하고 감싸 안아야 합니다. 음주운전을 하지 말아야 하며 음주로 인한 口舌^{구설}이 없어야 합니다. 맨 정신으로도 주변과의 갈등이 없어야 합니다. 바로 위 상사의 좋은 평가가 중요합니다.

공직에서 승진이란 난에서 꽃을 피우는 것과도 같습니다. 난은 매년 꽃을 피우지 못합니다만 환경이 척박해지면 스스로 생명이 다했다고 판단하고 꽃을 피워서 씨앗을 남기려 합니다.

하지만 주변에서 보는 난은 뿌리를 나눠서 번식을 합니다. 꽃을 피워도 열매를 맺어도 그 씨앗으로 난이 싹을 틔우지 못 하는가 봅니다. 공직도 매번 승진하는 것이 아니고 일에 지치고 세월에 눌려서 도저히 힘들어 더 이상 못하겠다 싶을 즈음에야 승진을 합니다.

승진하겠다고 발버둥쳐도 안 되는 일입니다. 승진 안 하겠다는 계급 정년을 적용받는 공직이 있다고 합니다만 이는 딴 세상의 일이고 지방행정 공무원 대부분은 승진이 무엇인지 잊고 지내다 보면 어느 날 불쑥 인사발표가 납니다. 그래서 승진하여 자리를 이동합니다. 그리고 다시 공직의 세월은 묵묵히 흘러갑니다. 그것이 정년까지 달려가는 마라톤 같은 공직의 일상입니다.

이처럼 승진에 대해 장황한 이야기를 하는 이유는 7급에서 대전환이 가능하기 때문입니다. 6급에 이르면 빨라도 나이 40세 전후이니 인생의 방향, 직업을 바꾸기에는 늦었습니다. 물론 전공이 확실하여 대학원을 가고 석사 박사의 길을 가거나 부모님의 지원으로 창업을 하신다면 가능할 것입니다.

하지만 공직자로 이미 20년 이상 근무한 상황에서 갑작스럽게 직업을 바꾸는 것은 현실이 허락하지 않습니다. 가정을 꾸리고 부부가 벌어도 아이들을 보육하는 돈이 필요하기에 공직에서 퇴직할 수 없습니다.

이제 퇴직할 수 없다면 최선을 다하는 것이 자신은 물론 가족과 사회와 국가를 위해 필요합니다. 혹시라도 나로 인해 더 열심히 일할 공무원이 지금도 청량리와 영등포 학원 골목에서 컵밥을 먹으며 3修⁺ 4修⁺ 공직에 도전하다가 그것도 안 돼서 다른 직종으로 떠나갔을 '의문의 1패'를 당한 공시생을 생각해 보시기 바랍니다.

그래서 오늘 처한 공직이 힘들고 어려워도 이 또한 자신에게 주어진 운명임을 받아들이고 최선을 다하는 것이 6급이 되는 길인 것입니다.

이제 6급이 되면 무슨 일을 하게 될까요. 우선 시청과 군청에서는 계장, 담당, 팀장이라는 직함이 붙습니다. 컬러사진을 올리고 깔끔한 활자를 박은 名銜⁺ᵐᵉⁿ²이 나옵니다. 물론 7급도 명함이 있지만 6급은 되어야 명함을 내밀 일도 많고 명함을 쥔 손이 자랑스럽게 앞으로 나갑니다.

처음 6급이 되면 외직이나 한직, 선임 6급이 있는 삼석 6급이 되거나 무보직 6급이라 해서 계장 옆에서 실무를 담당하면서 초급 관리자의 수업을 받게 됩니다. 결혼에 신부수업이 있다면 행정에는 수습이라는 修業⁺ˢᵘᵉᵖ기간이 있습니다.

9급으로 합격하여 수습하는 기간이 있고 6급이 되어서 수습 근무도 하고 5급에 승진해도 수습기간은 있습니다. 5급 행정고시에 합격하면 또한 수습기간과 기관을 정해서 2개월 정도 여러 곳을 다니며 견문을 쌓게 합니다.

따라서 6급 승진 초기에 요직에서 수습을 하고 잠시 邊方^{변방}에 나갔다가 2년 안에 본청, 본부로 와야 합니다. 현실에 안주하다 보면 어느새 동기들은 저만치 유력한 자리에 가서 뿌리를 내리는데 엉뚱한 곳, 이곳이 자갈밭이라는 사실조차 모르고 멍하게 서 있다가 파도치는 물살에 모래가 떠내려가면 나의 6급 자리는 일순간에 沙上樓閣^{사상누각}이 될 수도 있습니다.

앞장선 소대장은 소총 2자루를 메고도 잘 달리는데 뒤처진 훈련병은 분대장에게 총을 주고 맨몸으로도 뛰지를 못합니다. 공직도 한 번 밀리면 여러 가지 기운이 빠집니다. 7급 승진에서 밀리면 의욕이 없어지고 6급 승진에서 빠지면 체면이 없어지고 5급 승진에서 떨어지면 참으로 많은 것을 잃었다는 느낌이 듭니다.

승진할 때 승진하는 것은 정말 필요합니다. 매번 일등으로 승진하는 불행한 일이 없어야 합니다. 일등으로 떨어져서도 아니 됩니다. 늘 말번으로 승진하고 다시 앞줄에 다가서고 다음번에 다시 끝번에서 아슬아슬, 스릴 있게 승진해야 하는 것입니다. 승진은 나의 힘과 상사의 관심과 동료의 응원 등 三拍子^{삼박자}가 맞아야 합니다. 인사위원회에서 무슨 이야기가 오가는지는 잘 모르겠지만 드라마틱한 스토리는 많이 있습니다.

글로 공개하기는 어려운 일이지만 마음 속에 간직한 인사과정, 승진과정 또한 스토리텔링(story telling)으로 간직하고 그 치열한 경쟁 속에서 내 이름이 거명되도록 하는 방안이 무엇인가를 고민하고 생각해야 합니다.

긴 호흡으로 바라보고 넓은 시야로 살펴보면 그 길이 보이기도 합니다. 그 속에서 경우의 수를 좁혀가는 것도 전략입니다. 마지막으로 3가지로 축약한 전략, 내가 수용하고 도모할 수 있는 方策^{방책}을 타겟으로 정하고 최선을 다해 내달리는 것이 승진의 지름길이 되는 것입니다.

저는 7급 지방행정주사보로 일하면서는 6급이 되는 것에 대해 관심 없이 지냈습니다. 청내에 7급이 아주 많았고 승진하려면 긴 세월을 기다려야 할 것이라 생각했습니다. 그리고 6급이 되어서도 선배들이 8∼9년을 근무하고 사무관 요원으로 자리를 이동하는 것을 보면서 그냥 남의 일인 것으로 생각했습니다.

그러던 어느 날 6급에서 5급으로 승진하는 발표에 우수수 여러 명이 주변에서 뛰어가듯 내달려 나가고 저와 몇 사람이 초라하게 그 자리에 남아있는 것입니다.

당시에 제가 근무한 예산담당관실에는 6급 선임 고참이 5명 가량 있었고 실국 안배 승진도 고려 대상 중 하나이므로 다른 국에 근무하는 동기는 사무관 요원이 되었는데 선임이 많은 탓에 그냥 자리를 지키고 있는 것입니다.

이때 주변 동료가 결재판을 들고 와서 윗분에게 어필을 해야 한다고 합니다. 결재판에 좋은 보고서를 준비해서 결재를 받고 한 말씀 올리고 '열심히 일하겠습니다' 라고 어필을 하라는 말입니다.

정말로 그래야 하나 보다 생각은 했지만 선뜻 나서기가 쑥스러워 망설이자 이 동료는 '똥차 때문에 세단차가 못가고 있다' 며 밀어 줍니다. 자신이 세단차라는 말은 아닌 듯 여겨지고 제 머리 못 깎는 모양이 걱정되어 격려차 해 주는 말인 줄은 잘 이해하고 있었습니다. 그리하여 상사의 방에 가서 보고 드리고 이번에 동기중에 여러 명이 사무관 교육을 가게 되었다고 말씀 드렸습니다.

어른께서는 간명하게 '전략적으로 근평을 해야 하겠다' 고 답하십니다. 전략적 근무성적평정이라는 말씀을 당시에는 이해하지 못했는데 나중에 보니 승진 가능한 6급 주사에게는 낮은 점수를 주고 경쟁 커트라인에 걸릴 듯한 주사에게 점수를 많이 주는 방법입니다. 조금 위험하기는 하지만 전략대로 맞아 떨어지면 古參^{고참}은 상위그룹에서 당연히 승진을 하고 3배수 후위에 위치한 주사가 커트라인에 걸려서 마지막 번으로 승진하는 것입니다.

하지만 어느 부서가 이 전략을 펼쳤다가 두 사람 다 낙방하는 사고도 발생한 바 있습니다. 그래서 안전제일로 1등에게 또다시 1등을 주게 되므로 고참 주사가 많은 부서에서는 2위 그룹 주사들이 본의 아니게 승진에서 밀리고 실국별 안배 덕분에 다른 부서의 중참 경력자가 승진의 기쁨을 누리기도 하는 것입니다.

▶▶ 공무원 5급이 되면

정말로 공무원 5급이 되어 보십시오. 흔히 군인 대령(★★★)에서 별(★)을 달면 30여 가지가 달라진다고 하던데 주사에서 사무관이 되면 29가지 이상의 변화가 있습니다. 우선 6급 승진자가 조상님 묘소에 가는 경우는 흔하지 않습니다 다만 많은 공직자들은 사무관 승진심사에 통과하면 그날 또는 그 週末^{주말}에 선산과 부모, 조부모 산소에 가서 절을 합니다.

조상님께 벼슬官^관자 하나를 바치게 되었다는 것이니까요. 그리고 아내에게 꽃다발을 전하며 고맙다고 인사를 합니다. 사랑한다 합니다. 아내는 별 반응이 없어 보이지만 다음날 아침 9시부터 평소 통화가 뜸하던 친구에게도 전화해서 안부를 묻다가 우리 신랑이 많이 바빠졌다고 자랑을 합니다.

2주 후에 한 6주간은 전북 완주에서 원룸 생활을 하게 되었다며 친구의 다음 질문을 기다립니다. 친구는 왜 갑자기 원룸으로 이사하는가 묻겠지요. 그러면 이사 가는 것이 아니라 사무관 승진 후보자 교육을 받으러 지방행정연수원에 간다는 설명을 참으로 자세하게 할 것입니다.

사무관 승진심사에 통과하는 날에 반드시 '아내의 덕이다, 당신이 승진한 것이다, 사랑한다' 고 말해야 합니다. 여성공무원이 5급에 승진하게 되면 남편의 외조 덕분이라고도 말해야 합니다. 사무관에 승진하면 할 말이 많아지고 이 세상이 참으로 넓게 보이기 시작합니다. 말로는 다 설명할 수 없는 새로운 바다가 열리는 것입니다.

과거에는 6급까지의 공무원증과 5급 이상 공무원증의 색상이 달랐습니다. 6급까지의 공무원증은 분홍색이고 5급 사무관 이상은 파르스름한 색이었습니다. 한여름 반팔 모시로 만든 셔츠를 입은 사무관급 이상 간부들은 앞주머니에 달랑 파르스름한 공무원증을 넣고 어깨에 힘을 주고 사무실과 복도를 돌아다녔습니다. 이후 제도개선 과제중 하나로 지적되어 이제는 각 자치단체마다 고유한 디자인의 公務員證^{공무원증}을 발급하고 있습니다.

9급으로 들어와 최선을 다하면 사무관(5급)이 되고 서기관(4급)에 승진합니다. 더 높은 자리에 올라가서 더 무겁고 중한 책임을 담당하여야 합니다. 공직은 개인의 역량을 최고도로 발휘하면서 일한 만큼 대우를 받을 수 있습니다. 개인회사, 대기업에서 큰 성공을 이룩한 분들이 많습니다만 공직에서도 큰 이룸이 가능합니다.

그리고 일단 事務官사무관이 되고 나면 그 이후는 또 다른 상황이 전개됩니다. 참으로 알 수 없는 상황이 많습니다. 지금 7급 6급으로 일하시면서 훗날 자신이 4급, 3급으로 일하는 모습을 그리는 것은 절대 상상이나 사치가 아니라 다가오는 현실입니다.

오늘에 의미를 두고 하루하루 진주조개의 아픔을 보석 진주로 승화하듯이, 아픈 몸속의 고통을 우황으로 응결하여 신경안정제 淸心丸청심환으로 거듭나듯이 현재의 어려움을 해결해 나가시기 바랍니다.

군인의 꽃은 별이라 하고 경찰의 꽃은 總警총경이라고 합니다만 지방행정공무원의 꽃은 事務官사무관이고 사무관 이후의 상황은 본인이 감당할 미래입니다. 경찰공무원 총경이 되면 무궁화꽃 4개씩 8개, 그리고 모자에 4개를 합하면 12개의 꽃이 피어납니다.

행정공무원도 서기관이면 총경과 버금간다고 하는데 이를 비교하는 것은 호랑이와 사자가 싸우면 누가 이기느냐는 아이들의 질문과 같습니다.

쌍둥이 육아일기

아이를 기르는 일은 인간의 숭고한 의무이며 고귀한 권리이고 남녀노소 누구에게나 주어진 삶의 중요한 부분으로 나이 들어갈수록 엄숙하게 다가오는 사랑의 실천이다. 매일매일 끊임없이 이어가는 사랑의 육아일기장 표지가 퇴색하고 그 일기장의 빈 공간이 많아질수록 아이의 눈빛은 또렷해지고 백일상 받을 때 신었던 신발이 작아지고 소아과 병원에서 귀여운 아이를 보면 힘들었던 시간의 지난날을 돌아보게 된다.

1991년 9월 9일은 육아일기를 내놓고 쓸 수 있도록 허락된 날이다. 현아, 현재 쌍둥이 남매는 우리 부부는 물론 이 세상의 아이를 좋아하는 모든 이들의 축복 속에 서울대학병원 3층에서 이날 태어났다.

우리는 쌍둥이 남매가 태어나기 전부터 이름도 성별도 모른 채 작은 아기 모습을 그리며 육아일기를 써왔다. 그 일기는 곧 우리 부부의 생활 기록장이고, 아이들의 역사를 시작하는 풀뿌리와도 같은 소망이었으며 어쩌면 살아야 하는 가장 중요한 이유이기도 했다.

이제 30개월 동안 일기를 써왔고 일기장에는 '늘어난 재롱' 란이 추가되었으며 '병원방문' 란은 빈칸이 되는 날이 많아지면서 아이들의 공통점과 개성이 뚜렷하게 나타나고 있다.

출산의 기쁨

만삭의 배는 사공이 2명이라 좌우로 추스르기가 어려웠다. 누워 있던 아내가 몸을 반대로 움직이려면 척추

따로, 배꼽 따로 움직여야 하므로 도움이 필요했다. 출산 3일 전에 입원했는데 초음파 검사결과 한 아이는 거꾸로 있다고 한다. 아마도 아들 현재였을 것이다. 그때야 알았는데 거꾸로 있다는 아이는 바로 있는 것이고 제대로 있다는 아이가 바로 거꾸로 있다는 것이다. 머리를 아래로 하고 있어야 출산이 쉽기 때문일 것이다.

병원 입원은 긴장과 기대를 한꺼번에 느끼게 한다. 산부인과에 출산을 위해 입원한 산모는 사실 환자가 아니다. 따라서 병원이니, 병실이니, 환자니 하는 것은 산모에게는 어울리는 말이 아니다.

수술하는 날이 왔다. 정확히 말해 출산일이 왔다. 끼니를 거른 기억이 없는 나로서도 아침식사를 거른 채 수술실의 연락을 기다렸다. 전날 의사선생님으로부터 자연분만과 개복수술의 위험성에 대한 설명을 들은 후 각서에 서명할 때에는 결혼 후 처음으로 아내를 책임져야 한다는 의무감을 느꼈다.

분만실 앞은 부모자식의 만남의 장소이며 기다림의 시계탑이요 시간이 정체된 안개 속 긴 복도다. 초침 없는 시계소리가 더욱 크고, 조바심을 태울 재떨이조차 준비되지 않은 객석이다. 연극의 2막 1장이다. 2장은 아이들의 놀이방인가.

1년에 60만 명(1993년 기준)의 아이가 태어난다고 한다. 하루에 1,700명이 태어난다는 계산이다. 분만실 자동문은 기름이 말랐는지 굉음을 내며 여닫히고 간호사, 의사, 사무원들은 각양각색의 옷차림과 하나같이 굳은 표정으로 드나든다.

어느 젊은 예비아빠는 하룻밤을 꼬박 기다려도 아내가 엄마로 진전되지 않아 안타까워하고 친정어머니는 3번째인데 또 딸이면 어쩌나 걱정하고 있다. 남의 일에 신경 쓸 때가 아니라는 생각을 하면서도 기다림 외에 할 수 있는 일도 없는 걸 어쩌나.

이 애가 이 아이의 누나

드르릉! 분만실 자동문이 힘들게 열리는 듯, 기름 마른 쇳소리를 냈고 이어서 흰 간호사가 붉은 아이를 태운 손수레를 밀고 나오면서 아내를 부른다. 이상한 일이다. 아내는 수술실 안에 있을 터인데 왜 밖을 향해 아내 이름을 부를까. 그렇다. 아내와 아이와 나는 하나이기 때문이다. 그래서 아내 이름을 부르면 다 알아들을 것이라고 생각하고 있는 것 같다. 아내의 이름이 또 불리운다. 최경화 씨!

두 번째 호명에 나는 개근상 받는 시골 초등학교 졸업생처럼 자리에서 일어났다. 간호사는 준비된 대사를 외우는 초등학교 3학년 학예회 배우처럼 말한다.

"이 애가 이 아이의 누나예요."

놀라면 머리가 나빠지고 판단력이 흐려지는가. 틀림없이 둘을 낳을 것이라면서 아이가 신생아실로 가기 전에 손과 발가락, 얼굴을 잘 살펴보고 그 모습을 꼭 기억해 두라던 아내의 당부는 그만두고 아이를 번갈아 보는 사이 아이들과 간호사는 저만큼 신생아실을 향해 가고 있었다.

같은 방에서 3일 전 출산한 부인도 쌍둥이에 대한 관심에 불편한 몸을 이끌고 분만실까지 찾아와 아빠와 아기들의 상봉을 함께 하며 '남매 쌍둥이'라며 기뻐했다. 다시 말해 딸과 아들을 한꺼번에 얻은 일인데 1분 차이로 누나와 동생이 판가름 난 것이다.

혹자는 이렇게 1분 차이로 누나와 동생으로 판가름 나는 것에 불복해 의학적으로는 나중에 태어난 아이가 어머니 뱃속에서는 먼저 탄생한 것이라고 주장하기도 한단다. 그 만남의

시간은 15초 정도로 짧았지만 지난 1년간 쌓인 이야기를 다 나눈 것보다 진지했다.

수다쟁이가 목 메인 사연

아내는 아직 분만실에 있다. 아이를 신생아실로 보내자 이번에는 아내를 기다리는 남편이 되었다. 남의 집 대문 문지방을 넘을 때에는 다리가 후들거릴 정도로 겁이 많았던 나는 분만실 입구의 '관계자외 출입금지' 표지를 무시하고 살며시 안으로 들어갔다. 그리고 아내를 찾았다. 평상시에는 몰랐는데 누워있는 아내를 찾기가 쉽지 않았다.

아내는 하얀 침대 위에서 흰 이불을 덮고 잠든 듯 누워있었다. 눈을 뜨고 있었으나 아무 생각이 없는 듯했다. 살며시 손을 잡았다. 아내는 미리 준비한 연기자처럼 느긋하게 눈길을 내게 돌리며 잔잔히 미소 지었다.

"우리 아기 예뻐?"

"……."

나는 대사를 잃어버린 조연배우처럼 머뭇거렸다. 준비한 말도 없었다. 갑자기 마이크를 받은 공개방송의 방청객처럼 입이 딱 달라붙는다. 평소 말이 많아 수다쟁이로 통하던 말재주

는 어디 가고 어색한 침묵의 시간이 흘렀다.

잠시 후 아내의 침대를 밀고 개선 장군처럼 우리 방으로 돌아오는 나 자신의 당당한 모습은 또 다른 관객 이 된 아내의 남편으로서만 간직하고 있다.

공중전화카드에 감사

아내를 방으로 데려다 놓고 나니 할 일이 없다. 평소 전화번호 수첩이 없는 데다 숫자 기억에는 재주가 없 지만 생각나고 기억되는 전화번호를 누르기 시작했다. 아이들의 친가와 외가중 어느 쪽에 먼저 전화를 드려 야 하는가에 망설이다가 양쪽에 모두 먼저 전화를 드렸노라고 말했다. 이 제는 시간이 흘러 정말로 어느 분게 먼저 전화를 드렸는지 기억이 나지 않는다.

다음은 사무실 동료와 평소 아이가 없음을 걱정해 주시던 분들께도 이 기쁜 소식을 알렸고 병원주소까지 알 아내고 축전을 보내주신 분들의 따뜻 한 정을 지금도 앨범에 간직하고 있 다.

다음날 어머니께서 오셨다. 시골에 서 나서 시골로 시집오신 어머니는

서울 지리에 밝지 못하셨는데도 혼자 서 병원까지 오셨다. 아내는 딸만 낳 았으면 오시지 않았을 것이라면서 미 소를 보냈고 오시자마자 기저귀를 갈 아야 하지 않겠냐면서 확인절차부터 차리셨다고 또 한 번 男兒選好^{남아선호}사 상에 대해 이의를 제기했다.

고부가 기념촬영을 했다. 아이 낳 고 기념사진을 찍은 산모도 흔치 않 을 것이다. 어머니께서는 아이들이 신생아실로 돌아갈 때 문밖까지 배웅 하셨고 집으로 내려가실 때에도 아이 들을 찾아 짧은 이별 후 긴 재회를 기 약하셨다.

출산 전까지는 일반식이 나오더니 이날부터는 미역국이 배달되었다. 입 원 후 병원 밥은 나의 차지였다. 출산 후 몇 끼니를 지내면서 아내의 몫이 되었다. 아내의 식사량이 늘자 우리 는 김밥을 사서 국물과 함께 먹었다. 그리고 식욕이 증대되면서 아내의 말 도 증가하기 시작했다.

옆 침대의 산모에게 오늘의 출산금 메달이 있기까지의 역사를 이야기하 는 데는 여러 시간이 소요되었고 고 독한 관객의 반응도 좋아 어느새 친 숙해지곤 했다. 여성들의 대화중 임 신과 출산은 공통의 화제였다.

자연분만은 3일이면 퇴원하므로 10여 일 입원기간 동안 1명의 선배 산모와 3명의 후배 아이 엄마를 파트너로 갈아치우며 300일 야화는 밤 깊도록 계속되었다.

육아일기는 온몸으로 쓰는 것

우리 부부는 성별을 바꾸어 아들은 아내가, 딸아이는 내가 안고 9월의 뙤약볕을 지나 집으로 돌아왔다. 증원 귀향(금의환향)이라고나 할까. 그리고 몸으로 육아일기를 쓰기 시작했다.

육아는 크게 4가지 항목으로 나눌 수 있다. 그것은 수유, 배설, 목욕, 취침이다. 아이는 목욕할 때 큰다고 한다. 따끈한 물에 몸을 담그고 부드러운 비누칠을 하면 포동포동하고 흰 살결이 반짝거린다. 아이는 눈만 빛나는 것이 아니라 몸 전체가 반짝이는 별이다.

아이의 고향은 엄마의 양수라던가. 물과 아이는 친하다. 쌍둥이 남매는 좁게 있다가 태어났으므로 넓은 목욕탕에 물을 많이 받아 매일매일 목욕을 시켰다. 목욕은 앉기도 하고 일으켜 세워서 목욕을 시키기도 한다.

목욕시간은 전쟁 상황이다. 먼저 새 옷과 큰 수건을 준비한다. 머리감기는 일은 아빠의 몫이다. 왼쪽 겨드랑이에 아이를 안고 허리를 감아쥔 다음 머리 뒤편을 왼손으로 고정하고 머리를 감긴다. 물을 칠하고 비누를 문지르되 귀에 물이 들어가지 않도록 조심해야 하며 맑은 물로 머리를 헹구고 얼굴을 두세 번 잽싸게 문지르면 아이는 울기 시작하는데 이때 일으켜 앉히면서 머리의 물기를 말리고 헤어드라이어를 왼손으로 가리면서 쓰다듬어 준다. 목욕은 우리 부부 저녁 일과중 1시간 분량의 육아과정이다.

먹는 일은 가르치지 않아도 아기는 태어나면서 본능적으로 가지고 있다. 모유가 부족했으므로 우유를 먹였다. 먼저 우유병을 삶아야 한다. 이 일은 지난 2년 반 동안 매일 3번 정도 반복해 온 일로서 총 21,900개(365일×3년×10개×2명=21,900)를 끓였다는 계산이 나온다. 어떤 이는 아이에게 먹인 분유통을 백일상 뒤에 장식하기도 했다는데 두 아이가 먹은 분유 빈 통은 고스란히 자원재생용 분리수거 통에 매주 반납되었다.

우유를 먹일 때는 온도가 중요하다. 분유를 따뜻한 물에 잘 풀어서 흔들어 준 다음 자신의 손등에 뿌려서 뜨거운 느낌이 있으면 되며 병을 손으로 잡아보아도 온도를 알 수 있다. 두 아이가 동시에 보채면 한 아이는 안고 또 한 아이는 나의 발목에 눕히고 먹이면 된다.

궁하면 통하고 두드리면 열린다. 나는 '공중급유기'를 개발했다. 장롱 위에 긴 막대를 매달아 로봇 팔을 만든 다음 그 끝에 줄을 매어 바닥으로 내렸다. 그 끝에 우유병을 매달아 물려주면 고사리 손으로 병을 잡고 맛있게 먹는다. 두 아이를 동시에 급유시에는 로봇 팔 끝에 십자가처럼 막대를 매달면 된다. 우유병이 바뀌지 않도록 신경을 썼으나 병모양이나 색으로 구분하였더라면 하는 아쉬움이 있다.

배설은 노래에도 나온다. 진자리 마른자리 갈아 뉘시며. 많은 목욕물을 좋아하면서 적은 물기는 싫어하는 것은 아이나 어른이나 마찬가지다. 요즘은 전자칩이 기저귀 갈아줄 때를 알려준다지만 아이의 표정으로 이를 먼저 감지하는 것이 엄마의 눈이다.

잠자는 일은 아이, 어른 할 것 없이 중요한 일이다. 우리 부부는 잠자는 시간과 기상시간을 조정했다. 저녁잠이 많은 나는 9시 뉴스가 끝나면 잠자리에 든다. 아내는 새벽 1시까지 아이를 보다가 아침에는 일어나질 못한다. 3년여 습관으로 아침식사 준비는 남편의 일이 되었다.

아침에 일어나면 우유병 2개에 주스를 담아 아이들 머리맡에 놓아준다. 잠에서 깨면 목이 마를 것이다. 아내는 계속 잠에 빠져 있다. 잠든 모습은 아이나 아내나 똑같이 평온하다. 그러나 쌍둥이 엄마가 잠에서 깨면 이것저것 잔심부름을 시킬 것이다. 출산 초 도와주던 일들이 이제는 아빠의 고유사무가 되었다.

육아는 소품 많은 예술

어찌 보면 아이와의 하루는 매일매일이 똑같은 일의 반복일 수도 있다. 요즘에는 출근 준비, 아침식사 준비로 분주한 가운데 TV소리가 궁금한 아이들은 눈을 비비고 일어난다. 자고 깬 아이들은 소파 위에 누워 조금 전 머리맡에 놓아준 음료병을 물고 TV를 본다. 잠시 후 현재(남자아이)는 조간신문을 차분히 살피고 현아(여자아이)는 집안 살림살이 참견을 시작할 것이다.

출근시간이 되면 아이들의 눈망울

도 초롱초롱해지고 드디어 이해하기 어려운 아내의 한 마디로 아침 해가 뜬다.

"자, 오늘도 하루 살아보자."

5년 동안 아이 없이 신혼생활을 보냈던 아내는 요즈음 두 아이를 키우는 데 바빠 시간내기가 어려운 가운데 주말을 기다린다. 토요일 오후와 일요일에는 어김없이 개인 스케줄을 만들어 놓고 나의 퇴근을 재촉한다. 퇴근한 아빠의 구두 굽소리가 가시기도 전에 아내는 대문을 나선다.

육아를 영화로 치면 소품이 가장 많고 다양한 작품이다. 가장 작은 면봉, 분유통, 하얀 기저귀, 병원 약봉투, 그리고 커다란 아빠와 뚱뚱한 할머니까지. 작은 주연 배우와 큰 조연 배우, 그리고 하얀 의사와 간호사, 우유집 아저씨, 주스 아줌마까지.

두 아이를 혼자 보는 것은 벅찬 일이다. 이 일은 아이가 어렸을 때 더 어렵다. 1년, 2년 지나면서 아기 보기가 쉬워진다. 그리고 아이가 크면서 어떤 때는 1개월 단위로 육아방법이 바뀌어야 한다는 생각도 들었다.

아이 때는 나란히 뉘어놓고 기저귀를 갈고 우유를 먹였는데 특히 기저귀 갈 때는 남자는 남자, 여자는 여자로서의 변화를 주어서 좋았다. 요즈음 쉬를 가리는데 사내아이 현재는 플라스틱 병에 받아 처리하면 되는데 여자아이 현아는 어린이용 변기에 앉혀야 하는 번거로움이 있다.

한 번은 두 아이를 혼자 보는데 사내아이의 오줌발이 심상치 않아 화장실 변기에 앉혔는데 예상대로 덩어리를 몇 자락 빠트리는 것이다. 휴우 한 숨을 쉬면서 아내가 당부한 대로 아이를 씻겨 내보내고 화장실을 정리하는 데 저쪽에서 우는 소리가 들린다.

아이고 어쩌나! 세상의 아빠들이여. 大寒^{대한}이가 小寒^{소한}이네 왔다가 얼어 죽었다고 하였던가. 그러나 소변보다 대변이 무섭다는 말을 들어보셨는가. 더구나 맑은 경우보다 흐리거나 비 오는 대변은 더더욱 무섭다. 2차 세계대전, 진주만 폭격, 노르망디 상륙작전이었다.

역사를 보면 아이를 키우는 일로 인생이 바뀐 경우는 없는 것 같다. 사랑을 위해 왕위를 버렸거나 미인 때문에 전쟁이 일어난 史實^{사실}은 있지만 아이 때문에 역사가 달라진 경우는 찾기 어렵다.

그러나 우리 부부는 육아와 함께 인생이 바뀌고 있다. 평소 의견대립

이 별로 없었고, 그래서 이른바 부부 싸움꺼리를 찾지 못했던 우리는 육아 문제로 싸우는 일이 생겼다. 신혼 5년 동안 일찍 퇴근하라는 말을 수없이 하므로 언제까지 그 말을 할 것인가 물으니 아이를 낳으면 남편을 쳐다보지도 않겠노라 농담을 했었다.

그런데 아이를 낳고도 퇴근을 독촉하는 아내에게 지난날의 공약을 물으니 그때 한 말은 아이가 하나일 경우를 전제로 한 것이라며 억지를 쓴다.

사실 그 말은 억지가 아니다. 정말로 아이를 키우는 일은 힘들다. 아이를 보아주면 매일매일 먹이고 재워주겠노라 약속을 받고 한나절 아이를 본 거지가 동냥자루를 다시 짊어지고 홀연히 떠났다고 하였던가. 이는 동서고금의 진리로 남을 일이다. 다만 이 속담은 거지와 아이의 관계가 남남임을 간과하고 있었다.

육아일기

우리는 아이의 성장기에 맞추어 내용이 달라지는 우리만의 육아일기를 쓴다. 일어난 시간, 우유와 주스를 먹은 양, 병원방문기록, 늘어난 재롱, 엄마의 일기, 아빠의 일기, 국내 주요 뉴스 등을 기록해 간다.

쌍둥이 두 살 때

이 육아일기장은 우리 부부의 인생 기록이다. 아이들이 커서 자신의 일기장을 갖게 되어도 우리는 이 일기를 계속 쓸 것이다. 그리고 쌓인 일기장은 아이들을 향한 사랑의 조각이 되고 아이들에게 있어서는 인생과 사랑의 교과서가 될 것으로 생각하며 주변의 젊은 부부에게 육아 참고서가 되도록 정성을 다해 써 나갈 것이다.

이 육아일기는 두 아이가 커서 또 다른 육아일기, 우리 손자의 일기를 쓸 때까지 계속될 것이다. 다만 우리 아이들이 쓸 육아일기는 연필이 아닌 컴퓨터로 작성하겠지만 그 내용은 지금의 이 육아일기와 크게 다르지 않을 것이다.

지금은 잠들 시간

아내와 아이들은 지금 깊은 잠에 빠져 있다. 내일의 전쟁을 위해 지금은 쉬고 있는 것인가.

옆에서 지켜본 육아일기를 써야 하는데 연극에서 말하면 조연인 아빠의

대사가 더 많았다. 그러나 대사가 많은 것이 주연 배우의 필수조건은 아닌 것이다.

우리 집 육아일기의 주연은 아내요 가정의 연출가는 주부이며 아이가 가장 먼저 배우는 말은 엄마인 것이다. 3살 된 아이들은 오늘 아침에도 엄마를 엄마라 하고 아빠를 엄마라고 부른다. (1994. 3. 24)

1996년

사무관 | 동장

▶▶ 정말로 5급이 되었어요

다시 시간이 흘러 1996년 4월 3일에 사무관 승진 후보자 명단에 올랐습니다. 그리하여 인재개발원 교재연구 담당관실에서 계장 직무대리가 되어 교육지원 업무를 하면서 교육을 기다렸습니다.

그런데 전국 동장이 별정직에서 일반직으로 전환되면서 사무관 승진자가 늘어났고 지방행정연수원의 강의실 등 교육생 수용에 한계가 있으므로 직무대리 발령일 3월 31일까지로 끊어가는 바람에 연말까지 8개월을 기다렸고 승진은 그만큼 늦었습니다.

하지만 직무대리 사무관이 되었으니 즐거운 일이고 받아놓은 식권은 도청 구내식당의 경우 줄을 서서 기다리면 30분 안에는 밥을 먹듯이 연말에 6주 동안 여비도 받아가며 4등으로 교육을 수료하여 사무관이 되었으므로 '공공의 혜택을 받아 사무관에 승진했다' 하여 '공익사무관' 이라 했습니다.

4등으로 수료하였다 함은 정말 4등이 아니라 성적 1, 2, 3등에게만 상장을 주고 나머지 교육생들은 수료증만 받게 되므로 교육 잘 받고 수료증만 받고 왔다는 공직사회의 C급 조크입니다.

이전 선배들은 논문시험을 거치는 등 치열한 경쟁을 통해 '주관식 사무관' 이 되었고 5지선다형 시험을 통해 승진한 '객관식 사무관'에 이어 공익사무관 이라는 명칭을 얻게 된 것입니다.

사무관 승진 교육중에는 약간의 학문적 奢侈사치와 豪奢호사를 누릴 수도 있습니다. 행정법 강사님이 자신의 저서를 소개하므로 책 한 권을 구입했습니다. 그래도 사무관에 승진하겠다고 여비를 받아 교육을 받으러 왔으니 나 자신에 대한 투자라는 생각으로 책 몇 권 정도 사는 것은 사치가 아니라 의무이고 임무라고 자임했습니다.

주사에서 사무관이 되면 결재권자, 전결권자가 되는데 행정을 알고 행정학과 행정법 책의 굵은 몇 줄은 읽어 보아야 한다는 생각이 들었습니다.

우선 전국 시도 시군구에서 오신 분들의 표정이 하나같이 결의에 차 있습니다. 경기도는 이미 보직을 받았으니 교육 6주가 지나면 사무관에 승진 임용되는 것입니다만 일부 시도에서는 추가 경쟁이 있다고 했습니다. 즉 근무성적 평정으로 사무관 승진심사가 되었지만 보임은 없고 교육을 받고 오면 그 점수를 합산해서 승진 순서를 다시 정한다는 말입니다.

지금도 일부 시도에서 교육성적을 반영하고 있고 최근 경기도에서도 일단 교육을 보낸 후 받아온 점수를 합산하여 실무사무관 발령순서를 정하고 있습니다. 그래서 경쟁이 치열한 교육생과 이미 보임을 받은 느긋한 교육생으로 양분되어 있습니다. 중간시험을 보고 6주차 화요일에 2차 시험을 보았습니다. 강사님의 강의중 마지막 날에 용기 있고 나서기 좋아하는 교육생들은 試驗問題시험문제 유형을 대충 짚어 달라 부탁을 합니다.

강사님이 대략 방향을 이야기하다가 구체적으로 언급을 하면 일부 교육생들이 反撥반발을 합니다. 너무 구체적으로 설명하면 시험의 辨別力변별력이 떨어진다는 말을 합니다. 이 또한 누구나 할 수 있는 말이긴 합니다만 자신이 얼마나 열심히 듣고 공부하고 이해했는지는 모르겠으나 불필요한 허세라는 생각이 들었습니다.

강사님이 3번이 답이라 짚어주는 것도 아니고 대략 이런 유형의 문제에 대한 이해가 필요하다는 정도를 말씀하시는 데도 시험문제를 流出유출한다고 지레 짐작하는 것은 조급하다고 생각했습니다. 그리하여 교육을 마치고 토요일 오전에 복귀를 하니 도지사실로 불러서 발령장을 주십니다. 지방행정사무관이라 칭해 주십니다. 참으로 가슴 뻐근하고 기쁜 일입니다. 이제 더더욱 열심히 일해야 한다는 사명감에 불탔습니다. 붉은 저녁노을처럼 가슴속 이글거림을 간직하고 공직에 邁進^{매진}할 것을 다짐했습니다.

지방행정사무관에 승진한 이후 잠시 동안 경기도인재개발원에서 교재 편찬과 강의준비를 하고 있던 중에 시군교류 인사발령이 났습니다. 이제는 말할 수 있습니다만, 대부분의 인사발령이 인사부서에서 통지 오는 것이 아니라 주변의 공무원을 통해 알게 됩니다. 따라서 인사부서는 게시문 하나 올리고 발령장 주는 시각, 장소를 알리는 것으로 대체합니다. 그래도 人事^{인사}발령이란 공직에서 가장 큰 행사이고 사건이므로 특별한 사정이 없으면 모두 발령장을 받으러 갑니다.

가끔 발령장을 거부했다가 큰 낭패를 보는 일도 있습니다. 나중에 윗분이 아시고 크게 노하시는 것이지요. 이른바 인사권에 대한 정면 도전은 공직에서 더 센 사건은 없다 할 것입니다. 그래도 속상하고 마음먹은 대로 아니 되니 반항을 조금 하다가 이내 돌아서는 것입니다.

인사발령에 반발해서 사표를 낸 경우는 거의 없는 줄 압니다. 그리고 인사발령이라는 것이 100명중 10명을 뽑는 것이 아니라 10명을 10개 자리에 배치하는 아주 타이트한 기준을 가지고 진행되는 행정행위이고 인사권자의 몇 안 되는 권한중 하나이니 가급적 인사발령이라는 명령은 있는 그대로 받아들이는 것이 순리라고 생각했습니다.

1980년대 경기도청과 시청과 군청의 인사발령 상황을 소개하겠습니다. 당시의 인사권자야말로 인사권자입니다. 전혀 중간 간부들이 인사권 안에 들어가지 못합니다. 오로지 몇 사람만이 미리 아는 인사안을 청내 방송으로 알려야 전체가 알게 됩니다. 당시에는 청내 방송으로 발표하는 것을 '인사발령 나발을 분다, 인사가 터졌다' 고 했습니다.

"딩동댕~~~" 차임벨이 울리면 청내 모든 직원들은 전화통화를 하다가도, 민원인과 대화중에도 모든 활동이 정지됩니다. 마치 민방위훈련 사이렌이 울린 듯 적막한 가운데 오로지 방송을 통해 나오는 인사발령 내용을 들으면서 부서 전체가 "와~" 하기도 하고, "우~" 하기도 합니다. '와' 는 승진이고 '우' 는 엉뚱한 분, 예상외의 다크호스(dark horse) 직원이 발탁된 경우일 것입니다.

150여 명 인사발표가 끝나고 나면 사무실과 복도는 장날의 장터가 됩니다. 우르르 몰려가서 인사발령 내용이 담긴 문서를 입수해야 합니다. 공보실은 인사계 차석이 방송하러 와서 생수 한 컵과 인사발령지를 교환합니다. 150명 정도의 명단을 다 발표하려면 인사계 차석의 입이 마를 것이니 미리 종이컵이나 유리컵에 물 한 잔 챙겨들고 방송실에 들어간 것입니다.

따라서 인사발령지를 구하기 좋은 부서중 한 곳이 공보실입니다. 10분 먼저 인사발령지를 받은 곳이니 이미 복사기가 돌아가고 있습니다. 인사발령지가 여러 장이니 요즘처럼 발전한 워드프로세서라면 '모아 찍기' 로 1장에 2쪽을 넣으면 좋을 것입니다만 과거에 A4 두 장을 70%로 줄여서 축소 복사하는 것조차 급한 마음이 허락되지 않아서 계속 1매 1면으로 자동 복사기를 돌리는 것입니다.

사실 한 시간 후에 살펴보아도 다 알 수 있는 일이고 안 본다고 바뀌는 것도 아닌데, 더구나 자신은 인사발령 대상이 아닌데도 불구하고 왜 그리도 급하게 인사발령 내용이 궁금했을까요. 지금 생각해 봐도 급할 것 없는 일이었는데 당시에는 참 재미있는 일이 人事^{인사}발령입니다. 사실 예나 지금이나 정말 갈 사람이 그 자리에 가고 승진할 사람이 급수가 올라가는 것을 늘 보아왔습니다.

그런데 갈 사람이 가고 승진할 사람 승진한다는 말속에 숨어있는 것이 있습니다. 그것은 공직자의 경우 그 자리에 가면 그만한 일을 한다는 말입니다. 기획부서에 가서 근무하면 늘 기관의 정책, 미래를 담당하므로 일하는 모습이 보이고 느껴집니다.

하지만 청사관리 부서 공무원은 아침저녁으로 청사를 빙빙 돌고 챙기고 화장실 휴지가 있는지 청소는 잘 되었는지 챙겨 보지만 간부님이 오셨을 때 미비한 점은 늘 걸리게 되어 있습니다.

열심히 일하던 공무원이 아이가 아파 병원에 다녀오는 시간에 국장님이 사무실을 방문하였으므로 자리는 비어 있습니다. 반면 매일매일 땡땡이치던 고문관 소리를 듣는 직원이 땡 퇴근하여 저녁을 먹다가 술 한 잔 더하려고 서랍 속 비상금 챙기러 밤늦게 사무실에 왔는데 퇴근길에 사무실에 들르신 국장님을 만나는 경우가 있었다는 이야기입니다.

"아이고! 이 사람 늦게까지 고생이 많구먼."

술값 非常金^{비상금} 가지러 왔다고 이야기할 필요가 없으며 다음번에 승진하는 것입니다. 열심히 일하는 자 당할 수 없다고 하고 實力^{실력} 있는 사람을 능가할 수 없다고 하지만 결국 '財數^{재수} 좋은 놈' 은 그 누구도 이길 수가 없다는 말이 맞습니다.

▶▶ 5급 | 동장 | 일하기

동두천시로 발령이 났다는 사실을 알려준 선배는 자신은 가까운 인근 시로 간다고 합니다. 극과 극입니다. 발령장 한 장에 집에서 97km 먼 곳에 가서 언제 다시 어디로 이동할지 돌아올지 모르는 기간 동안 근무해야 합니다.

좋은 발령장을 받으면 집에서 걸어다닐 수도 있습니다. 그런 중에도 다행인 것은 아이들이 유치원생이므로 전학을 걱정하지는 않았고 그냥 혼자 가서 자취를 하면 될 것이라 생각했습니다.

발령장을 받은 후에 사무실에 인사를 다녔습니다. 여러 부서에 선배들께 인사를 드리는데 좀 분위기가 이상합니다. 발령받았다고 자랑스럽게 인사를 드렸지만 징계를 받았는가, 무슨 큰 잘못이 있는 것 같다는 등의 궁금한 표정으로 질문을 하십니다.

당시 그런 질문에 대해 발령이 나면 가는 것이 아닌가요, 동두천시도 경기도의 시군인데 누군가가 가야 하는 곳이라면 그곳이 제가 갈 곳이라 생각한다고 답했습니다.

하지만 여러 선배가 비슷한 질문을 하시므로 오후에 가려던 부서 인사를 중단하고 사무실 짐을 정리한 후 다음날 동두천시청에 가서 시장님께 인사를 드렸습니다. 당시 시장님께 인사드리니 총무과장님과 의논하신 후에 생연4동에 배치를 하셨습니다.

당시 전국 시군의 동장은 별정직 절반, 일반직이 반절이었습니다. 제가 근무한 경기도 동두천시의 경우에도 10개 동중 5곳은 별정직 동장이고 5개 동에는 일반직 사무관이 동장으로 일했습니다. 당시에 저는 아마도 외부에서 전입한 최초의 동장이었을 것입니다.

도청 몫의 자리에 근무하던 공보실장이 경기도로 이동하였으니 보통은 빈 자리 메꾸는 인사를 하는 것이 상례인데 일부러 생연4동장을 공보실장으로 올리고 신입 과장요원인 저를 생연4동장으로 보임한 것입니다. 그 과정에서 잠시 다른 동장으로 검토하셨지만 불가하다는 총무과장님의 설명을 시장님께서 금방 이해하셨습니다.

아마도 다른 동으로 배치하려 했는데 그 동의 동장님은 별정직이었나 봅니다. 당시에는 별정직 동장님은 우선 퇴직 대상이었고 더 이상 외부영입이 없이 내부에서 일반직인 행정직, 농업직, 토목직, 환경직, 地籍^{지적}직 공무원이 동장에 보임되었습니다.

그리하여 토요일에는 사무실 정리와 인계인수를 한다고 말씀드리고 사무실에 와서 최종 정리를 하고 월요일에 승용차 트렁크와 뒷좌석에 이불, 그릇, 옷 등을 가득 싣고 동두천시 생연4동사무소로 출근했습니다. 당시에는 관사는 아예 없는 것이고 안 되면 우선 동사무소 숙직실에서 기거할 생각이었습니다.

일단 동사무소에 도착하여 15명 공무원과 인사를 하고 2층 동장실에 짐을 일부 풀었고 숙소용 짐들은 아직 차량 안에 있습니다. 설레는 마음으로 첫날 근무를 시작했습니다. 그리고 저녁이 되자 사무장이 동장님 발령 축하 會食^{회식}을 한다 합니다. 삼겹살에 소주잔이 돌아가는데 긴장한 탓에 금방 취해서 이런저런 흥미로운 이야기를 하다가 급히 마련된 숙소로 갔습니다.

동사무소 트럭을 타고 가고 승용차는 다른 직원이 운전했습니다. 새벽에 잠에서 깨어 보니 어느 방에서 잤는데 수개월 비어있던 방이라 먼지가 가득했습니다. 동료 직원들이 대충 걸레질을 하였던 바 그 검은 자국이 아침 햇살에 오히려 선명하고 영롱합니다. 라면을 끓여먹고 사무실에 출근하고 다시 퇴근하고 동네를 순찰하는 일상의 동장으로 업무를 하게 되었습니다.

그런데 이상한 일은 일주일이 지나도 찾아오시는 손님이 없습니다. 오직 동사무소 공무원들이 수요일에 회의하고 금요일에 회의하는 것뿐입니다. 문서결재도 없고 무슨 일을 하는 것인지 매뉴얼도 없습니다. 직원명단과 동정현황을 적은 자료를 받았을 뿐입니다.

다음 날부터 지금도 연락을 주고받는 사무장이 동장 명함을 듬뿍 들고 출장을 나가자고 합니다. 따라나서니 동정자문위원, 부녀회장, 체육회 임원, 방위협의회 위원, 방범후원회 위원 등 동 단위 단체의 위원님 자택을 방문하여 명함을 돌리는 것입니다.

지금 생각해 보면 의원 출마라도 한 듯 두 집 건너 한 집에 들러서 명함을 드리면 사무장님이 "이번에 새로 오신 동장님인데 위원님께 인사드리러 왔습니다" 하면서 직원이나 며느리 아들 등에게 名銜^{명함}을 주라 합니다.

그렇게 두 주일을 보냈고 다시 3주차로 흐른 어느 날 설악산 1박2일 여행을 갈 것이니 준비하라 합니다. 동장 발령 나기 전에 계획된 설악산 일정에는 전직 동장, 현직 동장, 사무장, 그리고 동정자문위원회 위원님들이 가시는 여행입니다. 버스 1대를 임차하여 여행을 하는 것입니다. 그런데 계획을 추진하던 중에 갑자기 전임 동장님이 시청 공보실장으로 전출되고 후임으로 제가 인사발령 난 것입니다.

제가 동장으로 발령이 나자 생연4동의 유지 어르신들이 긴급회의를 열었습니다. 생연4동이 우리 지역의 중심 동인데 외지에서 온 공무원을 동장으로 보낸 것에 대해 시장님에게 공식 항의를 해야 한다는 의견을 모으셨던 것입니다. 더구나 나중에 안 것은 시 역사 이래 외지에서 온 직원을 동장으로 보임한 전례가 없었다고 합니다.

주민들로서는 시청, 시장님의 인사발령을 수용할 수 없었던 것입니다. 그리하여 제가 전임지에 인계인수를 하러 간 토요일 오전에 유지 어르신들이 시장님을 면담하였고 '2개월 안에 동장을 바꾸도록 하겠다' 는 시장님의 구두 約束^{약속}을 받았던 것입니다.

이런 상황을 알지 못한 채 설악산 1박2일 여행에 참가하면서 어르신들과 소주도 한 잔하고 어려서 들은 곁말과 옛날이야기를 섞어가면서 60대 어르신과의 대화를 나누었습니다.

동장으로서 열심히 일하겠다는 다짐을 하고 술에 취해서 흥얼거리기도 하면서 이틀을 보내고 일요일 오후에 돌아와 쉬고 월요일에 출근하니 '동장이 술도 좀 하고 대화가 통하네' 라는 말씀을 하셨다고 사무장이 좋은 소식을 전해 줍니다.

그리고 화요일 아침에 동장 책상 위에 난 하나가 도착하였고 '생연4동 동정자문위원회 일동' 이라는 리본이 광채도 빛나게 나부끼고 있습니다. '이제 너의 呼父^{호부}呼兄^{호형}을 허하노라' 하는 홍길동전의 명대사가 생각났습니다. 이제 그대를 우리 동의 동장으로 허락한다는 의미의 蘭^난이 도착한 것입니다.

그간의 상황을 대략 파악한 후부터 동정 순찰을 늘렸습니다. 자주 들러서 지역 유지들께 인사드리고 막걸리, 박카스, 커피, 요구르트 등 주시면 주시는 대로 받아 마시며 오전, 오후 순찰을 나갔습니다.

저녁에는 단골 인쇄소 사장님 방에 들러 주변에서 일하시는 통장님 등 몇 분께 퇴근 인사를 드렸습니다. 공무원과 저녁 식사를 하고 퇴근하는 길에도 들러서 오늘 하루 동사무소 상황을 설명하였습니다.

동장의 역할도 동전의 양면과 같습니다. 대외적으로는 바쁘게 돌아다니는 것이 동장님의 임무입니다. 자주 밖으로 나가서 유지 어르신들을 만나고 가게에 들러서 장사는 잘 되는지 살펴야 합니다.

노인정에 가서 김치찌개에 상추쌈을 얻어먹으면 됩니다. 노인들은 동장님이 노인정에 오시는 것을 좋아하십니다. 아마도 누군가로부터 보호, 즉 케어를 받는다는 느낌이 참 좋은 것이라고 생각합니다.

표 나지 않게 관심을 표명하는 스킬이 필요합니다. 장황하게 방문하기보다는 조용하고 차분하게 그냥 가서 인사하는 정도의 행보가 중요합니다. 노인정에 한 번 크게 방문하는 것보다는 지나는 길에 수시로 여러 번 가야 합니다.

✽ **곁말** : 원 어휘보다 화려한 기교적 표현으로 대치되는 사물을 바로 일컫지 않고 다른 말로 빗대어 하는 말＝隱語^{은어}

소리 없이 내리는 보슬비가 옷을 적시고 수시로 방문을 해야 감동을 드립니다. 소나기는 엄청난 듯 보이지만 나그네는 추녀 끝으로 비를 피하는 법입니다. 나도 모르게 젖어드는 그것이 바로 동장이 가져야 할 대민접촉 방식인 것입니다.

또한 지역 어르신을 만나러 갔는데 출타중이신 경우 대신 가족을 만날 때에는 더욱 신경을 써야 합니다. 정중하고 무게감 있게 인사하고 돌아서면 며느리, 아들, 딸 혹은 손자손녀가 감동을 받습니다.

동장님이 저토록 우리에게 진중하게 인사를 하는 것을 보니 우리 시아버지, 아버지, 할아버지가 참으로 열심히 동을 위해 일하시는구나 하는 좋은 상상을 하게 되는 것입니다. 가정방문시에 어르신이 안 계신 경우 곧바로 돌아서면 섭섭함을 지나 불편과 반발과 엄청난 후폭풍이 올 수도 있다는 말입니다.

새마을운동이 한창이던 1970년대에는 새마을 모자를 쓴 지도자, 이장, 면장, 동장, 부락담당 공무원을 많이 보았습니다. 공직 내내 고민이 복장이었습니다. 그런데 동장님의 복장, 공무원의 복장은 라디오 프로그램 진행자로 유명한 '컬투'의 유행어대로 '그때그때 달라요' 입니다.

확실히 정장이 어울립니다. 모든 분들에게 정장을 입히면 멋지고 예비군 복장을 하면 허전함이 보입니다. 정말로 민방위복을 새롭게 디자인하고 조금 품질을 높였으면 합니다. 국민안전처 직원들에게도 어울리지 않는 민방위복은 조금 바꿔야 할 때가 되었습니다.

그래서 동장님의 출타시 복장은 일단 점퍼가 좋습니다. 넥타이 정장을 매고는 주민과 소통하기 어렵습니다. 평범하지만 깔끔한 공무원의 모습을 보이기 위해서는 간결한 점퍼차림이 좋습니다. 봄에는 점퍼가 좋을 것이고 여름에는 반팔 Y-셔츠나 색상이 평범한 T-셔츠를 추천합니다. 얇아서 속이 비치는 옷은 피해야 합니다. 물론 흰색 Y-셔츠를 입었는데 속옷이 살짝 겹치는 것은 가능합니다만 아주 얇아서 훤히 비치는 옷감은 바람직하지 않습니다.

가을과 겨울에는 검은색만 고집하지 말고 다양한 색상을 생각해야 합니다. 더러는 옷 색깔을 보고 정치적 색상이라는 지적을 하는 경우도 있으니 정무적 색감을 가져 보시기 바랍니다. 사람들은 보이는 것에서 참으로 많은 것을 판단한다고 합니다. 그만큼 옷의 색, 복장의 디자인이 중요하다 할 것입니다.

　동에는 각종 단체가 있습니다. 주민자치위원회, 부녀회, 방범후원회, 방위협의회, 체육회 등 다양한 모임이 있습니다. 그리고 동을 지역구로 하는 국회의원, 도의원, 시의원이 있고 경찰과 소방의 파출소, 농협 등 유관기관이 있습니다. 다른 분야는 적정하게 응대하시고 동 단위 어르신과 저녁식사 때의 위치설정에 대한 이야기를 하고자 합니다.

　우선 식사를 시작하기 전에 술을 따라야 하는데 두 손으로 정성스럽게 모든 분에게 잔을 권합니다. 동장이 사는 식사가 아니고 회원들이 회비로 먹는 식사라 할지라도 동장이 술을 따르는 것은 결례가 아니라 오히려 어르신들이 기대하시는 바입니다. 내가 오늘 동장으로부터 술 한 잔을 받았다는 자긍심을 드리는 기회입니다.

　민원인이 동 직원을 만나서 따지시다가도 동장을 만나면 화가 풀리는 이유는 내가 행정의 책임자에게 나의 입장과 주장을 이야기했다는 성취감 때문일 것입니다. 그러니 민원인을 만나면 처리가 어려운 억지민원이어도 수첩에 적고 반드시 검토해서 해결방안을 강구하겠다는 답변이 필요합니다.

　안 되는 줄 알면서 수년째 반복되는 민원도 있겠지만 그래도 가능한 방향을 찾겠다는 동장의 답변을 들으시면 기분이 좋아지실 것입니다.

　일단 회식이 진행되면 동장에게 말을 시킬 때까지는 참고 기다리는 것도 필요합니다. 물론 침묵의 시간이 2~3분 지속되면 공통의 대화 소재를 투척하는 진행자의 자질이 동장에게는 필요합니다만 가급적 찌가 움직이기를 기다리는 釣師^{조사}(낚시인)의 참을성이 필요하다는 말입니다.

　하지만 어느 모임에서나 누군가는 대화의 緞綃^{단초}를 풀어줍니다. 그리하여 주거니 받거니 축구경기처럼 대화가 이어질 즈음에 한두 마디 치고 빠지는 전략을 구사하시기 바랍니다. 대화의 내용을 정리하려 하지 말고 듣고 있다가 그 이야기의 방향이 축구에서 발야구로 가려 하는 경우에 잠깐 심판처럼 들어가서 축구로 항로를 바꿔주면 될 것입니다.

　동장님의 말씀이 때로는 대화의 기준이 되고 판단의 북극성이 될 수 있으니 자르듯 단언하지 마시고 두루뭉술하게 대화를 이끌어야 합니다. 그래야 대화가 끊기지 않고 평온하게 마무리될 수 있을 것입니다.

　동장이 그 회식자리에 끝까지 남겠다는 생각은 안 하셔도 좋습니다. 제 경험으로는 동 단위 위원님들은 회식 후에 2차가 있을 수 있고 동장은 참석대상이 아닐 것입니다. 따라서 어느 정도 식사가 마무리되면 저는 다음 갈 곳이 있어서 이만 물러나고자 한다는 멘트를 하고 일어서는 것이 좋습니다.

　10명의 위원이 모이시는 경우 술을 즐기시는 분, 약주를 안 하시는 분, 소속감으로 오셔서 식사만 하시고 귀가하고 싶으신 분, 2차를 가야 하는 분 등 다양한 경우의 수가 있습니다.

　따라서 조금은 이른 시간에 동장이 떠나야 하다는 멘트를 하면 각각의 위원님들은 자신의 입장에 따라서 내심으로는 크게 반기실 것입니다. 즉, 일찍 귀가하게 되어 좋아하시는 분, 2차를 갈 수 있어서 즐거우신 분, 이 정도면 적당하다는 생각을 하시는 위원님도 좋아하실 일입니다.

　저는 회식 중반에 술에 취한 듯 허리우드 액션을 한 경우가 있습니다. 그리고 다음날 오전 9시경 전화를 드렸습니다.

　"위원장님, 어제는 죄송합니다. 제가 술에 취해서 잘 기억이 나지 않는데 실수를 한 것은 아닐지 걱정이 많습니다."

　"아이고! 동장님, 이 양반, 술 좀 먹나 했더니 많이 약하구먼. 별일 없이 잘 마무리되었으니 걱정은 마시게."

　전화 한 통화로 위원장님이나 위원님은 아군이 되십니다. 다음번 회의에서 누군가가 동장이 너무 일찍 자리를 뜬 것 아니냐 하실 수 있지만 위원장님이 "우리 동장은 술이 좀 약한 편이네" 하면서 변호, 옹호를 하십니다. 자주 써먹을 전략은 아니지만 가끔은 필요한 수법이라는 점을 알려 드립니다.

　회식을 마치고 노래방을 가는 경우가 1년에 한두 번 있을 수 있습니다. 일행 중 어느 위원님이 노래방을 가자는 분위기를 띄우면 동장은 가장 먼저 노래방에 들어가 일행의 자리가 잡히기 전에 2곡을 부릅니다.

　123번과 456번 중에 가수 이은하의 '겨울장미' 노래가 있습니다. 이후 자리를 잡으신 회원들이 돌아가면서 한 곡을 하시면 분위기가 익어 갑니다. 이때 동장은 자연스럽게 자리에서 나옵니다. 화장실을 가는 듯, 담배를 피우려는 표정으로 나와서 사태를 觀望^{관망}한 후 적당한 시점에 歸家^{귀가}하시면 됩니다.

어르신들과 끝까지 자리를 함께하는 것은 정례회나 국경일 행사에서 취해야 할 자세이고 이른바 여흥의 시간은 조금 일찍 떠나는 것이 필요합니다. 하지만 이 판단은 역시 컬투의 주장처럼 '그때 그때 다르다' 는 점을 말씀 드립니다. 현장에서 앞뒤 전후좌우 상황을 종합하여 판단해야 합니다. 세상사 동장의 업무처럼 정답이 없는 문제도 없을 것입니다.

저는 동장으로서 가가호호 방문하여 열심히 일하겠다고, 마치 선거에 나온 후보자처럼 명함을 들고 돌아다녔습니다. 그 당시 안양시로 配屬^{배속}되신 선배는 동장 취임식을 크게 열었다고 합니다. 동 단위 기관단체장, 시에서도 간부가 참여한 가운데 동장이 새롭게 왔다고 잔치를 벌였다는 말입니다.

신개발지역 어디에서는 갈빗집에서 지역 유지와 동장이 식사를 하였는데 나중에 누가 계산했는지 2차는 어느 사장님이 카드를 긁었는지 알지 못하고 '직진 이순재' 어르신 말씀처럼 '묻지도 따지지도 않는다' 했습니다.

다만 어떠한 상황에서도 동장은 조금 이른 시점에 그 장소를 이탈하는 것이 '萬事^{만사} 튼튼' 이라는 말을 할 수 있습니다. 다양한 상황에서 노래방에 모이신 분들의 복잡한 속내를 감안한다면 동장이 조금 일찍 나왔다는 지적을 받더라도 이른 퇴근이 유리한 것입니다.

더 머물수록 구설수에 오를 위험성이 깊어집니다. 녹차 티백은 빨리 꺼낼수록 향기가 좋다고 합니다. 노래방에 들어가면 2곡 부르고 2곡 듣고 곧바로 나오는 줄행랑이 '36계' 중 최고의 방법인 것입니다.

시청의 과장들은 시정 전반에 대해 파악한 공무원 베테랑이고 동장은 우리 동에서 근무하지만 언제라도 본청 과장으로 갈 수도 있는 입장입니다. 따라서 동장으로서는 시청과 관련된 과장과 소통이 필요합니다.

특히 시청 계장들과 수시로 교류할 필요가 있습니다. 식사를 하면 좋겠지만 동장에게 주어진 豫算^{예산}은 지역 冠婚喪祭^{관혼상제}에도 모자라므로 식사보다는 수시로 과를 방문하면 좋을 것입니다.

저는 동두천시 생연4동장으로 근무하면서 58년생 모임에 참석했는데 나중에 부시장이 되니 과장님 대부분이 그 모임 멤버이므로 근무 초기부터 소통에 어려움이 없었습니다. 모든 부서에서 불편 없이 업무를 추진하고 업무에 대한 설명을 잘 해 주었습니다. 58모임을 통한 우정이 시정업무 추진에도 큰 도움을 주었습니다.

그래서 부시장 취임식을 생략하고 곧바로 근무를 시작하였고 짧게 근무한 후 장기교육을 가게 되었는데 후임 인사발표가 늦어져서 이임식도 생략하였습니다. 근무를 마치고 이임하는 날의 마지막 부시장 일정은 동료 공무원 승진을 위한 인사위원회입니다. 승진을 의결한 후 인사위원회 위원들과의 저녁 식사를 하고 집으로 돌아왔습니다.

▶▶ 민원 | 도돌이표 | 엄친아 | 아내의 친구 남편

색 바랜 노랑 봉투를 들고 오신 민원인은 어려운 과제를 내놓으십니다. 공직 39년 8개월의 경험을 돌이켜 보면 큰 민원도 그 전, 중, 후와 현재 상황을 이야기하시는 데는 15분이 걸립니다. 15분 동안 말씀을 하신 후 공무원이 더 기다리면 다시 처음으로 돌아가서 다시 같은 내용의 말씀을 반복하십니다.

악보를 보면 도돌이표가 있습니다. 오선지 중간에 세로 2줄 앞에 큰 점 2개가 있습니다. 이것이 '도돌이표'라는 것입니다. 연주자가 여기에서 한 번 되돌아가서 같은 내용을 연주하듯이 민원인은 15분 전에 하신 말씀을 녹음기처럼 다시 술술 4번 잠에서 깨어난 누에가 술술 명주실 뽑듯이 민원사항을 풀어내십니다.

민원인의 말씀은 15분이 지나면 원점으로 돌아오는 경우가 많습니다. 두 번째 같은 내용의 말씀까지 들어야 합니다. 들으면서 중간에 '아! 네. 그러셨군요'라고 응수하고 수첩에 민원 내용을 적어야 합니다. 공무원이 불친절하였다고 주장하시는 대목에서는 '그 사람 공무원의 바른 자세가 아니군요' 정도의 對應^{대응}이 필요합니다.

하지만 시어머니와 며느리의 갈등은 양쪽의 말을 다 들어보아야 가늠이 되는 것처럼 민원인이 공무원을 탓하는 경우는 '지엽적인 경우'가 많으니 유의

해야 합니다. 공무원의 편을 들자는 것이 아니라 우리 공무원도 자신의 일에 대해 다른 이에게 이야기하는 경우 자신에게 유리한 부분을 부각, 강조하게 되는 것은 어쩔 수 없는 人之常情^{인지상정}이니 말입니다.

부부가 대화를 해 보면 아내 친구의 남편은 술도 안 마시고 담배는 물론 피우지 않고 8시 반에 출근하고 6시 반에 퇴근하고 토요일과 일요일에는 가족과 함께 놀아줍니다. 월급은 많이 타오고 보너스도 많고 늘 가족이 중심이 되는 삶을 살고 있습니다. 아내 친구의 남편 회사에 근무하시는 분들은 집안에 그 누구도 돌아가시지 않으므로 喪家^{상가}가 없으니 퇴근이 늦을 일은 전혀 없습니다. 아마도 아내 친구의 그 모범적인 그 남편은 대기업 회장님 손자이어서 관혼상제는 비서실에서 관리해 주고 회사의 업무가 없어서 야근도 없고 출퇴근에 부담이 없는 것 같습니다.

이런 경우라면 인정하고 싶지만 실제로는 제대로 된 회장님의 회사에 근무하는 사람이라면 1,000가지 중 9가지 단점은 있어야 하는데 '엄친아'처럼 부족함이 전혀 없다는 말입니다. 엄친아는 엄마 친구의 아들입니다. 이 아들 또한 공부 잘해, 운동 잘해, 엄마 말씀 잘 들어, 밥 잘 먹어, 담배 안 피워, 모든 것을 잘합니다.

그런 '엄마 친구의 그 아들'은 이 세상에 없습니다. 만약에 그런 엄마 친구의 아들이 있다면 나이 30세가 되기 전에 스트레스로 정신 이상이 되거나 스스로 폭발하여 가출하고 대형 사고를 쳐서 화산처럼 분출하는 가슴속 응어리로 돌이킬 수 없는 길을 갔을 것입니다.

자주 듣게 되는 아내 친구의 그 모범적인 남편이 實存^{실존}한다면 한 번은 만나 보고 싶지만 정말로 존재한다면 사이보그 로봇이거나 고급 사양이 들어간 等身佛^{등신불} 인형일 것입니다. 그런 남편이 그런 사회인이 있다는 것은 기적이라 할 것이고 절대로 그런 완벽한 직장인이 있어서는 안 됩니다. 수많은 선량한 직장인 가슴에 匕首^{비수}를 찌르는 가상의 도깨비이기 때문입니다.

동장은 이 나라 공무원의 중추이니 민원인의 말씀을 들으면서 국가관을 더욱 공고히 하면서 이 분의 민원이 억지를 부려서도 해결할 방법은 있을 것이라는 사명감에 불타야 합니다. 민원인의 말씀을 자르지 말고 말씀대로 듣고 그 바탕 위에서 해결책을 제시하려는 노력이 있어야 합니다.

　동장, 과장을 하면서 만나는 민원인들은 개별적인 경우가 많아서 관계 법령이나 조례, 지침 등을 보여드리면서 설명을 하면 이해하시는 분이 있고 그래도 자신의 주장대로 허가를 해달라는 분도 있습니다.

　그런데 부시장으로서 국장으로서 만나는 집단민원인 앞에서 법령집을 꺼낼 수도 없고 확성기 소음, 구호를 외치시는 와중에 무슨 이야기를 하는지 들리지도 않습니다.

　따라서 집단민원과의 대화를 위해서는 대표를 뽑아야 합니다. 대표자 5명을 선정하여 사무실에서 만나는 것입니다. 사무실에서 마주하면 정보파트 관계자도 배석하고 시청 군청의 관계 국과장이 배석합니다. 그리고 한 분 한 분 의견을 말씀하시도록 분위기를 유도합니다. 밖에서 군중심리로 크게 소리치던 분들도 다중 앞에서 본인의 의견을 이야기하게 되므로 條理^{조리} 있고 책임 있는 발언을 하게 됩니다.

　두 번째, 세 번째 돌아가면서 말씀을 들은 후에 부시장은 해결이 가능한 내용부터 의견을 말합니다. 留意^{유의}할 점은 쟁점 5개 중에 가능한 것, 작은 것, 쉬운 것부터 말해야 합니다. 첫 번부터 이래서 안 된다는 말을 하면 대화가 決裂^{결렬}될 수 있습니다. 朝三暮四^{조삼모사}가 아니라 朝四暮三^{조사모삼}으로 가야 합니다. 되는 것, 가능한 사안에 대한 이야기를 먼저 꺼내는 것이 참으로 중요합니다.

　그 전에 민원 대표님들의 말씀중에 힘들었다는 대목이 나오면 다소 공무원들이 불편해 할지라도 부시장은 '거참 공무원의 생각이 부족했다고 본다' 정도의 멘트를 내놓아야 합니다. 나중에 공무원들의 비판을 받을까 우려하여 공무원 탓하는 민원인에게 공무원은 그리할 생각이 아니었을 것이라 말하면 또 다시 투쟁으로 돌변합니다. 위태로운 밀당이 필요합니다.

　노련한 간부는 중간에 끼어들어 격한 반응을 합니다. 부시장이 책망을 하면서 대화의 反轉^{반전}을 시도하기도 합니다. 공무원 경력과 고스톱 실력은 비례한다는 말이 1999년까지 유행했습니다. 요즘에는 삼겹살 고기 굽는 실력을 보면 공무원 經歷^{경력}과 호봉이 보인다고도 합니다. 신문을 보면서 행간의 뜻을 살피라는 말이 여기에 적용되는 명언입니다.

하지만 집단민원 대표이든 개인적 민원이든 최후의 승자는 들어주는 공무원입니다. 불쑥 들어온 민원인을 안내하여 소파에 앉으시게 하고 차를 대접하면서 민원의 내용을 경청합니다. 한 번, 두 번 같은 내용을 반복하실 즈음에 해결책은 아니지만 이런저런 방안을 제시하는 것입니다. 충분히 들었고 수첩에 메모하였으니 처리 방안을 강구하겠다고 답합니다. 복도에 나가서 한 번 더 인사를 드립니다.

한 가지 더 할 말이 있습니다. 요즘에는 스마트폰이 사진촬영, 동영상 촬영, 녹음이 됩니다. 이 점을 늘 생각하시고 응대하여야 합니다. 결정적인 말은 유념해야 합니다. 제주도에서 조랑말 말꼬리를 잡듯이 민원인과의 대화중에 녹음기에 의해 말꼬리를 잡히는 일이 없도록 신경 써야 합니다. 하지만 공직자로서는 최대한 민원인의 입장에서 '易地思之^{역지사지}'의 마음으로 응대하는 것은 기본중의 기본입니다.

일단 사건사고가 발생하면 현장에 가야 합니다. 현장에 답이 있다고 해서 '현답'이라는 행정용어가 있습니다. 큰 불이 나도 가야 하고 수해가 발생하면 당연히 달려가야 합니다. 우리 소관 아닌 공사장의 사고에도 공무원을 출동해야 합니다.

그리고 현장상황을 부시장 부군수 국실장 등 윗선에 보고해야 합니다. 보고는 상황을 알리는 효과가 있지만 동시에 동장이 사건현장에 나와 있음을 증명하는 일이기도 합니다.

생연4동장 근무 당시 수해가 발생하여 이재민 급식을 돕고 있는데 바로 옆에서 청년이 "동장은 코빼기도 안 보인다"며 정말로 국민들이 자주 쓰시는 멘트를 하십니다. 그래서 "선생님은 동장 얼굴을 아시나요?"라고 물었더니 "몰라요" 하면서 급히 그 자리를 떠난 일이 있습니다.

만약에 "이보시오, 내가 동장이오!"라고 응수했다면 어떤 험악한 사태가 났을지도 모릅니다. 하지만 지나가는 말로 동장의 얼굴을 알고 있는지를 물어봄으로써 청년의 입장이 조금 불편하게는 하였지만 스스로 판단하고 자리를 뜨도록 한 것은 참 잘한 일이라 생각합니다.

일단 큰 사건은 시청 군청에서 담당과장이 나와서 처리해 줍니다. 동장은 초동보고, 조기대처에 발 빠르게 움직이면 됩니다. 그래서 동사무소가 현장에 있는 것입니다. 그런 현장감이 필요하지 않다면 시청 건물에 1~20번까지 동장실이 한 줄로 있어도 될 일 아니겠습니까?

▶▶ 동장의 기본자세

도청에서 시군 교류에 의해 시청과 군청 동장으로 근무한다 해도 늘 평생 동안 동장으로 근무하고 그 동네에 뼈를 묻을 각오로 일해야 합니다. 그런 행동을 보이고 이 같은 자세와 마음가짐으로 일하고 그런 생각으로 대화를 해야 합니다.

쉽게 말해 나는 곧 이 자리를 떠날 사람이다, 2년 정도 있다 갈 사람이라고 본인이 이야기하지 않아도 동민들은 더 잘 아시고 시청과 군청 공무원들도 익히 아는 바입니다.

그 동안 시청과 군청을 거쳐 간 수많은 동장과 과장들에 대한 일반적인 스토리를 공무원은 물론 시민들도 잘 아십니다. 오히려 걱정하는 마음으로 "동장님, 곧 떠날 분인데 너무 열심히 하지 마세요" 하십니다. 진심을 담아 말씀하십니다. "나는 더 이상 어떤 동장님들과 정을 들이지 않으려 합니다. 정이 들 쯤에 꼭 떠나버리면 남는 것은 나 혼자뿐이랍니다."

이 어르신은 1997년도에 만났는데 20년이 지난 지금도 교류하고 있습니다. 1년에 2번 정도 만나 뵙습니다. 지난번 퇴직인사로 동두천시청 3선 오세창 시장님을 만나 뵙고 나서 점심에 생연4동 어르신 6명을 만나 순대국을 먹었습니다. 사모님도 5분이 오셨습니다.

1998년 수해가 발생하였을 당시 저는 휴가중이었는데 행정을 공무원보다 더 많이 아시는 어르신이 전화를 주셔서 그날 밤으로 任地^{임지}에 복귀하여 공무원으로서의 名譽^{명예}를 지키게 해 주셨습니다. 마음이 통하시는 분들입니다.

어르신들이 동두천시 내륙에 사시는 관계로 바다를 좋아하십니다. 민속촌 자연농원 구경하신 것은 기억에 없다 하시고 시화방조제에서 서해바다를 바라본 추억을 추억하십니다. 그 넓은 바다에서 회 먹고 조개칼국수 먹은 추억담을 여러 차례 말씀하십니다. 이분들 동해바다라도 가셨다면 1박2일 동안 바다 이야기만 하실 뻔했습니다.

그래서 동장은 모름지기 인사이야기를 하면 안 됩니다. 언젠가는 발령이 나서 시청과 군청 과장으로 가기도 하고 도청의 계장으로 돌아가기도 합니다. 동장으로 근무하는 나날이 그냥 스쳐가는 낙엽이 아니라 평생 동안 기억하는 직장의 꽃이 되도록 하여야 합니다. 그래서 동장입니다. 동의 책임자입니다. 無限責任社員^{무한책임사원}인 것입니다.

한 번 더 말씀 드립니다. 절대로 곧 다른 곳으로 간다 말하면 안 됩니다. 인사 논의가 진행중이어도, 유력한 정보원으로부터 인사설을 듣고 반문을 하여도 저는 안 간다고 말해야 합니다. 발령이 나서 발표가 나서 모든 이가 알아도 발령장을 받기까지는 아닐 것이라는 가정으로 동장의 本分^{본분}에 충실해야 합니다.

누구에게나 다가오는 일이 그 자리에서 떠나가는 일인데 절대 당황하지 말라 하십니다. 맑은 수레와 여윈 말이 나옵니다. 짐이 없는 것을 말씀하심이고 한 마리 말조차도 검소해야 한다는 丁若鏞^{정약용} 선생님의 말씀입니다. 떠나면서 인사를 다니는 것은 당연하겠습니다만 편지 한 장을 써서 서명을 한 후 어르신들께 보내는 것도 의미 있다 하겠습니다.

동장의 일상이 늘 착하고 부드러운 것만으로 모든 일을 해결하지는 못합니다. 민원이 격해지면 이에 상응하는 단호한 모습도 필요합니다. 안 되는 것은 딱 부러지게 아니 된다 말해야 합니다. 그래야만 소속 공무원들이 동장의 지휘를 따르고 마음 속으로 존경하게 됩니다. 더구나 상황판단을 하고 나서는 명쾌하게 명령하고 지시하고 관리해야 합니다.

1998년 수해복구 과정에서 서류처리가 어려워지자 주무관 한 사람이 사표를 내고 집으로 가서 출근하지 않았습니다. 사무장과 다른 주무관 등과 함께 집으로 방문하여 곧 해결될 사항이니 출근하라고 말했습니다. 그대의 개인 일이 아니라 市政^{시정}을 책임지고 일하는 것이니 사사로이 사표를 낼 일이 아니라고 말했습니다. "내일 나와!" 라고 했답니다.

후일에 지금 동두천시청에 근무하는 팀장은 그 당시를 회고하면서 우리 동장님은 늘 너그러운 줄로만 알았는데 그날 단호하게 "내일부터 사무실로 나와!"라 말하고 돌아서는데 그 모습이 참 멋있었다고 회고합니다. 정말로 멋지게 한 마디 던졌나 봅니다.

사실 동료 후배에게도 존칭을 쓰는 것에 대해 반론이 있습니다만 저는 아이들에게도 존칭을 쓰고 카톡에서도 "네네"라고 답합니다. 그런데 그날만큼은 참 절박하였으므로 아마도 강하게 이야기하였고 이를 지켜본 주변의 동료들도 迫力^{박력} 있는 동장으로 평가를 하게 되었던 것입니다. 다음날 출근한 그 주무관은 밀린 일을 잘 마무리하고 현역 공무원으로서 중요한 역할을 수행하고 있습니다.

▶ 동장의 숙소와 자취방 | 적극적인 근무

동두천시 생연4동장으로 근무할 당시 시청에서 빌라를 빌려 주었습니다. 대원빌라인데 팔릴 때까지 1년 동안 3명의 사무관이 숙소로 이용하였습니다. 물론 이전부터 외지에 거주하는 간부들의 비상대기 숙소로도 활용되었습니다.

빌라에는 방이 3개 있는데 안방은 1달에 한두 번 오시는 선임 과장님이 쓰시고 2번 방에 제가 입실했습니다. 그리고 1번 방 주인이 떠나면서 후임으로 신아무개 소장이 부임하므로 1번 방으로 이사했고 2번 방에 신소장이, 그리고 1년 후에 3번 방에 다른 동장이 입실했습니다.

사무관 3인이 3개의 방을 쓰면서 아침과 저녁을 함께하는 날이 많았습니다. 회비를 醵出^{갹출}하여 이런저런 반찬을 준비하여 조식과 석식을 해결할 수 있었습니다. 아침은 세 식구가 함께했지만 저녁에 전원이 모이는 것은 어려웠습니다. 각자의 약속이 있고 일정이 다르니 말입니다.

그리하여 저녁식사 일정을 오후 4시경부터 확인하게 됩니다. 2명이 약속이 있으면 다른 1명도 어떤 일정을 만들어서 저녁을 먹고 와야 합니다. 1명만 행사가 있으면 2명은 저녁에 숙소에서 저녁을 먹습니다. 참으로 즐겁고 보람찬 나날을 보내던 중에 이 대원빌라가 매각되었습니다. 시청에 근무하는 직원의 아버지가 매입하였습니다.

셋은 다시 시청 뒷산에 있는 用途^{용도} 폐기된 배수지 청원경찰 경비 초소로 이사를 했습니다. 대략대충 정리를 하고 짐을 옮겨 새로운 생활을 시작합니다. 그리하여 이곳을 셋이 의논한 끝에 '백담사'라 이름 지었습니다. 집을 떠나 산중에 깊이 들어온 세 명 장년의 모습이 마치 出家^{출가}하여 산속에서 도를 닦는 스님과도 같다는 의미를 담아 作名^{작명}한 것입니다.

자취의 행복은 맛있는 음식을 직접 만들어서 먹는 일이고 불행한 일은 설거지를 해야 하고 남은 음식을 다음날 또 먹어야 한다는 점입니다. 그래도 모은 회비로 5만원짜리 우족을 사서 우족탕 12그릇을 뼈근하게 만들어 먹었으니 1그릇 당 1만원씩 친다면 12만원이므로 대략 2.5배 附加價値^{부가가치}를 창출한 것입니다.

사실 음식 재료값은 얼마 들지 않는 것인데 만든 음식을 다 먹지 못하고 버리기에 아까운 것입니다. 식당이 음식 값이 싸서 망하는 것이 아니라 음식을 많이 준비했지만 손님이 오시지 않으니 힘이 드는 것입니다.

그러니 식당에서 손님들이 반찬 많이 달라시면 밤새 내린 눈을 퍼서 나르듯이 가져다 드려야 합니다. 풍성한 반찬을 드신 손님들이 다음에 다음 주에 다른 손님, 단체손님을 몰고 올 것입니다.

손님들도 다른 이들과의 경쟁에서 자신이 추천한 식당으로 모시고 왔는데 반찬 많이 주고 제때 멋지게 서빙해 주면 體面^{체면}도 서고 또 다음번에 다른 손님을 모시고 올 것이니 말입니다.

숙소를 옮기고 얼마가 지난 어느 날 宿醉^{숙취}로 인해 잠에서 깬 새벽에 숙소 인근의 사찰에서 스님의 독경소리가 들려오는데 그 소리가 참으로 가슴을 후벼 파므로 문득 볼펜을 꺼내어 詩^시 한 수를 지었습니다.

집을 떠나와 머나먼 이곳의 산중턱 외로운 암자와도 같은 숙소 건너편에서 들려오는 스님의 讀經^{독경}소리는 울컥 가슴 속의 혈류를 느끼기에 충분했습니다.

나의 스님 (1)

새벽 습한 바람 타고
건너편 산사 염불소리 다가선다
붉은 목탁 부여잡고
누굴 향해 염불할까
出家^{출가} 나이 얼마일까

생이 무거워 집을 나섰을까
삶이 건조해 속세를 버렸을까
시간 일러 목탁소리 흔들리나
마음 흔들려 讀經^{독경}소리 메아리치나

전생인연 무슨 끈이기에
이 시각 얼굴 나이 모른 채
저 스님 염불소리 혼자서 듣고 있나
대장장이 망치질로 쇠붙이 녹이듯이
새벽 목탁으로 누구 마음 달래려고

구부린 등줄기엔 진주조개 사리스님
수십 년 겨울마다 무릎 꿇어 차게 하고
겨울잠 깨어나서 무릎 펴서 식게 하고
舍利^{사리} 몇 개 주우려고
이 새벽을 두드리나

외로운 나그네 마음 편히 쉬게 하려고
찬이슬에 세수하고 무릎 꿇어 念佛^{염불}하나

1998년경 산 중턱에 자리한 자취방에서 새벽에 잠에서 깨어 건너편 산자락에서 들려오는 어느 스님의 독경소리를 듣고 그 심경을 연필로 적은 후 다시 정리한 생각입니다. 그때는 참 외로움을 탔나 봅니다.

어쩌면 이날 새벽의 정황이 이후 인생의 나침반이 되었다고 생각합니다. 세상사 모든 일이 생각하기 나름이라는 어느 어르신의 말씀에 공감이 갔습니다. 지는 것이 이기는 것이라는 어머님의 말씀을 한 번 더 가슴에 새기게 되었습니다. 모든 일들이 생각하기 나름이고 상대편의 입장에서 살펴보면 이해되지 않을 언쟁이 없겠다는 생각을 합니다.

세 사무관의 역할을 역시 셋으로 나눴습니다. 이 역할은 혈액형 O형처럼 주기만 하고 받지는 못하는 것과 같습니다. 골초스님은 청소를 잘하고 맹물스님은 설거지를 잘하고 땡초스님은 공양을 짓습니다. 하지만 골초스님은 설거지를 대충하고 맹물스님은 밥물을 못 맞추고 땡초스님은 청소하기를 싫어합니다.

나의 스님 (2)

하나를 버리는 것 둘을 얻는 일
속세 하나 뒤로 하니 곧바로 백담사
출가 1년 스님 셋 아침예불 새벽 4시
골초스님 청소하고
맹물스님 鉢羅^{바라} 씻고
땡초스님 供養^{공양} 짓고
속세사정 묻지 않고 하루 이틀 살다 보면
대웅전 주지스님 수발하러 한양 가고
암자 마당 청소하러 바쁜 시간 늘려 쓰고
시간 남겨 모았다가 한해 더 수양하자
밤 되면 나무들과 소리 없이 대화하고
아침 밝아오면 앞산과 대화하고

부족하면 參禪^{참선}하며 새봄을 기다리네

장삼 꿰맨 자리 세월만큼 깊어질 때

각진 얼굴 사이 세로줄 깊어지고

세 사무관의 역할은 호환이 되지 않습니다. 땡초스님 이외에는 공양을 짓지 못합니다. 땡초가 없으면 밥이 없고 밥을 안 하면 설거지도 없는 것입니다. 그래도 셋은 잘 맞아서 매콤한 찌개를 끓이면 소주도 한두 병 식탁에 올렸습니다. 술을 좋아하는 골초스님은 늘 한 잔 하기를 바랍니다. 왜 자꾸 술을 찾는가 물으면 늘 '안주가 좋아서…'라며 애처로운 눈빛을 보냅니다.

그리하여 한 해 겨울을 지내고 나니 빈 소주병이 한 박스 반이어서 슈퍼에 반납하였고 또 다시 소주 8병을 주십니다. 이래저래 소주는 흔하게 먹었습니다. 당시의 부시장님을 시내 식당에 모셔서 식사하기보다는 셋이 사는 백담사 방에서 드시자 하니 흔쾌히 응하십니다. 그리하여 백담사 4인이 평온하게 한잔하고 당시 윤영우 부시장님은 하산하시어 택시를 타고 관사로 가십니다.

바로 이 분, 존경하는 윤영우 부시장님을 소개하겠습니다. 이 분이 부시장으로 일하시는 모습을 보면서 훗날에 他山之石^{타산지석}으로 삼았습니다. 선배님의 모습을 닮으면 될 것이라 생각했습니다.

제가 겨우 자리를 잡고 동장으로 근무할 당시에 부시장에 취임하십니다. 그리고 부시장님은 두세 번인가 전화를 주셨습니다. 시의회 부의장님과 저녁식사를 하시면서 동장을 부르신 것입니다.

단 두 분이 식사를 하시는데 보조가 필요했던 것입니다. 고스톱을 쳐도 3명이 필요한 법인데 술 한 잔 하시면서 1시간 30분 식사를 하시려면 10분에 1꼭지, 9건 이상의 대화 素材^{소재}가 필요합니다. 그런데 각자 다른 세상에서 사시다가 부시장-부의장으로 만나신 후 처음 대면하는 식탁에서 공통의 대화 주제를 만들어 내기는 어려웠을 것입니다.

그리하여 동장이 틈새에서 두 분의 대화를 들으면서 이야기가 마감될 무렵에 꺼낼 話頭^{화두}를 생각해 봅니다. 처음에는 전임지에서의 이야기로 시작합니다. 그리고 현재의 상황에서 진행중인 일들에 대한 평가를 하게 되는 것입니

다. 시장님께서 이런 말씀을 하십니다. 우리 洞^동에는 이런 통장님이 있습니다. 우리 동사무소 직원의 아버님이 6.25 한국전쟁중 백마고지 전투에 참전하셨다고 합니다.

여성들이 가장 싫어하는 이야기는 군대이야기이고 그 중에서도 훈련중 축구한 이야기라 합니다만 남자끼리는 일단 현역이든 방위든, 사병이든 병장이든 군대이야기는 공통의 과제입니다. 여성들이 쉽게 친해지는 이유는 결혼, 임신, 출산, 그리고 아이들이 속상하게 한 이야기, 남편이 부인 힘들게 한 사건들, 그리고 姑婦^{고부}갈등이라고 합니다.

70대 남자들은 절대로 친해지기 어렵습니다. 일단 70대 할아버지 다섯 분이 모이시면 '끙끙' 대는 소리만 내시고 대화를 하지 않습니다. 마음 속으로는 이 사람이 현역시절에 무슨 일을 하였을까 간을 보느라 바쁩니다.

아직 상대방에 대한 파악이 덜 된 상황이니 간단한 대화도 꺼내기가 어렵습니다. 그래서 할아버지 단체 관광단은 없습니다. 김포공항에서 인천공항에서 제주도 유채꽃 단지에서 할아버지 단체관광 15명을 사진 찍어오면 厚謝^{후사}하겠다는 강사님의 자신에 찬 강의가 생각납니다.

할머니들에게는 공통점이 있어서 쉽게 친해집니다. 학력 경력 생활환경 등에 대한 사전 廉探^{염탐}이 필요하지 않습니다. 연애, 결혼, 임신, 출산, 육아, 그리고 고부갈등, 부부싸움이면 대화소재는 충분합니다. 이틀 밤을 새울 수도 있습니다.

고졸도 대졸도 박사님도 여성공통의 주제를 꺼내면 모두가 공감하고 쉽게 친밀해집니다. 요즘에는 부부간 나이 차이가 관심사입니다. 12살 차이가 나면 조금 관심을 받습니다. 부인이 연상인 경우에는 부러움을 삽니다.

공무원으로 일하면서 업무가 힘든 경우는 적습니다. 인간관계에서 어려움을 호소하는 경우가 많습니다. 아마도 이 세상을 살아가는 일은 사람과 사람과의 관계에서 어떤 효율을 얻는가 중요합니다. 좋은 上司^{상사}를 만나면 행복하고 좋은 후배를 만나면 보람차고 좋은 동료를 만나면 편안합니다. 불편한 선배는 어렵고 불편한 후배는 힘들고 불편한 동료는 거북합니다.

인연이라는 말을 들어보면 같은 시대에 태어나 같은 공무원이 되고 우리 부서에 함께 일하는 관계가 얼마나 깊은 전생의 연에 의한 것인가를 생각해 봄 직합니다. 因緣인연을 말할 때 오랜 세월을 설명합니다.

1겁劫(어떤 시간의 단위로도 계산할 수 없는 무한히 긴 시간)이라는 시간이 있습니다. 영겁의 세월 동안 우리는 함께한다고도 합니다. 여기에서 나오는 겁 이라는 한자를 풀어보았습니다.

강화도 마니산에 가보면 네모난 돌이 산 정상에 펼쳐져 있습니다. 제주도 해 안가의 주상절리와 비슷합니다. 이 돌의 크기가 대략 팔방 1자(30.3cm)입니다.

하늘의 神仙신선이 지상의 인간 세상에 지구 시간으로 3년에 한 번 내려와 살 핀다고 합니다. 돌 위에 내려서는 무명으로 꿰맨 버선발이 스치면서 돌이 닳아 가루가 되고 신선이 올라가면서 스치는 비단 두루마기의 자락에 쓸려서 그 돌 이 사라지는 데 걸리는 시간을 1겁이라 합니다.

해서 이 시대를 살면서 시내버스 안에서 모르는 이와 옷깃이 스치는 인연에 는 이 8면체 돌 3개 정도가 필요하고 아는 사람을 만났다면 9개 정도의 전생 인연이 있었다는 추론이 가능합니다. 그러하다면 같은 시대에 태어나 같은 직 장에서 공무원 동료로 상사로 부하로 만나 일하는 인연을 그 마니산 돌로 표현 하려면 덤프트럭이 필요할 것입니다. 결국 부모와 지식으로 형제자매로 만나 는 인연은 덤프트럭 여러 대가 필요하며 夫婦부부의 연을 맺으려면 트럭 수십 대 분량의 摩尼山마니산 인연의 돌덩이를 가슴에 품고 살아가는 깊은 인연을 갖게 되었다는 말입니다.

해서 離婚이혼하겠다는 부부는 결혼 때 가슴에 담아 싣고 온 수십 대 분량의 무거운 돌을 한 개씩 들고 상대편에게 전해야 합니다. 그 인연의 팔면체 돌을 주고받으면서 남편은 아내에게 사과하고 아내는 남편에게 용서를 구하면 '신

✱ 겁은 겁파(劫波)라고도 한다. 세계가 성립되어 존속하고 파괴되어 공무(空無)가 되는 하나하나의 시기를 말하며, 측정할 수 없는 시간, 즉 몇 억만 년이나 되는 극대한 시간의 한계를 가리킨다. 힌 두교에서 1칼파는 43억 2천만년이다. 그 길이를 잡아함경(雜阿含經)에서는 다음과 같이 설명한 다. 사방과 상하로 1유순(由旬 : 약 15 km)이나 되는 철성(鐵城) 안에 겨자씨를 가득 채우고 100년 마다 겨자씨 한 알씩을 꺼낸다. 이렇게 겨자씨 전부를 다 꺼내어도 겁은 끝나지 않는다. 또, 사방 이 1유순이나 되는 큰 반석(盤石)을 100년마다 한 번씩 흰 천으로 닦는다. 그렇게 해서 그 돌이 다 마멸되어도 겁은 끝나지 않는다고 말한다.

구 선생님의 4주 후' 가 아니어도 부부는 다시 親密^{친밀}해질 것입니다. 더 깊게 사랑하고 걱정하는 애틋한 부부가 될 것입니다.

알고 보면 부부의 갈등은 자신의 주장을 앞세우기 때문에 발생하는 아주 작은 見解^{견해}의 差異^{차이}입니다. 오이를 꼭지부터 먹는가 매달린 줄기쪽부터 먹는가는 결혼 전 각자의 부모님의 가풍과 습관일 뿐 사회통념상 잘잘못은 없습니다. 오이를 예로 든 이유는 줄기에 매달린 부분은 약간 쓴맛이 있고 꽃이 핀 꼭지부분은 새콤한 맛이 나기 때문입니다.

이는 직장생활에서도 마찬가지라 할 것입니다. 자신의 일을 먼저 할 것인가, 타부서에서 협조 요청해 온 일을 먼저 처리할 것인가는 각자의 판단이고 가정교육에서 이어져 온 습관일 것입니다. 다만 가정교육을 통해 내 일 먼저 처리하도록 배웠다면 앞으로는 타부서 일을 먼저 처결하고 나서 자신의 업무를 처리하시기 바랍니다.

그것이 이 사회에서 살아남는 수많은 경쟁력 요소중 하나임을 공직을 마치고서야 깨달았음을 고백합니다. 그래서 선배님을 존경합니다. 윤 선배님은 요즘에도 찾아뵙고 싶은 존경하는 공직 선배님입니다. 늘 인자하신 흰 머리 그 모습 그대로 우리의 주변에서 후배들을 살피실 것입니다.

악한 사람이 착해지기가 어렵겠지만 仁慈^{인자}한 분이 瘠薄^{척박}한 사람으로 돌변하기는 더더욱 어렵다고 생각합니다. 존경받는 분들은 꼭 존경 받으려 하지 않아도 존경심이 가는데 스스로 권위를 고양하겠다는 분들에게는 그냥 존경의 마음이 나지 않는 것도 참 다행스런 일이라 봅니다.

봄가을로 공무원 체육행사 주간이 있습니다. 요즘에는 체육행사보다는 문화행사로 바뀌었습니다만, 정부가 법으로 공무원 체육행사 제도를 만든 것은 그만큼 공무원들의 체력이 약해진다고 걱정하기에 그리 하는 것입니다.

따라서 문화행사 등은 부서장이 중심이 되어서 별도로 추진하시고 체육주간에는 반드시 땀을 벌벌, 꿀벌이 꽃에서 꿀을 딸 때 몸통을 움직이는 모양새의 땀을 벌벌 흘려야 할 것입니다.

그래서 동두천시청 상수도사업소, 생연1동, 생연4동 세 기관 연합 체육대회가 배우자와 자녀들까지 초청한 가운데 개최하였습니다. 세 기관에 배정된 체육행사비를 합하고 세 사무관이 개인 돈을 조금 보태어서 제법 모양새 나는 행사를 준비한 것입니다. 당시 배수지 위에는 잔디구장이 있었으므로 축구, 피구, 어린이 달리기 등 몇 가지 종목을 준비하였습니다.

그리고 번개탄에 삼겹살을 굽고, 장작불에 해장국을 끓이고 전기로 밥을 지어서 점심을 먹이고 간식을 돌려가며 오후까지 신나는 체육대회를 열었습니다. 이런 外地(외지) 출신 사무관들의 행사에 대한 정보가 시청이나 시 관내 타기관에도 전파되었을 것으로 생각합니다.

이 백담사 숙소에서 살아가는 동안에 신소장(맹물스님)이 강아지 한 마리를 데려왔고 골초스님이 '쫑쫑이' 라 이름을 지었습니다. 백담사에서 6~7개월 키우다가 상수도사업소로 데려갔습니다.

주말에 수원 집으로 가는 날에는 신소장이 데려갔는데 어느 주에 한 번 땡초스님이 데려갔다 오라 해서 아파트 베란다에서 이틀을 재우는데 어찌나 밤새도록 바시락대던지 다시는 데려오지 않았습니다.

그리고 수원 쪽으로 발령이 나서 상수도사업소에 인사를 갔는데 그날 현장감사가 나와서 간부들이 모두다 출장을 나간 터라 총무팀 사무실에 가서 잘 모르는 주무관에게 그냥 이임 인사를 왔다는 전갈을 하고 정문을 나서는데 그 쫑쫑이가 조르르 다가왔습니다. 그리고는 어찌나 반기던지 지금도 그 눈빛을 기억합니다. 백담사에 같이 살면서 밥도 주고 보살폈던 나날을 기억하는 것 같습니다.

신소장도 다시 수원으로 전근되었는데 그 쫑쫑이를 데리고 왔다고 했습니다. 이제 세월이 흘러 20년이 지났으니 살아있다면 사람 나이로는 80세가 넘었을 것인데 할아버지가 된 쫑쫑이는 잘 있는지. 지금도 흰색 강아지를 보면 그날 저 혼자 상수도사업소를 대표하여 환송해 주던 쫑쫑이를 추억합니다.

▶▶ 옷닭 | 피부병

어느 날 8통장님이 오늘 점심에 닭 한 마리 같이 먹자고 하십니다. 토종닭 한 마리, 오리 한 마리, 그리고 솥, 양파, 파, 마늘 등을 트럭에 싣고 물 맑기로 유명한 동두천 쇠목 골짜기로 들어갔습니다.

이곳 쇠목이라는 지명은 과거 그 폭포수 속에서 이무기가 나와 소를 잡아갔다는 전설에서 출발한다고 했습니다. 그리고 이 웅덩이 앞에서 시끄럽게 놀면 이무기가 화가 나서 비를 내리게 했고 그리하여 가뭄을 이겨냈다는 전설이 있습니다.

이곳에 도착한 일행은 신바람 나게 닭곰탕을 준비하였습니다. 그런데 통장

✽ 동두천시 광암동에 '쇠목'이라 불리는 마을이 있는데, 이 마을 입구에는 그리 높지는 않으나 그 밑에 沼가 깊은 폭포가 있으며 이 폭포에 얽힌 이야기가 예부터 전해 오고 있다.

오래 전 이 폭포 밑의 웅덩이에 이무기가 살고 있었으나 마을 사람들은 그런 사실을 전혀 알지 못했다. 그것은 평소에는 이무기가 아무런 피해를 주지 않고 얌전히 있었기 때문이다.

하루는 밭에서 일을 하던 농부가 소에게 물을 먹이기 위해 폭포 밑으로 끌고 왔다. 농부는 소를 웅덩이 옆 나무에 매어 물을 먹도록 한 뒤 자신도 누워서 눈을 붙였다.

단잠을 자고 일어난 그는 나무에 매어 놓은 소의 모습이 보이지 않자 매우 당황했다. 소를 잃어버린다는 것은 농부에게 있어 생계의 근원이 없어지는 것이나 마찬가지였다.

그는 한참을 돌아다니다 소의 고삐 줄만이 웅덩이 속으로 드리워져 있는 것을 발견하였다. 고삐 줄을 당겨보니 소는 흔적조차 없고 한 가닥의 줄만이 올라왔다.

어처구니없는 노릇이었지만 그는 도무지 원인을 알 수 없었다. 힘없이 마을로 돌아온 농부는 그 사실을 사람들에게 이야기하였지만 그들은 별 해괴한 소리를 다 한다며 괜히 소를 잃어버린 핑계를 대는 것이라 여겼다.

그러나 여러 날이 지나 또 다시 비슷한 일이 발생하자 그때서야 마을 사람들은 모두 한 자리에 모였다.

"한 번도 아니고 두 번이나 이런 일이 일어난 걸 보면 우연한 일이 아닌 것 같다."

"모두 웅덩이 근처에서 일어난 일이 아닌가."

"혹시 그 웅덩이에 뭔가 있지 않을까?"

"그럼 이렇게 해 보자고. 함정을 만들어 걸려들게 하는 거야."

그들은 이렇게 계획대로 소를 끌고 가 웅덩이 근처에 묶어 놓고 모두 숨어서 기다렸다. 얼마 후 웅덩이 속에서 커다란 이무기가 슬그머니 올라오자 마을 사람들은 너무 놀라 숨도 제대로 쉴 수가 없었다.

잠깐 사이에 이무기는 소를 끌고 웅덩이 속으로 사라져 버렸다. 이무기가 사라진 후 한동안 넋이 나갔던 사람들중에 한 명이 입을 열었다.

"난 아직도 믿어지지가 않아. 그 속에 이무기가 살고 있었다니."

"이대로 있다간 계속 피해만 보겠어."

"무슨 수를 써야지, 생각해 보게, 이 일은 소하고 연관이 있지 않은가! 그러니 우리가 이 근처에 소를 매어 두지 않으면 이무기도 웅덩이 밖으로 나오지 않을 거야" 하면서 그들은 오랜 의논 끝에 이무기를 이용하기로 하고 한 꾀를 내었다.

가뭄이 들 때마다 이무기가 있는 웅덩이의 물을 퍼내고 징을 두들겨 이무기의 심술로 비를 내리게 함으로써 아무 걱정 없이 농사를 지을 수 있었다. 이무기가 소를 끌고 사라졌던 웅덩이는 그 이후 '송아지 웅덩이'라 불리었으며 또한 이 마을의 이름도 '쇠목'이라 부르게 되었다고 한다.

님이 닭곰탕에 옻을 넣으면 좋다는 이야기를 들으시고 전통시장에 나가서 옻나무 껍질을 한 묶음 사오셨습니다. 옻닭요리는 처음이라 그 양을 가늠하지 못하신 바 처음에 반쯤 넣으시고 남겼다가는 아깝다면서 닭 한 마리 오리 한 마리 2개의 솥에 반씩을 넣으셨던 것입니다.

아마도 그 옻의 양은 평소 식당에서 전문가가 준비하는 옻닭의 경우보다 훨씬 많았을 것입니다. 그리하여 정말로 참 맛있게 옻닭, 옻 오리 요리를 먹고 사무실에 돌아왔습니다. 바로 그날 저녁에 신소장(맹물스님=설거지 담당)이 발령을 받고 상수도사업소에서 근무를 시작하였고, 晩餐^{만찬}자리에 저를 불렀습니다. 가서 소주 한 잔을 하고 숙소로 돌아왔습니다.

그리고 새벽 시각, 온몸에 소름이 돋은 상태로 잠에서 깨었고 손톱으로 긁어서 붉게 물든 허벅지를 보고 깜짝 놀랐습니다. 아침에 출근하여 자초지종을 이야기하니 사무장님이 우선 약을 잘 쓰는 약국을 소개해 주었습니다. 약을 먹었지만 차도를 보이지 못합니다. 그래서 韓醫院^{한의원}에 가서 약을 받았습니다. 결국에는 醫院^{의원}에 갔습니다.

흰옷을 입은 양의는 환자의 피부에 이 정도라면 臟器^{장기} 속에는 엄청난 화상을 입고 있는 것이라면서 앞으로 절대 옻이 들어간 닭이나 오리 등 음식을 먹지 말 것이며 혹시 옻이 올린 듯한 증상이 있으면 즉시 입원해야 한다고 겁을 주십니다. 의사선생님은 담배 피우라 하지 않고 술 마시라 권하지도 않습니다. 금연 금주하라 하고 스트레스를 받지 말라 하십니다.

▶ 끽연^{喫煙} | 흡연^{吸煙} | 금연^{禁煙}

사실 스트레스를 피하기 위해 술과 담배가 있다고 생각합니다. 술을 마시는 것은 스트레스를 지우는 일이고 담배 또한 스트레스를 멀리 하는 방법이니 말입니다. 하지만 저 스스로도 담배를 끊은 것은 인생사를 통틀어 잘한 일 5가지 중 하나라고 생각합니다. 술을 마시는 것은 변명하지 않겠으나 禁酒^{금주}한다면 이 또한 잘한 일 6가지 중 하나로 추가할 만합니다.

동장으로 근무할 때 담배를 피웠습니다. 여기서 잠깐 담배에 대한 이야기를 하고자 합니다. '客對初人事^{객대초인사}' 입니다. 손님을 만나 담배를 권하면서 인사를 했습니다.

"담배 태우시죠?"

"아 예, 저는 피우지 않습니다."

"그럼 한 대 피우겠습니다."

이렇게 대화를 시작합니다.

두 번째로는 '食後第一味^{식후제일미}.' 식사 후 담배 한 대 피우는 것이 참 맛있다고 합니다. 입으로 연주하는 악사들이 담배를 많이 피운다고 들었습니다.

세 번째는 '憂鬱解消劑^{우울해소제}'입니다. 마음이 우울할 때 담배연기를 한 모금 머금은 후 코와 입으로 동시에 "푸~~" 하고 품으면 우울한 가슴 속 응어리가 녹아 배출된다는 말입니다.

그리고 네 번째는 '排便^{배변}제2미'로서 화장실에 가는 분들이 꼭 챙기는 것은 휴지 다음에 담배와 라이터인 것입니다.

담배 피우기를 권장하고자 함은 아닙니다. 금연은 온 국민이 이룩해야 할 국가적 과제입니다. 禁煙^{금연} 이후 좋아진 것이 아마도 공무원 주사에서 사무관이 되어 달라진 것보다 더 많을 것입니다. 출장 가면 챙겨야 할 것이 지갑과 핸드폰이면 족합니다.

금연 전에는 사무실을 나서서 점심을 먹으러 가든 먼 거리 출장을 갈 때 가장 먼저 챙긴 것이 핸드폰, 담배, 라이터, 지갑 순이었습니다. 점심시간에 지갑과 핸드폰을 사무실에 두고 나온 것은 대충 지나갈 수 있으나 담배가 없으면 큰 일 나는 분들이 지금도 많습니다.

금연 이후 챙길 물건에서 절반을 차지하는 담배와 라이터를 제외하니 50% 편리해졌고 주머니가 깨끗하고 침샘에서 자신의 몸 香氣^{향기}를 느끼게 됩니다. 술을 권하면서 주향천리, 人香萬里^{인향만리}라는 말을 합니다만 정말로 나에게서 인간의 냄새가 나고 입안에서 침샘의 맛이 있음을 알게 됩니다.

2007년도에 금연을 시작하여 10년째 이어오고 있습니다. 금연을 하고부터 공직도 잘 풀린다는 생각을 합니다. 물론 공무원 職制^{직제}상 50세부터는 정말 정신없이 세월이 흘러갑니다.

과장이 되어 북부청에 근무하다가 교육명령을 받고 의정부 원룸의 짐을 정리하여 집으로 돌아오던 길에 동행한 아내에게 禁煙決心^{금연결심} 선언을 합니다.

처음에는 자신감이 없었지만 토요일과 일요일에 연속으로 담배를 피우지 않았습니다. 일요일 오후에 약국에서 패치를 구매하여 어깨, 허벅지 등 넓은 부위에 붙이고 견뎌냈습니다. 월요일에 교육 입교하여 점심을 먹고 나서 시험에 들지 않기 위해 몸부림을 쳤습니다. 담배가 '식후제일미' 라 해서 아침 먹고 한 대, 점심 식후에 한 대 피우게 되는 것이니 이를 이겨내는 것이 금연성공의 지름길이라 생각했습니다.

지금은 경기도인재개발원이 자리한 2007년 2월의 지방행정연수원 식당은 살짝 산속에 위치하고 있고 식사 후 내려오는 계단 양쪽에 재떨이용 항아리 2개가 있습니다. 항아리 길 이곳은 마치 영화 '일리아드와 오디세이' 에서 여울목을 통과하는 장면과도 같습니다.

영화의 주인공(커크다글라스)과 일행은 촛물로 귀를 막고 船員^{선원} 서로를 끈으로 묶은 후에 인어들이 노래하는 여울목을 통과합니다. 인어들의 유혹에 빠지면 스스로 바다에 뛰어들어 죽게 되기에 버티고자 줄로 묶었다 했습니다. 동료 교육생들이 담배를 피우는 이 유혹의 문을 눈 감고 담배의 유혹을 떨쳐내며 지나가야 하는 고통을 겪었습니다.

그래서 이 지옥 같은 문을 피해 뒷산으로 올라 수덕관, 청심관, 목민관 주변으로 산책을 하고 연수원 본관 뒤편의 2차 관문을 피해서 아무도 없는 현관으로 들어가 강의실에 가서 커피 한 잔을 마시며 담배의 유혹을 견뎌냈습니다. 사실 식사 후 커피 한 잔을 하면 더더욱 담배를 피우고 싶지만 참아냈고 이제만 10년 넘게 지켜냈습니다.

금연 후 2주가 지나자 침샘에서 맑은 샘물이 분비되는 것을 느끼게 되고 4주 후에는 입안에서 자신의 냄새와 향이 난다는 것을 알게 되었으며 6주가 지나자 아침에 기상하였을 때 가슴이 상쾌함을 느끼게 됩니다. 온몸에서 느껴지는 수많은 변화를 알게 되면서 흡연의 弊害^{폐해}와 금연의 長點^{장점}을 두 배, 세 배로 인식하게 된 것입니다.

세계적인 명배우 율브리너가 담배를 많이 피웠고, 그 생을 마감하면서 마지막 순간 '던스모킹(Don't Smoking)'이라고 말했습니다. 그는 평생 흡연을 하였고 담배로 인해 癌^암이 발병하여 사망하였습니다. 또한 코미디로 인생의 롤러코스터를 타신 이주일(정주일) 선생도 인생의 마지막 역할은 금연 傳道師^{전도사}였습니다.

▶▶ 사무관 | 동장 | 소장의 근무요령

동장으로 근무하면서 수해복구를 마무리하고 나니 행정구역 개편으로 동민 숫자 4,500명인 우리 생연4동과 생연3동이 통합되어 중앙동으로 새 출발하였습니다. 동장 자리가 하나 줄었고 저는 시설사업소장으로 발령이 났습니다. 시설사업소는 시민회관, 운동장, 도서관을 합한 사업소입니다. 이전까지는 시설사업소장이 5급이고 시민회관과 운동장은 6급 계장이 책임자였는데 이를 통합한 것입니다.

동장으로 22개월 근무하면서 월요일부터 토요일까지 동 관내지역을 巡察^{순찰}하였는데 시설사업소장이 되니 3개 부서 巡廻^{순회} 결재를 다녔습니다. 하나의 조직이 움직이는데 최소한의 장부가 있습니다.

당직근무일지, 비품장비, 소모품 수불부, 출장명령서 등입니다. 이것을 가지고 본소에 와서 소장의 결재를 받아야 하는데 소장이 오전 오후로 나눠서 출장을 가면 결재도 하고 업무도 의논할 수 있습니다.

특히 2곳의 직원이 결재 받으러 오는 것이 아니라 소장 혼자 2곳 출장 결재를 하는 것이 더 효율적인 것입니다. 소장실에 결재를 받으러 왔는데 회의중이거나 다른 일로 출장중이라면 담당 직원은 기다려야 하는 불편을 겪을 것입니다.

부서장이 부지런하거나 긍정의 마인드를 갖는다면 그 부서는 효율성을 증진할 것입니다. 한 기관의 전체 업무를 총괄하는 주요부서의 책임자가 결재를 미루면 조직 전체의 오전업무가 중지될 수 있고 심한 경우 하루를 虛費^{허비}할 수도 있습니다.

오전에 시작할 일을 오후에도 못하게 된다면 그 조직은 점차 쇠퇴하고 경쟁력을 잃고 더 나가서는 動脈硬化^{동맥경화}가 되어 사망할 수도 있습니다. 하지만 내일 할 일을 오늘 미리 준비하여 아침 일찍 처리하면 부서원들은 힘이 나고 효율성이 증진될 것입니다.

9급으로 공직에 들어와 6급, 5급에 오르면 그런 비효율성을 잘 알 것입니다만 막상 내 차례가 되면 또 다시 비능률 非效率^{비효율}로 가는 악순환이 있을 수 있다는 점을 알리는 바이니 모든 부서의 책임자들은 그에게 부여된 책임업무 이상의 사명감으로 일해야 할 것입니다.

저 역시도 시설사업소장으로서의 巡廻^{순회} 결재 경험은 이후 공직에서 아주 요긴하게 활용되었고 평생 공직자의 기준이 되었다고 자부합니다. 내가 한 걸음 더 움직이면 다른 사람이 편리하고 행정이 보다 더 효율적으로 처리된다는 간단하지만 소중한 진리를 터득한 것이라 할 것입니다.

순회 결재는 아니어도 회계과 출장 결재도 있습니다. 계약부서의 서류에는 설계도면, 시방서, 계약조건 등 수천 장의 문서가 첨부됩니다. 관공서 건물 하나가 건립되기 위해서는 건물의 1% 체적을 차지하는 서고가 함께 지어져야 할 것입니다. 헌재나 대법원의 서류도 들고 다니지 못할 정도로 많으므로 카트를 이용해 끌고 다닙니다.

그래서 회계과 계약 결재는 부시장을 초청하라 했습니다. 綠茶^{녹차} 한 잔을 준비해 두고 전화를 하면 도장을 들고 파출을 가는 것입니다. 회의 탁자 위에 비치된 서류를 보면서 차를 마시고 부서의 현안에 대한 소통의 기회를 갖기도 합니다. 여러 팀의 주무관들이 부시장의 결재하는 모습을 볼 기회가 되기도 합니다.

도시공사 임직원들과 시청 부서 간부 등 여러 명의 관계자들이 논의하는 경우에는 해당 사무실로 부시장을 초청해 달라 합니다. 이미 실무 협의를 하고 나서 최종 결과물을 설명하는 자리이니 부시장 한 사람이 수첩 들고 돋보기 차고 해당과로 가면 되는 일입니다.

결재는 權限^{권한}이 아니라 義務^{의무}입니다. 하지만 오랜 세월 우리의 주무관들은 결재를 참 어려운 일이라고 알고 있습니다. 잘못을 지적할까 봐 걱정을 합니다만 결재과정이란 '내 의견은 이러한데 과장님의 생각은 어떠한가' 질문하고 답하는 討論^{토론}의 과정으로 보아야 합니다. 기안을 잘못한 것이 아니라 과장님의 생각과 見解^{견해}가 조금 다른 것입니다.

봄 소풍을 갈 만한 곳이 수십 곳인데 과장님이 원하는 곳으로 기안하지 않았다고 야단을 친다면 기안자의 잘못이 아니라 과장님의 獨善^{독선}인 것입니다. 기안자의 봄 소풍 목적지에 대해 비용, 시간, 최근 부서 직원의 선호도 등을 고려한 논의를 하여야 합니다. 왜 한우를 韓牛^{한우}라 하는데 어찌 한우냐고 묻는다는 광고카피와 다름없습니다.

신규 공무원 여러분! 기안하고 결재 받는 일에 대해서 전혀 걱정을 하지 마십시오. 용감하게 소신 있게 기안하여 들고 가서 과장님의 속마음을 읽어내는 방법도 있습니다. 차라리 기안지가 담긴 결재판은 책상 위에 두고 수첩만 가져가서 봄 소풍 갈 곳을 사전에 논의하고 과장님이 선호하는 곳을 1안으로, 계장님이 좋아하는 장소를 2안으로, 최종 우리가 원하는 곳을 3안으로 올리면 과장님은 결국 우리의 3안에 동그라미를 치실 것입니다.

거듭 말씀드립니다. 기안은 權限^{권한}이고 결재는 義務^{의무}이기에 기안은 안 하면 일을 열심히 하지 않는 것으로 지나갑니다만 결재 올라간 것을 거부하지 못합니다. 결재를 하는 분들은 의견을 적고 서명하면 되는 것입니다. 마음에 들지 않는다고 결재판을 내던지던 선배님은 이제 더 이상 공직사회에, 기업에, 어느 단체에도 없습니다.

그런데 금연에 의한 禁斷現象^{금단현상}처럼 요즘에는 차라리 문서를 던지고 결재판을 패대기치는 그런 용기 있는 상사가 그립습니다. 모든 일을 힘차게 결정하고 結果^{결과}에 責任^{책임}을 지시는 용감한 上司^{상사}를 모시고 싶습니다.

22개월간의 동두천시 생연4동에서의 동장 근무를 통해 지난 20여 년간의 공직생활 이상의 에너지를 발산한 것 같습니다. 19세의 1977년에 9급 공무원에 들어와 1996년 말까지 실무자로서 열심히 출근하고 일하고 늦게 퇴근하기를 반복하다가 어느 날 갑자기 동장이 되었습니다.

동장을 하겠다고 한 것은 아니고 주변의 선배들이 '동장이 適任^{적임}'이라는 추천에 의해서 동두천시 개청 이래 최초의 외지인 출신 동장에 명을 받은 것입니다.

당시 주변에는 구전에 의한 말씀 이외에 기준이나 의지할 자료가 보이지 않았습니다. 물론 각 시군의 동은 그 숫자만큼이나 각기 다른 特長^{특장}을 가지고 있으니 획일적인 기준이 나오기는 쉽지 않을 것입니다.

노인이 많은 지역, 여성이 중심이 되는 동, 공장과 기업으로 경제가 발전하는 지역, 산촌, 어촌, 그리고 평범한 아파트 숲으로 만들어진 신설된 洞^동이 있을 것입니다.

하지만 동은 동사무소일 것이니 행정의 영역이 들어갈 분야와 정치가 움직이는 부문이 있을 것입니다. 시장님은 발령장을 내주시면서 열심히 하라고만 하셨습니다. 마라톤에서 열심히 하는 것은 42.195km를 2시간 30분 안에 들어오면 잘하는 것이고 100m는 13초 안에 들어오면 성공적인 선수일 것입니다.

하지만 동장에게 잘하라는 훈시의 말씀은 그 기준점이 정해지지 않은 茫茫大海^{망망대해} 한가운데 떠있는 一葉片舟^{일엽편주} 두리둥실입니다.

행정자치부 지방행정연수원의 사무관 교육과정에서도 동장 근무에 대한 구체적인 지침이 없었습니다. 그냥 추상적인 리더십에 대한 강의는 있었지만 일선 책임자인 동장이 되어서 어찌 행동해야 하는지, 무슨 일을 하는 것인지에 대한 전문가 강의나 실제 근무중인 선배 공무원의 설명기회도 없었습니다.

동장의 역할과 활동과 판단은 모든 것이 처음이고 대부분이 직접, 간접의 경험을 바탕으로 결정하게 됩니다. 高麗靑瓷^{고려청자}를 만드는 도공들의 도예 기술이 □傳^{구전}으로만 내려오다 보니 대가 끊기면서 제조기술의 명맥이 이어지지 못했다고 합니다. 그래서 후대에 청자와 백자의 기술을 재현하기 위해 수많은 도공들이 시간과 청춘을 바쳤습니다.

그래서 일선에서 주민들과 접하는 동장들이 어찌 일해야 하는가에 대한 논리적인 교육, 실전에서 근무하는 선배들의 경험담을 들려주어야 한다는 생각을 하였습니다. 1999년에 동장 근무를 마치고 도청에서 계장으로 일하면서 후배들이 시군에 교환근무를 간다고 하면 바쁜 이들을 잡고서 몇 가지 이른바 '洞長勤務要領^{동장근무요령}'을 전해기도 했습니다.

▶ 구체적인 동장 근무요령

그 중에서 한 몇 가지를 소개하겠습니다. 동장은 열심히 놀아야 하고 부지런히 돌아다녀야 한다. 근무수칙이라 한다면 할 수 있는 몇 가지 준칙이 있습니다.

- 동료 후배 공무원들의 기안문을 수정하려 하지 마라.
- 모든 일에 타당한 이유가 있을 것이라 생각하라.
- 후배 공무원이 들어오면 일단은 칭찬하고 의논하라.
- 오전에는 총무에게 점심 스케줄을 알려라.
- 오후 4시가 되면 저녁 일정을 사무장에게 보고하라.
- 주민자치위원 등 유지들이 오시면 일단 동장실로 모셔라.
- 민원인이나 동민이 오시면 크게 인사를 하라.
- 주민에 대한 인사는 좀 오버하는 것도 나쁘지 않다.
- 동정 관련 대소사를 시정계장에게 보고하라.
- 여건과 장소에 따른 복장에 신경을 쓰라.
- 공무원에 대한 호칭은 '주무관' 이다.
- 주민과의 대화를 나눌 때에는 반드시 메모를 하라.
- 책을 읽고 인터넷을 탐색하고 좋은 글을 공유하라.
- 젊은이의 생각과 신유행을 따라가라.
- 유머 있는 상사가 되고자 노력하라.
- 건배사는 짧게, 인사말은 더 짧게 말하라.
- 관내 喪家(상가)는 시간을 내서 참석하라.

이 정도를 지키면 보통의 동장입니다. 학문에 王道(왕도)가 없듯이 동장 근무에도 확정된 근무기준이 보이지 않습니다. 다만 어느 동에서나 통할 수 있는 것은 誠實(성실)과 謙遜(겸손)이라고 생각합니다.

내 속마음을 열어 보이는 勇氣(용기)도 필요합니다. 때로는 손바닥을 비비는 전략도 있어야 하고 무게를 잡는 權威(권위)도 필요합니다. 하지만 權威主義(권위주의)가 되지 않아야 합니다. 칼은 늘 칼집 속에 있어야 합니다. 창칼이 들어와도 절대

칼을 뽑으면 동장 게임에서 패하게 됩니다.

그리고 신도시 지역에서는 다양한 외지인들이 모여 사는 곳인 점을 감안하여야 할 것이고 도농복합의 동에서는 지역 유지급 어르신을 좀 더 자주 찾아뵐 필요가 있습니다. 지역의 여론을 선도하시는 분이 어느 분인가를 파악하는 것도 요령중 하나일 것입니다.

어느 그룹에서나 비공식 리더가 있습니다. 생연4동에도 어르신중 한 분이 시정까지도 이끄시는 비공식 리더임을 알게 되었습니다. 더구나 민선시장, 민선군수님의 행정에서는 비공식 라인의 指導鞭撻^{지도편달}이 중요합니다. 알게 모르게 움직이는 정보와 동장의 활동에 대한 평가가 늘 따라다닌다는 점을 의식해야 합니다.

동장은 발령받은 날부터 주민들의 평가대상이고 언제든 교체될 수 있는 자리이지만 본인의 역할이 지역사회에 잘 접목되면 복잡한 민원으로 고생하는 본청 과장이나 사업소장에 가지 않고 더 평온하게 동장으로서 대우받을 수 있습니다.

사실 동장 책임의 무게가 가볍습니다. 생각하기에 따라 무겁지 않을 수 있습니다. 본청과장은 관련법에 의하여 업무를 처리하지만 동장은 내 판단으로 일처리를 합니다. 사무장이 행정을 책임지고 이끌어 주기 때문에 동장은 부담 없이 결재할 수 있습니다.

이미 결정된 주민등록표, 인감등록부, 병적관련 문서를 바탕으로 행정을 처리하는 것이 동행정의 특징입니다. 인감, 주민등록, 병사 등 이미 정해진 것이지 동장이 새롭게 결정하는 것은 별로 없습니다. 복지분야도 동에서 조사하여 보고하면 시청 복지과에서 최종 결정을 합니다.

그러니 동장은 움직이는 행정이고 현장행정이고 대민, 대면, (시장군수) 代理^{대리}행정입니다. 샤프하고 예리한 사무관은 본청 과장에 보임하고 사교적인 사무관은 당연히 동장에 보하려는 것이 모든 지자체장의 마음일 것입니다. 동행정은 현장에서 비판의 소리가 나지 않으면 잘 되는 것이라 볼 수 있습니다.

그런데 시장군수님은 정보라인이 여러 겹입니다. 동장의 일하는 행태, 돌아다니는 동선에 대해 시장군수님은 참으로 많이 아십니다. 어제 저녁 통장님과 나눈 대화내용을 다음날 오전에 시장님은 들었습니다. 가끔은 시장님을 칭찬해야 합니다. 지나치게 표 나게 오버하는 것은 안 되겠지만 더러는 우리 시장님의 이런 모습은 참 존경할 만하다 말해야 합니다.

시장님과 군수님은 표를 먹고 사는 정치인이기 때문입니다. 시장님은 당선되고 취임하신 날부터 다음 4년 후를 생각하십니다. 그러니 동장의 말 한 마디에도 신경을 쓰십니다. 아무나 동장으로 내보내는 것이 아닌 것입니다.

지금 동장으로 근무하신다면 내가 무슨 장점을 시장님께 들켰나 돌아보시기 바랍니다. 시장님이 아니라면 주변의 간부들이 나에게 무슨 장점이 있다고 동장에 천거하였는가를 살펴보아야 할 것입니다.

그리고 다른 분들이 이런 면을 나의 장점이라고 보았을 것이라는 판단이 들거든 그 부분을 집중적으로 발전시키고 활성화해서 더 멋지게 동장으로 일하시기 바랍니다. 미진한 점이 있다고 한다면 개선하기 위한 노력이 필요합니다.

선임 동장으로서 몇 가지 말씀을 드리고자 합니다. 제가 동장을 해 보니 동장은 재미있게 주민들과 놀아야 하고 동민들을 즐겁게 해 드려야 합니다. 동사무소 동료 공무원들에게 빈말이라도 용기를 주어야 하고 어색하더라도 칭찬을 해야 합니다.

주민 대표들을 만나거든 절대 동장이 결정하지 말고 그분들의 의견을 최대한 듣고 그 파트의 대표가 중심이 되어 의사결정을 하도록 유도해야 합니다. 꼭 결정을 해야 할 일이 있다면 사무장이나 총무 등 담당자가 배석한 가운데 실무자가 결정내용을 정하도록 유도하여야 합니다.

잘된 일은 주민과 실무자에게 그 공을 돌리고 잘못이 있으면 동장이 책임진다는 자세를 가져야 합니다. 동정에서 책임질 일이 뭐 있겠습니까. 크든 작든 모든 일을 말 그대로 주민자치로 하도록 유도하고 의도하여야 합니다. 민주적 리더는 회의에 참석할 뿐 결정하지 않습니다. 결정이 어려우면 다음으로 미루고 연기하면 됩니다. 무리하게 결정하려다 낭패를 본 사례를 많이 보았습니다.

황희 정승의 네 말도 옳다는 이야기가 있습니다. 하인 2인이 쟁점을 가지고 싸우다가 황희 선생에게 문의합니다. 갑의 설명을 들은 황희 선생은 '갑의 말이 옳다' 고 답합니다. 이어서 을이 설명을 하자 이번에는 '을의 주장이 맞다'

고 합니다.

계속해서 갑을이 논쟁을 하자 각각의 주장이 맞다 합니다. 이에 선생의 아내가 '당신은 갑도 맞고 을도 맞다 하면 도대체 누가 맞는지 결정을 해 주어야 할 것 아닌가요?' 라고 묻자 '임자의 말도 맞다' 고 했다는 이야기를 초등학생 시절에 들은 기억이 있습니다.

24년 동안 태종, 세종 등을 모신 政丞^{정승}으로 유명합니다. 하지만 비 오는 날 집안에 빗물이 샐 정도로 청렴했다 들었습니다. 청렴하기에 장기간 정승으로 일할 수 있었을 것입니다. 청렴하기에 자신의 주장을 펼칠 수 있습니다.

꿀 먹은 벙어리는 본래부터 말을 못하는데 꿀을 먹었으므로 더더구나 할 말이 없는 것입니다. 말을 잘하는 사람도 꿀을 먹고 나면 그 향기에 취하고 목안이 마쳐되어 할 말을 제대로 하지 못한다는 의미도 있을 것입니다.

▶▶ 부면장님의 온고이지신 溫故而知新

1977년 공무원 신규발령자로 면사무소 근무를 하면서 처음 만난 부면장님의 긍정마인드를 지금도 기억하고 있습니다. 당시에는 군청 담당자들이 면사무소 실무자에게 보고서를 독촉하다가 더 이상 대화가 안 되면 부면장에게 전화를 해서 빨리 공문을 보내 달라 촉구를 합니다. 때로는 독촉장이라는 붉은 '딱지' 를 보내기도 합니다만 그 전단계로 부면장에게 전화를 해서 압박을 하는 것입니다.

군청 담당자의 전화를 받은 존경하는 민○○ 부면장님은 전화기를 들고 "예예 곧 보고 드리겠습니다"라고 대답을 하고 담당자에게 상황을 전달합니다.

"김 서기, 군청에서 월보를 빨리 하라고 하니 바쁘겠지만 만들어서 보내주기 바라네. 군청 담당 주사가 전화해서 보고서를 독촉을 하기에 '예예' 하면서 곧 보낸다 했네."

그리고 전화 통화를 하면서 속으로 네가 아무리 나에게 소리소리 질러도 그냥 전화 받고 출장 가서 주민들 만나 당면사업 독려하고 돌아오면 하루일과를 마치는 내가 군청 그 담당자의 3배 월급을 받는다는 사실을 마음 속으로 생각했다 하십니다.

부면장님의 말씀은 면사무소 담당자의 마음을 움직이기에 충분했습니다. 만약 부면장님이 군청에서 받은 전화상황과 내용대로 감정을 실어 전달했다면 담당자는 반감이 컸을 것입니다. 하지만 마음 속으로 상황을 녹이고 熟成^{숙성}하고 緩和^{완화}해서 婉曲^{완곡}하게 전달하시는 부면장님의 疏通^{소통}방식은 담당자의 감명을 이끌기에 충분했습니다.

당시에는 그냥 호봉 높다고 자랑하시는 줄로만 생각했던 일인데 지금에 와서 다시 곱씹어 볼 他山之石^{타산지석}, 언론인이 급하고 미안할 때 주장하는 기사에 있어서 行間^{행간}의 의미입니다. 이 분 덕분에 사표를 낸 9급 공무원은 초임 당시의 위기를 벗어나 40년 공직을 무탈하게 마칠 수 있었습니다. 부면장님 감사합니다.

어쩌면 어린 시절 모시고 근무한 선배님들의 모범적인 공직자세를 배우고 익혀서 훗날 그 길을 평온하게 걸어갔을 것이라는 생각을 합니다. 좋은 선배, 존경받는 상사를 만나는 것은 행운이고 행복입니다. 좋은 동료, 착하고 부지런한 후배를 만나는 것 또한 공직자의 큰 기쁨입니다.

孟子^{맹자}의 盡心篇^{진심편}에 '君子三樂^{군자삼락}'이 있습니다. 군자의 세 가지 즐거움이라는 뜻으로, 첫째는 부모가 다 살아 계시고 형제가 무고한 것, 둘째는 하늘과 사람에게 부끄러워할 것이 없는 것, 셋째는 천하의 영재를 얻어서 敎育^{교육}하는 것입니다. 공직으로 풀어 보면 좋은 선배를 만나 본보기를 삼는 것, 자신의 업무에 최선을 다하는 것, 그리고 좋은 후배를 만나 나의 경험을 전하는 것으로 연관해서 말할 수 있을 것입니다.

책속의 작은 체험코너

수해복구 이야기

▶▶ 수해발생과 수해복구 이야기

- 1998년 동두천시청에서

1998년 8월에 동두천시에 큰 비가 내렸습니다. 휴가를 받아 하루 피서를 다녀왔고 내일 갈 곳을 정하고 저녁을 먹는 시각에 동두천 대영인쇄소 목○○ 사장님의 긴급한 전화가 왔습니다. 당시 얼마 전에 새로 받은 019 PCS LG전화기로 통화를 하니 "지금 내리는 비가 심상치 않으니 동장님! 얼른 오셔야겠소!" 하십니다.

저녁식사를 얼른 마치고 차를 몰고 8개 시군을 거쳐 동두천 경계에 도착하였습니다. 수원을 출발하면 의왕－성남－하남－구리－남양주－의정부－양주를 거쳐서 동두천에 이르게 됩니다. 97km의 거리입니다. 좀 거리가 있습니다만 즐겁게 월요일 새벽에 달리고 토요일 오후에 수원방면으로 내달리던 코스입니다.

의정부까지는 구름이 별로이고 맑은 지역도 있는데 시계를 지나 양주에 이르니 엄청나게 비가 내립니다. 그리고 신천의 물 흐름이 범상치 않습니다. 지금의 양주시청 앞으로 지나는 데는 길을 가로지르는 물줄기가 차량을 들었다 놨다 할 정도로 강합니다. 그래도 동두천을 향해 달리고 달렸습니다.

드디어 양주시와 동두천시 경계에 이르니 밤 12시가 지났습니다. 경찰이 통제를 하는데 중앙로가 막혔으니 더 이상 운행을 말라고 합니다. 신천변 우회도 로도 안 된다고 합니다. 되돌아가라는 말입니다. 여기서 어디로 돌아갑니까.

경찰관 혼자서 통제중이므로 다른 쪽을 보는 순간 차를 몰아 신천변 도로를 달렸습니다. 당시에는 신천변에 아파트가 없었으니 번개를 툭하고 내리치면 잠시 보이는데 아스팔트면과 신천의 수위가 일치합니다. 꽉 들어찬 물이 양쪽 뚝방에 힘을 주면서 밀려 내려갑니다.

일단 사무실 앞에 차를 세우고 안으로 들어갔습니다. 동료 공무원들이 동분 서주입니다. 직인함은 잘 있나? 인감대장은 안전한가? 주민등록표는 이동하였 나? 몇 가지 체크리스트를 생각해 보니 일단 응급조처는 완료했습니다. 2층에 는 시청에서 지원 나온 공무원들이 여기저기 전화를 잡고 통화중입니다.

그리고 30분 후, 김○○ 과장님이 온몸이 물에 젖은 채 사무실로 돌아왔습니 다. 뚝방이 터졌다고 합니다. 터진 것은 아니고 물이 넘친 것입니다. 마대자루 로 막다가 삽으로 막다가 몸으로 버티다가 늘어나는 물을 막아내지 못하고 사 무실로 철수한 것입니다. 평소에는 사무실에서 화이트칼라로만 보이던 분이 유사시에는 전사, 투사, 막장 광부처럼 온몸을 물과 땀으로 불사르고 있었습 니다.

그래서 공무원입니다. 동사무소 공무원은 슈퍼맨이라는 말이 당시에 유행 했습니다. 군청 시청에서는 공문으로 지시를 내리고 동사무소 직원들이 그 일 을 다 해냅니다.

하루에 10가지 이상의 일을 처리하는 동사무소 공무원은 철인, 불가능이 없 는 슈퍼맨, 어려운 일이 생기면 하늘에서 붉은 색 망토를 입고 나타나 긴급 상 황을 말끔하게 처리하고는 홀연히 사라지는 그 영화의 슈퍼맨인 것입니다.

일단 상황은 발생하였지만 새벽 2시에 어찌할 바가 없습니다. 그러던 중 보 산동 신천변 낮은 노랑색 건물 반지하에 사시는 김○○ 씨가 생각났습니다. 척 추장애인으로 전동 휠체어를 타고 거동하시는 분입니다.

평범한 회사원으로서 봄철 야유회에 갔다가 산에서 뛰어내려오는데 돌부리 에 발이 걸려서 한 바퀴 공중제비로 날아 떨어졌는데 귤 크기의 돌이 척추에 걸리는 바람에 하반신이 마비된 척추장애인입니다.

아마도 반지하방이 침수되어 책상 위에 올라가 천정에 남아있는 공기로 숨을 쉬면서 구조대를 기다릴 것이라는 상상을 하였습니다. 그 상상이 점점 현실의 모습인 양 머리 속에 어른거렸습니다. 특공대를 조직하였습니다. 미혼자 4명을 선발하기로 했습니다. 급한 마음에 구조하러 가다가 죽더라도 가족 1명이라도 적은 것이 나을 것이라는 생각이 들었기 때문입니다.

특공대 5명은 동사무소 건물을 출발하여 동광극장 사거리를 지나 미우미목욕탕 앞까지 진출하였습니다. 동광극장과 생연로는 거대한 수로, 파나마운하였습니다. 온갖 가재도구가 둥둥 떠내려가고 소방관들이 보트를 타고 이리저리 구조할 사람을 찾아다니고 있습니다. 일단 현장에 나오기를 잘했다는 생각이 들었습니다.

하지만 맨몸으로 기백만 앞세워 출발한 구조대는 미우미목욕탕 앞에서 더 이상 전진하지 못했습니다. 가슴까지 차오른 물이 심장을 서늘하게 적십니다. 몸이 둥하고 떠오르고 내려앉기를 반복하자 중심을 잃을 것 같습니다. 무모한 도전으로 특공대 4명의 생명을 잃을 수 있는 상황입니다.

김○○ 씨는 지금 우리가 도착을 해도 이미 상황은 결정 나 있을 것이라고 변명하는 생각을 하였습니다. 그렇다면 특공대 5명이 철수를 했다가 물이 줄어들면 현장으로 다시 가는 것이 올바른 판단이라 생각하였습니다. 철수를 명했습니다. 처음에는 용기를 내어 기백 있게 나선 우리의 젊은 특공대원들도 대장이 철수명령을 내리자 얼굴에 안도하는 표정이 확연하게 보였습니다.

다시 사무실에 돌아와 수해상황을 파악하고 인력배치 등을 점검한 후 새벽 4시경에 이번에는 회계담당 오○○ 주무관과 함께 현장으로 출동하였습니다. 가는 길에 있는 미우미목욕탕 앞에 이르니 물이 많이 빠져서 가슴 아래쪽 수위를 밀고 올라갔습니다. 스티로폼 덩이를 조각배삼아 오 주무관을 태워서 밀고 당기며 현장에 갔습니다.

역시 김○○ 씨 노랑집은 대문이 보이지 않았습니다. 아직도 침수된 상태로서 반지하인 관계로 물에 잠겨 있는 것입니다. 주변 집 2층에는 할머니들이 빨래를 널고 물에 젖은 가재도구를 정리하십니다.

"할머니! 이 집에 사는 김○○ 씨의 행방을 아시나요?"

"응! 어제 저녁에 아는 분 집으로 피신을 했어!"

이른바 '가슴을 쓸어내린다' 는 말이 여기에 해당합니다. 참 다행입니다. 그의 행방을 아무도 모른다 하면 여기서 기다려 물이 더 빠지면 집안으로 진입할 생각이었습니다. 다행입니다. 고마운 일입니다.

우리 두 명의 어설픈 특공대는 돌아오는 길에 친정에 왔다가 물난리를 만나 친정어머니 방에서 밤을 새우고 아침에 돌아가는 임신부와 그 언니를 스티로폼에 태워 안전한 해안지대(?)까지 이송하는 큰 일을 해냈지 말입니다.

사무실로 돌아오는 길에 백종범 공보담당관을 만났습니다. 위험한 현장에 방송 카메라기자와 취재기자가 왔습니다. 기자들은 참 대단한 직업의식을 가지고 있습니다.

다시 사무실에 돌아오니 아침 5시, 그래도 아침밥을 준비해야 하겠습니다. 건너편 생연3동 쪽으로 가 보니 지하차도가 침수되었고, 그 건너편에는 시민들이 수십 명 모여서 침수된 4동 쪽을 걱정스런 표정으로 바라보십니다. 인근 가게에 가서 라면, 빵, 음료수 등을 한 자루 사들고 사무실로 돌아와 배식을 하였습니다.

하룻밤을 꼬박 새운 그날 사무장, 총무, 회계, 병사, 도시, 복지, 민원 담당 등 13명 모두가 각각의 역할을 다하며 재난의 현장에서 함께 하였습니다. 이후 한 달 동안 동장실에서 새우잠을 자면서 동광교 수위를 체크하고 침수피해를 입으신 가구를 방문하였습니다. 급식이 우선이고 복구도 해야 합니다.

가장 어려운 일이 골목에 쌓인 잡목제거이고 집안 가재도구 정리였습니다. 잡목은 군부대 장병들이 대부분 처리하였고 가재도구 정리는 자원봉사자들의 손으로 감당하였습니다. 한 번은 봉고차에서 급식을 하는데 빗방울을 막기 위해 비닐을 들고 서 있습니다.

옆에 서 있던 청년이 말합니다.

"동장은 코빼기도 안 비치고 시청은 뭐하는 것인지~ 원?"

제가 물었습니다.

"동장 얼굴을 아시나요?"

"몰라요!"

청년은 낌새가 이상한지 슬그머니 그 자리를 빠져 나갑니다.

여러 가지 힘들지만 보람찬 과정을 거쳐서 수해복구와 피해수습을 마치고 보상금 지급도 잘 했습니다. 침수피해를 입으신 가정은 도배와 장판갈이를 마쳤습니다. 한 가지 안타까운 일은 장롱을 떠나보내는 일입니다. 70대 할머니들이 50여년 간직해 온 나무 장롱을 버려야 했습니다. 버리면 집게차가 툭 쳐서 넘기고 가운데를 '와작' 하고 부순 후에 툭툭 쳐서 덤프트럭에 싣고는 어디론가 보냅니다. 참으로 가슴 아픈 수해복구의 현장이었습니다.

지금 이 편지가 남아있을지는 모르지만 편지를 보낸 저는 자료집 한 페이지에 그 기록을 관리하고 있습니다.

[강원도 철원군 부녀회원 여러분께]

그동안 안녕하셨습니까? 지난 8월 6일 발생한 수해의 아픔을 달래고 재기의 활력을 불어 넣어 주신 어른들께 이제야 인사를 올리게 되었습니다. 대단히 감사합니다.

이제 수해복구에 한 달여를 보낸 동두천시는 외형상 그 이전의 상황으로 돌아왔습니다만 아직 가정 내부의 살림살이는 손볼 곳이 많습니다. 도배하고 장판 깔고 부서진 벽을 바르고 집을 새로 짓는 등 다양한 모습으로 복구에 나서고 있습니다.

이렇게나마 재활에 나서는 것은 각처의 자원봉사 지원에 크게 힘을 얻었기 때문입니다. 복구와 정리에 바쁜 중에도 시민들은 "자원봉사자 여러분! 감사합니다!" 라는 문구를 거리 곳곳에 달고 고마움을 표하고 있습니다.

이같이 동민들이 감사하는 마음을 이 편지에 담아 보내 드립니다. 동민들은 앞으로 다른 지역에 이 같은 피해가 나면(나서는 안 되지만) 반드시 찾아가 돕겠다는 생각을 가지고 있습니다.

우리 동사무소 직원들도 여러분의 노고를 가슴에 새기고 동민을 위하여 더욱 더 열심히 일할 것을 약속드립니다. 정말 감사합니다.

1998년 8월 31일 동두천시 생연4동장 이 강 석 올림

1998년 당시 국방일보에 보낸 감사의 글이 활자로 실렸습니다.

| 국방일보 |

국토방위를 위하여 연일 바쁘신 와중에서도 이번 수해복구를 위해서 헌신적으로

도와주신 국방부장관님 이하 장병 여러분께 깊이 감사를 드립니다. 저는 경기도 동두천시청 생연4동장 이강석입니다.

지난(1998년) 8월 6일 침수로 동 전체의 90% 이상이 수해를 당하여 동민 모두가 삶의 터전을 잃고 망연자실한 상태로 있었습니다. 그리고 어디서부터 손을 써야 할지 엄두가 나질 않았고 자칫 실의에 빠져들 상황이었습니다.

그러나 시민들이 너무나 중요해 평소 잊고 있었던 우리의 군이 있었습니다. 침수이후에도 폭우가 계속되면서 며칠 새벽을 동두천시 신천 둑에서 밤을 지새운 시민들에게는 커다란 희망이 아침의 태양처럼 떠올랐습니다. 그것은 우리의 군인이었습니다. 이른 아침 도착한 우리 군인의 눈빛은 빛나고 있었습니다. 희망의 불빛이었습니다.

존경하는 국방부장관님! 우리의 군인은 말 그대로 혼신의 힘을 다했습니다. 병사, 하사관, 위관, 영관 등 모두가 수해복구에 쏟은 정열은 폭우와 강풍, 번개와 진동을 잠재웠고, 10여 일만에 길을 뚫고 골목의 아스팔트를 찾아내고 할머니의 안경과 아이들의 인형을 돌려주었으며 수재민의 아픈 가슴 속에 재활의 푸른 새싹을 피워냈습니다.

주민이 건네는 음료수를 끝내 사양하는 구릿빛 병사들과 지휘관님의 군인정신, 밤 시간까지 몸을 아끼지 않고 땀 흘리시는 모습은 동두천시 시민 모두의 가슴 속에 새겨져 뜨거운 애국심으로 승화될 것입니다.

이제 동두천시는 활기를 다시 찾아가고 있습니다. 집안 구석구석 손 볼 곳이 있지만 장병들의 뜨거운 봉사정신으로 활약하는 모습에서 힘을 얻고 용기를 충전하여 재기에 나서고 있습니다.

며칠 전 군 관계관이 사무실까지 오셔서 지원이 필요한지 물으셨습니다. 감격해서 바로 답하지 못했습니다. 그리고 장병들의 지원으로 우리 지역은 평온을 찾아가고 있다고 했습니다.

그 평온 속에는 군 장병들의 노고에 감사를 표하는 플래카드의 펄럭임이 있고 무적태풍부대 지휘관과 병사들, 그리고 군인가족들이 휴일에도 쉬지 않고 복구에 참여하신 데 대한 고마움의 선율이 흐르고 있으며 이는 동두천 시민과 군 사이에 애정과 신뢰를 두텁게 하고 새로운 화합의 계기로 승화되고 있습니다.

다시 한 번 이번 수해를 과거 어느 지역보다도 빠른 기간 내에 복구할 수 있도록 여러모로 지원해 주신 참모총장님, 군 지휘관, 병사 여러분께 머리 숙여 깊이 감사드립니다.

〈1998년 9월 3일, 국방일보〉

월 제3종우편물(가)급인가   제10170호   국방일보

국토방위를 위하여 연일 바쁘신 와중에서도 이번 수해복구를 위해서 헌신적으로 도와주신 국방부장관님 이하 장병여러분께 깊이 감사를 드립니다. 저는 경기도 동두천시 생연4동장 이강석 입니다. 지난 8월6일 침수로 동 전체의 90% 이상이 수해를

주민이 건네는 음료수를 끝내 사양하는 구릿빛 병사들과 지휘관님의 군인정신, 밤시간까지 몸을 아끼지 않고 땀흘리시는 모습은 동두천시 시민 모두의 가슴속에 새겨져 뜨거운 애국심으로 승화될 것입니다.

이제 동두천시는 딸기를

국방부장관님께

이 강 석 〈경기도 동두천시 생연4동장〉

당하여 동민 모두가 삶의 터전을 잃고 망연자실한 상태로 있었습니다. 그리고 어디서부터 손을 써야할지 엄두가 나질 않았고 자칫 실의에 빠져들 상황이었습니다.

그러나 시민들이 평소 잊고 있었던 우리의 군이 있었습니다. 침수이후에도 폭우가 계속되어 며칠 새벽을 동두천시 신천둑에서 밤을 지새운 시민들에게는 커다란 희망이 아침의 태양처럼 떠올랐습니다. 그것은 우리의 군인이었습니다. 이른아침 도착한 우리 군인의 눈빛은 빛나고 있었습니다. 희망의 눈빛이었습니다.

존경하는 국방부장관님! 우리의 군인은 말 그대로 혼신의 힘을 다했습니다. 병사·하사관·위관·영관 모두가 수해복구에 쏟은 정열은 폭우와 강풍, 번개의 진동을 잠재웠고 10여일만에 길을 뚫고 골목의 아스팔트를 찾아내고 할머니의 안경과 아이들의 인형을 돌려주었으며 수재민의 아픈 가슴속에 재활의 푸른 새싹을 피워냈습니다.

찾아가고 있습니다. 집안 구석구석 손볼 곳은 있지만 장병들의 뜨거운 봉사정신과 활약하는 모습에서 힘을 얻고 용기를 충전하여 재기에 나서고 있습니다.

며칠전에 군 관계관이 사무실까지 오셔서 지원이 필요한지 물으셨습니다. 감격해서 바로 대답하지 못했습니다. 그리고 군장병들의 지원으로 우리지역은 평온을 찾아가고 있다고 했습니다. 그 평온속에는 군장병들의 노고에 감사를 표하는 플래카드의 펄럭임이 있고 무적태풍부대 지휘관과 병사들, 그리고 군인가족들이 휴일에도 쉬지 않고 복구에 참여하신데 대한 고마움의 선율이 흐르고 있으며 이는 동두천시 시민과 군사이에 애정과 신뢰를 두텁게 하고 새로운 화합의 계기로 승화되고 있습니다.

다시 한번 이번 수해를 과거 어느지역보다 빠른기간내에 복구할 수 있도록 여러모로 지원해 주신 참모총장님, 군지휘관, 병사여러분께 머리숙여 깊이 감사드립니다.

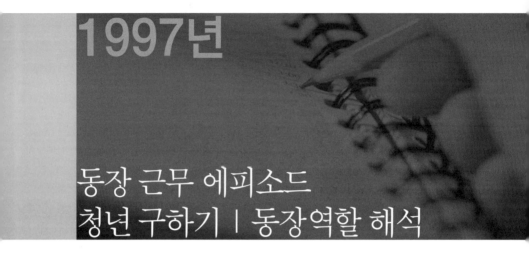

1997년

동장 근무 에피소드
청년 구하기 | 동장역할 해석

동장으로 근무하면서 다양한 분들을 만나게 됩니다만, 특별한 사건, 에피소드(episode)가 있어 소개를 하고자 합니다.

어느 날 오전 10시경에 관내를 순찰하는데 젊은이가 온몸이 흙 범벅이 되어 추녀 아래 누워있습니다. 무슨 일인가 다가가 보니 옷에 흙이 묻었고 얼굴에는 피가 나서 T-셔츠가 붉게 물들어 있습니다.

이 사람을 깨워서 동사무소로 데려가 얼굴을 씻기고 나니 정신을 조금 차리고 자초지종을 이야기합니다. 어제 저녁에 어디에선가 저녁을 먹으면서 술 한 잔하였고 정신 차려 보니 지갑은 없어지고 온몸이 피투성이 먼지투성이가 되었다는 말입니다.

들어보니 안 보아도 비디오입니다. 무전취식을 하였거나 불량배를 만나 얻어맞고 지갑을 강탈당한 후 밤새 길바닥에 누워서 잠을 잤다는 이야기입니다.

1983년경 연말 회식을 마치고 선배님 모셔다 드린다고 함께 나섰다가는 수원 연무동을 방황하다가 어느 청년의 자가용에 태워져서 매탄동 아파트까지 공수되어 살아난 젊은 시절의 추억이 떠올랐습니다.

✱ **에피소드**(episode) : 사전적 의미로 어떤 이야기나 사건의 줄거리 사이에 끼어든 토막 이야기.

혹시 신으로부터 목숨을 구해준 그 청년에 대한 은혜를 이 사람에게 갚으라는 啓示^{계시}가 있는 듯 느껴졌습니다. 늘 부채를 진 기분으로 살아왔는데 이참에 그 채무를 조금 갚을 수 있을 것이라는 생각도 들었습니다. 물론 동장이라는 공무원의 사명감도 조금 작동된 것 같습니다. 사무관 초임이면 공직관이 어느 정도 성숙되는 시기이니 말입니다.

자세한 이야기를 들어보니 어느 카센터에서 일한다고 했습니다. 집이 수원이라고 하자 한 번 차가지고 오시면 싹~ 정비를 해 주겠다고 했습니다. 집까지 갈 차비를 주고 名銜^{명함}을 준 후 돌려보냈습니다. 고맙다고 멀쩡하게 인사 잘하고 돌아갔습니다.

한 달이 지났습니다. 당시 019 핸드폰으로 전화가 왔습니다.

"동장님! 저 지난번에 차비 주셔서 집에 갔던 아무개입니다."

"네 반갑습니다. 잘 지내시지요?"

"네, 여기 의정부 경찰서입니다. 제가 여기 유치장에 있는데 저를 좀 빼내주셨으면 합니다."

세상에, 지난번 도움에 대한 감사전화가 좀 늦게 온 줄 알고 받았는데 이번에는 경찰서 유치장이랍니다. 무슨 전생의 인연인지 평생 처음 유치장에 가게 되는 순간입니다. 의정부 경찰서는 오래된 건물이어서 그러하기도 하겠지만 사람이 들어 있는 유치장이 어둡고 칙칙했습니다.

공중전화가 유치장 철문 옆에 붙어 있으므로 경찰관이 동전을 넣고 전화를 걸어 송수화기를 창살 틈으로 넣어주어야 통화를 하는 구조입니다. 드라마나 방송에서 본 유치장을 상상하면 안 될 일입니다. 물론 1998년 당시의 경찰서 유치장이니 지금보다는 좀 부족하다 하겠습니다만 그 당시에 처음 본 유치장에 대한 추억은 오랜 세월이 흘러도 지워지지 않습니다.

그리하여 담당 경찰관을 면담하니 이 사람과의 관계를 묻습니다. 한 달 전에 생연4동 관내에 쓰러져 있어 씻기고 차비 주어 보낸 사이라고 말했습니다. 경찰관은 존경도 아닌 애매한 표정으로 "동장님, 참 대~단하십니다"라면서 인후보증인에 서명을 하라 한 후 내보내 주었습니다. 어제 저녁에 무전취식한 9만원은 집에 가서 이 젊은이가 송금하기로 합의했습니다.

밖으로 나와서 보니 흰색 T-셔츠가 붉은색으로 변했습니다. 2002년이었다면 붉은 악마라 했을 것입니다만 아직 월드컵 4년 전의 일입니다. 이 청년이 월드컵 붉은 악마 유니폼의 창시자라 할 수는 없겠지요? 참으로 황당합니다.

함께 간 김 주무관에게 옷을 한 벌 사오라 해서 갈아입히고 또 다시 차비를 주어 보냈습니다. 이번에는 고맙다는 인사도 못하고 연신 허리를 굽신거리고는 이내 돌아갔습니다. 이 청년과의 인연은 이것으로 마감입니다.

다만 며칠 후에 궁금하여 ○○대 인근에 있다는 카센터에 전화를 하니 형수 되시는 분이 받습니다. 안부를 물으니 잘 있으며 별도로 할 말은 없다고 하십니다. 이른바 내놓은 삼촌이라는 이야기로 해석됩니다. 그리하여 더 이상 연락은 하지 않았고 전화도 오지 않았습니다. 지금도 어느 서류철에 당시 적어준 전화번호와 이름이 남아있을 것입니다만 술 취해 쓰러진 저와 선배 한 분을 살려준 젊은 자가용 청년의 은혜를 갚은 추억으로 간직하고 있습니다.

두 번째 스토리는 동두천에서 양주 남면으로 이어집니다. 이번에는 생연3동과 우리 생연4동 경계선 골목에 청년이 누워 있습니다. 차를 타고 시청에서 돌아오는 길에 발견했습니다. 함께한 동료는 누워 있는 모습을 보건대 경계선으로 나누면 이 사람의 몸이 약간 3동쪽에 더 쏠려 있는 듯 보인다면서 그냥 가자고 합니다.

공무원의 자세가 아닌 줄로 생각한다 말하고 우리가 잘 보호하고 케어하자 했습니다. 자는 사람을 깨워서 집을 물으니 양주군 남면 어디 牧場^{목장}이라고 합니다. 그래서 즉시 차에 태워서 남면으로 달렸습니다. 얼마를 가다가 목이 마르다고 하므로 슈퍼가게 앞에 차를 세우자 청년은 "환타환타~~~"를 연호합니다. 이 와중에 음료에 나름 선호하는 바가 있습니다.

그래서 길바닥 청년에게 환타를 사주고 우리는 보리차물을 사서 마시면서 목장에 데려다 주었습니다. 주인의 말씀을 들어보니 목장에서 목부 보조로 일하는데 가끔 힘이 든다며 가출을 해서 며칠 근동을 배회하다가 돌아오곤 한답니다.

이 세상 살아가는 수많은 사람들의 삶속에 아픔이 참 많은 듯 보였지만 또한 그래서 전에 생명을 구해준 신세를 조금이나마 갚으며 살겠다고 다짐했습니다.

동료 여성 공무원이 포천시청 소재지 인근의 농협 웨딩에서 결혼합니다. 일요일 오전에 아내와 함께 포천으로 달려갔습니다. 늘 모든 행사에는 일찍 가는 것이 습관인지라 1시간 일찍 도착하여 잠시 기다린 후 신부를 만났습니다.

아직 웨딩드레스를 입기 전에 만난 신부는 동장을 데리고 시댁식구 여러 사람에게 인사를 시킵니다. 정말로 여러분에게 인사를 드렸습니다. 우리 동장님입니다. 제가 근무하는 동사무소 동장님입니다.

우리의 신부는 가족이 아주 멀리 있어서 오시지 못했습니다. 그래서 동장을 친정 오라버니 급으로 시댁 식구들에게 소개를 한 것으로 생각되었습니다. 결혼식에 참석하여 이처럼 보람을 얻은 경우도 흔하지 않을 것입니다. 장거리를 달려왔지만 참으로 기쁨이 한 아름이었습니다.

누군가가 나를 필요로 할 때 나타나는 미국 영화의 슈퍼맨 같은 그런 사람이 되어야 한다는 생각이 들었습니다. 내가 그 자리에 가서 큰 역할이 없어도 꼭 가야 할 곳은 가서 축하하고 위로해야 합니다. 나이가 들수록 결혼식보다 상가가 많습니다. 백일 돌집은 만나기 어려운 만남의 기회입니다.

그 전에는 다른 남직원 결혼식에서 가족이 늦게 오는 바람에 20분 정도 신랑 측 가족이 되어 봉투 받고 식권을 나누어 드렸습니다. 결혼 시작 1시간 30분 전부터 앞 순서 접수하고 인사하는 모습을 저쪽에서 관망하고 있다가 신랑 입장하면 1시간 남았지만 곧바로 접수대를 접수해야 하는 것이지요. 하지만 신랑의 형님조차도 늦게 오셨습니다. 나중에 도착한 신랑이 크게 당황하기에 걱정 말라면서 접수상황을 인계했습니다.

동장을 떠난 후에도 생연4동 어르신 칠순잔치에 가서도 역시 식권을 나누어 드리고 부족한 식권을 사무실에서 받아와 공급하는 등 예식장 도우미, 사무장 역할을 열심히 했습니다. 어르신들이 크게 좋아하시고 형제처럼 동생처럼 대하십니다. 어르신들이 순서를 기다려 인사를 하십니다. 동장 잘 지내느냐 안부를 물으십니다.

한 번은 칠순잔치에 갔는데 자녀들이 어머니와 기념사진을 찍느라 손님접대를 하지 못합니다. 뷔페 직원들은 알코올에 불을 붙여서 맛있는 음식 향을 피워줍니다. 그래서 나섰습니다.

"여러분! 이제부터 식사를 시작하십시오."

우르르 몰려나가는 손님들을 본 칠순 어르신의 장남이 달려와 참 잘했다 합니다. 고맙다고도 했습니다. '나서기'를 좋아해서 공무원 서기도 하고 서기관도 했나 봅니다.

소통은 마음이 통하는 것인데 식권을 나누어 드리는 일을 내가 해도 되나 안되나 고민조차 하지 않고 즉석에서 필요하면 그런 역할을 하는 것이 필요하다고 생각합니다.

청년시절부터 상가에서 음식을 나르던 분이 장년이 되어 도의원을 하고 국회의원을 하면서도 초심 그대로 국수를 날랐던 분의 이야기를 1992년에 들었고, 그 해에 그 분을 만났습니다. 변하지 않는 초심이 이 세상을 살아가는 무한의 경쟁력이라고 생각합니다.

이제 동장의 역할에 대해 이야기하고자 합니다. 공직에 들어와 차근차근 승진하여 6급으로 바쁘게 일하다가 사무관 되었다고 천하를 얻은 듯 좋아했는데 어느 날 문득 집에서 97km 떨어진 동두천시 생연4동에 발령을 받아 동장으로 근무하면서 보낸 2년간의 세월 속에서 아직도 머리에 생생하게 남아있는 기억을 더듬어 이런저런 이야기를 순서도 없이 세련미를 갖추지 못한 채 투박하게 썼습니다. 그냥 생각나는 대로 있었던 일들을 적어보았습니다.

물론 이 글을 동장에 임명된 공직자들이 보실 것이라는 전제하에 적었습니다. 그래서 간혹 현실과 다를 수 있음을 알려 드리곤 했습니다. 동두천시가 경기도내 시군의 중간지점은 아닐 것이기 때문입니다. 타 시도에서 보신다면 또한 비교기준이 모호할 것입니다. 다만 대한민국 안에서 5급 공무원은 어디에 가나 사무관으로 일합니다.

그래서 동두천시 생연4동에서의 동장 근무 상황 사례는 수십 년이 지나도 동사무소, 시청 실과 행정에도 늘 적용 가능한 사례가 될 수 있습니다. 오늘도 내일도 사무관 교육을 받으시는 공직자가 줄을 이을 것입니다.

과거 수원시 파장동에서 이제는 전북 완주시로 이사한 행정자치부 지방행정연수원에서는 지방행정의 미래를 이끌기 위한 5급 승진반 교육생들이 6주간의 치열한 교육을 받고 근평＋교육점수 순서에 의해 하루빨리 사무관에 승진하기 위해 노력하고 있습니다.

공직에서 사무관 되는 날이야말로 생일 다음으로, 그리고 공무원 시험에 합격한 것 이상으로 영광스러운 일입니다. 술 한 잔 하는 공직자라면 사무관 승진 발표날, 그리고 교육을 마치고 사무관에 임관된 날 저녁에는 모든 기억을 잃어버릴 정도로 취해야 한다고 제안합니다.

경기도 수원에 화성을 축성하시고 북벌정책과 정치 개혁을 추진하신 드라마 이산의 탤런트 이서진으로 기억되는 정조대왕께서는 백성들을 사랑하시는 마음을 담아 '無醉不歸^{무취불귀}' 라 하셨습니다. 혹자는 술에 취하도록 먹여서 보낸다고 해석하십니다만 깊은 뜻은 백성들을 케어한다는 오늘날의 福祉國家^{복지국가}를 표방하심입니다.

사무관 승진날에 푸근하게 충분히 취해서 6급까지의 기억중 머리 속에 남아 있는 躁急^{조급}함을 지우자는 말입니다. 사무관으로 승진한 이후에는 지난날의 여러 가지를 기억하지 못하게 일단 지우고 나야 동장으로서의 역할을 더더욱 잘하게 될 것입니다.

기존의 생각들이 앞서게 되면 초심을 바탕으로 동장 역할을 할 수가 없다는 것입니다. 동장은 일단 새롭게 태어난 신규 공무원이라는 심정으로 취임식장에 서야 할 것입니다.

우선 동장이 되면 잊어야 할 것이 열심히 일하겠다는 부담감입니다. 동장은 열심히 일하는 자리가 아니라 균형을 생명으로 여기는 곡예사가 되어야 하고 안성남사당 인간탑쌓기, 그리고 외나무다리나 밧줄에 버선발로 올라가 부채 하나로 중심을 잡으면서 대화를 하는 그러한 실제상황인 것입니다.

절대로 전에 일 잘했다는 자신감을 모두가 잊어버려야 합니다. 지난날에 어느 부서에 근무하면서 한 끗발 날렸다는 점을 또한 망각해야 합니다. 인사계장, 기획계장, 여론계장, 예산계장, 토목계장, 환경계장, 복지계장 등 주무계장으로서 국 단위 업무를 총괄했다는 자신감은 지우시고 그냥 평범한 동장이 되어야 합니다.

6급 근무 당시의 상황과 연결하여 그 선상에서 더 잘하는 사무관이 되려 하는 것은 일을 그르치는 지름길에 들어서는 것입니다. 들어도 못 듣고 몰라도 알고 처음 만나도 舊面^{구면}인 듯해야 합니다. 탤런트란 그 배우가 지금 자신에게 주어진 연기를 잘 소화하여 어느 역할에도 부족함이 없음을 말합니다.

동장은 공무원중 탤런트가 되어야 합니다. 많은 것을 아는 듯 보여야 하고 때로는 평범한 시민의 한 사람이 되어 그 분들과 호흡하고 이 분들과 눈을 맞추는 자세가 필요합니다. 시민들이 물으시면 답하고 모르면 다시 확인해서 알려 드린다 약속하시고 그 약속을 지켜야 합니다.

동료 공무원과 대화할 때에는 더더욱 슬로모션이 필요합니다. 시정관련 정보를 알려주면 "그렇군요" 하면서 수첩에 적으면 됩니다. 직전에 시정계장 출신이라고 시청에서 고급정보를 받아 혼자만 가지고 있으면 아니 됩니다.

동사무소 사무장, 총무를 통해서 정보를 받고 기타 정보를 알려주면 "고맙다"고 답하고 수첩에 기재합니다. 이 경우에 혹시 이미 들은 정보를 알려주면 "이미 알고 있다" 하지 말고 처음 듣는 듯 연기 아닌 연기를 해야 합니다.

그래야만 늘 중요한 정보, 새로운 첩보를 접할 수 있습니다. 사실 동사무소 동료 공무원중에 시정과 군정에 관련한 정보를 물어올 제비는 몇 명 없습니다. 흥부놀부에게 희고 둥글게 익어가는 박꽃을 피워주는 씨앗을 물어온 제비가 달랑 2마리이듯이 동장에게 정보를 줄 직원은 1~2명 이내입니다.

그러니 이들의 정보가 무겁든 가볍든 평범하든 비범하든 늘 새로운 정보로 받아들이는 긍정적이고 준비된 자세가 중요합니다. 오버액션도 필요합니다.

"김 주사 아니었으면 중요 일정을 놓칠 뻔했군."

이 정도 액션을 보여주어야 합니다.

그래야만 제비 주무관은 신이 나서 다음에는 박이 자라는 씨앗을 물어오고 수박을 물어오고 왕대포를 들고 나타날 것입니다. 그 정도 정보는 이미 알고 있다고 오버 떨다가는 정작 중요한 정보를 캐치하지 못하여 큰 낭패를 본다는 말입니다. 이는 평생 동안 간직해야 할 인생의 좌우명이어도 좋을 것입니다.

이 같은 모습은 지역주민, 위원님들, 자치위원님들, 시의원, 도의원을 만나서도 마찬가지입니다. 늘 모르는 듯 움직이고 의원님께서 무슨 행사일정을 알려주시면 "아! 그렇군요. 감사합니다, 의원님" 하면서 리액션을 보여드려야 합니다.

조금 옆으로 나가서 운전요령 하나 보충수업하겠습니다. 좌회전을 해야 하는데 중앙선에서 2차로 직진차선에 정차했을 경우에는 왼쪽 좌회전 줄에 선 옆 차량 운전자에게 인사를 하고 내가 갈 길을 알면서도 물어봅니다.

"제가 시청을 가야 하는데 직진인가요 좌회전인가요?"

답변은 당연히 좌회전입니다. 그럼, "감사합니다, 고맙습니다" 인사를 하고 신호를 기다립니다.

10명중 9명 이상이 좌회전으로 끼어들라며 기다려 줍니다. 길 모르는 사람에게 내가 길을 안내했으니 좌회전으로 들어와서 시청방향으로 가도록 배려하는 것입니다. 왜 그러한가요? 내가 갈 길을 가르친 나보다 모르는 것이 있는 사람이니 보호하고 케어하고 싶은 마음이 든다는 말입니다.

우리도 그런 경우가 자주 있습니다. 자주 써먹을 수법은 아닌 줄 알지만 그 자리에서 직진하면 최소 2km 우회할 것이고 커피 잔 하나 정도의 휘발유를 낭비하고 소중한 시간 10분을 허비할 수 있는 상황입니다.

동장은 모르는 것이 없어야 하고 아는 것도 몰라야 합니다. 술을 마셔도 취하지 않고 식혜를 먹고도 술에 취해야 합니다. 쌀뜨물을 막걸리라 속이고 한 사발 주었더니 이를 마시고 평소처럼 술주정을 하므로 술도 마시지 않고 주정을 하냐고 되물으니 '어찌 내 주정이 조금은 싱겁다 했다' 라고 답합니다. 습관적인 일들을 동장이 된 후에는 버리고 새로운 생각과 방식을 도입해야 한다는 말입니다.

골프와 공직에서 성공하는 길은 어깨의 힘을 빼는 것이라는 말이 있습니다. 골프는 팔로 휘두르는 것이 아니라 몸통운동이라 합니다. 공직도 어깨로 수행하는 과제가 아니라 마음으로 가슴으로 공감으로 끌고 가는 공동의 마차, 함께 가는 기차, 뜨거워도 차가워도 마시는 녹차인 것입니다.

그리고 공직에서 대부분 기피하는 이른바 '3골' 부서가 있으니 골프업무, 骨材골재업무, 納骨堂납골당업무입니다. 세 가지 모두가 이권이 큰 민원이고 넓은 토지와 관련이 있습니다. 땅이 들어가는 업무는 늘 부작용이 나게 되고 이해관계가 복잡하게 마련입니다.

동장의 결재는 쉽고 부드러워야 합니다. 저는 동장이 문서에 파묻히지 않기를 바랍니다. 동사무소 문서는 주무관이 확인하면 마감되는 결재입니다. 동장이 크게 고민하지 않아도 되는 주민등록표, 인감증명 원부를 바탕으로 출력되는 자료에 직인을 찍고 수수료를 받은 후에 넘겨드리면 마무리되는 민원입니다. 전산 속에 있는 자료를 공무원이 임의로 수정할 수 없습니다. 2중 3중의 안전장치가 있습니다. 전산에서 말하는 방화벽은 萬里長城^{만리장성}보다 더 철옹성입니다.

주민등록, 인감의 경우는 전산화 되어서 주무관이 임의 수정할 수 없으므로 민원을 처리하고 전결로 마무리하거나 팀장까지 결재를 받으면 종결 처리됩니다. 동장에게는 월에 한 번 민원발급 통계를 보고할 것입니다. 그러니 동장은 문서결재에서 고민하실 일이 없습니다.

사무장, 주무관 누구나 기안문에 우리 동장님 멋지다고 합니다. 동장님 '미워요' 라고 기안문에 쓰지는 않습니다. 이 세상 기안문에 당신은 '나쁜 사람' 이라 쓰는 경우는 없습니다. 다만 복잡한 민원, 큰 민원, 복합민원을 처리하는 과정에서 문제가 발생합니다. 동단위에서 큰 복합민원을 최종 결재하지는 않습니다.

동장이 신경을 써야 하는 분야는 통장 任免^{임면}과 단체의 구성입니다. 이른바 不可近不可遠^{불가근불가원}, 멀리해서도 안 되고 지나치게 가까워서도 위태롭습니다. 불나방이 등불에서 멀면 춥고 가까우면 뜨겁다는 점을 알아야 합니다. 갑속에 든 칼은 그 자체로 위엄과 권위가 있지만 칼을 뽑는 순간 흑백을 가려야 하는 책임을 수반합니다.

동장에게 많은 권한이 있는 듯 보이지만 그 권력은 마음대로 움직일 수 있는 파워가 아니라 일정한 우주법칙을 순응해야 하는 있으나 마나한 권력이니 이는 마치 畵中之餠^{화중지병}인 것입니다. 어쩌면 사무장과 총무가 정해준 길대로 움직여야 하는 장난감 열차를 구경하는 입장인 것입니다. 가고 싶어도 못가고 가기 싫은 가시밭길을 맨발로 가야 하는 숙명을 타고난 이가 바로 동장인 것입니다.

조선시대 왕들이 '전하! 그리 하시면 아니 되옵니다' 를 평생의 안내 멘트로 삼아 살아가는 것처럼 동장 역시 마음대로 되는 것은 없는데 마치 그 책임은 모두 다 감당해야 하는 권력은 없고 책임만 지고 있습니다.

권한은 주변에 나누고 책임은 혼자서 지는 자리가 바로 동장의 회전의자인 것입니다. 그 회전의자를 비워두면 비뚤어진 방향으로 지긋이 돌아서 책상을 외면하고 돌아서 있는 것을 보게 될 것입니다. 마음대로 되지 않으니 의자조차도 책상을 외면하고 엉뚱한 방향으로 돌아서 버린다는 말입니다.

결국 동장은 일하지 않는 것 같지만 늘 자리에 존재하는 것으로 업무를 다한다 할 수 있습니다. 동정이 잘 돌아가는 것은 총무와 사무장의 공적이고 자치위원 등 어르신들의 불편함이 있다면 동장의 덕이 부족한 탓인 것입니다. 그러니 동장은 늘 살피고 삼가하며 모든 일들을 강 건너편에서 우리 쪽을 바라보는 이른바 '타산지석' 의 심정이어야 하는 것입니다.

나 잘난 박사가 되면 안 됩니다. 등 굽은 소나무가 고향마을을 지키듯이, 부족한 자식이 부모 終身^{종신}(부모가 돌아가실 때 그 곁에 지키고 있다는 말) 하듯이 동장은 늘 부족한 사람으로 존재하면 되는 것입니다.

나설 때가 있고 나서서는 아니 될 상황이 있습니다. 공적이 나타나고 생색나는 일은 담당자에게 그 공을 돌리고 잘못이 있으면 동장의 잘못이라고 자처하는 것이 동장 성공의 지름길이고 한 문장으로 정리한 결과입니다.

잘 된 것은 주민, 동민, 자치위원 등 어르신들의 공적이며 그 담당 주무관의 노력의 결과입니다. 어느 하나도 동장이 잘 한 것은 없어야 합니다. 그리하여 동정 전반이 깔끔하게 잘 운용된다면 그 모든 것을 통틀어서 동장의 공적이 되는 것입니다.

작은 칭찬이나 칭송에 목말라 하지 말고 동정 전체를 한 아름으로 안고 돌아다니는 통 큰 동장이 되어야 합니다. 공직의 모든 자리가 그러하겠습니다만 공무원은 있어도 없는 듯하고 없어도 있는 듯하여야 합니다.

있을 때 있음이 표가 나고 없으면 주변사람들에게 불편한 상황을 초래하는 사람은 올바른 일꾼이 아닙니다. 그래도 그 사람 없으니 불편하다 하면 조금 쓸모가 있는 주무관입니다. 하지만 동장은 위상이 다른 것입니다.

미리 준비하고 사전에 살펴서 준비하는 방호담당 소방관이 되어야 합니다.

불나면 소화기 들고 이리 저리 뛰어다니고 사이렌 울리면서 도심을 질주하는 불을 끄는 소방관이 필요한 것만은 아니라고 생각합니다.

다시 말해 범인을 잡는 경찰관의 役割^{역할}이 중요하지만 평소의 순찰과 취약지 점검을 통해 虞犯地域^{우범지역}을 정화하고 도둑이나 강도들이 猖獗^{창궐}할 수 없게 깔끔한 치안환경을 조성하는 경찰서장님이 존경받을 포돌이인 것입니다. 범인을 일망타진했다고 자랑한들 이미 피해를 입은 국민이 있으니 아예 범죄의 싹이 나지 않도록 脆弱^{취약}지역을 잘 관리하고 관할지역을 자주 순찰하는 치안체계 확립을 국민들은 바라고 있습니다.

동장의 역할도 사고가 났을 때 민방위복 입고 달려오는 공무원보다는 사전에 운동화 신고 다니면서 점검하여 모기유충을 제거하여 전염병을 막고, 외부출입자를 잘 관리하여 구제역을 예방하는 그런 공무원을 기대하고 있습니다.

큰돈을 들여서 병원에 가기보다는 작은 돈으로 운동화를 사 신고 동네 앞산 뒷산을 자주 산책하여 건강을 증진하듯이 우리의 동정운영과 동장님의 행보는 사전적, 예방적, 준비하는 행정을 도모해 나가야 할 것입니다.

선진국의 복지시스템중 공감이 가는 것은 노인들이 運動^{운동}하신 것을 증명해야 복지수당을 지급하는 제도입니다. 스스로 열심히 운동을 하시고 건강을 관리하시면 병원 진료비를 절약하기 때문입니다. 아프니 병원에 가시는 것이 아니라 건강할 때 건강하게 몸을 관리하고 큰 병을 예방하자는 취지라고 합니다.

그래서 동장의 업무성과를 평가하는 것은 어렵다고 봅니다. 몇 분의 의견을 들어 평점을 매길 수는 없습니다. 동민들이 평온하고 행복하다면 동장이 일을 잘한 것입니다. 동료공무원들이 우리 동사무소에서 더 근무하기를 바라면 동장님이 잘 하신 것입니다.

우리 지역 기초 의원님들이 우리 동장 못 보낸다 하시면 동장으로서 잘 하신 것입니다. 어렵게 보일 수도 있지만 막상 현장에서 일해 보면 이 세상 공무원 자리중 동장만큼 보람찬 자리도 없을 것입니다.

사무관으로 살아가기
[1999] 공보7년 | 언론 13년 [2006]

▶▶ 홍보기획팀장 4년을 돌아봄

경기도청 대변인실 홍보기획팀과 언론팀에서 연속으로 7년간 근무하였으니 '공직의 꽃'이라는 事務官^{사무관} 근무를 언론과 기자와 신문과 방송 그리고 인터넷 기사와 씨름하며 보냈습니다. 그래서 나름 공보통이라는 별칭을 얻기도 하였고 수백 명 언론인의 얼굴과 기사 스타일을 기억하고 있습니다.

동두천시청에서 수해복구를 마치고 어느 정도 자리를 잡고 동장으로서 업무를 자신감 있게 추진하는 즈음에 당시 윤영우 동두천 부시장님은 우리 동두천시청에 강○○, 신○○, 이강석 사무관이 열심히 일하고 있으니 다른 사람보다 일찍 복귀시켜야 한다는 덕담을 수시로 전해 주셨다고 합니다.

그런 노력과 주변의 성원으로 동두천시청 근무 2년 만에 소방재난본부 상황2담당으로 배치되었습니다. 재미있게 CG화면을 그려서 가상적으로 설명을 하자면 일단은 동두천시청을 떠난 소방헬기가 경기도청 상공에 도착하였는데 내릴 공간이 없으므로 우선 소방재난본부 옥상에 내려준 것입니다. 행정파트에서 근무하다가 消防^{소방}이라는 조직적이고 역동적인 부서에서 일하니 또한 새로움을 배웠습니다.

정말로 공무원중 가장 착한 소방공무원입니다. 개그맨 김원효 씨가 소방관으로 나와서 화재나 재난 신고를 받으면서 왜 불이 났느냐, 누가 불을 냈느냐, 왜 교통사고를 냈느냐, 누가 잘못한 것이냐, 등으로 재미를 더하며 소방의 중요성을 홍보한 바가 있습니다. 정말로 소방관은 화재가 났다고 하면 일단 묻지도 따지지도 않고 출동을 하여 달리면서 현장 상황을 파악합니다.

시내를 달리는 소방차가 모두 다 불을 끄는 것이 아니라고 합니다. 하나의 소방서 관내에서 화재신고가 들어오면 인근의 소방차가 출동을 하고 먼저 도착한 소방관, 또는 지휘자가 현장을 확인하고 진압에 필요한 인력과 장비를 결정하고 나머지는 되돌아가 다시 대기하도록 하는 시스템으로 운영되고 있습니다. 그래서 달리던 소방차가 사이렌을 끄고 유턴하는 경우도 있으니 그리 이해하여 주시기 바랍니다. 화재와 교통사고 등 재난은 24시간 발생할 수 있습니다. 언제나 출동 태세를 갖추고 있습니다. 구내식당에서 식판에 밥을 받아 숟가락으로 국물을 먹으려는 순간 방송이 나옵니다.

"화재 출동 화재 출~동!"

소방관들은 즉시 숟가락을 내려놓고 달려갑니다. 출동하는 소방차에 바람처럼 올라서 현장으로 달려갑니다. 돌아오면 배식은 끝났습니다.

토요일에 신고전화가 더 많습니다. 아이들의 장난전화가 토요일에 집중한다고 합니다. 아이들에게 소방서 견학을 늘려야 하는 이유가 여기에 있습니다. 오인 출동으로 인한 인적 손실, 비용 부담이 늘고 있습니다.

어른들이 아이들을 지도해야 합니다. 장난전화로 출동하는 사이에 정말로 生死^{생사}를 오가는 應急^{응급}환자가 발생할 수 있습니다. 1분 1초가 급한데 장난전화를 하면 다른 사람이 제 시각 병원에 가지 못해 사망할 수 있다는 점을 어른들이 아이들에게 설명해 주어야 합니다.

소방재난본부 상황담당은 2교대입니다. 24시간 근무하고 하루를 쉽니다. 연속으로 12시간씩 근무하였습니다. 최근에는 3교대라서 여유가 있습니다만 당시에는 빼근한 근무였습니다. 동두천에서 주말부부 생활을 하다가 이틀 부부가 된 지 4개월 만에 경기도청 홍보기획팀장으로 발령을 받았습니다. 하루 8시간 근무제이지만 실제로는 바쁘게 많이 이곳저곳을 뛰어다니며 일했습니다. 4

년 동안 일하였는데 지루한 날이 하루도 없었습니다.

홍보기획팀장은 사무관인데 언론과의 인터뷰를 진행하는 업무를 담당합니다. 큰 언론과 인터뷰를 하고 작은 신문에도 인터뷰 자료를 제공합니다. 신문이나 월간지, 주간지에 나오는 인터뷰 중에는 이른바 서면인터뷰라 해서 사전에 질문지를 받고 문서로 답하면 인터뷰 형식으로 나오는 것입니다.

나중에는 e-mail을 이용하여 외국 매체와도 인터뷰를 하는 수준에 이르렀습니다. 당시에 외국 매체와의 인터뷰가 필요했는데 우리가 메일로 보내자는 제안을 하였습니다. 1999년도 상황에서는 획기적인 진전을 이룬 인터뷰 방식의 업그레이드 사례가 되었습니다.

▶▶ 화성 C랜드 화재사고

청소년 수련시설에서 유치원 행사중 대형 화재가 발생하였습니다. 1999년 6월 30일 새벽에 발생한 화재로 유치원생 19명, 인솔교사와 강사 4명 등 23명이 사망하고 5명이 부상한 대형 화재입니다. 2월 19일부터 경기도 소방재난본부 상황2담당 사무관으로서 화재와 재난업무 상황실에서 근무하다가 5월 4일부터 홍보기획팀장으로 근무하던 중 큰 사고를 접하게 됩니다.

경기도청에 상황실이 차려지고 도지사, 부지사, 企劃^{기획}조정실장 등이 현장에서 사고수습을 지휘하였고 저는 도청 상황실에서 언론지원 업무를 담당하면서 매일 매시 들어오는 상황을 파악하고 전달했습니다. 그 상황을 보면서 아픔을 함께하는 마음을 글로 적었습니다.

네가 떠난 후에는

그렇게 가슴을 쓸어내며
네가 떠난 후에

연약해진 우리가 무엇을 해야 하니
눈을 떠도 보이고
감아도 눈에 밟히는 네 얼굴을
지우지 못한 채 그 날을 기다리니
그 날이 내게 찾아와 너를 만나려 할 때
어느 사진 가슴에 품어 가야 하겠니
사각모 초롱한 네 얼굴을 가져갈까
돌사진 비단옷을 들고서 갈까
배냇저고리 고름 장롱 뒤져 꺼내서 갈까
이 자리 이별 서러워하는데
너희들 세상은 어디쯤 있을까
가는 길 우리 흘린 눈물 가져다 뿌려주면
방울방울 찾아내어 너 만날 수 있을까
너 떠난 이 자리에 피운 향으로
보름 밤낮을 피우고 또 태우면
밤길 너 찾아갈 수 있을까
새하얀 국화 향을 따라서 가면
너 머문 저 하늘 길 내게도 보일까

남은 자가 할 일은

그들에게 우리가 줄 수 있는 건
한두 줌 흙과 몇 방울 눈물뿐이었어
어둠 속 알 수 없는 공간이 조여들 때
생각할 수 있는 것은 엄마의 얼굴
그것은 짧지만 아득한 공포
일상의 생활을 벗어나 작은 기쁨 안고 온 곳이

돌아갈 수 없는 어둠의 그늘 속
그것은 남은 엄마의 눈물
두꺼운 안경 속 아빠의 슬픔
철없는 동생의 표정 없는 얼굴
남은 자가 할 수 있는 국화 향으로
그 깊은 어둠을 밝힐 수 있을까
그들이 가는 길 앞에 뿌리는 우리의 눈물이
으스러진 얼굴과 발목과 오체를 돌아오게 할까
검은 영정만큼 새까맣게 타버린 어린 육체를
누구의 눈물로 씻어내 뽀얗게 할까
손톱 빠진 고사리 손은
누구의 흐느낌으로 펴지게 할까
얼어붙은 입술 녹여줄 엄마는 찾을 수 없네
남은 자가 지금 하는 일은
누가 불을 내고 누가 사람을 구하고…
어둠 속에서 아들 딸을 안아 올려 엄마 품에 보내고
또 다른 암흑 속 헤매어 아빠에게 안겨주고
먼저 떠나 노모 실신시킨 불효자 되고만 그는
그렇게 사랑하던 제자 모습 보이지 않는
저 곳에 묻힌 그는
검은 리본 나풀거린 영결식 정든 교정을
어찌 저리 쉽게 나섰을까
남은 자의 할 일은 그렇게 눈물 흘려주고
돌아와 나 잘하고 너 못하고
열흘 밤낮을 지새운 엄마 아빠 빈 가슴은
눈물로 메울까 아픔으로 채울까
이 밤을 함께 새워 이 고통 나눠볼까
내일 밤을 함께 밝혀 그 아픔 같이 할까

우리가 남아야 하는 이유

하얀 꽃잎을 빗물에 띄우고
옷자락에 배인 눈물 빗속에 섞으며
지금 이 자리에 서 있어야 하는 이유는
잔가지 상처 감싸려는 것도
나목의 껍질 부둥켜안고 울려는 것도
삼베 보자기 한 자락 덮고
가을 낙엽처럼 강물 따라 흘러가는 것을
잡히지 않는 그림자인 것을
밟을 수 없는 흰 구름인 것을
차마 보낼 수 없는 너를
누구를 불러 돌아오게 할까
어느 방을 열어 안아내 올까
무어라 외쳐 다시 오게 할까
남아야 하는 이유도
떠나가는 사연도 남길 겨를 없이
한순간 폭풍의 끝자락을 보니
남은 것은 너와 나의 이별뿐
잠들어도 눈감지 못하고
울어도 눈물 없이 흐느끼는 것은
그래도 이 자리에 남아서
설움의 뒷모습 보라 하고는
부서진 육신을 내려다보는 나비가 되려니
깨어진 가슴 속 빈 자리를 텅 빈 마음으로 채워야 하니
남기고 갈 것이 그렇게도 없다면
그림처럼 잠든 얼굴 한 번만 보여 주렴

- 〈C랜드 화재 상황실에서〉

▶▶ 언론담당 3년을 회고함

4년 동안 인터뷰 업무에 전념하고 나니 이번에는 실전에 투입되었습니다. 언론담당이 되었습니다. 언론담당은 도청을 출입하는 언론인과 얼굴을 마주하고 일합니다.

중앙 언론사를 찾아가서 홍보를 부탁하기도 하고 지방언론사 간부들과 술한 잔 하면서 紐帶^{유대}와 和合^{화합}과 疏通^{소통}을 도모하는 임무를 수행합니다. 3년간(2003. 3~2006. 2)의 언론담당 근무를 통해 이룩한 인맥으로 이후 11년간(2006. 3~2017. 1)의 공무원 생활이 원활하였다는 점을 강조합니다.

중간 간부로 근무하시는 분이라면 이쯤에서 스스로 대변인실, 공보실, 홍보실, 대외협력실 등 언론이나 대외업무를 담당하는 부서 근무를 自願^{자원}하시기 바랍니다. 근무기간은 힘들어도 그 효과는 두고두고 칡뿌리 綠末^{녹말}의 구수한 맛처럼 입가에 널리 퍼지는 향기가 있습니다.

홍보기획팀장, 언론담당으로 근무하면서 보고 듣고 느끼고 해석한 이야기를 적고 정리하고 수집하였습니다. 쉽게 볼 수 없는 언론사 편집국, 정치부, 경제부, 문화부를 들여다본 소감을 速記士^{속기사}처럼 적어 보았습니다. 언론인의 취재방식, 기자의 특징, 언론인의 선후배, 特種^{특종}과 落種^{낙종} 등 다양한 언론인과 행정의 관계에 대해 적어 두었습니다.

일본의 미국 철도길 염탐꾼의 경우처럼 정확하지는 않지만 비슷한 그림은 그렸다고 생각합니다. 누군가의 말씀을 들은 기억에 의하면 특명을 받은 일본인 2명이 미국의 기차와 철도를 그렸다고 합니다. 그리고 철도의 폭을 자로 재려는 순간 총을 든 군인이 탄 기차가 지나가므로 겁이 나서 대략 이 정도일 것이라 目測^{목측}으로 실제보다 좁은 것으로 적어와 일본철도는 狹軌^{협궤}가 되었다고 합니다.

✽ **협궤狹軌와 광궤廣軌** : 궤간의 종류는 사철(私鐵)까지 포함하면 100개가 넘는다. 편의를 위해 세계에서 가장 많이 사용되는 레일 폭 1435㎜를 표준궤로 정했다. 이보다 폭이 넓은 철도를 광궤, 좁은 철도를 협궤라고 한다. 동아시아의 경우 한국·북한·중국은 표준궤(1435㎜), 러시아는 광궤(1520㎜), 일본은 협궤(1067㎜)를 주로 사용한다. 〈신동아 기사〉

실제로 수인선(수원－소래포구), 수려선(수원－여주)이 협궤인 것은 일본의 영향을 받은 것이라고 합니다. 水驪線^{수려선}은 일제 강점기인 1930년 12월에 사철인 조선경동철도주식회사가 여주지역의 쌀을 수탈하려는 목적으로 부설하였다고 합니다.

많이 부족하겠지만 공무원이 두려워하기까지 하는 언론에 대한 생각을 轉換^{전환}할 것을 권고하는 내용으로 적었습니다. 언론인의 시각에서도 불편하지 않고 공무원의 입장에서 이해가 되는 쪽으로 정리하는 中庸^{중용}의 노력이 있었으나 다소 평형추가 흔들릴 수는 있다고 봅니다. 하지만 均衡^{균형}과 중용에 매진하였음을 첨언합니다.

그 내용을 장황하게 올렸습니다. 인터넷 포털 사이트에 올린 순서대로 내려받아 정리한 것이니 그냥 單幕劇^{단막극}을 보시는 마음으로 一瞥^{일별}(한번 흘깃 봄)하여 주시기 바랍니다. 경험을 적은 이야기이므로 정답은 아니겠지만 치열한 언론의 현장에서 보고 느낀 바를 적었으니 참고하시고 共感^{공감} 가시는 사항만 共有^{공유}하여 주시기 바랍니다.

언론인과 공무원
책속의 책 | 악어와 악어새

- 악어와 악어새
- 언론사간 경쟁에 대해 – S차장과 G기자
- 과하게 보도되는 사건에 대하여
- 보도자료 작성법
- 보도자료는 요리가 아니라 식재료
- 종이신문과 인터넷신문
- 언론인의 취재방법
- 언론인과 공무원의 상반된 입장
- 언론인에게 있어서 선배란?
- 언론사와 행정기관의 광고
- 기사와 가십
- 기자와 취재원
- 1988년 세로쓰기 신문
- 기자와 기자실
- 경기도청 기자실
- 기자실과 기자단
- 기자의 숙명
- K기자의 경
- 신문과 방송 스크랩
- 통신기자와 신문방송기자
- 장학금 기사와 사설까지
- TV보도와 인터뷰
- 방송기자가 좋아하는 기사
- 방송 인터뷰가 취소되는 이유
- 1999년 라디오 홍보시대
- 언론과 경영
- 열심히 일하면 지적 받는다
- 공보실에 발탁된 것은 아니지만
- 밤 깊은 방화수류정에서
- 언론중재위원회
- ABC 제도
- 언론인의 소금과 간재미의 소금
- 언론인 응대요령
- 선언후공
- 신문사 편집부
- 중앙지 가판 이야기
- 긍정과 부정의 차이
- 홍보기획과 전략
- 주라는 법도 말라는 법도 없으니
- 공보관의 외부채용
- 사건 보도의 사례
- 기사 작성 스타일
- 기차를 타고 달리는 기자의 원고지
- 기관장 사진은 3장이 필요합니다
- 골프장 보도와 계장님 순직
- 나쁜 기사 대처법은 없습니다
- 사회부 기자
- 기자 선후배의 기준
- 기자의 책상
- 기자, 사진기자, 편집기자
- 언론사 1도1사
- 언론은 나의 편

▶▶ 악어와 악어새

1988년 7월 4일에 문화공보담당관실에 발령을 받았습니다. 공보계 보도계 문화재계 문화계 등 네 부서가 있는데 각각의 업무에 열중하는 가운데 보도계 장님과 차석은 기자실을 사무실처럼 쓰시고 우리가 근무하는 사무실의 자리에 앉으시는 시간은 아침 점심 합쳐서 30분 정도입니다. 공람문서에 사인하시고 회계 문서에 결재하시는 시간 이외에는 늘 기자실입니다. 기자실에 사신다는 표현이 더 잘 어울릴 것입니다.

젊은 직원들은 아침 일찍 출근하면 칼과 자를 전쟁터의 총칼처럼 꺼내들고 '경기도 記事^{기사}'를 오리기 시작합니다. 스포츠 면에 난 '競技^{경기}'라는 한자만 보아도 깜짝 놀라 驚氣^{경기}를 하던 시절입니다. 중앙지 명함크기의 작은 기사도 오려내서 복사지에 여러 장을 첨부한 후 기사보다 큰 신문명 고무인을 찍고 ⑼면이라고 적습니다.

지방지는 면톱의 경우 복사지를 넘게 차지하므로 밖으로 삐져 나가는 제목의 일부를 접어야 합니다. 그래서 스크랩하기 편하게 박스 처리한 기사가 참 좋습니다. 사설 2건이 행정 관련이면 편리합니다. 데스크 칼럼도 스크랩에 적합합니다. 공무원 간부들의 기고문도 환영입니다.

이런 기사가 사진과 함께 나는 과정은 쉽거나 재미있습니다. 아침에 출근하여 스크랩을 마치면 어제 현장에 다녀온 사진을 받습니다. 같은 행사이지만 다른 각도에서 임사빈 도지사님이 촬영된 두 장의 사진과 그 행사와 내용을 설명하는 메모를 들고 현관으로 갑니다. 당시에는 공무원 자가용이 적어서 아침 8시 전후에 택시를 타고 오는 직원이 많으므로 쉽게 차를 타고 경인일보, 경기일보로 향합니다. 신문사 인근에서는 택시잡기가 어려웠으므로 신문사 인근에 택시를 대기시키고 헐레벌떡 뛰어갑니다. 편집국은 2층에 있습니다.

어느 기관 조직이나 브레인은 2층에 있습니다. 시장군수 도지사 등 기관장 방이 2층에 있는 이유는 집단민원이 오면 1차 막을 수 있고 뚫리면 창문으로 피신할 수 있다는 농담이 오가기도 했습니다. 임사빈 도지사께서 어느 군수님이 고추흉년에 화난 농민들에게 구금되었을 때 "똘똘한 공무원 어느 한 명이라도 2층 창을 열고 들어가 구해내야 했을 것"이라는 말씀을 하신 바 있습니다. 공무원의 사명감과 자존심을 강조하신 말씀입니다.

나중에 K대 학생들이 도지사실에 난입하였고 이를 윤세달 부지사님이 陣頭指揮^{진두지휘}하여 막아낸 이후 蔚山^{울산}시장으로 승진하시고 나중에는 갈등해결사로 더 큰 활약을 하신 바 있습니다. 당시에도 도지사실 옆 상황실을 통해 일단 후퇴한 후 亂入^{난입} 학생들을 붙잡아 경찰에 인계하였습니다.

신문사 2층에 올라가면 정치부가 있고 우리 출입기자가 출근하였으면 직접 드리기도 하고 빈 책상 위에 자료를 전하기도 하였습니다. 다시 편집국을 내려와 다음 신문사로 대기한 택시를 타고 갑니다. 도착하면 택시비에 대기시간을 따져서 추가비용을 지불하고 내려 2층 편집국으로 향합니다.

친밀해진 출입기자님은 농담을 섞은 표정으로 "京仁^{경인}일보 먼저 갔지요?"라고 물으며 수고했다는 표현을 합니다. 京畿^{경기}일보에서도 마찬가지입니다. 그래서 이후부터는 하루는 경인일보를 먼저 가고 다음날에는 경기일보를 향해 달렸습니다. 사무실에 돌아와 오전시간에 새로운 보도자료를 모으고 기사 형태로 작성하고 내일 아침 9시에 배포할 준비를 하면서 오후 2시를 기다립니다. 당시에는 석간신문이 많았기에 저녁 스크랩을 만들었는데 신문 오는 시간 차가 있으므로 1~2명이 처리하였습니다.

아침에 택시비를 들여서 전달한 사진과 기사가 저녁신문 어느 면에 얼마의 크기로 보도되었는가 궁금하겠지요. 늘 섭섭하지 않게 좋은 자리 3면에 3~5단 기사로 자리합니다. 늘 보람이 가득했습니다.

1988년 당시의 신문사 차장님은 사장이시고 다른 많은 분들은 근무하던 언론사를 떠나 새로운 다른 언론사에서 기자로서 노익장을 과시하시며 일하십니다. 공무원 사회에서 언론을 어려워 하지만 어려움 속에서 귀염 받으며 근무했습니다. 공직의 순간순간에 격려해 주신 150명쯤 되는 언론인들을 기억하고 추억합니다. 지금도 경기도청 시청과 군청을 출입하시는 언론인 모든 분들에게 존경과 감사의 인사를 드립니다. 메일, 카톡, 인터넷이 없었던 오프라인 종이신문의 콩기름 냄새에 익숙하였던 스크랩 시대인 1990년을 지나 2011년 스크랩 프로그램이 보급되어 마우스로 찍으면 기사와 사진이 종이 위에 내려오는 요즘의 스크랩을 보면서 당시의 신문 만들기에 열정적이신 언론인과 당시의 공보부서 공무원들을 추억해 봅니다.

이때부터 미미하게 느낀 언론사간의 경쟁심에 대하여 시간이 흐르면서 확실히 알게 되었고 선의의 경쟁을 滿天下^{만천하}에 알린 '지방과장실 테이블 유리 파손사건' 으로 모든 공무원이 언론사간에 競爭^{경쟁}이 있음을 파악하게 됩니다.

▶▶ 언론사간 경쟁에 대해 – S차장과 G기자

당시 I신문사 S기자는 지방과에서 민원시책 관련, 달라지는 내용을 받아 목요일자 1판을 짰습니다. 그리고 다른 기사를 취재하기 위해 바쁘게 움직이고 있었습니다. 자료를 준비한 H계장님은 G신문사 G기자를 만나 같은 자료를 건네며 기사로 써 달라 부탁을 합니다.

G기자는 자료를 받아 다음날인 수요일에 신문 짝 만하게 기사를 올렸습니다. 목요일판에 기사를 내도록 준비한 최초 취재 S기자는 황당함을 넘어 기가 막혔습니다. 분명히 취재를 해서 기사를 쓰기로 한 것인데 취재원 측에서 다른 사에 자료를 넘기고 그것도 자사보다 하루 먼저 기사를 올린 것입니다.

S기자는 곧바로 H계장에게 찾아가서 항의를 했습니다.

"나에게 제공한 자료를 다른 신문사 기자에게 또 다시 주시면 아니 될 일이지요."

하지만 H계장은 당연한 듯 말합니다.

"S기자는 내일 내면 되고 G기자의 신문에는 오늘 나온 것이 뭐 그리 잘못된 일입니까?"

당시에 공무원 간부들조차 지방신문사 기자들이 기사취재와 보도에서 경쟁을 한다는 사실을 이해하지 못하는 대목입니다. 독점 취재의 묘미를 알지 못하고 낙종의 아픔을 이해하지 못하는 시대였습니다. 오늘 기사가 나도 되고 다른 신문사에서는 내일 보도하면 된다는 반상회 반회보와 신문을 동일시하는 행정적 판단이 앞서던 시절입니다.

당시 일부 게으른 공무원들은 민원서류 처리기한 일주일이면 7일이 되는 날 오후에 결재를 받아 발송하면 된다는 생각을 하고 있는데 기자들은 다른 신문사는 모르는 사건이나 시책을 우리사만 보도하여야 한다는 독점, 特種^{특종}(특종 기사)의 아찔한 묘미를 추구하고 있었던 것입니다.

S기자는 과장실에 가서 2차 항의를 하다가 결국에 T-테이블 유리를 주먹으로 내리쳤습니다. 사태의 심각성을 깨달은 지방과장은 일단 謝過^{사과}를 합니다. 앞으로 보도자료를 독점으로 제공하는 경우 보도되는 날까지 함구하기로 합니다. 그리고 지방과장은 이제 사과를 하였으니 깨진 유리 값을 내라 합니다. S기자는 즉석에서 유리 값을 지불합니다.

경기도청에서 지방언론사 기자들이 치열하게 경쟁하고 모든 언론인들이 특종과 낙종의 외나무다리에서 오늘도 줄넘기를 하고 있다는 사실을 만천하에 널리 說破^{설파}하신 이 사건은 30년 가까운 세월이 흐른 지금도 경기도청 대변인실 복도에서 人口^{인구}에 膾炙^{회자}되고 있음을 알려드립니다.

▶▶ 과하게 보도되는 사건에 대하여

1970년대 뉴스의 중심은 '연탄가스 중독에 의한 일가족 전원이 사망'이라는 보도였습니다. 더러는 연탄가스를 방안에 피워놓고 일가족이 자살한 사건이 보도되었는데 최근에는 차량 안에 번개탄을 피워놓고 자살하는 사건이 방송에 신문에 보도되고 있습니다.

그래서 번개탄을 판매하는 매장의 진열대를 입구 쪽 사람들의 눈에 잘 보이는 곳에 배치하고 있습니다. 자살하려는 사람이 구석진 곳의 번개탄은 쉽게 집어 들지만 사람들이 많이 드나드는 매장 입구의 번개탄은 눈치를 보면서 집어야 하므로 자살률을 줄이는 데 도움이 된다고 합니다.

1988년경 중견 언론인에게 물었습니다.

"연탄가스로 인한 사망 사고가 자주 일어나는데 그 사고를 포함하여 교통사고 등 이른바 '사건사고'를 5단 6단 기사로 보도해야 하는 것인가요? 신문에서 이처럼 큰 활자로 보도해야 하는 이유가 무엇일까요?"

잠시 망설이던 기자님은 국가와 지자체 등 이른바 국가기능이 국민을 보호해야 하는데 이를 다하지 못한 것에 대한 책임론과 함께 다른 국민들에게 연탄가스 위험성을 알리는 임무를 언론이 수행하는 것이라고 대답해 주었습니다. 그러니까 교통사고를 크게 보도하는 것도 과속하거나 졸음운전, 음주운전의 위험성을 알리는 임무가 있다는 점을 반영한 것입니다.

이 언론인이 며칠 전에 언론인 워크숍을 다녀오셨나 봅니다. 학문적이고 행정적인 답변을 주셨습니다. 그 이후에도 언론은 사건사고를 크게 보도하는 데 진력하고 있습니다. 도민 모두에게 필요한 정보를 보도자료로 제공하여도 기사로 활용하지 않으면서 사건사고는 크게 보도하는 것입니다. 언론이 해야 할 일중에 사건사고를 크게 알리는 것도 중요하다 하겠지만 다수의 국민이 알아야 하고 도움이 되는 것에 대해서도 적극적으로 알렸으면 하는 생각을 했습니다. 그런데 그 보도방식에 대해서 이의를 제기합니다. 공정보도와 신속하고 정확한 알림이 중요하다 해도 살인사건의 경우 구체적인 방법까지 화면에 그림을 그려가면서 설명을 하는 것이 잘하는 보도일까요. 이른바 모방범죄를 예방하여야 한다는 점도 생각해야 할 것입니다.

유사하면서 애매한 경우는 화재사고의 경우입니다. 화재사고의 경우 소방서 추산 2천만 원이라 보도하는데 비전문가가 보아도 이 정도 크기의 건물에서 발생한 화재이면 수억 원의 재산이 연기로 날아간 것인데요.

그래서 소방관에게 물었습니다. 소방서 추산 피해액의 기준은 건물의 면적이라는 답을 들었습니다. 비단이 한가득 들어있는 10평까지 창고에 불이 나도 소방서 추산 피해액은 그 창고의 건축연도가 최근인가 오래 전인가에 의해 결정되는 세무부서의 과세시가표준액이 사고피해액 산정의 기준이 되는 것입니다. 창고 안에 사무실에 들어있던 제품이나 회사의 중요 서류에 대해서는 소방관이 평가하지 않는다는 말입니다. 그것은 보험회사가 따로 해야 할 일일 것입니다. 비단이 들어있었다는 근거가 있고 보험약관에 창고안의 제품까지 보상한다는 조항이 있으면 보상을 받을 것입니다. 창고 속 물품까지 보험금을 받으려면 매달 내야 하는 보험료가 아주 많이 높아질 것입니다.

화재사건의 경우에는 소방서추산 자료로만 보도하지 말고 언론사에서 나름의 평가 전문가를 채용하여 피해정도와 금액을 보도하도록 하여 모든 국민들이 화재에 대한 警覺心(경각심)을 높이도록 하는 방안도 있을 것입니다. 방송에서 경찰은 사건의 원인을 조사중이라고 보도합니다만 그 결과를 다시 알려주지는 않습니다. 화재의 원인은 건물주와 보험회사의 관심사인 것입니다.

▶▶ 보도자료 작성법

공무원들이 힘들어 하는 일중 하나가 報道(보도)자료 작성입니다. 행사를 위한 연설문은 더더욱 어려운 일입니다. 정답이 없어서 힘든 것입니다. 하지만 조금 쉽게 생각하면 이처럼 쉬운 일도 없을 것입니다.

왜냐하면 보도자료는 정말로 자료일 뿐 직접 기사를 쓰는 것이 아니요, 演說文(연설문)도 이야기할 소재를 나열하는 것이지 직접 청중 앞에서 본인이 스피치하는 것이 아니니 말입니다. 연설하시는 분의 평소 취향이나 스피치 스타일을 사전에 파악하는 것이 중요합니다. 음식을 준비할 때 그분의 식성을 알아두면 편리한 것과 같이 연설하시는 분의 특징과 스타일 등을 미리 파악하는 것이 필요합니다. 그리고 연설문과 보도자료를 위한 장보기를 할 때 계절적 상황을 추가하여야 합니다. 날씨가 추운지, 눈이 와서 쌓여있는지, 신록이 우거진 여름인지, 수확의 계절인 가을 즈음에 열리는 행사에서의 연설인가 등을 考慮(고려)하면 좋습니다.

연설이나 요리나 기사나 모두에게 임팩트가 한두 개 있어야 합니다. 오늘 연설에서 강조할 단어, 오늘의 요리 차림에서의 대표메뉴, 오늘 신문기사의 핵심 제목을 정해야 한다는 말입니다. 코스 요리에도 메인디쉬(Main Dish)가 있듯이 기사의 중점방향이 있어야 하고 이를 위한 보도자료의 핵심 포인트가 제시되어야 합니다. 청중들은 일상의 어제와 똑 같은 반복을 거부합니다. 食客(식객)은 늘 새로운 맛을 기대합니다. 독자들은 어제와는 조금 다른 기사를 기대하면서 신문을 받아 펼쳐든다는 점을 생각하면 보도자료 작성 방향이 가늠될 것이고 기사제목이 이쯤으로 올라갈 것이라는 기대도 할 수 있습니다.

보도자료는 簡明^{간명}하여야 합니다. 서술적인 보도자료를 제공하면서 첨부물로 풍부한 자료를 제공하는 것이 효율적입니다. 공급자의 시각에서 만들어진 보도자료는 행정적으로 보기에는 잘된 듯 보이나 다양한 기사로 발전하지 못합니다. 다양한 생각을 가진 기자들의 멋지고 전문가적인 筆力^{필력}까지 구속할 수 있다는 점을 명심해야 합니다.

市場^{시장}을 보는 이가 구체적인 메뉴를 정하는 것보다는 요리사의 판단에 맡기고 재료를 준비해 주어야 식탁에 올려질 요리에 대한 기대치가 더 높아질 것입니다. 같은 키워드를 가지고도 연설자는 현장 분위기에 맞추어 좋은 연설을 설파할 수도 있고 전혀 맞지 않는 東問西答^{동문서답}, 緣木求魚^{연목구어} 상황의 연설이 될 수도 있는 것입니다.

이제 간명해졌습니다. 보도자료 준비에 고민하지 마시고, 가지고 있는 식재료를, 보도자료를, 연설하실 내용을 큰 틀로 제공하고 나서 기다려 보는 것입니다. 당신이 정하고 결정한 것 이상으로 좋은 요리, 멋진 연설, 임팩트가 넘치는 신문기사가 나오고 안성맞춤 방송 멘트가 TV와 라디오 전파를 탈 것입니다. 이제 확실한 것은 머리가 빠른 공보실 직원이 필요한 것이 아니라 다리가 부지런하여 여러 부서를 이리저리 다니면서 자료를 많이 모으는 발 빠른 홍보실 公務員^{공무원}들을 노트북을 켠 記者^{기자}들이 기자실과 편집실에서 기다리고 있다는 사실입니다.

▶▶ 보도자료는 요리가 아니라 식재료

행정기관이나 기업에서 언론에 내놓는 보도자료는 언론보도문이 아니라 말 그대로 '보도자료' 입니다. 혹시 보도자료를 잘 쓰기 위해 시간과 정열을 소비, 허비하고 있지는 않은가 돌아볼 필요가 있습니다. 실전에서 보면 제목부터 소제목, 본문 내용이 기사문을 전제로 작성되어 배포되는 것을 볼 수 있는데 이 방식이 올바른 길인지 지름길인가 하는 점에 의문이 있습니다.

보도자료는 접시에 담아 향기 나는 좀辛料^{향신료}로 그림을 그려 멋을 낸 후 손님의 식탁 위에 올리는 요리가 아니라 주방에 방금 도착한 신선한 식재료이어야 한다고 생각합니다. 무와 배추와 파, 마늘, 붉은 고추 등이 도착하면 아마도 보통의 주방장은 열무김치, 배추김치, 김장김치 등을 상상할 것입니다.

그런데 상상력이 앞서고 창의력이 좋은 料理師^{요리사}이라면 이 재료중에서 어느 것을 택하고 무엇을 저장해 둘까 생각할 것입니다. 즉, 주어진 재료에서 일반적인 음식을 상상하는 주방장이 있고 어떤 재료를 특화해서 해장국이나 포기김치, 김치전 등 좀 더 색다른 요리를 창조하겠다는 조리장도 있을 것입니다. 언론인도, 기자도 하나의 사건이나 행사, 모임을 보면서 시대상과 언론사의 사시 등 다양한 각도에서 분석을 하고 자신이 취할 기사의 방향에 대해 고민을 한다고 합니다. 그런데 취재원 측에서 이런저런 재료를 다듬고 자르고 삶고 볶아서 하나의 요리, 음식으로 완성하여 제공하면 언론인의 입장에서는 참으로 편하고 더 이상 고민할 것이 없을 것입니다.

하지만 우리는 잘한다는 생각으로 기사문 형식의 '완성된 보도자료'를 제공함으로써 언론인들의 감각과 능력을 바탕으로 5가지 자료를 활용하여 5가지 이상의 기사를 창조할 기회를 잃어버리는 결과를 自招^{자초}하고 있습니다. 우리가 미리 만들어 한 개의 음식으로만 제공하면 언론인들이 창의력을 발휘하여 멋진 기사를 쓸 기회를 빼앗게 되고 결국 취재원측 손해라는 말입니다.

더구나 우리는 보도자료 앞머리에 기관장의 연설문 핵심을 먼저 올리고 행사의 성격과 추진 이유는 마지막에 넣는 실수를 자주 범해 왔습니다. 기자와 독자들이 원하는 보도내용은 행사의 성격과 그것에서 자신이 얻을 것이 무엇인가에 관심이 높습니다. 기관장의 연설은 기사 말미의 參考資料^{참고자료}인데 우리는 기사문의 시작을 기관장님 인사말로 출발하곤 합니다.

기관장 인사말씀을 기사자료의 뒤편으로 보내자는 주장도 공직을 떠나 5개월이 되었는데도 마음 속이 조금 불편합니다. 직업병의 후유증이라 할 증상이지만 현직의 공직자들은 더욱 냉철하게 기자들이 원하고 독자가 바라는 보도자료를 준비해야 합니다.

기사와 논문의 차이점은 핵심의 배치 방법입니다. 논문은 일반적인 상황을 제시한 후 자신이 주장하는 최종의 의견을 마지막 결론에서 제시합니다만, 기사는 제목에서 핵심을 말하고 첫문장(리드문)에서 그 시책의 전체를 밝히게 됩니다. 다음 문장에서 설명을 보충하고 그 다음에 독자와 시청자가 궁금해 할 보충자료를 추가로 알려줍니다.

독자는 제목을 보고 사업과 사건의 全貌^{전모}를 이해할 것이고 궁금하면 첫 문장을 읽고 그래도 부족하면 다음 문장으로 눈이 가는 것입니다. 그러니 우리는 기관장의 말씀을 앞에 싣고 싶어 하지만 기자는 마지막으로 돌리거나 아예 빼버리곤 합니다. 언론인과 공보실 공무원과의 고민이 여기에서 만나 겹치게 됩니다. 그래서 어떤 언론인은 '기사를 써주었다' 고 합니다. 공보실 공무원이 원하는 대로 써서 편집부에 넘겼다는 말입니다.

하지만 기자가 정말로 마음먹고 기사를 썼다면 강력한 비판을 담고 있을 것이고 이해 당사자의 주장을 싣고 행정 공무원의 비판에 대한 해명을 싣게 됩니다. 그래서 관계자에게 여러 번 연락을 취했으나 연결되지 않아 소명을 듣지 못했다는 기사문을 보게 됩니다.

이제 우리의 보도자료는 연락처와 담당자 정도를 표기하고 기관의 방침 결재문, 행사에 대한 계획서 사본을 첨부하는 것으로 바꿔야 합니다. 식당 주방에 재료가 들어오듯이 공무원이 기획하고 기관장의 결재를 받은 문서를 원안대로 출입 기자에게 제공하여야 합니다. 공무원의 시각에서 料理^{요리}하거나 調理^{조리}하지 말고 기자의 입장에서 사업을 평가하고 행사의 의미를 독자들에게 전달하도록 하는 '언론인을 활용하는' 보도전략이 필요합니다.

다만 행정이 언론을 통해 국민들에게 하고 싶은 홍보이야기는 하고 싶은 대로 작성하여 배부하되 관련 자료를 충분히 첨부하는 것도 다양한 언론인의 기사작성 기법을 더 많이 활용하는 기회가 될 것이라 생각하고 있습니다.

▶▶ 종이신문과 인터넷신문

전에는 토요일자 지방신문이 나왔으므로 취재기자들은 금요일 오후까지 취재를 하느라 힘이 들었습니다. 이후 행정부와 기업들이 토요일을 쉬게 되었지만 수년간은 신문 토요일 발행이 계속되었습니다. 그러다가 경인지역 지방지들이 대부분 금요일까지만 발행하였고 어떤 신문사는 수개월 넘게 토요일 발행을 고수하다가 결국 현재처럼 월, 화, 수, 목, 금요일 발행으로 바뀌었습니다. 언론 사주는 광고수입을 위해 토요일 발행을 강행한 것으로 보이고 취재기자들은 타사와의 형평성을 주장했을 것입니다.

토요일과 일요일 2일간 지방지 신문이 발행되지 않는 부분은 중앙지 토요일자와 인터넷신문에 메웠습니다. 그리고 젊은이들이 모바일을 통한 신문검색이 늘어나면서 종이신문의 설 자리가 줄어드는 듯했습니다만 독자들 중에는 종이신문에 대한 애정이 살아있기에 매일 아침 종이신문은 깔끔하게 그 자리를 지키고 있습니다.

사실 종이신문은 끝까지 읽게 되고 활자 속에 숨어있는 이른바 행간의 의미를 읽기 위해 독자들은 더더욱 집중하게 됩니다. 하지만 인터넷 기사는 제목위주, 중간에 끼어드는 광고 배너 등으로 인해 기사 전체에 집중하기가 어렵습니다. 수시로 업데이트된다는 생각에 종이신문 만큼의 집중력을 기대할 수 없습니다.

그래서 이른바 인터넷이 활성화될 즈음에 종이신문은 멸망할 것이라고 말했고 컴퓨터가 공무원 1인당 1대씩 보급되면서 사무실에서 종이는 사라질 것이라 했지만 아직도 사무실에서 서류함은 넓은 공간을 차지하고 있고 일단 작성된 내용을 종이에 출력하여 최종 확인하는 것이 현실입니다.

시간이 가고 세월이 흘러도 종이에 인쇄된 글씨를 읽는 맛은 계속될 것입니다. 액정화면으로 흘러가는 글을 그림처럼 바라보는 일은 무게감이 적고 일시적인 시각 효과이기에 역시 종이 위에 자리한 검은색 글씨가 우리에게 전하는 확실한 메시지를 받고 싶어 하는 것입니다.

하지만 종이신문은 보다 긴장해야 합니다. 읽는 신문에서 보는 신문, 앞으로는 그림처럼 감상하는 신문의 시대로 전환되어가는 시점에서 보다 더 치열한 노력을 해야 할 것입니다. 그림 같은 글씨를 위해 노력해야 합니다. 스크랩하고 싶은 기사로 편집해야 합니다. 액정화면이 전하지 못하는 인쇄 잉크의 香氣

^{향기}를 새롭게 개발하는 노력도 필요한 것입니다.

▶ 언론인의 취재방법

언론에서 결론을 내리고 취재를 시작하는 것은 바람직하지 않다고 생각합니다. 방향을 정하고 거기에 맞추는 상황 위주로만 자료를 모으는 것은 올바른 길이 아니라고 봅니다. 그리고 취재원의 反論^{반론}권을 대략 마감하는 것도 정의롭지 못합니다. 전후사정을 파악하지 않고 기자가 본 것만으로 豫斷^{예단}하는 것은 혹시 큰 착오를 일으킬 수 있으며 당사자로서는 돌이킬 수 없는 손실을 입을 수 있으니 유의해야 합니다.

가게를 파는 사람중에는 장사 잘 되는 가게로 보이려고 구매자가 보러 오는 시각에 맞춰서 일가친척을 불러 모아 물건을 사게 하고 차를 마시게 한다고 합니다. 이 경우의 반대 상황으로 혹시 언론의 취재 방향에 맞도록 행정 시책상 인적이 드문 새벽이나 점심 후의 시간을 정해 취재하고 100명 목표에 20명이 다녀갔을 뿐이라고 기사를 쓰면 아니 될 것입니다.

취재상황에서 당사자는 담백한 답변이 필요합니다. 역시나 예상해서 대답하는 것은 손해를 볼 수 있습니다. 이미 많은 부분을 파악하고 취재를 시작하는 것이기 때문입니다. 객관적인 근거자료를 확보하였을 것이고 사진도 있을 수 있으며 관계자들의 증언을 확보한 상태일 수 있습니다. 더구나 기사내용중 시민 김모 씨(45세)는 정말로 김 씨인지 실제 인물인지 확인이 어렵습니다.

취재기자의 생각과 판단을 시민 김모 씨의 주장으로 사실화 하여 기사가 나올 수 있습니다. 시민들 다수가 그렇게 생각하는지는 확인할 길이 없습니다. 언론에도 갑이 있으니 언론인으로서는 그 갑의 칼을 쓰는 일은 최소화해야 합니다.

이는 마치 공무원이 그 업무와 관련하여 독점을 하고 있기에 청렴해야 하는 것과 같습니다. 민원인에게 친절해야 하는 공무원처럼 언론인은 취재원에게 中庸之道^{중용지도}로 다가서야 합니다. 예단하고 마음 속으로 기사 제목까지 결정해 놓고 거기에 맞추는 취재를 하면 아니 될 것입니다.

취재과정에서 거칠고 精製^{정제}되지 않은 언어구사에 대해서는 스스로 반성해야 합니다. 오늘 하루 언론인으로서 취재처에서 시민, 주민을 대상으로 적정하게 취재했나 반성해야 합니다. 혹시 取調^{취조}를 한 것은 아닌가 돌아보아야 합니다. 취재하면 하는 것이고 안 하면 마음대로 안 해도 되는 일이 아닌 것입니다.

새벽 1시까지 기사를 교정하고 사진을 점검하고 다시 다음날 아침에 오늘의 취재계획을 구상하느라 스트레스가 축적되어 암환자가 많다는 모신문사 기자들의 질병통계에 동참하고 있는지 반성해야 합니다. 그냥 멋지게 보이기 위해 이런저런 말들을 던지는 것은 온당하지 않습니다.

취재에 응하는 공무원도 정직하고 확실해야 합니다. 일방적으로 부정하는 것이 能事^{능사}가 아닙니다. 기사가 나가지 않는 것이 목적도 아닙니다. 취재과정에서의 甲論乙駁^{갑론을박}이 있는 것이고 기사에서도 이쪽의 주장과 저편의 인식이 경쟁하는 것입니다. 확인되지 않은 내용을 추정하는 것은 맞지 않습니다. 확인된 내용이 기사로 올라가야 합니다.

동일한 내용에 대한 판단과 견해가 克明^{극명}하게 다른 것이 일부 언론의 기사입니다. 달라도 이렇게 크게 다른 것입니다. 웃는 이의 사진이 찡그린 모습으로 올라갈 수 있고 우는 중에도 웃는 표정이 순간 포착될 수 있으니 말입니다.

사회적 公器^{공기}(공적기구), 부패를 막아주는 소금, 미래를 향한 木鐸^{목탁}이라는 좋은 평가를 받고 있는 언론이 그 기능을 다 하도록 모든 이들이 함께 노력해야 하는 것입니다.

▶▶ 언론인과 공무원의 상반된 입장

공무원이 언론인과 식사를 하게 되면 자연스럽게 과거사를 이야기하고 공무원끼리 식사를 하면서는 언론인과 힘들게 지냈던 상황을 되돌아보게 됩니

✱ **취조取調** : 問招^{문초}의 구용어

다. 대부분의 경우 언론의 도움을 받았고 앞으로도 받아야 한다고 말할 것입니다 다만 제 경우는 일단 지난날 공직중 언론인과 연결된 업무를 한 기간이 새로운 평가를 받습니다. 그래서 저의 단골 멘트는 공무원이 언론인의 입장을 이해하고 긍정적인 방향으로 언론을 활용하는 역량을 키워야 하고 언론인도 어느 정도는 공무원의 입장을 이해하고 이를 바탕으로 기사를 써야 한다는 것입니다.

대부분의 언론과 국민들은 공무원에게 '伏地不動^{복지부동}, 伏地眼動^{복지안동}'이라고 비판을 합니다. 공직 구조상 일단 주변의 정황을 살피는 것이 중요합니다. 급하게 결정하고 조급하게 추진하면 그 시책은 성공하지 못하고 더 큰 試行錯誤^{시행착오}를 유발합니다.

자신의 기획을 바탕으로 하되 주변부서의 입장, '언론의 방향잡기'를 받아들이는 지혜가 필요합니다. 언론인은 늘상 비판적인 시각으로 행정을 바라봅니다. 그래서 행정에 있어 언론의 비판, 비평, 평가가 중요합니다. 하지만 행정의 모든 속내를 파악하기에는 기자에게 주어진 시간이 부족합니다.

기자는 이른바 '키워드'를 좋아하고 중요하게 생각합니다. 행정이 어찌어찌 하겠다고 하고 나서 龍頭蛇尾^{용두사미}가 되는 것을 비판하여야 합니다. 아예 일하지 않는 것은 비판하지 않을 수 있습니다. 모난 돌에 정 맞고 일하는 부서가 감사를 많이 받습니다. 일하지 않으면 감사할 것도 없을 것입니다. 하는 일이 없으면 언론의 비판도 없습니다. 공무원들은 언론이 일하지 않는 부서를 비판해 주기를 바라지만 그 경우 비판의 키워드가 부족합니다. 법에서 그리 하도록 한 일이지만 예산이 편성되지 않으면 못하는 것입니다.

그래서 대략 해도 될 부서의 어느 공무원은 적극적으로 일하고 그로 인해 비판기사를 맞기도 합니다만 이는 적극 권장할 일이라고 봅니다. 열심히 일하고 언론의 비판도 받으면서 좋은 기사도 나오면 좋습니다. 언론이 늘 비판만 하는 것은 아니니 말입니다. 한 번 비판하고 나서 행정이 비판을 수용하고 정책에 언론기사를 반영하면 이 또한 언론인의 보람인 것이고 그러니 다시 홍보기사

✽ **복지안동伏地眼動** : 직장에서 꼼짝도 하지 않으면서 권력의 향방을 살피기 위해 눈만 굴리는 사람을 일컫는 말

를 쓰게 되는 것이 人之常情^{인지상정}인 것입니다.

'주향천리 인향만리' 라는 건배사가 있습니다만 언론인의 향기 또한 일만오천리를 갑니다. 늘 잘못만을 지적하여야 하는 숙명이 언론인의 팔자소관이라지만 언론인중에는 공무원이 정말로 잘한 짓이 보이면 이를 기사로 써서 데스크에 넘기려 하는 분이 참으로 많습니다.

하지만 데스크에서 다 받아주지 않으니, 편집부가 좋아하지 않으니 독자 앞에까지 기사가 나오는데 힘든 과정을 거치는 것이지요. 오늘도 좋은 기사 쓰려 애쓰시는 착한 일선 기자를 위하여 박수 세 번!

▶▶ 언론인에게 있어서 선배란?

잘 아시는 바이지만 언론사 기자들 사이에서 편집국장을 '국장' 이라 부르거나 아예 '선배' 라고 호칭하는 것이 일반적이라고 합니다. 다시 말해 부장님, 국장님, 차장님이라 하지 않고 선배라고 부른답니다. 그러니 편집국장에게 '국장님' 이라고 호칭한다는 것은 선배로 모시지 않는다는 의미로 해석할 수도 있습니다.

한 나라에 지도자가 있듯이 조직에는 리더가 있고 신문사에는 선배와 후배가 있습니다. 그래서 조직은 대략 개미들이 모여 사는 것으로 보이지만 상세히 살펴보면 일개미, 헌병개미, 초병개미, 왕개미가 있듯이 신문사 안에도 국장, 부국장, 부장, 차장, 기자가 있고 취재기자와 편집기자, 사진기자가 있습니다. 정치부, 경제부, 국제부, 사회부, 제2사회부가 있어서 본사와 지사를 관장하고 있습니다.

이런 언론사에서 수십 년 일하면서 항상 선후배의 존경과 사랑을 받기가 어려울 것인데 늘 존경을 받으며 일하고 맺고 끊음조차 정확하여 어느 시점에서 또 다른 사회로 나와 사막 같은 광야에서 눈보라, 모래바람을 맞고 있는 언론인이 있습니다. 현역에서 존경받았듯이 퇴임 이후에도 선배로, 멋진 언론인으로 추앙받는 이유를 최근에 알았습니다.

이 '선배'가 95세 모친을 떠나보내는 심경을 페이스북에 올렸습니다. 댓글이 그렇게 많이 매달린 페이스북을 본 일이 없습니다. 상업광고에 전력을 다해 낚시질하려고 댓글과 '좋아요'를 매다는 경우는 있을 것입니다.

이에 대해 혹시 누군가가 喪事^{상사}를 알리는 경우에는 '좋아요'가 아니라 '삼가 명복을 빕니다'라는 멘트를 보너스로 만들어 주었으면 하는 기대를 갖는 바입니다. 이 선배의 母親喪^{모친상}에 가 보니 조문객 또한 분포도가 사회 전반입니다.

그래서 한 번 더 생각해 보니 이 분 선배의 이 같은 성공적 사회생활의 힘의 원천은 바로 효라고 생각합니다. 페이스북에 올린 사진을 보면 알 수 있습니다. 果肉^{과육}을 숟가락으로 긁어서 95세 어머니에게 입에 넣어 드리면서 마치 아버지가 3살 아들에게 하듯 하는 표정입니다. 이런 사진이 신문과 방송에 많이 보도되기를 바라는 마음입니다. 후배기자들이 이 페이스북 사진을 보았다면 얼른 받아 내려서 본사에 송고하셔야 할 것입니다. 언론의 기능이 누군가를 비판하고 야단치고 불법부당한 일들을 고발하는 당연한 일을 하도록 하고 있습니다만 가끔은 反哺之孝^{반포지효}의 아름다운 모습을 또한 조명하고 밝혀서 어두운 사회의 일면에 더더욱 밝은 빛이 되어야 합니다.

언론의 선배를 넘어 사회의 선배가 되기에 충분한 선배이기에 그렇게 주장하는 것입니다. 노인은 많지만 元老^{원로}가 없는 사회, 5급은 많은데 사무관은 귀한 조직, 기자는 많은데 존경받는 선배가 없는 언론사가 아니라 모든 이가 원로가 되고 모든 이가 일꾼이 되며 모든 기자가 사회를 밝히는 등불이 되는 그런 사회를 원하는 것입니다. 선배가 참으로 선배다운 그런 세상을 希願^{희원}합니다.

▶▶ 언론사와 행정기관의 광고

언급하기 어려운 일이지만 언론사의 광고는 행정의 예산서이고 인간의 생명수입니다. 신문사나 방송사가 광고 없이는 운영이 어렵습니다. 공영방송

KBS는 시청료를 받아 운영한다고 하지만 경영수지에 맞게 인상하는 데 어려움을 겪고 있는 듯 보입니다. 신문사는 매일같이 수십 건의 광고를 실어야 하는데 광고주는 신문사 광고국에 전화를 하지 않습니다. 그런가 하면 광고가 잘되는 신문사 광고부장은 광고주를 피해 다니고 광고가 잘 안 되는 신문사 광고부장은 광고주를 따라 다닌다는 말이 있습니다.

기업의 입장에서는 영업이 잘 되니 광고를 싣는 것인지 영업실적을 올리기 위해 광고를 내는 것인지가 曖昧模糊^{애매모호}한가 봅니다. 광고효과가 있다는 것은 인정하지만 이번 광고가 얼마만큼 매출에 효과를 올렸는지를 평가하기는 참 어려운 일일 것입니다. 언론사는 늘 자신의 독자와 시청자를 자랑하지만 광고주는 그만큼 인정하는 눈치가 아닌 듯 보입니다.

그래서 광고를 내는 광고주가 나서기보다는 광고매체인 신문사가 광고에 앞장서는 경우가 있습니다. 우리 신문사에 광고를 내면 효과가 높다고 주장하십니다만 그것을 증명할 방법은 충분하지 못해 보입니다. 더구나 앞서 말한 대로 광고효과가 그 신문사의 파워인지를 상호간에 증명할 방법이 적습니다.

1999년 이전에는 공고를 내는 것이 행정기관의 광고의 전부였습니다. 신문사별로 돌아가면서 공고를 내는데 그 금액이 그때그때 다르므로 福不福^{복불복}이라 했습니다. 그래서 공고 순서를 바꿔보자는 작은 꾀를 동원하기도 하였지만 정직한 공무원이 여기에 흔들리지 않았습니다.

요즘에는 신문광고 이외에 방송에도 나갑니다. 여기에는 광고가 아니라 協贊^{협찬}이나 협력 사업으로 광고가 나가는 줄로 알고 있습니다. 라디오 방송 광고도 있습니다. 이후에는 인터넷 광고가 나왔습니다.

배너를 올려주면 이를 클릭하여 자사의 홈페이지로 네티즌을 끌어오는 방식입니다. 광고는 언론의 생명이고 취재원과의 유기적인 연결고리입니다.

▶▶ 기사와 가십

1988년경 중앙언론이나 지방언론의 기자들은 기사보다 가십에 관심이 높았습니다. 가십(gossip)은 '雜談^{잡담}, 閑談^{한담}' 이란 뜻입니다.

기사는 일상적으로 발생하는 각종 행사와 시책을 알리는 것으로서 보통의 업무라 할 것이고 가십은 도정 전반이나 도지사와 시장군수 그리고 간부들의 동향보고라 할 것이기에 관선 시절에는 모든 공무원과 정보기관의 큰 관심을 받는 일이었습니다.

한동안 신문의 가십이 행정기관 기관장과 간부들에게는 늘 관심의 대상이 되었습니다. 그 가운데 매주 간부회의가 09:00에 열리면 발 빠르게 30분 안에 원고지 1매 200자 이내의 핵심을 정리하여 전화로 부르면 오후 2시경 도지사 사진과 함께 짧은 글이 게재되는 것에 큰 보람을 삼았던 것입니다.

독자들이나 공무원들은 그 기사가 기자의 취재에 의한 것으로 알겠지만 사실은 보도자료 담당자가 상황실 옆 기계실에 들어가 오디오만으로 청취한 후 그 자리에서 전화 제보한 것이었습니다.

중앙지중 가십을 잘 쓰는 신문은 ○○신문 ○○일보이고 가끔은 ○○일보가 아주 강력한 가십을 날려서 온통 경기도청 공보실을 쑥과 대나무 밭으로 만드는 경우가 있었습니다. 대표적인 사건으로 기억나는 대목은 ○○신문의 골프장 가십입니다. 즉 정부의 교통부에서 관장하던 골프장사업 승인을 경기도에 위임한 이후 도지사의 허가가 여기저기에 나가게 됩니다. 이미 정부 부처에서 검토를 진행하다 내려보낸 것이지만 언론은 도가 승인한 것으로 기사를 날려 보냈습니다.

그리고 ○○신문에서 도지사가 골프장 사업승인을 남발한다는 가십기사가 나가고 이어 만평에는 지구본 위에서 드라이버 샷을 날리니 골프공이 지구를 한 바퀴 돌아와서는 도지사 감투를 맞추고 그 감투가 땅에 떨어지는 그림이 보도되기에 이른 것입니다. 도청을 출입하는 대부분의 중앙지가 골프장 남발이라는 내용의 기사를 냈고 마지막 ○○일보의 역기사(데스크에서 기사를 보내라 해서 보내는 경우) 송고를 잡고 실랑이를 하던 P사무관이 연말에 순직하는 사건에 이른 것입니다.

특히 일간지는 팩트에 중점을 두게 되고 전후좌우 배경과 과정을 생략하는 경우가 많은 기사를 내는 터라 한 가지 사업에 수개월을 쓰며 일하는 공무원들을 곤혹스럽게 할 때가 많습니다. 2~3월에 기사를 쓰면서 실적이 30%라고 비판하기도 하고 11월 기사에서 실적이 80%이니 준수하다 평하기도 하니 말입니다.

골프장 기사나 골프장 가십도 교통부에서 이미 승인이 진행된 후에 경기도에 이관된 것이라는 내용을 강조했으면 그렇게 많은 기사와 가십이 올라오지 않았을 것이고, 그 계장님은 쓰러져 돌아가지 않으시고 (순직하지 않으시고) 지금도 수원권에서 공직 친구들과 노후를 즐기시고 있을 것입니다.

1988년경 군수에 취임하여 토요일에 점심을 먹으면서 술을 마셨다는 이른바 '음주오찬' 가십은 전형적인 신입 郡守^{군수} 군기잡기 기사였습니다. 아마도 가십을 쓴 기자는 공보실 직원의 실수로 오찬에 초청되지 않았거나 개인일로 불참한 것을 자랑삼아 가십을 날렸다고 보는 것입니다.

기사이든 가십이든 신문에 글로 기록되는 보도인데 그 종이 위에 인쇄된 글씨로 인해 누구는 기뻐하고 어떤 분은 괴로워하는 喜怒哀樂^{희로애락}이 담겨 있는 것입니다. 펜이 칼보다 강하다는 이야기를 절감하게 하는 대목이기도 합니다.

▶▶ 기자와 취재원

잘해 보자고 언론인과 저녁식사를 할 수 있는 타이밍은 두 가지 시나리오가 있습니다. 6시에 만나서 맛있는 음식을 술 없이 먹고 7시에 헤어지는 경우와 좀 늦은 8시 반에 모여서 11시까지 술 한 잔 하면서 여유롭게 대화를 나누는 상황이 가능합니다. 본사에서 출입처에 오가는 기자의 경우를 말하는 것입니다.

6시에 만나는 이유는 오후 편집회의를 마치고 잠시 새참시간을 갖기 때문입니다. 본사 기자들은 오후 3시까지 출입처에서 취재활동을 하고 돌아와 4~5시에 기사작성과 편집을 진행합니다. 그리고 6시경에 아주 간단한 식사를 합니다. 8시 반까지 자리에 앉아서 컴퓨터 화면과 씨름하고 취재원과 추가로 통화를 합니다. 취재원 측에서 기사에 대한 설명을 하니 들어야 하는 경우도 많습니다.

 새로운 취재보다는 취재원 측에서 해명과 설명을 하므로 이를 들어주어야 하는 의무의 시간입니다. 취재의 기본은 양측의 입장을 들어보고 그 내용을 기사에 실어주는 것입니다. 일방의 기사만 쓰면 완벽한 기사로 대접받지 못할 것입니다. 그래서 기사 말미에 당사자와 수차례 통화를 시도했으나 통화를 하지 못했다면서 당사자는 설명을 해 주지 않아서 해명을 기사로 적지 못했다는 점을 밝히는 것입니다.

 저녁 8시 30분에 기자들을 만나는 경우는 좀 여유롭게 술 한 잔 하면서 이런저런 이야기를 나누고 장차 추진할 업무에 대한 사전 설명회의 기회를 갖습니다. 좋은 기사는 키우고 불편한 기사는 줄이거나 인터넷에서 내려주기를 원합니다. 그러다가 기사의 강도를 낮추는 작업을 합니다. 기사의 표현을 부드럽게 하려고 단어 한 개를 놓고 수차례 긴 시간 동안 밀고 당기는 과정을 지켜 본 경험이 있습니다.

 기자는 행간의 의미를 이해해 달라고 말하고 취재원은 공익의 기준과 행정성과의 잣대를 설파합니다. 그리고 시간이 지나고 한 잔 두 잔 늘어 가면 결국 인간적인 관계로 갑니다. 다음날 아침에는 전혀 어제의 대화를 기억하지 못합니다. 하지만 친밀해진 것은 확실합니다. 콩나물시루에 물을 붓는 일이고 매달마다 보험료를 내는 것과 같은 홍보맨들의 삶의 현장입니다. 그래서 언론과 행정은 친밀해야 합니다. 행정은 보다 많이 홍보해야 하는 입장이고 언론은 가급적 비판적 기사에 비중을 두게 마련입니다.

 친밀한 관계 속에서 좋은 기사는 늘리고 나쁜 기사는 줄여가는 것이 공보부서 근무자들의 행복스러운 일들입니다. 하지만 언론인들은 그 기관의 잘못을 지적하고 비판하는 언론 본래의 기능에 충실해야 데스크(본사)에 가서도 면이 섭니다. 본사에서도 이름을 올리고 취재원 측 기관에서도 존경은 아니어도 인정을 받는 취재기자, 출입기자가 되기 위해서는 참으로 많은 정치적, 경영적인 고민이 필요하고 이성적인 판단과 감성을 관리하는 끝없는 구도자의 자세를 유지해야 하는 것입니다.

 거듭 말씀드리면 언론인과 공무원의 칼은 칼집 속에서만 그 權威^{권위}가 존재하는 것입니다. 뽑는 순간 시퍼런 칼날이 빛을 잃듯이 1회용 벌침처럼 언론인의 권위도 공무원의 自矜心^{자긍심}도 지속되지 않는다는 점이 참으로 중요하고 이를 가슴 깊이 인식해야 합니다.

▶▶ 1988년 세로쓰기를 고집하던 시절

1988년에는 신문은 대부분 세로쓰기가 기본이었고 일부 가로쓰기가 竝用^{병용}되는 시기였습니다. 그래서인지 세로쓰기는 비판기사이고 가로쓰기는 홍보기사라는 말도 나왔습니다. 실제로 홍보기사 제목에는 비단 무늬가 들어갔고 비판이 실리는 경우 제목은 그냥 흑백의 흰 글씨 이거나 반대의 검은 글씨였습니다.

즉 가슴에 강하게 느껴지는 기사 제목은 검은 글씨가 아니라 흰 글씨를 부각시키는 배경의 검은색 면이었습니다. 신문에 塗褙^{도배}를 하였다는 말은 바로 비판기사의 글씨가 흰색이고 나머지를 검은색으로 칠한 경우를 말하는 것으로 생각하였습니다. 검은 페인트로 칠하듯 검은 종이를 벽에 붙이듯 도배를 하였다는 표현이 아주 실감나는 시절이었습니다.

사실 신문의 생명은 편집기술에서 태어납니다. 현장 취재기자의 원고는 제목 없이 들어와 엄청난 크기의 글씨로 제목을 달고 새 생명을 얻어 지면에서 탄생의 고고한 목소리를 울립니다. 신문기사의 輕重^{경중}은 제목 作名^{작명}의 기술에 의해 결정됩니다. 좋은 기사는 제목이 강하지 못합니다. 반면 비판기사의 제목은 날카롭고 무겁고 차갑습니다. 편집부 기자들은 같은 사안을 보고도 어쩌면 이렇게 상반된 생각을 이끌어 낼 수 있을까요.

흔히 말하듯 소주가 반병밖에 남지 않았다는 말과 반병씩이나 들어 있다는 말은 물리적, 수학적으로는 큰 차이가 없는데도 사회적으로는 엄청난 무게감이 있습니다. 50%에도 미치지 못하였다와 절반의 성공이라는 표현으로 이해할 수 있겠습니다.

말수가 많은 이를 보고도 시원시원하다와 수다스럽다는 표현이 가능합니다. 말수가 적은 이에게도 답답하다 비판할 수 있고 과묵하다 호평하기도 합니다.

대부분의 일들이 개인의 판단이고 호불호에 따라 절반이니 반절이니 표현의 강도가 달라집니다. 편집부 기자는 평이하게 표현하였다고 주장할 수 있지만 독자들 대부분이 그런 쪽으로 이해하였다면 이는 일종의 編輯^{편집} 의도가 내재한 것이라고 보아야 할 것입니다.

이제는 신문 편집이 수작업이 아니라 전산으로 가다 보니 세로쓰기는 사라지고 가로쓰기로 자리 잡았습니다. 이런 시대에 어떤 기사가 세로쓰기로 제목을 잡는다면 독자들에게 강한 느낌을 전달할 것이라고 봅니다. 그래서인지 아직도 광고에서는 더러 세로쓰기가 나오기도 합니다. 행정을 하면서 유심히 살펴볼 대목이라 생각합니다.

늘 판에 박힌 절차와 방법으로만 일하지 않고 작든 크든 변화를 이끌어 내야 한다는 말입니다. 오늘은 A코스로 걸어갔다면 내일은 C노선을 택하자는 이야기입니다. 1980년대 도지사님이 시청과 군청을 순시하는데 첫 번 군청에서 설렁탕으로 점심을 준비했다 하니 그 다음 순번의 군청과 시청에서도 먼저 행사를 마친 시군의 사례를 참고하여 동일한 점심을 내놓았다고 합니다.

도지사와 수행원들은 5번 연속으로 설렁탕 점심을 먹게 되었고 결국 도지사는 담당과장에게 간청을 해서 메뉴가 변경되었습니다. 임사빈 경기도지사님 재임시 벌어진 일입니다. 그래서 홍인화 포천군수님이 한과와 식혜를 준비하여 도지사님의 미소를 이끌었다는 센스쟁이 스토리도 있었습니다.

점심 메뉴조차 기관장에게 물어보거나 취향을 문의하는 것은 과거의 방식인 것이고 저렴하지만 특별한 식단, 지역의 특성을 반영한 반찬과 밥을 준비하는 여유롭고 의미 있는 행사준비에 관심을 가져야 하겠습니다.

더 이상 신문에서 세로쓰기를 볼 수 없습니다만 지나간 신문을 인터넷으로 보면서 참으로 그 시절에는 고정관념이 판을 치던 시기였음을 회상해 봅니다. 공직생활도 변화와 혁신에 순응하고 사회의 변화에 적응하고 매사에 적극성을 보여야 할 것입니다.

▶▶ 기자와 기자실

1960년대 정부조직중 경제기획원은 경제개발5개년계획을 수립 추진한 곳으로서 남덕우 부총리겸 경제기획원장관님이 머릿속에 떠오릅니다. 당시에 정부가 추진하는 각종 시책들이 3~4개 경제신문 기자들에 의해서 국민들에게 알려지곤 했는데 초기단계 미완의 정책들이 수시로 보도되는 바람에 곤혹을 치르곤 했답니다. 그래서 경제기획원 공보실에서 청사내에 '기자실'을 따로 만들어 놓고 여기서 기사를 쓰고 휴식도 하도록 '配慮^{배려}' 하였답니다. 이것이 우리나라 관공서 기자실의 '嚆矢^{효시}'가 되었다고 합니다.

그런데 이 기자실에 취재편의 명목으로 배치된 남녀 공무원은 경제기획원에서도 실력이 있고 눈치가 빠르며 특히 시력이 좋은 이들이어서 자료를 전하거나 일반적인 대화를 하면서 기자실 책상 위에 놓인 자료나 원고지를 눈으로 스캔하여 그 내용중 키워드를 내부 간부에게 보고하도록 하였답니다.

즉, 현재 기자실에서 무슨 내용의 기사를 쓰고 있는지, 어떤 분야의 취재가 진행되는지, 무슨 이야기를 주고받는가를 알아보기 위한 일종의 '인간CCTV', '움직이는 복사기' 역할을 하였던 것입니다.

그리하여 아직 나가서는 불편한 미완의 사안들이 취재되는 경우에는 미리 전후사정을 설명하여 조율하는 등 이른바 '보도관리'를 하였다는 것입니다.

처음에는 기자를 위한 시설로 생각된 기자실이 오히려 감시용 탑이 되었다는 점에서 출발은 살짝 거시기합니다만 오늘날에는 모든 기관에는 기관장실 만큼이나 청사의 要地^{요지}에 기자실이 설치되고 공무원이 배치되어 이런저런 취재지원 활동을 벌이고 있습니다.

▶▶ 경기도청 기자실

2004년 당시의 도청 기자실은 참 복잡한 迷路^{미로}였습니다. 中央紙^{중앙지}방, 地方紙^{지방지}방, 地方^{지방} 2進^진방이 있었습니다. 그리고 각각의 방은 일단 문을 열면 작은 방이 있고 다시 문을 열면 본방이 나오는 구조였습니다.

언론인은 지금 그 자리를 고수하고 있는 중앙지와 지방사 1진방, 2진방에서 50여 명이 취재를 하고 있었는데 도지사는 물론 부지사, 국장, 과장 등이 현안사항을 설명하는 경우 같은 내용의 이야기를 3번 반복해야 했습니다. 즉 지방 1진방, 지방 2진방, 중앙지방을 각각 돌면서 설명회를 해야 했습니다.

어떤 경우는 기자회견급 발표를 3번 반복하기도 했습니다. 그래서 대화중에 나온 질문의 포인트가 다를 수 있으니 다음날 보도를 보면 서로 핵심과 주제가 약간 혼선을 가져오기도 했습니다.

이리하여 브리핑 룸의 필요성이 대두되었고 많은 언론인들이 일괄 발표하는 별도의 방이 필요하다는 데 동의하게 되었습니다. 하지만 기자실은 그냥 넓게 쓰면서 브리핑 룸이 설치되는 것은 누구나 찬성할 일이겠지만 현재의 공간에서 면적을 짜내어서 브리핑 룸을 만들고 기자실을 유지하는 것은 어려운 일이었습니다. 물론 앞에서 말한 대로 창고형태로 버려진 면적을 조상 땅 찾듯이 찾아내는 것으로 일부 면적을 보충할 수는 있겠으나 최소한의 면적이 필요한 브리핑 룸을 만들고 남는 면적으로 기자실을 꾸미는 설계를 찬성할 언론인은 적었습니다.

하지만 일단 공사는 시작되었고 중앙지 방은 현재의 면적을 지키겠다는 입장이 커서 그대로 두기로 하고 지방지 쪽의 숨은 면적을 찾아내어 브리핑 룸을 꾸렸고 결국 중앙지 방 쪽의 벽을 철거하고 새로운 브리핑 룸 벽을 세우는데 한 5cm 정도의 각목을 세우는 자리는 지방지 쪽으로 가야 한다는 주장이 나와서 결국 중앙지는 단 1mm도 양보하지 않았습니다.

현재에도 경기도청 중앙지 방은 2004년 당시의 그 모습과 그 면적 그대로 운영되고 있습니다. 물론 중앙지 방도 좁다고 하겠지만 지방지 방은 인원이 늘어나도 더 이상 채워주지 못하고 있는 것이 현실입니다. 공사과정에서 지방지 방도 모두 털어서 취재용 책상을 배열하는 것으로 설계되었으나 기존 기득권이랄까 그 무엇을 보호하기 위해 안쪽으로 소파 방을 유지하기로 하였습니다.

일단 브리핑 룸이 마련되니 공무원은 편안해졌고 지방지 방에 책상을 마련하지 못한 언론인들이 브리핑 룸에 노트북을 놓고 취재를 하고 기사를 작성했습니다. 그래서 브리핑 룸에도 전화기를 놓았습니다. 하지만 한동안 브리핑 룸은 끽연가들의 담소장소가 되었고 담배를 피우는 분들이 애용한 바 있습니다.

이제 도지사님이 정책을 발표하시거나 현안을 이야기하시는 장소로 브리핑 룸이 활용되니 여러 가지 의미가 있었고 보람도 있습니다. 방송기자를 위한 시설을 보강하였고 조명이나 배경도 새로 꾸몄습니다.

어느 날 부지사님께서 앞으로 브리핑 룸의 활용기준을 정해야 한다고 말씀하셨습니다. 그래서 그간의 경험을 바탕으로 몇 가지 기준을 세웠습니다. 우선 브리핑 룸 활용기준을 정했습니다.

정치활동은 금한다. 정치인의 出師表^{출사표}를 발표하여서는 아니 된다는 것이다. 브리핑이나 정책 발표시 구호제창이나 피켓은 금한다. 다만 플래카드는 사전에 협의한 경우 게첨이 가능하다. 발표자는 5인 이내로 한다. 객석에 개별적인 참석은 가능하다. 개인민원은 브리핑할 수 없다.

그런데 몇 달 후 국회의원 출마자들이 도청 브리핑 룸으로 왔습니다. 아마도 언론인들이 한 번 도청에 와서 기자회견을 해달라고 요청한 것 같습니다. 사진을 찍어야 기사가 커지기 때문일 것입니다. 그런데 직원이 마이크장치를 관리하는 열쇠를 가지고 밖으로 도망쳐 버렸습니다. 조명은 가능하니 켜놓고 마이크 없이 출마선언을 하는 상황이 발생했고 일부 언론인들은 공보관실은 마이크를 켜라고 했지만 공무원들은 모른 척했습니다.

그 다음 주에 다른 당에서 또 왔지만 대우는 같았습니다. 결국 모든 정치인들이 더 이상 도청 브리핑 룸에 오지 않게 되었고 의회는 진정한 정치의 장이 되었던 것입니다. 이후 모든 정치적 발표는 의회 브리핑 룸을 쓰게 되었습니다. 사실 브리핑 룸은 기자회견장입니다. 현재도 좁다는 느낌이 들기는 합니다. 그래도 음향장치를 해서 방송기자들은 뒤편 벽면에 마련된 코드에 연결선을 끼워서 음향을 딸 수 있도록 했습니다. 브리핑 룸 백드롭은 6년 동안 당시 정00 씨가 설치한 그 문양을 쓰다가 최근에 교체되었습니다.

그 백드롭을 그냥 보면 평범한 듯 보이지만 나중에 TV화면을 통해 보면 약간 돌출된 듯 보이고 야광처럼 돋보입니다. 마치 방송국 뉴스 룸을 그냥 보면 평범한데 실제방송에서 보면 우람해 보이는 것과 같은 이치입니다.

하지만 도청 브리핑 룸은 이제 조금 업데이트가 필요해졌습니다. 노트북을 쓰는 기자를 위해 무선네트워크를 좀 더 보강해야 할 것 같고 전기코드를 보강하고 조명도 새롭게 설치하였으면 좋겠습니다.

언론인들도 사건사고에만 치우치지 말고 경기도청 기자실을 10수 년째 쓰시니 가끔은 도정기사도 취재해서 올려주시기 바랍니다. 데스크에서 자르고 편집하는 것이야 도청 대변인실에서 대처할 일이고 일단 일선기자가 기사를 올려주어야 되든 말든 도정홍보의 기회가 제공되는 것이라고 생각합니다.

이제는 지나간 일이지만 이리저리해서 한 11년 동안 이 브리핑 룸과 사무실을 오간 지난 공직 근무기간이 약간은 자랑스럽기도 하고 조금은 일말의 책임감도 있고 해서 언론인들이 이 글을 읽을 가능성은 거의 없는 것을 알기는 하지만 나름의 생각을 적어보는 것입니다.

중국 역사서에 어느 새가 모래알을 물어 양자강을 메우다가 죽었다는 고사처럼, 아니면 팔탄면사무소 근무 때 기천리 이장님이 늘 말씀하시던 "너의 지금 행동은 마치 개미가 느티나무를 흔드는 격이다." 즉 불가능한 일에 도전하고 있는 것이라는 말을 상기하면서도 8전9기 경기도 김포 국회의원님의 심정으로, 4전5기 홍수환 선수의 챔피언 정신으로 한 줄 써보는 바입니다.

▶▶ 기자실과 기자단

기자실은 행정기관과 언론인간의 밀고 당기는 공간 확보의 현장입니다. 기자실 확보는 출입 언론인의 자존심이고 기관의 입장에서는 민의를 대변하고 소통하는 현장이라 생각하는 것 같습니다.

일부 지자체에서는 공사를 하겠다며 잠시 기자실을 폐쇄한 후 장기간 신장개업하지 않은 사례가 있습니다만 대부분의 기관에서는 넓은 공간을 확보하려 노력하는 사무공간이 기자실입니다. 그리고 기자실 옆에는 늘 브리핑 룸이 있어서 각종 중요 현안에 대해 언론에 설명하고 때로는 시민단체 등이 찾아와서 기자회견을 합니다.

경기도의회 기자실 브리핑 룸에서는 지방선거 때마다 출마 기자회견이 줄을 이어가고 총선시에도 국회의원 출마선언의 장으로 활용합니다. 環境^{환경}단체, 經濟^{경제}단체, 福祉^{복지}단체 등의 주장을 펼치는 장소로 도의회 브리핑 룸은 언제나 열려 있습니다. 기자단은 기자실에 출입하는 언론인들의 모임입니다. 기자단에는 간사라는 총무 겸 회장의 역할을 하는 중견 언론인이 있으며 2년 정도씩 돌아가며 담당하기도 하고 어느 기자단 간사는 10년 넘게 이어가기도 합니다.

안정된 기자단의 간사는 장기근속을 하게 되고 심히 유동적인 기자단의 간사는 수시로 바뀌고 합종연횡^{合從連衡}을 이어갑니다. 안정적인 기자단의 간사는 1년에 2번 정도 정기회의를 하는 반면 불안전하거나 불완전한 기자단의 회의는 수시로 소집됩니다. 20년 전의 기자단 幹事^{간사}는 약간의 대우와 특전이 있었다고 들었습니다. 하지만 요즘 간사는 대표성도 약해 보이고 특전보다는 오히려 비난과 해명으로 상호 밀당이 이어지는 듯합니다.

잘 되면 그냥 가다가도 무엇인가 맞지 않으면 간사가 잘못이라는 비판을 듣는 것 같습니다. 그래서 '간사도 못해 먹겠다' 는 말이 나올 정도입니다. 그래도 행정기관의 입장에서는 간사가 존재해야 편리합니다. 전체의 의견을 묻는 일이라든지 중요 취재시 동행할 1~2명의 언론인을 간사가 정해 줍니다.

기자단의 회원으로 가입하기 위해서는 부단한 노력이 필요합니다. 기존의 회원사 출입기자가 본사 발령으로 변경되는 경우에는 그대로 자리를 이어갈 수 있지만 새로운 언론사 기자가 들어오려면 1년 정도 공을 들여야 합니다.

마치 대기표를 받고 발령을 기다리는 듯이 수시로 접촉하면서 기자단 가입을 위해 노력하면 6개월이나 1년쯤 지난 어느 날 간사가 회의를 소집하고 예비 회원사 가입에 대한 투표를 합니다. 교황 선출방식으로 전원 찬성을 받아야 합니다. 개헌발의선인 2/3의 찬성 경우도 있습니다만 일단은 和伯^{화백}제도처럼 전원 찬성을 필요로 합니다.

✳ **화백和伯제도** : 신라에서는 "국가가 일이 있으면 반드시 여러 사람과 의논해 결정한다. 이를 화백이라 했으니 한 사람이라도 이의가 있으면 그만두었다" 라고 했다.

▶▶ 기자의 숙명

기자는 사건사고에 목숨을 건 듯 달려갑니다. 송탄 소재 미군기지에서 총성이 들렸다는 제보가 인터넷에 퍼지면서 방송기자가 출동하였습니다. 방송기자가 오산시청에 근무하는 저에게 전화를 해서 오산공군기지를 가는데 주소를 알려달라고 합니다. 평택에 문의하라고 답했습니다. 송탄에 있는 미군기지를 오산비행장이라 부르지만 현장은 평택시 管轄^{관할}이기 때문입니다. 오산비행장은 평택시 송탄에 있습니다. 그리고 이 사건은 부대 내 훈련 상황으로 확인되었습니다.

2004년경에 화성시 향남면 주유소 인근에 비행기가 불시착한 사건이 있었습니다. 어떤 도민이 사건을 확인하고자 공보실로 전화를 하셨기에 답을 드리지 못하고 오히려 좋은 정보를 얻게 된 셈입니다. 일요일 근무중에 도청출입기자들에게 메시지를 보냈습니다. 많은 기자들이 그 메시지를 보고 현장으로 달려갔습니다. 나중에 '고맙다'는 말을 여러 번 들었습니다.

대형사고입니다. 이미 비행기 不時着^{불시착} 사건만으로도 큰 기사가 되는가 봅니다. 본사 데스크 선배는 현장의 사건사고에 대한 사전 정보보고가 없거나 늦으면 질책을 하나 봅니다. 혹자는 말합니다. 기자들이 노트북에 올리는 기사가 모두 기사화 된다면 신문 100면도 모자랄 것이라고 합니다. 많은 부분이 정보보고이고 보고로 끝나고 기사화까지 진전되지 않는 내용들이 많다는 말입니다. 좋은 기사와 나쁜 기사의 비율은 1:9보다 심합니다. 0.5:9.5라 할 것입니다. 부음이나 인사발령은 제외하고 기사만을 평균한 것입니다. 그리고 좋은 기사를 취재하지 않은 것은 데스크 지적사항이 아니지만 사건사고를 낙종하면 크게 야단맞을 일인 것입니다.

이것이 기자의 숙명입니다. 그래서 좋은 것은 보여도 보이지 않고 잘못된 부분은 가려도 투시력으로 알아내는 기자의 능력이 생성되는가 봅니다. 이제 작은 소망은 비판대상 기사를 뚫어보는 광선검 같은 예리한 시각으로 사회의 착한 일들, 멋진 사람들의 미담과 밝은 일들을 발굴해 주시기를 바라는 것입니다.

稱讚^{칭찬}을 5번 하는 것과 1번 야단치는 것의 강도가 비슷하다고 합니다만 열심히 칭찬해서 밝은 사회를 만들어 나가는 선봉이 되어 주시기 바랍니다. 이 또한 기자의 宿命^{숙명}중 제2호 쯤 되는 것이라 봅니다.

▶▶ K기자의 경우

지방지에서 스펙을 쌓은 후 중앙지로 진출하는 기자가 많습니다. 물론 중앙지에서 퇴임하신 후 그 경력을 살려서 지방지 기자로 오시는 경우도 있습니다. 중앙사에서 근무하신 노하우를 지방사에서 발휘하시는 것입니다. 언론인의 취재는 발로 뛰는 경우도 많고 자료를 중심으로 분석적 보도를 하는 분야도 있기 때문일 것입니다. 원로 언론인들의 활동은 다양한 분석을 하게 합니다.

K기자는 40대 중반의 역동적인 언론인으로서 지방사에서는 현장을 발로 뛰는 민첩한 기자로 정평을 받았고 이후 지방사 캐리어와 역량을 인정받아 중앙사 소속의 지방주재로 활동하고 있습니다. 본인의 역량과 중앙사의 매체력이 상승작용을 하여 몸값이 수배 뛰어오른 경우입니다.

이미 지방사에서 충분한 취재능력과 기사작성 역량, 사안에 대한 분석, 지방자치단체 간부들과의 '밀당' 에도 역량을 발휘하고 있으니 물 만난 고기요 상승기류를 타는 독수리의 형상인 것입니다. 그냥 날개만 펴고 있어도 난기류의 에너지를 듬뿍 받아서 꼬리 깃털만 좌우로 틀어도 대세를 좌우하는 힘을 얻게 된 것입니다.

그런데 K기자를 여기에 소개하는 것은 그가 천군만마를 지휘하는 대장처럼 보이지만 절대 그 권력을 실전에서 행사하지 않고 초심을 유지한다는 사실 때문입니다. 전에 어울리던 공무원과 늘 함께하고 그 대화의 내용이나 생각의 표현에 변함이 없다는 사실입니다. 다만 관록이 말해 주듯 대화내용에 무게감이 더해졌다는 긍정적 변화가 조금 있다는 정도는 전과 다른 점이라고 말할 수 있습니다. 이는 누구에게나 당연한 현실이라 할 것입니다. 나이 들고 관록이 쌓이면 중후해지고 생각의 폭이 넓어지는 것이니까요.

그래서 가끔 K기자와 통화라도 하면 기분이 좋아집니다. 寸鐵殺人^{촌철살인}은 아닐지라도 한 마디 던지는 조크에서 상대방의 실상과 앞으로의 행보에 대한 화두를 주는 것입니다. "한 잔 해야지요." 이런 말을 많이 합니다만 이는 그냥 인사말로 들리는 경우가 많습니다. 하지만 K기자가 '한 잔 하자' 말하면 정말로 중요한 무엇인가 이야기할 상황, 정황이 있다는 말로 들립니다. 그냥 하는 말이 아닌 줄 아는 것입니다.

최근 지방행정연수원에서 어느 교수님의 스트레스 해소에 대한 강의를 들은 바 있는데 대화는 무게감 있게 목소리에 힘을 실어서 던져야 한다고 들었고 결재할 때 사인펜 휘갈기는 소리에서조차 동료 후배 공무원들이 선배에 대한 신뢰를 느끼게 하여야 한다고 했습니다.

언론인과의 대화에서는 늘 감추는 바가 있습니다만 이 분 K기자에게는 감출 필요가 없습니다. 공직을 잘 알고 다양한 경우를 겪어본 전문가이기에 문제가 되거나 공무원이 다치는 경우라면 기사를 접어주기 때문입니다. 그래서 K기자를 소개하면서 대부분의 출입기자들이 자동차 上 라이트 켜듯이 멀리 보고 나무와 함께 숲을 느껴보기를 바라는 마음입니다.

▶▶ 신문과 방송 스크랩

현재의 신문방송 스크랩 기술은 첨단입니다. 신문 스크랩은 화면에 들어가 원하는 기사를 클릭하면 곧바로 그 기사문만이 다운되어 편집하고 게시판에 올리고 프린터로 출력할 수 있습니다. TV방송 내용도 인터넷 기사를 다운 받거나 아예 동영상을 내려 받아 보고서로 제출할 수도 있습니다. 참으로 편리한 시대이고 시공을 초월하는 첨단 과학의 시대입니다.

하지만 1988년에는 종이신문과 TV방송, 라디오 방송이 주류였고 대부분 아날로그 방식으로 스크랩을 하여 보고서로 제출하였습니다. 공보실 직원들은 아침 7시 전후에 출근하여 신문 한 아름을 안고 사무실에 도착하면 신문별 담당이 있어서 1면부터 32면까지 살펴 경기도에 대한 기사를 찾아내야 합니다.

스포츠면에 '競技^{경기}'라는 단어가 나오는데 이를 보고도 놀랬는지 '驚氣^{경기}'를 하는 것입니다. 초임 공무원 누군가가 실제로 스포츠면 '경기'가 나온 기사를 칼로 오려온 경우도 있습니다. 종이신문의 경기도 관련 기사를 모두 찾아내 정리하고 나면 이번에는 TV보도 내용을 적어야 합니다.

당시에는 인터넷으로 TV내용을 전해 주지 못하므로 뉴스가 훅~ 지나가면 돌이킬 수 없는 일입니다. 물론 VTR실이 있어서 녹화된 부분을 찾아내야 하는데 당시 스피드가 생명인 상황에서 다시보기를 튼다는 것은 지극히 비효율적인 일이었습니다.

그래서 TV뉴스는 전날 저녁 9시40분경 나오기도 하고 대형사건 터지는 날은 아예 편성조차 되지 않는 수도권뉴스를 열심히 모니터링 해야 합니다. 공중파 KBS, MBC가 9시에 뉴스를 하고(MBC는 8시로 변경) SBS는 1시간 빠른 뉴스라며 8시에 시작합니다. 이 시간대가 공무원이 저녁을 먹거나 소주 한 잔하는 타임입니다. 그래서 식당에 가면 사장님께 양해를 구하여 KBS를 봅니다만 가끔은 주인집 아들 녀석이 EBS로 만화를 공부하는 안타까운 일이 발생하기도 합니다.

이리하여 남편 술 먹으며 KBS 보는 시각에 아내는 MBC를 모니터링합니다. 아침 출근시간대에 KBS 아침 뉴스가 진행되는데 사무실 도착 즈음에 수도권뉴스가 나오므로, 즉시 집으로 전화를 해서 오늘 아침 뉴스내용을 받아 적어야 합니다. 1990년 윤○○ 계장님은 저의 아내도 뉴스를 모니터링 하는 사무실 직원이라면서 저녁을 사주었습니다. 직원 야유회에도 아내만 초청받았지요.

그래서인가요. 요즘에도 뉴스에서 행정소식이 나오면 전화를 하거나 메시지, 카카오톡에 알려줍니다. 30년 전 습관이 지금도 반복되는 것일까요. 젊은 시절부터 엄청난 내조를 받은 것이라고 생각합니다. 아침 뉴스는 대부분 챙겨 주었고, 3개 방송이 수도권뉴스를 내보내는 시간대도 대충 감으로 안다고 했습니다.

이쯤해서 에피소드 하나 정도는 있을 것이라 기대를 하시는지요. 1988년경에 임사빈 지사님이 '임두목', '임꺽정'이라는 별칭으로 우직하고 멋지게 도정을 이끄셨지요.

그날도 15명 정도가 열심히 아침 스크랩을 완성하였습니다. 표지, 목차, TV 보도내용, 중앙지, 지방지 순으로 정리한 스크랩을 비서실에 보냈는데 표지에 늘 임사빈의 '빈' 자를 써줌으로써 스크랩이나 보고서를 읽으셨다는 사인을 하시는데요, 이날 스크랩의 '빈' 자가 아주 크게 휘갈겨졌습니다.

이유인즉 잘 정리된 스크랩 표지가 거꾸로 편철된 것입니다. 표지를 잡고 사인을 하시면서 다음 장을 넘기는 순간 거꾸로 편철된 것을 보시고 사인펜이 휙~~하고 휘갈겨진 것이지요. 그날 하루 종일 문화공보담당관, 보도계장, 차석 등 모든 공무원들의 마음이 싸했습니다.

이제는 말할 수 있지만 그 당시에는 쥐구멍에 들어가거나 몇 사람은 귀양이라도 갈 판이었습니다. 하지만 고인이 되신 임두목 임사빈 지사님은 이후에도 공보실 근무자들을 지극히 激勵^{격려}하시고 인정해 주셨습니다.

임 지사님도 내무부에서 언론인들과 냉면대접으로 소주맥주를 드시던 임꺽정이었으니까요. 공보관을 떠나 국장으로 가도 기자들이 門前成市^{문전성시}였다는 말을 들은 기억이 있습니다. 1988년이 얼마 전 같은데 이제 따져보니 제 나이 30대였고 이제는 50대 후반입니다. 하지만 스크랩에 대한 기억은 늘 생생한 몇 년 전의 추억으로 간직될 것 같습니다.

▶ 통신기자와 신문방송기자

언론사는 물론 일반 네티즌에게도 기사를 제공하고 수수료 성격의 기사비용을 받는 회사를 통신사라 하고, 그중 현재의 연합뉴스는 '聯合通信^{연합통신}'이라 불렀으며 약칭 '煙筒^{연통}'이라면서 기사에서 연기가 난다는 농담을 하곤 하였습니다. 아궁이에 불을 지피면 연기가 나가게 되어 있다는 말입니다. 마른 나뭇가지를 태우면 흰 연기가 나고 청솔가지를 넣으면 검은 연기가 나는 것입니다.

콘클라베(conclave)는 교황 선출과정을 말합니다. 투표가 끝난 뒤에는 투표용지를 태워 나오는 연기로 외부에 결과를 알리게 되는데 검은 연기는 未決^{미결},

흰 연기는 새 교황이 選出^{선출}되었다는 뜻입니다. 즉 연통에서 올라오는 연기를 보면 연료의 재질을 알 수 있듯이 연합통신의 기사를 보면 대부분의 중요기사를 把握^{파악}할 수 있습니다.

통신사 기자는 일반 신문사, 방송사의 마감시간보다 일찍 기사를 보내야 하는 의무와 사명감을 가지고 있어서 참으로 부지런한 발걸음을 보입니다. 오전부터 오후까지 기사자료를 얻기 위해 발품을 팔고 있습니다. 기자실 자리에서 하루 종일 자료와 씨름을 하는 모습에서 신뢰감이 보입니다.

여러 유형의 언론이 매일매일 기사를 받아쓰고 있으므로 딱히 마감시간을 정할 수는 없겠으나 신문을 기준으로 한다면 통신사가 오후 4시까지는 마감해 주어야 저녁 편집회의에 최종 정리정돈이 가능할 것으로 보입니다. 그러니 통신사 기자들은 10분이라도 먼저 기사의 핵심을 잡아야 하고 긴급사안일 경우에는 제목이라도 올려야 하는 속보성에 생명을 걸고 있습니다.

행정기관의 공보실 근무자는 가장 먼저 통신사에 기사를 올리려 합니다. 언론의 관심을 받지 못하는 작은 보도자료도 통신사에 올리면 각 언론사 데스크에서는 통신보다 기사보고가 늦은 각 기관 출입기자에게 壓迫^{압박}을 가하는 수단이 될 수 있기에 그리 하는 것 같습니다.

사건사고도 그러하거니와 기관장의 기자회견이나 중요 정책의 발표에 대해 초동보고를 하여야 하는 것이 출입기자들의 숙명입니다. 그리고 본사 데스크와 현장기자를 연결하는 끈이기도 합니다.

일단 통신에 기사가 올라가면 여러 언론에서 취재가 들어옵니다. 이때부터는 편안하게 자료를 제공하면 되는 일입니다. 그래서 각 기관에서는 중요 보도 사안이 있을 때에는 통신사 기자에게는 미리미리 큰 제목이라도 사전에 알려 드릴 필요가 있다고 합니다. 통신사 기자들은 전국망이기도 하고 수백 명의 기자들이 다양한 분야를 취재하여 기사를 제공하고 있습니다. 따라서 취재처에서 사전에 전화로 알려주면 큰 도움이 되는 입장인 것입니다.

사실 취재원을 포함한 우리사회에서 취재원은 무궁무진합니다만 통신사 기사를 바탕으로 지방지가 기사를 시작하기도 하고 중앙지도 통신사 기사를 인용하여 우선 인터넷에 올리기도 합니다. 지방지 기사는 다시 중앙지 기자의 취

흰 연기는 새 교황이 選出^{선출}되었다는 뜻입니다.

재원이 되고 때로는 중앙지가 特種^{특종}한 기사를 지방지가 다시 싣기도 합니다.

반대의 상황도 발생하는 것이 언론시장의 茶飯事^{다반사}인 것입니다. 오늘도 통신사 기자들은 새로운 기사를 찾아 이리 저리 안테나를 돌리고 있습니다.

▶▶ 장학금 기사와 사설까지

존경하는 선배 공무원이 명예퇴직을 하면서 지역인재 육성을 위한 장학재단에 큰돈을 쾌척하신다 하시므로 급하게 보도자료를 준비하게 되었습니다. 몇 개월 전 국장에 승진한 선배 공무원은 후배의 승진 길을 열어주기 위해 조금 일찍 공직에서 물러나는 것입니다.

여기에 보태어 덤으로 더 큰 미래의 후학들을 위한 인재양성에 미력이나마 보탬이 되고자 퇴임식 무대에서 장학기금을 전달하겠다고 했습니다. 많은 생각을 하게 만드는 대목입니다. 이분 공직 선배는 1975년 강화군청에서 공직에 입문하였습니다. 당시에는 강화군과 옹진군이 경기도와 함께하는 郡^{군} 지역이었습니다. 1994년경에 인천광역시에 편입된 후 몇 년 전까지도 강화 환원운동이 전개되었으나 선봉에 계시던 더 오래 전의 공직 선배님들이 돌아가시니 서서히 그 열기가 주변에서 사라지고 있어 안타깝습니다. 그래서 '에펠탑철거 100인위원회' 가 역사 속으로 사라졌다는 글이 생각났습니다.

이 선배님은 경기도와 깊은 인연이 있는 강화군에서 공직을 하던 중 흔한 표

✱ **에펠탑효과** : 1889년 3월 31일 프랑스 파리에는 프랑스대혁명 100주년을 맞이해 열린 만국박람회의 기념 조형물로 에펠탑이 세워졌다. 수많은 시민들이 탑 건립을 반대했다. 15,000개의 금속 조각, 2,500,000개의 나사못으로 연결시킨 무게 7,000톤, 높이 320.75m의 철골 구조물이 고풍스러운 파리의 분위기를 완전히 망쳐 놓을 것이라고 생각했기 때문이다. 시민들의 반발이 거세 프랑스 정부는 20년 후에는 철거하기로 약속하고 건설을 강행했다.
에펠탑철거를 위한 '300인 선언' 이 발표되기도 했다. 20년이 지난 1909년 다시 철거논의가 거세졌지만, 탑 꼭대기에 설치된 전파송출장치 덕분에 살아남았다. 그리고 다시 100년이 지난 지금 에펠탑은 파리의 상징이 되었으며 에펠탑 없는 파리는 상상할 수도 없다. 이래서 파리 시민들이 날마다 보는 에펠탑에 정이 들어가듯 단지 자주 보는 것만으로도 호감이 증가하는 현상을 '단순노출의 효과' 또는 '에펠탑효과' 라고 한다.

현으로 나라의 부름을 받아 국방의 의무를 다하고 육군 병장으로 제대를 합니다. 다시 강화군에 복직한 후 1979년경 화성군 비봉면으로 왔다가 오산시로 승격된 1989년 오산시청 개청과 함께 오산시 공무원으로 시민과 함께했습니다. 이 선배는 오산시 공무원으로서 근무하는 동안 시민으로부터 받은 사랑에 대한 보답으로 장학금을 내놓게 되었다고 말했습니다.

결코 적은 금액도 작은 기부도 아닙니다. 그런 마음과 생각을 아주 오래 전부터 가슴에 품었기에 가능한 일이었을 것입니다. 조기 명퇴 결정, 장학금 기탁, 제2의 인생을 준비하는 과정이 참으로 물 흐르듯 편안해 보입니다. 그리하여 시에서는 명예퇴임식을 준비하게 되었습니다. 의미 있는 퇴임식이 되도록 하기 위해 4인조 성악가가 초청되고 장학금 기부에 대한 기사문을 화첩으로 만들어 전시했습니다.

초중고 군대, 그리고 공직생활 내내 삶의 여적을 화면에 담은 활동사진을 가족 친지 후배 공무원에게 보여주었습니다. 많은 분들이 명예로운 공직 퇴임을 축하하고 그간의 노고에 감사를 표했습니다.

그런데 이날 시장님께서 서울 일정이 길어져서 오후 3시 퇴임식장에 20분 정도 늦으신다는 傳喝^{전갈}이 왔습니다. 그래서 무대에 나가 마이크를 잡았습니다. 선배 공무원님의 공직 역사를 잠시 소개하는 시간을 긴급 편성한 것입니다. 그리고 이야기 소재가 떨어질 무렵 2분만 더 이야기해달라는 사회자의 말대로 22분간의 '약장사'를 마치고 객석으로 돌아왔습니다.

하지만 고속도로를 빠져나온 시장님 승용차가 사무실 앞에 도착하고 시장님께서 퇴임식장에 도착하시기까지의 소요시간은 예상보다 더 길었습니다. 다시 정적과 침묵의 시간이 다가서므로 재차 마이크를 잡고 알람에 대해 이야기를 시작했습니다.

우리 공무원들은 회의를 시작할 때 20분짜리 알람을 스타트하고 시작합니다. 그래서 벨이 울리면 회의는 종료됩니다. 오늘 제 이야기는 시장님이 '벨'입니다. 시장님께서 입장하시는 순간 제 말씀은 끝납니다. 뒷이야기가 궁금하신 분은 퇴임식이 끝나고 제 방으로 오시면 마무리 말씀을 전해드리겠습니다. 그 순간에 시장님이 입장하시었습니다.

명예퇴임식은 웃음과 격려와 감동으로 마무리되었습니다. 시장님의 명연설도 좋았고, 본인의 퇴임사도 무게 있고 임팩트가 있어서 좋았습니다. 객석이 텅 빈 자리에서 새로운 고민이 시작되었습니다. 이 스토리를 어찌 마무리해야 하는가입니다. 결국 언론사에 조기 명예퇴임에 보태진 장학금 이야기를 보냈습니다.

매년 수십 만 명이 퇴직을 할 것인데 장학금을 내신 분에 대한 기사를 본 일이 없는 듯하니 좀 더 크게 나가야 한다고 생각했습니다. 기고문을 넘어 데스크 칼럼이나 사설에서 한 말씀 던져야 한다고 언론에 요청을 드렸습니다. 그리고 成事^{성사}되었습니다.

| 경기일보 |

이호락 씨는 오산시청 국장이다. 1956년생이니 만 58세다. 40년을 일하고 오늘 (29일) 퇴임한다. 법이 정한 정년까지는 2년 남았다. 그 2년을 반납하고 명예퇴직을 택했다. 이제는 일반화된 공직사회의 명퇴다. 이런 퇴임식 때마다 따라붙는 말이 있다. '후배들을 위한 용단'이란 형용사다. 실제로 간부직 공무원의 퇴임은 연쇄승진으로 이어진다. 오산시청도 이 국장의 명퇴 덕분에 5, 6, 7, 8, 9급 5명이 승진하게 됐다. 여기까지는 공직자의 일반적인 명퇴와 다르지 않다. 하지만, 우리가 이 국장의 퇴임을 거론하는 이유는 따로 있다. 좀처럼 보지 못했던 모습, 장학금 쾌척 사실을 접해서다. 지역의 대표 장학재단인 오산애향장학회에 500만원을 전달했다. 이강석 부시장을 통해 전해진 그의 취지는 간단하고도 분명하다.

"곡식을 심는 것은 1년 농사이고, 나무를 심는 것은 10년을 내다봄이고, 인재를 양성하는 것은 100년을 준비함이다."

1975년 강화군에서 공직을 시작했다. 1989년부터는 시로 승격한 오산시의 터줏대감이 됐다. 자치과장, 교통과장, 공보과장 등 일 많기로 소문난 보직들을 두루 맡았다. 하지만, 이런 여건이 배움에 대한 그의 의지를 꺾지는 못했다. 도내 모대학이 개설한 공공정책대학원의 1호 석사가 됐다. 이후 관내 대학에서 강의까지 맡았다. 이번 장학금 전달은 배움에 대한 열망을 지역에 선물하고 떠나는 그의 마지막 모습이다. 지금 대한민국 공직사회는 소용돌이치고 있다. 세월호 참사 이후 관피아로 대변되는 철밥통이 서리를 맞았다. 때맞춰 정부 여당은 공무원의 노후 보장이던 연금에 메스를 가하고 있다. '43% 더 내고 34% 덜 받아가라'는 개혁안도 나왔다. 공무원 노조는 반발한다. 공무원 10만 명이 참가하는 총궐기대회를 예고해 놓고 있다. 하지만, 여론은 싸늘하다. '공무원=철밥통' '공직=권력'이라는 국민 인식이 그

▶▶ TV보도와 인터뷰

　1988년 상반기까지 경기도내 언론시장에서 텔레비전이 차지하는 비중이 지금처럼 아주 높았다고 봅니다. 공중파 방송국 기자가 지방단신을 보도하면 내무부에서 전화가 오고 사실 확인을 위해 감사과 직원이 현장 확인을 하였습니다.

　88올림픽 당시 우리나라는 인터넷이 활성화되지 않았고 지방신문은 경인일보가 유일했으며 지역방송국은 케이블TV라 해서 가가호호 연결된 통신선을 이용하여 지나간 드라마를 다시 방영하는 수준이었습니다.

　방송국 모 기자는 일주일에 1~2건 중요사항을 보도하였는데 경기도청의 기사거리가 마땅하지 않으면 농촌진흥청의 연구실적을 취재 보도하였고 어느 날 TV모니터 자료를 작성하고 이를 신문 스크랩과 함께 묶어서 도지사님 비서실에 오전 8시 전에 넣기 위해 바쁘게 일하고 있는데 방송기자가 어제 저녁에 야생초 확대 재배에 대한 모니터가 빠졌다며 어필을 하는 일도 벌어졌습니다. 정부기관의 성과를 보도한 것이 왜 도지사가 보는 보고서에 들어가야 하는지 당시 7급 공무원으로서는 이해되지 않았습니다.

　하지만 세월이 흘러 생각해 보니 자신이 경기도내에서 지속적으로 활동하고 있음을 경기도에도 어필하고 싶었거나 보도와 관련하여 도지사님과 사전에 논의가 있었을 것이라는 생각을 하고 있습니다. 당시에는 중앙정부와 도청 간에 긴밀한 협의가 오갔을 것이라 생각합니다.

사실 신문방송 모니터 결과 스크랩은 1년이 지나면 폐지로 버려지고 기록도 남지 않는 것인데 아주 많은 공무원들이 여기에 몸이 매여서 전전긍긍하였습니다. 그래서 TV를 통한 보도의 과정을 소개하고자 합니다. 우선 방송기자가 뉴스로 편집하기 위해서는 아이템이 화면확보가 가능한 분야이어야 합니다. 3초마다 바뀌는 화면을 90초로 편집하려면 30개의 화면이 필요합니다.

　요즘 종편을 보면 출연자가 상황을 길게 이야기하면 같은 내용의 화면이 3~4회 반복되어 나오게 됩니다. 이야기하는 사건에 대한 자료화면이 부족하기 때문인 것입니다. 사업이 진행되는 현장에서 다양한 각도와 세밀한 내용으로 촬영이 가능해야 수준 높은 뉴스가 나갈 수 있습니다. 그리고 과거와 현재, 미래로 설명되는 경우에는 그 사업과 관련한 자료화면이 있으면 錦上添花^{금상첨화}입니다.

　방송 나가는 날을 기준으로 일주일 전에 방송기자와 사전협의를 진행해야 합니다. 방송국의 아이템 검토, 차량과 촬영감독 배정, 방송스케줄 등 사전 조정사항이 많기 때문입니다.

　기관장의 TV인터뷰 시에는 표정, 복장, 배경에 신경을 써야 하고 반드시 기관장(도지사 시장 군수)이 카메라감독에게 다가가 인사를 하도록 하여야 합니다. 공무원의 시각에서 보면 방송의 생명은 아이템보다 기관장 얼굴이 방송화면에 나가야 하고 방송기자의 입장에서는 도지사나 시장군수가 아니라 그 사업을 주관하는 공무원이나 시민을 인터뷰해야 하는 서로 다른 입장과 이해관계가 있음을 알아야 합니다.

　더구나 1988년 당시에 얼굴을 알리는 데는 방송만한 것이 없었습니다. 기관장이 카메라감독과 악수를 한 경우 촬영시간은 길어집니다. 인터뷰를 4~5차례 반복하게 되고 카메라를 세우고 촬영하다가 어깨에 메고 이리저리 돌면서 찍습니다. 다양하게 찍으면 같은 90초를 나가도 좋은 표정, 정확한 인터뷰 장면을 모아서 멋지게 편집할 것은 자명한 일인 것입니다.

　다소 나쁜 기사라도 방송에 나가는 것이 좋다는 말을 합니다. 국민들은 기사에 나온 나쁜 지적 기사는 금방 잊어버리고 방송 화면에서 본 정치인의 얼굴을 오래 기억한다고 합니다. 방송에서 본 것은 기억나지만 그 당시의 보도내용이 무엇인가를 기억하려 애쓰지 않습니다.

참고로 선거유세장을 보도하는 경우 선호하는 후보는 카메라감독이 쪼그려 자세로 올려보며 촬영한 후 연사가 주먹을 불끈 쥐는 순간 카메라는 청중을 화면 가득 담아주지만, 不好^{불호}하는 후보의 경우에는 힘없는 대사가 나가고 기계 충 먹은 시골 머슴아 뒷머리처럼 관중이 듬성듬성한 곳을 넓게 촬영하여 방송을 합니다. 공정방송의 기준은 방송에 나가는 時間^{시간}이지 그 內容^{내용}까지 통제하지 못하는 것 같습니다.

여하튼 정치인에게 있어 訃告^{부고}장만 아니라면(사망했다는 연락만 아니라면) 방송에 나가는 것이 필요하고 방송에 자주 나가야 대중에게 알려지는 것이 중요하다는 말을 합니다. 방송의 힘이 가면 갈수록 강해지는 것은 이미지로 자신을 홍보하는 현실 때문인 것으로 여겨집니다. 정치든 행정이든 방송을 통해, 신문을 통해 더 많이 알리고 소개해야 하는 일이 홍보맨들의 큰 고민입니다.

▶▶ 방송기자가 좋아하는 기사

TV 방송기자에게 홍보를 위한 소재를 제공하는 경우 사안에 따라 차이가 조금은 있겠으나 일주일 전에 미리 알리고 협의해야 효과적인 취재와 기대만큼의 방송편집이 가능합니다. 우선 TV는 보여주는 뉴스이기에 현장 화면이 중요합니다. 수준 높은 내용이라 해도 화면으로 설명하기에 어려운 소재는 피하게됩니다. 시각적 효과를 노리는 방송의 특성이 있습니다.

그러므로 반드시 이 사업을 TV를 통해 알려야겠다는 생각을 한다면 CG(computer graphics)를 준비하거나 직접 카메라 앞에서 시연을 해야 합니다. 아직 진행상황은 아니지만 실제로는 이러하다는 것을 그림으로, 화면으로 담아서 방송에서 보여주어야 합니다.

TV기자보다 카메라감독이 더 바쁘고 신명나야 합니다. 월남참전용사가 군대이야기 좋아하듯이 새로운 취재거리를 만나면 카메라감독 대부분은 욕심을 내기 시작합니다. 나만이 이런 멋진 영상을 담아냈다는 자부심이 생겨나는 것입니다.

다음으로 방송기자는 기관장 인터뷰하는 것을 즐거워하지 않습니다. 데스크에 들어가서 설명하기가 어렵기 때문이기도 하고 기관장님들은 자신이 카메라 앞에서 말만하면 무조건 방송에 나온다는 자신감에 차있는 경우가 많기 때문이기도 합니다. 그래도 공보직원들은 CEO 인터뷰를 해야만 취재가 마무리된 느낌입니다. 갈비를 먹고도 마지막에 냉면 한 그릇을 먹거나 잘게 썬 김치와 함께 고기 구운 기름바다 불판에 공깃밥을 흠씬 비벼 먹어야 식사를 마무리한 기분이 드는 것과 같은 상황입니다.

참 좋은 기사를 1시간 이상 취재하였어도 편집과정에서 축소될 수 있습니다. 그날 낮에 정부에서 금융정책을 발표하거나 그린벨트 관련 중차대한 정책을 내놓으면 오늘 취재한 기사는 취소되거나 밀리거나 단신으로 쪼그라들 수 있다는 사실을 늘 인식해야 합니다. 그날의 운세에 따라 별일 없이 지나는 경우 우리의 기사가 30초에서 90초 분량으로 늘어나는 로또를 만날 수도 있다는 생각을 하는 것은 기대치일 뿐입니다.

그래도 저래도 오늘저녁 내일아침에 우리의 취재기사가 자막 한 줄 아나운서 멘트 한 마디로 나온 것만 해도 얼마나 좋은 일입니까. 자랑스러운 일이고 취재기자가 얼마나 노력했을까 생각하면서 다음날 오전 10시경(10시 이전에는 통화를 삼가야 합니다)에 정말 고맙다고 감사인사를 드려야 합니다. 언론과 공무원은 保險^{보험}사 직원과 보험 가입자 사이일 수 있으니까요.

▶▶ 방송 인터뷰가 취소되는 이유

방송 인터뷰에서 가장 중요한 포인트는 카메라감독입니다. TV에 보도되는 내용은 화면으로 설명하는 작업이기에 좋은 화면을 찍어야 하고 이를 담당하는 이는 마이크를 쥔 기자가 아니라 앵글을 맞추는 카메라감독입니다.

그래서 TV 인터뷰 전에 반드시 우리 편 대장님을 카메라감독에게 인사를 하도록 주선해야 합니다. 그리하면 카메라감독은 신바람이 나서 4번 5번 다시, 다시 촬영을 합니다. 삼각대에서 찍고 카메라를 어깨에 메고 이리저리 촬영합니다.

방송에 나갈 때에는 2~3초마다 화면이 바뀌어야 한답니다. 같은 화면이 길게 나가면 시청자가 지루하다 하고 자주 바뀌면 어지럽다 합니다. 그래도 이런저런 화면이 바뀌면서 기자의 리포트가 없어도 무슨 내용을 보도하는가를 시청자가 알아챌 정도로 화면을 구성해야 합니다.

시청자들이 정말로 보고 싶어 하는 장면을 만들어내야 하고 리포터의 핵심 내용을 그림으로 보여주어야 합니다. 그래서 방송기자들에게 아이템을 주면 화면이 있느냐, 현장에서 시연하는 장면을 찍을 수 있느냐를 묻습니다. 아무리 좋은 내용도 화면 구성이 안 되는 경우에는 카메라 배정이 잘 안 됩니다.

실제로 S지사님의 사모님은 아침 뉴스가 끝나면 관내 여러 기관의 여성단체장들이 오늘 아침에 TV에서 지사님을 뵈었다며 경쟁적으로 어필(appeal)하는 전화를 받게 되는데, 지사님 잘 생기셨다, 넥타이가 멋지다, 말씀을 잘 하신다 등 칭찬일색이지만 정작 사모님이 뉴스의 주요 내용이 무엇인가를 물으면 '자세한 뉴스는 모르겠고 지사님을 뵈었다' 는 사실에만 집중한다고 합니다. 즉 다소 부정적인 기사에라도 도지사님 얼굴이 비춰지면 그냥 잘 하시는구나 하는 평가를 받게 되는 이유인 것입니다.

오죽하면 정치인은 나쁜 기사든 좋은 내용이든 신문과 방송에 자주 나와야 한다고 말합니다. 사실 요즘 언론에서 떠나간 얼굴들이 많은데 이분들 보면 정계를 은퇴하였거나 더 이상 정치에 참여하고 싶어도 할 수 없는 상황이 된 분들인 것입니다.

인터뷰가 진행되는 동안 카메라 렌즈를 보면 우리의 대장님이 어떻게 비춰지는가를 알 수 있습니다. 그래서 인터뷰 배경장면을 잘 구성할 필요가 있습니다. 서재를 배경으로 할 것인가, 우리 기관의 마크를 넣을 것인가, 창문을 등지고 현장감 있게 갈 것인가 고민해야 합니다. 정장이 필요한 인터뷰가 있고 작업복을 입어야 하는 경우, 민방위복을 착용하여야 효과적인 상황이 있는 등 다양한 경우가 있을 것입니다.

그리고 방송에 보도된 화면을 나중에 어떻게 활용할 것인가에 대해서도 늘 고민해야 합니다. 어렵게 보도된 내용을 통으로 떠서 다양한 기회에 활용하도록 노력해야 합니다. 간부회의나 월례조회 직전 기다리는 틈새시간을 활용하여 방영하는 방안이 있고 게시판에 주소를 올려서 구성원들이 시청하고 정책에 공감하도록 하는 노력을 지속해야 하는 것입니다.

그리고 열심히 인터뷰한 내용이 다음날 원하는 시각에 나오지 않고 다른 뉴스에 방송되거나 아예 취소되는 경우도 있습니다. 그날 저녁에 대형 화재, 10여 명이 사망하는 교통사고가 발생하는 경우 우리의 기사는 방송에 나가지 못할 것입니다. 북한이 갑자기 미사일을 쏘거나 대북전단을 보내는 파주에서 불상사가 일어나면 이 또한 어렵게 준비한 인터뷰 뉴스가 방송을 타지 못하는 안타까운 일이 더러 발생합니다. 방송에 나온다는 것 자체가 참으로 고마운 일임을 미리 알아 두시기 바랍니다.

▶▶ 1999년 라디오 홍보시대

라디오 방송국의 역할이 커지면서 기관장의 라디오 방송 출연이 늘어납니다. 라디오는 소형 녹음기를 들고 대화하듯이 취재를 해서 편집한 후 녹음내용을 컴퓨터에 걸어두면 하루 종일 각종 방송이 나가고 중간에 광고가 나가니 온종일 뉴스와 時事^{시사}, 광고가 나가는 것입니다. 신문은 지면의 제한이 있지만 방송은 하루중 20시간 이상 방송을 하니 아주 효율적인 매체인 것입니다.

그래서 1999년에 행정의 중요 기능을 생방송 전화를 걸어 방송국 PD와 대화하면서 설명하고 홍보하는 아이템이 운영되었고 일부 효과를 보게 됩니다. 당시에는 Cell Phone이 요즘만큼 일반화 되지 않았으므로 사무실 전화가 주로 이용되었습니다. 이어폰 기능이 있는 전화기를 구매하여 활용하기도 하였고 방송전용 전화기의 필요성이 제시되었습니다.

부서별 방송 날을 정하고 미리 준비한 원고를 바탕으로 방송국 PD가 질문하면 실무 공무원이 답변하는 형식으로 15분 정도 운영하였는데 생생한 정보가 실시간 전해지는 묘미가 있었고 생방송이라 서로서로 긴장하고 열심히 임했습니다. 사실 방송의 효과를 금방 평가하기는 어렵습니다.

하지만 국민들에게 행정을 알리고 공무원이 노력하는 모습을 보였다는 점에서 높게 평가하고자 합니다. 한두 번은 전화연결에 어려움을 겪기도 하였습니다. 기본적으로 방송국에서 전화를 걸어서 대화를 하는 것인데 마음 급한 부서, 특히 전화기 2대 정도만 연결되는 외청 사업소의 경우 서로 전화기를 들고 있으니 통화불능인 경우가 있습니다. PD가 장황하게 질문은 물론 답변까지 하면서 생방송 시간을 진행한 후 늦게 통화가 되어 다시 한 번 물어보는 해프닝도 있습니다만 다 생방송의 묘미로 너그럽게 받아 주었습니다.

기관장님의 인터뷰도 많았습니다. 늘 집무실에서만 전화가 연결되는 것으로 생각하였는데 어느 날 방송시각 시간대에 성남에서 다음 스케줄이 있으므로 성남 商議^{상의} 사무실에서 전화 연결하여 방송을 하게 되었습니다.

급히 성남시로 차를 몰아 달려가면서 그동안 꼭 집무실에서 전화연결을 해야 한다는 固定觀念^{고정관념}을 가지고 있었음을 깨달았습니다. 어디에서도 연결되는 전화기의 장점을 잠시 잊고 있었습니다.

현장이 답이라고 합니다. 실제로 겪어보고 느껴보고 진행하면 더 발전적인 방법이 개발되는 것입니다. 고정적인 생각으로만 일하면 발전이 없습니다. 늘 새로움을 추구해야 합니다. 라디오 방송은 이제 온 국민의 친근한 매체입니다.

특히 자가용 승용차시대이니 시동을 거는 순간 방송이 나옵니다. 어제저녁 들었던 그 방송 채널이 바뀌지 않는다고 합니다. 두세 사람이 마주앉아 대화하듯 진행하는 라디오 방송을 적극 활용하여 행정시책을 알리고 국민적 공감대를 형성해 나가는 것이 행정가의 홍보 전략중 하나일 것입니다.

▶▶ 언론과 경영

언론의 화두는 직필정론입니다. 그래서 우리는 언론을 신뢰하고 언론인을 존경합니다. 공무원이 수차례 설명하고 해명하여도 신문에 나면 기사가 정론입니다. 민원인이나 이해관계자의 입장에서 공무원의 설명은 변명으로 들립니다. 그래서 언론이 중요합니다. 직필정론과 함께 사회의 공기^{空器}이며 사회의 부패를 막아주는 소금이라고 칭송을 받고 있습니다.

그래서 모든 사회가 공직이 언론에 朝夕^{조석}으로 신경을 씁니다. 아침저녁으로 대한민국 이곳저곳에서 밤하늘의 별만큼이나 많은 회의가 열릴 것입니다. 그 회의 속에 약방의 감초처럼, 세탁소의 철사 옷걸이처럼 빠지지 않고 등장하는 회의 메뉴는 언론동향이나 보도내용일 것입니다.

공직은 언론의 지적에 의해 자신들의 명예가 손상될 수 있고 기업은 매출에 타격을 받게 되는 것입니다. 언론에 의해 개인의 가슴에 큰 상처가 되기도 하고 그 충격이 더 큰 파장으로 이어질 수도 있습니다.

언론은 다른 언론만이 경쟁상대입니다. 오죽하면 1960년대 중앙지 배달을 하는 중고생조차 동창생이면서도 경쟁사 신문을 배달하는 친구와는 무턱대고 경쟁하고 서로가 가까이 가지도 않았을 정도입니다. 치열한 언론사간 경쟁은 그 신문의 1면 톱기사나 사회면 기사와 관련이 없어 보이는 청소년들까지 경쟁의 상대가 되도록 만들었습니다.

하지만 요즘 아파트 새벽운동을 나가 보면 김 여사님 한 분이 J, M, J, D, H, K, D신문을 한 바구니 담고 다니면서 동호수별로 문 앞에 가지런히 놓아줍니다. 우유와 야쿠르트도 함께 배달합니다. 신문만 배달해서는 수익성이 낮기 때문이라고 합니다. 새벽에 동시에 가능한 일이 신문보급소와 음료 일일 배달이기에 함께 하는 것입니다. 그런데 요즘 언론도 기사보도에만 집중하지 않고 부수적인 행사를 하는 것이 보입니다. 축제를 주관하거나 마라톤 등 체육행사를 직접 개최합니다. 기관단체의 후원을 받아 현장에 나가서 행사를 합니다. 구체적인 진행은 전문기획사 스텝들이 담당합니다만 언론사 경영진, 간부, 취재기자, 사진기자가 대거 출동합니다.

언론이 사건사고, 정책제언의 기사보도를 하면서 지역사회 문화예술, 체육의 구심체가 되고 있습니다. 행정기관이 커버하지 못하는 부분을 언론이 담당하고 있다는 긍정적인 평가를 할 수 있고 동시에 이 분야가 언론의 분야인가 하는 작은 고민도 해 보고 있습니다. 하지만 광고 홍보의 기능과 취재 보도 사진 등과 함께 적정한 인력을 보유한 언론사이니 순기능적인 평가를 하는 것입니다.

21세기 행정이 관주도에서 민간의 참여를 권장하는 것이 큰 화두입니다. 복지도 민간참여를 통해 성공하였습니다. 서대문구청이 그러하고 경기도내 남양주시 등 시군에서도 복지와 관련하여 민간참여를 권장하고 있고 일부 분야는 아예 민간이 주도합니다. 문화 예술 체육 등도 언론이 주도하여 시민을 모으고 참여하도록 하는 것은 권장할 일입니다. 그 속에서 언론과 경영의 조화가 필요합니다. 행정의 협력이 중요합니다. 사회단체가 주도하기에 버거운 일을 조직과 인력과 역량을 겸비한 언론이 주도하는 것에 대하여 긍정적인 메시지를 보내는 것입니다.

그리고 언론과 관련하여 어려운 문제가 발생하면 간부 공무원들은 본사 데스크를 연결하여 해결방안을 찾으려 합니다. 언론관계는 보험과도 같아서 평소에 오찬회동, 국장이나 부시장, 부군수 승진이나 수평 이동시에도 언론사 방문을 통해 자신의 이름을 언론에 올리면서 간부로서 역할을 하고 있습니다.

비상상황이 발생한 이후에 발등의 불을 끄려 하면 물도 바가지도 없고 소화기는 굳어서 발사조차 불가능합니다. 평소에 그 기관을 출입하는 언론인과 접촉하여 대화와 소통을 축적함으로써 방화수와 부드럽게 분사되는 소화기를 준비하여 비상시에 위기를 막거나 충격을 줄일 수 있습니다.

취재기자의 기사작성과 데스크의 판단, 그리고 편집국장 중심의 회의 시 반응과 편집부의 최종적인 제목 작명 등의 과정을 거쳐서 신문 활자 크기와 글씨 디자인이 나오는 것입니다.

이 과정에서 2명 정도의 기자가 아군이라면 그 간부 공무원과 관련된 기사는 아주 부드럽게 처리될 수 있을 것입니다.

물론 기사가 공무원 개인을 향해 나가는 경우보다는 기관의 업무에 대한 평가이고 그 속에는 약간의 경영적 요소가 가미되므로 한두 명 공직자가 기사 전체를 감당할 수는 없다고 봅니다. 하지만 이 세상의 대부분 사건의 판단기준은 일단은 그 담당자의 역량부터 보기 시작합니다.

과거 1990년대 공직에서 예산계 차석, 인사계 차석, 기획계 차석에 대한 인사를 보면 어디에서 참으로 꼭 필요한 사람을 구해 왔구나 하는 감탄을 하곤 하였습니다. 정말로 適材適所적재적소라는 말이 안성맞춤 이었습니다.

요즘에는 적재적소보다는 일 중심의 인력배치로써 유사하면서도 약간은 다른 인물을 배정하게 됩니다. 이유는 여러 가지가 있을 것입니다만 그 결론은 공직 퇴직 이후에 평가하는 것이 좋을 듯합니다. 여하튼 공무원이 소신을 가지고 열심히 일하는 것도 필요하고 더하여 언론의 지원을 받는다면 錦上添花금상첨화이고 錦衣夜行금의야행의 손실을 복구해 주는 진통제, 촉매제가 됩니다.

It is impossible for us to emphasize safety training too much.(안전 교육은 아무리 강조해도 지나침이 없다.) 이와 같이 안전은 아무리 강조해도 지나침이 없다는 英文영문 번역이 있습니다만 행정이나 단체의 사업과 행사에 대해서는 더더욱 홍보해도 지나친 것이 아니라고 할 것입니다.

공직에서 굵직한 인물들은 전혀 언론 쪽 부서가 아님에도 젊은 층 기자들과 점심 혹은 저녁에 어울립니다. 그 모임중에는 더러 대학 모임도 있고 지역 향우회도 있겠습니다만 색깔과 냄새 없이 만나서 새로운 라인을 형성하는 젊은 간부들이 더러 있는데 이 분들이 훗날에 더 크게 자라 경기도청이 자리한 팔달산 소나무 위에서 더 넓은 세상을 보고 있을 것입니다.

아주 많은 이들이 팔달산 성곽 위에서 넓게 바라보고 지금은 북악산 자락에서 세상을 둘러보고 있을 것입니다. 이 말에 대한 주석달기도 퇴임 이후에나 가능할 것입니다. 아시는 분은 이미 인지하셨을 것입니다.

▶▶ 열심히 일하면 지적 받는다

열심히 일하다가 언론에 맞으면 담당 공무원의 마음은 심히 아픕니다. 나름 고민하고 공직자로서의 기본인 창의적인 업무추진을 위해 새로운 시책을 만들어 상사를 설득하고 예산 등 관련부서를 설득하여 어렵게 추진하는 사업에 대하여 추진실적이 70%에 머물렀다는 비판적 기사를 접하게 되면 힘이 쑥 빠지면서 더 이상의 창의력 충전은 스톱됩니다.

주변에 보면 관계규정에 의해 당연히 추진하여야 하는 업무가 있지만 예산부족, 인력부족, 기타 복지부동의 사유로 아예 업무추진을 중단한 사례가 있다면 이를 찾아내어 권장하고 미진한 부분은 지적해 주어야 할 것입니다.

자신에게 주어진 임무를 대부분 추진하면서 여기에 더하여 새로운 업무를 창의적으로 운영하는 부서에 대하여 실적부진이나 부작용 등을 지적하면 이 업무를 담당하는 공무원은 언론이 針小棒大^{침소봉대}하였다거나 공정성의 길에서 벗어났다는 생각을 하게 됩니다.

언론의 표현이 편집부 기자들의 제목에서 크게 좌우되어 긍정기사로 올라온 기사가 부정적인 쪽으로 기우는가 하면 비판성 기사를 올렸지만 제목에서 약하게 다루면 그런대로 반타작 기사가 될 수 있는 경우는 아주 흔하다 할 것입니다. 즉 소주가 반병이나 남았다고 말하는 것은 술에 약한 사람의 경우이고 반병밖에 남지 않았으니 안타깝다는 주태백도 있는 것이니까요.

그리고 창의적으로 추진하는 사업인데 부정적인 시각으로 본다면 의지를 꺾는 일이 되는 것이고 '나무만 보고 숲을 못 보는' 형상이 되는 것입니다. 비록 부분적으로 미진함이 있다 해도 이 사업이 올해부터 새롭게 시작되는 것이고 실무자의 창의적 노력의 산물이라면 격려의 기사를 올려주는 것이 필요하다 할 것입니다. 당연히 해야 할 일을 피하는 부서에 대해서는 법령과 근거를 바탕으로 질책해야 맞는 것입니다.

요즘 젊은 엄마들이 아이들의 장점을 권장하지 아니 하고 대부분 "안 돼! 안 돼!"를 연호하는 관계로 아이조차 "엄마 나 물 먹으면 안 돼?"라고 말하는 상황에 이르렀습니다. 확신 없는 표현으로 "내일 아침에 동쪽에서 해가 뜰 것 같아요"라고 말합니다. '같아요'라는 표현은 그럴 것이라는 자신 없는 말로서 젊은이들 사이에 많이 사용되고 있습니다. '너무 예쁘다'는 말도 맞지 않는다고 생각합니다. 이 세상에서 어찌하면 너무 예쁠 수 있을까요. 어떤 총각이 너무 잘 생긴 것일까요.

물론 언론의 기능이 90% 이상 비판과 비평을 해야 한다고 말합니다만 비판 속에 가끔은 긍정적인 평가를 해 주기를 소원합니다. 김밥 할머니의 장학금 쾌척이라는 보도를 볼 때마다 많은 독자들은 이 세상이 살아갈 만한 곳이라는 희망을 갖게 됩니다. 공무원들은 물론 직장인들이 잘하는 일이 많을 것이므로 적극 발굴 보도하여 사회에 희망의 훈풍을 언론에서 이끌어 주시기 바랍니다.

▶▶ 공보실에 발탁된 것은 아니지만

1988년 당시 공보실에 근무하는 선배가 구내식당에서 커피 한 잔하자고 청합니다. 사금파리 흰 잔에 검붉은 커피 한 사발을 주는데 200원이었습니다. 5잔을 마셔도 1,000원에 해결되는 시기였습니다. 물론 연봉이 1천만 원을 넘지 못하였으니 당시 500원이면 최근 코미디에서 한동안 인기를 누린 '궁금하면 500원~'보다는 더 비싼 돈이었습니다. 3명이 앉아서 커피 3잔을 마시며 나눈 이야기는 공보실에 와서 일해 보라는 제안이었습니다.

제안에서 가장 의미 깊은 말은 고등학교 3년 동안 문예반 활동을 한 것이 1순위요, 두 번째는 전임 세정과보다는 자율적인 분위기에서 일한다는 설명이었습니다. 사실 지방행정주사보 7급에 승진하여 세정과에 가니 매일매일 하는 일이 전자계산기 두드리기였습니다. 36개 시군(현 31개 시군)의 세외수입 보고서, 하천점용료 부담금, 그리고 본청 각 부서의 세입보고서를 집계하여 행정자치부에 전화로 불러주고 다음날 서면으로 보고서를 제출하는 일이 전부였습니다.

공직 7급에 대한 기대가 서서히 식어갈 즈음인데 아주 샤프한 제안을 받은 것입니다. 더구나 세정과 근무기간도 2년이 되었으니 이즈음에 부서를 이동하는 것도 자연스럽겠다는 생각이 들었습니다. 일주일이 지나니 청내 방송이 나왔고 문화공보담당관실 보도계에 배속되었습니다.

그리고 전임자의 간단한 오리엔테이션을 듣고 청내 각 부서를 다니며 자료를 받아 보도자료로 작성하고 그 내용을 다시 해당과에 전하고 검토를 받아 출입 언론인에게 전하는 이른바 '아이템' 담당자가 되었습니다.

그리고 2년 9개월을 근무하고 6급에 승진하여 인재개발원으로 전출되었습니다. 공무원 배움의 전당인 인재개발원에서 흥미롭게 1년을 근무한 어느 날

도시개발과로 발령되었습니다. 당시에는 행정직으로서 도시개발부서에 간 것이 조금은 서글펐습니다.

1년 전에 7급으로 신바람 나게 근무한 전임지 공보관실에 6급 2명이 전출되고 승진 동기생 2명이 전입되었으니 말입니다. 7급 동안 열심히 일한 공로는 제대로 평가받지 못한 느낌이 들었습니다. 그리고 5급 공무원이 되어 동장으로 동두천시에 근무하던 중 소방재난본부를 거쳐 다시 공보관실 홍보기획팀에 들어와 3년 9개월간 일하다가 같은 공보관실 언론담당에서 2년 11개월을 근무합니다. 그 기간이 참으로 길지 않게 느껴지는 것은 당시 나이가 40대 초중반의 세월이어서 시간의 흐름에 둔감해서만은 아닐 것입니다.

이제 더 이상은 공보부서 근무가 없을 것이라 생각하였지만 지방행정연수원에서 1년 장기교육을 마치고 돌아온 곳이 의회 공보담당관실입니다.

이곳에서 존경하는 박신홍 처장님을 모시고 헌혈조례 제정기념 언론이벤트, 노인학대 예방조례 이벤트, 수도권규제 규탄 언론플레이, 비수도권의 경기도의회 배척 규탄 성명 등 이채롭고 재미있는 언론홍보 업무를 재미있게 수행합니다. 또 다시 더 이상 공보실에서 일할 기회가 없을 것이라 생각했지만 이번에는 도청 대변인실 언론담당관으로 근무를 명받습니다. 동두천시 전출로 6개월 단명이었지만 ABC제도 논란, 새로운 대변인 발령 등 작은 변화와 잘잘한 사건을 만났습니다.

이런 과정을 회고해 보면 공보가 아닌 다른 부서에 발령 받았다면 또 다른 일을 하였을 것이고 그 속에서 다양한 경험을 축적하였을 것이라는 생각을 합니다. 흔히 공직에서 기획 예산 인사 조직 등 반드시 거쳐야 하는 라인이 있다고 하는데 예산부서 2년 반 근무 외에는 핵심조직 문고리를 잡지 못했습니다. 그래서 행정의 흐름을 제대로 간파하지 못하는 것 같다는 자성을 합니다.

다만 그간의 공직에서 느낀 바를 바탕으로 후배들에게는 이른바 '보직관리'를 권합니다. 좀 무리를 하고 오버를 해서라도 핵심부서라 칭하는 자리에 가야 한다는 점을 강조하고자 합니다.

그리고 토목 건축직의 경우도 조직내 국이나 과의 핵심부서에서 7급 때 근무하는 것이 필요하다는 점을 말씀 드립니다. 이제는 공보부서에 11년 6개월,

공직기간 1/3을 근무했다는 자랑만 있을 뿐 5급 이후의 보직라인에는 공보실 11년 반이 전혀 도움을 주지 못한다는 사실을 告白^{고백}합니다.

▶▶ 깊은 밤 방화수류정에서

유네스코 문화유산에 등록된 수원화성은 그 자체가 아름다운 성곽이고 그중 白眉^{백미}를 꼽으면 화홍문과 그 위편에 자리한 訪花隨柳亭^{방화수류정}이라 할 것입니다. 화홍문 인근에는 심재덕 시장님 재임중에 자주 들렀다고 하여 유명세를 탄 소갈비식당이 하나 있는데 2002년 어느 날 사무관 2명과 중견 언론인 몇 명이 자리를 잡고 도정의 홍보와 언론사의 미래에 대한 심도 있는 토론이 진행되었습니다.

두 사무관은 공보부서를 대표하는 당시로서는 그래도 젊은 공무원이고 언론인 역시 회사의 정치부를 대표하는 한참 잘나가는 기자였으니 할 말도 많고 빈 술병도 여러 개 양산하였습니다. 그리고 일단은 저녁식사를 마치고 최후의 3인이 남게 되었고 따로 소줏집에 갈 여력도 휘발유도 부족하지만 단거리라도 달려보고 싶은 마음이 동의하였고 아주 쉽게 의견의 일치를 보았던 것입니다.

해서 언론인 간부가 인근 슈퍼에 가서 소주 몇 병을 확보하고 안주거리 포를 사서 화홍문 달빛거리를 지나 방화수류정 별빛마을에 도착하였던 것입니다.

화홍문을 지나는 물결의 일렁임 속에는 둥근 달이 붉은 구슬이 되어 물결을 만나 너울거리며 검은 밤을 밝혀주고 방화수류정 문틈을 지나 작은 고원마을에 도착하면 하늘에서 별빛이 반겨주는 곳입니다. 水原八景^{수원팔경}을 한 번 돌아보겠습니다.

수원 8경중 3곳이 화홍문과 연결되니 방화수류정을 감상하면 수원화성의 절반을 보았다 해도 될 것입니다. 더구나 저녁식사중 한 잔하고 다시 풀밭에 앉은 3인은 달물결의 군무에 취하고 쏟아지는 별빛을 소나기이거나 폭설처럼 맞으며 늦은 시각까지 밝은 하늘 속 별 숫자만큼이나 많은 이야기를 주고받았을 것입니다.

수원팔경 : 정조가 수원성을 세우고 빼어난 경치 여덟 군데를 꼽아 찬양한 데서 수원팔경이라 전한다.

1. 광교적설(光橋積雪) : 광교산에 눈 쌓인 모습으로 한겨울의 백설도 장관이려니와 시루봉에 새봄이 찾아올 무렵의 춘설 또한 비경이다.
2. 북지상련(北池賞蓮) : 장안문 북쪽 연못에 흰색·붉은색의 연꽃이 호수면 가득 피어 있으니 우아하기 그지없는 광경이었다고 한다.
3. 화홍관창(華虹觀漲) : 광교산 깊은 계곡에서 흘러내리는 광교천 맑은 물이 화홍문의 7개 홍예를 빠져나갈 때 옥처럼 부서지는 물보라를 바라보는 눈맛이다.
4. 용지대월(龍池待月) : 화홍문 방화수류정과 어울려 용지는 한없이 아름답고, 여기서 동쪽을 바라보며 달이 떠오르기를 기다리는 마음이 그리도 아름다웠단다.
5. 남제장류(南提長柳) : 화홍문에서 화산릉 앞까지 이르는 수원천의 긴 제방 남제 양편에 늘어서 있는 휘늘어진 수양버들이 가관이었음을 이른다.
6. 팔달청람(八達晴嵐) : 야트막한 팔달산에는 아름드리 나무들이 울창했다. 맑게 갠 날 이 나무숲에서 산기(山氣)가 모락모락 아지랑이처럼 피어올라 빛나는 모양이다.
7. 서호낙조(西湖落照) : 서호 수면에 여기 山의 그림자가 드리워지고 그 위에 석양빛이 반사되어 황금빛으로 물들면 가히 빼어난 아름다움이 아니겠는가.
8. 화산두견(華山杜鵑) : 봄이 오면 온 산이 진달래로 붉게 물들어버리는 화산의 아름다움을 이른다.

몇 년이 흐른 어느 날 중견 언론인은 칼럼을 통해 이날의 비밀스러운 회동을 回顧^{회고}합니다. L사무관이 술에 취해 공보실 근무자로서의 고충을 토로하고 또 다른 L사무관도 생각보다 힘든 나날이라는 말을 하였다고 전했습니다. 그러면서 칼럼은 공무원들이 열정이 있다면 작든 크든 무엇인가를 이룩해 낸다는 의미로 마무리해 준 것으로 기억합니다.

그 칼럼을 찾아 읽어 보아야 합니다. 다시 읽고 초심으로 돌아가 남은 공직을 보람차게 마감해야 합니다. 훗날 실명거론이 가능해질 즈음에 다시 한 번 별빛과 달물결에 취했던 그 언저리에서 지나간 세월을 반추해 보고자 합니다.

그때는 소주가 아니라 와인이 필요할 것 같습니다. 그리고 현장에 들어가기보다는 주변에서 관조하는 입장이 될 것입니다. 세월은 그렇게 세류의 버들처럼 부드럽게 흘러가고 있습니다.

▶▶ 언론중재위원회

언론중재법은 언론사 등의 언론보도 또는 그 媒介^{매개}로 인하여 침해되는 명예 또는 권리나 그 밖의 法益^{법익}에 관한 다툼이 있는 경우 이를 조정하고 중재하는 등의 실효성 있는 구제제도를 확립함으로써 언론의 자유와 公的^{공적} 책임을 조화함을 목적으로 한다.

언론중재법을 보면 ① 언론의 자유와 독립은 보장된다. ② 누구든지 언론의 자유와 독립에 관하여 어떠한 규제나 간섭을 할 수 없다. ③ 언론은 情報源^{정보원}에 대하여 자유로이 접근할 권리와 그 취재한 정보를 자유로이 공표할 자유를 갖는다. 자유와 권리는 헌법과 법률에 의하지 아니 하고는 제한받지 아니 한다.

그리고 언론에 대해서도 말합니다. ① 언론의 보도는 공정하고 객관적이어야 하고, 국민의 알권리와 표현의 자유를 보호·신장하여야 한다. ② 언론은 인간의 존엄과 가치를 존중하여야 하고, 타인의 명예를 훼손하거나 타인의 권리나 공중도덕 또는 사회윤리를 침해하여서는 아니 된다. ③ 언론은 공적인 관심사에 대하여 공익을 대변하며, 취재·보도·논평 또는 그 밖의 방법으로 민주적 여론형성에 이바지함으로써 그 공적 임무를 수행한다.

또한 ① 언론, 인터넷 뉴스서비스 및 인터넷 멀티미디어 방송은 타인의 생명, 자유, 신체, 건강, 명예, 사생활의 비밀과 자유, 肖像^{초상}, 성명, 음성, 대화, 저작물 및 私的^{사적} 문서, 그 밖의 인격적 가치 등에 관한 권리를 침해하여서는 아니 되며, 언론 등이 타인의 인격권을 침해한 경우에는 이 법에서 정한 절차에 따라 그 피해를 신속하게 구제하여야 한다.

② 인격권 침해가 社會常規^{사회상규}에 반하지 아니 하는 한도에서 다음 각 호의 어느 하나에 해당하는 경우에는 법률에 특별한 규정이 없으면 언론 등은 그 보도내용과 관련하여 책임을 지지 아니 한다. 1. 피해자의 동의를 받아 이루어진 경우 2. 언론 등의 보도가 공공의 이익에 관한 것으로서, 진실한 것이거나 진실하다고 믿는 데에 정당한 사유가 있는 경우

언론과의 충돌은 발생할 수 있습니다만 현실적으로는 양측이 서로서로 양보하고 존중하는 가운데 원만한 타결이 이루어집니다. 땅 차지하려는 소송의 경우처럼, 치킨게임처럼 끝까지 내달리는 것은 결국 양측이 모두 손실과 상처를 받게 됩니다. 조금씩 양보하면 동시에 원원하는 것이 언론과 행정기관의 관계인 것입니다.

| 언론중재 및 피해구제 등에 관한 법률 |
[법률 제10587호 일부개정 2011. 04. 14.]

제3조 (언론의 자유와 독립)
① 언론의 자유와 독립은 보장된다.
② 누구든지 언론의 자유와 독립에 관하여 어떠한 규제나 간섭을 할 수 없다.
③ 언론은 정보원(情報源)에 대하여 자유로이 접근할 권리와 그 취재한 정보를 자유로이 공표할 자유를 갖는다.
④ 제1항부터 제3항까지의 자유와 권리는 헌법과 법률에 의하지 아니 하고는 제한받지 아니 한다. [전문개정 2011.4.14]

제4조 (언론의 사회적 책임 등) 신구조문
① 언론의 보도는 공정하고 객관적이어야 하고, 국민의 알권리와 표현의 자유를 보호·신장하여야 한다.
② 언론은 인간의 존엄과 가치를 존중하여야 하고, 타인의 명예를 훼손하거나 타인의 권리나 공중도덕 또는 사회윤리를 침해하여서는 아니 된다.
③ 언론은 공적인 관심사에 대하여 공익을 대변하며, 취재·보도·논평 또는 그 밖의 방법으로 민주적 여론형성에 이바지함으로써 그 공적 임무를 수행한다.

▶▶ ABC제도

[지식정보] 신문·잡지의 발행부수를 실제로 조사하여 공개하는 제도를 ABC라고 합니다. ABC(Audit Bureau of Circulations : 신문, 잡지 부수 공사기구)제도란, 신문, 잡지, 웹사이트 등의 매체사가 스스로 보고한 간행물의 부수·접촉자수 등의 매체량을 표준화된 기준에서 객관적인 방법으로 조사, 확인하여 이를 공개하는 것이라고 합니다.

1914년 미국에서 처음 시작된 이후 세계 32개국이 이 제도를 채택하여 각 나라의 매체·광고 환경에 맞게 운용하고 있습니다. 아시아에서는 인도가 1943년 처음으로 실시하였습니다.

일본은 광고회사 덴츠[電通]가 주도하여 1955년에 시작되었습니다. 한국 ABC협회는 1989년 5월 세계에서 23번째로 창립되었습니다.

▶▶ 언론인의 소금과 간재미의 소금

언론인은 지속적으로 중앙 지향적입니다. 경기도내 지방 언론인으로 들어와 중앙방송국의 간부가 된 경우가 있고 중앙신문사 부장급이 된 사례도 많습니다. 중앙언론사에서 퇴직하면 지방사 국장 타이틀로 출입처를 담당하기도 합니다. 같은 지방지 간에도 많은 언론인들이 오고가고 신문기자가 방송으로 가고 방송기자가 신문으로 통신으로 인터넷신문으로 자리를 이동합니다. 경쟁사 기자로 건너가서 승승장구하는 케이스도 더러 있습니다.

잘 아는 K기자는 지방지에서 장기근속 후 경제지에 있다가 다른 지방사에서 다시 최초 근무하였던 회사에 복귀한 경우도 있습니다. 그룹 이동의 경우도 있는데 이는 아마도 끈끈한 선후배의 정으로 뭉쳐진 독수리 5형제의 경우로 보아야 합니다. 우리는 함께 간다는 말입니다. 1988년에 Y사 중견급 기자 3명이 지방사 創刊^{창간} 간부로 갔다가 얼마 후 다시 복귀한 사례도 있습니다.

언론사 에이스로 활동하다가 퇴직한 후 다른 신문사 부국장으로 가는 코스는 마치 공무원이 정년을 앞두고 산하기관 본부장으로 가는 경우와 유사합니다. 젊은 시절 신문사 차장 부장을 거쳐 국장을 하신 분이므로 언론에 대한 경륜을 최대한 활용할 수 있는 기회를 얻는 것입니다.

공무원은 내부 인사숨통을 열기 위해 정년 2년 전에 산하기관에 가서 경험을 발휘하고 퇴직하도록 하는 제도를 운영해 왔습니다. 이를 요즘에 언론에서 '官피아' 라면서 비판을 합니다.

정치에는 적도 없고 친구도 없다는 말을 합니다. K기초단체장 선거에서 잘 될 듯 두 분이 정치적 필요에 의해 갑자기 친밀해(?)지는 사고(!)가 발생하는 사례가 있으니 말입니다. 언론의 경우도 일단 특종이거나 대형인 경우에는 전후좌우를 살필 수 있을까 생각해 봅니다.

시중에서 하는 말중에 '외할머니 떡도 커야 사 먹는다' 거나 '외삼촌 소(牛)에서 이윤 남기지 않으면 소장수 돈벌이할 곳이 없다' 고 합니다. 장사가 이익을 추구하는 데는 친척조차 영리에 이용한다는 말입니다.

모든 언론인에게 하고픈 말은 아니지만 가끔은 사무실 책상 위 중요자료를 임의로 가져가 특종을 때리니 공무원들은 자료 관리에 신경을 써야 합니다. 見物生心^{견물생심}, 공무원 책상 위에 놓여진 5단 기사자료가 보이는데 외면하라 할 수 있겠는가의 문제입니다.

미국의 정의로운 언론인, 기자처럼 '國益^{국익}을 위해서라면' 특종으로 취재한 자료조차 영원히 땅속에 묻고 가는 언론인이 아주 많아지는 시대가 대한민국에도 반드시 오기를 바라는 마음입니다. 물론 우리 사회에서 그동안 미국 기자 이상으로 국익을 위해 자신을 희생한 언론인이 많고 회고록조차 쓰지 않은 분이 다수일 것이라고 확신하는 바입니다.

언론의 기본 기능은 비판입니다. 그래서 구조적으로 좋은 이야기는 보도되기 어렵다고 생각합니다. 재벌의 5억 원 기부는 1단기사도 어렵지만 김밥할머니 장학금 5천만 원은 3단을 넘길 수 있는 것은 언론만이 가진 특성인 것입니다. 아마도 경제논리가 가장 낮게 적용되는 곳이 언론시장이라 할 것입니다. 성악설이 먼저 적용되는 곳이기도 합니다. 하지만 그곳의 기자들은 가장 착한 마음으로 세상을 바라보되 그중 위험한 부위에 집중해서 고등어가 상하지 않고 더욱 맛있게 숙성되도록 도움을 주는 '간재미 역할'을 다해 주시기를 바랍니다.

간고등어 이야기입니다. 동해바다 해안에 배로 도착한 후 마차에 실려 출발한 안동 고등어가 숙성되다가 부패직전으로 가는 타이밍이 있다고 합니다. 영덕에서 출발한 고등어가 황장재에 이를 즈음, 그리고 울진에서 출발하여 주령에 이르면 소금을 뿌려야 합니다.

간재미의 기술은 상하기 쉬운 부위에 소금을 많이 뿌리고 다른 부분에는 적게 뿌리는 손가락의 강약 조절장치가 있다는 말입니다. 경험이 없는 사람이 무조건 소금을 뿌려대면 고등어의 맛을 잃게 되고 상품가치가 떨어질 것입니다.

마찬가지로 사회의 公器^{공기}이며 부패를 막는 소금이라 稱頌^{칭송}받는 언론인들이 부패하기 쉬운 사회의 이곳저곳에 소금을 뿌리는 역할을 잘해 주기를 바랍니다. 다만 傷處^{상처} 부위에만 또 다시 소금을 뿌리는 이른바 '염장^{鹽藏}을 지르는' 일은 없거나 최소로 줄여 주시기를 바랍니다. 자신의 업무에 대한 혹독한 비판과 비평으로 인해 곤혹을 치룬 젊고 유능한 공무원이 나이 들어 간부가 되어서도 언론을 두려워하는 '언론 트라우마' 를 겪지 않도록 살살 다뤄 주시기를 부탁합니다.

▶ 언론인 응대요령

1988년 이후 2000년까지 언론인의 취재방법은 다양했습니다. 자료를 요청하여 내용을 검토하고 이것을 바탕으로 다른 이해 당사자의 주장을 첨가하여 기사를 완성합니다. 방송기자의 경우는 화면이 중요하므로 은밀하게 영상을 만들 수도 있습니다.

즉 몰래카메라가 있습니다. 평소 친밀한 관계에 있는 기자가 정색을 하고 목소리를 곧추세워 업무에 대해 묻는다면 녹음일 수 있습니다.

방송기자가 사무실에 왔는데 테이블에 올린 카메라의 센서 바늘이 툭툭 튀고 있다면 지금 녹취되고 있는 것이고 카메라 렌즈가 무엇인가를 촬영하고 있다고 보아야 합니다. 몰래카메라에 의한 보도내용을 보면 신발, 구두, 빈 의자 등이 주인공이 됩니다.

豆乳^{두유}업계를 뒤흔든 오산 잔다리(세교, 細橋)마을 홍보에서도 서울의 초등학교 급식 심의위원이라며 시설을 둘러보고 갔는데 다음날 전화로 취재동의를 요청해 왔습니다. 방송 나가는 데 동의하겠으니 당장 찍으러 오시라 했습니다. 하지만 어제 안경에 장착된 카메라로 다 찍었다는 것입니다.

그래서 언론인을 만날 때 결정적인 단어를 쓰지 말아야 합니다. 아주 정확한 발음으로 원론적인 이야기를 이성적으로 말하는 것이 중요합니다. 감정을 담지 말고 청탁도 부탁도 변명도 안 될 일입니다. 지금 추진하고 있는 업무에 대해 말하고 국민이나 업체를 비판하여서는 안 됩니다. 민원인의 억지가 있더라도 상대편에서는 그렇게 주장하시는 것이고 우리는 이렇게 판단한다고 설명하면 됩니다. 쉽지 않은 일입니다.

몰래카메라에 걸리는 줄도 모르고 전화 통화를 하였는데 다음날 아침 뉴스에 자신의 목소리가 나오는 경우가 있습니다. 음성변조를 하였다 해도 자신의 목소리는 그 느낌이 오는 법이지요. 저도 3번 방송에 목소리 출연을 한 바 있는데 매번 객관적인 사실만 이야기한 것은 다행스러운 일입니다.

반복되는 말이겠으나 언론인의 취재가 끝나고 보도되고 나면 더 이상 이 건에 대한 논쟁은 필요치 않습니다. 쿨하게 받아들이고 다음을 기약하면 됩니다. 기자들도 업무상 비평기사를 쓰는 것이지 그것이 재미있어서 그리 하는 건 아닌 줄 알아야 합니다.

그러니 한 번 비판기사를 쓰면 다음번에는 홍보기사를 만들어낼 마음의 준비를 할 것이니 그 타이밍을 잡아서 우리 부서의 좋은 일을 홍보하는 기회로 삼으면 좋습니다. 오르고 내리는 경제 사이클처럼 홍보기사와 비판기사가 공존하는 언론시장의 특성을 잘 활용해야 하는 것입니다.

학문에 王道^{왕도}(어떤 어려운 일을 하기 위한 쉬운 방법)가 없듯이 언론에도 지름길은 보이지 않습니다. 하지만 여러 갈래의 길중에서 시행착오를 줄이는 넓은 길, 안전한 도로가 보일 것입니다. 그 길이 보이지 않으면 언론과 언론인에 대해 큰 틀에서 넓게 보시기 바랍니다. 어버이 親^친으로 언론을 보시기 바랍니다. 아들을 기다리는 어머니는 고갯마루 소나무에 올라가 먼 곳을 바라보십니다. 親^친자 속에는 나무 위에 올라가 늦은 시각까지 돌아오지 않는 5일장에 간 아들을 기다리는 어머님의 모습이 담겨 있습니다.

▶▶ 선언후공

출입기자나 언론인을 만나는 경우 우리 공무원은 늘 제가 만든 造語^{조어}인 '先言後公^{선언후공}'의 자세를 가질 필요가 있습니다. 언론이 먼저요 공무원은 그 다음이라는 뜻으로서 일단 이 세상사 어디에나 적용될 말입니다. 즉 모든 일에 언론이 앞장서야 한다는 것이고 공무원은 독자 또는 국민의 뜻을 대변하는 언론의 비판과 指導鞭撻^{지도편달}을 따르겠다는 다짐이기도 합니다.

그렇다고 언론에 항상 저자세를 취한다는 말은 아닙니다. 공무원으로서 자신의 업무에 자신이 있다면 언론인과 당당하게 맞서면 될 일입니다. 그런데 男

性^{남성}은 아버지이고 女性^{여성}은 어머니이듯이 언론은 評價^{평가}이고 행정은 執行^{집행}입니다. 행정은 예산을 편성하고 집행하고 인가와 허가를 결정하여야 하는 아주 많은 일을 합니다. 반면 언론은 자신들이 하는 사업은 적은 편이고 늘 기사를 통해 행정을 평가하고 비판하고 공무원을 계도합니다.

그래서 언론인은 일종의 직업병이라는 말을 듣는 경우가 많습니다. 비가 오면 짚신장사 아들이 걱정이요, 날씨가 청명 쾌청하면 나막신장사를 하는 아들 장사가 안 되니 걱정인 것은 부모 마음이나 공무원 생각이나 같을 것입니다. 그런데 언론인은 비 오는 날 만난 아들이 나막신이냐 짚신이냐에 따라 그날의 평가가 다를 수 있습니다. 즉 취재를 한 사건을 중심으로 이야기를 시작하게 됩니다.

같은 사안도 공무원이 적극적으로 弘報戰略^{홍보전략}을 펴면 홍보기사가 되고 민원인이나 당사자인 國民^{국민}이 어필하면 비판기사가 될 수 있습니다. 범죄자가 늘어난 것을 보고도 문화부 기자가 보면 걱정이 되고, 사회부 기자가 보면 요즘 경찰과 검찰이 열심히 일한다는 평가를 할 수 있을 것입니다.

소방차가 경적을 울리며 화재현장으로 달려가는 모습을 본 사회부 기자는 요즘 소방공무원이 시민의 생명과 재산을 지키기 위해 열심히 일한다고 평합니다. 반면 과학부 기자는 소방차 출동 횟수가 현격하게 줄었다는 자료를 바탕으로 소방공무원의 防火^{방화}활동의 성과가 높다는 주제로 特輯^{특집}기사를 쓸 수도 있습니다.

이처럼 기자는 자신의 판단과 전공, 개인적 소신에 의하여 같은 사안에 대해서도 '술이 반병 밖에, 술이 반병이나' 라는 2개의 기사를 쓸 수 있고 편집부 기자는 이 기사를 바탕으로 '折半^{절반}의 失敗^{실패}' 라는 제목과 '절반의 成功^{성공}' 이라는 참으로 애매모호한 제목을 창조해 내는 것입니다.

반면 행정은 늘 90% 이상의 성과를 올려야 하는 宿命的^{숙명적} 과제를 지니고 있습니다. 일단 일을 시작하면 6월말에는 50%를 달성해야 하고 11월말에 95%의 진도를 이끌어내야 하는 것이 공무원의 임무입니다.

가장 힘든 경우는 부서에서, 또는 공무원 개인이 창의적으로 새로운 업무를 발굴하여 지난 2월부터 열심히 추진하고 있는데 언론으로부터 그 일이 70%

밖에 진도 나가지 못하고 지지부진하다는 비판기사를 맞았을 때입니다. 차라리 이 일을 시작하지 않았다면 기사 날 일도 없었을 것이니 말입니다.

공무원에게 주어진 임무를 판단하는 기준을 찾아내기가 어렵습니다. 그러니 일하지 않으면 비판기사도 없는 것입니다. 매일매일 기사를 올려야 하는 기자로서는 공무원의 속마음까지 다 읽어내지 못하는 어려움이 있을 것입니다.

그래도 공무원은 열심히 일하고 새로운 일을 발굴하여 국민을 행복하고 편안하고 행복하도록 힘써 勞力^{노력}해야 합니다. 언론도 공무원에게 走馬加鞭^{주마가편}의 심정으로 크고 작은 비판을 하여 주기를 바라고 있습니다.

강원도 속초에서 출발하는 활어 수족관 속에 상어새끼 한 마리를 넣어 주면 활어 횟감 물고기들이 태백산맥을 넘을 때에도 기압의 변화를 감지하지 못하고 상어를 피해 수족관 안을 빙빙 돌면서 노량진 수산시장까지 활발하고 쌩쌩하게 달려온다는 말을 가슴에 새겨볼 만합니다.

▶▶ 신문사 편집부

신문기사의 마무리는 편집부의 몫입니다. 취재기자의 송고는 리드문(첫 문장)부터 시작되며 데스크를 거쳐 편집부로 넘어오면 평소 신문편집에 정통한 편집전문 기자들이 제목을 정하고 기사를 배치합니다.

물론 1면 톱이나 두 번째 기사, 면 톱의 경우에는 편집회의에서 정하지만 그 외의 잘잘한 기사는 편집부 기자의 제목 작명과 적정한 위치에 배치함으로써 기사의 경중이 결정됩니다. 세로쓰기 신문시절에는 정말로 세로쓰기는 지적이나 비판기사이고 가로쓰기는 홍보성으로 보이는 듯한 시기도 있었고 홍보기사 제목의 바탕에는 비단 무늬가 있지만 지적 비판기사 제목은 그냥 흑백으로 처리하여 강한 인상을 주기도 하였습니다.

또한 강력한 비판의 경우는 검은 판에 흰 글씨가 나오는데 이는 기사 제목의 글씨는 흰 종이 원단으로 처리하고 나머지 공간을 온통 검정 잉크로 인쇄를 하니 이를 일러 신문에 塗褙^{도배}가 되었다고 합니다.

그래서 신문을 펼쳐 보아도 웬만한 대문짝보다 크지 않을 것인데 기사가 대문짝만하게 났다고 하는 것은 그만큼 신문기사의 전파성과 기사 제목의 위용을 평가하는 말이라고 여겨집니다. 다시 말해 때로는 취재기자의 기사 논조보다는 편집기자가 기획하는 제목의 강도, 기사배치 의도 등에 따라 언론사의 의지, 社是^{사시}를 반영한다고 느껴졌던 것입니다.

따라서 언론사에서는 취재기자 특종상 등과 함께 편집기자상을 따로 시상하고 있고 사진기자상도 별도의 파트로서 대우를 받고 있는 것입니다.

사실 신문지면이 부족한 것도 아니고 남는 것도 아닌 것이 바로 편집부 기자의 마술인 것이지요. 짧은 기사문이지만 내용이 크면 제목을 키우면 되는 것이고 길고 장황한 기사지만 제목은 작고 기사문이 다른 기사 틈새를 비집고 돌아다니는 틈새시장 기사도 가끔 보입니다.

특히 중앙지의 지방판 기사의 경우 밀려드는 기사를 수용하기에 면이 좁으므로 4단 정도 제목이 될 법한 기사도 2단 제목으로 줄이는 경우도 많습니다. 가끔은 기대 이상의 큰 사진이 나오는데 이는 아마도 기사 원고량이 적은 경우 제목만 크게 하는데 어려움이 있을 때 사진을 크게 배치하는 것이 아닐까 추측해 봅니다.

물론 사진 한 장으로 모든 것을 설명하는 경우도 많습니다. 신문에서 사진의 중요성은 더 많이 강조되어야 합니다. 즉, 사건사고 현장을 신문 1개 면을 割愛^{할애}하여 설명한다 해도 1장의 사진을 이겨낼 수 없을 것이기 때문입니다. 교통사고 현장은 사진 한 장으로 모든 상황을 설명할 수 있는 것입니다. 설명이 필요 없습니다. 사진기사야말로 신문의 힘이라 할 것입니다.

그래서 기관장님 언론사 방문 수행자들은 정치부, 사회부, 경제부만 모시지 말고 編輯部^{편집부}를 찾아가서 인사를 하도록 안내해야 합니다. 편집부는 다른 기관장 방문 때 들르지 않는 부서이니 희소성도 있고 나중에 우리 기관의 기사가 올라가면 한 글자라도 부드럽게 처리해 줄 것이며 아기자기하게 기사 제목으로 한 번 더 업그레이드된 弘報^{홍보} 효과를 누릴 것입니다.

✱ 사시社是 : 회사나 결사의 경영방침이나 주장

그리고 여유를 만들어 언론사 방문은 2일로 잡아 문화체육부도 방문해야 하며, 어느 언론사를 1일차로 할 것인가는 출입기자의 파워와 위상을 사전에 검토해 볼 일인 것입니다. 정 결정하기 힘들면 언론사를 지도에 표시하고 순로를 따라 돌도록 하면 좋을 것입니다.

▶ 중앙지 가판 이야기

과거에 중앙지는 가판을 냈습니다. 가판이란 가두판매가 아니라 조간으로 나갈 신문을 전날 저녁에 미리 일부 구매자에게 판매하는 신문을 말합니다. 신문형태로 나오고 서울 동아일보사 사옥 인근의 길에서 중요 고객에게 팔려 나갑니다. 그리고 다음날 아침 신문이 최종으로 인쇄되어 나갈 때에는 가판기사가 일부 부드럽게 조정되어 가정에 배달됩니다.

부드럽다는 말은 기사편집 내용과 아침 보도기사의 제목 일부나 내용에 수정이 있다는 말입니다. 예를 들어 가판에서 "○○도 행정 식물인간"이라는 제목이 다음날 아침 "○○도 행정 일부 차질" 정도로 완화된다는 말입니다. 이를 위해 밤늦게까지 전화가 오가고 그 시각에 윗선에 보고되기도 합니다.

신문기사 두 글자를 놓고 차○○ 공보관과 중앙지 데스크가 2시간 이상을 전화를 걸고 받으며 싸우는(?) 장면을 목격하였고 다음날 아침 조금 부드러워진 기사제목을 들고 가서 '長^장'에게 보고하기에 참으로 대단한 밤을 보냈다는 생각을 하였습니다.

중앙지 가판제도가 주는 긍정적인 면은 혹시 취재와 보도 과정에서 아주 중요한 부분에 오해가 있다면 반드시 고쳐야 한다는 면에서는 필요해 보입니다. 아무리 전문기자라 해도 공무원의 이야기를 잘못 이해하거나 자료에 대한 해석에 착오가 있을 수 있으니 말입니다. 중앙 언론사의 입장에서는 자신들의 기사를 고객인 취재처의 검토를 받는 기회가 되기도 할 것입니다.

한 번은 큰 비판기사가 났다고 해서 중앙지를 열독하였지만 기사를 찾아내지 못하였고 곰곰이 생각해 보니 그 기사가 서울지역 보급신문(서울판)에 났을 것으로 판단하고 서울사무소의 신문 스크랩을 팩스로 받아 확인한 경우도 있습니다. 현재에도 중앙지는 서울판, 경기판, 수도권판, 경기제주판 등 1~2 면을 할애하여 지방의 중요기사를 싣고 있습니다. 중앙지의 서울판이 경기도 일부 신도시에 배달된다는 사실은 示唆^{시사}하는 바가 참으로 많습니다.

이후 인터넷이 활성화되면서 가판은 떠나갔고 이제는 종이신문과 인터넷을 동시에 보는 공보실 직원들은 하루 종일 바쁘게 되었습니다. 낮에는 통신사 기사를 보아야 하고 저녁에는 석간신문, 아침 일찍 출근하여 조간신문을 스크랩하여 보고하여야 합니다. 그래서 요즘에는 중앙, 지방지 신문을 스크랩하는 프로그램이 보급되어 마우스로 기사를 클릭하면 다운되어 편집된 후 이를 게시하는 방법을 활용하고 있습니다.

그런데 중앙이나 지방지가 홍보성 기사는 내일아침 종이신문에 올리기 전에도 인터넷에 올려주는 성의가 있으니 조금 비판적이거나 엄청난 바람을 몰고 올 기사는 절대 인터넷에 올리지 않고 종이신문에 먼저 보도한 후 수 시간이 지나서야 인터넷에 올리는 전략을 쓰고 있습니다.

아직도 종이신문의 위상을 살려두려는 전략으로 보입니다. 더구나 인터넷 기사가 늘어나고 다양해지면서 과거보다 종이신문의 기사가 무게감과 신뢰성을 강하게 던져주는 것은 많은 분들의 공통적인 인식일 것입니다.

▶▶ 긍정과 부정의 차이

살아가면서 긍정적인 생각과 부정적인 생각이 극명하게 갈라지는 경우는 흔하지 않습니다. 대화중에 나오는 어휘들을 보면 50대는 긍정적인 표현을 많이 쓰는 것 같은데 젊은 층으로 내려갈수록 부정적인 표현을 많이 쓰고 중고생의 경우에는 바람직하지 않은 용어구사가 많은 듯 보입니다.

더구나 대화의 반 이상을 상서롭지 못한 표현과 단어를 생각 없이 쓰는 경우도 접하게 됩니다. 청소년의 상황을 보면 '반갑다 친구야!' 라고 전하는 말인 듯 보이는데 대화내용은 비속어가 많이 첨가된 아주 거친 문장으로 구사됩니다. 그리고 '안 돼요'를 남발하는 것도 안타깝습니다. 식당에서 "아줌마 여기 물 좀 더 주면 안 돼요?"라고 말하는데 물을 더 달라는 말을 참 어렵게 표현합니다.

어른들의 대화중에도 "그게 아니구요"를 남발하는 모습을 쉽게 발견할 수 있습니다. 상대편의 주장이나 설명에 대해 95% 공감하고 2% 정도 차이가 나는데도 불구하고 일단은 '그게 아니구요'를 던지고 대화를 이어갑니다. 우리는 가급적 "네 공감합니다. 맞는 말씀입니다. 그렇다마다요"라고 말한 후에 자신의 의견을 말해야 합니다. 상대편의 주장에 50% 반대의 입장이어도 나머지 반을 긍정적으로 말해야 할 것입니다. 이 세상에 '그게 아닌 것'은 하나도 없습니다.

이제 공무원과 언론의 인식 차이를 이야기할 때입니다. 언론의 보도에 대하여 가장 먼저 자신과 다른 주장에 대해 분노하기 시작합니다. 기사에서 기자는 그 사업이나 행사의 정황을 설명하고 그 속에서 잘못된 부분을 지적하고 비판하고 나중에 代案^{대안}을 제시합니다.

하지만 마음 급한 공무원은 일단 기사에서 자신의 업무에 대한 지적 부분에 스스로 가슴을 찌릅니다. 아픕니다. 그러니 기사의 고민과 편집 데스크의 고뇌, 기사 전체의 이른바 '행간의 의미'를 발견하지 못합니다. 긍정51 : 부정49나 긍정49 : 부정51에서 얼마나 차이가 있겠습니까.

긍정으로 쓴 기사가 편집부 기자의 견해 차이로 부정적 기사로 변질되는 경우가 많이 있습니다. 술이 반병밖에 남지 않은 것이나 술이 아직도 반병이나 있는 것의 차이는 무엇일까요.

'行間^{행간}의 의미'란 기사는 이렇게 말하고 있지만 그 속의 진의가 무엇인가를 판단하라는 것입니다. 기자는 중앙선 침범을 안전띠 미착용으로 약하게 표현하고 있는데 공무원은 안전띠 미착용으로 스티커를 뗀 경찰관을 미워하고 있습니다. 반대차선의 차량과 충돌위기를 모면한 것을 모르고 차선위반도 모른 채 왜 나에게 안전띠 매지 않았다고 스티커를 발부했느냐가 분노의 이유인 것입니다. 차라리 당신은 중앙선 침범이라는 위법자인데 특별히 안전띠 미착용으로 낮은 등급의 스티커를 발부한다고 설명했다면 그 운전자는 흔쾌히 받아들였을 것입니다.

언론의 경우에도 더 큰 사건으로 번질 기사를 이 정도에서 마무리하고자 했고, 다음날 그 부서의 장으로부터 감사의 전화를 받거나 기자실에 방문하여 고마움을 표할 줄 알았는데 아침 일찍 전화를 걸어온 담당자로부터 엄청 큰 反撥^{반발}의 어필을 받으니 오히려 당혹스러울 수 있다는 말입니다.

기사나 보도에 대하여 우리는 일단 긍정하는 마음으로 받아들일 필요가 있습니다. 이미 지나간 일입니다. 신문에 올랐고 인터넷에 퍼졌으며 방송으로 동네방네 전파를 탄 이후이니 말입니다. 기자에게 어필한다고 돌이킬 수 있는 화살이 아닙니다. 이미 화살은 날아갔고 과녁에 맞고 안 맞고는 금방 결정 나는 일입니다. 해서 일단 마음에 안 드는 힘든 기사를 쓴 기자에게 어필하기보다는 오전 10시경 만나거나 전화를 해서 그 정도로 낮게 기사를 써주어 고맙다고 하는 것이 좋을 것입니다. 기사 소재는 풍성하고 신문지면은 넘쳐나고 신문은 매일매일 나옵니다. 세상은 넓고 할 일은 많은 것처럼 기사로 쓰여질 자료는 얼마든지 있다는 말입니다.

그러니 이번에 가볍게 예방주사 맞듯이 기사 한 방 맞고 다음번 홍보기사 보도자료를 내면 그 기자가 3단, 4단으로 홍보기사를 쓸 수 있도록 하는 인맥 형성이 필요합니다. 不可近不可遠^{불가근불가원}이라 말들 하지만 그래도 언론인은 공직 내내 함께 해야 할 공무원의 영원한 파트너이지 말입니다.

▶▶ 홍보기획과 전략

홍보기획부서에 근무한다면 무슨 일을 해야 하나 茫茫大海^{망망대해}를 바라보는 심정일 수 있습니다. 대부분의 공무원들이 보도자료는 각과의 행사나 행정실적을 바탕으로 만들어진다고 생각하기 때문에 별로 내놓을 자료가 없어 보입니다. 하지만 결론적으로 요즘에는 우리 기관에서 보도자료를 낼 것이 별로 없어 보인다는 사실만으로도 보도자료가 될 수 있으며 기자들에게는 好材^{호재}가 될 것입니다.

보도자료가 적은 이유가 기관장의 외유 때문인지 부단체장의 소극 행정이 그 이유인지 아니면 간부들의 복지부동으로 인한 결과인지 다양한 분석이 가능하기 때문입니다. 어쩌면 감사기관의 강도 높은 司正^{사정}방침이 행정을 위축시키고 실무자의 생각을 마비시키고 중간 관리자의 결정을 미루게 만드는지도 모릅니다.

실제로 3개월 이상 지지부진하게 늘어진 인사작업으로 인해 온통 피로도가 쌓이고 결국 행정의 진도에 큰 걸림돌이 된 사례가 있었습니다. 보도자료가 현격히 줄어든 것은 물론 각부서 문서발송 건수도 감소하고 발간실이 파리를 날리다 못해 파리채를 휘두르는 상황이 발생하였다면 그 이유는 인사지연 때문일 것입니다. 그리고 인사가 늦어지면 늦어질수록 공무원의 업무능력을 크게 감소시키는 요인이 된다는 사실을 알 수 있었습니다. 곧 인사가 있을 것이니 조금만, 며칠만 미뤄보자고 합니다. 며칠 후에 떠날 부서에서 인계를 준비하는 담당자가 새로운 일을 시작하기는 쉽지 않은 것입니다.

따라서 홍보부서 근무자는 장기근속이 필요합니다. 다른 부서 공무원이 평균 2년을 근무한다면 홍보부서는 4년 정도 근무해야 합니다. 행정도 그러하고 인생도 마찬가지인 것처럼, 대한민국에서는 4계절이 지나야 한해 농사를 마무리하고 다음해에 새롭게 시작되는 農政^{농정}에 아이디어와 개인적 역량을 발휘할 수 있습니다. 그리고 그 사람을 알려면 소금 3가마를 함께 먹어야 합니다. 소금 한 가마는 1년을 말합니다. 소를 잘못 사면 반년 고생이고 머슴을 잘못 두면 1년 고생이며 결혼을 잘못하면 평생 고생이라는 말이 있습니다만 언론과 잘못 사귀면 공직 내내 힘이 듭니다.

다음으로 홍보기획안에 대한 의견입니다. 우선 정부의 중요 정책 발표시에 지자체의 의견으로 참여하는 방법이 있습니다. 취락지구 그린벨트를 해제하는 政府政策^{정부정책}이 발표되면 C공보관은 취재도 없는데 역으로 전화를 걸어 도지사의 見解^{견해}를 말합니다.

중앙지 기사에 한두 줄 도지사 멘트가 올라갑니다. 친척집 밥 먹는 밥상에 밥숟가락 얹기, 이웃부서 회식장에 젓가락 품고 가서 맛있는 음식을 먹는 것입니다. 정부 발표 기사에 우리 대장님 이름을 올리는 것이야말로 홍보부서 공무원들이 매진해야 할 일중 하나입니다.

경기도 파주시에서는 북한의 실상을 알리는 전단과 1달러 지폐를 실은 풍선을 북한으로 날리는 민간단체와 주민의 충돌이 일어납니다. 이에 대해 파주 연천 고성군의 대응도 언론을 통해 국민에게 알려지고 그 과정에서 직간접적으로 이들 지역이 알려지고 있습니다. 알려진다는 것은 장차 관광객이나 벤치마킹, 또는 주민이 이사를 오거나 사업 아이템을 가지고 기업이 이전할 수도 있습니다. 하지만 당장은 파주지역 상인들은 對北^{대북}전단 보내기로 인해 북한군의 총격이 가해지는 등 긴장국면으로 인해 관광객이 급감하여 장사가 안 되는 실정에 있으므로 그만하라고 항의를 하고 계란을 던지는 것입니다.

홍보기획부서가 늘 부서의 동향을 파악해야 합니다. 접촉하다 보면 부서에서 아주 중요한 홍보자료를 가지고 있으면서도 그것이 金^금덩이인 줄 모르고 일반자갈 정도로 취급하는 경우를 발견하게 됩니다.

옛날 숯 굽는 산속에서 태어나고 자라서 세상 物情^{물정}(세상일이 돌아가는 실정이나 형편)을 잘 모르는 새신랑이 아궁이 돌로 금덩이를 썼다는 말이 있습니다. 지혜로운 아내가 이 금이 든 돌을 쪼개서 한 줌씩 포장하여 숯 팔러 가는 신랑을 통해 장터 대장장이에게 팔았는데 그 값으로 신랑이 지고 가는 숯의 4배 이상을 받아오더라는 옛이야기가 있지 말입니다. 하하하!

홍보기획부서 공무원은 가끔 뻥도 치고 '구라' 도 때려야 합니다. '구라' 라는 말은 손학규 경기도지사님께서 강원도 수해복구 봉사를 마치고 돌아오는 버스 안에서 오전 작업중 엄청나게 떠들어댄 공무원(저)에게 '재미있는 말을 더해 보라' 는 뜻으로 '구라를 더 쳐보라!' 고 하신 데서 연유된 말로 긍정적 의미의 거짓말을 '구라' 라고 해석하고 있습니다. 일본어인 줄 압니다. 김구라 씨는 동현이 아버님입니다.

▶▶ 주라는 법도 말라는 법도 없으니

공무원과 언론인의 끝없는 말싸움은 자료를 달라 하고 못준다 하는 것입니다. 자료를 주라는 법이 없으니 심한 경우 '정보공개 청구'를 하라고 합니다. 대외비가 아닌 문서라면 기자는 달라 하고 내가 처리한 문서를 기자에게 줄 수 없다고 버티는 것입니다.

이는 닭과 계란중 어느 것이 먼저인가를 따지는 문제이고 부산까지 달려도 늘 평행선인 좌측 철길과 우측 레일입니다. 숫자 2는 곱해도 4, 더해도 4이듯이 언론인과 공무원의 대화는 늘 평행선입니다.

그래서 나온 방법이 모든 보도자료는 공보실을 통해서 주고 받자입니다. 각 부서는 공보관실이 요구한 자료를 공보관실 직원에게 전달하고 공보관실은 그 자료를 기자에게 전하니 각각의 책임부담을 조금씩 分擔^{분담}하는 것입니다.

공보관실 직원도 공무원이니 자료의 내용을 파악하고 나가야 하나 말아야 하나를 판단하라는 것입니다. 사업부서에서도 자료를 제공하면서 기자에게 나갈 수 없는 이유를 설명하면 마음속 위안이 될 것입니다.

그런데 큰 걱정은 하지 않아도 되는 것이 기자들도 무턱대고 행정기관의 자료를 보도하기에는 나름 규율이 있을 것입니다. 언론이 폭로만으로 되는 것이 아니고 언론보도의 수위가 있으니 말입니다. 사회적 공익적 책임이 있습니다. 언론중재위원회에서 조정을 해 주기도 합니다.

기사를 보도한 언론인에게 어필을 하면 "행간의 의미를 읽었느냐?"고 점잖게 말합니다. 기자들도 취재한 후 기사를 쓸 때, 편집회의를 하면서 많은 고민을 했다는 말입니다. 더 강하게 나갈 수도 있는 것을 그 정도에서 완화했다는 말인 것입니다. 하지만 보도를 당한 공무원으로서는 이 기사 자체가 나가지 않기를 바라는 바이기에 일단 보도된 내용을 기준으로 불만을 말하는 것입니다. 너무나 기가 막히면 울지도 못한다고 합니다. 아주 기사가 강하게 나버리면 어찌할 바를 모를 것인데 적당한 충격으로 기사가 터지니 이에 반발할 힘이라도 남아 있는 것이 다행이라 생각하시기 바랍니다.

그래서 공무원은 늘 대형사건 기사의 충격을 감당할 정신자세가 필요합니다. 언론에 대한 어필은 1:1보다는 대변인실을 통하거나 대변인실의 지원을 받거나 언론중재를 받아야 합니다. 민감한 보도의 溫度^{온도}차가 서로 다르므로 전문가들이 모인 언론중재위원회가 수많은 유사사례를 견주면서 중심을 잡아주고 있습니다.

하지만 기사가 난 후 1시간쯤 지나서 아주 담백한 마음으로 기사가 정말 잘 못 보도된 것인지 냉정하게 생각하기 바랍니다. 그간 접한 기사의 대부분은 맞는 말이고 틀린 말은 아닌 듯한데 그 표현이 가슴을 시리게 하고 목을 조이는 듯 느껴져서 화가 나는 것입니다. 어쩌면 이리도 아프게 제목을 달고 기사를 쓰는 것일까. 그리고 항상 기사 속에서 담당자를 두 번 죽이는 마지막 멘트가 정말 싫은 것입니다.

정말 화가 나는 기사는 안 해도 될 일이었는데 창의력을 동원해 열심히 해 보고자 노력한 것을 단순평가로 100을 목표로 잡고 아직도 70%뿐이라고 언론이 기사로 비판할 때입니다. 열심히 일하는 사람을 채찍질하지 말고 할 일도 안 하고 분위기 타고 눈치 보는 다른 부서를 질책하는 것이 언론의 기능이 아니겠느냐 화내고 싶습니다. 하지만 세상사는 '走馬加鞭^{주마가편}'이라 했습니다. 달리는 말에게 채찍을 날리고 날카로운 편자로 달리는 말의 허리를 차는 것이 우리의 현실이고 그것이 언론의 기능인 것입니다.

언론도 주마가편만으로 달려갈 것이 아니라 복지부동을 잡아내고 伏地眼動 복지안동(엎드려서 눈치만 보고 있음)을 솎아내는 행정기관 내 각 부서의 미흡함을 더 많이 지적해 주기를 바랍니다.

1년에 2번 봄 가을 옷을 사오는 둘째 며느리만 칭찬하지 말고 365일을 넘어 366일 367일 열심히 일하고 부모님을 봉양하는 첫째 며느리에게 신경을 써 주기 바랍니다. 더구나 아들도 일찍 세상 떠난 첫째 며느리의 고생을 보듬어주는 심정으로 언론이 행정기관과 공무원을 격려해 주는 참 좋은 기사를 많이 올려주기를 바라는 마음으로 언론인 여러분께 호소합니다.

▶▶ 공보관 외부채용

경기도청 최초의 아웃소싱 공무원으로 말하자면 잠사계장과 잠업 특작과장을 역임하시고 퇴직하신 후 수원문화원장, 민선 수원시장, 국회의원을 역임하신 심재덕 전 수원시장님을 들 수 있습니다.

1960년대 우리나라가 비단을 생산하는 누에고치를 수출하여 외화를 벌어 산업경제의 기반에 도움을 주었는데 이를 적극 추진하기 위해 당시 고등학교 심재덕 교사를 특채하여 파격적으로 사무관에 임명하고 이후에는 과장에 승진 보직하였습니다.

그래서 아웃소싱의 원조가 되셨습니다. 이후 심 시장님은 특히 세계화장실 협회 초대회장을 하셨으며 수원시는 물론 우리나라 화장실 문화의 선진화에 크게 기여하셨습니다.

이후 경기도청에 외부 전문가가 자리한 직위는 비서실장, 여성국장, 공보관이었으며 저는 1999년 홍보기획팀장으로 발령받았고 J공보관을 만난 다음날 기존의 업무가 바뀌면서 새로운 홍보기획이라는 업무를 담당하게 되었습니다. 이전까지 그 자리는 언론인과 접촉하는 자리로서 발령소식에 동료들이 술 많이 먹게 될 것이라는 걱정을 해 주었지만 정작 근무 내용은 서면 접촉을 할 뿐 언론인을 직접 만나지는 않았습니다. 술을 마실 기회도 없습니다.

부서의 역할을 바꾸신 J공보관은 부임 초부터 새로운 공보관실 기능 재배치를 검토하였던 것이고 3명의 계장중 2명이 전입되는 다음날 새로운 업무배치를 한 것입니다. 즉 보도자료 제공을 하는 언론담당이 기자실 접촉을 담당하고 보조기능인 홍보기획에서는 자료로 승부를 걸라는 것이었습니다. 그래서 처음으로 외부기관으로부터 홍보컨설팅을 받게 되었고 이미지 광고를 시작하였으며 각종 홍보전략에 대해 고민하기 시작했습니다.

이전까지도 공무원들이 열성적으로 일했지만 그 틀을 바탕으로 새로운 홍보전략을 개발하고 추진해야 한다는 전문기관의 컨설팅에 따라 도지사의 인터뷰부터 업그레이드를 시작했습니다. 우선 인터뷰 복장에 대해 비서실과 협의했고 필요시에는 가벼운 扮裝^{분장}을 해서 영상을 통한 道政^{도정} 홍보를 강화했습니다.

도정을 대표하는 도지사의 얼굴이 화면에 밝고 멋지게 나올 필요가 있다는 컨설팅을 받은 결과입니다. 이어서 인터뷰를 행하면서 화면에 대해서도 관심을 갖게 되었고 인터뷰 직전에 카메라감독에게 도지사가 인사를 하시도록 안내하는 세심한 운영도 하게 되었습니다.

도민들의 수필공모를 통한 도정 홍보전략도 펼쳤고 출입 언론인들에게 e-mail을 쓰도록 하여 신속한 자료의 전파가 가능하도록 노력하였습니다. 이런 과정에 우리의 대기업 홍보부서 출신의 L공보관님은 확실한 홍보전략과 차별화 정책으로 기자실 元老^{원로}들의 비판을 감수하면서 홍보에 매진했습니다.

다음번 공보관님은 방송출신 언론인으로서 도정의 홍보전략이 TV쪽에도 다가서면서 새로운 형태의 홍보전략을 짜는 전기가 되었습니다. TV 방송의 전파력이 강했다는 점에서 시기를 잘 만난 분이라고 생각합니다.

그러다가 내부 공무원이 공보관에 보임되면서 원로 언론인은 물론 젊은 층에서도 옛날 공보담당관이나 보도계장(1988년 이전) 시절로 돌아간 듯 긍정적인 분위기 전환을 맞본 이후에 2003년 3월에 가치관과 추진력이 확실한 C공보관을 맞이합니다.

C공보관은 공보관실 사무관들의 업무패턴을 개혁하였고 언론에 대한 새로운 인식을 심어주었습니다. 언론관련 사고가 터지지 않으면 심심한 듯 '禁斷現象^{금단현상}'이 일어난다는 말로 유명세를 탔습니다.

C공보관의 추진력에 J차석이 힘을 합해 수십 년 유지해 온 기자실의 자투리 공간, 잃어버린 공간을 찾아내고 기자실 구조를 바꿔서 브리핑 룸을 만들어 냈습니다. 기존의 개인 책상을 철거하고 작은 취재부스를 만들어 누구든지 필요할 때 와서 취재하고 기사를 작성하고 나가면 다른 기자가 그 자리를 쓰도록 했습니다.

이른바 기자실에는 개인 자리가 없다는 전략이었습니다. 다만 어느 날 새벽 꿈속에서 어느 도인이 나타나 "그대가 추진하는 기자실 구조 개편에 무리가 있다"는 말씀에 소스라치게 놀라 잠에서 깬 날 아침에 출근하자마자 진행중이던 브리핑 룸 改編作業^{개편작업}을 크게 바꿔 원로 언론인들의 자리를 별도로 만들었습니다.

그 다음 공보관은 문관적인 역량으로 소통하는 조직문화를 힘차게 이끌었습니다. 공보관 퇴임 후에는 국회요직에 오른 바 있습니다. L공보관은 젊은 나이에도 탁월한 리더십을 발휘하고 계층을 초월한 소통과 협력으로 다수 언론인들의 호응을 이끌어 냈습니다.

국회의원 보좌관 경력을 최대한 발휘하여 도정사건 사고에 대해 기민하게 대처하는 분으로 현안에 대한 판단과 적절한 대응력을 발휘하였고 기존 조직의 공무원 능력을 최대한 발휘하도록 조정하고 분위기를 만들었다는 平價^{평가}를 받았습니다.

후임의 C일보 출신 대변인은 실력과 인품으로 다양한 홍보전략을 개발하고 중앙을 담당하면서도 필요시에는 지방언론과 소주잔을 마주하는 폭넓은 행보를 보였습니다. 수권의 책을 쓰신 문예창작과 출신이며 함께 근무한 여러 공보관님중 빼어난 德將^{덕장}이요 智將^{지장}이라는 평을 받았습니다.

2011년 초에 짧은 기간 6개월 동안 근무한 언론담당관으로 근무하면서 만난 C공보관은 자신의 주장이 강하지만 언론인을 예우하고 소통하는 면에서 강점을 지닌 인물이었습니다.

최근 몇 년 사이에는 외부인사가 代辯人^{대변인} 지휘봉을 잡으면서 호불호 평가를 받고 있지만 최근 만난 여성 대변인은 언론인 체육행사장에서 아주 친밀하게 대화하고 도지사 주재 회의에도 참석하여 도정의 현장상황을 파악하는 등 적극적인 행보를 보였습니다. 성차별이 가장 적고 오히려 여성이 앞선다는 기자세계에서 여성 대변인의 탁월한 활동을 기대할 수 있다고 할 것입니다.

다만, 외부 전문가와 내부 행정공무원간의 원활한 소통과 조정이 필요해 보이며 무조건 홍보가 아니라 전후좌우를 살피는 전략이 필요하다 할 것입니다. 左顧右眄^{좌고우면}하는 공보부서 간부도 필요하고 일단 사건이 발생하면 삼국지 관우의 적토마 같은 돌진과 격파의 전략을 도모하는 홍보맨도 필요할 것입니다.

때로는 과도한 홍보가 정책에 역작용하는 경우도 있습니다. 언론에 대한 대응이나 국민을 향한 기자회견은 그때 상황과 사건사고의 내용에 따라 다양한 방식을 요구하고 있으니 공보부서 근무자들은 때로는 현실주의자이면서도 경우에 따라서는 미래를 생각해 보고 혹은 과거를 '溫故而知新^{온고이지신}' 하면서 급변하는 홍보환경에 잘 적응해야 할 것입니다.

▶▶ 사건 보도의 사례

 1999년 6월 30일에 화성 C랜드 화재사고가 났습니다. 서울 자택에서 TV를 본 경기도청 J공보관은 곧바로 현장으로 달려가 소방관이 촬영한 필름을 입수하였습니다. 다음날 이 사진이 언론에 제공되었습니다.

 대형사건 현장에는 늘 비디오 카메라를 든 소방관이 사건사고를 처리하는 장면을 촬영합니다. TV방송 기자들 사이에 이 필름을 둘러싼 진실공방이 있었고 며칠 후에는 촬영 소방관을 불러 방송된 화면이 본인이 촬영한 것인가를 확인하기도 했습니다.

 소방관은 기억이 나지 않는다며 고개를 갸우뚱하고 돌아갔습니다. 사실 화재현장에서 활활 불이 타오르고 교사, 어린이 등이 들것에 실려 나오고 한 편에서는 불을 끄는 상황에서 제대로 안정된 자세로 촬영하기는 어려울 것이며 화재 당시의 장면을 일일이 기억하는 것도 불가능할 것입니다.

 그래서 어느 방송국은 화재장면을 자료화면으로 쓰고 다른 방송국은 컴퓨터그래픽으로 보도하였습니다. 훗날 우연히 만난 당시의 상황을 알고 있는 카메라 감독의 말로는 당시 보도된 화면은 소방관 촬영장면이 아니었고 학부모가 홈비디오로 촬영한 것을 입수했다고 들었습니다.

 사건현장에서 보다 현장에 근접하는 화면을 확보하기 위한 카메라 감독의 모험적 활동은 에베레스트 정상 직전까지 따라붙는 등 참으로 많은 경우에 확인할 수 있습니다. 그리고 화재 등 사건관련 화면을 확보하기 위해서 최선을 다한다는 이야기를 들었습니다.

 그러니까 우리가 일상으로 만나는 장면들을 촬영한다면 혹시 중요한 TV뉴스의 소재가 될 수도 있을 것입니다. 다시 말해 우리가 추진하는 업무가 방송뉴스나 교양프로그램에 나가도록 하기 위해서는 홈비디오 카메라, 스마트폰 카메라로 현장을 촬영하여야 하고 의도적일 정도로 촬영할 수 있는 장면을 구성하는 노력을 경주해야 하는 것입니다.

▶▶ 기사작성 스타일

1989년 어느 날. 중앙사 K기자는 100자 원고지에 살살 내려쓴 후 팩스 보내고 데스크에 전화하면 오늘 업무는 끝입니다. 그날 송고해야 할 기사를 난롯가에서, 소파에서 머릿속으로만 구상한 후 이제다 싶으면 자리에 앉아 플러스 펜으로 초서처럼 내려쓴 후 다시 읽어보지도 않고 팩스에 밀어 넣습니다. 잠시후 본사 지방부에 전화를 해서 도착여부만 확인하면 끝입니다. 생각 2시간 기사작성 3분, 송고 2분이면 끝입니다.

다른 중앙사 L기자는 기사작성에 전념하십니다. 아침 10시에 보도자료를 배포하면 앞으로 자신에게는 8시 반에 미리 달라 하십니다. 자료를 받으시면 즉시 기사작성을 시작합니다. 우선 제공된 보도자료에 검정색으로 수정 가필한 후 읽어봅니다.

다시 100자 원고지에 옮겨 적고 붉은색으로 가필한 후 청색으로 고치고 검정색으로 添削[첨삭]합니다. 또 다시 수정하는 원고지 위에 교통지도, 도로망도가 그려진 듯 복잡합니다. 기사를 쓰시는 데 심혈을 다하십니다. 보충취재를 위해 해당과 주무관, 사무관과 장시간 통화를 하시는 등 참으로 바쁘고 치열합니다.

그래서 L기자님은 점심시간 맞추기도 어렵습니다. 당시에는 夕刊[석간]이므로 오후 1시경 지방판이 마감됩니다. 점심을 제때에 맞추지 못하고 늘 바쁘십니다. 수차례 수정과 가필을 거듭한 끝에 또 다시 정서한 원고에 수정을 한 후 팩스기로 뛰어갑니다. 송고하러 가면 늘 팩스기는 만원입니다. 소리소리 고래고래가 따로 없습니다. 전쟁이라도 터진 듯한 분위기입니다. 왜 바쁜 시간에 공무원들이 기자실 팩스를 쓰느냐 고함을 치십니다.

보내던 자료를 빼내고 자신의 원고를 서울 본사로 보냅니다. 왜 이리도 팩스는 느리게 갈까요. 나오는 원고를 손으로 잡아 뽑습니다. 그리고 본사에 전화를 겁니다. 팩스 보냈다고 말하고 있지만 지금도 마지막 페이지는 송고중입니다. 데스크에서 그래도 잘 받아주나 봅니다. 평소 한 달에 한두 번 소주 한 잔은 하시는 사이일 것입니다. 원고를 보내고 또 전화해서 기사를 수정합니다.

오후 석간 지방판에 2단기사가 나옵니다. 어느 날은 멋진 기사가 눈에 쏙 들어오게 나옵니다. 하지만 다른 날 신문을 보면 제목은 2단이지만 기사내용은 4단 분량이니 지면의 이 골목 저 골목을 누비고 다니며 기사를 읽어야 합니다. 마감시간이 지나서 들어온 기사를 지방판에 밀어 넣다 보면 그리 된다고 합니다.

고인이 된 L기자를 선배님으로 부르고 싶습니다. 아니 그냥 '선배'라고 불러야 極尊稱^{극존칭}이라 했으니 그냥 '임 선배'라 부르고 싶습니다. 언론인 사이에서는 나이와 무관하게 언론에 入職^{입직}한 연식에 의해 선후배가 결정된다고 합니다. 그럼에도 비록 언론인은 아니고 전직 공무원으로서 그 언론인을 선배라 호칭하고 싶습니다.

고인이 된 그 선배가 그립습니다. 다른 기관 간부들과 언론인들이 만찬을 하던 중 상호간에 언쟁이 벌어지자 후배 기자들을 질책하며 "너희들을 야단치느니 내가 벽을 차버리겠다"고 액션을 하다 발가락이 골절됐습니다. 당시 50대 초반이었습니다. 뼈가 아무는 데 한 달 반 이상 걸렸습니다. 사무실 차로 출퇴근시켜 드린 기억이 납니다. 훗날 상가에서 만난 H사의 B기자가 당시 현장에 함께 하였고 사건을 생생히 기억한다며 반가워했습니다.

품앗이 기사도 있습니다. 좋은 기사를 작성하면 동료 기자에게 선물을 합니다. 워딩한 자료를 받아 부분 수정을 가미한 후 말미에 기사작성 기자의 이름을 올리면 됩니다. 다음날 아침에 4단기사로 보도됩니다.

언론인들의 기사작성 방식은 언론사 수 이상으로 다양합니다. 기사작성에 전심전력하여 점심을 거르는 경우를 많이 보았습니다. 간단하게 다른 기자의 기사를 참고하여 다른 사람 밥상에 숟가락 올리고 가는 방법도 있습니다.

그래서 고인이 된 두 분 선배가 그립습니다. 기사작성에 5분이면 되는 K선배가 그립고 2단기사에 5시간이 필요한 L선배가 보고 싶습니다.

▶▶ 기차를 타고 달리는 기자의 원고지-역송

1988년 경기도청에 주재하는 중앙사 기자들은 수시로 수원역에 갑니다. 사무실에서 100자 또는 200자 원고지에 기사를 써서 기사관련 사진과 함께 봉투에 담아 본사 지방부 아무개 기자 앞으로 보내야 하기 때문입니다. 팩스 전송도 용이하지 않은 시절이므로 인편에 원고와 사진을 직접 보내는 것입니다.

서울역에 도착한 기관사는 부산에서 대구 대전 천안을 거쳐 수원역까지 올라오는 동안 정차역마다 수집한 언론사 원고를 서울역사에 설치된 각 언론사 사서함에 넣어준다고 했습니다.

본사의 驛送^{역송} 담당자는 오전에는 2시간에 한 번 서울역에 사송을 다녀옵니다. 석간신문사는 오후에 신문을 내놓아야 하므로 점심을 먹고 나면 더더욱 바빠져서 매시간 단위로 서울역 사서함을 열고 자료를 받아와서 정치부 경제부 사회부 문화부 등 해당부서 기자에게 전합니다. 그리해서 그날 저녁에 기사로 나가거나 늦으면 다음날에야 신문기사로 빛을 보는 것입니다.

물론 팩스라는 기계가 있어서 원고를 보내기도 하고 기계실에 가면 둥근 통에 사진을 감고 기계를 돌려서 긴 선으로 사진을 보내면 본사 기계실에서 지진계 돌아가듯이 사진을 이른바 둥근 통에 주사선을 돌려서 사진을 받습니다.

사진 전송에 오차가 나서 톱니바퀴 잘린 듯 초점 흐린 사진이 신문에 실리기도 했습니다. 인터넷시대에 보면 과거의 추억이겠지만 당시에는 그 방법이 최선이었습니다. 얼마 전 일인데 IT기술이 크게 발전한 요즘에 회상해 보면 참 오래된 것처럼 보입니다.

반만년 역사 속에서 보면 30년 50년은 일순간, 어느 봄날 하루나 이틀일 것인데 전화, 신문, 방송, 교통 등 우리 사회의 여러 분야에서는 아주 큰 변화를 겪고 있습니다. 그 속에서 언론과 관련한 변화도 참으로 많은 것을 확인하고 있습니다.

기자의 노트북 엔터를 치는 순간 기사가 포털사이트에 올라가고 카메라 셔터를 누른 수초 후에 온 세상 사람들이 그 사진을 보게 되는 시대인 것입니다.

콜럼버스가 미대륙을 발견한 인류 역사적 사건(1492년)을 조선인들은 1892년에 선교사를 통해 들었다면 대략 400년이 걸린 것입니다. 더구나 1900년대에 이 사실을 안 조선인은 몇 명이나 될까요. 영국에서 손흥민 선수가 골을 넣으면 수분 안에 대한민국 국민 대부분이 알고 있습니다.

40여 년 전 조치훈 棋士(碁士, 기사)가 일본에서 개최된 아주 큰 바둑대회에서 승리가 확실해 보이자 국내 TV방송에서 국제전화를 통해 이원중계를 하는 것을 보았습니다. 방송국에서 일본에 국제전화를 걸어 棋譜^{기보}를 전해 온다는 사실도 신기했습니다. 바둑판은 19와 十九로 표기된 모눈종이입니다. 조치훈 棋士^{기사}의 착점 하나하나에 관심을 가지고 TV에서 중계를 하는 것입니다.

국제전화로 '지금 15와 九(구)에 착점했다' 는 식으로 전해 오면 여의도 방송국 대형 바둑판에 흑돌과 백돌을 올리며 해설하고 중계를 했습니다. 일본에서 열리는 대국 장면을 화면으로 생중계하는 요즘에는 만나기도 어렵고 이해하기 어려운 풍경입니다.

불과 40년 전에는 TV방송이 지극히 아날로그 적이었습니다. 사건이 나면 기자가 기사를 쓰고 사진을 찍어서 흑백사진으로 뽑아 본사에 보내면 서울역 사서함에서 자료를 받아 윤전기에 걸어 돌려 인쇄를 하면 중고생들이 흰 고무신, 검은 운동화를 신고 골목을 내달려 전했습니다. 그 신문을 읽은 이는 전체 국민중 소수였을 것입니다.

방송도 지방에서 발생한 사건을 촬영한 동영상을 테이프에 담아 서울 본사에 보내 뉴스시간에 보도합니다. 도청, 시청, 군청 직원이 행정관련 행사내용을 촬영한 테이프를 들고 여의도 KBS, MBC, SBS 보도국으로 派出^{파출}을 다녔습니다.

한동안은 '웹하드' 라 해서 용량이 큰 동영상 파일을 올리고 패스워드와 비밀번호 1234를 알려주면 방송국에서 다운 받을 수 있는 획기적인 기술을 활용했습니다. IT의 저력이 발휘되는 초창기라 할 것입니다.

▶▶ 기관장 사진은 3장이 필요합니다

기관장 사진은 보통 3장이 필요한데 1980년대 신문에서는 크게 신경 쓰지 않고 문선공이 자료실에서 이름만 맞으면 편집부로 올렸나 봅니다. 이재창 도지사님은 그 전에 경기도 부지사를 하셨으므로 약간 퍼머끼가 있는 멋지고 젊은 순수한 모습의 사진이 신문에 소개되었습니다. 도지사로 취임하신 후 머릿결을 말끔하게 빗어 넘긴 정말로 멋지고 행정적인 사진으로 바꾸는 데는 시간이 좀 걸렸습니다.

요즘에는 사진파일을 보관하면서 필요할 때 신문에 편집합니다만 당시에는 사진을 동판으로 찍어서 관리했습니다. 도지사 사진이 필요하면 자료실에서 동판을 꺼내어 활자 사이에 끼워 넣어 편집하였습니다.

그 언론사의 도지사님 사진 동판을 신판으로 바꾸는 것이 쉽지 않았습니다. 그래서 어느 지사님 때는 아예 신문사에 가서 동판을 달라 해서 지사님께 회수 결과를 보고한 일도 있었습니다.

임사빈 지사님은 사진이 잘 나오는 각도가 있으시므로 공보실 사진담당 주무관은 늘 이를 신경 썼지만 신문사 사진부 기자들은 전체 구도에 더 신경을 쓰다 보니 지사님이 원하지 않으시는 옆모습 사진이 신문에 실리고 이를 개선하라고 공보담당관에게 말씀하시니 쉬운 과업은 아니었습니다.

이제는 디지털 카메라가 활성화되어서 특정하게 기관장님의 사진을 정하기는 어렵지만 그래도 공보실장은 3컷의 사진을 지속적으로 언론사에 보내야 하고 청내 각 부서에서 각종 자료에 올라가는 기관장님의 사진을 잘 관리해야 합니다.

우선은 넥타이 매시고 정자세를 하신 사진이 있어야 합니다. 취임식 때 가져오신 사진이 가장 먼저 널리 오랫동안 배포된다는 점을 생각하고 첫 번 사진을 잘 선택하되 웃는 모습은 上中下^{상중하}에서 中^중으로 해야 합니다. 환하게 웃으시는 사진은 각종 시책의 성공적인 발표 내용을 언론이 보도할 때 활용하면 좋습니다.

중간 웃음의 사진은 일반적인 보도에 쓰이면 됩니다. 단호하거나 웃음기를 줄인 사진이 필요한 경우는 顯忠日^{현충일} 추념사의 동그라미 사진입니다.

하지만 늘 웃는 사진이 많이 쓰입니다. 도의원 사진의 변천사를 보면 웃음의 의미를 파악할 수 있습니다. 경기도의회 3층에서 만나는 1990년대 도의원 전체의 사진에서 웃는 의원은 거의 없습니다. 7대, 8대에서 많은 분들이 웃습니다.

그 당시에 의회에 국회의원 이주일 씨가 오신 바 없는데도 모두 웃으십니다. 그리고 지금의 도의원님 명함을 받아보면 90% 이상 웃는 사진입니다. 사진이 주는 친밀감이 정치인에게는 더더욱 중요합니다.

오산시의회 7대 의원 일곱 분 사진중 웃으시는 분이 4분, 평온한 모습이 3분입니다. 하반기 사진에는 모두 웃어 주시기를 바랍니다. 웃으면 복이 옵니다. 웃어야 긍정이 살아납니다. 하반기 전에 활짝 웃는 사진을 반드시 준비하셨다가 새롭게 의장단이 구성되면 그때 사진을 바꾸시면 좋겠습니다.

최근 삼성과 현대의 3세 경영인의 사진이 새롭게 출시되었다는 보도를 보았습니다. CEO, 기관장은 전체 구성원의 상징입니다. 보도되는 내용에 따라 그 컨셉에 맞는 사진이 올라가도록 공보관은 신경을 써야 합니다.

행정의 미래를 이야기하는 기사의 기관장 사진은 다소 미래를 지향하는 각오를 하는 듯한 사진이면 좋습니다. 대기업 CEO의 사진이 바뀌었다는 사실만으로도 '보도자료'가 된다는 사실을 첨언합니다. 기업의 홍보실은 그야말로 생사를 가르는 전쟁터라고 합니다. 우리는 노인의 날 행사 축사를 인쇄하는 팸플릿에는 환하게 웃는 모습이나 노인을 존경하는 분위기의 사진을 찾아내야 합니다. 그런 사진이 어디에 있느냐 반문하지 말고 가슴으로 진심이 전해지는 그런 표정의 기관장 사진을 만들어 내야 하는 것입니다.

가끔 시장님을 대신해서 상장을 전하는 경우 긴장한 간부들은 표정을 감추게 되지만, 그래도 일단은 환하게 웃으며 임해야 합니다. 무거운 표정을 지은 사진을 자신의 화장대 맨 앞줄에 세우고 싶은 시민은 거의 없고 아예 없을 것이기 때문입니다. 웃으면 긍정의 힘이 솟아납니다.

▶ 골프장 보도와 계장님 순직

언론인 이야기를 하고자 함이니 공무원으로서 모시고 근무했던 계장님을 선배님이라 존칭하면서 이야기를 시작하고자 합니다. 1988년 임사빈 경기도지사 재임시에 저는 세정과에서 문화공보 담당관실로 발령을 받아 언론인에게 행정업무의 홍보자료를 기사문으로 작성하여 전달하는 이른바 '아이템 담당자' 로 일했습니다. 이 자리는 누구의 결재를 받지 않고 독자적으로 자료를 받아 자료를 작성한 후 기자실에 배포하면 다음날 석간에 그 자료를 바탕으로 한 기사가 인쇄된 신문으로 읽을 수 있도록 하는 아주 재미있게 일하는 곳이었습니다.

그리고 매주 월요일 오전 10시 도지사님 주재의 간부회의시에는 상황실 뒤편에서 오디오를 청취하던 중 의미 있는 말씀이 나오면 간단히 메모한 후 지방신문사 기자에게 전화로 알려주면 원고지 1매 이내의 가십기사가 오후 2~3시경 윤전기를 통과하는 석간신문에 실립니다.

이 또한 밤나무 아래서 3개 또는 2개의 초콜릿 알밤을 줍는 기분입니다. 취재와 기사 보도과정이 1:1로 마감되는 것이 공무원 초짜(공무원 11년차)로서는 얼마나 신명나는 일이겠습니까.

특히 당시의 임사빈 경기도지사로 말씀드리면 정말로 '입지전적' 인 인물로서 양주군에서도 본 양주에서 출생하시어 젊은 시절 내무부에서 일했고, 야간대학을 다니고 성실하게 긍정마인드로 일하신 결과 30년 만에 9급에서 도지사에 이른 분입니다. 민선 경기도지사 출마에서는 낙선하였지만 양주—동두천 국회의원을 하시면서 경원선 전철 유치에 심혈을 기울이신 분입니다. '任^임두목' 이라는 별명을 가지고 굵직한 일을 추진하신 분입니다. 의왕—과천간 유료고속도로를 주변의 반대에도 불구하고 추진하여 오늘날 외곽도로의 위치를 잡는 꼭짓점 역할을 했습니다.

특히 내무부 근무시절 공보관을 하신 이후 국장으로 승진하셨을 때 공무원들이 한동안 공보관실은 가지 않고 임사빈 국장실에서 진을 치고 기사 아이템을 받았다는 이야기를 들었습니다. 30년 동안에 9급에서 도지사에 이르려면 3년마다 승진을 하셨다는 계산이니 이 또한 얼마나 바쁜 승진과 자리이동을 하셨을까요.

하지만 임사빈 도지사님도 공무원이니 언론과의 충돌은 피할 수 없었던 숙명일까요. 1989년 하반기에 정부에서 관리하던 골프장 인허가 업무를 시행령을 개정하여 시도로 위임하게 되었고 경기도청 관광과에서는 당시 중앙으로부터 진행중인 골프장 서류를 덜렁 인수받았고, 곧바로 사업 승인을 받기 위한 회사 간부, 설계회사 직원, 기타 로비스트(lobbyist)들이 경기도청 복도에 長蛇陣^{장사진}을 펼쳤던 것입니다.

당시 업무를 담당한 C선배는 현직 J선배와 과거 D시 부시장을 하신 선배 등과 함께 이 업무를 하면서 새벽부터 늦은 시각까지 힘든 나날을 보내게 되었습니다. 하지만 공평하게 일처리를 잘 마친 결과 명예롭게 퇴직하셨고 마지막 선배도 명예 퇴임하였습니다. 그래서 이들 세 분은 최근에도 모임을 갖고 그 당시를 회고하시며 자랑스러운 공무원으로서의 사긍심을 되새긴다고 합니다.

하지만 지방언론에서 시작된 경기도청의 골프장 사업승인 건에 대한 비판은 중앙지와 방송까지 이어지게 됩니다. 최근 수년 전에도 국감에서 국회의원들이 김문수 경기도지사님에게 골프장 사업승인 건수가 많다는 비판을 하였습니다.

하지만 국회에서 의결한 법에는 광역이든 기초든 자치단체장이 골프장 사업을 제한할 정책결정권은 주지 않는다고 합니다. 골프장 회사에서 서류를 준비하고 절차를 진행하면 골프장은 건설되는 것입니다. 설령 승인을 거부해도 소송에서 패할 수도 있다는 것입니다.

당시에도 그러했을 것입니다만, 결국 정부에서 시작한 골프장 사업승인 서류가 경기도에서 마무리되자 이 책임의 화살들이 임사빈 도지사에게 날아오기 시작하였습니다. 더구나 당시나 지금이나 언론사 데스크는 다른 언론 보도 내용을 보고 주재기자, 출입기자의 기사보고가 없으면 이른바 딱따구리처럼 '쪼아대는' 시절이었으니 1989년 당시 출입기자 30여 명이 일주일 동안 경기도가 골프장을 과다하게 허가한다는 기사를 너도나도 쓰게 되었습니다.

나중에는 중앙지 漫評^{만평}란에 경기도 골프장에서 드라이버 샷을 하니 그 골프공이 지구를 한 바퀴 돌아와서 도지사의 벼슬 감투를 때려 떨어트리는, 당시 공무원으로서는 소스라치게 놀라는 그림이 올라온 것입니다. K신문 G차장이 올린 기사를 바탕으로 畵伯^{화백}께서 의미를 담아 붓펜으로 一喝^{일갈}하시니 임사빈 도지사께서 심히 마음이 불편하시게 되었을 것입니다.

지금도 기억이 생생합니다. J일보 K기자가 토요일 오후에 본사로 골프장기사를 송고하려 하자 B계장님과 L차석이 팩스기를 가로막고 저지하려 하였지만 결국 송고되었고 월요일에 4단 정도의 세로쓰기 기사가 난 것이 마지막인 듯합니다. 결국 '경기도 골프왕국' 기사는 온통 신문을 장식하고 덕분에 방송기자도 드라이버 날리고 퍼팅으로 108번뇌하는 영상과 함께 전국 방방곡곡에 보도되었으니 온 나라 국민들이 골프에 대해 깊은 관심을 가졌을 것이고 골프업계 종사자들은 신바람이 났을 것입니다.

108번뇌란 골프 퍼팅하는 홀컵의 지름이 108mm인데 이는 100여 년 전 영국에서 치과의사가 당시로서는 토끼 굴에 퍼팅하는 것으로는 심심하여 주변에서 소재를 찾던 중 짧게 잘린 수도관을 발견하고 이를 땅에 나무 심듯 묻은 후에 퍼팅을 하니 어렵지만 재미있어 이른바 시험에서 말하는 '辨別力^{변별력}'이 커져서 그리 정했다고 합니다.

이분 치과의사가 당시에 좀 더 큰 300mm 수도관을 집어 들었다면 전 세계의 골퍼들이 얼마나 행복할까요. 물론 108mm에서 아놀드퍼머, 구옥희, 최경주, 타이거우즈, 박세리, 신지애, 최나연이 나타났고 오산시 7세 어린이의 홀인원이 인터넷에 크게 보도된 것이겠지요.

이렇게 낭만적인 이야기만 들으실 때가 아닌 줄 압니다. 결국 골프장 보도사건은 당시의 선배공무원이 낮으로 밤으로 언론인을 접촉하면서 이른바 '보도막기'에 고생을 하신 바 피로와 스트레스가 축적되었고 12월말 출근길에 쓰러지시고 곧바로 수원시내 병원에서 긴급 조치를 받으시고 경희의료원 중환자실에 입원하셨으나 다음날 다시 수원 병원으로 돌아오시게 됩니다.

앰뷸런스에서 내린 계장님을 병실로 안내하고 손을 잡고 이마를 짚어보니 냉랭하고 맥도 희미하여 가슴이 먹먹하였고 결국 12월 30일에 별세하시고 다음날 종무식 참석이 아니라 道廳葬^{도청장} 영결식에 이어 성남 공원묘원에 모시게 된 것입니다.

꼭 슬픈 날에는 날씨조차 더더욱 추운가요. 아니면 춥게 느껴지는 體感^{체감}온도의 차이일까요. 오전에 도청광장에서 도청장을 거행하고 장지에 모시고 돌

✤ 번뇌 : 홀컵 지름이 108mm임.

아오니 저녁 7시쯤 되었는데 당시 교육을 앞두신 공보관이 사무실에 간략한 술상을 차려놓으셨습니다. 장지에 다녀온 후배들 고생했다고 격려하시는 자리입니다.

여기서 사건이 일어납니다. 출입기자중 한 분이 늦은 시각 기자실에서 공무원들에게 뭐라 하신 말씀을 제가 醉中^{취중}에 잘못 이해하였나 봅니다. 계장님이 순직하였는데 장지에 함께 한 출입기자는 소수였습니다. 평소에는 그리도 친밀해 보였는데 말입니다.

마음이 울컥하여 제가 기자실에 뛰어들어 입구의 표찰을 파손하고 기자실 내 원고지와 기타 서류를 마구 집어던지는 사태에 이르렀습니다. 책상 유리가 깨지고 기자실은 阿修羅^{아수라}장이 되고 말았습니다. 지금 생각해도 11년차 어린 공무원으로서 과도한 행동에 반성을 합니다만 당시에는 소주가 25도로서 지금의 물 같은 19도와는 크게 다르므로 취하는 정도가 달랐다고 辨明^{변명}하는 바입니다.

그리고 공직에서 계장님은 부모님과 가족 다음으로 자주 만나고 가까이 모시는(당시에는 모신다 했음) 분이니 부모 돌아가신 상주로 생각하고 언론인을 포함한 주변 인사들이 상을 당한 직원들을 다독였어야 하고 저 자신도 조금 더 자중해야 했다고 반성합니다.

다음날 새벽잠에서 깨어나니 동료들과 마지막 소줏집인 소골집(지금 수원세무서 건너편 버스정류장 옆)에서 가로세로 섞여서 잠을 자고 있었습니다. 12월 31일과 1월 1일 밤 사이의 긴 시간을 소줏집 식탁 아래서 보낸 것입니다. 가까스로 몸을 챙겨 일어나니 안경이 오간 데 없고 결국 버스 타고 집에 가서 샤워만 하고 오전 10시에 사무실로 출근하여 어제 받은 賻儀金^{부의금}을 정리하였습니다.

다음번 공보관에 내정되신 H국장님이 오전 11시경에 오셨습니다.

"국장님! 저는 이제 공무원을 그만 두어야겠습니다."

"왜 그러느냐?"

"어제 밤에 제가 기자실 간판, 책상, 유리, 원고지, 서류를 저 지경으로 만들었다고 합니다. 저는 기억이 날듯 말듯한데 제 짓인 것이 분명해 보입니다."

"그래 네가 기자실을 저리 했느냐?"

"예, 그렇습니다."

"그래 참 잘했다! 더욱 더 열심히 하자."

결국 월요일 오전에 회계과 직원들이 긴급하게 응급복구를 하였고 이후 사고뭉치 공무원은 무난하게 2년 반 근무를 마치고 다음 부서로 이동하게 되었습니다. 지금도 연말이 되면 당시 고생고생하시다 별세하신 선배님이 기억납니다. 특히나 사모님이 L대학교 메이퀸이라 자랑하시던 모습이 떠오릅니다.

"친구! 고통과 번뇌가 없는 그곳에서 영면하소서"라고 永訣辭^{영결사}를 읽어가시던 또 다른 L선배님이 생각납니다. 그 L선배님의 사위가 된 K서기관과는 가끔 만나 수원 역전 순대국 집에서 소주를 함께 합니다. 역사와 세월은 힘들어도 이어지는 것이고 기쁨도 함께 하는 시간이 흐르는 것이야말로 인간이 거스르지 못하는 대우주의 질서인가 생각합니다.

▶▶ 나쁜 기사 대처법은 없습니다

이 세상에 나쁜 기사 없고 좋기만 한 기사도 없습니다. 모든 기사는 그 속에 起承轉結^{기승전결}이 있고 生老病死^{생로병사}가 존재합니다. 한 건의 기사에는 그 주의 해당기관 스토리가 담기게 됩니다.

행정기관에서 나오는 보도자료를 해석하는 경우의 수는 그 기관을 출입하는 기자의 수보다 더 많을 수 있습니다. 아직 얼굴을 못 본 인터넷 기자, 내근 기자들이 우리의 보도자료를 참고하여 기사를 올리고 있습니다.

우리가 생각하기에 나쁜 기사로 예상되는 사안에 대한 기자의 취재가 시작되면 적극적으로 설명하여 우리 측 의견이 기사에 반영되도록 해야 합니다. 기자는 늘 양쪽의 의견을 들으려 합니다. 이른바 반론권을 인정해야 그 기사로서의 형식이 갖추어지기 때문입니다. 가끔 방송에서 이 문제에 대하여 상대편에게 전화를 하였으나 통화가 되지 않았다거나 통화는 되었지만 아무런 답변을 하지 않았음을 알리는 것도 반론권을 인정하고자 하는 노력인 것입니다.

여하튼 기자가 취재하는 것이 감지되면 여러 가지 방법과 방식으로 대응하여야 하는데 초기 단계에는 취재기자만 접촉하여야 합니다. 큰 건이라면 그날 아침 데스크 편집회의에서 사회면 톱으로 잡고 취재지시를 한 것이겠지만 잘 잘한 경우에는 출입기자가 한 건 올리고 싶어 이러 저리 探聞(탐문, 탐문)하는 것이기 때문입니다. 그러므로 기사 취재가 있다고 해서 처음부터 본사의 부장, 차장을 상대로 취재를 막으려 하는 것은 좋은 전략이 아닙니다. 데스크도 모르게 출입기자가 시작한 자신들에게 불리한 취재상황을 이쪽에서 언론사에 스스로 알리는 상황이 되기 때문입니다. 이 경우 취재기자는 본의 아니게 상세한 취재를 계속해야 하는 부담을 안게 될 것입니다.

따라서 일단 출입기자나 사회부 기자의 취재가 마무리된 듯하고 그 취재가 데스크의 지침을 받은 것으로 보인다면 취재기자의 양해를 얻어 본사 인맥을 통해 연결할 필요가 있습니다. 데스크 차장이나 부장과 대화하면 어느 정도 감이 올 것입니다. 이 대목에서 중요하게 짚어야 하는 것이 평소의 敦篤^{돈독}한 유대관계입니다. 언론보도는 때로 보험에도 비유됩니다. 즉 사고가 나기를 바라며 保險^{보험}을 드는 것은 아니지만 혹시 사고가 발생하면 그 비용을 지불하기 위해 평소 적은 돈을 매월 불입하는 것입니다.

자동차 사고가 나도 30만원 미만의 수리는 보험처리하지 말고 자비로 지불하라 하던데 작은 사고에 보험을 쓰면 혜택도 없이 보험료만 올라간다고 합니다. 언론도 마찬가지. 데스크 지인은 큰 사건에 쓰는 것이고 잘잘한 취재 건은 그냥 맞아버리는 것도 전략일 수 있습니다.

여하튼 조간에 기사가 터지면 더 이상 어필을 할 필요는 없습니다. 기사 나고 인터넷에 올라가면 더 이상 어찌할 수 없습니다. 그래도 어필(appeal)하고자 한다면 오전 9시 반 이후 10시경에 전화를 하는 것이 좋습니다.

9시 이전에 전화를 하여도 통화가 어렵고 어제 늦은 시간까지 기사 쓰고 편집하고 교정을 보느라 늦게 퇴근한 우리의 기자가 전화를 쉽게 받을 것 같지는 않아 보입니다. 그리고 술을 마시지 않았어도 오전 9시~10시까지는 본사에서 편집회의를 하고 있습니다. 그리고 기사가 나면 그 건에 대해 스스로 합리화시키는 노력을 해 보시기 바랍니다. 이번 건에 대한 보도내용을 차분히 냉철한 가슴으로 분석해 보면 무조건 나쁜 기사만은 아니라는 생각이 들 것입니다. 기사의 行間^{행간}을 읽어보고 취재기자가 제기한 지적에 대해 냉철하게 생각해 보면 맞는 부분이 상당하거나 아주 큰 틀에서 좋은 방향을 잡아준 것으로 보이는 경우가 다수입니다.

더러 감정적 기사가 있겠지만 이는 그 기자가 평생 감당해야 할 業報^{업보}가 될 수도 있는 것입니다. 그런 경우의 기사라면 그냥 맞아주어야 할 것입니다. 더구나 이번 기사 건으로 담당기자와 친밀해지면 다음번에는 우리 부서의 좋은 행사를 크게 홍보하는 기회를 얻는 수업료, 수강료, 보험료로 생각하여도 좋을 것입니다. 기자의 세계도 사람 사는 곳이니 상호 접촉하고 만나고 소통하고 교류하면서 친밀해지고, 싸운 후에 친구가 되고 작은 기사가 예방주사가 되어 더 큰 병을 막아주는 소득을 얻게 되는 일, 참 좋은 인간관계를 형성하는 기회로 만들 수 있을 것입니다.

공무원 여러분! 기자와 친해지시기 바랍니다. '불가근불가원' 이 아니라 멀어도 좋고 가까워도 좋은 그런 기자를 2~3명 사귀어 둘 필요가 있음을 권고하는 바입니다. 그것이 공직 발전의 지름길이고 언론을 이해하면서 이 세상을 살아가는 지혜임을 이제야 깨닫는 것입니다. 결론적으로 나쁜 기사에 대처하는 방법은 없다는 말입니다.

▶▶ 사회부 기자

기자하면 뭐니 뭐니 해도 사회부에 근무를 해야 합니다. 사회부 기자는 역파(역전파출소)나 북파(북쪽에 사건 많은 파출소를 지칭)를 다니면서 심야에 발생한 사건 사고를 취재합니다. 그리하면 이 지역 경찰과 친해지고 그러다가 대형사건을 '특종' 하게 됩니다.

특종의 반대말은 '낙종' 입니다. 특종보다 더 아픈 사건이 낙종이며 특종과 낙종 사이에서 고독한 밤을 보내는 삶이 사회부 기자들의 숙명입니다.

편집부에 근무하는 후배가 모시던 선배 기자가 사회부로 발령 난 상황을 어떤 언론인이 자신의 카페에 올린 글입니다.

> 이번 인사에서 편집부장이 바뀌었다. 손 아무개 편집부국장은 사회부 선임기자로 발령이 났다. 임무가 막중한 그 자리는 여자 선배가 대신했다. 여자 부장은 회사 역사상 2번째란다. 남녀차별이 없다고 하긴 그렇지만, 차이를 크게 두지 않으려는 노력이 보인다. 보기 좋다.
> 남녀 사이에 선을 긋지 않은 일만큼 멋진 일이 또 있다. 손 아무개 부국장이다. 쉰을 바라보는 나이. 신문편집을 20년 넘게 해 온 분이다. 그 분이 사회부 선임자리로 다음 주부터 사스마리 기자를 맡는다. 보통 편집기자를 오래 한 사람이면 기껏해야 온라인 편집 쪽으로 방향을 잡는 게 보통인데 이 분은 용감하게 취재를 선택했다. 그것도 사스마리. 이런 선택을 한 선배도, 이런 선택을 믿고 받아준 편집국장과 회사도 대단할 뿐이다. 모쪼록 새로운 길을 가는 멋쟁이 선배, 건필하시고 건강하시라.

50세 가까운 나이에 이른바 사회부 기자로 근무지가 바뀐 것을 걱정하고 여자 선배기자가 편집부장으로 온 것에 대해 긍정적인 평가를 하고 있습니다. 남녀평등을 지나 여성이 우위를 점하는 기자사회의 참모습을 리얼하게 설명하고 있습니다. 신문방송학과 졸업하고 곧바로 기자에 들어오면 같은 과 동기 남학생들은 2~3년 후에 기자가 되니 여성 기자가 더 빠르고 선배로서 자리를 잡는다는 말입니다.

다만, 다행인 것은 사회부 기자 자리에 여성 기자들도 배치된다는 사실입니다. 그리고 여성 기자들이 심야에 非番^{비번}의 파출소장과 소주도 한 잔 하면서 안면을 익히고 어느 날에는 반드시 대형 특종을 올릴 것을 다짐하고 있습니다.

그리고 경찰서나 경찰청을 출입하는 사회부 기자라면 대낮에 소주 2병 먹고 경찰서장 방문을 발로 뻥 차고 들어가 차 한 잔 마시고 나와야 선배들이 사회부 기자로 인정해 주었다는 전설적인 이야기를 들은 바 있습니다. 요즘에는 決行^{결행}하기 어려운 미션으로 보입니다.

과거 기자사회에서 젊은 기자를 호기 있게 키우려는 노력으로 보이며 사자가 새끼를 절벽에서 밀어버리고 기어 올라오는 녀석만을 키운다는 말과 통하는 바입니다. 절벽에 올라오지 못한 새끼는 어미가 키울 수 없습니다. 절벽 아래로 떨어져 다시 올라오지 못하면 그 아래서 물에 떨어져 익사하거나 다른 동물의 세계로 가야 할 것입니다. 일반 회사나 조직에서는 확인하기 어려운 언론만의 생존법입니다.

현재의 사회부 기자도 그렇게 밤을 낮 삼아 돌고 도는지는 확인해 볼 일이겠으나 그만큼 거친 환경 속에서 살아남아야 하는 숙명을 타고 난 것입니다. 그리고 거친 과정을 이겨내고 정치부 경제부 문화부 체육부 등 다양한 부서에서 자신의 적성과 역량을 발휘하게 됩니다. 다만 영원한 사회부 기자도 있다고 하니 이 또한 그 기자의 숙명인 것으로 이해해 두고자 합니다.

▶▶ 기자의 선후배 기준

기자들의 선후배는 나이나 학교보다 언론에 입문한 연식을 기준으로 합니다. 언론인 간 선배는 참으로 중요 위계로서 군대의 계급 이상으로 그 위력이 강합니다. 언론인은 편집국장조차 '先輩선배'라고 부릅니다. 만약에 국장이나 부국장에게 '선배!' 하지 않고 국장님이라 부른다면 별로 존경하지 않는다고 보면 맞습니다.

특히 술을 마시면서 취기가 오르면 자신들의 내부 선배는 물론 동석한 공무원이나 다른 기관 부서장에게도 "선배, 선배!" 하면서 이런저런 고충을 이야기합니다. 사실 기자만큼 고충이 큰 직업도 별로 없을 것입니다. 밖에서 보면 기자는 기사 쓰면 쓰고 말면 마는 것 같지만 실상은 다릅니다. 치열한 경쟁 속에서 하루하루를 보내며 저녁으로 아침으로 스트레스를 받습니다.

사건이 없다고 신문 3면이 백지로 나가는 것 아니고 큰 사건이 많아도 지면이 늘지는 않습니다. 지면이 잠시 늘어나는 경우라면 대부분 창간 기념일일 것입니다. 즉 늘 18면 신문 32면에 기사의 우선순위를 정해서 면별로 기사를 채우고 기사가 부족하면 사진을 늘리고 기사 넘치면 사진을 조금 줄일 수 있을 것입니다. 아니면 기사 몇 개를 버리면 되는 일입니다.

그러니 우리가 평소에 제공하는 보도자료가 잘 나고 못 나가는 것은 그날의 운수입니다. 사건사고가 적고 정치권 기사가 약하면 행정기관의 보도자료가 크게 나가는 것이고 반대이면 우리 기사가 작아지는 것입니다. 그리고 2단 크기의 指摘지적기사 정도로 약하게 보도될 것이 4단으로 커지거나 때로는 면 톱이 되기도 합니다.

따라서 행정 홍보성 기사 보도자료는 일요일 오후에 제공하는 것이 좋습니다. 일요일 오후에 신문을 만들어 월요일 아침에 가정에 배달해야 하는데 사실 일요일에는 사건사고 이외에는 기사될 재료가 없겠지요. 그런 날 출입처에서 좋은 기사 하나 들어오면 우리의 출입 기자님은 곧바로 기사를 키우고 늘려서 일요일 오후 편집을 마감하고 퇴근하려 할 것입니다.

가장 바보스러운 일은 금요일에 행사를 잡는 것이고 월, 화, 수요일이라도 오후 5시, 6시에 보도자료 내는 것입니다. 낮 2시에 행사를 잘 마치고도 정작 보도자료를 사무실에 돌아와 저녁 5시에 낸다면 참으로 잘 못하는 행정인 것입니다.

多多益善^{다다익선}, 선언후공입니다. 언론에 우선 보도자료를 내고 행사장으로 가라는 말입니다. 우리가 하나의 행사를 한다면 미리 이런저런 계획이 있다고 자료 내고 행사했다고 사진과 함께 자료를 언론사에 보내고 며칠 후 그 일들이 잘 되고 주변의 반응이 좋다고 또 한 번 홍보하는 것이 필요합니다.

홍보는 지속적이고 반복적이어야 합니다. 신문, 방송, 인터넷, 주간지, 월간지, 지역신문 등 모든 매체를 통해 홍보하는 노력이 필요합니다. 홍보가 반복되어야 하는 이유는 오늘 흐르는 강물은 어제의 그 물이 아니듯이 오늘 신문을 보는 독자, 인터넷을 돌아다니는 네티즌은 늘 그분들만은 아니기 때문입니다.

1980년대 대부분의 회사나 공직에서는 후배가 선배나 고참에게 밥을 산다고 하던데 언론은 늘 선배가 후배를 챙깁니다. 후배에게 무한 리필 맥주 소주 안주를 사는 대신에 선배는 선배로서의 무한의 권력을 행사합니다. 모두가 그러하지는 않겠지만 몇 번 마주한 언론인 내부의 선후배 모습은 그러했습니다.

정말로 틀림없이 선배 여기자에게 "선배! 선배!" 하면서 모시고 동갑의 여기자는 그런 선배대우가 당연한 듯 받아들이고 때로는 강하게 '해병조교' 같은 카리스마를 보인다는 사실입니다.

그래서 언론인 내부에는 보이지 않는 위계가 있고 이를 지키지 못하면 언론인 조직 안에서 대우받지 못한다는 사실을 잘 알고 있습니다. 이런 위계질서가 때로는 창의력을 말살하거나 조직 내 소통을 방해하는 것은 아닐까 하는 작은 걱정이 되기도 합니다.

▶▶ 기자의 책상

아침에 출근한 기자는 무슨 일을 할까요. 우선 출근하여 부장, 차장에게 인사를 하고 커피도 마시고 복도에 나가 담배도 피우는 그룹이 있습니다. 과거 한참 시절에는 기자 책상 위에 대형 유리 재떨이가 있어서 오전에 한가득 채운 후 비우고 오후에 출입처에서 돌아온 3~4시부터 6시까지 한 번 더 채워 준 후 오늘밤에도 한 번 더 피울 생각입니다.

喫煙^{끽연}자의 천국이랄 수 있는 1980년대에는 공무원 책상 위에도 재떨이가 있고 기자 책상 위에도 재떨이가 있다는 사실이 공통점이라면 저녁 8시 이후 공무원 책상 위에는 전화기만 달랑 남아있는 반면 기자님 책상 위에 쌓인 자료는 3년 4년 이어진다는 사실입니다.

기자 책상 위의 자료들은 정치부에서 사회부, 경제부에서 문화부로 발령 나야 잠시 정리되었다가 후임자가 와서 1개월 쯤 지나면 본모습 그대로 자료가 쌓이게 마련입니다.

이는 출입처 기자실에도 마찬가지입니다. 10년 이상 같은 기관에 출입한 기자의 자료가 쌓인 모습을 보면 마치 세월의 토양이 쌓이고 쌓인 모래 퇴적층에서 고생대 중생대를 지나온 퇴적층 같습니다. 연대를 구분해 내듯이 갱지와 복사지 단면은 태양열과 세월에 의한 숙성 정도에 따라 초콜릿색에서 연한 홍차색으로 변하는 이른바 컴퓨터 문서편집의 '그라데이션' 같다고 해야 할 것입니다.

참으로 신기한 것은 돌탑처럼 그냥 차곡차곡 순서 없이 쌓여 있는 자료이지만 본인이 던져둔 자료의 위치를 기자 본인은 정확히 기억하고 찾아냅니다. 예를 들어 5년 후에 판교 환풍구사건 보고서를 찾는다 하면 사회부 기자 10년차이면 3분 안에 그 자료탑에서 원하는 자료를 가져옵니다.

물론 요즘 젊은 기자들은 크라우드 등 각각의 사이버 공간에 자료를 저장할 것입니다만 1990년대 기자들은 책상 위에, 그리고 출입처 책상 위와 주변에 펼쳐진 마치 이삿짐처럼 복잡한 같은 자료 속에서 필요한 서류를 금방 집어 올리는 신기술을 가졌다고 생각합니다. 인형 뽑기 기술 이상으로 신기한 손기술입니다.

기자에게 있어서 담배는 소설가의 喫煙^{끽연}과 마찬가지라고 합니다. 1980년대 기자들은 오른손에 펜대를 들고 원고지를 잡으면 왼손에 담배가 있어야 기사가 써집니다. 눈을 찡그리며 자신의 주변을 맴도는 담배연기를 피하면서 그 작은 시야로 넓은 광야의 기사를 이어나갑니다. 참으로 신기한 것은 눈 크다고 다 보는 것 아니고 실눈 속으로도 이 세상의 正義^{정의}와 不義^{불의}가 다 들어온다는 것입니다.

기자의 책상에는 책, 자료, 사진, 재떨이가 어지럽게 펼쳐져 있었지만 요즘 젊은 기자들은 아주 얇은 노트북과 전선으로 모든 기사, 사진, 정보를 주고받으며 신문을 완성하고 그 기사를 인터넷에 올리고 있습니다.

그 옆에 대형 재떨이가 자리했으면 얼마나 좋을까 옛날을 회상하는 부장, 부국장 선배들은 맘 편하게 담배를 피워대던 30대 시절이 그리울 것입니다.

▶▶ 기자, 사진기자, 편집기자

언론인의 하루는 아침 출근은 평온하나 밤늦게 찬란합니다. 조간신문을 기준으로 말씀드리는 것입니다. 과거에는 석간신문이 많았지만 이제는 석간신문은 줄었고 대부분 조간입니다.

그러므로 기자의 출퇴근 시간은 아침 늦게, 저녁 늦게입니다. 공무원이나 직장인들은 아침 일찍 출근하고 저녁에는 일찍 퇴근하기를 바라겠지만 기자는 취재하고 편집하고 교정보고 마무리하는 과정이 밤까지 이어지므로 저녁시간 이른 퇴근을 기대할 수는 없는 운명입니다.

더구나 편집기자는 기사가 들어오는 오후가 되어야 본격적으로 신문제작 작업을 할 것이고 사진기자는 행사가 열리는 오전 10시부터 오후 5시까지 현장을 누벼야 할 것이고 그 중간에 대형 화재, 교통사고, 사건사고, 유명인의 검찰 出頭^{출두} 시각에 맞추어 현장에 달려가야 하는 재미있지만 힘든 직업입니다.

현장을 취재하는 사진기자들이 재미있어 하는지는 모르지만 행사장에서 수십 번 이상 셔터를 눌러대는 것을 보면 자신의 직업에 큰 자부심을 갖는 것은 확실해 보입니다. 편집기자들이 계속 그 자리를 지키는 것을 보면 편집 또한 묘미와 재미와 자부심이 있는 것으로 보여집니다. 편집기자상을 받으신 분들이 그 성과를 보면 참으로 예능작가, 예능PD가 탐낼 만한 재치와 시사성을 끌어가는 예리한 눈맵시가 있습니다.

그리고 중참쯤 된 간부급 기자들은 후배기자들이 써 올린 기사에 취약한 점을 잡아서 보충 취재시키는 재미도 있습니다. 물론 가끔 배당되는 데스크 칼럼이나 논설위원실의 자료 요청에 응하려면 귀찮거나 조금 힘이 들겠지만요.

원로 논설위원들은 젊은 기자들이 취재한 내용을 바탕으로 평생 언론에서 단련한 탄탄한 어휘 구사력과 적절한 사자성어의 배치를 통해 멋진 원고지 5~6매 사설을 완성하고 이를 넘긴 후 느긋하게 오후의 여유를 즐기시는 맛도 있으실 것입니다.

신문 대표기사인 사설이란 조금 타이밍이 늦어도 되고 때론 늦은 타이밍이 사설의 妙味^{묘미}라고 할 수도 있으며 일단 바글거리던 기사 속의 혼란 이후 연기가 걷힐 즈음에 슬며시 던지는 사설은 走馬加鞭^{주마가편}입니다. 언론이 이 사회에 공통적으로 던지는 달리는 말을 향한 채찍으로 받아들여야 할 것입니다.

공무원들이 언론인을 어려워합니다. 하지만 신문방송의 취재와 편집과 보도의 과정을 조금 곁눈질하면 그리 힘든 대상만은 아닐 것입니다. 언론인의 입장을 이해하고 언론의 속성과 그 기능성에 공감한다면 결코 공무원에게 있어서 언론은 무서워할 상대가 아니고 불편한 존재도 아닙니다.

오히려 상호 도움을 주는 관계입니다. 공무원은 자신의 업무를 소비자인 국민에게 적기에 소상히 알리는데 언론을 활용할 수 있고 기자는 행정의 업무를 비판하고 바른 방향으로 집행되도록 하는 사회적 책무를 다하면서 언론 소비자인 독자들에게 올바른 정보를 적기에 전하는 것이 가능해질 것입니다. 이는 마치 '鰐魚^{악어}와 악어새'의 관계입니다. 다만 누가 악어인지 누가 악어새인지는 각자 생각하기 나름일 것입니다.

▶▶ 언론사 1도1사

1988년 7월까지는 기존의 경인일보가 중앙지, 중앙방송과 함께 경기도 언론의 중심으로 자리하고 있었습니다. 연합뉴스는 지방과 중앙을 연결하는 언론과의 소통기능을 담당하고 있었습니다.

당시에는 이른바 '1도1사'라 해서 경기도와 인천지역에는 경인일보가 대표 지방 언론이었습니다. 한국지방신문협회 회원사들이 '1도1사'의 시도별 대표 언론사입니다. 그리고 1988년 경기도에 본사를 둔 경기일보가 창간되었고 인천에는 기호일보와 인천일보 본사가 문을 열었습니다. 1988년 9월부터는 1도1사에서 1도다사의 지방언론 상황이 펼쳐진 것입니다.

하지만 1988년 말까지도 공무원들은 언론사가 매일매일 선의의 기사경쟁을 하고 있다는 사실을 알지 못하였습니다. 기사가 오늘 나가도 되고 내일 나가도 되는 월간지나 계간지와 다를 바 없다는 생각을 한 것 같습니다.

그리하여 공무원의 실수로 하루 늦게 기사를 쓴 언론사 출입기자가 해당부서에 엄중 항의하는 일이 발생하였고 수많은 시행착오와 번민을 거쳐서 이제는 대부분의 공무원들이 지방사끼리 경쟁하고 중앙 언론간에 경쟁하면서 때로는 상호 보완하고 협력하면서 지낸다는 사실을 알게 되었습니다.

그리고 연합뉴스는 기사를 제공하는 언론속의 언론기관으로서 속보성과 상세한 보도, 그리고 전체 지역을 총괄 종합하는 광역성에 힘쓰고 있고 그래야만 언론과 취재원 틈새에서 존재한다는 전략을 펴고 있고 취재원에서도 이를 알고 상호 협력하는 同伴者^{동반자}가 되고 있습니다.

▶▶ 기자의 노트북과 스마트폰 | e-mail

과거에는 기자하면 카메라와 원고지가 떠올랐습니다만 요즘 젊은 기자들은 노트북과 스마트폰으로 무장한 戰士^{전사}와도 같습니다. 움직이면 동영상으로 찍고 서 있으면 스마트폰 카메라로 촬영을 합니다. 말하면 스마트폰으로 녹음하고 현장 스탠딩 보도를 할 때에는 스마트폰 화면의 글을 보면서 리포터를 합니다.

경기도청 기자실을 기준으로 말씀드리면 2000년경에 원로 기자들이 노트북을 들고 오셔서 본사 홈페이지를 연결해 달라 하십니다. 본인의 e-mail을 이용하여 본사 담당기자에게 기사를 보내야 하는데 그 방법을 설명하라 하십니다. 그리고 수개월이 지나자 70전후의 원로 기자분들이 책상 위에 자랑스럽게 노트북을 펼치고 기사를 송고합니다.

IT는 도전하고 반복하면 할 수 있습니다. 사실 제가 e-mail을 처음 만난 해는 1996년입니다. 인재개발원 전산사무관께서 공무원 교육과정 교재를 편찬하시는 바, 담당 교수님이 소련에 가서 교안을 마무리하여 메일로 보내주시기로 했답니다. 우선 소련을 여행하는 것이 쉽게 받아들여지지 않는 일이었고 도대체 소련에서 메일로 한글자료를 보내온다는 것에 대해 이해할 방법이 없습니다. 그리고 자료가 국경을 넘고 강과 바다를 건너온다는 것이 이해하기 어려운 이야기였습니다.

하지만 지금 하이텔로 연결하여 소련에서 교수님이 보내준 교안 한글 파일을 받는다 합니다. 전화기 선을 뽑아 컴퓨터 본체에 연결하고 키보드로 하이텔을 입력하고 자신의 메일로 들어간다 했습니다. 연결되기까지는 시간이 걸립니다. 그리고 10분 정도 기다리더니 지금 자료가 왔다고 합니다. 요즘에는 스마트폰으로 읽을 수 있는 메일입니다만 당시로서는 참으로 엄청난 일이구나 했습니다. 국내는 물론 외국, 共産國家^{공산국가}와 메일이 오간다니 말입니다.

오늘날 대학에서 메일로 리포트 쓰고 메일로 성적표를 받는 신세대가 후배 공직자로 들어옵니다. 그런 교과과정을 배운 젊은 기자들이 들어왔습니다. 언론과 IT의 변화와 발전은 행정발전 이상으로 앞서가고 있습니다.

기사를 취재하여 메모지를 보면서 원고지에 적고 이를 보면서 활자를 뽑아 활판을 찍어서 다시 신문 1면을 완성하던 시대에서 마우스로 클릭하면 편집이 끝나고 다시 마우스로 클릭하면 스크랩이 되는 시대입니다.

혹시 기자 책상 위의 노트북도 어느 날 갑자기 사라지고 마이크 하나 달랑 있어서 취재한 내용을 말하면 기사로 써지는 그런 시대가 아주 빠르게 올 것이라는 생각을 해 보는 것입니다. 그런 날이 오면 발 빠른 기자보다 손가락이 날렵한 기자가 앞서가는 시대가 될 것이라는 생각도 하게 됩니다.

▶▶ 언론은 나의 편

　우리 사회를 이끌어 가는 힘은 다양하게 확인할 수 있습니다. 우리의 행정은 늘 예산을 집행하는 일에 집중하고 있습니다만 다른 분야에서는 사회적 동향이나 행정의 운용에 대하여 깊은 관심을 가지고 있습니다. 행정가들이 어찌 일하고 있는지 어느 분야에 대해 고민하고 있는가를 관찰한다 할 수 있습니다.
　軍군은 국방이라는 임무를 수행하면서 지역 주민과의 유대를 중요하게 생각합니다. 주변지역 국민들의 협력과 참여가 큰 힘이 되고 군을 이해하는 국민들을 통해 신뢰를 축적하고 있습니다. 민군관이라는 말이 그래서 필요합니다. 행정은 나중입니다. 국민, 즉 주민이 중요하고 경찰과 군인이 소중하며 행정(官)은 나중이라는 의미입니다.
　행정은 그래서 넓게 보는 망원경입니다. 어버이 親자처럼 나무 위에 올라가 아들이 어디쯤 오는가를 바라보는 (立＋木＋見) 심정으로 행정을 합니다. 다양하게 복합적으로 생각해 보고 판단하고자 합니다. 한 가지 법만으로 이 사안이 해결되는 것이 아닙니다. 복잡 다양한 줄기 속에서 이 사회가 운영되고 있습니다.
　오늘 아침 새벽을 맞이하기까지 함께 고생하신 이웃을 생각해 봅니다. 국방을 책임지는 군이 전후방에서 경계를 하고 있고 전국 방방곡곡에서 경찰관이 밤을 새우고 있습니다. 소방관은 119를 누르면 달려오고 112는 상시 대기하고 있습니다. 민간에서는 더욱 치열합니다. 한전의 전기량 조절, 가스회사의 압력 관리, 통신사의 밤샘 등 우리의 주변을 둘러싼 필수적인 기관이 참으로 많습니다.
　그래서 이러한 모든 상황은 지구처럼 둥글게 형성되어 있다는 점을 알아야 합니다. 우리는 가끔 행정만이 존재하는 듯 우리 사회를 평면으로 보곤 합니다만 이같이 다양한 분야가 한 덩어리가 되고 지구본처럼 뭉쳐져서 아침을 맞이하고 저녁을 보내는 것입니다.

따라서 지구상의 모든 존재가 각각의 필요성이 인정된다고 보는 것입니다. 부패의 균은 폐렴을 이기는 페니실린이 되고 적정한 발효는 새로운 식품을 창조합니다. 빵이나 피자나 전통 술, 음료 등은 효소에 의한 가치의 상승사례입니다. 이외에도 미세한 균의 활동이나 활약상은 제가 아는 것 이상으로 많다고 생각합니다. 그래서 이 세상의 모든 상황을 현실에서 필요한 요소로 받아들이고 그 모든 것들이 제 자리에서 각각의 기능을 다하도록 판을 잘 짜야 하고 무대를 마련해 줄 필요가 있다는 말입니다.

아침 일찍 만난 참새의 지저귐으로 해서 아이들의 머리가 더더욱 영특해진다고 생각하면 어떠하겠습니까. 가을 단풍이 인간에게 시간의 흐름을 감지하게 하는 능력을 키운다고 보면 좋겠습니다.

아니면 우리 모두의 삶이 조물주의 무대 위에 올라선 종이인형의 움직임이라고 생각하거나 태평양을 항해하는 항공모함조차도 2차 세계대전 상황실에서 女軍^{여군} 병사들이 이리저리 옮겨보는 종이 배라면 어찌 하시겠습니까?

그러니 깊어가는 가을날에 이르러 살아온 인생을 회고하면서 조금은 여유로운 자세로 청춘 장년 다음의 시대를 즐겁게 맞이함이 필요해 보입니다.

그래서 모든 기능이 각각의 위치와 시기가 있음을 알리고 그것을 바탕으로 지구와 우주와 인류의 역사에 대해 깊이 생각하면서 언론이 지향해야 할 바가 어디이고 가야 할 길이 어느 방향인가를 깊게 고민하는 直筆正論^{직필정론}의 노력도 매우 필요하다고 생각합니다. 기사에서 늘 강조하는 '行間^{행간}의 의미'에 대하여 더 많이 생각하고 고민하도록 하겠습니다.

언론인 여러분 감사합니다. 감사드립니다.

2007년

강의시간에 들은 이야기

▶▶ 장기교육

2007년에 1년간의 장기교육을 명받았습니다. 지금은 전라북도 완주시로 이사한 지방행정연수원이 2013년까지는 수원시 파장동에 있었습니다. 2007년 2월 12일에 입교했습니다.

앞으로 10개월 동안, 계절이 3번 바뀌는 시간동안 연수를 받아야 한다는 생각을 하니 참으로 지루할 것이라 생각을 했습니다만 실제로는 참 빠르게 지나갔습니다. 공직생활 30년을 했으니 굳어버린 생각 속에 지식의 자양분을 조금 보충해야 한다는 생각도 들었고 남은 공직기간 동안 열심히 일하기 위해서도 충전의 시간이 필요하다는 생각에서 스스로 신청한 것입니다.

그리고 교육생 1개월을 보내면서 정말로 교육 오기를 잘했다는 생각이 들었습니다. 교육을 와서 참 잘한 일은 禁煙^{금연}의 성공입니다. 긍정의 마인드로 교육에 참여하였으므로 공직에 근무하는 만큼 늘 바쁜 시간을 보냈습니다.

▶▶ 금연禁煙에 대하여

　우선은 금연이야기를 하겠습니다. 담배를 하루 한 갑 이상을 피운다고 하자 약사님은 重症^{중증}이라 하십니다. 그리하여 노란색 패치를 내주시는데 약장 깊숙한 곳에서 꺼내십니다. 허벅지 어깨 등 넓고 펑퍼짐한 피부에 파스처럼 붙이라 하십니다. 이 패치에 니코틴 성분이 들어있으므로 피부로 담배를 피우는 효과가 있으므로 금연을 도와준다고 합니다.

　금연을 결심한 후 한 번도 담배를 피우지 않았고 2017년으로 10년을 맞았습니다. 우선 금연을 하려면 치과에 가서 스캘링(scaling)을 받아야 합니다. 齒牙^{치아}에 달라붙은 니코틴 치석을 제거하는 것입니다. 입안에서 담배냄새가 나면 담배를 피우고 싶어지므로 아예 뿌리를 뽑아내는 것입니다.

　그리고 금연을 위해서는 담배를 피우지 말아야 합니다. 말이 되느냐 하시겠지만 정말로 금연하는 방법은 오직 하나입니다. 담배를 피우지 않으면 금연에 成功^{성공}하는 것입니다. 하지만 많은 분들이 참지 못하고 한 번 피우고 나면 다시 피우게 되고 그래서 금연에 실패하는 것입니다.

　눈물겨운 금연 스토리가 이어집니다. 우선 담배 피우는 교육생 근처에 가지 않습니다. 담배를 피우고 싶으면 물을 마십니다. 은단을 먹지 않았습니다. 걷고 다시 물마시고 다른 생각을 합니다. 정 힘이 들면 담배를 손에 잡고 냄새를 맡아봅니다. 그리고 담배주인에게 돌려줍니다.

　일주일이 힘들었습니다. 연수원 식당에서 점심을 먹고 나오면 담배를 피우는 교육생들을 만나게 됩니다. 그래서 연수원 구내식당 뒤편으로 우회하여 연수원 본관 건물로 갑니다. 후문에는 애연가들이 진을 치고 있으므로 정문 현관을 통해 2층으로 올라갔습니다.

　일주일을 버티고 나니 침샘에서 침이 나오는 느낌이 나고 열흘이 지나자 입안에서 담배 냄새가 줄어들고 본래부터 있었던 사람, 자신의 냄새가 납니다.

　한 달을 버티자 그동안 힘들게 버틴 것이 아까워서도 담배를 피우지 않겠다는 다짐을 하였습니다. 두 달이 지나고 연수원 생활에 익숙해지자 자연스럽게 금연을 이어갔고 이제 10년이 되었습니다. 옆에서 피우는 담배냄새를 편안하게 받아들이고 이겨낼 수 있습니다.

▶▶ 강의시간에 들은 이야기들

　연수생활 초기 2개월은 지루하고 힘들었지만 적응하고 재미를 붙이게 되었습니다. 수업시간에 필기한 내용을 점심 식사 후 강의실에 마련된 PC에서 타자하여 개인 카페에 올렸습니다.

(http://cafe.daum.net/dlrkdtjrekdma [이강석다음])

　매일매일 강의내용을 적고 사진을 찍어서 올렸습니다. 연수를 마치기 10일 전에 그동안 올린 글을 내려받아 정리하는데 과정을 담당하고 진행하는 사무관님이 무슨 일인가 물으십니다.

　연수내용을 정리한 것인데 간명하게 인쇄를 해서 동기들에게 나눠줄 생각

이라 하니 이런 좋은 일을 연수원에서 해야 한다며 원고를 내라 하십니다. 사무관님 덕분에 300권을 인쇄하여 우리 동기에게 배부하고 가끔 합동강의를 들은 바 있는 다른 과정 연수생에게도 전했습니다.

　2012년에는 또 다시 지방행정연수원 장기교육을 받았습니다. 이번에는 연수원에서 교육생 35명에게 노트북을 하나씩 배정해 주셨습니다. 그리하여 매일매일 강의시간에 노트북을 펼치고 강의내용을 정리하였습니다.

2008년

공직의 중간 | 서기관
과장의 역할 | 말은 적게
조크로 먹고 사는 시기

▶▶ 지방서기관, 과장에 승진하다

공보관실 사무관으로 7년간 근무하던 중에 4급에 승진하여 과장이 되었습니다. 과장 昇進^{승진}은 결과는 엄청난 것이고 그 과정은 거칠고 힘든 일이었습니다. 정말로 내가 모시는 상사의 노력과 역할이 참으로 중요한 것이 書記官^{서기관} 승진 과정입니다.

사실 요즘에는 공직이 인플레이션이 되어서 서기관이 흔합니다만 과거 서기관은 군청의 군수님이어서 이른바 관방에 근무했습니다. 1970년대 공무원들은 군수님 방에 결재를 받으러 가면서 계장, 과장님들은 官房^{관방}에 간다고 말했습니다.

더구나 도청의 계장은 지방행정사무관이고 과장은 행정사무관으로서 과장에 승진한 인사발령은 정부의 官報^{관보}에 게시되었습니다. 국비 공무원, 국가직 공무원으로서 대통령의 직인이 찍힌 발령장을 받아왔습니다. 당시 정부의 총무처에 가서 붓으로 쓰고 옥새를 찍은 국가직 발령장을 받아왔고 아크릴로 표구해서 거실 장식장에 세워두고 아침마다 출근 준비를 하면서, 머리카락을 다듬으면서, 넥타이를 매면서 공무원으로서의 다짐을 새기고 애국자 선서를 했습니다.

그리고 과장을 6~7년 근무해야 서기관에 승진하여 군수나 국장이 되는 것입니다. 요즘과 비교하면 한 직급 인플레이션 되었습니다. 이제 서기관은 도청 과장, 시청과 군청의 국장, 시의 구청장입니다. 중앙 정부에서 서기관은 선임 팀장입니다. 과거에는 한 개 과의 계장 4명중 마지막 번 계장은 6급 주사로 보임한 사례가 있었다 하므로 '주무계 차석은 말계 계장과 맞먹는다' 는 말도 있습니다.

막상 서기관 과장이 되고 나니 이전까지는 자신의 주 업무가 있는 계장과 다른 점은 회의가 많다는 것이고 결재를 하는 순간 그 공문이나 방침 계획서가 시청, 군청, 민원인에게 곧바로 발송된다는 것입니다. 도정 업무의 專決^{전결}권자의 책임이 막중하다는 것입니다.

물론 책임자라 해서 모든 것을 책임지는 것은 아닙니다만 그래도 부서업무의 흐름이나 정무적 감각이 필요하므로 이른바 감사통, 인사통, 기획통이라는 말이 먹히던 시절이었으므로 조금 의외라는 생각이 들었습니다.

감사부서에서 팀장들의 의견을 존중하고 감사와 조사를 한 주무관의 설명을 수렴해서 적정한 기준을 제시하고 지도감사, 예방 監察^{감찰}의 방향으로 이끌었다는 자부심을 가지고 있습니다.

한두 건은 윗선에서 감사결과를 보시는 관점의 차이로 인해 조금 무거운 處罰^{처벌}을 내린 바 있어서 안타까운 마음이 남아있습니다만 대부분 열심히 하다가 지적된 감사결과 처리에서는 中庸^{중용}의 길을 걸었다고 생각하고 있습니다.

당시 권두현 부지사님의 응원을 받아 감사부서에 근무하게 된 것임을 나중에 알았습니다. 이후 공직을 이어가면서 비록 짧은 6개월이지만 감사부서에 근무했음을 자랑거리로 꺼내들고 주변 사람들에게 자랑을 했습니다. 이른바 人口^{인구}에 膾炙^{회자}되었습니다.

공직을 이끌어주신 부지사님은 경기도청에서 9급 공무원으로 시작하여 4급 局長^{국장}에 이르러 잠시 행정자치부장관 비서관을 하였고 다시 경기도에서 국장, 부시장을 역임하셨습니다. 부지런함과 성실성, 폭넓은 소통과 대인관계를 바탕으로 안양, 안산시 부시장을 하시고 경기도 행정부지사에 오르신, 9급에서 1급까지 승진하신 大韓民國^{대한민국} 地方行政^{지방행정} 歷史^{역사}에 記錄^{기록}을 남기신 분입니다.

이후 도자진흥재단 이사장, 새마을중앙회 사무총장, 새마을금고 사무총장을 하셨고, 지금은 경기도 지방행정동우회 회장으로서 퇴직공무원 모임을 이끄십니다. 부지사님의 응원으로 6개월간 근무를 한 후에 1년 장기교육에 가게 되었으므로 더 이상 감사로 인한 고충은 덜게 되었고 징계처분에 따른 갈등의 고통을 피할 수 있었습니다. 더러는 감사부서에서 장기근속하고 승진하여 자리를 이동하는 동료들이 있었는데 이들의 어려움을 이제야 제대로 느끼게 됩니다.

▶▶ 경기도의회 공보실에서

연수원 고급리더 과정(도청 과장＋시청 국장＋군청 실장)에 들어와 연수원에서 만난 강사님이나 조직관련 전문가들의 말씀을 한 문장으로 축약해 보면 "과장은 말이 적어야 하고 생각은 많아야 하는데 빠르게 살피고 느리게 행동하여야 한다" 라고 縮約^{축약}할 수 있습니다.

이 말은 국장, 부시장, 실장에 이르러서도 마찬가지로 지녀야 할 관리자의 근무수칙이라 할 것입니다. 간부 공무원이 여러 가지 대안으로 검토하면서 말한 내용도 부서의 실무자들은 고려의 대상에 넣을 수 있기 때문입니다. 이 사안에 대해 최종적으로 갈 것인가 안갈 것인가, 지원을 할 것인가 안할 것인가 하는 최종 결정이 필요한 것입니다.

1년간의 장기교육을 마치고 경기도의회 공보담당관실에서 근무했습니다. 도의원 발의 조례를 공포하면 약간의 이벤트가 필요하다 하십니다. 헌혈조례 공포 이벤트에는 참으로 많은 언론이 참여해서 큰 성황을 이뤘습니다. 자발적인 헌혈의 중요성을 강조했습니다. 대한적십자사의 협조를 받아 행사를 잘 진행했습니다.

다음으로 도의원님이 '노인학대 예방조례' 를 내놓으십니다. 효자와 불효자

를 컨셉으로 잡았습니다. 의회를 상징하는 대형 의사봉을 제작하는 아이디어를 냈습니다. 2m 길이의 비닐 롤을 말아주는 속지를 의사봉 손잡이라 삼고 그 머리는 플라스틱 바구니 2개를 연결했습니다. 종이로 바르고 의회 의사봉처럼 초콜릿색을 입혔습니다.

노인회장님과 회원님, 의원님들이 不孝子^{불효자}를 벌하는 퍼포먼스를 진행코자 하는데 제가 불효자 역할을 自任^{자임}하자 우리 과 직원 5명이 불효자 역할을 하겠다고 나섰습니다. 너무 많아 3명으로 줄여서 성공적인 퍼포먼스를 완성하였습니다. 함께 동참한 동료 공무원들에게 과 동료 공무원 명의로 감사패를 제작하여 전했습니다. 공무원 스스로 이처럼 대견한 일을 해냈다는 자부심이 높았습니다.

체육과장으로 일하면서 요트대회를 주관했습니다. 레저산업의 순서가 테니스 → 골프 → 승마 → 요트라고 합니다. 우리는 지금 골프 전성시대인 듯 보입니다만 3면이 바다인 우리가 요트산업에 관심을 가져야 한다는 것이 선각자들의 생각입니다.

體育^{체육}업무를 하면서 김연아 선수의 벤쿠버 동계올림픽 금메달 획득의 순간을 현장에서 본 것은 공직으로서도 큰 보람이었습니다. 정무부지사님을 따라서 캐나다에 다녀오면서 소통한 결과 1년 후에 대외협력 부서로 이동했습니다. 대외협력 업무를 정무부지사님이 총괄하면서 실무 과장에 선발된 것입니다. 아마도 해외여행중 동행한 과장을 눈여겨보신 후 신설된 자리에 발탁해 주셨습니다. 이 부서에서 다시 언론담당 부서로 이동합니다.

사무관으로 7년간 홍보기획, 언론담당을 한 경력을 반영한 인사였고, 이를 바탕으로 동두천시청에 부시장으로 발탁되는 광영을 얻었습니다. 과장 후반기는 정신없이 지나가는 시간입니다. 유난히 서류 등 짐이 많아서 다 풀기도 전에 부서를 이동한 경우도 있었습니다.

과장이 되면 일을 하기보다는 우리 부서의 일하는 모습을 보고 앞으로 나갈 방향을 선장의 입장에서 살펴보아야 합니다. 그래서 저녁을 먹거나 여유시간에 공직관련 조크를 던지기 시작하였고 그중 몇 편을 소개하고자 합니다.

| 공처가와 사장님 |

중소기업 사장 L씨는 공처가라는 생각을 지울 수 없었습니다. 어느 날 사원 조회가 끝날 즈음 긴급 제안을 했습니다. 회의실 중앙에 선을 긋고 여러분 중에 공처가라고 생각하는 이는 왼쪽에, 공처가가 아니고 마누라를 꽉 잡고 사는 사나이라고 생각하면 오른쪽으로 가라고 했습니다.

사원들 모두가 恐妻家^{공처가}임을 인정하며 왼쪽으로 모였는데 평소 잘 보이지도 않던 사원 한 사람이 오른쪽으로 갔습니다. 자신은 공처가가 아니라는 주장을 온몸으로 보여준 것입니다.

사장은 회의를 마치며 오른쪽으로 간 사원을 사장실로 불렀습니다. 이 사원에게 한수 배우고자 함이었습니다.

사장 : 당신은 공처가가 아니라고 주장하는 것 같은데 그 비법을 배워 봅시다.

사원 : 사장님! 아까 조회시간에 사장님께서 무슨 말씀을 하셨는지는 잘 못 들었습니다. 다만 집사람이 요즘 감기가 심하니 사람 많은 곳에는 절대로 가지 말라고 해서 많은 직원들을 피해서 반대편으로 갔던 것인데요.

▶▶ [군청] 상급기관이 무서웠던 시절

면사무소 직원이 군청에 가면 개인의 이름이 없어집니다. 군청 직원들이 읍면사무소 직원의 이름을 모두 기억하기 어렵기도 하겠지만 이름을 알아도 이들에 대한 호칭은 소속 읍면사무소 명칭입니다.

"어이 전곡! (연천군 전곡면 직원)", "이봐 죽일! (안성군 죽일면 직원)"

그래도 자신이 전곡읍사무소에 근무하는 공무원이고, 죽일면(지금은 일죽면) 직원인 줄 알아주는 것만도 고마운 일입니다.

이들 읍면 직원들이 군청에 회의가 있거나 보고서를 지참하고 가려면 군청 근처에 버스가 들어설 무렵부터 가슴이 뛰기 시작합니다. 내무과 복도 앞에서는 잠시 옷차림을 살펴야 합니다. 그리고 수험생이 자주 소변을 보는 것처럼 군청에 올라간 신참 읍면 공무원은 화장실에 들어가 한참의 시간 동안 마음을 진정한 후에야 문을 열고 들어섭니다.

군청 내무과에는 행정계, 통계계, 복지계 등이 있었는데 당시 군청 행정의 중심부서는 바로 행정계입니다. 그 행정계에는 6급 계장과 7급 차석급이 2명, 8급이 2~3명, 9급과 기능직 등이 있는데 모두 9명은 될 것입니다. 행정계장 자리 옆에는 소파와 큰 책상이 있는데 이 자리는 바로 '내무과장' 님이 일하시는 곳입니다.

사실 군청에서 내무과장과 행정계장은 입법, 사법, 행정을 총괄하던 과거 고을의 원님과도 같은 권위와 파워를 가지고 있었습니다. 군정의 모든 분야를 총괄하는 곳으로 행정총괄은 물론 인사, 동향, 군수님 출장 등 대부분을 이곳에서 총괄했습니다.

더구나 부군수제도는 존치와 폐지를 거듭하였던 바 부군수가 없던 시절 내무과장은 군정의 제2인자였습니다. 지금은 인구가 적은 연천, 가평군, 과천, 동두천시청에는 기획감사실이 있어 4급 간부가 군수와 부군수를 지원하지만 당시에는 내무과장이 이른바 '짱' 이었습니다. 그래서 정해진 임기 없이 군수에 의해 임명되던 별정직 5급의 면장은 내무과장의 '밥' 이었습니다. 郡守^{군수}보다 내무과장에게 더 신경을 쓰는 것이 '長壽^{장수}면장' 의 비결이었습니다.

이와 같이 공무원 사회에서는 밀림의 왕자 '사자' 와도 같고 사자보다 빠르고 세다는 '호랑이' 같은 공무원들이 일하는 내무과 사무실에 들어가는 읍면 공무원은 마치 동물원 사육사에 의해 猛獸^{맹수} 우리에 던져진 생닭과도 같은 심정입니다. 차라리 통닭은 죽었으니 느낌이 없을 것이지만 살아서 들어가는 이들이 살아서 돌아갈까 하는 걱정을 하게 되는 것입니다. 당시 저의 마음은 그랬습니다.

더구나 이처럼 강력한 힘을 지닌 행정계 직원들이 읍면사무소에 점검을 오거나 깊은 밤에 숙직상황을 점검하면 그 당시 읍면 공무원의 말을 빌리면 '山川草木^{산천초목}' 이 떨었습니다. 읍면사무소에 숙직감사를 와서 근무자가 없으면 '職印^{직인}함' 을 가져가기도 했다는 이야기는 화성시청에서는 傳說^{전설}입니다.

그리고 다음날 아침에 전화를 걸어 읍면 총무계장이나 부면장을 군청으로 호출하고 질책합니다. 그러면 전날 밤 숙직한 공무원은 말 그대로 '죽음'입니다. 그렇다고 공직에서 밀려나지는 않았습니다. 잘해 보자는 일이고 열심히 일하면서 군청의 권위를 느끼고 절대 도전하지 말라는 '無言^{무언}의 메시지'였을 것입니다.

▶ 강화군 '내가면장' 이야기

강화군은 1993년경 인천광역시로 편입되어 경기도민에게는 도민적 아픔이 있고 아직도 강화환원을 위한 노력이 지속되고 있습니다. 강화군은 우리나라 역사의 현장입니다. 역사 속에서 外憂內患^{외우내환}을 견뎌온 강화읍내를 가보면 이곳에서 高麗^{고려}시대를 느끼고 조선시대를 이해하며 열강이 한반도에 밀려들던 시절의 흔적을 볼 수 있습니다. 이 같은 우리 민족의 역사 현장인 강화군이 경기도에서 인천광역시로 編入^{편입}된 것은 참으로 안타까운 일입니다.

1970년대에 내무부 소속의 젊은 고참 사무관이 서기관에 승진하면서 강화 군수 발령을 받았습니다. 토요일에 발령을 받았지만 즉시 임지에 도착하여 군수에 취임하기도 전에 관방에서 읍면사무소에 전화를 걸어 면장에게 이런저런 이야기와 업무를 지시하였습니다.

그 순서가 '內可面^{내가면}'에 이르렀는데 전화를 받은 면장은 "내가면장입니다. 아 예, 군수님! 축하드리고 환영합니다"라고 말했습니다. 군수는 자신이 젊어서 면장이 반말을 하는가 싶어 다시 한 번 크게 말했습니다.

"나 새로 온 군수인데, 面長^{면장}이시오?"

"예! 맞습니다. '내가면장'이라니까요!"

'제가 면사무소 면장 ○○○입니다'라

는 답을 기대했던 군수는 계속 '내가 면장입니다'를 반복하는 면장의 응대에 화가 나서 전화를 끊었다고 합니다.

이 신임 군수가 나중에라도 '내가면의 내가면장'임을 이해하고 화를 풀었을 것으로 기대해 봅니다.

▶▶ 옹진군청 '서기관'과 '수병'의 대화

옹진군 청사는 인천에 있습니다. 옹진군은 섬으로 구성되어 있어 군청이 입주할 말한 큰 섬이 없으므로 지금도 군청이 인천광역시에 있는 것 같습니다. 사실 양주군청이 의정부에 있었고 화성군청이 수원에, 오산에 있었던 것과도 같은 緣由^{연유}일 것입니다.

군청은 공무원만이 일하는 곳이 아니라 각종 단체도 있고 설계사무소도 있고 건설회사, 작지만 문방구도 있어야 하니 섬마을에 군청이 들어선다면 효율적인 일처리가 어려울 것입니다.

어느 날 군수님이 군 개청 이래 처음으로 옹진군 관내 작은 섬마을을 방문하게 되었습니다. 배를 타고 몇 시간을 달려 도착한 섬마을에서 군수를 맞이한 것은 섬마을 주민에 앞선 해군 水兵^{수병}이었습니다.

배에서 내려 섬에 들어오는 사람들의 신분을 일일이 확인하던 수병은 군수에게도 주민등록증을 보이라 했고, 군수님은 '나는 郡守^{군수}다'라며 통과하려 했습니다. 하지만 초임 수병은 군수이시면 공무원이고 公務員證^{공무원증}은 있을 것 아니겠느냐 반문합니다. 결국 군수님은 공무원증을 보여주었습니다. 수병은 공무원증과 얼굴을 서로 살펴보다가 혼잣말로 중얼거립니다.

"칫, 書記^{서기}면 서기지 書記官^{서기관}은 뭐야!"

아마도 군수님은 이 수병이 근무하는 동안 섬마을을 방문한 최초의 高位職^{고위직} 공무원이었을 겁니다. 젊은 수병이 늘 만나던 공무원은 서기나 서기보이고 서기관은 처음 접했다는 이야기입니다.

▶▶ 포천 군수^{郡守}님과 군수^{軍需}참모

군부대가 많은 포천시 이야기입니다. 사단본부에서 군관회의가 열리므로 포천군수님이 사단 위병소를 통과하게 되었습니다. 방문 차량을 정문에서 통제하면서 본부에 보고를 합니다.

포천군수님 차량이 위병소를 통과하게 되었고 위병은 "승차자가 누구십니까?" 물었습니다. 수행원이 "抱川郡守^{포천군수}님"이라고 답했습니다.

위병은 전화를 연결하여 본부중대에 보고했습니다.

"여기 정문입니다. 포천 軍需參謀^{군수참모}! 들어가십니다!"

▶▶ 토목기좌와 소좌 ┃ 중좌 ┃ 대좌

1980년대에 중국 민항기가 넘어와 온 나라가 야단이고 서울시민 대부분이 가족안부와 상황파악을 위해 전화를 걸어 시내전화가 불통이 되었던 일이 있었습니다. 그리고 미그기를 몰고 남하하여 귀순하는 대사건이 발생하기도 했습니다. 그 즈음에 내무부 토목직 5급 공무원이 서울시내에서 전경의 검문을 받았고, 주민등록증을 持參^{지참}하지 않았으므로 공무원증을 보여주었습니다. 전경은 "당신 北^북에서 온 사람 아니냐?"고 물었습니다.

이웅평 씨와 신중철 씨가 미그기를 몰고 귀순하면서 소좌, 중좌, 대좌라는 북한 군인계급이 언론을 타던 때였기 때문입니다. 당시 이 분은 토목 5급 공무원으로서 '토목기좌'입니다. 지방자치단체에서도 '지방농업기좌'(5급), '지방토목기정'(4급)이라고 했습니다.

황당한 일을 당한 내무부 토목 5급(토목기좌) 공무원은 내무부 간부와의 대화시간에 이 사례를 상세하게 이야기했고 이에 충분히 공감한 내무부(현 행정자치부) 실무부서의 검토를 거쳐 공무원 호칭이 변경되었습니다.

즉, 지방토목기정을 지방시설書記官^{서기관}으로, 지방토목技佐^{기좌}를 지방토목사무관으로, 지방농업기좌를 지방농업사무관으로 호칭하게 된 것입니다.

▶▶ 경기도청 ┃ 서울╲[인천]╱수원 이전⇒광교청사

1967년 서울에 있던 경기도청이 수원으로 이전했습니다. 도청 이전을 추진하던 초기에는 경기도 1번 도시인 인천시로 이전을 검토했다고 합니다. 슬하에서 들은 기억으로 1960년대 초에 수원시내 택시가 8대 있었다고 좀 더 큰 도시로 가야 한다는 주장이 나왔을 법도 합니다.

하지만 당시의 이병희 국회의원님이 삭발투쟁을 결행하여 경기도청의 수원 이전을 貫徹^{관철}하였다 합니다. 그리고 1981년 인천시가 광역시로 승격 분리되었으므로 불과 14년 만에 '서울시 안의 경기도청'을 벗어나 다시 '仁川^{인천}광역시내의 京畿道^{경기도}청'이 될 뻔한 試行錯誤^{시행착오}를 막았습니다.

그리고 1967년 세워진 경기도청 정문에는 박정희 대통령의 친필 간판이 있었습니다. 김문수 경기도지사님께서 疏通^{소통}과 和合^{화합}, 權威主義^{권위주의} 타파를 위해 철제, 석재로 세워진 경기도청 정문과 후문을 철거하자는 의견을 주셨습니다. 철거 당시 저는 의회 공보실에 근무했습니다. 하지만 경기도청의 역사유물이 사라지는 것이 안타까웠습니다.

박정희 대통령이 쓰신 경기도청 현판, 김영삼 대통령으로부터 받아온 경기도의회 현판을 문설주 기둥과 함께 통으로 도청 내 공원으로 이전한 후 훗날 광교청사로 이사 갈 때 같이 가야 한다는 생각으로 당시 경기도청 문화정책과에 의견을 냈습니다. 하지만 건립된 지 42년(1967~2009년)으로서 보존할 수 없다는 참으로 행정적인 답변을 받았습니다. 지금 주변의 종이 한 장을 100년간 보존하면 문화재가 될 것입니다. 경기도청 역사의 유물인 현판을 보존할 수 없다는 공무원의 답변에 마음이 아팠습니다.

휴일에 도청과 의회의 정문을 철거한다고 하여 출근했습니다. 그리고 처음 만난 철거작업회사 직원에게 부탁하여 경기도청, 경기도의회 현판을 정성스럽게 회수하였습니다. 경기도청 회계과, 경기도의회 총무담당관실에 보냈습니다. 지금도 잘 보존되고 있을 것으로 기대합니다. 작지만 역사에 남을 일이라는 자부심으로 여기에 기록을 남깁니다.

수년 내에 경기도청이 광교청사로 이사를 할 것입니다. 지금부터 예산을 들여서 팔달산 경기도청의 유물급 시설을 통으로 이전하는 방안을 고민했으면 합니다. 1967년에 준공된 본관의 1층 복도 붉은 벽돌 벽을 10m 정도 떼어내서 새로 짓는 광교청사 안 도지사실 벽채의 일부로 融合^{융합}했으면 합니다. 이 복도에서는 1950년대 드라마를 촬영한 역사성이 있습니다.

어렵게 보존되고 있는 경기도청, 경기도의회 동판도 신청사 현관에 제 자리를 잡았으면 합니다. 새로 건립되는 광교의 경기도청 청사 현관의 현판으로 재활용되면 좋겠습니다.

영국 정치인 윈스턴 처칠(Winston Churchill)은 '歷史^{역사}를 잊은 민족에게 未來^{미래}는 없다' 고 말했습니다. 나라의 역사를 이어가는 것이 중요하듯이 광역자치단체 경기도청의 歷史^{역사}를 보존하고 管理^{관리}하는 것도 소중합니다.

▶ 고등동과 세류동에 공무원 이사한 이야기

1967년에 경기도청이 수원으로 이사 올 당시 공무원들도 개인 이삿짐을 꾸려 수원으로 내려왔습니다. 우선 幹部^{간부}급 공무원들은 수원시내 허허벌판이었던 지금의 고등동에 집을 짓고 이사를 했습니다.

그리고 젊은 職員^{직원}들은 새로 전철역이 생겨난 비행장 주변의 작은 평수 양옥집으로 신혼 살림살이를 옮겼습니다. 수원비행장 주변으로 이사 온 젊은 직원들은 그 후 근무지가 바뀌고 아이들이 커가면서 대부분 다른 곳으로 이사를 했는지 이 분들의 삶의 흔적은 보이지 않습니다.

수원시 고등동으로 이사 온 간부들은 꽤 오랫동안 그 자리에 거주했습니다. 우선은 도청과 가깝고 세월이 흐를수록 땅값도 오르고 따라서 집값도 올랐으며 주변에 상권이 형성되었기 때문일 것입니다. 따라서 비슷한 연령과 계급의 도청 간부들이 고등동에 장기 거주하게 되면서 사모님들 간에는 선의의 競爭^{경쟁}도 있었습니다.

남편의 도청 계급이 중요해졌던 것입니다. 도청이나 시청과 군청에도 녹원회, 상록회니 하는 간부공무원 부인모임이 있는데 그 서열이 남편을 따라가는 것으로 인해 不協和音^{불협화음}이 있다고 해서 최근에는 대부분 해체되었습니다.

여하튼 고등동 사모님들은 남편의 출세에 늘 신경을 쓰게 되었고 요직으로 옮긴 남편의 보직을 정확히는 모르지만 늘 자랑을 하게 되었습니다. 어느 사모님 말씀.

"우리 애 아빠는 이번에 郡守^{군수} 되는 과장이 되었대요."

이 말씀은 아마도 군수발령을 예약 받았다 할 수 있는 자리에 보임되었다는 표현일 것입니다. 당시에는 지방과장, 총무과장, 기획관 등이 가장 먼저 군수 자리에 발령되었기 때문입니다.

새마을과장과 세정과장도 높은 서열이었고 양정업무가 힘을 받을 당시에는 양정과장이 군수에 나가기도 했습니다. 하지만 모든 과장이 모두 군수가 되지 는 못했습니다. 지금은 지방행정의 꽃이라는 구청장 자리이지만 당시에는 군 수자리에 가지 못할 군번의 과장들이 못내 아쉬워하며 구청장으로 갔습니다.

하지만 시장군수, 국장 되신 분들은 공직에서 이른바 출세를 하였겠지만 이 분들의 자녀가 명문대학에 갔다는 소식은 별로 들리지 않았고 과장으로 퇴임 하거나 계장하다 부군수로 가서 퇴직하신 분이나 사무관 퇴직하신 분들의 자 제중에는 명문대 출신이 많다고 하니 세상은 누구에게나 공평하다고 생각하 는 바입니다. 美人薄命^{미인박명} 또한 公平^{공평}함의 대표적인 사례일 것입니다.

▶▶ 700년짜리 공무원

요즘은 공무원사회에서 개인의 능력이 큰 힘을 발휘하지 못하지만 과거에 는 개인의 능력과 판단이 행정에 던지는 긍정적 파급효과가 컸던 것 같습니다. 1990년대 공무원은 대부분 대졸자이고 인터넷을 통한 정보력이 장년층 공무 원보다 강하며 인터넷, e-mail, 인트라넷을 통한 정보의 전달력은 과거 문서와 입을 통해 전달되던 정보 흐름보다 크게 앞서 있습니다.

쉽게 말해 1970년대에는 모든 정보가 32절 쪽지 몇 장과 입으로 전해지는 것 이 모두였고 별도의 정보흐름의 시냇물이 없었습니다. 당시에는 '쪽지보고' 라는 것이 있었는데 지금의 복사지 A4보다 작은 16절지를 반으로 자른 종이에 타자를 쳐서 8장 복사한 것을 총무과에서 종합하여 도지사, 부지사, 기획관리 실장 등 간부들에게만 제한적으로 전달하였습니다.

간부들은 수준 높은 정보를 독점하면서 조직 내에서 힘을 발휘했던 것이고 이 같은 제한적 정보의 흐름 속에서는 몇 가지 정보를 선점하는 간부들이나 공무원, 직원들이 힘을 발휘했습니다. 그래서 지금보다 개인의 역량에 따라 큰 힘을 발휘하는 공무원들이 잘 나가고 아주 빠르게 고위직에 오르게 되었던 것입니다.

그리하여 이 인물은 경기도정사 700년에 한 명 나온다 하여 '700년짜리 공무원'이라는 호칭이 붙었고 그만큼은 아니어도 일 좀 하신다 하여 500년짜리로 불리는 간부가 있었습니다. 두각을 나타내는 공무원은 200년, 100년짜리로 평가되는 공무원 선배도 있었습니다.

그리고 고시출신 공무원은 당시로서는 신비스러운 존재였습니다. 총무처에서 내무부로 발령이 나고 다시 내무부에서 경기도로 오는 고시출신 사무관은 오자마자 도청 계장으로 보임되고 승진하면 도청 과장이 되고 청와대, 내무부를 오가면서 어느 날에는 연천군수로 발령 받아 다시 경기도에 오고 얼마 후에 도청에 국장으로 자리를 옮기고 훗날에는 경기도 부지사, 관선 도지사가 되었습니다.

그래서 500년짜리 공무원 반열의 한 분으로 평가받으며 간부 공무원들의 중심에 서게 되었으니 훅훅 붕붕 날아다니면서 일하는 그 모습이 마치 삼국지의 '여포'와 같다 해서 呂布^{여포}라 불렀고 또 한 분 인물이 있었으니 그 성을 따서 '황포'라 하였습니다.

이중에는 여포, 황포가 아니어도 '준포'에 이르는 인물이 많았으니 이제야 포 반열에 올려 칭하자면 김포, 정포, 이포 등을 기억할 수 있겠습니다. 이들 중 어떤 포는 사무관시절 G부서에서는 빛을 발하지 못하다가 K부서로 이동한 후 두각을 나타냄으로써 역시 '고시는 高試^{고시}', 大器晩成^{대기만성}이라는 평가를 받았습니다.

공직이든 기업이든 인물의 쓰임새가 있으니 이를 일러 '適材適所^{적재적소}'라 합니다. 지방에서 대우받지 못하다가 중앙에 가서 큰 인물이 된 분이 지금 현직에 있음도 새롭게 인식해 둘 일이고 사무관, 서기관 인사 때 어떤 이가 요직에 배치된 후 '이 사람도 이런 인물이었구나'하는 긍정적이고 희망적인 평가를 듣는 경우가 많습니다.

　그렇다면 지방이든 중앙이든 모든 공무원의 가슴 속에는 그만한 능력과 힘이 潛在^{잠재}하고 있음을 기관장과 간부들이 한 번 더 생각해 볼 일인 것입니다.

▶▶ 일본 공직사회의 술문화

　어느 강사님의 강의에서 들은 것으로 기억되는데 日本^{일본}의 경우는 우리나라 공직사회와 비교했을 때 많이 다르다고 합니다. 일본에서는 상급기관의 담당자가 하급기관에 점검을 위해 출장을 가는 경우 반드시 술 한 병을 준비한다고 합니다. 자신이 업무를 수행할 기관에 가서 부기관장이나 간부를 만나 인사를 하고 미리 준비한 술 한 병을 내어놓고 실무자를 소개받고 실무자와 일을 마치면 되돌아가는데, 이때 가끔 식사라도 대접하여야 할 경우에는 그 기관의 실무자가 대접여부를 결정하고 내부에 보고를 한다고 합니다.

　그리고 상급기관의 출장자가 가져온 술병에는 모월모일에 중앙의 모공무원이 가져온 술이라고 적고 이를 술 저장 캐비닛에 보관합니다. 이렇게 저장된 술은 연말 회식이나 부서 식사가 있을 때 필요한 만큼 꺼내어 마시는데, 이때 술을 가져온 상급기관 직원의 이름과 출장 온 날짜, 출장수행 업무내용, 성품 등을 回想^{회상}하면서 마신다고 합니다.

　출장 온 이의 이미지가 좋은 이의 술은 기분 좋아 빨리 마시고 비판적인 인물이었다면 또한 그래서 빨리 술병의 바닥이 보이게 될 것 같은 생각이 듭니다.

▶▶ 공무원 7급과 3급

　경기도청에 북부출장소가 있었습니다. 지금은 제2청사로 승격되어 부지사가 지휘하는 조직으로 성장했습니다. 우리나라 도청과 시청, 군청에는 거리가 멀거나 업무상 필요에 의해 출장소를 두고 있고 일부의 경우에는 면사무소의 출장소를 두어 주민편익을 도모하고 있습니다.

도청 출장소는 자동차등록, 지방세 등 도정업무를 담당하였고 오지지역, 接境^{접경}지역의 면 출장소는 주민등록 등초본 발행 등 기본적인 업무를 담당하였습니다.

어느 날 3급 출장소장이 관내 면사무소의 출장소를 들렀습니다. 奧地^{오지}이기도 하지만 지나는 길에 3급 소장이 들른 출장소 소장은 7급이었습니다. 소장을 수행한 5급 사무관이 면 출장소에 3급 소장을 모시고 들어갔지만 7급 소장은 보이지 않았습니다.

핸드폰도 없고 삐삐조차 없던 시절이라 이리저리 연락을 해서 좀 늦게 7급 소장이 사무실에 돌아왔습니다.

"이분은 북부출장소 소장이십니다."

사무관이 3급 소장을 소개하자 7급 소장은,

"아 예, 그러십니까. 자 앉읍시다."

7급 소장은 3급 소장이 비슷한 연배의 所長^{소장}으로서 같은 7급 정도로 생각하고 자리에 앉기를 권했고, 그 이후 상황에 대해서는 더 이상 알려지지 않고 있습니다.

▶▶ 면서기와 농협서기

면서기는 툇마루에서 찬밥을 주고 농협서기는 안방에서 씨암탉 대접한다는 말이 있습니다. 1970년대 시골동네의 풍경중 하나입니다. 그 이유는 간단합니다. 면서기는 늘 規制^{규제}와 지시를 하는 공무원이고 농협서기는 貸出^{대출}과 비료, 농약을 공급하는 좋은 기관이기 때문입니다.

사실 지금도 그러하겠지만 하나의 면 동네에는 아주 많은 기관이 있습니다. 면사무소를 비롯해 순경들이 근무하는 파출소, 우체국, 농협 등이 있고 여기에다 예비군 중대장도 높은 기관의 하나입니다.

이들 기관중 주민들과 가장 밀접한 기관은 면사무소와 농협이었고 결국 주민들의 입장에서 보면 농협 직원들은 좋은 공무원으로(농협 직원은 공무원이 아니지만 서기라는 직함이 있음) 평가되고 공무원인 면서기는 귀찮은 존재가 되었던 것입니다. 면서기는 자주 오고 농협서기는 분기에 한 번 정도 온다는 頻度^{빈도}의 차이에 의한 대우의 差別^{차별}도 있었을 것입니다.

한 번은 22세 공무원이 추곡수매 담당을 하면서 수매현장에 혼자 출장을 나갔고, 농협에서는 영농부장, 수매담당, 출납담당 등 5명 정도가 일하고 있었습니다. 주민이 50대 나이의 농협 영농부장에게 물었습니다. 다음번 수매에는 현금을 주는가 묻자 영농부장은 저 사람, 면 직원에게 물어보라 했습니다. 주민은 "저 어린 직원이 뭘 알겠어!" 하면서 영농부장의 답변을 요구하였습니다.

결국 면직원은 영농부장에게 다음번 수매일정과 방법 등을 설명하였고, 이를 바탕으로 설명하자 주민은 잘 알아들었다며 영농부장에게 감사의 인사를 건넸습니다.

▶▶ 면사무소 주변의 5대 기관장

면단위에는 이른바 5대 기관장이 있으니 그 구성원은 면장, 파출소장, 농업조합장, 예비군 중대장, 우체국장이고 중고학교장이 가끔 참여하기도 하였습니다.

어느 날 5대 기관장이 함께 저녁식사를 하면서 반주를 곁들이게 되었는데 권한이 높은 파출소장 앞에는 술잔이 모여들었지만 시간이 갈수록 우체국장에게 술잔을 권하는 이가 없었습니다. 사실 우체국장은 당시 호봉제로 월급을 받았습니다. 수지타산이 맞지 않는 일선 奧地^{오지}지역 면단위 우체국은 별정우체국이라 하여 기본자금을 입금하고 우체국 운영권을 받았는데 월급의 기준은 아마도 6급 몇 호봉이었다고 합니다.

그런데 일반인이 이 별정우체국을 인수하면 높아야 4호봉의 월급을 받게 되어 수익성이 떨어지는 관계로 학교 선생님을 정년 퇴직하신 분이 유사경력을 보태 6급 30호봉 정도의 월급을 받는 것이 유리하므로 교사 출신이 대부분 우체국장을 하게 된다고 들었습니다.

그런데 우체국장은 권한이 없었습니다. 오가는 편지는 우표만 있으면 배달해야 하고 시외전화 신청하면 연결해 주고 요금을 받으면 되는 일입니다. 딱히 결정하는 권한이 없고 그냥 앉아서 기다리면 되는 일이었던 것입니다. 따라서 평소 업무중에 이권이나 인허가권이 없으므로 기관장간에도 신경 써서 술잔을 권할 일이 없었던 것입니다.

그래서 지금도 술자리가 진행되는 중에 술잔 없이 앉아 안주만 축내는 이를 가리켜 "이 사람 자네는 郵遞局長^{우체국장}인가?" 하거나 본인이 스스로 "나 우체국장 되었네" 하면서 다른 이에게 술잔을 돌릴 것을 권유하기도 합니다.

▶▶ 도시 쪽문과 시골집 대문 이야기

1960년대 도시의 양옥집을 보면 대문 위에는 쇠창살을 달고 시멘트 블록 담장 위에는 뾰족한 유리조각을 세워두었습니다. 정말로 도둑이 들어오지 못하게 하는 데는 철옹성 같은 효과가 있습니다. 그리고 넓은 대문 한 쪽 아래에 작은 문이 또 있으므로 아침에 출근하면서 대문에 인사하고, 저녁에 퇴근해서도 대문에 인사를 하고 집으로 들어갑니다.

어느 날 시골 친척이 옛집을 헐고 새 집을 지었으나 한 번 놀러 오시라고 서울 친척에게 전화를 했습니다. 서울 친척이 무거운 수박을 사들고 시골 친척집에 내려왔습니다. 집근처에 도착해 보니 옛날 집은 없어지고 건너편 밭 가운데에 양옥집이 한 채 있는데 곧바로 들어갈 수가 없었습니다. 대문이 없기 때문입니다.

서울에 살면서 수십 년 동안 집에 들어가려면 일단 대문을 열고 들어가서 현관을 거쳐 마루를 지나 방으로 들어갔는데 그 대문이 없으니 큰 낭패를 당한 것입니다. 그리하여 서울 친척은 양옥집 주변을 빙빙 돌면서 대문을 찾으려 했으나 애초부터 없는 대문을 찾지 못했습니다.

그냥 서울로 올라간 친척에게 시골 친척이 이장님 댁에 가서 전화를 했습니다.

"어제 온다고 해서 집에서 기다렸는데 어찌 오지 않으셨나요?"

"내가 어제 그 집에 갔었는데 대문이 없으니 들어갈 방법이 없지 않겠나? 어찌 집을 대문도 없이 지었나?"

황당한 이야기 같지만 혹시 우리는 공무원으로 일하면서 필요하지 않은 대문을 찾고 있나 반성해 보아야 합니다. 대문을 거치지 않고 곧바로 시골집 전원주택의 현관문으로 들어가면 되는 것인데 말입니다.

윈도우라는 프로그램은 대문이나 현관문을 생략하고 곧바로 창문으로 들어간다는 의미가 있나 봅니다. 이제 드론이 발전하면 창문으로 날아와 노크하고 宅配^{택배}가 아니라 窓配^{창배}를 하는 새로운 시대가 올 것입니다.

그리고 드론에 장착된 로봇 팔을 통해 배달음식을 창문에서 받고 단말기에 체크카드로 계산하고 영수증을 받는 날이 멀지 않을 것이라 생각합니다.

▶▶ 교통카드에 대한 작은 의견

교통과 관련한 의견을 제시하고자 합니다. 먼저 대중교통 시내버스 교통카드는 승차할 때 찍고 내릴 때 다시 체크를 하게 됩니다. 중고생과 청소년은 통틀어서 청소년이라 하고 카드 체크를 하면 "삐삐" 두 번 울립니다. 일반인은 한 번만 "삐"하고 체크를 마칩니다.

그런데 거리에 따라 추가요금을 내기 때문에 버스를 내릴 때에 한 번 더 카드를 단말기에 체크를 해야 하는데 이때에도 "삐" 소리가 납니다.

그런데 가끔 내리는 체크를 확인하는 차원에서 한 번 더 카드를 접촉하면 "이미 처리되었습니다"라고 답을 합니다. 여러 사람이 내릴 때 "삐"하는 것은 일상의 음으로 청각에 부담이 없습니다만 '이미 처리되었다'는 멘트는 좀 거슬리는 것 같습니다.

프로그램 운영상 문제가 없을 것으로 생각되므로 버스를 내릴 때 한 번 더

카드 확인을 하더라도 일상의 下車^{하차}할 때 확인 음으로 "삐"하고 답해 주었으면 합니다. '이미 처리되었다'는 말이나 그냥 "삐"하고 순응하는 것이나 차이가 없다면 약간은 반발하는 듯이 말하는 '이미 처리되었다'라는 멘트가 꼭 필요한 것은 아닌 듯 생각합니다.

▶ IT를 활용한 불법 주정차 줄이는 방안

다음으로 차를 운전하거나 大衆交通^{대중교통}을 이용하는 경우에 길가나 커브길에 아주 많은 분들에게 불편을 주는 불법, 얌체 주정차의 사례를 보게 됩니다.

공중도덕이나 사회질서의 관점에서 보면 다수의 공분을 받기에 확실한 과도한 불법, 부당한 주정차가 발견되므로 경찰에 신고하고, 시청에 전화하고 싶은 일들을 자주 目睹^{목도}하게 됩니다. 이를 시민의 이름으로 개선하는 방법을 제안합니다.

우선 차량을 등록할 때에 모든 차량에 컴퓨터 칩을 장착합니다. 전자 칩에는 500원짜리 셀 20개가 들어있고 10,000원에 판매를 합니다. 그리고 원하는 시민들에게 그 칩의 셀을 한 개씩 지우는 전자총을 판매합니다. 전자총 1방의 가격도 500원이며 20방짜리 칩도 10,000원입니다.

오늘부터 전자총을 허리에 차고 길을 가거나 차를 운전하여 시내를 가는데 벌을 주고 싶은 不法^{불법} 주정차 車輛^{차량}을 발견하면 화난 만큼 전자총을 발사합니다. 불법 주차된 차량의 전자칩이 전자총을 맞은 만큼 삭제됩니다. 불법주차 주인이 차량에 돌아와 시동을 걸면 화면에 메시지가 나타납니다.

"마지막 시동이 걸렸습니다. 주인님의 차량에 장착된 전자칩 20방이 소진되었습니다. 즉시 전자칩을 교체하여 주시기 바랍니다. 다음번에는 시동이 걸리지 않습니다."

자신의 차량에 장착된 전자칩의 잔량도 파악할 수 있습니다. 확인 버튼을 누르면 "주인님의 전자칩 殘量^{잔량}은 15방입니다. 20방중 5방을 맞아 15방 남은 것입니다." 물론 전자총도 남아있는 총알을 파악할 수 있습니다.

아이들 컴퓨터게임 같은 이야기이지만 실제로 운영된다면 불법 주정차, 얌체 駐車^{주차}가 대부분 사라질 것이라 생각합니다. 그리고 시민들의 스트레스를 줄여주고 공공 秩序^{질서}의식 涵養^{함양}에 큰 도움이 될 것이라고 생각합니다.

▶▶ 면허증에 신용카드를 장착하면

다음으로 이들 차주가 벌금을 내지 않을 수 있습니다. 다른 위반차량들도 벌금이나 과태료 체납이 많습니다. 그래서 이들의 면허증을 신용카드와 연결하는 방안을 제안합니다. 면허증이 본인의 신용카드나 계좌와 연결되도록 하여 법위반 과태료 처분한 내용이 법적 절차가 마무리되면 자동으로 인출되도록 하는 것입니다. 인권이나 徵收^{징수} 절차상 문제가 있다면 해당 부처에서 改善策^{개선책}을 제시할 수 있을 것입니다.

▶▶ 3년고개

초등학교 교과서에 보면 '3년고개' 라는 글이 있습니다. 어느 날 시아버지가 장에서 돌아오는 길에 3년고개에서 넘어져 삼년밖에 살지 못한다는 생각에 몸져누웠습니다. 건강하신 시아버지가 병석에 눕자 며느리가 물었습니다.
"아버님, 어찌하여 누워만 계십니까?"
시아버지가 대답합니다.
"내가 글쎄 장에서 돌아오다가 저 3년고개에서 넘어졌단다. 이제 3년 후에는 죽게 되었으므로 이렇게 누워있단다."
며느리는 답했습니다.
"그럼 아버님 가서서 한 번 더 넘어지시면 3년을 더 사시겠습니다."
시아버지가 며느리의 말을 듣자마자 크게 깨닫고 3년고개에 가서 수차례 일부러 넘어졌습니다.

삼천갑자 동방삭東方朔은 이 고개에서 6만 번을 넘어졌습니다. 그리하여 삼천갑자 동방삭은 180,000년을 살았지만 결국 저승사자에게 잡혀 갔습니다. 그 사연은 이러합니다.

어느 마을의 개천에서 숯을 씻는 노인이 있는데 그 숯을 물에 씻어서 흰색으로 만들기 위해 매일 洗滌세척 작업을 한다고 했습니다. 소문이 퍼지고 퍼져서 東方朔동방삭에게 전해졌습니다.

동방삭은 궁금하여 숯을 씻고 있는 노인에게 다가가 물으니 검은 숯을 씻어서 흰 숯으로 만들고자 한다는 것입니다. 이에 동방삭은 "내가 3,000甲子갑자를 살았어도 검은 숯을 물에 씻어서 흰색으로 만든다는 말은 들어본 적이 없다"고 말했습니다. 노인으로 변장하여 숯을 씻던 저승사자가 즉석에서 동방삭을 잡아갔다고 합니다.

지나친 자랑은 금물인 듯 보입니다. 有段者유단자는 절대 단증을 보이거나 자랑하지 않는 것처럼 말입니다.

위기일발 미스매칭
도의원 | 독도방문 | 발권실수

경기도의회 공보담당관으로 근무할 때의 이야기입니다. 그 당시에 참으로 아슬아슬한 일이 있었습니다. 금요일에 돌아오는 배표를 토요일자로 발급받아 하루 더 묵어야 했던 참으로 힘들고 어렵고 숨 막히는 사건이 일어난 것입니다. 다른 부서 주관 행사에 안내책임자가 되어 대타로 나가 큰 사건에 마주한 것입니다. 그리고 솔직한 사과를 통해 공감을 얻고 위급한 상황을 다행스럽게 마무리했습니다.

당시에 부의장, 당대표, 위원장님 등 도의회를 대표하는 재선 삼선 의원 42명을 모시고 울릉도에 가서 다시 배를 갈아타고 독도에 접안하여 일본의 교과서 歪曲^{왜곡}에 항의하는 행사를 주관하였습니다. 주관은 아니고 옆의 과에서 준비하였는데 해당 과장이 개인 사정으로 저에게 안내 총괄을 부탁해서 동참한 행사입니다.

행사를 잘 마치고 금요일 오후에 배를 타고 돌아오는 과정에서 엄청난 미스매칭이 발생합니다. 우리 일정은 묵호항 1박, 울릉도 1박하는 2박3일 일정인데 울릉도 여행사는 울릉도 2박으로 받아들여서 묵호항으로 나오는 배표를 토요일자로 예매한 것입니다. 금요일에 배를 타고 귀가해서 토요일 일정을 소화해야 하는 도의원님들은 크게 놀라십니다.

그리하여 경북도청으로 울릉군청으로, 군부대 경찰 등 다양한 경로로 배편을 알아보았지만 모두가 불가입니다. 금요일에 나가는 배편에 5명 정도 추가 승선이 가능하였지만 우리 일행은 공무원을 합하여 50명입니다.

그래서 하루 더 묵게 됩니다. 그날 저녁 밤늦게까지 각각의 방을 돌며 상황을 보고 드리고 저녁을 준비하고 정신없이 밤 10시까지 움직이다가 다운되어 깨어 보니 밤 12시입니다.

새벽에 일어나 문안인사 드리고 아침을 챙기는 등 정말 바쁜 이틀을 보냈습니다. 사무실에서도 여러 간부님들이 금 토 일 비상근무를 하면서 노력한 결과 울릉군청의 군수님, 부군수님이 위문 오시고 버스와 승용차 지원과 함께 行政船^{행정선}을 이용하도록 배려해 주셨습니다. 특히 군수님께서 오찬을 사 주셨습니다. 울릉군수님! 부군수님!! 감사합니다.

다음날 아침에 버스에 올라 제일 먼저 謝過^{사과} 말씀을 드렸습니다. 제가 일정을 제대로 챙기지 못하여 송구합니다. 잘못한 벌은 귀청해서 받도록 할 것이니 오늘 의원님들 불편하시지만 일정을 잘 소화해 주시기 바랍니다.

사실 옆의 과에서 준비한 일정이고 대타로 왔으므로 책임이 없다고 발뺌을 하자는 생각이 9% 정도 있었지만 91%는 자신의 잘못임을 인식했고 큰 목소리로 사과드렸습니다. 그리고 그날 오후에 울릉도 도동항 여객부두에 같은 시각 두 번째로 짐을 들고 배를 타러 갔습니다. 그런데 둘째 날에도 표를 받으러 간 우리의 동료 공무원들의 소식이 '咸興差使^{함흥차사}' 입니다.

승선시각이 임박하자 의원님들이 이제는 애원의 눈빛으로 저를 바라보십니다.

"이 담당관! 왜 표가 안 오는 것인가?"

"예 다녀오겠습니다."

컨테이너 박스로 꾸며진 울릉도 여행사 사무실에 들어서니 우리 측 공무원

✱ **함흥차사**(咸興差使) : 조선 태조 이성계가 두 차례에 걸친 왕자의 난에 분개하여 왕위를 정종에게 물려주고 함흥으로 가버린 뒤, 태종이 그 아버지의 노여움을 풀고자 함흥으로 여러 번 차사(差使)를 보냈으나 태조 이성계는 그들을 죽이거나 잡아 가두고 보내지 않았으므로, 한 번 가면 깜깜 무소식이라는 의미에서 비롯되었다.

과 여행사 직원이 대치하고 있습니다. 그 이유는 어제 주무신 숙박료와 아침 식사비를 정산하지 않았다는 것입니다.

여행사 직원은 숙박과 아침 식사비를 내야 표를 주겠다 하고 공무원은 여행사의 실수로 일정이 하루 늦어진 것이니 숙박비와 식비는 우선 회사에서 해결하라는 주장입니다. 이제 승선까지 남은 시간은 20분입니다. 벌써 다른 승객들은 배에 올라 집에 돌아가는 준비를 마쳤을 것입니다.

6급 차석과 둘이서 ATM(automated teller machine)기로 달려갔습니다. 토요일 오후이니 농협이나 은행은 열지 않았습니다. 현금을 찾아서 숙박비와 식비를 내고자 두 공무원이 카드를 긁었습니다. 한 번에 70만원을 찾을 수 있습니다.

수표발행을 할 생각을 하지 못한 것이 지금도 후회가 됩니다. 여행사로 돌아와 350만원을 내밀자 이 직원은 더듬거리는 느린 손으로 돈을 세고 있습니다.

숨 가쁜 사람은 우리 쪽입니다. 이런 긴박감에 익숙한 듯 여행사 직원은 더듬거리며 돈을 센 후에 표를 내주려 하다가 다른 사무실과 통화를 하더니 일부 의원님이 아래쪽 양식당에서 식사를 하신 비용이 또 있다고 말합니다. 지금도 기억하는 186,000원입니다.

또 다시 농협에 다녀와야 하나 생각하는 순간 뒷주머니에 200,000원을 가져온 것이 떠올라서 10,000원을 빼고 190,000원을 건넸습니다. 또 다시 더듬더듬 만원짜리를 세고 있습니다. 190,000원을 확인하자 서랍을 열고 여기서 1,000원, 저기서 2,000원 등 4,000원을 거슬러 줍니다.

평생을 통틀어 살아온 날과 살아갈 날을 합해서 이런 일은 처음이자 마지막일 것입니다. 저는 그 거스름돈 4,000원을 여행사 직원 책상 위에 내던지고는 곧바로 돌아섰습니다. 미안합니다.

지금 다시 생각해 보아도 그 여행사 직원에게 주인정신이 있었다면 본사에 보고해서 일단 표를 건네고 사태를 수습했을 것입니다. 이번 사태에 대해 전후 사정을 잘 알고 있으니 조금이라도 社員[사원]정신이 있었다면 일단 표를 넘기고 돈을 세어 보았을 것입니다.

애사심과 책임감 그리고 인정이 있었다면 거스름돈을 넘기며 제가 너무 사무적이어서 죄송하다는 말이라도 해야 했습니다.

　잔돈 4,000원을 팽개치면서도 나는 공무원인데 하는 생각이 머릿속으로 지나갔습니다. 이래서 경찰이 수갑을 채울 수도 있지 않을까 걱정도 했습니다. 하지만 참을 수 없었습니다. 우리보다 배표를 기다리는 도의원 등 일행 50명에 대한 걱정이 더 컸기 때문입니다.

　그분들을 대표하여 이 정도 어필했다고 생각했습니다. 생각해 보십시오. 이런 상황이 발생했다면 울릉도 여행사 대표가 우리 측 의원님들에게 와서 사과를 했어야 합니다.

　이 사건은 행정에서 하나의 행정사례, 매뉴얼처럼 반영해야 합니다. 행정을 하면서 공무원은 공공을 생각하고 국민을 걱정해야 합니다. 그래서 공무원입니다. 자신보다 주민과 시민과 국민의 安危^{안위}를 걱정해야 하는 공무원의 기본자세를 말하고자 함입니다.

　울릉도 여행을 준비한 우리 측의 반성은 더 진솔해야 합니다. 울릉도에 도착하면서 한 번 더 일정을 체크했어야 합니다. 앞으로는 그렇게 하여야 합니다. 더구나 50명 단체의 일정을 관리하는 행정책임자이니 더더욱 신경을 써야 합니다.

　배를 타고 묵호항으로 돌아왔습니다. 늦은 저녁식사를 해야 하는데 동해안 횟집으로 가면 좋겠지만 고속도로 휴게소에서는 술을 팔지 않는다는 점에 착안하여 항구에 대기중인 버스에 승차한 후 곧바로 고속도로에 진입한 후 저녁식사를 위해 휴게소로 들어갔습니다.

　늦은 시각이므로 고속도로 휴게소 주방은 썰렁하고 메뉴도 이것만 된다고 따로 보여줍니다. 그래서 공무원들은 떡라면을 주문했는데 의원님들은 좀 색다른 우동을 청하십니다. 주방에서는 재료가 맞지 않았는지 공무원 주문메뉴를 먼저 내놓습니다. 의원님 주문하신 우동이 나오기까지 기다렸습니다.

　모락모락 김을 올리며 코를 자극하는 라면을 코앞에 놓고 저녁 8시 반에 10분 동안 기다렸습니다. 의원님 우동이 나오는 즉시 공무원들은 퉁퉁 불어버린 떡라면을 맛있게 먹었습니다. 많이 불었습니다. 식었습니다.

　그런데도 철없이, 지금도 그 떡라면 국물의 향기를 잊지 못하겠습니다. 앞으로 여행중에 술을 피해야 하는 식사의 경우 고속도로 휴게소를 이용하시되 반드시 음식 나오는 순서도 지정해야 한다는 敎訓^{교훈}을 얻었습니다.

그리고 울릉도 여행을 진행하면서 '내 잘못, 내 탓' 임을 인정한 것은 공직을 통해 인생을 통틀어서 가장 잘한 결정이라고 생각합니다. 의원님들께서는 그대의 업무가 아니고 지원 나온 것이니 크게 미안해 하지 말라고 위로해 주셨습니다.

그리하여 의회 공보실에서 1년 6개월 동안 참으로 보람되게 근무하고 훗날에 다시 집행부와 의회를 연결하는 대외협력 업무를 충실히 수행할 수 있었습니다.

이 사건을 경험삼아 1년간 체육과를 거쳐 다시 대외협력 담당부서에서 일하면서 의회, 국회의 창구 역할을 하였습니다. 의회의 기능을 알고 '독도여행 미스매칭 사건' 의 경험을 바탕으로 보람찬 의회 지원업무를 수행하였습니다.

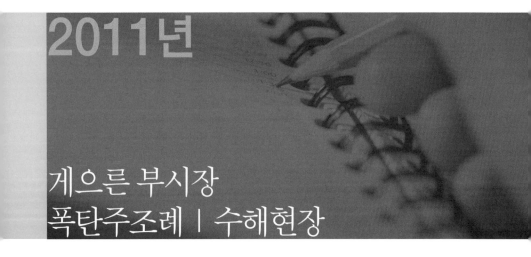

2011년

게으른 부시장
폭탄주조례 | 수해현장

▶▶ 게으른 부시장副市長의 소통방법

부시장은 게을러야 합니다. 부시장이 부지런하면 여러 부서가 힘이 들고 그 힘든 일들이 부메랑이 되어 부시장을 힘들게 합니다. 부시장 잘하는 방법에 대한 고민을 하고자 합니다. 이미 지나간 일이니 처음으로 돌아갈 수는 없으나 그간의 행적을 반성하고 행정의 발전을 위해 어찌 했어야 하는가를 되돌려서 고민하고 생각하는 시간을 갖고자 합니다.

2011년 6월 27일에 언론담당관에서 동두천시 부시장으로 발령을 받았습니다. 사실은 3일 전에 좋은 연락을 받았습니다. 전에 동두천시 생연4동장으로 근무하였는데 당시 사무장으로 함께 일한 정 아무개 주사가 이제는 시청 시정계장으로서 인사를 총괄하는데 후임 부시장으로 저를 추천하였다는 이야기를 전해 들은 바 있습니다.

20여일 전 幹部會議간부회의에서 이름이 언급되었다는 전언이 있었지만 아직은 아니라고 그냥 참고의 말씀일 것이라고 흘려들은 바 있습니다.

그런데 정말로 간부회의에서 공식적으로 거명되었고 곧 문서로 보낼 것이라는 말씀입니다. 이 이야기를 들은 날은 24일입니다. 그날 도청 간부들이 평택에 안치한 천안함 현장방문을 하였습니다. 보슬비가 내리는 날씨였습니다.

오전에 전화를 받았으므로 그날은 하루 종일 핸드폰을 정말 핸드폰으로 손에 들고 다녔습니다. 그날만은 잠시도 손에서 눈에서 뗄 수 없는 핸드폰이었습니다. 평소에는 가방에 넣거나 속주머니에서 벨이 울려도 받지 못하는 경우가 많은 핸드폰입니다. 지금도 회의장에 가는 경우 사무실에 두고 가고 사무실에서 손님을 만나는 중에 벨이 울려도 받지 않는 전화기입니다.

회의 중간에, 손님 접견중에 핸드폰 왔다고 모든 일 다 버리고 전화 받기에 집중하는 모습이 마음에 들지 않습니다. 그것은 마주한 손님에 대한 禮儀^{예의}가 아니라고 생각합니다.

회의중에 전화를 받는 것이 꼭 필요한 일일까요. 회의중에 전화를 하신 분의 용건이 지금 이 회의보다 중요하거나 火急^{화급}한 일이라는 확신은 없습니다. 그런데도 회의 중간에 책상 아래로 들어가서 전화를 받습니다.

받아서 하는 말은 "지금 회의중이라서 전화를 못 받아요." 하지만 이미 전화를 받고 있습니다. 전화를 받지 못하는 상황이라 말할 필요가 있을까요. 안 받으면 회의중이구나 이해할 것입니다.

문자와 카톡을 보내도 답이 없기에 주변 동료에게 물어보니 지금 해외 출장중이고 이번 주 금요일에 귀국하신답니다. 1시간 후에 카톡으로 답변이 왔습니다. 아마도 외국 여행중에 호텔로 돌아와 와이파이를 연결하였나 봅니다. 이 분에게 전화를 했으면 국제요금을 부담할 뻔했습니다.

그리고 전화를 걸어서 받지 않으면 반드시 문자를 남겨야 합니다. 상대방이 자신의 전화번호를 저장하고 있을 것이라는 자신감은 어디에서 오는 것일까요. 설령 전화번호를 저장하고 있다 해도 전화를 한 용건을 문자로 보내면 그 내용에 따라 회의나 행사중이라도 답신을 주거나 시간이 날 때 전화해 주실 것입니다.

하지만 이날은 전화기가 참으로 소중했습니다. 어디에선가 전화가 올 것만 같았습니다. 그래서 오후 내내 전화기를 손아귀에 들고 다녔지만 추가 전화연락은 없었고 사무실로 돌아와서도 아무런 機微^{기미}가 보이지 않았습니다. 그래서 금요일은 그렇게 지나갔습니다.

당시 언론담당관이니 언론인과 늘 소통을 하던 시기인데 토요일에는 거의 기자실이 텅 비고 일요일 오전 10시부터 중앙지 기자들이 출근을 합니다. 그리고 일요일 오후가 되면 지방사 기자들이 가끔 자료를 챙기기 위해 전화를 합니다.

그래도 토요일에 출근했습니다. 보통은 공무원들이 토요일은 기자들의 출근 패턴에 맞춰 쉬게 되는데 그냥 나왔습니다. 그리고 오전 내내 복도의 동향에 신경을 쓰면서 언론동향도 살피고 있었습니다.

오전 10시경에 복도에서 한 무리의 지나가는 소리가 들려 급하게 나가 보니 인사팀장이 지나가면서 '엄지척' 을 합니다. 고향 선배이고 전에 같이 근무한 모범 공직자입니다.

같이 엄지를 들며 '방패' 라는 암구호를 교환했습니다. '방패' 는 당시 비봉─남양─마도─송산─서신으로 이어지는 서해안 벨트의 군부대 경례구호입니다. 아시는 분은 이 '방패' 의 의미를 이해하실 줄 생각합니다. 상호간의 인사, 예의를 표하고 국방에 대한 강인한 의지를 이 두 글자에 숨蓄^{함축}하고 있습니다.

그리하여 즉시 사무실 사물을 정리하였습니다. 토요일 오전, 아무도 없는 사무실이니 짐 정리는 편안합니다. 6개월 근무한 사무실인데 버릴 것이 참으로 많습니다. 공직자가 서류로 일을 한다고 하지만 사무실에 워드프로세서가 들어오면서 문서 인쇄량이 과다합니다. 그냥 화면으로 보면 될 것을 출력해야 하는 아날로그 행정의 습관이 아직도 남아 있습니다.

1980년대 행정을 보면 펜글씨, 플러스펜 글씨로 결재 받던 시절로서 하나의 문서에 담당, 계장, 과장, 국장, 부지사, 그리고 관련실장, 국장에 이은 도지사 결재로 확정되며 이를 成案文^{성안문}이라 했습니다.

그 내용을 시군에 전파하면 되는 행정이었습니다. 2000년대에 들어서서는 워드프로세서, 고속복사기 시대를 맞아 마구잡이 출력과 복사가 이어집니다. 표지만 보고 이면지로 사라지는 자료가 참으로 많습니다.

이제 인사가 내정되었으므로 개인자료를 정리하여 보자기에 싼 서류는 다른 이가 볼 수 없도록 책상 아래, 캐비닛 맨 아래 칸에 보관하고 책상 위에는 어느 정도 느슨하게 자료를 배치하여 일상의 모습으로 보이도록 하였습니다.

하지만 월요일 아침에는 인사발표가 난다 하니 미리 알고 책상정리를 한 것이 책잡힐 일은 아닌 줄 생각했습니다.

다음날 길고 긴 일요일을 또 다시 사무실에서 보내고 저녁에 퇴근하여 불면의 밤을 보내고 월요일 아침에 승용차를 집에 두고 택시 타고 출근했습니다. 오늘부터 어떤 일정이 진행될지는 잘 모르지만 한동안은 팔달산 도청 건물에 오지 못할 것이라는 豫感^{예감}은 훗날 的中^{적중} 하였습니다.

여기서 잠깐, 오늘 6월 27일자로 동두천부시장 발령을 받게 되는 진, 중, 후, 그간의 경과를 돌이켜볼 필요가 있습니다. 부시장으로 강력 추천해 주신 오세창 동두천시장님은 1997년 2월 13일 제가 동두천시 생연4동 동장으로 발령받을 당시에 제 4대 도의원(1995. 7. 8 ~ 1998. 6. 30)을 하셨습니다.

1999. 2. 19까지 동두천시청에 근무하였으므로 제가 생연4동에 근무하고 있던 중에 道議員^{도의원} 임기를 마치셨습니다.

도의원 당시 사무장의 안내로 오세창 의원님 사무실에 갔으나 부재중이시므로 다른 분에게 명함을 드리고 온 바 있습니다. 이후에 공식 행사에서 몇 차례 뵌 바는 있지만 개인적으로 인사드리지 못하여 송구하게 생각합니다. 하지만 시장님께서는 도의원하시면서 수원에서 온 수다스럽고 말 많은 동장을 기억해 주셨습니다.

그리하여 도 인사발령 작업이 진행되자 전에 생연4동장으로 근무한 바 있는 제가 동두천시에 대해 많은 것을 알고 이해하고 있으니 부시장으로 적극 추천한다는 말씀을 하시고 도에 문서로 공식 추천하시게 된 것입니다.

한 살이라도 젊은 공직자가 동두천시청에 근무하면서 행정적, 재정적으로 다양한 도움을 줄 것이라는 점을 주변의 有志^{유지}분들에게 강조하여 말씀하셨다고 들었습니다. 처음에는 시청 간부들이 알아 본 바 과장 경력이 부족하여 부시장으로 추천하기에는 이를 감이 있다고 보고 드렸습니다.

하지만 시장님께서는 내가 민선 단체장인데 부시장 발령 하나 마음대로 못할 것은 아니라 생각하신다며 강력 추천해 주셨습니다. 지금 생각해 보아도 드라마틱한 일입니다. 시장님의 추천으로 도청 과장에서 부시장으로 신분이 바뀌자 달라짐이 참으로 많습니다.

우선 일정을 마음대로 하지 못합니다. 각 부서에서 도시계획위원회, 건축위원회, 인사위원회 일정을 잡습니다. 군부대 방문인사, 복지시설 위문 등 자신들의 업무와 관련한 일정을 제 수첩에 올려줍니다. 점심 식사도 누군가 손님이 오시는데 시장님 일정이 바쁘시니 오찬을 하면서 시정에 대한 논의를 하라는 오더가 내려오기도 합니다.

시장님으로부터 부시장 발령장을 받는 순간부터 하루 일정이 참으로 바쁘게 돌아갑니다. 발령 직전에 현충탑에 헌화 분향하였습니다. 시청에 도착하여 전에 동장으로 근무할 당시에 참으로 많은 성원을 보내주신 김 아무개 선배님을 뵙고자 하였으나 공로연수중이십니다.

몇 달 후 김 선배님 퇴임식에 참석하고 저녁 송별식에 가서 건배 제의하고 댁에 모셔드렸습니다. 공직 선배에 대한 예의라고 생각해서 부시장 차량으로 모셨습니다. 먼저 선배님 집에 도착하여 가족들이 와서 대문을 열고 모시고 들어가시기까지 20분 동안 수많은 이야기를 나눴습니다. 선배님은 나에게 "이 부시장, 이 동장, 이강석, 강석아!"를 연호하시면서 공직을 마치는 소회를 說破^{설파}하셨습니다. 공직을 마치고 퇴임한다는 절차가 참 무겁고 버거운 일인 줄 생각합니다. 그 선배님도 공직을 내려놓기가 참으로 힘드셨나 봅니다.

부시장으로서 근무를 시작하면서 매뉴얼이 없다는 것을 알게 됩니다. 부시장이 무슨 일을 하는지 아무도 알려주지 않습니다. 그냥 출근해서 짜인 일정에 따라 움직입니다. 간부회의 있다고 간부들이 들어오고, 시장님 주재회의라고 가자 합니다. 점심시간이 되면 구내식당으로 갑니다. 행사가 있으면 현장에서 점심을 먹습니다.

언론사 인사를 갔습니다. 공직선배이자 학교선배인 심재인 사장님을 만나서 어찌하면 부시장을 잘하는 것인가 물었습니다. 부시장을 3번 하신 공직선배이시니 저에게 답을 내려주십사 했습니다. 그러자 깔끔한 외모처럼 아주 淡白^{담백}한 답을 주십니다. 실과별 용지와 읍면별 용지를 수첩에 붙이고 저녁 먹고 동그라미, 점심 먹고 동그라미를 치라는 것입니다. 한 해 동안 동그라미 120개를 치면 된다는 것입니다. 동그라미를 치는 것뿐만 아니라 날짜에 무슨 음식을 누구와 먹었는가를 기록하라 하십니다.

말씀해 주신 대로 수첩의 실과별 용지, 동별 용지에 동그라미를 치면서 근무를 이어갔습니다. 그리하여 부시장은 업무경험으로 일하는 것이 아니라 체력으로 근무하는 것이라는 생각을 합니다.

내가 권하는 술을 받는 공무원은 한 잔인데 20명과 저녁을 먹으면 20잔을 받아야 하니 체력이 중요하다 할 것입니다. 술을 안 드시거나 못 드시는 분이 부시장을 못한다는 말은 아닙니다. 그런데 수백 가지 소통의 방법중 소주라는 매개체가 首位^{수위}에 있다는 점만은 강조하고자 합니다.

일단 기본으로 소주 한 잔 하면서 삼겹살을 먹고 나면 40분 정도가 흘러갑니다. 6시 반에 시작한 만찬은 7시 10분 정도에 기본 스토리가 마감된다는 말입니다. 이때에 부시장은 중요한 선언을 합니다. 이제 기본 식사를 마쳤으므로 개인적 사정, 일정이 있으신 분들은 歸家^{귀가}하셔도 좋습니다. 그리고 동료가 먼저 가신다고 해서 불평하거나 인상을 쓰는 상사가 없도록 유념해 주시기 바랍니다.

✻ '공을 친다' 는 말이 있습니다. 공사장에서 밥을 하는 야전 식당을 '함바집' 이라 합니다. '함바' 라는 말은 일본어에서 연유한 듯합니다. 자료를 찾아보니 '함바' 는 일본어 '飯場' (hanba)에서 온 말인데, 이를 '현장식당' 으로 순화하였습니다.

이 현장식당 여사장은 주방 안에 대형 달력을 걸어두고 공사장에 아침, 점심, 저녁밥 그릇수를 적어둡니다. 아침 30그릇, 점심 50그릇, 저녁 30그릇이라고 적습니다. 그리고 공사장 감독이 건설회사로부터 중도금 등 공사대금을 받으면 밥값을 계산해 줍니다. 그러면 달력에 적힌 숫자를 세어 5,000원을 곱한 후 2,550,000 원이 나오면 250만원만 받고 공사 감독에게는 돼지고기를 듬뿍 넣은 두부 김치찌개와 막걸리를 대접합니다. 일단 감독이 중요한 거래처이기 때문입니다. 물론 영수증은 2,550,000원으로 정확히 적어주지만 받은 돈은 250만원입니다.

어느 날 새벽 큰 비가 내립니다. 현장식당 여사장은 보조 아줌마에게 말합니다. "아줌마 공쳐요." 대형 달력의 오늘 날짜에 동그라미를 그리는 것입니다. 현장 공사이고 토목공사이니 비 오는 날은 일을 하지 않습니다. 그러니 함바집은 밥을 하지 않습니다. 경비인력 몇 사람은 어제 남은 것을 데워서 먹으면 되는 일이고 이는 따로 경비회사와 하루에 5명 곱하기 3끼니는 15식이라는 별도의 셈법이 있습니다. 그리하여 '비 오는 날은 공치는 날이요 달 밝은 밤에는 별 따는 날이다' 라는 노래가사가 있는 것입니다. 비 오는 날에 공굴리기나 축구나 농구 경기를 한다면 불편함이 많을 것입니다. 어린 시절 이 노래를 들으면서 비가 오는 날에 굳이 공을 치는 이유가 궁금했지만 누구에게도 물어보지 않았습니다.

요즘 말로는 골프를 하러 갈 때 '공치러 간다' 고 하고 다른 이가 알지 못하게 조금 더 비밀스러운 대화에서는 '운동하러 간다' 고 합니다. 훗날에서야 비가 오는 날 현장식당(함바집) 달력에 공을 친다는 사실을 알게 된 것입니다.

획일적이고 권위적이던 과거와 다르게 요즘의 공직사회는 다양한 개인의 상황을 잘 반영하고 있습니다. 더구나 30세 전후의 공무원들은 가정과 직장을 동시에 돌보아야 하는 입장입니다.

저녁 7시 전에 어린이집 아이를 집으로 데려가야 하는 공무원이 있고 노부모를 모시는 며느리, 딸도 많습니다. 개인적으로 술을 마시지 못하거나 건강을 챙기는 사정도 있는 것입니다. 그래서 초기 40분을 보낸 후에 일단 자리 정돈을 하는 것입니다.

그 식당에서 식사를 마치고 2차를 가지 못하는 이유는 행정기관의 법인카드 제도에 맞춰야 하는 이유도 있습니다. 아침이슬을 사슴이 먹으면 鹿茸^{녹용}이 되고 毒蛇^{독사}가 먹으면 독이 된다는 말이 있습니다만, 맥주를 대중음식점에서 맥주잔으로 마시면 법인카드로 계산이 되지만 맥주집에서 500CC컵으로 마시면 '크린카드'에 걸려서 카드 계산이 되지 않습니다.

사실 젊은이들과의 소통은 맥주 500CC잔을 놓고 오징어채 안주를 먹을 때 최고도에 다다를 것이라고 생각하는데 우리 행정의 회계제도는 이를 용인하지 않으므로 1차 삼겹살에 2차 치맥이라는 우리의 전통적이고 고유한 저녁 문화에서 2차 맥주 값은 부서장(부시장, 국장, 과장 등)이 감당해야 하는 작은 부담을 주고 있습니다.

그래서 1차 식당에서 자체로 2차 분위기를 만든 후에 진솔한 대화를 이어갑니다. 남은 인원과 대화를 계속합니다. 소주 반잔에 맥주잔 영어 대문자 아래까지 맥주를 채운 잔 2개를 그 자리에서 가장 젊은이에게 주고 선택건배를 하도록 하는 것입니다.

대부분 첫 번 선수는 副市長^{부시장}에게 권합니다. 이를 반복하면 결국에는 모든 참석자가 한 잔씩 합니다. 그 과정에서 건배사를 하거나 소원수리를 하면서 가슴속 이야기를 합니다. 소통의 수단입니다.

사실 젊은 공무원이 회식 자리에서 인사말을 하는 기회가 흔하지 않습니다. 이런 자리에서 가벼운 맥주잔 들고 인사말을 하는 것이 일종의 트레이닝이 될 수 있습니다. 부서 공무원들과의 소통을 통해 자신을 발견하고 혹시 행사 진행을 잘하는 공무원으로 성장하는 계기를 제공하는 기회가 될 수도 있을 것입니다.

혹시 삼겹살집에서 일찍 귀가할 공무원을 보내고 2차를 하는 것이냐 반문하실 수 있습니다. 설명을 드리면 2차를 하는 것이 아니고 공무원 개인별 일정을 최대한 존중하면서 가능한 동료들과 대화를 이어가는 것입니다. 그리고 공무원들에게 젊은 언론인들에게 자주 제공한 다음의 자료를 보시면 그 진의를 이해하실 것입니다.

술은 최소한의 매개체이지 술에 취해 정신을 잃고 다음날 더더욱 친해진다는 아주 오래 전 일부 사람들의 이야기를 이 시대에도 적용하고자 한 것은 아니라는 점을 확실하게 설명 올리는 바입니다.

그런데 언론인들 사이에 "요즘 부시장이 매일 폭탄주를 마시고 다닌다"는 이야기가 돌았습니다. 어떤 형태이든 부시장과 저녁을 먹은 동료 직원들은 주변의 친구들에게 어제저녁에 부시장과 폭탄주를 마셨다고 자랑을 한 것입니다. 그 폭탄주 제조에 대한 상세한 설명은 생략한 채 그냥 폭탄주를 마셨다 하니 기자들의 귀에 솔깃할 것은 當然之事^{당연지사}입니다.

선제적으로 시장님께 상황을 말씀드렸습니다. 우선 저녁을 먹고 가야 할 사정이 있는 직원은 조기 귀가하도록 하고 남은 동료들과 남은 술에 맥주 3병 주문해서 소맥으로 맥주컵 반잔을 주면서 각기 하고 싶은 이야기를 나누는 이른바 소원수리의 시간을 갖는 것인데 겉모습만으로 소문이 돌아서 혹시 방송에 나오는 洋酒^{양주}가 들어가는 그 폭탄주로 오해되었음을 설명 드렸습니다.

시장님께서는 잘 아신다면서 부시장이 열심히 시청 공무원들과 소통하고 있으니 고마운 일이라 칭찬을 하십니다. 그리하여 위기를 모면하고 소주 폭탄주로 자신의 주장을 이야기하는 삼겹살 대화 광장은 꾸준히 이어졌습니다.

그리하여 2008년 존경하는 선배님의 제언으로 시작된 공무원 주법조례가 逐條^{축조}심의를 마치고 공포되는 快擧^{쾌거}를 완성하였습니다.

결국 소통을 위한 술을 마시는 데 있어서 가급적 예절을 갖추자는 의미이고 술을 적게 먹기 위함이고 건강을 관리하기 위해 만든 글입니다. 30년 가까운 세월동안 주변의 동료, 선배들의 조언을 받아 완성한 주법에 대한 지침서입니다.

제1조 (목적) 이 조례는 폭탄주의 제조법과 주류의 음용방법에 대한 구체적인 절차와 방법을 정하여 폭음을 예방하고 가급적 음주량을 줄여 나가도록 함으로써 공무원과 시민 그리고 도민, 대한민국 국민건강을 보호하고 사회전반에 건전하고 품격 있는 음주문화를 전파하는 데 목적이 있다.

제2조 (용어의 정의) ① 이 조례에서 쓰이는 용어의 정의는 다음과 같다.

1. 주(酒) : 시중에서 판매되는 임의의 술로서 알코올 농도가 5에서 50도까지인 것을 말한다.
2. 폭탄주(爆彈酒) : 위 1호의 술을 2가지 이상을 컵이나 식당의 각종 그릇에 함께 부어넣은 것을 말한다. 군인화, 구두, 재떨이 등은 그릇으로 보지 않는다.
3. 제조주(製造主) : 폭탄주를 만드는 자를 말하며 반드시 함께 식사하는 일행중 1명이며, 좌우 참석자는 폭탄주 제조시 助力(조력)의 의무를 진다.
4. 폭탄사(爆彈辭) : 제조주의 권유에 의하여 폭탄주를 받은 참석자가 마시기 전에 남기는 말이다. 일명 '遺言(유언)'이라고도 한다.
5. 흑기사(黑騎士) : 본인이 폭탄주를 마실 수 없는 경우 도움을 청하여 대신 마셔주는 참석자를 말한다.

② 이외에도 다양한 용어가 있을 것이며 추후 조례 시행규칙에서 보강 설명하고자 한다.

제3조 (제조주) ① 폭탄주의 제조권자(이하 '제조주'라 한다)는 좌중의 선임자, 연장자, 식사 초청자가 우선이나 경우와 상황에 따라서는 누구나 자발적 제조주가 될 수 있다.

② 제조주가 되려는 자는 좌중에 자신이 제조주가 되겠다는 의견을 말하고 참석자 ⅔이상의 묵시적 동의를 얻어야 한다.

제4조 (폭탄주의 제조 및 배분) ① 제조주는 첫 번 폭탄주 제조시에 술의 종류와 배합의 비율을 좌중에 공지하여야 한다. 다만 몇 순배 이후에는 그러하지 않을 수 있다.

② 제조주는 정성을 다하여 폭탄주를 제조하고 첫 번째로 제조된 폭탄주는 본인 혼자 공개적으로 마심으로써 위험성이 적다는 점을 좌중에 공지하여야 한다.

③ 제2항의 폭탄주를 마시고 1分(분)이 지난 후에 좌중 다른 참석자에게 폭탄주를 권할 수 있다. 제조주가 그 술을 마시고 쓰러지거나 사망하면 식사와 폭탄주 행사는 중단한다.

④ 폭탄주는 1잔씩 전달을 원칙으로 하나 인원이 8명 이상이거나 2명 또는 3명씩 의미를 부여하여 권할 수 있을 경우에는 다인식도 가능하다. 의미부여의 방법으로는

함께 마시고 싶은 사람을 선택하는 호감형, 평소의 감정을 풀기 위한 회포형 등을 제시할 수 있다.

⑤ 제조주는 상대방에게 폭탄주를 먹여주는 '천국주' 제도의 발전에 노력하여야 한다. 아울러 단합주, 회오리주 등 좌중을 즐겁게 하면서 동시에 술을 조금 마시도록 시간을 끄는 戰略(전략)개발에 노력하여야 한다.

제5조 (폭탄주 음용방법) ① 폭탄주를 받으면 우선 제조주에게 감사의 目禮(목례)를 하고 폭탄사를 하여야 한다. 폭탄사의 내용은 살아오는 동안 고마웠던 가족, 부모, 직장동료, 회사의 상사 등에게 남기고 싶은 말이어야 한다. 폭탄주를 마신 후 사망하는 경우 동석자들은 그 폭탄사를 유언으로 간주하고 가족에게 서면으로 전달하여야 한다.

② 2인이 폭탄주를 받은 경우에는 각각 폭탄사를 하며 연장자, 상급자가 먼저 하는 것이 좋다.

③ 폭탄주 잔은 식탁에 내려놓을 수 없으며 일단 폭탄사를 마치고 마시기 시작하면 중지할 수 없다. 폭탄주 마시기를 다하지 못하면 같은 폭탄주 1개를 더 받을 수도 있다.

④ 폭탄주를 다 음용한 자는 자신의 의무를 다했음을 확인하기 위해 머리 위 15cm 상공에서 잔을 뒤집고 3초 동안 머물러 한 방울의 술도 떨어지지 않음을 좌중에게 확인시켜 줄 의무가 있다. [2016. 1. 27 박 실장님 제안으로 신설]

⑤ 2인이 마시고 난 잔은 그 중 1인이 모아 제조주에게 즉시 전달한다.

제6조 (흑기사) ① 폭탄주 과음으로 인한 사고를 예방하기 위하여 '흑기사' 제도를 둘 수 있다.

② 폭탄주를 받은 자는 흑기사를 쓸 수 있다. 다만, 여성은 첫 번째 폭탄주부터 가능하고 남성은 2번째부터 인정된다.

③ 흑기사를 쓰는 경우 흑기사에 대한 예우 또는 사례(謝禮)에 대한 구체적인 내용을 그 자리에서 좌중에 밝혀야 한다.

제7조 (기타음주예법) ① 술잔은 오른손으로 권한다.

② 술병은 오른손으로 술병의 큰 상표를 잡고 왼손은 가볍게 함께한다. 왼손의 위치는 아랫사람일 경우 병 아래, 동료일 경우 병 옆에, 상사이거나 연장자일 경우에는 병 위에 위치하는 것을 권고한다.

③ 잔을 권하기 전에 먼저 상대방과 눈으로 인사하고 눈인사를 받으면 천천히 잔을 권한다. 이때 술병은 자신의 주변에 미리 준비하여야 한다, 잔을 전하고 술병을 찾는 것은 아주 큰 결례이다.

④ 술을 권한 후 받은 이가 한 모금 마실 때까지 그윽한 눈빛으로 상대방을 바라보

아야 한다.

⑤ 술잔은 감사한 마음으로 정성을 다하여 두 손으로 받고 잔을 술병목 부분에 접촉하지 않고 5mm 정도 간격을 두고 따라 올리고 받아야 한다.

제8조 (음주습관과 해장방법의 권고) ① 첫잔은 원샷하지 않는다. 첫잔은 3번 나누어 마신다. 자신의 몸에게 술을 마신다는 사실을 미리 알려줌으로써 알코올을 해독하는 효과를 얻을 수 있다.

② 회식 중간 중간에 물을 자주 마신다. 반찬중 국물이 있는 것을 먹으며 야채중심의 안주를 많이 먹는다.

③ 술을 마신 다음날 아침에는 가급적 식사를 하여야 한다. 북어국, 콩나물국을 먹고 인삼 등으로 몸을 다스려야 한다. 보이차를 약하게 마시는 것도 해독의 한 방법이 된다. 아내와 남편이 다음날 아침에 해장국을 준비하고 안 하고는 남편과 부인이 할 탓이다.

부칙

제1조 (시행일) 이 조례는 공포한 날로부터 시행한다. 다만, 이 조례 시행 이전부터 진행되거나 향후에 진행될 모든 폭탄주 제조과정은 각각의 기관 단체에서 이미 형성된 의미와 권한을 존중한다.

제2조 (경과규정) 다른 기관, 다른 사람들이 폭탄주를 만들어 무슨 방법으로 마시는 것에 대하여 관여하지 아니 한다. 공무원들은 이 조례를 적극 활용해 줄 것을 권장하고자 한다. 그래야 술 덜 먹고 건강에도, 사무실 분위기도 밝아진다.

*위 조례는 저자가 재미를 더하기 위해 임의로 정한 별칭입니다. 이런 조례는 없습니다.

이를 전해 들은 신규 공무원들은 참 좋은 자료라 하였고, 젊은 언론인들은 처음에는 뭐 이런 것이 있느냐 하였지만 일주일 후에 복도에서 만나면 그 자료를 바탕으로 다른 분과 만났더니 참 주법에 예의롭다는 평가를 받았다며 좋아했습니다.

▶ 식당에서 사다리를 타다

공무원들과 식사를 하자 하면 메뉴와 식당은 어디가 좋은가 부시장에게 물어옵니다. 저녁을 함께 먹으며 소통하는 것이 중요하지 무슨 음식을 어느 식당에서 먹는가는 중요하지 않다고 생각합니다. 그런데 각과 주무계장은 식당과 메뉴를 결정하기 위해 하루를 고민한다고 합니다.

어렵게 식당이 정해지고 공무원들이 모이면 부시장, 과장을 중심으로 자신은 어디쯤에 앉아야 적정한가 하는 두 번째 고민이 시작됩니다. 그리하여 먼저 식당에 도착한 과장, 계장이 들어오는 직원을 향해 여기 앉으라 저기 앉으라 합니다. 이때 아주 위험한 상황이 올 수 있습니다.

즉, 같은 나이 같은 급수에 초임발령일과 8급 승진일도 같은 두 직원이 동시에 들어왔는데 과장이 A에게는 측근에 앉으라 하고 B에게는 먼 자리를 권하는 경우 두 사람은 과장의 마음 속 서열이 정해졌다는 단정을 하게 됩니다.

또한 누구에게는 과장 근처에 앉으라 하고 고참 주사보는 멀리 자리 배치를 하였다면서 偏愛^{편애}한다는 지적을 할 수도 있습니다. 큰 의미를 두지 않고 빨리 자리 잡기 위해 여기 앉으라 저기 자리하라는 말을 한 것인데 받아들이는 주무관들은 과장님의 일거수 일투족에 예민한 관심을 보인다는 말입니다.

그래서 저는 8인용 사다리를 수첩에 가지고 다닙니다. 식탁에 1~8번 번호를 정하고 들어오는 순으로 좋아하는 번호에 이름을 쓰도록 합니다. 그리고 사다리를 타기 전에 공개적으로 사다리타기 용지에 한두 줄 더 그어서 공정성에 대한 시비를 차단하고 "다라라~" 사다리를 타면서 疏通^{소통}의 길을 열었습니다.

자리배치 사다리를 타는 순간 수평적 사고와 공감대 형성이 가능해지는 것입니다. 부시장이 끝자리에 배정되면 다들 즐거워합니다. 하지만 사다리 결과가 어찌 나오든 부시장은 중앙에 앉도록 양보합니다. 구석에 자리했어도 소주 3잔을 마시고나면 어느새 중앙에 앉아서 지난날 이야기를 하고 있습니다. 공무원 9급, 8급 당시의 이야기로 대화를 이끌어 갑니다.

사다리타기로 자리를 정하지 않으면 중앙에 과장님, 건너편에 주무 계장님, 과장님 좌우에 2,3번 계장님이 자리하고 그 다음으로 7급 주무관, 그 옆으로 8급, 9급이 자리하게 됩니다. 30분이 지나면 가운데 간부들은 고기 굽기에 바쁘고 7급 주무관들을 당구이야기하고 있고, 8,9급 직원들은 집에 갈 걱정을 하고 있습니다.

이렇게 각자의 나이에 맞는 동료들끼리 앉아서 자기들만의 대화를 할 것이라면 차라리 회식비를 2만원씩 나누어 주고 각기 좋아하는 식당에서 메뉴를 주문해서 먹고 내일아침 출근하는 것이 나을 뻔한 것 아니겠습니까.

식사를 위한 회식이 아니라 소통과 화합을 위한 모임이니까요. 다만 간부들은 이 모임을 통해 자신의 존재감을 나타내려 하지 말기를 바라고, 젊은 주무관들은 선배들의 智慧^{지혜}를 배우고 익히는 기회로 삼아주기를 바랍니다.

▶ 두 번째 수해 발생

또 한 번 수해가 발생했습니다. 부시장으로 일하면서 청원 경찰중 비번 근무자들과 저녁식사를 하는데 낮부터 내린 비가 참으로 꾸준하게 오더니 저녁 7시경에 절정에 이르렀습니다. 혹시나 해서 창밖을 살피며 신경을 쓰던 중에 이 실장이 들어와 비 오는 것이 심상하지 아니 하다고 말합니다. 그래서 식사를 중단하고 사무실로 돌아왔습니다.

오후 7시 반경에 사무실에 돌아와 회의실로 올라갔습니다. 이미 오세창 시장님께서 6급 이상 전 간부를 소집하여 긴급 지시를 내리십니다. 지금 동광교 부근 등 신천변에 나가서 시가지 쪽으로 밀리는 물을 온몸으로 막으라고 명령하십니다. 전 직원이 비상 출동하였습니다.

차를 타고 전에 근무한 생연4동이 있던 현장의 중앙동사무소로 갔습니다. 인근에 다다르자 폭우로 인해 넘친 물이 온통 阿修羅場^{아수라장}입니다. 그 물살을 바라보니 13년 전 1998년 동두천시 전역에서 발생한 수해상황이 떠올랐습니다. 이런 경우를 '데자뷰(deja vu)'라고 합니다. 꿈인지 생시인지에 이런 상황을 보았거나 겪었던 기억이 날 듯 말 듯한 상황을 말합니다.

무섭게 밀려오는 물줄기를 바라보면서 휴가중에 급히 복귀하여 새벽 1시 반에 마주한 신천의 그 무서운 물결을 또 다시 이곳에서 만나고 있는 것입니다.

✱ 아수라장 阿修羅場 : 〈불교〉 아수라왕(阿修羅王)이 제석천(帝釋天)과 싸운 장소

불행중 다행인 점은 1998년 수해는 신천의 하수가 넘쳐 들어온 것이고 이번 수해는 內水^{내수}가 나가지 못하여 민물이 가가호호에 침수된 것입니다.

그래서 1998년 수해로 각 가정에 검은 흙이 들어와 고통이 많았는데 2011년 수해는 민물이 침수된 것이어서 사후 처리에 부담을 덜었습니다. 하지만 침수 피해가 커서 당사자인 시민들의 고통이 심각했으며 생업에도 큰 손실을 입혔고 이를 마무리하는 공무원들도 수고가 많았습니다. 복구를 위해 이어지는 폭우 속에서 지원해 주신 국군장병 여러분과 군 간부 여러분께도 감사드립니다.

수해복구를 마무리할 즈음에 생연4동 어르신들이 한 말씀하십니다.

"이제 부시장님은 더 이상 우리 동두천시에 오지 마시오. 당신만 오면 물난리가 나니 책임을 통감하고 더 이상 오지 마시오."

하지만 매년 한두 번 동두천시를 방문합니다.

공직을 퇴직하고 일주일 만에 시장님께 인사드리고 생연4동 어르신들과 해장국을 먹었습니다. 추가회원으로 가입했습니다. 이제는 부부모임으로 확장되었습니다. 65~75세 다양한 연령층이 동두천시 생연4동의 추억으로 뭉쳤습니다. 앞으로도 동두천시 생연4동 어르신과의 우정은 계속될 것입니다.

2012년

강의시간에 받아 적은 이야기

▶▶ 두 번째 강의 자료집 발간

2012년 12월에 두 번째 강의 자료집을 발간했습니다. '강의시간에 받아 적은 이야기' 라는 제목을 잡았습니다. 2007년 강의록 제목은 '강의시간에 들은 이야기들' 이었습니다. 2007년 자료는 볼펜으로 적은 이야기를 인터넷으로 옮겨서 자료집으로 만든 것이고 2012년에는 즉석에서 노트북으로 받아 적은 것입니다.

연수원에서 두 번 장기교육을 받음으로써 부족한 소양을 채우는 기회가 되었습니다. 대한민국의 대표강사님들의 명강의를 들었습니다. 그 강의를 통해 사무관이 해야 할 일, 서기관이 취해야 할 입장을 배운 것입니다.

모든 공직자들에게 장기교육을 권하는 교육 전도사가 되었습니다. 전국 시도 시군을 이해하는 계기가 되었습니다. 교육기간중 여행을 통해 배운 바도 많습니다. 그리하여 시도의 행정특성을 이해하고 수도권의 특성을 알게 되었습니다. 대한민국의 큰 섬 여러 곳을 다니면서 아름다운 국토에 살고 있음을 확인했습니다.

금강산을 온몸으로 감싸보았고 백두산에 올라 천지를 바라보았습니다. 해

외여행을 통해 배운 바가 크며 海外旅行^{해외여행}은 여행 자체가 교육이라는 생각을 하고 있습니다. 교육을 통해 만난 34명이야말로 전생부터 만나기로 운명 지어진 일이라고 생각합니다. 그래서 참 좋은 교육동료로서 같은 강의실에서 강의를 듣고 중국에 가서 백두산에 오르고 주몽과 장수왕릉을 親見^{친견}하면서 역사에 대한 새로운 다짐을 하는 기회가 되었습니다.

혹시 다른 기관에서 교육을 받았다면 1년간의 강의내용을 적은 자료를 책자로 발간하지 못했을 수도 있습니다. 연수원에서는 2012년 강의내용 자료집을 국비 예산을 들여 인쇄하여 배부해 주었고 교육을 마친 후에 한판 더 인쇄하여 신문을 보고 자료를 요구하는 정부기관에 추가 발송했다고 합니다.

지금도 기록을 열심히 했다는 자부심을 가지고 있으며 1억 원짜리 교육을 받으면서 한 번도 한 순간도 졸지 않고 열심히 강의를 들었다는 증거물로 이 자료집을 보관하고 있습니다.

사실 매년 대한민국의 정부와 지방자치단체에서 수많은 공무원들이 장기교육을 받고 있습니다. 공직과 기업에서 3~4주 교육을 받는 사람을 합하면 수만

✽ **해외여행을 가서 소주를 마시는 방법**을 알려 드리겠습니다. 식전 식중 식후 세 가지 방법이 있습니다. 우선 점심을 먹을 식당에 도착하면 버스 안에서 소주 한 컵을 마시고 들어가서 점심을 먹습니다. 두 번째로는 식탁에 앉아서 물병에 담아온 소주를 음료수 잔에 따라 권합니다. 마시고 인상을 쓰면 외국식당 종업원들이 금방 알아보니 조심하여야 합니다. 해외식당에서 다른 나라 술을 먹게 되면 주인이 처벌을 받는다고 가이드가 걱정을 합니다.
세 번째로는 점심을 먹고 신속하게 버스로 돌아와 한 잔 마시거나 식당의 문을 나서면서 가방에 든 소주병을 꺼내어 마시면 됩니다. 어느 방법도 권하기는 어렵지만 필요하면 조금 불편해도 시도해 보시기 바랍니다. 단, 가이드 선생의 지시를 잘 따르고 원만한 인간관계를 형성해 두어야 후환이 없습니다.

명으로 추정합니다. 하지만 수업시간에 수초동안이라도 졸지 않은 교육생은 매우 적을 것입니다.

볼펜으로 노트에 적은 후 다시 wording하는 것보다 노트북으로 정리하니 참으로 편리해졌습니다. 더 많은 내용을 충실히 기록했습니다. 스마트폰으로 강사님 강의 장면을 촬영하고 PPT 중요 내용을 사진으로 실었습니다.

강사님 사진을 본 후 강의내용을 읽으면 강의 들을 당시의 기억이 더더욱 새록새록 날 것이므로 반드시 강사님의 묵시적 동의를 얻어 촬영하여 싣고, 사진이 잘 안 나오는 경우에는 인터넷을 통해 사진을 얻고 대학 홈페이지에 가서 교수님 사진을 다운 받는 등 강사님 강의록을 정리했습니다. 교육기간에 사물놀이반에 들어가 장구를 배웠습니다. 소병구 선생님이 철학 강의, 역사 강의를 하시고 구성지게 창도 가르치시면서 장구를 열심히 치라 하십니다.

이 책의 추천의 글도 써 주셨습니다. 빠지지 않고 따라다닌 결과 장구와 꽹과리를 배워 사물놀이 한판을 놀았습니다. 그리고 오산시청에 근무하면서 동네 어르신 틈에서 4인조 장구선수로 나서기도 했습니다.

지방행정연수원은 강사의 무덤이라는 말이 있습니다만 그만큼 연수원 강의를 오시는 분들은 著名^{저명}하신 분이므로 인터넷에 들어가면 쉽게 사진을 받을 수 있었습니다. 강사님들의 명강의는 가물었던 마음 속에 단비가 되었으며 메마른 情緖^{정서}에 敍情^{서정}의 자양분을 보충해 주었습니다.

▶▶ 수도권교통본부 – 서울 | 인천 | 경기

교육을 받으러 가면 지방행정연수원 파견인데 수도권교통본부 역시 직제에 없는 장외조직이므로 再次^{재차} 파견을 간 것입니다. 공직에서 연거푸 진행되는 파견은 핵심부서에서 멀어지는 것이므로 바라는 바가 아닙니다.

하지만 서울, 인천, 경기도에서 파견된 45명이 8개 팀을 이루어 광역 교통 정책과 BRT(bus rapid transit) 업무를 담당하고 있는 소중한 조직입니다. 즐거운 마음으로 근무를 시작했습니다.

더구나 광역 3단체의 협의체 형식으로 모인 공무원 조직의 책임자인 본부장이므로 적극적인 자세가 필요했습니다. 경기도가 본부장이고 서울시는 기술담당 부장이고 인천시에서 행정담당 부장을 파견하였습니다. 그리고 8명의 사무관과 주무관으로 구성합니다. 그리하여 기관간의 갈등이 없도록 하는 데 전심전력하였습니다. 미안한 일이지만 경기도 모임에서는 장황한 言行^{언행}을 줄이고 담백하게 저녁을 먹고 마무리하였습니다.

서울과 인천 출신 공무원들과의 저녁은 조금이라도 웅성거리도록 하고 가능한 경우 2차로 맥주 500을 추가하는 노력을 하였습니다. 간부 회의에서도 서울 인천 간부들이 설명을 하면 한 마디라도 더 웅수웅대를 하는 정성을 보였습니다.

지금은 중앙부처로 간 서울시 출신의 주무관은 의미 있는 이임사를 하고 본청으로 귀임한 바 있습니다. 수도권교통본부를 떠나 다른 자리에 근무하면서 4번 다시 찾았습니다. 귤, 오렌지 등 과일을 사들고 갔습니다.

사실은 수도권교통본부 근무 6개월이 되었을 무렵에 어느 시청에 인사 타진을 해 보았습니다. 긍정적으로 받아주므로 기대를 하였지만 나중에 마무리 이야기는 도청에서 인사카드를 보여주지 않았다는 것입니다. 한 번 보내기 어려운 파견 자리에 있는 직원을 6개월 만에 빼려 할 이유가 없었을 것입니다. 그러니 인사조정 과정에서 전혀 이동대상에 잡히지 않았던 것입니다.

당시 신문에 보도된 기사를 보면 '자기 인사는 자기가 한다' 는 글이 있습니다. 페이스북을 30분 동안 탐색하여 2013년 6월 30일에 박수영 경기도 행정부지사님의 글을 찾았습니다. 부시장이 될 정도로 오랜 기간을 공직에 있었다면 자신의 평판에 대해서는 자신이 책임을 져야 한다는 말씀을 하셨습니다.

말을 바꿔 타려면 어느 정도 기간이 지나야 하고 그 과정에서 이 사람이 그 자리에 적임이라는 다수의 평가를 받을 정도로 늘 준비되어야 인사에 오른다는 말도 들었습니다. 우리가 모르는 사이에 우리 모두는 늘 주변의 평가를 받고 있다고 할 것입니다.

그해 6월의 하마평은 다른 이들의 인사이동으로 마감되어 수원시 소재 경기도청을 기준으로 북쪽에 내쳐진 듯 1년을 근무하면서 수많은 공직자들이 소속감 없이 힘들게 근무하는 경우가 많겠구나 하는 생각을 하였습니다.

하지만 수도권교통본부 근무 1년은 새로운 소통의 개념을 정립하는 기회가 되었습니다. 그간에는 같은 기관의 동료공무원들과 계, 과 등 조직을 구성하므로 기본적인 협력관계가 가능하였습니다.

이곳은 서로 다른 환경에서 근무해 온 3기관의 공무원으로 구성되었습니다. 문화와 풍토가 조금 다른 기관에서 근무한 나름의 행정 원칙이 있을 것이므로 이를 적절히 조화롭게 接木^{접목}하는 노력이 필요했습니다.

교통관련 전문가, 도시와 교통전공 교수님을 만나 선진 정책을 논의하고 중요한 정책을 결정하였습니다. 유럽의 트램(tram, streetcar)을 견학하고 선진국의 효율적인 교통 시스템을 배웠습니다. 해외여행을 하면서 이처럼 양보하고 배려하는 학자님들과 동행하는 격조 높은 시간도 함께 했습니다. 그 당시에 논의한 수도권 광역 교통청에 대한 이야기가 최근 현실로 다가서고 있습니다.

정책이 탄생하기 위해서는 수년 전부터 관계 전문가들의 '블루오션(Blue Ocean)'이 있었음을 이해할 수 있습니다. 어느 날 하늘에서 뚝 떨어진 시책이 아니라 수년간 연구하고 고민하고 실패를 거듭한 끝에 이룩한 성과인 것입니다.

우물 안에서는 작은 하늘이 보일 뿐입니다. 坐井觀天^{좌정관천}이란 부분만을 알고 전체를 이해하지 못하는 상황을 말합니다. 혹시 우리는 지금 우물 안에 앉아있는 개구리가 된 것은 아닐까, 늘 돌아보고 살펴야 합니다.

내가 서 있는 순간 다른 이가 한 발짝 나가면 나는 두 걸음 뒤처진 것임을 인식하고 더더욱 분발해야 합니다. 서울 인천 경기도청의 공무원으로 구성된 수도권교통본부에서 근무하는 동안 소통과 배려와 화합의 의미를 체득했습니

✱ **하마평** : 조선시대에 관리가 벼슬을 바꾸는 경우에 下馬(하마)라 합니다. 말에서 내려 다른 말로 갈아탄다는 뜻입니다. 또는 궁에 가거나 왕릉에 당도하면 하마비를 만나는데 모든 관리들은 여기에서 말을 내리라는 표식입니다.
하마비에는 '대소인원개하마(大小人員皆下馬)'라고 새겨 누구나 말에서 내리게 한 것이라고 합니다. 왕을 비롯하여 훌륭한 어른과 관련이 있는 곳에 하마비를 세워 그 어른에 대해 예의를 지키는 것이라고 합니다. 부시장이 행사장을 가는 경우 본부석에서 조금 떨어진 곳에서 미리 차를 내려 걸어가는 것도 조선시대 하마비와 연결성이 있다 할 것입니다.

다. 이를 바탕으로 수년간 각 부서를 조정 조율하는 데 많은 도움을 받았다고 생각합니다. 이른바 易地思之^{역지사지}라 하여, 상대편의 입장에서 바라보는 눈을 갖게 되었다는 생각도 해 봅니다.

함께 일하다가 소속기관으로 복귀하는 동료 공무원들과 참으로 많은 이야기를 나누었습니다. 그리고 함께한 기간 동안의 아름다운 추억을 공직 내내 간직하고 퇴직 이후에도 공유하기로 했습니다. 婚事^{혼사}에도 연락을 하고 자리를 이동하면 문자를 보냈습니다. 이 모든 일들이 오래 전에 맺어진 인연이 있었기에 가능했다는 생각이 들었습니다. 서로 다른 기관에 근무하다가 같은 공간에서 동일 부서원이 되어서 일한다는 것이 얼마나 큰일인가 생각해 보았습니다.

우리 주변에서 부서간 葛藤^{갈등}, 상하간 衝突^{충돌}이 발생하는 경우를 더러 보게 됩니다. 양보하는 마음 이해하고 배려하는 자세가 적어서 발생하는 일입니다. 업무 연관이 되는 인연을 몰랐기에 갈등이 발생하는 것입니다.

그 갈등조차 因緣^{인연}인 것을 모르는 것이 안타깝습니다. 어느 날 같은 부서의 팀장과 대리로 발령을 받는 인연은 어쩌면 5대조 이상의 조상 때부터 인간관계를 맺고 살아온 조상님의 후손일 수도 있다고 생각해 보시기 바랍니다.

이 사람이 아니면 자신이 존재하지 않을 것이라 전제하고 주변의 동료와 선배와 후배를 맞이하시기 바랍니다. 큰 사고를 막아준 인연으로 만났다고 생각하시기 바랍니다. 직장 同僚^{동료}가 가족보다 더 긴 시간을 함께 보낸다는 사실도 스스로 시간계산을 통해 확인하시기 바랍니다.

그러면 모든 동료들이 소중하고 귀한 은인이 되어 아침마다 인사하고 저녁에 집으로 돌아가면서 아쉬움을 더하는 애틋한 同志^{동지}가 될 것입니다.

2014년

오산시에 없는 오산비행장
의사봉 | 세마대 | 청렴
인사 | 삶은 계란

　수도권교통본부에서 1년 동안 파견근무를 마치고 청라~강서간 BRT(bus rapid transit) 개통으로 인천광역시장님의 감사패를 받은 후 오산시청으로 발령 받았습니다. 오산시는 과거 화성군 오산읍에서 시로 승격하였으므로 고향에 돌아온 것입니다.

　공직 초임 당시에 화성군청이 오산읍에 있었습니다. 그 이전에 수원에 소재한 화성군청이 화성으로 가고자 했을 때 가장 도시화가 앞선 오산시에 입지할 수밖에 없었을 것입니다. 최소한 군청사가 들어서기 위해서는 청사를 오가는 광역교통, 설계 사무소, 백반과 짜장면집, 그리고 문방구가 필요했을 것입니다. 수원에 소재한 화성군청을 1970년 6월 10일에 오산읍으로 이전합니다. 그래서 지금도 수원 종로파출소에서 성빈센트병원 사이에 화성역이라는 버스정류장이 있습니다.

　1968년에 초등학교 4학년 때 시골에서 수원이라는 도시에 처음 올라왔고 이리저리 돌아다니다가 위압적인 건물 앞에 검정색 차 한 대가 서 있는 것을 본 기억이 나는데 이곳이 바로 화성군청 청사입니다.

오산읍은 1989년 1월 1일에 오산시로 승격하여 화성군에서 분리되었으며, 화성군은 2001년 3월 21일에 화성시, 도농복합도시로 승격되어 오늘에 이르고 있습니다. 화성시와 오산시에 대한 서론이 긴 이유는 제가 화성군 비봉면 자안리가 출생지이기 때문입니다. 공무원 첫 발령지가 비봉면이고 군대 마치고 복직한 곳이 팔탄면입니다.

지금도 발령받을 당시의 화성군청에 대한 기억이 아련하게 남아있고 송산반점에서 먹은 짜장면에 대한 추억이 살아있습니다. 수년 전 발령동기들이 수원역 民資驛舍^{민자역사}에 모여서 저녁을 먹고 맥주를 한 잔 하면서 고교 동창처럼 재미있는 시간을 가진 바 있습니다.

이처럼 인연이 깊은 오산시에 근무하게 된 것은 김필경 전임 부시장님의 강력한 추천이 있었고 곽상욱 시장님께서 도에 추천하여 주셨기에 가능했습니다. 그리고 18개월 동안 참으로 재미있고 보람찬 공직을 이어갔습니다.

우선 발령 초부터 동료 공무원과의 소통을 위해 다양한 방법을 써보았습니다. 그중 하나가 부서방문입니다. 출근길에 또는 근무시간에 각 부서 사무실에 들어가 인사를 하고 녹차를 마시면서 이야기를 나눴습니다. 처음에는 불편해 하였지만 시간이 가면서 어느 부서 방문한 스토리가 소문이 났고 우리 과는 언제 오나 기대하는 눈치입니다.

과한 음주는 건강을 해치므로 원하는 만큼 소주를 따르거나 아예 다른 음료수를 권했습니다. 요즘에는 업무지시를 강하게 해도 중앙 평가에서 감점이 되는데 술을 强勸^{강권}하는 것은 더더욱 아니 될 일입니다. 그래서 평온하고 재미있는 저녁식사를 하였고 점심에는 일찍 식당에 도착해서 동료 후배들이 기다리지 않도록 했습니다.

▶▶ 원탁 중간에 자리한 위원장 | 개인 의사봉

부시장으로서 부서 동료공무원과의 소통이 중요합니다만 각종 위원회 위원들을 잘 모시는 일도 시정발전에 도움이 됩니다. 우선 도시위원회, 건축위원회, 경관위원회, 인사위원회 등 다양한 회의에 부시장이 위원장이 되어 진행합니다.

그런데 공직사회의 영원불변의 회의시간은 화요일 14:00입니다. 오후 2시로 회의시간을 잡는 이유는 참석자들을 배려하기보다는 공무원들의 편리함 때문입니다. 점심 이후 1시간이 지났으니 점심 대접할 걱정이 없고 길어야 2시간 회의를 해도 16:00이므로 저녁시간까지 또 다시 2시간을 기다릴 일도 없으니 말입니다.

최초 누군가가 14:00로 회의시간을 잡은 것은 다수의 공무원들에게는 다행스러운 일일 것이지만 부시장으로서 14:00는 참으로 애매합니다. 그래서 두 가지 案^안을 제시하였습니다. 간명한 회의는 11:00로 하여 11:40분에 마치고 점심을 먹습니다. 좀 길게 시간이 필요하다면 16:00에 시작하여 90분간 회의하고 6시 전후에 저녁을 먹는 것입니다.

회의를 소집하면서 미리 오찬이 있고 만찬이 예정되었다는 점을 알려드려야 합니다. 아마도 시청에 회의 참석차 오시는 위원님들은 오전 11시라면 점심과 연결되고 오후시간을 낸 후 저녁까지 먹을 수 있는 錦上添花^{금상첨화}, 一石二鳥^{일석이조}의 스케줄 관리가 가능해진 것입니다.

다음으로 식사보다 더 중요한 것은 위원장이 일찍 회의실에 가서 인사를 하는 것입니다. 부시장의 평균 근무기간이 1년 전후일 것이니 1년에 한 번 열리는 위원회 위원님들은 모두 초면입니다. 따라서 부시장이 일찍 회의실에 가서 오시는 위원님 한분 한분과 명함을 드리며 인사를 하는 것입니다.

위원이 참석하여 기다리는 가운데 회의실에 수첩 들고 정시에 뚜벅뚜벅 구두 굽소리를 내면서 도착하여 앞줄부터 명함 주고 인사하고 이내 위원장 자리에 앉으면 사회자가 상투적인 시나리오를 읽어가는 그런 위원회는 개선이 필요해 보였습니다. 그래서 11:00에 위원회가 열리는 날에는 10:45분에 회의실로 갔습니다. 그리고 위원님 오시는 분마다 인사드리고 명함을 드리고 다시 자리에 가서 기다렸다가 다른 위원님 오시면 인사하고 안내하고 다른 간부와 위원님들이 오시기를 기다렸습니다. 처음에는 조금 어색해 하셨지만 이내 분위기에 익숙해집니다. 그리고 바로 옆 간부들이 도착하면 회의를 시작합니다.

사실 위원님들은 지역사회의 지도층입니다. 교장선생님, 건축사, 회계사, 변호사가 참여하십니다. 전직 공무원 선배님도 위원이시고 여성단체 협의회장, 통장 협의회장님 등 시민을 대표하는 단체장님이 위원으로 오십니다. 위원회 형식상 부시장이 위원장이고 이분들이 위원으로 참여하시는 것이며 다른 시 행사에 가면 이분들이 무대를 주도하십니다.

부시장이 미리 회의실에 도착해 있으면 담당 팀장님의 체크리스트 하나가 줄어듭니다. 위원님들 모두 모이신 후 급하게 수첩을 꼭 왼손에 들고 와서 부시장실 노크하고 들어와서 회의준비 다 되었다 말하고 다시 회의실까지 안내하는 일을 덜어주는 것입니다. 특히 어느 시점에 이른바 부시장실에 알려야 하는가 하는 고민들 덜어주는 것입니다.

한 번은 15분 미리 와서 이리저리 살피다 보니 위원장석에 의사봉이 없는 것을 발견합니다. 담당자에게 議事棒의사봉이 없는 것 같다고 말하는 순간 이 직원은 마치 119 소방관 출동하듯이 내달리는데 왜 저래야 하는가 하는 생각이 머리를 스쳐갑니다. 방송기자는 마이크를 든 펜기자와 카메라감독이 한 팀입니다. 아날로그(analogue) 시절에는 무거운 배터리통과 삼각대를 들고 따라다니는 보조가 하나 더 있었습니다. 이분들의 임무분담을 자세히 살펴보면 촬영 전 테이프는 보조 또는 카메라감독이 가지고 다니는데 일단 촬영된 테이프는 펜기자의 가방에 보관합니다.

여기에 힌트가 있었습니다. 의사봉을 치지 않는 담당자가 그것을 준비해야 하는 것은 불합리하니 방송기자가 촬영한 테이프를 보관하는 책임을 지는 것처럼 의사봉을 세 번 두드리는 부시장이 위원회 참석할 때 들고 오면 될 일입니다. 그래서 의사봉을 구매하여 바닥은 늘 쓰는 그 자리에 접착하여 비치하고 의사봉은 부시장실 문 앞에 매달아 둡니다. 회의에 갈 때, 출입문을 나설 때에 혹시 의사봉이 필요한가를 판단하면 됩니다.

사실 도시와 건축위원으로 활동하시는 교수님들은 인근 3~4개 시군에 동시에 참여하십니다. 그리하여 오산시에 갔더니 부시장이 미리 회의실에 와 있더라, 의사봉을 本人본인이 들고 와서 땅땅땅 치더라 하는 이야기가 주변에 傳播전파됩니다. 건배사를 할 때 주향천리, 人香萬里인향만리라는 고급진 어휘를 구사하는 선배님이 있습니다. 사람들 사이에서 좋은 소문이 널리 퍼지기는 쉽지 않습니다. 좋은 이야기는 액체로 치면 비중이 높아서 자꾸만 아래로 갑니다.

나쁜 이야기와 비판하는 이야기는 비중이 가벼워서 건물을 나가 들을 지나 산을 넘어 멀리멀리 퍼져 나갑니다. 조금은 특이한 부시장 의사봉 이야기는 널리 퍼졌습니다. 아마도 전국의 민관에서 하루에도 수십 곳에서 의사봉을 쓰겠지만 봉을 두드리는 본인이 의사봉을 들고 오는 경우는 거의 없을 것입니다. 實用新案^{실용신안} 特許^{특허}라도 받을까 생각했습니다.

인근의 교수님들이 다른 시군에 가서 오산시의 사례를 이야기하시고 그래서 점차 이 소식이 많이 알려졌다고 생각합니다. 널리 알리고자 한 일은 아닙니다만 금상첨화 격으로 알려지니 이 또한 기분 좋은 일이 되었습니다.

▶ 권율장군 | 독산성 | 세마대 | 초전비

각종 위원회 위원들과의 오찬은 고급정보를 얻고 시정을 홍보하는 절호의 기회입니다. 오산시는 전쟁의 역사가 있습니다. 1592년 임진왜란 당시 왜구가 침략하여 권율장군과 휘하의 군사들이 지키고 있는 禿山城^{독산성}을 포위합니다.

斥候兵^{척후병}의 보고에 의하면 독산성에는 샘물이 없어 건너편 황구지천의 물을 길어 먹고 있으므로 倭將^{왜장}은 일주일동안 성 주변을 포위만 하고 기다리면 스스로 투항할 것이라 판단하였습니다.

왜군이 벌거숭이산에 물이 없을 것이라고 생각하고 물 한 지게를 산위로 올려 보냈습니다. 이에 권율은 물이 풍부한 것처럼 보이기 위하여 백마를 산 위로 끌어올려 흰 쌀을 말에 끼얹어 목욕시키는 시늉을 했고, 이를 본 왜군은 산꼭대기에서 물로 말을 씻길 정도로 물이 풍부하다고 오판하고 퇴각한 역사적 일

UN군 초전비/ 오산시에 있음

화가 있습니다. 이후 고양으로 이동한 권율장군은 행주산성에서 왜군을 크게 격퇴하였고 행주대첩, 진주대첩, 한산도대첩을 임진왜란 3대 대첩으로 평가받고 있는 것입니다. 지금도 禿山城^{독산성} 문화제에 가면 말의 등과 몸통에 쌀을 뿌리는 퍼포먼스에 참여할 수 있습니다.

1950년 6.25 한국전쟁 당시에 일본에 주둔하였던 맥아더장군 麾下^{휘하}의 스미스부대(대대장 : 스미스 중령)원 540명이 참전하였습니다. 미군이 참전한 것인데 UN군 초전비로 불리는 이유는 미군이 UN군의 일원으로 왔기 때문입니다.

540명이 북한군과 치열한 전투를 벌였지만 소련제 탱크를 감당하지 못하고 181명이 전사 실종되었습니다. 미군의 피해가 많았습니다만 이 전투로 인해 북한군은 잠시 남하를 멈추게 되고 아군은 낙동강 전선을 구축하는 시간을 얻게 되었습니다. 그리고 소련과 북한의 남침에 대해 우방은 긴급히 UN군을 결성하여 참전하고 醫療^{의료}와 物資^{물자} 支援^{지원}을 하는 계기가 되었습니다.

그래서 오산시는 이곳에 평화공원을 조성하고자 준비하고 있으며 죽미령 전투와 관련한 자료를 모아서 자료실을 보충하는 등 다각적으로 힘쓰고 있습니다. 18살 전후의 젊은 미국 병사들이 대한민국의 자유와 평화를 위해 목숨을 바친 역사를 우리는 영원히 기억해야 합니다. 1955년 미군 병사들은 스미스부대원 540명을 추모하고 그 공적을 기리는 석탑을 쌓았습니다. 병사 숫자만큼 540개의 돌로 정성을 들여 맨손으로 탑을 쌓아올렸습니다.

이런 이야기를 하면 시민들은 부시장에게 참 많은 것을 안다고 하십니다. 사실 오산하면 죽미령 전투와 세마대의 역사, 그리고 고인돌 이야기입니다.

그리고 孔子^{공자}님을 모시는 궐리사가 있습니다. 闕里祠^{궐리사}는 절(寺)이 아니고 공자님을 모시는 사당입니다. 매년 봄가을 제사를 올리는데 부시장이 初獻官^{초헌관}으로 참석하여 제를 올렸습니다.

▶▶ 혁신 | 청렴 淸廉

오산시청 청사 뒤편 주차장의 동선이 복잡하여 지름길로 들어오던 사람들이 가시나무에 옷이 걸려 고생하는 것을 보고 그 지름길을 냈습니다. 디귿(ㄷ)자 형태로 들어오는 길을 일직선으로 바꾼 것입니다. 담당 팀장은 10년 넘게 근무하면서 이 같은 불편이 있는 줄 몰랐다면서 신기하다 합니다.

4층 회의실에서 직원 조회나 포럼이 열리는 날에 동료 공무원들이 공무원증으로 참석 체크를 하는데 두 개의 문이 열려서 좁아진 틈새로 한 명씩 들어가서 출석 확인하는 것을 보고 체크기의 선을 길게 늘려 플로어에 테이블을 놓고 체크기를 쓰도록 함으로써 電鐵驛^{전철역}에서 카드 체크하고 들어가듯이 두 줄 이용이 가능해졌습니다.

간부회의를 개최하는 상황실의 두 가지 개선사례를 소개하겠습니다. 하나는 라운드 책상중 하나를 빼내서 통로를 만든 일이고, 다른 하나는 국장은 뒤편으로 배치한 뒤 PPT 화면을 벽으로 이동하고 추가로 화면을 설치하여 다원화된 자료설명이 가능하게 한 일입니다. 아마도 간부 20명 당시에 설치된 스크린은 상황실 2/3지점에 있었을 것입니다. 이후 간부들이 50명으로 늘어나도록 스크린은 그 자리를 지켰고 가끔 회의중에 PPT(PowerPoint)를 보려면 스크린 뒤편의 간부들이 우르르 앞쪽 좌우의 빈자리로 이동하는 것입니다.

그래서 화면은 벽으로 5m 이동 설치하였고 양쪽에 대형화면을 추가하였으며 시장님 자리에는 작은 모니터를 설치하는 등 동시에 5개 화면을 구현함으로써 상황실 어디에서나 화면을 동시에 볼 수 있도록 개선하였습니다.

실무자 한두 명이 조금만 적극적인 자세로 나서면 수많은 동료 공무원은 물론 시민들에게도 큰 편리함을 주는 것입니다. 이것이 변화이고 혁신이 그만큼 중요한 이유라고 생각합니다.

오산시는 청렴의 도시입니다. 淸廉^{청렴}평가는 시민평가와 내부 공무원의 평가를 합산합니다. 공무원이 열심히 일하면 시민의 청렴평가가 올라갑니다. 인사를 명쾌하게 하고 上下^{상하}간 의사소통이 원활하면 내부평가 점수를 잘 받을 수 있습니다. 이 두 가지를 모두 잘한 결과 2년 연속 전국 최우수 청렴기관으로 선정되었습니다. 청렴평가에서 10위 안에 들기도 쉽지 않은 일이고, 1등 한 번도 어려울 것을 2년 연속으로 청렴평가 1등을 한 것입니다. 그리하여 오산시 간부 공무원들에게 청렴사례를 소개해 달라는 주문이 몰렸습니다. 아마도 담당 과장님이 일정이 바쁠 때 슬쩍 부시장에게 넘겼나 봅니다.

지방행정연수원에 강의를 가게 되었습니다. 수원시 파장동에 있었는데 몇 년 전에 전북 완주시로 이사 갔습니다. 사무관 교육을 받는 교육장으로도 유명합니다만 전국에서 監査^{감사}부서 공무원들이 교육을 받으러 옵니다. 거기 가서 오산시의 청렴사례를 소개하였습니다.

청렴강의 주제

【강의1】 청렴평가 결과는 뇌물을 받아서 나쁘게 나오는 것이 아닙니다. 질문지에는 뇌물을 주었는가, 뇌물 주는 것을 목격했는가 등 험악한 내용이 있다고 합니다만 좋은 평가를 받기 위해서 필요한 것은 공무원의 친절과 적극적인 자세입니다.

그래서 공직 남은 기간이 9년 미만이라면 이제부터 후배들에게 조직에 대하여 시민들에게 감사하는 마음으로 근무하고 즐겁게 일하자고 강조했습니다.

【강의2】 지금 자신에게 주어진 불편이 혹시 아프리카 흑인 청년들이 강을 건널 때 가슴에 안고 가는 동그랗고 검은 돌일 수 있다고 했습니다. 물살이 강한 강을 건너야 하는 흑인 청년들은 체중이 가벼우면 무거운 돌을 가슴에 안고 건너고, 체중이 나가는 경우는 좀 가벼운 돌을 들고 건너갑니다.

이는 조상 대대로 이어지는 풍습인데 선교사들이 과학적으로 확인해 보니 물살을 이기기 위해 돌을 가슴에 안음으로써 체중을 90kg 정도로 맞추는 것이라고 합니다. 조상대대로 경험한 바 이 정도가 이 물살을 이기는 데 적정하다는 것입니다. 상세히 살펴보면 우기와 건기에 들어야 하는 돌의 무게가 마치 볼링장 선수들이 들고 경기하는 볼링공의 무게와는 반비례한다 할 것입니다.

【강의3】 독수리 평균수명이 40년인데 38세쯤에 설산에 올라 스스로 묵은 털을 뽑고 발톱을 갈고 부리를 암벽에 쪼아 빼낸 후 알몸으로 보름 이상 추위와 굶주림을 이겨내면 깃털이 나고 부리가 자라고 발톱이 생겨나서 깃털처럼 가벼워진 몸과 강

력한 부리와 발톱으로 사냥에 나서면 체력을 보충하고 자신감을 충전하여 30년을 더 산다고 합니다.

【강의4】아프리카 밀림에서 사냥꾼의 그물에 잡혀온 2살 아기코끼리는 10살이 되도록 굵은 쇠줄에 묶인 채 곡마단 단장님의 교육을 받고 무대 공연에 출연하면서 살았습니다. 8년이 지나면 단장님은 굵은 쇠줄을 풀고 아주 연약한 새끼줄로 바꿔줍니다. 쇠줄이라는 속박에서 벗어난 코끼리는 언제라도 새끼줄을 풀고 밀림으로 돌아갈 수 있지만 현재의 삶에 익숙해진 코끼리는 탈출이나 외출을 감행하지 않습니다.

긴 세월동안 살아온 곡마단을 벗어나기에 자신감이 없기 때문입니다. 금연을 결심하는 순간의 떨림과 알 수 없는 두려움이 오듯이 변화를 도모하는 일은 참으로 어렵기는 한 일입니다만 우리는 늘 블루오션으로 노를 저어 가겠다는 의지를 가져야합니다.

【강의5】행정에서의 편리함과 합리성을 도모하기 위한 노력을 설명하였습니다. 의사봉 들고 다니기, 보고자가 앞줄에 앉기, 회식장에서 사다리타기를 이용한 자리 배정, 국민의례에서 '이하 의식은 생략하겠습니다'를 생략하기 등 우리의 주변에서 반복적이고 관행적으로 답습하는 일들에 대해 반성해 보자고 했습니다.

【강의6】공직자라면 누구나 불편한 진실이 인사발령 의식입니다. 행사시작 30분 전에 공무원증을 달고 어색한 자세로 회의실에 가면 인사계 직원들이 먼저 온 사람들을 잡고 줄을 세웁니다. 아예 늦게 오면 줄을 서지 않고 비어 있는 자신의 자리에 가면 됩니다. 그리고 하염없이 기다립니다.

발령장소를 시청 군청 현관으로 하고 주변에 다과를 준비한 후 편안히 서 있거나 앉아서 기다리다가 자신의 이름이 나오면 나가서 발령장을 받고 계단에 올라가 사진을 찍는 그런 발령장 수여식을 기대합니다.

▶▶ 인사발령 | 삶은 계란

어제 오후 5시에 이른바 인사발령 나팔을 불었습니다. 다 알고 있는 인사내용인데 회의실에 모이면 서로 어색합니다. 불편한 이유는 4급, 5급, 6급, 7급 모두를 한방에 발령하기 때문입니다. 평소 대화를 할 기회가 적은 소통부재의 집단이 바로 同日동일자 인사발령자들입니다. 전혀 연관검색어가 나오지 않는 사이입니다.

많이 바쁘시겠지만 발령권자는 일찍 오시지 못합니다. 정시에 오시거나 10분 정도 늦습니다. 왜 늦었는지 따지지도 못합니다. 그냥 논산 훈련병처럼 기다릴 뿐입니다. 결국 나에게 주어진 시간은 걸어나가 인사하고 받고 돌아가서 인사하고 나의 줄 맨 뒤에 서는 1분 정도입니다. 나머지는 다른 이를 위해 기다려야 하는 것입니다. 이런 인사발령장을 주는 절차를 줄이자는 말입니다.

가상의 인사발령 현장을 중계합니다. 우선 정시에 회의실이나 1층 로비에 모이도록 합니다. 로비에는 과자, 과일, 녹차, 커피 등 다양한 다과류가 비치되어 있습니다. 줄을 세우지도 않습니다. 10분 후에 인사발령권자가 오십니다.

작은 테이블에 수북하게 쌓인 발령장 하나를 들고 호명을 하십니다. 홍길순 주무관! 우리 홍 주무관은 그동안 도시과에 근무하였는데 이번에 승진하여 중앙동으로 가십니다.

이것이 인사발령입니다.

마지막 인사말씀은 다음과 같습니다.

이제 신규 공무원으로 발령받으신 분들은 발령장을 들고 소속 부서에 가서 서무 담당자에게 신고하시기 바랍니다. 그러면 어느 부서에 근무할지를 알려 주고 팀장, 과장, 읍장님께 인사드리도록 안내할 것입니다.

근무하시다가 힘이 들면 옆의 동료에게 묻고 팀장에게 의논하시기 바랍니다. 공직에서 가장 절친한 사람은 동료이고 직근 상사이니 건너뛰는 일은 가급적 자제하시기 바랍니다. 좋은 방법이 아닙니다.

하지만 정말로 이것은 아니다 생각되시면 본청에 오셔서 당당하게 따지셔도 되겠습니다만 공직 내내 그런 일은 없을 것입니다. 여러분을 환영합니다. 발령 끝!

실제로 신규 공무원 발령시에는 주무과로 모이라 하고 인사팀과 같이 가서 발령장을 주었습니다. 20명이 주무과 과장님 앞에 모였고 부시장이 인사팀 주무관과 함께 발령장을 들고 파출을 나갔습니다. 복지분야 선배들이 보는 앞에서 한 사람 한 사람 신규 임용자에게 발령장을 전했습니다.

이때에 정해진 순서가 있는 것은 아니고 임의로 발령장을 뽑아서 호명하고 전달합니다. 일부러 2장을 남긴 가운데 이상으로 임용장 교부를 마친다고 선언합니다.

2명 신규 대기자가 死色^{사색}이 됩니다. 영등포 청량리 학원에서 컵 밥을 먹어가며 3修^수를 해서 합격한 공무원인데 발령장을 주지 않으니 얼마나 황당할까요. 아직 발령장을 받지 못한 분이 있나요? 나오세요. 2명이 손을 들고 나옵니다. 두 분이 가위/바위/보를 하시기 바랍니다. 이기신 분이 먼저 나오세요. 발령장이 여기 있습니다. 그 표정이 조금은 풀어집니다. 동료들의 표정에 안도의 빛이 퍼집니다. 작은 이벤트입니다.

삼수생으로 합격하였다면 성공한 공무원입니다. 신규 발령장을 받는 자리는 이벤트가 있어야 하고 재미를 첨가해야 합니다. 공직에 들어오는 일이 논산 육군훈련소, 포항 해병대훈련소 입소식이 아니니까요.

9급 신규 공무원에게 당부합니다.

"사무실에 가서 마음에 드는 선배가 있으면 사귀자고 하라. 선배가 8급이어도 걱정 마시라. 3년 안에 나도 8급이 되리니. 3년 사귀고 8급 승진한 다음 달에 결혼식 날을 잡으면 되는 일입니다."

처음에는 그냥 웃겠지만 시간이 갈수록 그 의미를 이해할 것입니다.

결혼할 거라면 정말로 서둘러야 합니다. 정년퇴직 이전에 아이들이 결혼하여 독립하기 위해서도 지금 급하게 진행해야 합니다. 결혼은 빠를수록 유리한데 공무원 합격 나이가 늦어지니 발령받자마자 결혼을 생각하라는 말입니다.

부시장이 신규 공무원에게 국가관이나 공직정신을 훈시하는 시대가 아닙니다. 이미 공무원 필기시험에 합격한 후 면접강의를 받았습니다. 인터넷을 통해 시청을 알고 시장님 부시장님 국장님 과장님에 대해 소상히 파악하고 있습니다. 국가관이 하늘을 찌르고 공직관이 투철하니 10년 후에는 주사 승진 감사 인사말을 준비하고 있을 것입니다.

청렴강의와 일상의 근무에서 奇人^{기인}까지는 아니어도 특이한 상황을 보였나 봅니다. 출근할 때 가는 길도 늘 그 코스가 아니라 매일매일 다른 길을 걸어보려 노력했습니다. 이 課^과 저 과의 커피 마시기 무전여행도 다녔습니다.

작은 변화가 큰 물결을 만들어 낼 것이라는 생각을 하였습니다. 이런 저런 소식이 주변에 알려지고 어느 날 강원도 원주시에서 오라 합니다. 경기도 양평군에서 강의를 해 달라 하십니다. 그리하여 지방행정연수원 초청강의를 포함하여 5번 청렴강의를 하였습니다. 강사수당이 수십 만 원입니다. 이 강사료는 내가 받을 수당이 아니고 오산시청 공무원의 몫이었습니다. 수박 철에 수박을, 땅콩 철에 부럼을, 다른 달에는 귤을 사서 돌렸습니다.

그리고 잔액이 남으면 계란을 삶았습니다. 솔직히 관사의 가스비와 전기료는 회계과에서 부담합니다. 국장이나 경기 북부청 과장의 경우 방은 주지만 관리비 등은 본인이 부담합니다. 부시장 관사는 좀 우대를 받습니다.

아침 일찍 일어나 어제 사서 베란다에 보관한 계란 4판을 삶았습니다. 7시 30분 출근길에 노랑 보자기에 싼 계란을 들고 가다가 한 번 쉬어야 할 정도로 계란이라는 것이 무겁습니다. 첫날에는 4층 의회에 올라가 1판을 의회 사무과장님께 전했습니다. 직원들과 나눠드시도록 한 것인데 이를 의원님께도 전했답니다. 의원님 한 분이 삶은 계란 잘 먹었다면서 문자를 주셨습니다.

계란을 삶는 비법이 있습니다. 우선 냉장고에서 차갑게 저온으로 관리되었다면 실온에 꺼내서 30분 정도 적응시켜야 합니다. 그리고 가스 불에 물을 올리면서 동시에 계란을 넣어야 껍질이 깨지지 않습니다. 물이 끓기 시작할 즈음에 국자 등을 이용하여 저어주면 노른자가 중앙에 자리 잡는다고 합니다.

식초를 넣어주면 계란 껍질이 잘 벗겨진다 하고 소금을 넣어도 효과가 있다고 합니다. 대략 소요시간은 15분 정도입니다. 펄펄 끓은 냄비를 싱크대로 옮겨서 반쯤 기울여 뜨거운 물을 내보내고 찬물을 틀어 식혀줍니다. 두 차례 정도 찬물로 바꿔주면 흰자와 껍질 사이가 수축되어 껍질 까기가 수월하다 합니다.

대형 솥을 빌려서 20판 600개 삶기에 도전하였습니다. 구내식당 무쇠 솥은 핸들이 있어서 손잡이를 돌리면 솥이 옆으로 눕게 됩니다. 물을 뿌려 청소를 하고 다시 기어를 돌려서 수평으로 한 다음 물을 받으면서 계란을 넣습니다. 소금 한 바가지를 뿌리고 삶기를 시작합니다.

불을 붙이고 40분 정도 기다리면 계란이 익게 됩니다. 혼자서는 어려운 일이므로 3명 정도 지원을 받아 작업을 합니다. 불을 지피는 동안 구내매점에 가서 아이스크림을 먹습니다. 이때에도 부시장과 대화, 소통의 시간을 갖습니다.

계란이 익으면 다시 종이판에 담아 과별 인원에 따라 1판 반판 2판을 전달합니다. 600개를 본청에 돌리고 다음날에는 600개를 삶아서 보건소, 환경사업소, 동사무소에 전했습니다. 아직 몰랐던 장소에 공무원이 근무하고 있음을 알게 되었습니다. 복지를 위해 애쓰시는 분들도 많이 있습니다. 이런 사이클이 3번 반복되었습니다.

계란 삶기를 통해 행정의 조직과 그 역할을 이해하는 기회가 되었습니다. 삶은 계란이라는 아재개그도 할 수 있게 되었습니다. 서울에 사시던 청년이 삶이란 무엇인가 알아보기 위해 일주일 정도 장거리 여행을 하고자 서울역에서 기차에 올랐습니다. 영등포역에서 광주리에 계란을 들고 오신 여사님이 "삶은 계란, 삶은 계란, 이 열차에는 식당 칸도 없고 도시락도 없습니다. 삶은 계란입니다" 하시므로 청년은 '인생이란 계란처럼 둥글게 살라는 말이구나' 라 깨닫고는 수원역에서 내려 정착했다고 합니다.

2014년 메르스로 인해 온통 비상이 걸렸을 때 오산시에서는 발병하지 않았습니다. 홍삼이 메르스 예방에 효과가 있다 하므로 보건소에 다량의 홍삼을 공급해 주었습니다. 훗날 보건소장님의 기술이 들어가기는 했지만 시청을 떠나 경기도청 균형발전기획 실장으로 발령된 날에 군대에서 제대하는 선배에게 마지막 소원수리 편지 쓰듯이 보건소 동료들이 엮은 便紙^{편지} 다발을 떠나는 부시장에게 보내왔습니다. 지금도 사무실에 간직하고 있습니다.

오산시 근무는 보람과 변화와 혁신의 기간이었습니다. 그래서 이임 발령을 받고 현관에서 사진을 찍다가 눈물을 보이는 공직생활중 처음이자 마지막 울보가 되고 말았습니다. 지금도 오산시청 근무 당시의 열정을 생각하면 스스로 마음 포근해집니다.

【기고】 '烏山' 에는 없는 'O-san비행장'

칼국수에 칼이 들어가면 절대 안 될 일이고, 붕어빵에 붕어 없고 국화빵에 국화 피어나지 않듯이 오산에는 '오산비행장' 이 없습니다. 경부고속도로 성남시 관내에서 있는 톨게이트에 '서울'이라는 전광판이 반짝이고 성남에 자리한 공항은 '서울공항'이라 부르며 옹진군청은 인천에 있습니다.

수도권 외곽순환도로의 역할은 경기도내 수원-성남-구리-하남-의정부-파주-고양-김포-부천-군포-의왕-안양-수원을 연결하므로 동그란(○)원으로 바꾸거나 하나의 도로, 즉 One Way라 불렀으면 합니다.

수원에 화성역이라는 버스정류장이 있는데 이는 과거 화성군청이 수원에 있었기 때문입니다. 화성군청은 수원에 20년, 오산에 30년, 현재의 화성 남양읍에 16년 자리하였습니다. 화성군청이 오산에 자리하였던 그 터에는 대형 매장이 입주했습니다.

1989년 시로 승격한 오산시 청사는 2001년 8월에 준공하여 현재의 위치에 자리를 잡았습니다. 그러면 오산비행장의 지명 유래를 오산향토문화연구소 자료를 바탕으로 말씀드리겠습니다.

서울 여의도에는 일본군의 비행장이 생겼고 오산에 두 번째, 김포에 세 번째로 비행장이 건설되었으나 오산과 김포에는 일회용 비행기만 배치시켜 놓고 나무로 위장하고, 시동차만 배치시켰으며 경비병을 배치하여 보초를 서게 하였습니다.

1945년 일제 강점기 때에 활주로로 사용하던 오산천 둔치중 지금의 시민회관과 공설운동장 사이에서 조국광복 제1회 전국 축구대회가 개최되었습니다. 해방 이후 미군은 김포비행장을 사용하다가 오산비행장도 사용하게 되었는데 1950년 6.25 한국전쟁이 발발하자 재개수하여 미군의 비행장 역할을 하였습니다.

1952년 평택시 송탄지역에 비행장을 새로 건설하여 이전하였지만, 명칭은 그대로 사용하였습니다. 오산비행장은 현재 K-11 오산에어베이스로 불리는데 평택시 송탄지역에 있습니다. 이 지역의 지명을 살펴보면 송탄면 신장리, 서탄면 적봉리, 원적봉, 야리, 신야리, 장등리, 긴등과 같은 자연마을이 있었습니다.

그런데 그 지명들이 대부분 영어로 발음하기에 불편하였고 기존의 오산에 있던 비행장 명칭인 '오산 에어베이스'라는 이름이 미군과 미국인들에게 친근하고 발음하기가 좋아 그대로 사용했다고 전해집니다. 10여 년 전에 오산시와 시민들이 오산비행장 명칭을 개칭해 줄 것을 미군 측에 건의하였고 그 내용이 본국에까지 동향 보고되었다고 합니다.

하지만 각종 지도와 자료에 'O-San'으로 표기된 것을 바꾸는 데는 당시의 예산으로 1조원이 소요된다는 분석이 나왔다고 합니다. 어떤 분은 6.25 당시 작전지도에 O-San이라는 영문 표기가 가장 크게 보였다고도 합니다.

오산에는 오산비행장이 없지만, 오산에는 '스미스부대원'들의 영혼이 살아 있습니다. 540명중 181명이 전사 또는 실종된 큰 전투가 벌어진 곳입니다. 이 전투상황이 전 세계에 타전되면서 16개국 UN군이 결성되는 계기가 되었고 낙동강 전선을 지키는 귀중한 시간을 잡아주었습니다.

　오산비행장은 없지만, 미군이 대한민국을 지켜낸 '한—미 혈맹'의 역사가 오산 죽미령 UN군 초전비와 함께 살아 숨 쉬고 있는 것입니다.

〈경기신문 기고/ 이강석〉

▶▶ 실무적인 팁 | 공무원의 징계

　행정 실무자인 7급과 6급 담당자와 계장님께 업무관련 의견 하나 드리고자 합니다. 업무를 하다 보면 업무 실무자가 심사한 서류평가 결과와 심사위원이 판단하는 점수를 합산하는 경우가 있습니다. 효율적인 업무추진을 위해 실무자가 서류평가를 하여 심사표에 연필로 적어 넣습니다.

　심사위원은 1차 서류심사는 담당자의 평가를 반영하고 2차 심사는 자평합니다. 이때에 서류평가 점수를 평가표에 적으면 글씨가 겹치므로 평가표 옆 여백에 연필로 적어주면 좋습니다. 또는 별지로 동일한 서식에 사전 점수를 적어서 제공하는 방법도 있을 것입니다.

　공무원으로서 위법 부당한 경우 징계를 받습니다. 중징계는 파면, 해임, 강등, 정직이고 경징계는 감봉, 견책이 있습니다.

지방공무원 징계 및 소청 규정
1. "중징계"란 파면·해임·강등 또는 정직(停職)을 말한다.
2. "경징계"란 감봉 또는 견책을 말한다.

　징계권자에게 징계양정을 하는 경우에도 실무 의견을 연필로 적어 결재를 받게 되는데 이 경우에도 萬年筆^{만년필}로 써야 하는 자리에 감봉, 견책 등 글을 써넣으면 잉크로 글을 쓴 후 연필을 지우게 되니 이 또한 본란 옆 여백에 실무 의견을 써넣은 것이 효율적입니다. 연필로 적기보다는 메모를 보고 의견을 말

하면 결재권자가 펜으로 적는 것도 깔끔할 것입니다.

이쯤해서 공무원에게도 징계라는 信賞必罰^{신상필벌}의 규정이 있음을 전하고 싶습니다. 공무원을 나오면서 돌이켜보니 경고를 받은 바 있습니다. 다행스럽게도 赦免^{사면}되어서 대한민국 정부가 주는 훈장을 받을 수 있다고 합니다.

훈장은 勳章^{훈장}일 뿐 아무런 副賞^{부상} 없이 오로지 대한민국 國璽^{국새}와 大統領^{대통령} 직인, 그리고 행정자치부 장관의 직인이 날인된 문서입니다. 공직 내내 성실히 일했다는 증거입니다. 전에는 다른 선배들의 훈장에 대해 큰 감동이 없었는데 막상 공직에서 퇴직하고 나니 남는 것은 명예심이고 그래서 훈장을 빨리 받고 싶습니다.

훈장은 하반기에 준다고 합니다. 공직을 명예롭게 퇴직하였으니 평소처럼 6월안에 주시면 더욱 자랑할 수 있을 것입니다. 그래도 훈장을 받게 된다니 다행이고 家門^{가문}의 榮光^{영광}입니다.

기행문 3편

금강산 | 백령도 | 백두산

▶▶ **금강산은 가슴 속에 북한 땅은 마음 속에**

금강산은 金剛山^{금강산}이다. 삼천리 錦繡江山^{금수강산}이라는 말이 수천 년 이어져 온 이유가 여기에 있다. 산봉우리 40곳을 보아야 금강산을 보았다고 말할 수 있다는데 겨우 두 곳을 一瞥^{일별}하고 감히 금강산을 말할 수 없음을 알면서도 그냥 지나칠 수 없는 심정이기에 글로 남겨보고자 하는 것이다.

금강호

우리의 금강호는 동해바다 동해시 해안가에 船尾^{선미}를 남으로 하고 船首^{선수}를 북으로 하여 금강산으로 통하는 동해바다 해안가를 조용히 열고 있었다. 50여 년을 막았던 철조망은 푸른 파도 속에 숨기고 10층보다 높은 거함은 뱃고동도 없이 북동 방향으로 움직이기 시작했다. 우리가 향한 곳이 남쪽인지 북쪽인지 동쪽인지를 알 수는 없지만 우리는 지금 북으로 향하고 있다. 파도는 잔잔하고 하늘의 달은 뭍에서 본 그 모습이었지만 오늘은 화사하게 웃고 있다. 하늘이 맑아서만은 아닐 것이다. 우리 국토 삼천리 금수강산을 조용한 밤에만 내려다보는 저 달도 어느 날부터 북으로 가서 3,4일 머물고 돌아오는 금강호와 그 형제들을 관심 있게 보면서 좀 더 많은 달빛을 쪼이고 있었을 것이다.

달은 인자하여 남에도, 북에도, 비무장지대에도 비추고 저 넓은 동해바다에도 미소를 보내고 있었다. 아주 오래 전부터 그랬고 앞으로도 영원히 평등하게 누구를 가리지 않고 밤이 되면 해맑은 미소의 빛을 보내고 보름이 되면 더더욱 힘주어 빛을 보내고 그믐, 초승까지 쉬다가 보름을 전후하여 환하게 비추리라. 그러나 오늘밤 달빛은 유난히 금강호에 강렬한 눈빛을 보내고 있었다.

해변가 불빛이 점점으로 사라지고 어느덧 금으로 만든 왕관을 길게 펼쳐놓은 듯 멀어진다. 우리는 지금 북동 방향으로 달려 공해를 지나 장전항으로 향하고 있다. 장전항은 천혜의 요새다. 전기저항을 표현하는 오옴(Ω) 형태의 항구로서 군함이 주둔해 있다.

장전항

아마도 남과 북은 자정쯤에 바뀌는 것 같다. 자정쯤에 배는 좌회전을 했을 것이다. 12시간을 항해했다. 그렇게 먼 곳은 아니지만, 금강산 관광의 기대에 부푼 실향민을 포함한 1,400여 관광객과 500여 승무원들의 잠자리를 편안하게 하고자 한발 한발 시간과 거리를 계산하면서 항해하는 것이다. 50년 기다린 세월인데 한 밤 정도는 조급할 일도 아닐 것이다.

일출을 보아야 한다. 5시부터 창문을 열고 가슴 조리며 해돋이를 기다리는 사람, 갑판에 올라 가슴 깊이 맑은 공기를 마시며 북측에서의 첫 태양이 솟아오르기를 기다리는 사람들이 동쪽 하늘에 시선을 모으고 있다.

동해바다의 해돋이는 물속에 붉은 물감을 푸는 것으로 시작된다. 검붉은 물감은 잔잔한 파도를 타고 주황색으로 변하면서 파도의 벽면마다에 은색 가루를 뿌려 잠시 스포트라이트를 뿌린 다음 바다 끝 둑을 넘어들면서 잠시 그 모습을 감추어 버린다.

사실 감추는 것이 아니라 우리의 눈으로는 바라볼 수 없는 강렬한 빛을 뿌리는 것이다. 정신을 차려 다시 바라보면 태양은 자신의 몸집보다 3배 이상 바다를 잡아내려 하늘 위로 떠오르고 있다. 저 할머니의 소망은 무엇일까. 고사리 손 모아 쥔 어린이는 무엇을 기대할까. 초로의 저 아저씨 고향은 혹시 북쪽, 금강산 부근일까.

기대에 부푼 관광객 모두는 질서 있게 행동하고 있다. 정말로 '한배'를 탄 사람들 아닌가. 한 민족, 한 가족으로서 한 마음으로 금강산을 보고 북쪽 땅을 밟고 금강산 공기를 마시며 북한 동포를 만나보기 위해 한 배를 타고 온 것이다. 경기도, 강원도가 아니다. 우리 측 안내원 말대로 모두가 남측이다. 북한은 북측이라 부르기로 했단다.

우리의 해맞이가 끝나자 장전항이 그 모습을 드러낸다. 둥근 해안선의 중앙에 우리의 금강호는 빌딩을 옮겨놓은 듯 묵직하게 앉아있다. 둥글게 둘러싼 해안선을 따라 회색 건물이 서 있다. 6층짜리가 너댓 개 있는데 비어있다는 느낌이다.

군함은 녹슬어 검정색이고 나뭇가지 사이로 조금 번듯한 건물이 보이는데 아마도 우리로 말하면 면사무소 청사인 듯하다. 아침 이른 시간인데 고깃배가 출어에 바쁘다. 50여 대의 크고 작은 배들이 연이어 나간다.

아침식사를 서둘러 마친 일행은 작은 배에 옮겨 탄다. 배낭 속에 간식과 작은 카메라를 메고 한 손에 도시락을 들고 방북의 기대감을 가슴에 담고.

북한 땅을 밟으며

드디어 도착한 곳은 북한 땅. 그러나 우리 앞에 나타난 북녘 땅의 시작은 북측 병사와 우리나라 60년대 대학생복 차림의 표정 없는 사람들, 그리고 우리 측에서 제공한 컴퓨터 검색대와 略式^{약식} 여권이라 할 수 있는 금강산 관람증이었다.

그래도 좋다. 우리는 이 정도를 감수하기로 하고 금강호에 올랐다. 고향은 못가지만 금수강산의 최고봉인 금강산의 정상에 올라 우리의 아버지, 할아버지, 할머니, 어머니께서 눈물로 등지셨던 우리 조국 산하를 밟아보고, 맨발로라도 달려달려 가슴으로 안고야 말 이 땅 이 국토의 심장부를 만나보려는 것이다. 거함 금강호는 장전항 중앙에 섬처럼 떠있고 작은 배가 승객 1400명을 동시에 태워 금강산자락 해변에 상륙시킨다. 하선하면서 처음 만난 사람은 북측 안전 요원인 듯한 남자. 그래도 키는 큰 편이고 검붉은 얼굴은 표정 없이 우리 일행을 바라보고 있다.

자유스러운 노인, 아이, 청년들과 단란한 일가족을 바라보면서 그는 무슨 생각을 하고 있을까. 그리고 해안도로변에 서 있는 북측 병사의 부동자세가 무엇을 의미하는가. 그래도 입국수속을 담당하는 사람들은 어느 정도 표정이 있다. 분위기에 어울리지 않는 커다란 선글라스를 코끝까지 내려쓰고 있는 모습이 TV를 통해 보던 그 사람들이었다. 그래도 이곳에 근무하는 북측 종사원들은 남측 사람들과 함께 있을 경우 찾는데 시간이 조금 걸릴 것 같다. 그 외의 사람들은 옷을 바꾸어 입혀도 곧바로 찾을 수 있을 것이다.

우리를 태운 버스는 금강산을 향해 알 수 없는 깊이로 빠져들었다. 운전자는 모두가 조선족으로 우리말을 잘 하는 것 같다. 얼굴이 하나같이 어린 시절 이웃에 사시던 시골아저씨 모습이다. 이들 조선족의 아버지, 할아버지도 6.25때 중국으로 이주했거나 독립운동을 하다가 귀국하지 못한 분은 아닐까.

북한의 농촌마을

일행을 태운 버스는 농촌마을 중앙을 지나고 있다. 60년대 어린시절 살았던 우리 시골과 흡사하다. 북으로 달리던 그 기찻길은 단선으로 구불구불 지나고 있는데 우리 측 가이드 말로는 북한에서 승용차를 보는 것은 행운이요 기차를 만나거든 곧바로 복권을 사라고 했다.

결국 우리는 기차를 만나지 못했다. 하지만 기차는 가끔 다니는 듯하다. 레일 표면이 햇빛을 받아 하얗게 빛나는 것을 보았다. 승용차는 한 대 보았는데 일본에서 수입한 듯하며 군인복장의 3명이 타고 있다.

비포장 신작로 양측에는 조악한 철조망이 설치되어 있는데 북측에서는 이를 야생동물 보호를 위한 것이라고 한다. 하루 2회 정도 버스가 이동하는 길인데 야생동물을 보호한다는 의미보다는 우리 관광객을 통제하려는 의미가 있는 것 같아 마음이 아프다. 금강산에는 새소리가 없다.

산속을 2일 동안 다녔지만 조류를 거의 만나지 못했다. 우리가 만난 북측 동물은 뱀, 까마귀, 검은 개구리, 다람쥐 몇 마리, 나비, 도마뱀 정도였다.

아직 모내기를 하지 않았으며 못자리 모도 아직 어리다. 논갈이도 별로 하지 않았으며 대부분 손으로 농사를 짓는 듯한데 2일차에 트랙터 1대를 보았다. 논 갈이를 하는데 새것이었다. 농촌의 일하는 모습은 반반이다.

무리지어 일하고 있는데 대부분 쉬는 시간이었는지 논두렁에 삼삼오오 앉아서 우리를 향해 손을 흔들어 준다. 그 속에 서 있는 아이들의 고사리 손이 애처롭고 아낙들의 표정이 숙연하며 남정네들은 손 흔드는 데 인색하다.

가이드 말로 북한의 농사일은 여성들이 하며 노인을 우대하는 분위기가 있다고 한다. 남자들이 일하는 모습은 보이지 않는다. 60년대에 보았던 마차 3대가 알 수 없는 짐을 싣고 논길 가운데를 지나고 있다. 북측에서 지난해에 수해가 있었다. 하천 양측에는 아직도 모래와 자갈이 뒤엉켜 있다.

농가의 모습은 초라한 편이다. 규격화된 집들은 지난해 완공된 것이라 하는데 사람 사는 흔적이 적다. 집안에서 무리지어 지나는 버스를 구경하기도 하고 아이들 서너 명이 '사방치기' 비슷한 놀이를 하고 있다. 북측 농가의 특성은 한 마디로 우리의 60년대 농촌 그 모습이다. 다만 집 주변에 울타리를 한 땅은 개인이 경작하는 곳이고 나머지는 集團農場^{집단농장}이라고 한다.

금강산에 오르다

일행은 현대에서 현대식으로 지은 중간 휴게소에 도착했다. 옆에는 북한 서커스 공연장이 있는데 요금협상이 난항이어서 아직 개장하지 못했다. 북한 땅 한 가운데에 이런 곳이 있다니. 상해 임시정부 건물이 떠오른다.

애연가들이 이곳에서 2개피 이상 태우고 황급히 끈다. 이제 담배피울 기회는 한 번 남았다. 우리를 태운 버스는 드디어 금강산의 한 줄기 구룡폭포 코스를 향

1999년 금강산에서 동료와 함께

한다. 비포장 길이 흔들리는가 싶더니 어느덧 하늘이 덮이고 산줄기가 거칠어지면서 계곡의 물줄기가 소리 내어 달리는 곳이다. 아 여기가 금강산자락. 이제 금강산이 시작되는가.

구룡폭포와 금강산

수백 년 됨직한 토종 붉은 소나무 군락지는 세계적인 가치를 지녔다고 한다. 토종 소나무와 계곡의 맑은 물은 흰 돌과 어우러져 흐른다.

계곡의 경사가 빠른 때문인지 바닥에는 낙엽조차 없고 맑은 물과 크고 작은 돌과 바위가 조화를 이루고 있다. 밀식된 소나무들이 5천년 역사를 면면히 이어온 한민족의 기상을 상징하고 있으며 흰 돌과 계곡의 맑은 물은 백의민족의 순수성 그대로 보여주고 있다.

이곳이 金剛山^{금강산}이다. 금강산은 가까운 곳에 있었는데 우리는 50년 만에 이곳에 왔다. 하룻밤을 지새워 배를 달려서야 도착할 수 있었다. 마음만 먹으면 이렇게 가까운 금강산이 무슨 이유로 그렇게 멀리 있었단 말인가?

산길을 오르면서 일행은 감탄하기 시작했다. 산이 높은 만큼 계곡이 깊고 깊은 계곡의 옥수는 푸른 바탕 위에 흰 물결로 하늘거리고 땀과 눈물이 하나 된 우리 일행은 정상을 향해 오르고 또 오르는 것이다.

계곡의 돌과 물만 가지고도 며칠 밤을 새우며 이야기할 수 있을 것 같다. 평생 다시 올수 있을지 기약할 수 없는 산행이기에 시린 무릎 감싸며, 저린 발목 주무르며 우리는 금강산 봉우리를 향해 걷고 매달리며 올라가는 것이다.

오르는 길 양측 암벽이 평평한 곳에는 붉은 글씨가 새겨져 있는데 김일성, 김정일 부자가 금강산에 와서 한 말은 물론 그동안 북한 주민에게 행한 말과 활동내용을 써놓았다. 큰 글씨의 경우 1획 속에 사람이 들어갈 수 있다고 한다. 한 글자에 페인트 500리터 이상 들어갔겠다. 그리고 김정일의 할아버지 이름이 나오는 글도 있다. 이곳에서 사진을 찍을 수 있으나 걸터앉거나 올라서면 안 된다. 이를 위해 감시원 2명이 배치되어 있다.

구룡폭포는 하늘처럼 높은 산 정상에서 물줄기가 내려와 굽이굽이 날아 13m 웅덩이로 뛰어든다. 폭포 옆에 '미륵불^{彌勒佛}' 이라는 거대한 글자가 음각되어 있는데 그 길이와 폭포수가 떨어지는 항아리 수심과 같다고 한다. 혹시 글씨를 더 길게 파야 하는 것은 아닐까 걱정도 해 보지만 수억 년 동안 흐른 폭포가 만든 물구덩이가 더 이상 깊게 패일 수 있을까. 기암괴석 금강산 1만2천봉에는 봉우리마다 이름이 있다. 곰, 뱀, 할머니, 코끼리, 모녀, 병사바위. 보는 각도에 따라 다양한 모습으로 변한다. 산 정상에 탱크바위, 개구리바위.

구룡폭포 물줄기 옆의 벽면을 보면 관세음보살의 모습이 보인다고 한다. 누구에게나 보이는 것은 아니다. 눈을 선하게 뜨고 보아야 나타난다고 한다. 사실 금강산을 구경한 사람이 천년 역사만 생각해 보아도 그 수가 얼마나 많을까.

또 금강산을 보고 똑같은 생각을 하는 사람은 없을 것이다. 바둑판 묘수풀이보다 다양하여 보는 이의 관점과 생각에 따라 다양하게 나타나는 것이 금강산 경치다. 인간의 능력으로는 도무지 전체를 볼 수 없는 이 금강산의 어느 한 골짜기에 서서 금강산 전체를 보겠노라 마음조차 먹지 말아야 할 일이며 1만2천봉중 수십 개 봉우리를 일별하고 누구에게 금강산을 말할 수 있을까.

북측 안내원

금강산을 오르는 길목에는 북측 남녀 1쌍이 대기하고 있는데 외길을 가는 쉼터에 앉아있는 것으로 보아 안내원은 아니고 감시를 하고 있는 듯하다. 사실 그들은 자신의 모습이 카메라에 찍힌 것 같다며 정사진은 필름을 압수하기도 하고 동사진은 테이프를 돌려보고 자신의 모습이 없자 "잘 찍으셨네요" 하며 계면쩍게 되돌려 주기도 했다.

약수가 조금밖에 나오지 않는다는 할머니 말씀에 대해서 "약수가 적어야 약수디, 풍부하게 나오면 어드렇게 약수라 하겠시유"라고 응수하기도 한다. 자신들은 신경 써 차려입고 나온 옷이겠지만 대부분 우리의 60년대 동네처녀 모습이다. 신발도 보라색이나 검정 단색인데 3구멍짜리 운동화 끈이 없는지 가운데 한 코만 실을 몇 번 겹쳐 매고 있으며 흰색 블라우스에 검정 바지로 통일되어 있으며 일부는 남측 관광객과 바꾸거나 얻은 것으로 생각되는 등산복과 운동화를 신고 있다.

봉이 김선달

오를 때는 금강산을 처음 간다는 마음으로 들뜬 나머지 거리에 대한 느낌 없이 경치에 취해 줄달음질쳤으나 몸도 지치고 맑은 공기를 뚫고 내리쬐는 태양열로 피곤하여 하산길은 멀게만 느껴진다. 몇 굽이를 돌고 다리를 지나고 혁명구호 붉은 글씨를 또 다시 지나쳐도 우리의 버스는 보이지를 않는다. 참으로 멀리도 올라왔구나 생각하며 조금 전에 올랐던 산봉우리를 뒤돌아보기를 몇 차례.

주차장에 도착하였다. 버스와 관광객과 나무와 바위로 가득한 주차장에 사람들이 웅성거리고 있다. 흡연장소인데 청년, 장년, 노인들이 한 곳에 둘러서서 담배를 피우고 있다. 산행 5시간만의 끽연이니 애연가야 얼마나 기다리던 시간인가. 북측 청년도 담배를 피우는데 자세히 보니 앞윗니 4대 정도가 없다. 치과의사가 없는 것인지 돈이 부족한 것인지. 이곳에 근무하는 이는 어느 정도 신분도 높고 경제력도 있으련만.

그 청년은 우리들 일행이 거의 다 하산하자 나무로 만든 재떨이의 담배꽁초를 비닐주머니에 담는다. 그리고는 우리 버스기사에게 넘겨주는 것이다. 적지 않은 돈을 관광 수수료로 챙긴다고 들었는데 한 봉지 담배꽁초조차 되돌려 보내는 북측의 처사는 大同江^{대동강} 물 팔았다는 봉이 김선달인가.

관광객의 매너에 대하여

하지만 우리가 배울 점이 여기에 있다. 금강산 관광은 우리나라 국민 모두가 관광객으로서의 매너를 배우는 기회다. 쓰레기를 버리거나 침을 뱉으면 벌금이 100달러. 돌을 가져갈 수 없으며 나무를 毁損^{훼손}해서도 안 된다.

상식적으로 지극히 당연한 질서를 우리는 지키지 않았다. 달러 100불이면 12만원 돈이니 적지도 않지만 금강산까지 와서 벌금내고 싶은 사람이 어디에 있을까. 우리 일행은 '가' 조와 '나' 조로 나누어 코스를 바꾸어 가며 관광하기 때문에 우리 조는 500여 명이 함께 다녔다.

그 많은 인원이 식사하고 난 자리에 작은 휴지조각 하나도 찾을 수 없다. 다만 오전에 청소한 비질자국이 지워졌을 뿐이다. 우리는 공중질서를 지킬 수 있는 문화시민이다. 다만 한두 사람이 지키지 않는 것이 점차 전체로 퍼져나가 질서를 어지럽히는 것이므로 시작부터 질서를 최우선으로 생각하는 자세를 가져야 하겠다.

북한 땅 첫 밤

아쉬운 하루를 보낸 우리를 태운 버스는 이른바 출입국 관리소에 도착하였다. 도시락 가방을 들고 조별로 줄을 서서 X-레이 검사를 받아야 한다. 작은 배를 타고 母船^{모선}으로 돌아온 일행은 갑판 위에, 선창가에서 지는 해를 바라보며 금강산 석양을 아쉬움과 서글픔과 애절한 심정으로 바라보고 있었다.

관광 2일째 장전항에도 밤은 온다. 전기사정이 정말로 어려운지 장전항의 밤은 고요와 어둠뿐이다. 가끔 해안선을 따라 비추는 '서치라이트'는 누구를 감시하는 것인지. 푸른 파도가 점차 검게 변하면서 북한에서의 초저녁은 침묵으로 시작된다. 우리의 금강호는 어둠 속에 빛나는 북극성처럼 장전항 어둠의 중앙에 섬처럼 떠있다.

만물상과 망양정

아침이 밝았다. 어느새 선상생활에 익숙해진 기분이다. 단 이틀인데? 오늘은 만물상과 망양대를 가는 날이다. 정말로 금강산을 보려면 萬物相^{만물상}을 보아야 한다. 전날의 철조망 길을 지나면서 몇 번이나 북한군 보초병에게 손을 흔들어도 대꾸가 없다. 다만 버스가 지날 때마다 눈만 돌려 감시하는 눈초리가 있을 뿐이다. 뒤편 논길의 아낙과 아이들은 약속된 몸짓으로 손을 흔든다.

김정숙 휴양소를 왼쪽으로 두고 산길을 접어드니 어제 본 토종소나무보다 미끈하고 잘 생긴 소나무들이 북한군 보초병보다 꼿꼿하게 서서 우리를 맞이한다. 미인송이라는 이름에 걸맞게 편안하고 느긋하게 우리를 감싸 안으며 반기고 있다. 우리의 조상들도 역사 속 어느 날 이곳을 지났을 것이다. 본 듯한 모습이 전생이라더니 전생중 꽤 긴 세월을 이 골짜기에서 살았을 것이다.

등줄기가 땀으로 젖을 즈음 우리는 금강산 망양대 줄기를 달리고 있다. 뒤편으로 돌고 돌아 망양대 정상에 오르니 동해바다 모랫길이 우리를 반긴다. 먼저 올랐다가 하산하던 할아버지께서 명사십리가 보인다고 하시더니 정말로 10리도 넘는 모랫길이 저 멀리 보인다. '明沙十里^{명사십리}'는 원산에 있다던가. 하지만 명사15里^리는 되겠다. 흰 모래와 푸른 파도가 땅과 바다를 가르고 누워있다.

눈을 돌려 발아래를 보자. 비행기에서 내려다보면 이러할까. 일상에서 모든 사물을 옆으로만 보아온 눈에 들어온 산 정상의 모습이 만물상이다. 정말로 만물상을 보려면 정상에서 내려다보아야 한다.

만물상의 기암괴석은 각각이 나름대로 이름을 붙일 수 있는 모양으로 서 있고 몇 개를 합해서 또 다른 이름으로 거늠나고 있다. 손가락으로 네모를 만들어 그 속으로 바라보면 모두가 산수화이고 모두가 風景畵^{풍경화}다. 조선시대 그림에 나오는 산과 강과 인간의 조화가 강조된 모습이 상상 속의 그것이 아니고 정말로 이곳 금강산에 있다는 것을 이제는 인정한다.

오히려 제아무리 가는 붓으로도, 천재성을 가진 화가의 머리로도 종이 위에 그려낼 수 없는 그림들이 사방에 걸려 있다. 팔지도 않지만 살 수도 없는 그림들이다. 보는 이 없어도 展示^{전시}되어 있는 그림이요 보는 이 없다고 거두어가는 그림도 아니다. 스스로 금강산인 채 그곳에 머물러 있으면서 영겁의 세월을 묵묵히 함께하는 우리 민족의 영산, 금강산일 뿐이다. 이렇게 수억 년을 저 모습으로 살아온 만물상의 심정은 어떠할까.

우리가 분단의 아픔을 안고 동해바다를 엉뚱하게 돌아서 온 우리의 심정을 알고 있을까. 사진 박힌 이름표를 목에 건 사연을 저 돌과 노송은 알고 있을까. 남북분단을 三國時代^{삼국시대}, 고려시대, 朝鮮時代^{조선시대}로 이어진 역사의 한 기간으로 생각하고 있는 것은 아닐까.

동해바다를 다시 한 번 돌아보고 내려와 올라간 곳이 천선암인데 선녀들이 목욕을 했다는 곳이다. 선녀들의 화장품이 놓였을 법한 자리에 지금도 2개의 동그란 구멍이 있고 지난번에 내린 빗물이 고여 산바람에 파르르 흔들린다.

천선암 정상에는 28세 정도의 지적인 여성과 19살의 꽃순이 처녀가 우리 일행의 카메라 렌즈를 피해 이리저리 움직인다. 보라색 상의에 검정색 바지를 입고 멋 부리지 않은 가방을 대각선으로 메고 있었는데 가이드와는 안면이 있어서 반갑게 인사를 나누지만 우리 일행과는 가급적 대화를 피하면서도 자신의 주장을 강하게 가진 듯한 분위기를 풍긴다. 엘리트층으로 보이는 이들의 분위기에서 북측 사회 전반이 어떠한지를 가늠할 수 있을 것 같다.

천선암에서 바라보는 만물상이라야 제 맛이 난다. 저마다 다른 모양으로 하늘을 향해 뽐내는 자태가 아름답다. 초여름 풍경이야 녹색이 전부이지만 가을 단풍을 마음 속에 담아 이를 投影^{투영}시키면 가을 경치요, 설경을 겹치면 겨울이 되는 것이다. 만물상의 중심에 서서 4계절 그림을 그리고 나니 어느덧 하산시간이다. 내려가는 길은 올라온 그 길인데 방향에 따라 분위기가 새롭다. 도무지 처음 가는 길인 것만 같다. 얼마를 내려와 그래도 마음이 허전하여 뒤돌아보니 저 산을 우리가 올라왔구나 모두가 놀란다.

하늘 끝 저 먼 곳에 또 하나의 하늘처럼 망양대가 자리하고 있다. 바다를 바라본다 하여 망양대라 이름 지어진 곳이다.

계곡을 지나면 원시림 숲인데 몇 백 년을 살다가 온몸이 회색으로 말라버린 백소나무가 간간히 보인다. 죽어서도 백년 넘게 금강산 만물상을 지키고 있다. 그 노송 뒤를 지키고 있는 바위는 또 몇 억 년의 세월을 지키고 있는 것일까.

바위는 제 몸 깎으려 비를 불러오고 계곡의 옥수는 금강산 절경을 요리저리 구경하며 세월에 지친 바위를 쪼개어 계곡의 조약돌을 만들고 바람은 바위와 나무를 휘감아 세월의 껍질을 데리고 동해바다 넘나들기 몇 번일까.

오늘 남측에서 108번째 금강산 유람선이 왔다는데 지금 흐르는 저 녹수는 몇 번이나 금강산을 방문했을까. 기나긴 세월의 흐름을 가늠할 길 없으며 이 길을 오르내린 뭇사람들이 몇 명이었을까 헤아릴 길 없다.

머리 속에 만물상, 가슴 속에 북한 땅

3박4일중 대부분을 금강산과 장전항에서 보낸 이번 여행은 예단하기 어려우나 인생에 처음이자 마지막 여행일 수도 있기에 그 심정이 애처롭다. 38선과 휴전선을 뒤로하고 월남하던 그분들의 심정을 조금은 이해할 수 있을까.

집으로 돌아와 직장에 복귀한 지금 이 시간에도 북녘 하늘 어디에선가 살고 있을 동포를 생각해 본다. 그들의 체격이 우리와 같아지려면 50년, 3대가 지나야 가능하단다. 그것도 통일이 되어 동일한 환경에서 생활했을 때 가능한 일이다. 하지만 컴퓨터에 입력되어 대답할 데이터가 있는 경우에만 말하고 자료가 없으면 "모름네다"를 기계어처럼 반복할 북측 同胞^{동포}를 생각해 본다.

우리의 금강산을 둘러보고 온 지금 머리 속에는 만물상이 자리하고 가슴 속에는 북한 병사와 키 작은 아이들의 모습이 남아있다. [1999년 7월]

▶▶ 대한민국 국토 백령도

白翎島^{백령도}를 그냥 서해바다의 섬 하나로 생각한 것은 아주 송구스러운 일이었다. 백령도가 대한민국의 국토인 것을 알려면 정말로 그 섬에 가보아야 하는 것이다. 해방 후 갈라진 38선으로 치면 백령도는 물론 개성과 해주도 걸리지 않았던가. 다시 지도를 펴고 38선을 살펴보니 선 바로 밑에 백령도와 대청도, 소청도가 보이고 38선 바로 위에 해주가, 다시 38선 바로 아래에 개성이 있다. 백령도는 황해남도 장산곶과는 지척간이다. 가이드 선생님의 말씀으로는 6.25 한국전쟁 당시 치열한 전쟁으로 지켜낸 우리의 국토인 것이다.

백령도는 최북단에 홀로 떠있는 바다의 종착역이다. 맑은 날이면 몽금포타령의 무대인 북녘 땅 장산곶이 먼발치로 보이는 섬. 더 이상 북상할 수 없는 군사 분계선을 머리에 인 채 서해5도중 최북단에 홀로 떠있는 섬.

백령도 이곳은 바다 위에 떠있는 역사의 출발역이기도 하다. 수정같이 맑은 바닷물과 고운 모래, 형형색색의 자갈로 펼쳐진 해안은 백령도의 자랑이다.

오전 8시에 일행은 1박2일의 여정으로 인천여객터미널에 모여 '가고오고호'에 올랐다. 모든 배가 가고오고호인데 이 배만이 그 이름을 가졌다. 일행을 태운 가고오고호는 1시간 20분 정도가 지난 9시 20분부터는 조금씩 흔들리기 시작했다. 지난번 울릉도에서 독도를 들어가던 때의 파도가 생각났다.

파도는 어느 바다나 그 모습은 비슷해 보인다. 우리는 그동안 많은 여행을 했다. 동해 울릉도, 독도, 남해 제주도, 거제도, 그리고 백령도를 향하고 있다. 또한 성인봉, 백록담, 만물상을 다녀왔으니 이제 남은 것은 백두산과 천지를 보는 일이다. 정말로 이번 교육의 강의내용도 중요하지만 다양한 여행, 현장견

학도 교육의 효과가 참 높다는 생각을 많은 교육생들이 가지고 있을 것이다. 다시 배로 돌아온다. 여객선 내부구조는 여객기와 비슷하다. 하지만 스튜어디어스가 없다.

항로를 알려주는 화면이 없고 음악이나 게임도 없다. 모습은 비행기와 비슷하지만 비행기에 비해 없는 것이 많고 주변에 물이 많다. 바다를 가르며 나아가기 때문에 물과 바람이 많다.

배를 타고 가노라니 시간이 많고 차분히 생각할 수 있다. 그러다가 백령도를 숫자로 풀어보았다. 1000도＝천도＝100＋0＋도＝백영도＝백령도. 이제 낮 12시가 지났다. 4시간을 달린 것인데 보이는 것은 물이요 수평선이요 그 위를 떠도는 구름뿐이다. '노아의 방주'에서처럼 비둘기와 까마귀를 날려 보내서 육지가 얼마나 먼지 확인하고 싶은 생각이 들었다. 이들 새가 풀잎을 물어오거나 발톱에 흙을 묻혀 오면 참 좋으련만. 돌고래가 있어 음파를 보내 백령도 섬까지의 거리를 측정해 볼거나.

KBS방송이 아직도 잘 나오는 것을 보면 배는 NNL을 우측에 두고 잘 돌아서 가고 있기는 하는가 보다. 지난번 독도에 갈 때 물이 참 많기도 하더니 그 물이 한반도를 돌아서 이곳 서해로 몰려온 듯 물은, 바닷물은 참 많기도 하다.

이 넓은 공간에 물이 가득한데 깊이는 알 수가 없으니 동해 바닷물이 많은지 서해가 많은지는 비교해 볼 일도 아닌 듯싶다. 배가 또 한 번 심하게 흔들린다. 돌고래가 뱃전을 치는지, 멸치떼가 앞에서 우리 배를 막는지, 연평도 조기떼가 이곳까지 우리를 마중 나온 것인지, 아니면 선장님이 심심하여 핸들을 좌우로 흔드는 것인지. 뱃길은 포장도 아니 하고 중앙선을 그어두지도 않으니 페인트가 필요 없고 시멘트도 필요 없으니 참 경제적이라는 생각을 해 본다. 고속도로나 지하철은 공사하기도 힘들고 쓰면서도 수시로 보수하고 언젠가는 재공사를 해야 하는 부담이 있으니 말이다.

4시간이 넘는 지루한 뱃길 여행은 걸쭉한 선장님의 선내 방송과 함께 즐거운 여행으로 바뀌었다. 우리 배는 소청도를 우측으로, 대청도를 좌측으로 지나는 뱃길을 지나 용기포 선착장에 도착했다. 동해 독도, 남해 제주도, 거제도, 서해의 백령도에 도착함으로써 국토의 4개 섬을 모두 방문하는 순간인 것이다.

백령면에는 2,029세대 4,716명이 거주하고 있다. 남자 2,453명, 여자 2,263명이다. 공무원은 31명으로 면장님의 역할이 참으로 중요하다고 한다. 이곳에도 어김없이 행정은 물론 정치가 있었다.

12분의 대통령 후보를 소개하는 선거벽보(2007년)가 마을마다 정갈하게 자리 잡고 있었다. 아마도 19개 마을에 19개 이상의 벽면을 장식하고 있을 것이라는 추측을 해 보았다. 긴 바다 여행 후 일행은 식당에 도착하여 마주한 점심 밥상은 정갈했다. 냉이, 배추김치, 적당히 삭힌 깻잎, 총각김치 등이 시골스러우면서 맛이 들었다. 섬의 특성중 하나라는데 수해가 없고 旱害^{한해}도 없단다.

큰비가 와도 섬 안에서 짧게 흘러 바다로 가고 비가 적게 와도 가뭄이 들지 않는 것이 섬의 특징이라는 것. 더구나 백령도는 섬이면서 농지가 넓고 농사가 잘 되어 한해 농사로 3년 치 식량이 생산된다고 한다. 특히 바다를 간척하여 토지를 많이 확보하여 전국 섬 면적으로 10위 밖에서 8위로 올라왔다고 한다. 장차 郡廳^{군청}에서는 이 간척지를 농민들에게 공급할 예정이라고 한다.

그래서인지 간척지에는 잡풀이 무성한 채 새 주인을 기다리는 모습이 그대로 보인다. 담수호도 빗물을 받아 소금기를 내보내는 작업을 매년 하고 있단다.

아까 배안에서 만난 아주머니는 '이곳 백령도는 참 살기 좋은 곳'이라고 편안하게 말씀하신다. 행복지수라는 말이 떠오르는 대목이다. 아침 산책길은 정말 짱이다. 맑고 부드러운 공기가 볼과 가슴에 불어오고 편안한 주변의 경관이 마음을 정화시켜 준다. 해병대 시설을 견학했다. 버스로 산 정상에 올라 작대기 3개 상병의 설명을 들었는데 참 열심히 상세히 자신 있게 설명해 주었다. 이곳이 우리 국토에 있어서 지니고 있는 의미에 대해 새롭게 인식시켜 주었다.

시설도 일부를 보여주었는데 식량, 탄약이 비축된 곳을 지나면서 우리가 휴전된 分斷國家^{분단국가}임을 재인식하였다. 횟집의 접시는 풍성했다. 일행은 풍성하게 회를 안주로 하여 소주잔을 비웠다.

아침에 일어나니 몸이 개운하다. 편안한 숙소에서 잠을 푹 잔 것도 그렇겠거니와 이곳 섬은 오존(O³) 성분이 많아서 알코올이 빨리 분해된다고 들었다.

숙소 사장, 식당 사장, 여행사 사장, 버스기사, 가이드 등 1인 다역을 하시는 가이드님의 말은 조금 재미가 있다. 이곳은 물때에 따라 다르기 때문에 여행일정은 그냥 짜놓은 것이고 그때그때 현장을 보아가면서 진행한다는 것이었다. 바닷물이 들고나가면서 일정을 조정해 준다는 말이다. 이곳 특산품은 다시마, 고구마, 고추라고 한다.

두무진 해상관람 일정을 내일로 미루고 우리는 콩돌해안을 밟았다. 정말로 콩만한 돌이 큰 돌들과 함께 해안선을 꾸미고 있다. 1km의 해안선을 이루고 있는데 그 돌을 세어 보면 지구상 인구 60억보다 많을 것 같다. 파도가 돌을 가져왔다가 가져간다고 하니, 아마도 물살이 세어서 이처럼 작은 돌이 되도록 갈고 닦는가 보다. 천연비행장은 1997년 12월 30일 천연기념물 제391호로 지정된 1km 정도의 해안선인데 버스가 달려도 바닥이 패이지 않고 얇은 타이어 자국만 살짝 날 정도여서 비행기가 뜨고 내릴 수 있다고 한다. 내려서 밟아 보니 참 단단한 것이 신기하다. 콩돌해안의 돌과 이곳의 흙으로 세계적인 명품 건축자재를 생산할 수 있지 않을까.

12월 7일 금요일 아침. 식사시간에 이상한 소리가 들린다. 배가 바다에 나가지 못한다는 것이다. 어제 인천에서 타고 온 8시 배가 오늘 아침 출항하지 못하였다는 것이다. 그러니 자동으로 하루 더 묵어야 한다는 것이다.

능동적 표현으로는 묵는 것이고 수동적으로는 묵기는 것이다. 그래서 이 소식을 낭보로 생각하는 이도 있고 여행사 현지 사장님은 정말로 쉽고 편안하게 남의 일 이야기하듯이 오늘 배가 인천으로 가지 않는다고 말하는 것이다. 속으로 즐거움을 감추는 듯 보인다. 사장 겸 가이드님은 마을을 지나면서 '백령도 19개 마을중 하나인…' 이라는 표현을 자주 쓴다. 다른 버스 기사님은 '이곳이 제가 다닌 초등학교인데 한 번도 정문으로 등교한 일이 없고 늘 개구멍으로 다녔다' 는 멘트를 학교 앞을 지나면서 날렸다. 결국 점심 먹고, 집으로 돌아가는 배를 타지 못하게 된 이번 짧은 일정으로 가지 못한 백령도 비경을 관광하게 되었다. 그곳은 바로 두무진 길이다. 자연이 만든 예술품이 이곳에도 있었다.

오랜 세월이 느껴지고 큰 파도와 맞서 도도히 버티는 암벽의 氣槪기개가 보인다. 지난번에 써두었던 시 한 수를 꺼내 조금 바꾸어 읽어 보았다.

바위와 파도

검푸른 파도는
제 몸이 굳을까 걱정하여
바위에 온몸을 때리고
해안가 절벽의 저 바위는
제 몸 부스러질까 염려하여
거센 파도를 맞고 있다.

백령도 두무진

오전시간에 들른 곳은 북한 땅이 바로 보이는 해안선이다. 하지만 이곳에서 아낙들이 굴을 따고 있다. 자연산 굴을 하나 떼어주어 먹어 보니 짭짤하지만 굴 맛이 난다. 평생을 이곳 백령도에서 살았을 것 같은 村老^{촌로} 두 분이 햇볕을 쬐며 쉬고 계시므로 다가가서 인사를 드렸다. 이 국토의 서쪽 끝을 지키는 군인과도 같은 주민이 아니신가.

탄창을 담은 쇠통을 덜컹거리며 보초 교대를 가는 병사의 모습이 믿음직하다. 우리 국군을 보는 것이 행복하고 일상인 듯 편안해 보인다. 하지만 해안선에는 적의 함정이 접안하는 것을 막기 위한 쇠말뚝 장치가 보인다. 소금기에 검게 녹슨 쇠말뚝은 북쪽을 향하고 있었다.

단단한 철조망이 해안선을 막아내고 있는데 가이드 말씀으로는 이곳은 아직도 UN군이 관리하고 있단다. 밭둑 절개지에는 패총이 보이는데 몇 천년 몇만년 인류조상이 살았던 것인지. 그리 오래 살아온 저 굴은 어찌 그때나 지금이나 비슷한 모양으로 바위에 붙어 살고 있는지. 우리 인류는 이처럼 진화하여 저렇게 패총을 먹었을 인류의 조상과는 많이 다른 모습으로 진화해 있는데 말이다. 청정해역에서 생산되는 미역, 다시마를 보다 더 정선하여 판매하였으면 좋겠다. 미리 값만 치르면 배편으로 인천항을 통해 택배하게 한다면 판매량이 늘어날 것 같다.

우리의 점심은 아귀와 콩나물이었다. 음식은 때로 시간이 부족할 때 먹으면 더 맛이 날 수도 있다. 그제 타고 왔던 배는 오지 않고 그 전에 출항하는 배가 왔단다. 좀 작은 배인데 성능은 앞서는가 보다. 하지만 이 배는 정말 느린 배였다. 博士^{박사}님도 예비군복을 입으면 예의를 포기한다고 했다. 배에 탄 손님들은 비행기 손님에 비해 승객간에 배려하는 데 미숙해 보인다. 배 승무원도 마찬가지다. 작업복을 입은 승무원 2명이 표를 걷는다.

승객들의 좌석이 정해지고 안정된 후에도 가능할 것을, 아직도 수 시간 더 가야 하는 시간이 있음에도 승객들이 이리저리 자리를 찾고 있는 그 와중에 표를 걷으며 승객들과 작은 충돌을 자초하고 있었다.

작은 서비스도 기대해 본다. TV화면에서 지나간 드라마를 방영할 것이 아니라 명화, 교양강좌 등을 보여주었으면 한다. 중간에 음료수 한 병씩이라도 주었으면 한다. 뱃삯이 4만9,500원이면 이 정도 서비스는 생각해야 하는 것이다.

도착시간을 오후 4시 30분 정도로 생각하고 승선한 우리의 배는 기대에 못 미치는 속도로 인해 저녁 6시 40분경에야 인천항에 도착했다. 예정보다 오래 걸린 길이어서인지 항해중에 별 생각이 들지 않는다.

빨리 인천항에 내리기를 기대할 뿐이다. 장거리 여행시에는 충분한 준비, 다양한 식품, 읽을 책 등을 준비해야 한다는 교훈을 얻었다. 이번 여행처럼 하루 더 묵어야 하는 돌발 상황이 발생할 수 있으니 말이다.

이런저런 크고 작은 일들이 있었지만 지금쯤 교육생들은 집에 도착하였을 것이다. 심야에 가기 어려워 하숙집에서 쉬고 내일 첫차로 가는 교육생도 있을 것이다. 시간이 지나면 모든 일들도 지나간다. 교육 1년이 참 길다고 생각하였지만 하루하루 지나면서 이른바 졸업여행도 참 즐겁게 다녀왔고, 이제 2007년 12월 14일 오전에 교육을 마친다. 영광스럽게 수료를 하게 되는 것이다.

우리는 이번 교육을 통해 많은 것을 배웠다. 특히 양보와 배려를 배웠다. 여행을 통해 세상을 조금 더 넓게 보는 눈을 키웠다. 유럽, 북미, 남미의 선진 정책을 익혔다. 다른 분임의 연구실적을 우리 분임의 그것과 비교해 보면서 반성도 했다. 다른 장기과정의 발표내용을 보면서 우리의 보고서를 조금씩 보강하기도 했다. 7인의 분임활동은 양보와 배려의 지혜를 익히는 기회였다. 비전반, 혁신반이 각각의 의미로 뭉치고 존경하고 사랑하는 방법을 배웠고, 고급리더 70명의 공동체 의식도 涵養^{함양}했다.

그리고 이만큼이나 또 다른 중요한 배움은 가정과 아내와 가족의 소중함이었다. 그리고 직장의 의미와 가치, 그 속에서 우리 자신이 위치해야 할 '포지션'을 알게 되었다. 지방혁신인력개발원(현, 지방행정연수원－완주로 이사함) 관계자의 헌신적인 교육운영과 지원, 그리고 보이지 않는 곳에서 교육을 위해 애쓰시는 엔지니어, 식당에서 애쓰시는 분들, 관광버스 기사님, 하숙집 아주머니까지 모두가 고마우신 우리의 스승이다.

그분들의 정성을 먹고 지낸 1년이 앞으로의 공직생활에 활력소, 영양소, 힘의 源泉^{원천}이 될 것이다. 정말로 행복한 교육생이 되는데 도움을 주신 모든 분들께 감사의 말씀을 드린다. [2007년 12월]

▶ 백두산 | 고구려 | 발해

여행을 준비하는 명강의

빼앗긴 땅은 어쩔 수 없다 하더라도 빼앗긴 歷史^{역사}까지 忘却^{망각}할 수는 없다. 그 역사에는 지금 우리라는 존재의 근본이 그러하고 앞으로도 그러하기 때문이다. 만주는 우리가 처음으로 역사를 탄생시킨 터이고 그 태가 묻힌 곳이다.

그런데도 우리는 만주가 어디이며, 어떤 역사를 지녔으며, 한민족에게 무엇인지, 또 앞으로 어떻게 대하여야 할 것인지에 대한 관심이 그다지 많지 않다.

백두산은 북한의 양강도 삼지연과 중국 길림성 안도현^{安圖縣} 이도백하진 사이에 있다. 높이는 2,744m(공인)로서 최고봉은 장군봉이다. 해발 2,500m 이상 봉우리는 16개가 있다.

정상에는 칼데라인호인 천지가 있는데 면적 9.17㎢, 둘레 14.4km, 최대수심 384m, 수면고도 2,257m이다. 250년 전(1760년경)에 활동을 멈춘 사화산이지만 최근에 활동 움직임에 대한 주장들이 나오고 있다. 현재 총 면적의 1/3은 중국의 영토이고 나머지 2/3는 북한의 영토에 속한다.

역사서에서 흑수 등으로 기록된 흑룡강(黑龍江＝아무르강)은 시베리아 남동쪽과 중국 동북쪽의 국경을 흐르는 강으로서 전체 길이가 4,440㎞로 만주일대에서 가장 길다. 백두산 천지에서 발원한 송화강은 흑룡강과 삼강평원에서 합수할 때까지 1,912㎞를 흘러간다. 그리고 계속해서 흘러 결국은 연해주 북부의 연안을 빠져나가 오호츠크해와 타타르해협 사이로 빠져 나간다. 만주는 강을 빼놓고는 그 존재가치를 논하기 힘들 정도이다.

고구려의 건국자인 주몽은 첫 사업으로서 비류국을 점령하고, 그 곳을 휘하에 두며 개칭하였는데 바로 '多勿都^{다물도}'였다. 多勿^{다물}은 고구려 말로 구토를 수복한다는 의미의 낱말이다.

沸流國^{비류국} 또는 多勿國^{다물국}, 沸流那^{비류나}는 압록강의 만주 쪽 지류인 沸流水^{비류수} 상류에 있었던 부족국가이다. 즉 조선 또는 부여를 계승하면서 조선의 옛 땅인 만주일대를 수복한다고 선언을 한 것이다.

그 후에 多勿^{다물}은 고구려의 국시이면서 국가의 발전목표로서의 역할을 하였다. 5대 모본왕은 AD 49년에 기마군대를 몰아 요하를 지나고 평원을 지나 北平^{북평} 漁陽^{어양} 上谷^{상곡} 太原^{태원} 등 현재의 북경 근처를 공격하였다. 6대 태조대왕은 AD 55년에 요서에 10성을 쌓았다. 그것 또한 조선의 영토를 수복하는 행위였다.

AD 391년에 등극한 광개토대왕은 22년 동안 쉬지 않고 남북서를 동시에 지향하는 즉 전방위 정복활동을 펼쳤다. 그는 새로운 시대의 도래와 국제질서의 변화를 깨닫고, 이를 국가경영에 활용하여 정책을 추진한 새로운 유형의 대정치가였다. 따라서 영토 확장은 다양한 정치적 목표를 지녔는데, 그 가운데 하나는 초기부터 추진한 국가 정체성의 확립과 연관이 깊었다.

그는 즉위하자마자 북서쪽으로 요동과 동몽골지역을 가로지르는 시라무렌강 유역까지 원정했고, AD 404년에는 육로 또는 수군을 동원하여 後燕^{후연}을 공격하여 요동지방을 완벽하게 장악하였다. 이곳은 정치적, 군사적, 경제적으로 그 가치는 이루 말할 수 없을 정도로 막대하였지만, 그와 함께 고구려로서는 일종의 '原土^{원토}수복'이라는 국가발전 목표와도 관련이 깊었으며, 조선 계승성을 구현하는 숙원사업이었다.

《삼국사기》의 〈최치원전〉에는 '고구려의 잔당들이 무리를 모아가지고 북쪽의 태백산 밑을 근거지로 삼아 나라이름을 발해라 하였다'고 기록했다. 《삼국

유사》에서는 〈신라고기〉를 인용하여 '고구려의 옛 장수인 조영은 성이 대씨이며, 남은 병사들을 모아 태백산 남쪽에 나라를 세우고 나라이름을 발해라고했다' 는 기록을 남겼다. 2대 무왕은 AD 727년에 국교를 수립할 목적으로 바다를 건너 일본에 사절을 파견하였다. 그때 보낸 국서에는 '고구려의 옛 영토를회복하고 부여에서 전해 내려온 풍속을 간직하고 있다(後高麗之舊居 有夫餘之遺俗)' 라고 하였다.

실제로 발해는 고구려의 옛 땅을 수복하였다. 10대 선왕 때에는 남쪽으로는대동강 유역으로부터 동해안의 원산 부근(강릉까지라는 주장도 있다), 서쪽으로는 요동반도, 북쪽은 만주일대와 연해주지역을 다스렸다. 오늘날의 블라디보스토크 우수리스크 하바로프스키 일대까지 발해의 영토였다. 그래서《신당서》에는 '전성기 때 발해의 국토는 5경, 15부, 62주이다' 라고 하였다. 오늘날만주일대에 해당한다.

고려말인 1370년 1월에 이성계는 압록강을 건너 혼강에 있는 우리 '올랍' 산성(五女산성, 현재 고구려의 첫 수도로 알려진 장소이다)을 점령하였고 이어11월에는 요양을 공격하여 점령하였다. 하지만 그 후의 성리학자들은 만주라는 역사의 터와 그곳을 지키고 가꾸어온 이들을 오랑캐라고 멸시하였고, 스스로 만주를 우리의 역사영역에서 떼어내 버렸다.

그러나 1882년에는 국내성 부근인 集安市^{지안시}에 이미 1,000여 호의 조선인들이 살고 있었고, 1902년에는 향약소를 설치하였다. 서간도에 해당하는 압록강이북의 땅은 조선의 영역이었다. 간도협약이 맺어지면서 만주이북의 영역권을 상실하였다. 역사는 죽은 것을 망각에서 구해내는 작업이다. 아울러 미래로환생시키는 작업이기도 하다. 반도에 있던 역사학자들이 일본인들이 규정한논리 틀과 현실 속에서 허우적거리고 있을 때 만주에서는 원조선과 고구려 발해를 연구하면서 독립전쟁을 전개하였다. 단재 신채호, 백암 박은식, 산운 장도빈 등이 대표적인 학자였다.

심양
새벽길을 달려 인천공항에 도착하였다. 전날 저녁에 미리 연수원에 올라온 이들이 대부분이고 수도권에서는 직접 인천공항으로 달려갔다. 7년 연속 세계 1위를 차지한 인천공항에서 더 넓은 고구려와 발해의 역사, 우리의 국토를 밟아보고 확인하기 위해 출발하였다. 연수단 일행은 교육생 33명, 인솔관 3명, 가이드 2명 등 38명으로 구성되었으며 연수기간은 6월 18일부터 22일까지 5일간이다.

100분 동안 하늘을 날아 비행기는 심양에 안착했다. 유네스코 세계문화유산 '고궁' 을 먼저 방문하였다. 주황을 주색으로 지어진 건물 안쪽으로 들어서니 왕이 집무를 보던 건물과 8개의 부속 건물이 들어서 있다. 중국인들은 8을 참으로 좋아하며 업무를 8개로 나눈 것도 이와 연관이 있다고 한다.

다시 버스를 타고 고속도로를 달렸다. 중국 도로에서는 관광버스가 100㎞를 넘지 못한다. 단속도 엄하다고 하고 벌점이 초과되면 운전면허가 중단되니 생업이 끊기는 것이다. 하지만 버스는 경적을 울리며 달린다. 경적은 앞 차량을 추월하겠다는 신호라고 한다.

도로변 주택은 붉은 벽돌집이다. 밭농사를 열심히 하는지 잡초가 보이지 않는다. 옥수수 밭이 많다. 산기슭마다 옥수수가 푸르게 파랗게 자라고 있다. 옥수수는 술의 원료, 가축 사료, 식용유를 짜는 데 쓰인다.

주몽왕릉

6월 19일에는 고구려의 시조 주몽왕릉을 답사하였다. 과수원 안에 있는 개인집 앞마당을 거쳐 올라가니 언덕 풀섶에 둥근 돌이 쌓여있는 무덤이 보인다. 2000년을 견뎌온 주몽왕릉이다. 비록 잡목과 풀에 둘러싸여 있지만 왕릉으로서의 위엄이 느껴진다. 작은 나뭇가지와 풀을 헤치며 한 바퀴 돌아보는 데도 시간이 걸린다. 왕릉 자체도 중요하고 주변의 산과 들을 보니 그 당시에도 참 좋은 자리를 잘 잡은 것 같다. 사방을 살펴보니 넓은 평야가 보이고 저 멀리 산이 겹쳐 나타난다. 비옥한 토지와 외부의 적을 막기에 용이한 지리적 구조를 갖춘 곳으로 보인다.

우리의 조상은 이곳에서 동북삼성(흑룡강성, 요녕성, 길림성)을 통치하였다. 이 삼성 모두에서 고구려의 유적이 출토되고 있으니 참으로 대단한 민족이고 자랑스러운 역사이다. 2대 유리왕은 국내성을 통지했으며 왕릉은 集安市^{지안}시에 있다고 한다.

장군총의 위엄

장군총은 그 위엄이 '최고'이다. 피라미드를 연상하게 하는 모습으로 서 있다. 역시 1500년 세월을 보냈지만 당당한 모습으로 대륙의 중앙을 지키고 있다. 더 많은 국민이, 특히 젊은이들이 직접 와서 눈으로 보고 가슴으로 느끼며 머리로 간직해야 할 것이다. 사진으로 보는 것과 실제로 보는 것에 큰 차이가 있다는 점을 강조하고자 한다. 3단 3층으로 쌓인 돌이 크고 홈을 파서 밀려나가지 않도록 한 수준 높은 설계와 시공능력이 돋보인다. 그리고 돌은 1500년 세월 속에서도 의연하고 장엄하게 그 모습을 지키고 있다.

장군총 옆에는 기단 위에 올린 고인돌이 보인다. 흔한 형태가 아니다. 탄탄하게 기초를 쌓고 그 위에 고인돌을 올렸는데 그 기술이 아주 수준 높아 보인다.

1500년 세월 속에 의연한 모습의 장군총(장수왕릉으로 추정한다고 함)

광개토대왕비

광개토대왕비는 역사의 기록이다. 고구려의 역사를 기록한 비인데 당시의 상황, 일본과의 관계 등이 나온다. 일부 왜곡된 부분도 있다고 하는데 예를 들면 일인들이 '王^왕' 자 위에 점을 찍어서 '主^주' 자로 바꾸었다고 한다. 그냥 육안으로 보아도 나중에 찍은 점은 확연히 구분이 되는 것 같다.

처음에 광개토대왕 비석은 나무 등걸과 풀줄기에 결박당한 상태로 발견되었으며 이끼와 잡목을 제거하고 비문의 내용을 보기 위해 기름을 뿌리고 불을 질러 태웠다고 한다. 그 과정에서 일부 훼손이 되었으나 그나마 다행인 것은 나중에 비각을 세워서 눈바람에 의한 풍화를 최소화하고 출입문을 좁게 하여 방문자 수를 제한하고 있다는 점이다.

414년 광개토대왕의 아들 장수왕이 세웠으며, 凝灰岩^{응회암} 재질로 높이가 약 6.39m, 면의 너비는 1.38~2.00m이고, 측면은 1.35m~1.46m이지만 고르지 않다. 대석은 3.35×2.7m이다. 네 면에 걸쳐 1,775자가 화강암에 예서로 새겨져 있다. 그 가운데 150여 자는 판독이 어렵다.

고구려의 역사와 광개토대왕의 업적이 주된 내용이며, 고구려사 연구에서 중요한 史料^{사료}가 된다. 또한 前漢^{전한} 隸書^{예서}의 서풍으로 기록되어 있어 금석문 연구의 좋은 자료가 된다.

오녀산성

五女山城^{오녀산성}으로 향했다. 오녀산성은 紇升骨城^{흘승골성} 또는 卒本城^{졸본성}이라고도 하는데 중화인민공화국 遼寧省^{요녕성} 본계시 桓仁縣^{환인현} 五女山^{오녀산}에 위치한 산성이다. 해발 800m 높이에 이르는 절벽의 천연지세를 그대로 이용하여 쌓은 고구려 특유의 축성 양식을 보여준다.

오녀산성은 현재 유네스코 문화유산으로 지정되어 있다. 이 산성은 대체로 직사각형 모양으로, 남북 길이 1500m, 동서 너비 300m이고, 전체 약 8km이다. 성 안에는 天池^{천지}라고 부르는 연못이 있는데, 2천 년 동안 한 번도 마른 일이 없다고 하며, 깨끗하여 음료수로도 사용할 수 있다.

산성은 200m 절벽 위에 위치하고 있어, 천연의 요새가 되어 왔다. 동쪽과 남쪽의 경사가 완만한 곳에는 성벽을 설치하였다. 고구려 멸망 이전에 한 번도 함락된 적이 없는 성이다.

산성을 올라 정상에서 내려오는 하산길은 마치 '차마고도'를 연상하게 한다. 거대한 바위가 갈라진 듯 정상부근을 통과하는 좁은 바위길을 지나니 200m 절벽 아래로 나무계단이 나타난다. 이 여행중 가장 힘든 난코스요 기억에 남는 방문지가 되었다.

압록강가의 북한주민

압록강으로 갔다. 중국과 북한은 압록강을 경계로 하고 있는데 건너편까지 가서 한쪽 발을 걸쳐도 越境^{월경}으로 보지 않는다고 한다. 그래서 중국 관광객을 태운 보트가 압록강을 타고 가면서 잠시 북한에 근접해 보는 것이다.

초소에는 2명이 근무하는 것으로 보이고 1명이 밖에 나와 강 주변을 살핀다. 특별한 것은 초소 인근에서 아낙네들이 어린아이들을 데리고 빨래를 한다. 2 ~3살로 보이는 아이들은 보트를 보고 가냘픈 손을 흔든다. 일행도 손을 흔들었지만 어른들은 반응이 없다.

강둑길에는 자전거를 탄 남녀가 지나가고 20여 분 관람중에 차량은 2대 정도가 지나갔다. 강 건너에는 시멘트공장으로 보이는 건물이 서 있는데 가동을 중단한 듯 보이고 심하게 녹슬었다.

건너편 산은 정상부근까지 밭으로 가꾸어 놓았는데 가을이 되면 심은 작물이 각기 다르므로 여러 가지 색상으로 보인다고 한다. 최근에 2명이 월경을 하였는데 1명은 잡히고 1명은 중국쪽으로 숨어들었다고 한다.

백두산

밤기차는 아주 느리게 대륙을 달려 백두산을 향한다. 1칸에 4개의 침대가 위아래로 설치되어 있다. 열차는 산, 계곡, 들판, 터널을 지나 내달린다. 아주 천천히 밤을 지새우며 아침을 맞이하러 간다. 연수 아니면 어떻게 개인 일정, 내계획으로 이 같은 밤열차를 타볼 수 있을까.

새벽 2시경 어느 역에 도착한 열차는 30분 정도 멈춰서 있다. 기관사 야식시간일까? 더워진 엔진을 식히고자 함인지, 또 다른 역에서는 5분 정도에 출발한다. 여하튼 초단위로 서고 달리는 우리나라 전철과는 비교되는 여유이고 중국인의 '만만디(manmandi/ 慢慢的)' 가 아닐까 싶다.

우리는 백두산을 향했다. 백두산은 4계절을 모두 만나는 곳이라고 한다. 백두산 입구는 장백산으로 시작한다. 중국에서는 우리의 백두산을 장백산이라 부른다. 일행을 태운 버스는 활엽수가 가득한 숲길을 달린다. 이어서 침엽수가 간간히 섞여지더니 이내 침엽수가 빼곡하게 나타난다. 그리고 지프차와 9인용 소형차에 환승하여 백두산 등정을 시작한다.

좌로 우로 돌아가기를 수십 번 반복하면서 초겨울 날씨의 백두산은 서서히 그 모습을 드러낸다. 잠시 후 나무는 보이지 않고 자연스럽게 흘러내린 바위 조각과 모래 사이에서 작은 풀과 이끼가 보이고 보라색 꽃이 피어 있는 경치가 나타난다. 편도 1차선 도로 중간 중간에는 보수공사가 진행중이어서 우리의 차량들은 붉은 깃발 신호를 받고서야 올라간다.

일단의 차량들이 내려간 후에 다시 올라간다. 이곳에는 참으로 많은 깃발이 보이는데 모두가 붉은 색이다. 농장 전봇대에도 붉은 깃발을 달았는데 아마도 농사일에 힘을 내라는 격려의 의미를 가지고 있는 것 같다.

백두산 정상이 보일 즈음 뒤돌아보니 우리가 달려온 S자 길은 마치 만리장성을 축소해 놓은 듯하다. 그러니 萬里長城^{만리장성}에 비교되는 '萬里長道^{만리장도}'라고 해야 할까? 그 형상이 참으로 영산, 명산 백두산이기에 가능한 일이라 생각된다.

정상을 100m 앞두고 차에서 내려 걸어서 올라간다. 차량으로 태워다 주니 등산이 어려운 노인들도 많이 오셨다. 쌀쌀한 날씨라더니 손만 살짝 시린 정도의 초봄 날씨라 할까. 하지만 긴장한 탓일까 숨이 차다. 산소가 부족하다더니 정말로 높은 곳에 왔구나 싶은 생각이 든다.

천지는 백두산의 여러 개 봉우리의 호위를 받으며 묵직하게 자리하고 있었다. 푸른 물은 그 깊이를 알 수 없고 하늘의 구름을 마음대로 부리는 듯했다. 모든 이들이 사진을 찍기에 바쁘니 큰 숨 내쉬면서 천지를 한 번 넓게 눈으로 둘러보고 가슴으로 느끼고 머리에 기억하는 여유를 갖지 못하였다.

그래도 백두산에 올랐고 천지를 보았으며 사진을 찍었고 가슴 속으로 '대~한민국!'을 외쳤다. 한 번 더 천지를 바라보고 하늘을 보고 봉우리들을 하나하나 보았으며 스마트폰으로 '파노라마' 샷을 찍었다.

3代가 덕을 쌓아야 만난다는 천지를 친견했다. 백두산 아래에는 드넓은 평지가 펼쳐져 있다. 산이 높으니 산자락도 넓고 계곡은 깊고 물줄기는 장엄하다. 장백폭포는 백두산 천지의 물을 힘차게 대지로 보내는 출구다. 수만 년 전 형성되었을 만년빙(만년설 얼음덩어리)을 조금씩 녹여 내려 보내고 있다. 저 물이 압록강을 타고 두만강을 지나 동해와 서해로 내려가고 있다.

이곳에 와서 보니 우리는 아주 오래 전부터 백두산과 소통하고 있었음을 알았다. 그 매개체가 천지의 물이요 백두산을 휘감는 구름과 바람과 나무향기인 것이다.

많은 동료들이 남북간의 협력을 통해 북힌쪽 백두산 관광코스를 하루빨리 개발하여야 한다는 의견을 내놓았다. 중국쪽에서 올라오는 하루 수천 명의 관광객중 2/3를 남북경협사업으로 끌어들여야 한다는 의견이다. 백두산의 2/3는 북측에, 1/3은 중국측에 위치해 있기 때문이다.

조선족이 운영하는 고려식당 식단은 한국적이다. 두부, 쌈, 된장, 버섯, 돼지고기, 깍두기, 김치가 모양만큼 맛도 한국적이다.

15살 내외의 아이들이 '서빙'을 하는데 그 눈빛이 초롱초롱하여 공부도 잘하고 역사관도 강인해 보인다. 연수생중 한 분이 호텔방 베개에 올리는 팁의 20배 정도의 금액을 '장학금'으로 전달했다. 참 잘한 일이다. 그 학생들이 큰 성과를 이루고 조선족을 이끄는 지도자가 되기를 기원한다.

3대 70년만 올라가면 이분들이 대한민국 사람이다. 우리를 안내하는 김 선생도 경기도 수원에 사시던 할아버지가 이주해 오신 이주민 3세란다. 이곳에서 용정중학교를 나왔고 만주의 한국어대학을 나와서 우리말이 전혀 어색하지 않고 오히려 부드러운 톤의 아나운서 분위기다.

발해 서고성

발해의 2번째 수도였던 서고성터에 도착했다. 드넓은 평야 한가운데에 아주 높은 토성을 쌓았다고 한다. 지금은 낮게 내려앉은 성터가 보이고 얼마 전까지는 들어갔다던데 지금은 울타리를 쳐서 안에 들어가지는 못한다.

하지만 성터 안에 들어가 사방을 살펴보니 발해의 큰 기운이 느껴진다. 민족의 힘이 보인다.

성터 안에 들어가지 못하게 막는 이유가 있을까? 연수생중 몇 명은 아마도 한국 관광객이 많이 오고 특히 한국 학자, 교수들의 연구가 활발해지는 것을 걱정하여 막는 것이 아닐까 생각한단다.

용정과 일송정

용정은 龍井이고 일송정은 一松亭이다. 용정시 인구는 27만 명이고 조선족이 65%를 차지한다. 이곳에서 큰 우물을 발견하여 우리의 조상들이 자리 잡고 살면서 한국식으로 '용정' 이라는 지명을 지었다고 한다. 그 설명문을 적어본다.

"龍井地名起源之井泉^{용정지명기원지정천} / 이 우물은 1879년부터 1880년 간에 조선 이민 장일석, 박인언이 발견하였다. 우물가에 '용두레' 를 세웠는데 '룡정' 지명은 여기서부터 나왔다. 1934년 룡정촌의 주민 리기섭이 발기하여 우물을 수선하고 약 2m 높이의 비석 하나를 세웠는데 그 비문을 '룡정지명기원지정천' 이라고 새겼다. 1986년 룡정현 인민정부에서 '문화대혁명' 에 의하여 파괴되었던 이 우물을 다시 파고 비석을 세웠다."

일행은 소나기를 맞으며 우물가에 가서 역사적인 현장을 확인하고 촬영하고 용정에 대한 설명문을 사진기에 담아왔다. 그리고 모두가 용정우물에 오기를 잘했다고 말했다.

용정중학교는 윤동주 시인이 다닌 학교로도 유명하고 문익환 목사도 함께 다녔다. 용정중학교는 1906년 이상설·이동녕 등이 프랑스 신부 큐리와 협동하여 간도 용정에 '서전서숙' 을 세운 것이 그 시작이었다. 이들 학교에서는 수업을 통해 애국심을 키워 주는 한편 조국 독립에 대한 강한 의지를 불어넣어 주었다.

일행에게 학교를 소개하는 여성은 북한 말씨로 조리 있게 설명하였다. 평소 질문을 가끔 던지던 교육생 누구도 이 여성의 설명중에는 질문하지 않고 마지막에 의미 있는 질문을 하였으나 답변은 두루뭉술하게 지나갔다. 연수원 방문단은 학교운영을 돕는 취지로 '금일봉' 을 전달했다.

우리의 애창곡 '선구자'의 가사를 적어본다. 작곡자가 만주에 있을 무렵인 1933년 목단강에서 작곡한 곡이다.

　　당시 만주에는 조국 광복을 위해 싸우던 독립군들이 많이 활약하고 있었는데 이들의 활약에 감동을 받아 작곡하였다.

　　이 곡에는 애국지사들의 숭고한 투쟁을 기리며 후세에 전하려고 하는 작품의 의도가 뚜렷이 나타나 있다. 시 첫머리의 '일송정'의 용정고개는 독립투사들이 오가며 쉬던 곳이고 '해란강' 역시 그 곳에 있는 강이다.

　　　　일송정 푸른 솔은 늙어 늙어 갔어도
　　　　한 줄기 해란강은 천년 두고 흐른다
　　　　지난 날 강가에서 말달리던 선구자
　　　　지금은 어느 곳에 거친 꿈이 깊었나
　　　　용두레 우물가에 밤새소리 들릴 때
　　　　뜻 깊은 용문교에 달빛 고이 비친다
　　　　이역 하늘 바라보며 활을 쏘던 선구자
　　　　지금은 어느 곳에 거친 꿈이 깊었나
　　　　용주사 저녁종이 비암산에 울릴 때
　　　　사나이 굳은 마음 길이 새겨 두었네
　　　　조국을 찾겠노라 맹세하던 선구자
　　　　지금은 어느 곳에 거친 꿈이 깊었나.

　　아나운서 꿀 성대 가이드 선생님의 선창으로 버스 안에서 '선구자'를 열창했다. 가이드 김 선생의 말이다. 가사에 나오는 일송정은 당시 우리 조상들이 숭배하는 큰 소나무였다.

　　그런데 일인들 건물에서 올려다보니 자신들을 짓누르는 용의 형상으로 보인다 하여 나무에 약을 주사하는 등 몹쓸 짓을 하여 일송정은 고사되었고 지금은 그 자리에 '一松亭일송정'을 지었으며 주변에 제2, 제3의 일송정 소나무를 심어 관리하고 있다.

저녁은 소갈비, 삼겹살, 야채 등 다양한 육류였는데 식당이 아주 크고 종업원도 많았다. 한국 간판을 단 큰 식당이 있다는 점도 자랑스러운 일이다. 다만 불고기를 굽는 '불조절' 기술은 대한민국에 와서 실습을 받아야 할 것 같다. 불이 과하여 고기가 타서 제 맛을 모르겠다. 냉면도 그 향료가 우리에게 맞지 않는 듯하다.

아리랑 공연과 문화

민족의 문화는 쉽게 만들어지기도 어렵지만 쉬 사라지는 것이 아니다. 부채춤이 그렇고 물동이 춤이 그러하다. 막걸리 춤도 재미있다. 민속 가무쇼 '아리랑 공연'을 관람했다.

객석 앞 두 번째 줄에는 임시 테이블을 만들어 음료와 포도를 진열하고 3번 줄에 당 간부 10여 명이 앉았다. 그 뒷자리에 앉으니 안내하는 여성이 '여기는 VIP석이니 다른 곳으로 옮겨 달라'고 한다. 다과를 준비한 것이나 손님에게 자리이동을 요구하는 것이 공연문화에 걸맞는 것인지?

당 간부가 참여한 공연이어서일까, 모택동을 칭송하는 노래를 부르는데 그 여성 가수는 나이가 50전후로 보인다. 모택동 칭송 노래 이외 대부분의 공연내용은 우리가 흔히 보아온 내용들이다. 특히 사물놀이반에 참여하는 교육생들은 젊은 북 연주자의 빠른 손놀림에 감탄과 찬사를 보냈다.

공연에 참여하는 남녀 무용수들의 실력과 예술성과 무대장치, 조명 등은 높게 평가하겠으나 무대 뒤편 화면에 펼쳐지는 자료화면은 조악한 수준이었다. 연결성이나 의미를 부여하기 어려운 화면이 나오는가 하면 부채춤의 결정적인 장면에서 화면에 장미꽃을 크게 부각시키니 부채로 만든 아름다운 공연의 감동이 반감되었다.

같은 내용의 동영상이 반복된 것도 관객에 대한 서비스 정신이 부족해 보였다. 특히 무대가 닫히기도 전에 긴장을 풀고 뒷문으로 나가고 관객들 틈새로 함께 퇴장하는 무용수들은 한국적 '프로근성'을 조금 더 살려야 한다는 지적을 하고 싶다.

고구려, 발해와 백두산을 추억함

백두산은 우리 민족의 삶의 터이고 그 중앙에 지금까지 서 있다. 우리는 그동안 대한민국의 영토 북쪽에 백두산이 있다는 생각을 한 것은 아닌지 반성해야 한다. 고구려와 발해는 백두산을 중심으로 대륙을 운영한 우리의 조상이 살았던 우리나라다.

그것은 주몽왕릉, 광개토대왕 비석, 오녀산성, 졸본성, 장군총이 證明^{증명}하고 있다. 그곳에 사는 사람들의 얼굴에서 우리를 보았다. 우리말을 쓰고 우리글을 쓰고 있다. 한글이 위에 있고 한자를 아래에 쓴 간판이 즐비하다. 도로 양측에도 한글 구호가 대형으로 적혀 있다.

이집트의 피라미드를 보면서 외계인이 만들었다는 주장을 하는 이가 있다던데 주몽왕릉, 장군총, 광개토대왕 비석도 외계인이나 신이 만들었던 것은 아닐까. 오녀산성의 협곡은 자연이 만든 것이 아니라 신의 생각을 현실화한 듯하였다. 우리 모두가 오녀산성의 협곡을 안전하게 넘어온 것은 그 神의 시험에 어렵게 합격한 것일지도 모를 일이다.

만주와 조선족은 우리 땅이고 우리 민족이다. 1박2일의 숨가쁜 일정 내내 유적으로 통해 만주가 우리 땅임을 확인했다. 버스가 정차하는 곳마다 우리의 역사가 있고 만나는 사람마다 우리와 같은 모습이고 같은 문화를 지녔다. 재래시장을 찾고자 노인에게 길을 물으니 곧바로 대답한다.

"이리 쪽 가면 시장이래요!"

이제 우리가 할 일이 늘어났다. 연길국제공항의 활주로를 연장해서 대형 항공기 이착륙을 가능하게 해야 한다. 이동통신 기지국을 일송정 옆자리에 세워서 소통이 가능하게 해야 한다. 용정중학교 등 조선족 학교와 초고속 인터넷망을 개설하여 대한민국의 歷史^{역사}, 文化^{문화}를 교류하여야 한다.

그리고 시도에서 역사의식이 팽배한 공무원 몇 명씩 선발하여 공무원 교류를 활성화하여야 한다. 그렇게 해서 농업교류, 상업교류, 산업교류를 활성화하고 문화적 소통과 역사적 공감대를 확충해 나가야 한다. 우리는 이번 여행을 통해 새로운 역사관을 정립하였다. 그리고 國家觀^{국가관}을 確立^{확립}하는 전기가 될 것을 다짐한다. [2012년 6월]

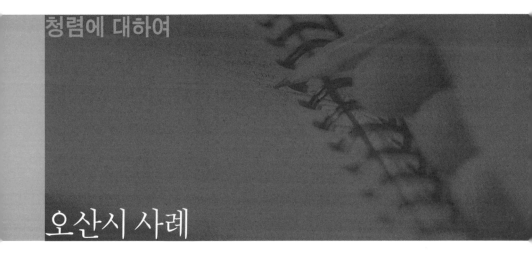

청렴에 대하여

오산시 사례

▶▶ 청렴은 공직자의 경쟁력

공직 퇴직 후에 다니는 직장이 안산시에 소재하므로 어느 날 안산시청 감사과 청렴팀 공무원들과 생태찌개 저녁을 먹었습니다. 제가 공무원 근무를 마치고 민간인이 되었지만 오산시청과 남양주시청에 근무하면서 연계된 淸廉^{청렴}관련 할 말이 있을 것이라는 정보 아닌 첩보를 입수한 시청 간부 공무원의 초청을 받은 자리입니다.

그러니 밥값을 해야 한다는 생각에서 미리 수년 전 양평군청 공무원을 대상으로 강의한 원고를 한 부 준비했습니다. 이 자료는 팀장님께 드리고 식사하면서 청렴에 대해 이야기했습니다.

우선 우리나라 모든 공직자들이 고민하고 있고 특히 청렴담당 부서에서 평가를 잘 받기 위해 애쓰는 청렴평가가 거의 로또 수준이라는 생각이 듭니다. 청렴평가에는 내부평가와 외부평가가 있습니다.

內部^{내부}평가는 소속 공무원에게 상사의 부당한 명령이나 지시가 있었는지, 우리는 청렴하다고 보는지 질문을 한다고 합니다. 누가 질문대상이 될지는 알 수 없고 다수의 표본중에서 추출된다 합니다.

外部외부평가는 시민, 민원인을 대상으로 질문을 합니다. 안산시 공무원에게 이런 경우가 있었는지, 그러하다고 추정하는가를 묻습니다. 10점에서 3점까지 (미확인) 점수를 주라 하는 줄 압니다. 구체적으로 있다 없다가 아니라 그렇게 추정하는가를 묻게 되므로 답변자의 자의적 답변을 바탕으로 평가를 받게 됩니다. 그래서 어렵습니다.

즉, 평가 공무원으로 선정된 이가 최근에 승진하였거나 표창을 받았다면 다소간 자신의 업무에 불평이 있어도 좋은 평점을 줄 것입니다. 그리고 최근 민원을 신청하고 바라는 대로 처리결과를 받은 시민이나 민원인이 평가자가 된다면 객관적인 입장에서 답변할 것입니다.

하지만 최근에 민원을 처리한 바 없는 시민이 평가를 하는 경우에는 자의적 답변이 될 수밖에 없을 것입니다. 반면 도저히 불가능한 민원을 제출했고 안된다는 회신을 받으신 민원인의 평가는 낮게 나올 것입니다.

어찌 보면 복불복, 재수일 수 있어서 청렴도 평가 상위를 받는 것은 로또와 비유될 수 있다는 말을 합니다. 오산시가 2년 연속 청렴도 평가 1위를 한 것은 그만큼 잘한 점도 많고 운도 따랐다 할 것입니다. 아주 미세한 차이로 1등을 차지하였으므로 공무원 평가자, 민원인 평가자의 선정과정에 누구도 모르는 행운의 女神여신이 역할을 했다 해야 할 것입니다.

물론 烏山오산시청 공무원들이 잘했습니다. 서로 소통하고 양보하고 간부가 솔선하였습니다. 시정책임자의 공정한 행정처리도 기여한 바 크고 간부 공무원들의 객관적이고 공정한 일처리가 효과를 발휘했습니다. 6급, 7급 중견 간부들이 5급, 4급 간부들과 편안하게 업무를 논의하고 인생사를 공유할 수 있는 분위기가 있습니다. 오산시청에는 그런 분위기가 있었습니다.

따라서 안산시가 청렴평가에서 높은 점수를 받기 위한 전략을 제시했습니다. 우선 공무원 내부평가의 책임은 5급 이상 간부공무원들이 守備수비해야 합니다. 幹部간부가 잘하면 主務官주무관들이 幸福행복합니다.

윗물이 맑으면 아랫물이 맑다고 했는데 이를 제가 어려서는 호수의 윗물이 맑으면 호수 바닥의 물이 맑다는 의미로 생각했습니다. 그런데 요즘에 바뀐 생각은 시냇물의 윗물이 맑으면 아랫물이 맑고 깨끗할 것임을 알게 되었습니다.

위에서 물을 흐려 버리면 아래에서 식수로 쓸 수가 없습니다. 야유회에 가서 사람들은 경쟁적으로 물줄기 위에서 식수를 떠오게 됩니다. 올라갈수록 맑아지는 산속 시냇물의 청정함이 행정에도 도입되어야 합니다.

청렴교육을 한다고 7급 8급 주무관들만 참석하라 하고 간부들은 출장을 가면 안 됩니다. 주무관은 출장가라 하고 인재개발원에 교육 보내고 幹部^{간부}들이 청렴을 주제로 한 직장교육을 받아야 합니다.

그리고 간부공무원으로서 5년 이내에 정년퇴직 예정자라면 오늘부터는 우리 市에 봉사하고 동료 후배 공무원을 위해 살신성인한다는 자세로 공직에서 換骨奪胎^{환골탈태}해야 합니다.

정말로 한 번도 가보지 않은 푸른 바다로 노를 저어 가는 一葉片舟^{일엽편주}가 되어 茫茫大海^{망망대해}의 거친 바람과 무서운 파도에 맞서야 합니다. 공직이 더 이상 비닐하우스의 따스한 봄날이 아니라 한겨울 얼음 호수 위에 던져진 겨울밤의 野營^{야영} 텐트인 것입니다.

▶▶ 독수리의 혁신

나이 먹은 독수리가 스스로 설산 암벽에서 버텨내듯이 공무원이 혁신해야 합니다. 38살 먹은 독수리중 미래를 내다보는 몇 마리는 嚴冬雪寒^{엄동설한} 설산 암벽에 올라 말 그대로 혁신과 개혁에 도전합니다.

우선 무거워진 깃털을 뽑아버리고 부리를 바위에 내리찍어 뽑아내며 마지막으로 발톱을 암벽에 긁어 뽑아냅니다. 알몸에 피를 흘리며 추위와 굶주림과 외로움을 견뎌내는 것입니다.

보름이 지나면 가볍고 날렵한 깃털이 나고 강한 발톱과 예리한 부리로 재무장을 한 후 하늘의 지배자가 되는 것입니다. 이 설산에서 이 같은 혁신에 성공한 독수리는 또 다시 蒼空^{창공}을 날며 30년 동안 하늘을 지배합니다.

하지만 혁신에 동참하지 않은 무리들은 2년 후 병사합니다. 평생을 달고 다닌 깃털이 늘어지고 몸속의 脂肪^{지방}이 몸을 무겁게 하니 하늘을 날기에 힘들고 스피드가 나지 않습니다.

문드러진 부리와 무딘 발톱, 무거운 날개로는 사냥에 성공할 수 없습니다. 공무원에게 革新^{혁신}을 강조하는 理由^{이유}입니다.

▶▶ 공무원 | 혁신 | 청렴

공직 20년차이면 이미 불혹의 40세를 지나 50세를 바라봅니다. 이미 사회적으로나 공직에서 자존심이 높아졌습니다. 그간의 경험이 혁신의 새싹이 고개 드는 것을 짓누르고 있습니다. 세상에 대한 불필요한 자신감이 자신의 미래를 막고 있음을 알지 못합니다.

더구나 과장, 국장이라는 자리는 늘 지휘하고 지시하고 결재를 합니다. 결재는 권한이 아니라 의무인데 결재가 권력이 되고 있습니다. 회의가 부담이 되어서는 혁신에 이르지 못합니다.

회의를 할 때마다 변하고 발전하고 정책이 올바른 방향으로 가야 하는데 회의중에 들은 이야기를 실전에 적용할 연결점이 없습니다. 그래서 현안을 논의하는 회의에 대해 우리는 대단히 懷疑的^{회의적}입니다.

지방자치단체에서 청렴평가 방식을 바꿀 수는 없습니다. 그래서 평가방식에 적응하는 전략이 필요합니다. 좋은 평가를 받기 위한 전략은 평가기준 이상의 감동을 주는 것입니다. 평가자들이 받는 질문이 무색할 정도의 수준 높은 민원 서비스를 제공하면 높은 評點^{평점}을 받을 것입니다.

평가서에 공직생활중 상사의 지시사항이 정당하다고 생각하느냐고 묻는다면 지시가 아니라 협의와 공감을 통한 소통방식의 업무처리 시스템을 운영하면 되는 것입니다.

시민들이 받게 되는 공직자가 금품을 받았다고 생각하느냐는 질문을 넘어 고객감동의 민원서비스, 항공기 비즈니스석 승무원을 능가하는 고객 감동의 언행과 자세로 勝負^{승부}를 걸어야 하는 것입니다. 다만 고객 감동은 눈높이를 맞춰야 한다는 중요한 포인트가 있습니다.

▶▶ 효도孝道의 기준

효자아들 이야기입니다. 아랫마을에 부자가 사는데 아버지는 늘 아들이 마음에 들지 않습니다. 그래서 매번 윗마을 효자를 본받으라 합니다. 아랫마을 아들이 시간을 내서 산기슭에 자리한 윗마을 효자의 집 뒷산 나무에 올라가 父子부자의 動態동태를 살펴봅니다.

오후 5시경 아버지는 서둘러 부엌에서 밥상을 차립니다. 이 대목에서 공무원들은 왜 어머니가 저녁을 차리시지 않는가를 따져 묻습니다. 돌아가셨습니다. 그래서 아버지가 밥상을 준비하시는데 아들은 글을 읽고 있습니다.

이때 아버지는 양동이에 따스한 물을 받아와 아들을 부릅니다. 툇마루에 걸터앉은 아들의 발을 씻기고 수건으로 말려줍니다. 아들은 다시 방으로 들어가고 아버지는 밥상을 들고 방으로 갑니다. 아들이 밥숟가락을 뜨자 아버지는 반찬을 올려줍니다. 이제 알겠습니다. 효도는 쉬운 일입니다. 이 세상에서 孝道효도처럼 쉬운 일이 더는 없을 것입니다.

아랫마을 집으로 온 아들이 아버지에게 윗마을 효자의 집을 '벤치마킹' 하고 왔노라 고합니다. 아버지는 잘 배워왔겠구나 생각합니다. 다음날 아침 밥상에 부자가 마주 앉았습니다.

아버지가 밥 한 술을 뜨자 아들이 "아!" 합니다. 아버지는 숟가락을 내려놓고 긴 담뱃대를 집어 들어 아들의 어깨를 내리칩니다.

"이놈아! 윗마을에 가서 배워온 효도라는 것이 이것이더냐?"

효도에 대한 견해의 차이가 克明극명합니다.

문화와 전통이 다르고 상황은 늘 그때그때 다른 법입니다. 그래서 간부 공무원들에게 급작스런 변화를 요구하지는 않겠습니다. 갑자기 변하면 주변사람들이 눈을 크게 뜹니다. '이 사람 드디어 때가 되었구나' 합니다.

그러니 차근하고 차분하게 나 자신을 돌아보고 작은 것부터 개선하고 변화를 도모합니다. 첫날부터 혁신하는 것이 아니라 미세한 변화를 스스로 도모하는 것입니다.

우선은 출근길에 우리 과 신문함을 열어봅니다. 과장님이 제일 먼저 보시는 신문을 매일 서무담당이 들고 와야 하는 것인지 자문해 봅니다. 과장님이 제일 먼저 출근했다 싶으면 주방에 들어가 전기포트에 물이 있는지를 확인한 후 전원을 켜줍니다. 월말에는 사무실 벽면의 달력을 넘겨줍니다. 집에서는 하시는 일인데 사무실에서는 못하는 줄 알았던 일들을 실천해 보는 것입니다.

2단계로는 표정을 바꿔보는 것입니다. 일부러 웃고 어색하지만 밝은 표정으로 말하고 책을 읽고 인터넷을 뒤져서라도 이른바 조크를 하는 것입니다. 예능방송을 열강하고 재미있는 멘트를 연습해 봅니다. 드라마 '태양의 후예'에 나온 명대사를 적정한 대목에 끼워 팔기하는 것입니다. 이 어려운 일을 제가 또 해냈지 말입니다.

변화와 혁신은 내 가슴 속에서 출발하는 마라톤입니다. 때로는 1,000m 경주이고 어떤 날은 100m 달리기입니다. 하지만 조직에서 중요한 것은 400m 계주에서 각자의 역할에 최선을 다하면서 바통을 적시에 정확하게 전달하는 일입니다. 이 바통을 정확하게 전달하도록 하는 촉매랄까 신경계의 뉴런역할을 하는 것이 바로 소통이라는 妙藥^{묘약}인 것입니다.

우리 행정용어에는 부정적 표현이 많습니다. 기일엄수 제출할 것, 엄금, 금지 등 긍정의 표현보다는 부정의 표현이 많습니다. 요즘 아이들의 용어에도 부정적인 표현법이 많습니다.

모든 일에 '안 돼요?' 라는 어미가 따라다닙니다.

"엄마 나 손 씻으면 안 돼?"

"나 다리 아프니 업으면 안 돼?"

20세 전후의 아이들은 식당에서 "아줌마, 밥 한 공기 더 주면 안 돼요?" 라며 밥을 주문합니다.

모든 것에 대해 되는 것에 대해서도 안 될 것이라는 전제를 합니다. 안 되는 것보다 되는 것이 많았을 아이들의 육아에서 우리의 젊은 엄마들은 안 되는 것만 지적하고 되는 것은 그냥 두었다는 사실을 반성해야 합니다.

엄마들에게 할 말이 하나 더 있습니다. 우리 집 아이들은 치킨과 피자만 좋아한다고 말합니다. 하지만 엄마들은 그동안 아이들에게 우리 전통의 蔘鷄湯^{삼계탕}이나 닭볶음탕을 만들어 주지 않았습니다. 아들딸에게 김치전, 녹두전, 파전을 주지 않았습니다.

재료구입에서 손질, 조리까지의 과정이 힘들고 어렵고 煩雜^{번잡}하고 불편하므로 오로지 1588-99✻✻로 전화를 거는 것입니다. 전화 후 앉아서 15분 기다리면 기름 둥둥 피자와 MSG(Mono Sodium Glutamate)가 첨가된 치킨이 도착하면 알맹이만 먹고 포장재와 함께 버리면 그뿐입니다.

그래서 행정자료에 긍정의 표현을 권장하고자 합니다. 많이 순화되었지만 아직도 부분적으로 과거 권위주의적인 표현이 있습니다. '5월 5일까지 기일엄수 제출하라' 는 말보다는 '5월 5일 전후하여 보내 달라' 고 하면 좋겠습니다.

근무 철저, 이행에 만전 등 權威^{권위}적인 표현을 부드럽게 교정하는 노력이 필요합니다. 이 시대 젊은 공직자들이 즐거운 마음으로 풀어야 할 과제중 하나입니다.

그리하여 행정의 전반에서 긍정 표현이 늘어나면 직장분위기가 살아나고 즐거운 마음으로 일을 하고 민원을 대하면 대내외적인 평가에서 좋은 점수가 나올 것으로 기대합니다. 행정이든 정치든 민원이든 모두가 사람들의 관계이니까요.

청렴은 공직자의 경쟁력입니다. 정치인의 덕목입니다. 동창회, 야유회 총무가 지켜야 할 규율입니다. 청렴에서 힘이 나오고 청렴하면 조직이 힘을 냅니다. 김문수 경기도지사님의 말씀을 생각합니다.

'腐敗卽死^{부패즉사} 淸廉永生^{청렴영생}!'

2015년

拔擢 발탁
남과 북 | 안전모

▶▶ 공직 근무중에 이런 일이

공직에 근무하면서 이런 날이 있나 싶었습니다. 오산시 부시장에서 도청 국장급으로 가는 줄 알았는데 한 급 더 올려서 실장에 발령되었습니다. 많이 놀라고 기쁘고 송구했습니다. 이 큰 자리를 감당할 수 있을까 하는 걱정이 앞서기도 합니다. 그래도 일단 발령을 받았으니 행복한 마음으로 근무를 시작하였습니다. 하루 일찍 짐을 챙겨 아파트로 이사했습니다.

균형발전기획실장은 경기 북부청에 근무하면서 경기도 남부와 북부 지역의 균형발전을 담당하는 부서입니다. 동시에 군관협력업무, 비상기획업무, 남북교류 등 다양한 일을 하고 있습니다. 오산시청에서 변화와 혁신, 청렴을 위해 일했다면 북부청에서는 균형과 남북교류를 담당하였습니다.

남북협력을 추진하면서 비상대비 업무도 하는 자리입니다. 미군들이 주둔하였다가 이전한 곳이 있습니다. 대성동 마을 인근입니다. 대성동은 북한의 기장마을과 함께 남북분단이 고착화되는 것을 막자는 취지에서 휴전협정 당시에 비무장지대 안에 남북이 각각 민간인이 거주하는 마을을 만든 것이라고 합니다. 이후 남북이 태극기 인공기 높이 올리기 경쟁의 장이 되었고 어느 순간에 우리 쪽에서 더 이상 경쟁을 하지 않기로 하여 현재의 국기 게양대가 자리 잡고 있다 합니다.

캠프그리브스는 시군 민방위부서 공무원을 포함한 공무원 안보교육의 장으로 쓰이고 가끔 간부공무원들이 1박2일 코스로 연수를 받기도 하는 장소입니다. 경기도와 경기관광공사에서 미군장교 숙소를 리모델링하였고 미국식 명칭을 따서 '캠프그리브스' 라 합니다. 일반인들도 사전에 신청을 하면 1박2일 이용할 수 있습니다. 유료입니다. 사계절 서로 다른 멋이 있고 드라마 속 주인공이 될 수도 있습니다.

국민적 관심은 물론 해외에도 수출된 '태양의 후예' 해외장면을 이곳에서 촬영했습니다. 송-송 커플(송중기, 송혜교), 서대영 상사-윤명주 중위(진구, 김지원) 커플의 해외파병 장면을 이곳에서 찍었습니다. 정말로 해외에 나간 듯한 화면에서 우리가 보는 것은 카메라의 藝術^{예술}, 編輯^{편집}의 마술입니다.

휴전선을 따라가는 평화누리길은 행복과 자연탐사와 안보 등 1석 5조의 기쁨을 누릴 수 있는 참 좋은 인생길입니다. 파주 연천을 지나 강원도 孤石亭^{고석정}에 이르면 한탄강 줄기와 함께 멋진 생태계를 만나게 됩니다.

계속 걸어가면 東海^{동해}바다에 도착합니다. 대한민국 땅에도 참으로 좋은 관광자원이 많고 역사와 그 속의 스토리가 있으니 멋진 작가들의 상상력을 보태서 더 크게 키워야 할 것입니다.

▶ 평양에서 위기일발^{危機一髮} | 개성만월대

경기도청 북부청 근무중에 대사건을 맞이했습니다. 평양 대동강변에 양각도 호텔에 머물면서 남북 유소년 蹴球^{축구}대회에 참가했습니다. 인천공항에서 중국으로 날아가 고려항공을 타고 평양에 들어간 날에 북측의 포사격 사건이 발생하여 온통 비상이 걸리고 남북대치가 극에 달하는 위기일발의 상황을 맞았습니다. 이대로 북측에 볼모잡히는 것은 아닐까 하는 아찔한 순간이 있었습니다. 다행스럽게도 중국을 거쳐서 돌아왔습니다. 돌아오는 비행기 안에서 공항에 도착하여 언론에 답할 내용을 미리 메모하는 등 참으로 바쁘게 공항일정을 진행했습니다.

1988년 공보실에 근무할 당시 경인일보 송광석 차장님에게 여러 가지의 보도자료를 제공하였는데 이번에는 균형발전기획실장으로서 경인일보 사장이 되신 1988년 당시 송 차장님께 언론 기자회견 자료를 드리면서 또 한 번 '데자뷰' 상황을 마주치기도 했습니다. 공무원은 어떤 상황에서도 자신이 해야 할 일을 찾아서 진행해야 한다는 점을 강조하고자 합니다.

평양에 다녀온 후에 다시 개성 송악산 자락의 만월대를 방문하고 왕건릉을 방문하였습니다. 신라 경순왕릉이 연천 고랑포에 있습니다. 신라가 고려에 투항하고 경순왕은 왕건의 臣下^{신하}가 되었습니다.

경순왕이 昇遐^{승하}하자 대신들이 경주로 모시기 위해 상여를 메고 출발했습니다. 하지만 고려 조정은 경순왕이 되돌아가면 신라 유민들이 봉기를 하여 또 다시 나라를 세울 것을 경계했습니다.

서기 978년 경순왕이 세상을 떠나 운구행렬이 경주로 가기 위해 이곳 임진강 고랑포에 이르자 고려 왕실에서 경주지역의 민심을 우려하여 '개성에서 100리 밖에 묘를 쓸 수 없다' 며 운구행렬을 막았다고 합니다.

그래서 경순왕릉이 이곳에 조성되고 최근에 이르러 왕릉이 발견되고 확인되었다고 합니다. 지금 왕건릉 문인석 4번 석에 경순왕이 자리하고 있습니다. 무인석 1번은 신숭겸 장군이고 4번은 중국에서 귀화한 장수라고 합니다.

북측 안내원의 애교와 전문성 그리고 자신감은 우리가 배워야 할 점이라 생각했습니다. 고려의 수도였던 개성이 조선으로 넘어오면서 한양으로 정치와 경제가 넘어오는 과정에 대한 상세한 설명을 들었습니다. 지나간 歷史^{역사} 속에 우리의 未來^{미래}가 담겨 있다고 생각했습니다.

▶▶ 국민안전처 안전모 이야기 | 작은 기획

김희겸 부지사님이 정부의 국민안전처 재난관리실장으로 영전하셨습니다.

공직에서 자리를 바꾸는 경우 영전과 영진이 있습니다. 영전榮轉은 동일 직급에서 자리 또는 직위만을 옮겨 가는 때 사용하며 영진榮進은 승진과 동시에 자리를 옮겨 갈 때 사용합니다. 영전榮轉은 전보다 더 좋은 자리나 직위로 옮김을 말하고 영진榮進은 벼슬이나 지위가 높아짐을 뜻합니다. 공직자에게는 영전보다는 영진이 중요합니다. 승진은 벼슬이 높아지는 것이고 봉급이 올라가는 일입니다.

1급 부지사에서 1급 실장으로 가셨으니 승진은 아니지만 영전에 영진을 첨가해도 될 만한 큰 인사이동이었습니다. 그래서 간부들과 논의하여 安全帽안전모를 제작하였습니다. 그 비용은 간부들이 개인 돈으로 부담하자며 전자편지를 통해 5만원씩 거출하였습니다. 서무담당자를 통해 모으면 진정성이 왜곡되어 간부들이 돈을 내지 못하는(?) 상황이 될 수도 있기 때문입니다. 그래서 개인 통장 번호를 카톡과 문자로 보내서 醵出각출하였습니다.

안전모에는 경기도청 행정2부지사로서 재난현장을 나가신 신문기사를 스티커로 제작하여 첨부하고 앞에는 국민안전처 로고, 뒷면에는 '세계 속의 경기도'를 새겨 넣었습니다. 다시 아크릴 박스에 담아 보자기에 싼 후 서울에 가서 실장님께 전달했습니다. 지금은 세종시에 있지만 초기에는 서울 광화문 청사에 사무실을 열었습니다.

마침 동행한 박 과장님이 스마트폰으로 전달 장면 사진을 찍었습니다. 의회에서 예산심의를 기다리는 동안 보도자료를 만들어 카톡으로 사무실에 보냈습니다. 사진과 함께 언론사에 배부했습니다. 여러 언론사에서 경쟁적으로 보도했습니다. 보도자료의 내용에서 강조한 것은 경기도청 간부들이 국민안전처로 영전영진한 김희겸 부지사에게 안전모를 선물했다는 이야기입니다. Y-셔츠, 넥타이, 벨트가 아니라 안전을 강조하는 안전모를 선물했다는 이야기는 기사가 됩니다. 독자에게 시청자에게 먹히는 기사입니다.

김희겸 실장님은 이 기사를 자신의 페이스북에 올렸고 당시 수백 명의 페이스북 친구들이 글을 보고 즐거워했습니다. 안전모를 만든 것이 재미있다 하고 신문에 기사를 낸 것도 주효했다는 평가를 받았습니다.

김 실장님은 경기도청에 근무하시면서 대형 사건사고 현장에서 지휘했습니다. 어쩌면 국민안전처 실장으로 가시기 위한 전초전을 치룬 셈이고 준비된 공무원입니다. 자기 인사는 자기가 한다는 말을 실천하신 것입니다.

김희겸 부지사님은 1987년에 행정고시(31회)에 합격하여 1988년 경기도청 공보관실에 수습사무관으로 공직을 시작했고, 저는 공보관실 7급 공무원으로 만났습니다. 경기도청에서 공보관실 업무에 대해 설명하고 사례를 이야기하면서 인맥을 이어왔습니다. 부지사님은 저 이강석을 '강석PD' 라고 불렀습니다.

✱ 〈경기도 직원들, 김희겸 실장에게 안전모 선물한 이유는〉
"앞으로도 안전한 대한민국을 만들기 위해 열심히 노력하겠습니다."
"안전한 경기도를 만드는 데 힘써 주길 바랍니다."
경기도북부청 소속 실·국장들이 김희겸 국민안전처 재난관리실장에게 안전모를 선물해 화제다. 경기도북부청 이강석 균형발전기획실장 등 4명은 지난 4일 오후 국민안전처 재난관리실을 방문, 김희겸 재난관리실장에게 재난 현장에서 사용하는 '안전모' 를 선물해 주변 사람들을 깜짝 놀라게 했다.
경기도북부청 간부들이 지난달 초까지만 해도 경기도 행정2부지사로 모시던 김 실장을 찾아간 이유는 제2부지사 시절 각종 경기도 재난 사고현장을 뛰어다니며 수습해 준 데 대해 감사의 뜻을 표하며 국가에 대한 '재난안전' 도 당부하기 위해서였다.
경기도북부청 직원들도 5일 안전모를 김 실장에게 선물한 소식을 듣고 "경기도를 위해 헌신하신 분에게 직원들의 따뜻한 마음을 전달한 것 같다" 며 환영하는 분위기였다. 지난 10월 경기도 행정2부지사에서 국민안전처 재난관리실장으로 자리를 옮긴 김 실장은 이날 안전모를 전달받고 "앞으로도 안전한 대한민국을 만드는 데 힘써 달라는 의미로 생각하겠다" 며 "도 소속 공직자 여러분도 안전한 경기도를 만드는 데 더욱 노력해 달라" 고 말한 것으로 알려졌다.
안전모의 앞부분에는 국민안전처 로고가, 좌우 측면에는 현재 도정에서 쓰이는 'NEXT 경기, 굿모닝 경기' 로고를, 뒷부분에는 경기도의 슬로건인 '세계 속의 경기도' 가 각각 새겨졌다.
또한 여백에는 김 실장이 행정2부지사로 근무하던 시절 세월호 사고, 의정부 화재사고 등 재난 현장에 직접 출동하거나 재난 복구를 지휘했던 내용을 담은 보도기사가 채워졌다. 안전모의 받침대에는 남경필 경기지사, 이재율 행정1부지사, 이기우 사회통합부지사, 실·국장 명의의 기념패가 새겨졌다. 안전모를 기획한 박인복 경기도 행정관리담당관은 "김희겸 부지사가 경기도북부청사에서 근무하던 시절 각종 재난 현장을 지휘하고 정부의 재난 관련 주요 보직인 재난관리실장으로 임명된 것에 힌트를 얻어 도 소속 간부들이 성의를 모아 이와 같은 안전모를 제작하게 됐다" 고 취지를 설명했다.

김희겸 재난관리실장은 2013년 7월 15일부터 지난 10월 15일까지 2년 3개월 동안 경기도 행정2부지사로 근무하면서 경기북부지역의 건설 교통은 물론 남북교류, 미군 공여지 개발, 비무장지대(DMZ)사업 추진 등 많은 업적을 남긴 것으로 평가받고 있다. 의정부=오명근 기자

그 당시 '강석과 김혜영'의 MBC 라디오 프로그램이 있었고 개그맨 김병조 조선대학교 교수가 MBC '일요일밤의 대행진'이라는 프로그램에서 현장에 나가 있는 '강석PD'와 연결하는 대목이 있으므로 당시 공보실에서 언론 인터뷰를 주선하기도 했던 저를 주변의 동료 공무원들이 '강석PD'라 불렀습니다.

동료 공무원에게 강조하고 싶은 이야기입니다. 공직에서 혹시 지금 자신이 슬럼프인 듯 여겨지거나 인사상 불이익을 받고 있다고 생각하신다면 지금 개구리가 높이뛰기 위해 다리를 접는 시기라고 생각하시기 바랍니다. 우수가 되면 대동강 얼음이 녹고 경칩에는 개구리가 잠에서 깬다고 했습니다.

지금 어려움을 겪으신다면 가까운 장래에 좋은 일이 있을 것이라 생각하시기 바랍니다. 주변분들 이야기를 들어보면 슬럼프 후에 좋은 일을 맞이하는 경우가 많습니다. 저는 슬럼프와 슬럼프 극복과정이 가히 롤러코스터입니다. 이 대목에서 특히 중요한 점은 문득 닥쳐온 상황을 긍정의 마인드로 받아들이고 그 과정을 즐겼다는 사실입니다.

순환보직에서 먼 곳에 배치된 상황을 이해하고 긍정의 마인드로 맞이함으로써 주변의 동료들로부터 공감을 이끌어 냈고 5년이 필요한 근무기간을 2년으로 줄였습니다. 줄인 것이 아니라 인사부서에서 요직으로 배치해 준 것입니다. 연속적인 파견에 대해서도 긍정으로 대하였고 제 때에 昇進^{승진} 발령장을 받았습니다.

✱ 우리나라 북쪽인 평양 대동강에는 봄이 늦게 온다지만 입춘이 지난 보름 후 우수, 한 달이 지난 경칩이면 거기도 얼음이 녹고 날이 풀린다. 그러므로 우리나라 전역에는 겨울이 물러나고 봄기운이 완연하다는 말이다. 우리 가사(歌辭) '수심가(愁心歌)'에 "우수 경칩에 대동강이 풀리더니 정든 님 말씀에 요 내 속 풀리누나" 하는 대목이 있다.

2016년

남양주시청
하피첩 | 다산 | 牧民心書

▶ 남양주시청 부시장

전임 남양주시 부시장님이 명퇴를 한다는 기사를 보았습니다. 동두천시청, 오산시청에 이어 세 번째로 부시장으로 일하고 싶었습니다. 존경하는 선배님이 '세 번의 부시장'이라는 시장선거 슬로건을 걸었던 일이 있습니다. 과천, 포천, 파주부시장을 하셨습니다. 남양주부시장으로 근무하고 싶었습니다. 하지만 정치권에 선이 없습니다. 공직 내부에도 아무런 라인이 없었습니다.

새마을과 서무담당으로 근무할 당시 차석들은 시군에 가시고 계장님들은 시청 국장으로 가셨거나 퇴직하시므로 인사에 대해 의논할 분이 없었습니다. 더구나 사무관 10년중 7년을 공보실에서 보냈는데 당시 공보관은 계약직으로 외부에서 들어온 분이므로 어느 날 소리 없이 사무실을 나가시면 다시 돌아오지 않습니다. 이후 교류도 되지 않습니다.

다른 동료들은 차석이 시군 교환근무를 다녀와 계장하면 당겨주고 국장되어 이끌어주고 국장, 실장이 추천하고 여러모로 관심을 가졌다고 합니다. 실제로 장학생이 많이 있습니다. 그동안 인사에 홀대를 받은 바는 없지만 세 번을 빼면 늘 평년작이었습니다.

8급에서 7급으로 승진하여 세정과로 갔습니다. 세정과로 승진하면서 전입한 사례는 전무후무한 사건이라 했습니다. 어찌 승진하여 곧바로 세정과로 왔단 말입니까? 엄청난 백이 있는 것으로 평가했습니다만 집에 오래된 가방이 몇 개 있을 뿐입니다.

두 번째는 書記官^{서기관} 승진입니다. 언론부서 7년을 근무하던 중 언론인들의 관심과 성원에 도움을 받았다고 주변에서 평가하시며 이에 대해 일부 동의합니다. 사무관으로 일하면서 도움을 주신 어떤 간부가 인사위원회에서 저의 승진을 추천하는 발언을 하신 것이 힘이 되었다고 나중에야 들었습니다. 참으로 고마운 일입니다.

세 번째로 균형발전기획실장 자리에 발령되는 과정에서는 어느 날 부지사 세 분의 논의가 있었다고 들었습니다. 부족한 사람에게 중책을 맡기신 데 대해 감사드리고 영광스러운 자리에서 열심히 수원과 의정부를 오가며 회의참석, 협의, 의회 참석에 바쁜 날을 보냈습니다. 그러던 중 연말 정기인사 동향을 알게 된 것입니다. 이제 정년까지 3년 남았으니 그중 1~2년을 부시장으로 근무하면 좋겠다는 생각이 들었던 것입니다.

그리고 정치적일 수 있는 부시장 인사가 때로는 행정적일 수도 있음을 실증했습니다. 남양주시청 지인을 통해 간부 두 분의 전화번호를 받았고 간략한 이력서를 사진으로 보내면서 간명하지만 간절한 소원을 담은 편지를 보냈습니다. 전화문자로 보냈습니다.

"저는 북부청 균형발전기획실에 근무하는 이강석입니다. 부족한 제가 남양주시청에서 국과장님과 함께 열심히 일하고 싶습니다. 기회를 주신다면 영광이겠습니다."

진실은 통한다는 신념을 가지고 있습니다. 문자를 보낸 시각이 08:20분경인데 이 시각이면 남양주시청에서도 국과장 회의중일 것입니다. 회의중 문자를 받은 국장님이 함께 앉아있는 J과장, Y과장에게 이강석이가 누군가 물었다고 합니다. 두 과장이 異口同聲^{이구동성}으로 올 만한 인물이라는 좋은 이야기를 했다고 합니다. 물론 남양주시청으로 왔으니 그리 말했다 하겠지만요. 실제로 그렇게 말했습니다. 실무적으로 접근이 되자 도청 인사부서에도 의견을 냈습니다.

어쩌면 공직 39년 8개월 동안 자신의 인사에 대해 이야기한 3번 이내의 상황중 한 번일 것입니다. 인사에 대해 이야기하지 않아도 신경을 쓰지 않아도 외부에 말하지 않아도 늘 기대하는 바대로 그 자리에 가서 2년, 3년 때로는 길게 7년을 한 부서에서 근무했습니다.

반면에 과장이라는 보임은 6개월도 있고 1년에서 1년 6개월입니다. 공직의 순환 사이클은 참으로 빨리 돌아갑니다. 지금 7급으로 한 자리에 오랫동안 근무한다면 그 자리를 즐기시기 바랍니다. 공직은 시간이 갈수록 순환이 빨라지니 어떤 경우에는 짐을 풀기도 전에 이삿짐을 챙기기도 했답니다.

남양주시청에 발령을 받으니 이석우 시장님께서 그날 아침에 인사위를 열라 하시어 승진발령으로 부시장에 임명해 주셨습니다. 그동안 실정은 직무대리였습니다. 부시장으로 승진발령을 받으면서 지나온 공직의 세월들이 정말로 주마등처럼 지나갑니다.

나중에 보니 북부청 실장 후임자의 직무대리는 2월 중순에 꼬리표가 떨어졌습니다. 1월 5일에 승진한 후 다음해 1월 6일에 명예 퇴임하니 特別^{특별}승진을 한 번 더하게 됩니다. 마음먹은 대로 풀리는 인사는 당사자와 가족을 행복하게 합니다.

남양주시 부시장으로 근무하면서 접하고 만나는 공무원, 시민, 민원인 등 모든 것이 새로웠습니다. 살아가는 일에 대해 모든 것을 액면대로 말하면 다른 분에게 불편을 줄 수 있습니다만 의사전달의 정확성을 기하기 위한 피할 수 없는 일임을 양해하여 주시기 바랍니다.

공직에서 이런 저런 이야기를 하게 되면 결국에는 전임자와 후임자에 대한 가혹한 비평이 나오게 마련입니다. 그 점이 늘 송구하기는 합니다만 저 역시 누군가의 전임 후임으로서 혹독한 비판을 받은 것도 사실이기는 합니다.

▶▶ 구내식당 취임식 | 이임식 생략

동두천시 부시장 취임식은 생략하였습니다. 동장으로 근무할 당시의 58년생 모임 멤버들이 과장이고 56, 57이 실장이니 다 아는 분들입니다. 부시장 부군수 취임식이라는 것이 어느 날 불쑥 나타난 부단체장 얼굴 알리는 맞선의 장입니다. 젊은이들로 말하면 소개팅이나 마찬가지인 행사이니 필수과목은 아닌 줄 생각합니다.

오산시에서는 깜빡 취임식 안한다는 말을 하지 않았으므로 도착해 보니 이미 회의실에 수백 명이 모여 있고 수도권교통본부에서 後行^{후행}으로 따라온 동료들이 앞자리에 앉아 있었습니다. 그래서 오산시 부시장 취임식에는 단상에 올라갔습니다. 동두천시에서 이임식을 하지 않은 것처럼 오산시에서 이임식은 생략하였습니다. 하지만 현관과 현관 밖에 도열한 동료 공무원들과 일일이 握手^{악수}를 했고 눈물을 보이고 말았습니다.

이제 남양주시청 부시장 취임식 시각은 12:20분입니다. 구내식당에서 가장 번잡한 시각입니다. 식판에 밥을 받아 식사를 서둘러 마치고 12:20분에 슬그머니 벽쪽으로 가서 마이크를 들고 인사말을 시작합니다.

"여러분! 즐거운 중식시간에 잠시 송구한 마음으로 인사드리겠습니다. 오늘부터 여러분과 함께 근무하게 된 이강석입니다. 저는 1977년 5월 16일에 초임 발령장을 받아 공무원으로 근무해 왔습니다."

직접 만든 PPT 화면에는 초임 발령장이 나오고 방송통신대학교 학생증이 나타납니다.

그리고 남양주시의 큰 인물 다산선생님의 사진이 나오고 다함께 노력하면 모든 일이 잘 될 것이라는 인사말을 합니다. 플래카드 한 개를 벽면에 붙였습니다.

'여러분! 반갑습니다. 부시장 이강석입니다.'

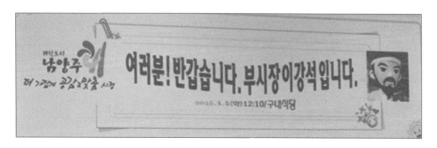

상견례를 그렇게 고객중심으로 진행하였습니다. 오전에 퇴직하신 전임 부시장 이임식, 오후에 취임 부시장 취임식으로 하루를 보내는 것은 시청 공무원에게는 불편한 일인 것입니다.

남양주 부시장에 취임식하는 날 새벽에 계란 3판을 삶았습니다. 계란에 연필로 이름을 쓰고 축 발전에 '유수부쟁선'(流水不爭先 ; 흐르는 물은 앞을 다투지 않는다) 등 좋은 글을 써넣었습니다. 유성펜이 아니고 연필로 적어 넣으면 삶아도 지워지지 않습니다. 삶은 후에 적어도 잘 써집니다.

선진해양국의 지침에 선장의 메인 운항일기는 연필로 적도록 규정하고 있다 합니다. 배에 침수가 되거나 난파되어 바다 속에 가라앉아도 훗날 구조대가 航海日誌항해일지를 확인할 수 있도록 하는 조치입니다. 종이에 연필로 적으면 물 속에서도 글씨를 알아볼 수 있다고 합니다.

계란 한 판은 시장님 비서실, 다른 한 판은 부시장실에, 그리고 세 번째 판은 의회 사무국에 전해서 한 개씩 계란을 드시라 했습니다. 이날 취임 기념으로 준비한 계란중 5개에는 저녁 식사권이 첨부되었습니다. 사실 뽑기는 어려서부터 선망의 대상이었습니다. 어린 시절 동네 구멍가게에서 플라스틱 권총을 뽑고자 6개 정도 남은 뽑기를 다 사서 뽑았습니다. 하지만 그 拳銃권총 번호는 나오지 않았습니다. 처음부터 그 권총번호는 빼고 만든 사기입니다.

이는 마치 가설극장 사장님이 평생을 끌고 다니면서 경품으로 자랑하던 녹슨 손재봉틀과 같습니다. 플라스틱 바가지만 뽑기에서 경품으로 주었고 재봉틀, 반상기는 절대로 경품에 당첨되지 않습니다.

아마도 그래서 물건 값을 원가에 비해 과하게 더 받으면 우리는 '바가지를 씌운다 하거나 바가지를 썼다'고 하나 봅니다. 얼핏 보기에는 그럴싸한데 사실 1960년대 플라스틱 제조 기술이 지금만 못해서 조금만 충격이 가도 깨지고 한겨울에는 얼어서 터지는 것이 당시의 플라스틱 바가지입니다.

결국 불리한 거래를 통칭하여 바가지를 씌운다 합니다. 외삼촌 소에서 남겨 먹지 않으면 남길 소가 없다는 말도 있고, 외할머니 떡도 커야 사먹는다 했습니다. 결국 이 세상 살아가는 일이 바가지를 쓰지 않기 위한 노력이라는 생각이 드는 것입니다.

그리고 개성 '깍쟁이' 라는 말이 있는데 이는 개성에 있는 물건 파는 가게 건물이 네모난 각진 형태여서 통칭으로 '각쟁이' 라 했는데 발음이 강해져서 '깍쟁이' 라 합니다. 무엇인가 요리조리 이유를 잘 대고 상대방을 잘 설득하는 경우에 긍정적 표현으로 깍쟁이라 합니다. 하지만 대부분 깍쟁이는 부정적 설명에 들어갑니다.

계란 뽑기에 당첨된 분이 4명이었지만 2명은 '이것이 진짜일까' 하는 의구심으로 삶은 계란만 맛나게 먹었을 것입니다. 또 한 분은 다른 이에게 이 식사권 행운을 넘겼다고 들었습니다. 그리고 여성주무관이 행운권을 뽑았다고 연락이 왔습니다. 저녁에 식당에 오라고 초청하였습니다. 혼자 가기는 거시기 하니 동료 직원을 대동하시겠다고 했습니다. 시청 과장님, 계장님, 주무관, 그리고 뽑기에 당첨된 주무관과 동료 등 8명이 저녁을 먹었습니다. 부시장관사 인근 감자탕 집에서 식사를 했습니다. 그것이 就任^{취임} 祝賀^{축하} 晚餐^{만찬}입니다.

▶▶ 보람찬 공직생활을 위하여

공직자에게 이벤트는 중요합니다. 늘 같은 일을 반복하는 공무원에게 작은 변화에 큰 감동을 줄 수 있습니다. 아침마다 무거운 톤의 양복에 어두운 넥타이를 매고 출근하시는 과장님보다는 스포티하고 밝은 셔츠를 입은 간부님이 좋습니다. 의례적이고 무겁게 문서를 결재하고 보고를 듣는 상사보다는 '참 잘 했어요' 를 입에 달고 다니시고 밝은 색상의 옷을 입은 미소가 멋진 과장님을 좋아합니다.

우리는 혹시 나로 인해 우리 부서 동료공무원들이 우울해지는 것은 아닐까 살펴야 합니다. 아침에 집안일로 힘든 사건이 있어도 출근해서는 늘 밝은 표정 맑은 눈빛을 유지해야 합니다. 힘든 일은 속으로 삭히고 좋은 표정으로 동료공무원들에게 희망의 메시지를 보내야 합니다.

그것이 모아지면 경쟁력이 될 것입니다. 과장님의 긍정에너지를 받은 후배들이 민원인에게 친절히 하면 모든 일이 잘 될 것입니다.

혹시 오늘 다녀가신 민원인이 친절한 업무처리에 감동을 받았을 것인데 마침 국민권익위원회의 청렴도 평가대상이 되신다면 10점 만점에 9.9를 주실 것입니다. 그리하여 우리 시의 청렴도 평가가 10등 정도 쑥 올라갈 수 있습니다. 반대의 상황이라면 우리 과로 인해 청렴도가 하락할 수도 있는데 그런 사실을 아무도 모른다는 사실이 더더욱 가슴을 아프게 합니다.

그래서 가끔 강조하는 바는 공직 9년에서 5년 이하 남은 간부들이야 말로 공직을 마감하면서 우리 시의 청렴도를 10등 정도 높이는 데 전심전력한다는 심정으로 밝고 즐거운 사무실 분위기 만들기에 앞장서 주시기 바랍니다. 쉽지는 않겠지만 인터넷에 들어가 아재개그를 검색하고 그중 자신 있는 엉뚱 버전을 전 직원 앞에서 실천해 보시기 바랍니다.

지금도 기억나는 면장님 아재개그가 생각납니다. 1977년 어느 여름날 우리 면장님께서 출장을 가시기 위해 현관을 나서시는 데까지 따라간 공무원이 "면장님 여기에 싸인 좀 해 주세요." 하니 면장님은 "내가 조용필이냐? 싸인을 해 달라게." 하시면서 흔쾌히 출장명령에 결재를 해 주셨습니다. 지금 생각해 보아도 사인을 해달라가 아니라 결재를 바란다고 말씀드리는 것이 적정하지만 급한 마음에 우리는 가끔 사인을 하시라 합니다.

공무원으로서 동장으로서 부시장으로서 어려운 상대가 몇 가지 파트에 있습니다만 이는 언론, 의회, 시민단체, 집단민원, 인사 등이 될 것입니다. 다양한 일을 하는 행정에서는 늘 업무분장과 책임에 대한 논란이 있습니다. 업무분장에 대해서는 斷言^{단언}하지 말고 우물쭈물하고 있으면 결국 무게중심에 가까운 부서가 감당하게 됩니다.

언론은 따로 난을 정해서 이런저런 이야기를 하고자 합니다만 일단 언론을 대할 때에는 친밀해야 하고 솔직해야 하는 상대입니다. 이길 수도 없고 이겨도 이긴 것이 아닌 게임이 언론과의 관계입니다. 늘 함께 다녀야 하는 '샴쌍둥이'라는 표현이 맞을 것입니다. 공직에 있어도 퇴직해서도 언론은 늘 옆에 있습니다.

언론을 행정의 파트너로 삼는 노력이 필요합니다. 대한민국을 이끄는 사회의 公器^{공기}이고 소금인 언론이 없으면 사회는 부패하고 공정한 행정의 추가 혼

들릴 수 있습니다. 국민의 의견을 수렴하고 언론을 통해 비판하는 여과기능이 행정을 청정하게 합니다. 다만 그 중간에서 업무를 추진하는 공무원들로서는 언론이 불편합니다. 당장은 불편하지만 길게 보면 언론이 공무원을 살리고 있습니다.

언론은 비판하는 매체입니다. 홍보는 5% 이내입니다. 95% 이상 비판하는 언론이 있으므로 행정은 발전하고 바른 길로 가고 국민의 사랑을 받는 것입니다. 언론인을 존경하고 언론에 감사하는 마음을 가져야 합니다.

젊은 엄마는 아이들에게 '안 돼!' 만을 連呼^{연호}합니다. '그래 잘했어' 라는 말을 하는 30대 엄마를 만나는 것은 사막에서 오아시스를 만나는 만큼이나 어렵습니다. 아이들을 예뻐하고 귀여워하지만 생활의 현장으로 들어가면 입장이 달라집니다. 마음이 급하니 야단을 치는 것이고 되는 것은 그냥 두고 보면서 안 되는 것만을 강조합니다.

의회는 반드시 필요한 기관이고 의회의 행정사무감사, 업무보고, 예산심의, 결산은 필수불가결한 행정의 과정입니다. 솔직히 말해 의회가 불편하지만 그 불편함 속에서 행정의 발전이 있습니다.

행정이 看過^{간과}한 부분을 족집게로 찍어내는 의원님들의 의정활동에 경의를 표합니다. 동의하지 않는 분들은 자신과 의회업무와의 관계에 대해 냉정한 가슴으로 하루정도 深思熟考^{심사숙고}해 보시기 바랍니다.

과거 행정은 시군업무, 의회업무는 광역에서, 광역의 의회기능은 행정자치부가 대행하도록 헌법 부칙에 규정했습니다. 그래서 시군 예산승인권이 도지사에게 있습니다. 시군 예산의 최종결재는 종무식 날 오후 3시에나 가능했습니다. 그래서 12월 31일 저녁에 승인서를 받으므로 1월 1일 수 시간 전에 예산을 확정했습니다. 그래서 시군의 입장에서 도는 엄격한 統制^{통제}기관이고 갑중의 슈퍼 갑입니다. 핸드폰이 없던 과거에 동향보고 담당직원은 저녁을 먹으러 가서 지금 밥 먹는 식당 전화번호를 도청 여론계에 보고했습니다. 긴급상황이 발생하면 六何原則^{육하원칙}에 의거 동향을 보고해야 합니다.

급하게 저녁을 먹고 사무실에서 대기해야 합니다. 그리고 도청 여론계 직원들이 퇴근해 버리면 수차례 전화를 걸어보고 더 이상 받지 않으면 그제야 안심하고 퇴근했습니다. 지방자치제를 시행하고 시장군수를 시군민이 뽑는 정치적 변화에 따라 동향보고는 점차 사라지고 IT의 발전에 따라 핸드폰이 보급되고 최근의 스마트폰은 문자는 물론 사진과 동영상도 수월하게 주고받으니 별도의 여론부서가 필요하지 않습니다.

　더구나 중요 여론과 동향이 시장군수와 관련이 깊다 보니 비중 있는 내용은 보고에서 빼기도 합니다. 결국 요즘에는 動向^{동향}보고라는 공식적인 용어도 없는 듯 보입니다.

▶▶ 남양주 역사 이야기 | 다산 | 하피첩 | 목민심서

　수도권을 무대로 하는 역사적 인물이 다른 지방에 비해 적은 듯 보입니다. 율곡 이이, 다산 정약용 선생이 조선시대 큰 인물입니다. 아마도 경기도와 수도권에 역사적인 인물이 적은 이유는 저 자신의 역사적 소양이 부족하기 때문이기도 하겠습니다. 그리고 조선시대 수도권은 京畿^{경기}라 해서 왕이 직접 지배하는 땅이고 나머지는 관찰사가 왕명을 받아 통치하였으므로 왕의 땅 경기도에서 큰 人物^{인물}이 나타날 수 없는 정치적, 제도적 여건이 작용한 것이라 생각합니다.

　하지만 우리에게는 다산 정약용 선생님이 함께 하십니다. 경기도 남양주시를 대표하는 인물, 대한민국을 이끌어가는 정신적 지주, 세계적인 석학으로 추앙받는 다산 선생님에 대한 이야기와 글이 많이 있습니다만 특히 최근에 일반에 알려지기 시작한 霞帔帖^{하피첩}에 보면 참 좋은 글이 나옵니다.

霞帔帖(하피첩)

【1첩】화와 복의 이치는 옛 사람도 의심한 지 오래되었다. 충신과 효자가 반드시

✽ **하피첩霞帔帖** : 보물 제1683-2호로 1810년 정약용이 전남 강진에서 유배하던 때 부인 홍혜완이 보낸 치마에 두 아들에게 교훈이 될 만한 글을 적은 서첩

화를 면하는 것도 아니며, 약하고 방종한 자가 반드시 박복한 것도 아니다. 그래도 선을 행하는 것이 복을 받는 길이므로, 군자는 힘써 선을 행할 뿐이다.

진심으로 바라건대 너희들은 항상 마음을 화평하게 하여 벼슬길에 있는 사람들과 다르게 생활하지 말거라. 자손대에 이르러서 과거에 응할 수도 있고 나라를 경륜하고 세상을 구제할 수도 있는 것이다. 천리는 돌고 도는 것이니 한 번 넘어졌다고 반드시 다시 일어나지 못하는 것은 아니다.

【2첩】 병든 아내가 치마를 보내 천리 밖에 그리워하는 마음을 부쳤는데 오랜 세월 홍색이 이미 바랜 것을 보니 서글피 노쇠했다는 생각이 드네. 잘라서 작은 서첩을 만들어 그나마 아들들을 타이르는 글귀를 쓰니 어머니 아버지 생각하며 평생 가슴속에 새기기를 기대하노라. 가경 경오는(1810) 9월 다산의 동암에서 쓰다.

쓰러진 나무에 싹이 나고 석과(碩果 ; 다른 과일이 다 떨어지고 오직 하나 남은 큰 과일, 오랫동안 도태되고 다행히 남은 극소수의 인물을 비유)는 먹히지 않으니 도(道)로써 나가고 물러나며 때에 따라 성하고 쇠하니라. 영광과 치욕이 다르지 않고 곤궁함과 형통함은 오직 운명에 달렸으니 마음은 성(誠)으로 기르고 몸은 경(敬)으로 가지노라. 나는 지금 벼슬을 하지 않아 너희에게 물려줄 것이 없다. 그러나 가난을 구제하고 삶을 넉넉하게 할 두 글자 부적을 줄 것이니 너희들은 소홀히 여기지 말아라. 하나는 근(勤 ; 부지런함)이요 다른 하나는 검(儉 ; 검소)이다. 근검 이 두 글자는 전답보다 좋은 것이어서 평생 쓰고도 남는 것이다.

【3첩】 내가 너희에게 바라는 것은 다행스럽게도 너희가 온 마음을 기울여 내 글을 연구하여 그 깊은 뜻에 통달하는 것이다. 그러면 나는 고생스러워도 고민이 없을 것이다. 재물을 저장만 해두는 것보다 남에게 베풀어 주는 것이 낫다. 도둑에게 털릴까 걱정할 필요도 없고 불에 탈 염려도 없다. 소나 말로 운반하는 수고도 없이 사후에까지 갈 수 있고 아름다운 명예가 천년토록 전해진다. 천하에 이렇게 큰 이익이 있겠는가? 터전을 지키지 못하는 집안은 망한 나라와 같다. 우리 집이 있는 마현은 비록 농토가 귀하고 마실 물과 땔감이 부족해도 지금까지 떠나지 못했는데, 하물며 어려운 일을 당한 지금에서야! 만약 게으름과 사치를 고치지 않으면, 기름진 터전을 잡아도 배고픔과 추위를 면치 못한다. 옛 터전을 굳게 지켜야 한다. 어린 손자에게 부탁한다.

【매화병제도】 포롱포롱 날아온 새 우리 집 매화가지에 쉬는구나. 꽃향기 짙으니 그래서 찾아왔겠지. 여기 머물고 깃들어 네 집안을 즐겁게 하려무나. 이제 꽃 활짝 피었으니 열매도 많이 열리겠네. 1813년 7월 14일 열수옹이 다산 동암에서 쓰다.

내가 강진에서 수년간 유배중일 때 부인 홍씨가 해진 여섯 폭 비단 치마를 보내왔다. 세월이 오래 흘러 붉은 색이 퇴색되었다. 네 첩의 글을 만들어 두 아들에게 보내고 남은 천으로 작게 장정하여 딸아이에게 보낸다.

선생이 3년 동안 써 보낸 이 글은 자손들의 좌우명이 되었고 다산과 아들들이 고개를 숙이고 들어오면 귀양을 풀어 복위시켜 주겠다는 제안을 거절하는 힘이 되었다고 합니다.

한신대 정조교양대학 김준혁 교수의 경인일보 기고문을 인용합니다.

"다산 정약용 선생이 강진으로 유배를 간 지 몇 년이 지난 뒤 아들에게서 편지가 왔다. 아버지 자신과 함께 가족을 위해 조정의 집권 세력들에게 고개를 숙이면 중앙정계에 복위시켜 주겠다는 내용이었다. 그 편지를 받아든 다산은 아들에게 답신을 썼다. 그리하는 것이 올바른 것이 아니라는 것이었다. 힘들지만 자존심을 지키자는 간단하면서도 단호한 내용이었다."

어느 날 밤에 잠에서 깨어 다시금 잠을 이루지 못하였습니다. 그리하여 책상 위 늘 그 자리를 지키던 다산의 '牧民心書^{목민심서}' 를 필사하기로 마음먹었습니다. 과거에는 붓으로 쓰셨겠지만 워딩으로 작업을 하니 원고지 92매 분량입니다. 아시겠지만 한글 워드에는 원고지로 계량하는 도구가 하나 있습니다. 밤 12시부터 새벽 5시까지 참으로 보람된 작업을 했습니다.

이미 목민심서를 읽으셨겠습니다만 혹시 시간이 되시면 한 번 더 보시기 바랍니다. 그냥 인쇄된 것이지만 새벽에 마음을 담아 워딩으로 필사한 글이니 그 새벽시간을 함께하시면서 자신의 주변을 돌아보고 내 삶과 가족과 사회에 대해 회고하면서 미래를 구상하는 좋은 시간을 가져 보시기 바랍니다.

마음으로 쓰는 牧民心書

다산 정약용은 22세에 성균관에 들어간 이래 초시나 반시(泮試 ; 성균관 생도들에게 보이는 시험)에는 여러 차례 수석을 했으나 전시(殿試 ; 임금이 친히 참석한 시험)에는 몇 차례 실패했습니다.

그러다 마침내 28세의 정월 27일 임금님이 직접 참관한 과거시험에서 갑과 2등으로 급제하였습니다. 일등인 장원은 결격사유로 급제가 취소되었으니 실제로는 다산이 장원급제한 셈입니다. 이때 다산은 다음과 같이 시를 써 소회를 밝혔습니다.

> 정월 27일 문과에 급제하고
> 임금님 앞에서 여러 번 응시했으나
> 마침내 포의 벗는 영광을 얻었네
> 하늘의 조화란 깊기도 해서
> 하찮은 사람 후하게 키워주셨네
> 둔하고 서툴러 임무수행 어렵겠지만
> 공정과 청렴으로 지성껏 봉사하리
> 임금님의 격려말씀 많기도 해서
> 그런대로 나이든 아버님 위로되셨네

일전에 쓴 '풀어 쓰는 다산이야기(2013. 3. 11)에서 소개한 이 시에서 주목되는 단어가 公廉^{공렴}입니다. 둔하고 재능 없는 사람으로 국가에 봉사할 능력이 없다고 겸손해 하면서도, 공렴을 기본으로 삼아 정성을 다해 나라에 봉사하겠다는 각오를 표명한 것입니다. 公^공은 공정 또는 공평을, 廉^렴은 청렴을 의미합니다.

실제로 다산은 30대까지 10여년 공직생활을 하면서 공렴을 실천했다고 할 수 있습니다. 그리고 이러한 다산의 공렴정신은 그의 명저 목민심서에 핵심가치로 등장합니다. 다산이 목민심서에서 지방수령이 갖춰야 할 세 덕목으로 율기, 봉공, 애민을 들었습니다.

율기란 자기 관리라 할 수 있는데 그 중요한 내용이 청렴이었으며, 봉공은 공을 받들어야 한다는 것입니다. 따라서 율기, 봉공, 애민을 다른 말로 간추리면 공렴으로 집약할 수 있습니다.

지방수령에게 요구한 덕목은 오늘날에 비추어 보면 바로 모든 공직자에게 해당하는 것입니다. 공직자 스스로 청렴하고 업무수행을 공정하고 공평하게 하는 것, 이것이야말로 공직자 또는 공무수행의 기본이요 출발점이 아니겠습니까?

이번에 실학박물관에서 목민심서를 기본서로 하여 공렴 아카데미를 교육프로그램으로 추진하고 그 교재를 제작하였습니다. 아무쪼록 이 교재와 관련 교육과정을 통해서 다신의 공렴정신을 오늘날 공직자들이 새기고 본받았으면 합니다.

박석무(다산연구소 이사장)

牧民心書 목민심서

옛날에 중국의 순임금이 요임금을 이어 천하를 다스릴 때 12목을 불러 그들로 하여금 백성을 다스리게 하였고, 주나라 문왕이 정사를 세울 때 司牧^{사목}(지방장관)을 두어 수령으로 삼았으며, 맹자는 平陸^{평륙}에 가서 가축 기르는 것으로 백성을 기르는 것에 비유하였으니, 백성을 길러주는 것을 牧^목이라 하는 것은 성현이 남긴 뜻이다.

성현의 가르침에는 원래 두 가지 길이 있다. 하나는 사도가 백성을 가르쳐 각자 수신하도록 하는 것이고, 다른 하나는 태학에서 국자(왕족이나 공경대부의 자제)를 가르쳐 각기 자신을 수행해서 백성을 다스리도록 하는 것인데 백성을 다스리는 것은 바로 목민이다. 그렇다면 군자의 학문은 수신이 반이요, 나머지 반은 백성을 부양하는 것이다.

성인의 시대가 이미 멀어지니 그 말씀도 사라져서 성인의 도는 점차 어두워지고 말았다. 오늘날 백성을 다스리는 자들은 오직 이익을 취하는 것에 급급하고 백성을 부양하는 방법에 대해서는 알지 못한다. 이 때문에 백성들은 지치고 고달프게 되어 병이 들어 서로 쓰러져 구렁을 메우는데, 목민관이라는 자들은 항상 좋은 옷과 맛있는 음식으로 자기만 살찌우고 있으니 어찌 슬프지 아니 한가.

나의 선친께서 조정의 인정을 받아 두 현의 현감과 한 군의 군수와 한 부의 도호부사, 한 주의 목사를 지냈는데 모두 치적이 있었다. 비록 나의 不肖^{불초}함으로서도 부친을 따라다니며 배워서 조금 들은 바가 있었고, 보아서 다소간 깨달은 것이 있으며, 아버지 곁을 떠나 수령이 되어 이를 시험하여 조금 효능을 본 것이 있다. 그러나 이미 流落^{유락}한 신세가 되고 나니 이것을 쓸 곳이 없었다.

먼 변방에서 귀양살이한 지 18년 동안에 사서와 오경을 잡고 연구를 반복하여 修己^{수기}의 학문을 검토하였으나, 이윽고 생각해 보니 수기의 학문은 학문의 절반에 불과하다고 여겨, 이에 중국 역사서인(중국의) 23史^사와 우리나라 여러 역사서와 子集^{자집} 등 여러 서적을 가져다가 옛날 사목이 백성을 길러준 행정을 뽑아 위아래로 실마리를 찾아 종류별로 나누고 모아 순서대로 편찬하였다.

그리고 남쪽 변두리 지역에서 전세의 조세가 나오는 곳은 아전들이 간악하고 서리들은 교활하여 여러 가지 폐단이 어지럽게 일어나고 있었는데, 나의 처지가 이미 비천하므로 들은 것이 매우 상세하였다. 이것 또한 종류별로 분류하여 나의 얕은 견해를 덧붙였다.

모두 12편인데 1편은 赴任^{부임}, 2편은 律己^{율기}, 3편은 奉公^{봉공}, 4편은 愛民^{애민}이요, 그 다음은 차례대로 육전이 있고 11편은 賑荒^{진황}, 12편은 解官^{해관}이다.

12편이 각각 6개 조로 구성되었으니 모두 72개 조이다. 혹 몇 조를 합하여 한 권을 만들기도 하고, 혹은 한조를 나누어 몇 권을 만들기도 하여 모두 48권으로 하나의 저서가 되었다. 비록 시대가 다르고 풍속에 순응하여 위로 선왕의 憲章^{헌장}에 부합될 수는 없겠지만 백성을 기르는 일에 대해서 조례가 갖추어지게 되었다.

고려 말기에 처음으로 오사로 수령들이 고과하였고, 우리 조선에서도 그대로 하다가 뒤에 칠사로 늘렸는데, 이른바 수령이 해야 할 일의 대체적인 취지만 독려했을 뿐이다. 그러나 수령이라는 직책은 관장하지 않는 일이 없으니 여러 조목을 순서를 세워 열거하여도 오히려 직책을 다하지 못할까 두려운데, 하물며 스스로 생각해서 스스로 시행하기를 기대할 수 있겠는가. 이 책은 첫머리의 부임과 맨 끝의 해관 2편을 제외한 나머지 10편에 들어 있는 것만도 60조나되니 진실로 어진 수령이 자기 직분을 다할 것을 생각한다면 거의 방향을 잃지 않을 것이다.

옛날에 부염은 理縣譜^{이현보}를 지었고, 유이는 법범을 지었으며, 왕소에게는 독단이 있었고, 장영에게는 戒民集^{계민집}이 있었으며, 진덕수는 정경을 지었고, 호태초는 서언을 지었으며, 정한봉은 환택편을 지었으니 모두 목민에 관한 책이다. 오늘날 그 책들은 대부분 전해지지 않고 오직 음란한 말과 기이한 구절만이 한 시대를 횡행하니, 내 책인들 어찌 전해질 수 있겠는가. 그러나 주역에 이르기를 앞사람의 말씀이나 지나간 행적들을 많이 알아서 자기의 덕을 기른다고 하였으니, 이는 본디 나의 덕을 기르기 위한 것이지, 어찌 목민에만 한정한 것이겠는가.

心書^{심서}라 한 것은 무슨 까닭인가. 목민할 마음은 있으나 몸소 실행할 수 없기 때문에 이렇게 이름 붙인 것이다.

當宁^{당저}(순조) 21년 신사년(1821) 늦봄에 열수 丁若鏞^{정약용}은 기록한다.

제1부 부임^{赴任} 6조

부임 6조는 除拜^{제배}, 治裝^{치장}, 辭朝^{사조}, 啓行^{계행}, 上官^{상관}, 理事^{이사}로 이루어져 있다. 목민관은 임금에게 임명장을 받는 것에서부터 부임지로 가기 위해 행장을 꾸리는 것, 임금에게 하직인사를 올리는 것, 부임지로 가는 과정, 부임지에서 일을 시작할 때까지의 과정을 다루고 있다. 목민관은 검소하고 백성에게 피해를 주지 않아야 한다는 점을 거듭 강조하고 있다.

1. 除拜^{제배} : 목민관에 임명되었을 때

    다른 관직은 구할 수 있으나 목민(牧民官)을 구해서는 안 된다.

2. 治裝^{치장} : 보임을 위해 행장을 꾸릴 때

    부임할 때의 행장은 옛것을 그대로 사용하라.

3. 辭朝^{사조} : 임금과 조정 대신에게 하직인사를 드릴 때

    정승과 판서, 사헌부와 사간원의 대간에게 두루 하직인사를 드릴 때에는, 마땅히 스스로 재능에 걸맞지 않음을 말해야지 녹봉의 많고 적음을 말해서는 안 된다. 새 수령을 맞이하러 온 아전과 하인이 이르거든 화평하게 하고 간결하면서도 과묵하게 해야 한다.

4. 啓行^{계행} : 근무지로 부임할 때

    지나다가 들르는 관부에서는 마땅히 선배 수령들을 쫓아서 다스리는 이치를 깊이 논의할 것이고 諧謔^{해학}으로 밤을 지새워서는 안 된다.

5. 上官^{상관} : 수령 자리에 취임할 때

    관속들이 인사하고 물러가면 고요하게 단정히 앉아서 백성을 다스리는 방도를 생각해야 한다. 너그러우면서도 엄정하고 간결하면서도 치밀하게 미리 규모를 정하되 오직 時宜^{시의}에 알맞도록 하고, 확고하게 스스로 지켜 나

가야 한다.

6. 理事^{이사} : 목민관이 직무를 시작할 때

선비와 백성들에게 병폐를 묻고 의견을 구하여라. 관청의 일은 약속이 있어야 한다. 약속이 믿음을 얻지 못하면 백성들은 수령의 명령을 장난처럼 생각할 것이다. 약속했으면 믿음을 잃어서는 안 된다. 모든 사무의 정해진 기한을 작은 책자에 기록하라.

제2부 율기^{律己} 6조

율기 6조는 飭躬^{칙궁}, 淸心^{청심}, 濟家^{제가}, 屛客^{병객}, 節用^{절용}, 樂施^{낙시}로 이루어져 있다. 목민관의 철저한 자기관리를 다룬 내용이다. 몸가짐부터 시작하여 청렴한 마음, 절약하는 생활, 청탁을 물리치고 베푸는 삶을 실천하도록 상세하게 밝히고 있다.

1. 飭躬^{칙궁} : 몸가짐을 단정하게 하라.

일상생활을 할 때에도 절도 있게, 백성을 대할 때는 장중하게 하라. 두려워하는 마음을 가지고 관대해야지 위맹함을 좋아해서는 안 된다. 아랫사람을 너그러이 대하면 백성으로서 순종하지 않는 자가 없을 것이다. 몸가짐을 신중하고 후덕하게 하여 아랫사람을 배려하라. 다스림이 이루어져 백성이 즐거워하면 그때 백성들과 함께 즐겨라.

2. 淸心^{청심} : 마음을 맑게 하라.

청렴이란 목민관의 기본 임무이며 모든 선의 원천이요, 모든 덕의 근본이다. 지혜가 깊은 선비는 청렴을 교훈으로 삼고 탐욕을 경계하였다. 뇌물을 주고받는 일은 누가 비밀로 하지 않겠는가마는, 한밤중에 행한 것도 아침이면 이미 드러난다.

3. 濟家^{제가} : 집안을 잘 다스려라.

그 고을을 잘 다리시려는 자는 먼저 그 집안을 잘 다스려야 한다. 부인을 엄격하게 단속하여 청탁과 뇌물이 행해지지 않도록 하라.

4. 屛客^{병객} : 빈객들의 청탁을 물리쳐라.

무릇 본 고을 사람 및 이웃 고을 사람을 관아에 끌어들여 접객해서는 안 된다. 대체로 관청 안은 마땅히 엄숙하고 맑아야 한다. 친척이나 친구가 관내에 많이 살면 거듭 단단히 단속하여 남의 의심을 받지 말라. 가난한 친구와 궁한 친척은 후하게 대접해야 한다.

5. 節用^{절용} : 씀씀이를 절약하라.

절용은 수령의 으뜸가는 임무이다. 관청의 재물을 절약하는 목민관은 드물다. 물건 하나라도 버리지 말고 활용하라.

6. 樂施^{낙시} : 덕 베풀기를 즐거워하라.

가난한 친구와 곤궁한 친척은 힘이 있는 대로 도와주어야 한다. 자기의 봉급을 절약하여 지방 백성들에게 돌아가게 하고 자기 집에서 농사지은 곡식을 풀어서 친척들을 돌보아 준다면 원망이 없을 것이다. 권세 있는 집안을 후하게 섬겨서는 안 된다.

제3부 봉공^{奉公} 6조

봉공 6조는 宣化^{선화}, 守法^{수법}, 禮際^{예제}, 文報^{문보}, 貢納^{공납}, 往役^{왕역}으로 이루어져 있다. 임금의 은덕을 백성들에게 펼치고, 법에 대한 수령의 자세와 목민관이 개인적으로 공적으로 사람을 사귈 때 갖추어야 할 예절, 공문서 작성 요령과 세금에 관련된 내용을 수록했다. 목민관의 업무 내용과 그 처리방법을 자세하게 제시하고 있다.

1. 宣化^{선화} : 임금의 교화를 선포하라.

綸音^{윤음}(조선시대 국왕이 국민에게 내리는 訓諭^{훈유}의 문서)이 도착하면 목민관은 백성들을 불러 모아 읽고 설명하며 임금의 은덕을 알게 하여야 한다.

2. 守法^{수법} : 법을 굳게 지켜라.

무릇 국법의 금하는 바와 형률에 실려 있는 바는 마땅히 조심조심 두려워하여, 감히 함부로 범하는 일이 없어야 할 것이다. 이익에 유혹되어서는 안 되며 위세에 굴복해서도 안 된다.

3. 禮際^{예제} : 예에 맞게 교제하라.

공손함이 예의에 알맞아야 치욕을 멀리 할 수 있다. 상사의 명령이 법에 어긋나고 민생을 해치면 굽히지 말아야 한다. 전임자의 허물이 있으면 덮어주어야 하지만, 자신의 세력을 믿고 고의로 저지른 잘못을 용서하면 안 된다.

4. 文報^{문보} : 공문서 작성은 본인이 하라.

공문서는 자신이 써야지 아전의 손에 맡기면 안 된다. 인명에 관한 문서는 지우고 고치는 것을 조심해야 하며, 도적의 옥사에 관한 문서는 마땅히 그 봉함을 비밀스럽게 해야 한다.

5. 貢納^{공납} : 세금 징수와 납부에 만전을 기하라.

아전의 부정을 잘 살펴야 한다. 이치에 어긋날 일을 강제로 배정하면 파직을 당할지라도 굴복해서는 안 된다.

6. 往役^{왕역} : 차출 파견되었을 때도 최선을 다하라.

상사가 차출해서 파견하면 순순히 받들어 행하는 것이 마땅하다. 일이 있다거나 병을 핑계해서 스스로 편한 것을 꾀하는 것은 군자의 의로움이 아니다.

제4부 애민^{愛民} 6조

애민 6조는 養老^{양로}, 慈幼^{자유}, 振窮^{진궁}, 哀喪^{애상}, 寬疾^{관질}, 救災^{구재}로 이루어져 있다. 목민관이 백성을 보호하여 편히 살게 하는 6가지 정사로 노인과 어린이를 잘 보살피고, 곤궁한 사람과 초상을 당한 백성을 보살피는 일, 병든 자를 치료해 주고 재난을 당한 사람을 구제하는 일에 관한 내용을 수록했다. 이 항목들은 오늘날 복지국가가 추구하는 정책의 방향과 비슷하다.

1. 養老^{양로} : 노인을 잘 봉양하라.

양로를 잘 하려면 먼저 백성의 괴로움과 질병을 물어야 한다. 노인을 우대하는 혜택을 베풀면 백성들이 노인을 공경할 줄 알 것이다.

2. 慈幼^{자유} : 어린이를 사랑하라.

어린이를 사랑하는 것은 선왕들의 큰 정사였다. 버려진 자식이 있으면 거두어 길러주어야 한다. 우리나라의 법에도 거두어 기른 아이를 자식으로 삼거나 노비로 삼는 것을 허락하였으니, 그 조례가 상세하고도 치밀하다.

3. 振窮^{진궁} : 곤궁한 사람을 구제하라.

처지가 곤궁한 사람은 반드시 도와주고, 결혼하지 못한 사람은 결혼을 시켜 주어야 한다. 해마다 음력 정월이면 과년하여도 혼인하지 못한 자를 가려내 어 음력 2월에 성혼시키도록 한다.

4. 哀喪^{애상} : 초상을 당한 이를 보살펴 주어라.

초상을 당한 사람은 부역을 감해 주고 지극히 곤궁한 백성이 상을 당하면 관아에서 도와주어야 한다.

5. 寬疾^{관질} : 병든 사람에게는 너그럽게 대하라.

불구자와 중병 환자에게는 신역을 면해 주어야 한다. 유행병이 돌면 사망자 가 아주 많이 생긴다. 구호하고 치료하고 매장해 준 사람에게 포상해 주도 록 청하여야 한다.

6. 救災^{구재} : 재난당한 사람을 구제하라.

재난을 당한 사람을 구제할 때는 신속하게 해야 한다. 재난을 예방하는 것 은 재앙을 당하고 은혜를 베푸는 것보다 나은 것이다.

제5부 이전^{吏典} 6조

이전 6조는 束吏^{속리}, 馭衆^{어중}, 用人^{용인}, 擧賢^{거현}, 察物^{찰물}, 考功^{고공}으로 이루어져 있다. 주로 인사에 관한 실무를 수록했는데, 衙前^{아전}, 軍校^{군교}, 門卒^{문졸}의 단속 을 엄중히 하고 수령의 보좌관인 좌수와 별감의 임용을 신중히 하되, 어진 인재의 천거는 수령의 중요한 직무이므로 각별히 유념해야 할 것을 당부하 고 있다.

1. 束吏^{속리} : 아전을 잘 단속하라.

아전을 단속하는 근본은 자기 자신을 규제함에 있다. 아전의 유혹에 걸리면 곧 죄에 빠지게 된다. 지금 향리는 재상들과 결탁하고 감사와 연통해 있어 위로는 수령을 업신여기고 아래로는 백성을 착취하니 능히 여기에 굴복하 지 않는 자는 어진 수령이다. 首吏^{수리}는 권한이 무거우니 치우치게 맡겨도 안 되며 자주 불러도 안 된다. 죄가 있으면 반드시 벌을 주어 백성들로부터 의혹이 없도록 해야 한다.

2. 馭衆^{어중} : 부하들을 잘 통솔하라.

부하를 통솔하는 방법은 위엄과 믿음이 있을 뿐이다. 위엄은 청렴에서 생겨나고 믿음은 성실에서 나오는 것이니, 성실하고도 청렴해야 이에 많은 사람을 복종시킬 수 있다. 군교란 무인으로 거칠고 사나운 자이다. 그들의 횡포는 마땅히 엄격하게 막아야 한다.

3. 用人^{용인} : 적임자 찾기에 노력하라.

나라를 다스리거나 고을을 다스리거나 모두 사람 쓰기에 달려 있다. 마땅히 쓸 만한 사람을 골라 적재적소에 등용하라. 아첨하는 자는 배반하고 간쟁하던 자는 배반하지 않는다.

4. 擧賢^{거현} : 인재를 찾아 천거하라.

어진 인재를 찾아 천거하는 것도 목민관의 임무이다. 과거는 科目^{과목}으로 천거한다는 것이다. 이제 법이 비록 아름답지만, 그 폐단이 극도에 이르면 변할 것이니 사람을 천거하는 것은 목민관이 당연히 힘써야 할 것이다.

5. 察物^{찰물} : 물정을 잘 살펴라.

목민관은 외롭게 도립되어 있어, 앉아 있는 자리 밖은 모두 나를 속이려는 자들이다. 아전들이 백성을 호랑이처럼 두려워하도록 해야 한다.

6. 考功^{고공} : 공적을 잘 살펴라.

아전들이 하는 일도 반드시 그 공적을 살펴야 한다. 그들의 공적을 살피지 않으면 백성들을 권면할 수 없다. 국법에 없더라도 자체적으로 공과를 기록하여 상을 주어라. 수령의 임기를 6년으로 정해야 한다.

제6부 호전^{戶典} 6조

호전 6조는 田政^{전정}, 稅法^{세법}, 穀簿^{곡부}, 戶籍^{호적}, 平賦^{평부}, 勸農^{권농}으로 이루어져 있다. 농촌 진흥과 민생 안정을 큰 전제로, 문란한 토지 행정과 조세를 공평하게 운용하고 호적의 정비와 부역을 균등하게 잘 조절하고 농사를 권장하여 백성들을 부유하게 할 것을 내세우고 있다.

1. 田政^{전정} : 토지행정을 바로잡아라.

수령의 직책 54조중에서 전정이 가장 어렵다. 토지의 결수를 바로잡는 일은 전정중의 큰일이다. 묵은 전답과 숨긴 전답을 조사하여 별일 없기를 도모해야 한다. 만약 부득이 하다면 힘써 개량해야 한다. 그러나 큰 해가 없는 것이라면 모두 예전 것을 따르고 피해가 심한 것만을 바로 잡아서 원래의 액수를 채워야 한다. 양전을 할 때는 백성을 해치지 않고 나라에 손해가 없게 해야 한다. 먼저 적임자를 얻은 후에야 논의 할 수 있다.

2. 稅法^{세법} : 문란한 세법을 개선하라.

간사하고 교활한 아전이 몰래 일반 백성의 토지를 취해서 부역을 면제한 마을로 옮겨 기록한 것은 명확하게 조사하여 엄금할 것이다. 비록 백성들이 세금을 바치는 기한을 어겨도 아전을 풀어 독촉한다면 이는 양떼의 우리 속에 호랑이를 풀어놓는 것과 같으니 반드시 해서는 안 된다.

3. 穀簿^{곡부} : 환곡의 폐단을 개선하라.

곡부는 환곡의 장부이다. 환곡은 각 고을에서 흉년이나 춘궁기에 이를 환수하는 제도나 그 곡식을 이르는 말이다. 일종의 사회복지제도였다. 그러나 조선 후기에는 고리대로 변질되어 관리들의 돈벌이 수단으로 전락하였다. 환곡이 필요하지 않은 사람에게까지 강제로 환곡을 빌려주고 높은 이자를 강요하기도 하였던 것이다. 환자는 백성의 뼈를 깎는 병폐가 되었고, 나라를 망하게 하는 일이 되어 버렸다. 수령이 농간질하여 남긴 이익을 훔치니 아전의 농간질은 말할 것도 없다. 윗물이 이미 흐리니 아랫물이 맑기 어렵다.

4. 戶籍^{호적} : 호적을 정비하라.

호적은 집 또는 가족을 단위로 그 구성원들의 신분 관계 등을 기록한 공문서이다. 조선시대에 호적은 국가에서 세금 징수를 위해 백성의 실태를 파악하기 위해 작성했다. 다산이 살았던 조선후기에는 이미 호적이 문란하여 그 폐해가 심하였다. 호적이란 것은 모든 賦^부와 徭^요의 근원이다. 호적이 정비된 후라야 부세와 요역이 공평해진다. 장차 호적을 정비하려거든 먼저 家坐^{가좌}(집의 위치)를 살피고 허실을 자세히 알아야 한다.

다산은 가좌책 작성에 대해 상세한 논의를 하여 수령된 자에게 도움을 주고자 하였다. 그 요체는 다음과 같았다. 수령은 취임한 지 10일이 지나면 노숙한 아전중에 글 잘하는 자를 몇 사람 불러 그 고을의 지도를 작성하게 한다. 그 지도는 산천과 도로는 물론이고 기와집과 초가집의 현황도 자세히 기록하여 백성들의 잘 살고 못 사는 것을 알 수 있게 했다. 이 지도가 완성되면 가좌책을 만들어 집의 토지와 자산을 기록한다. 이렇게 가좌부가 완성되면 수령은 새 호적부를 만들어 공평하게 시행해야 한다.

5. 平賦^{평부} : 부역을 공평하게 하라.

부역을 공평히 하는 일은 수령 七事^{칠사}중에 긴요한 일이다. 무릇 공평하지 못한 賦^부는 징수해서는 안 되니, 저울 한 눈금만큼이라도 공평하지 않으면 정치라고 할 수 없다.

6. 勸農^{권농} : 농사를 권장하라.

권농은 농사를 권장하는 것이다. 다산은 종래의 권농 정책을 고식적으로 답습하는 데에 그치지 말고, 기술을 개발하여 농업 생산력을 향상시키고 합리적인 농정을 펼침으로써 농민들의 생활을 풍족하게 하려는 데에 목표를 두었다.

옛날의 현명한 수령은 권농을 부지런히 하는 것을 자기의 명성과 공적으로 삼았으니 권농은 수령의 으뜸가는 책무이다. 권농의 요체는 세금을 덜어 주고 부역을 가볍게 함으로써 그 근본을 북돋아주는 데 있으니, 그렇게 하면 토지가 개간되고 넓혀진다. 권농은 오직 곡식을 심고 가꾸는 것만을 권장하는 것이 아니다. 나무를 기르고 목축을 하며 누에를 치고 길쌈 등도 권장하지 않으면 안 된다.

제7부 예전^{禮典} 6조

예전 6조는 祭祀^{제사}, 賓客^{빈객}, 教民^{교민}, 興學^{흥학}, 辨等^{변등}, 課藝^{과예}로 이루어져 있다. 제사를 정성껏 지내며 예법을 지키고, 백성의 교화와 흥학의 이정표를 잘 세울 것을 권유하고 있다.

1. 祭祀^{제사} : 제사를 정성껏 지내라.

문묘의 건물이 퇴락했거나, 사직단·여단 등의 제단이 허물어진 데가 있다든지 제복이 아름답지 못하고 제기가 깨끗하지 못하다면 모두 마땅히 이를 보수하고 손질해서 신에게 부끄럽지 않도록 한다. 고을에 음사가 있으면 선비와 백성들을 깨우쳐서 헐어 버려야 한다.

2. 賓客^{빈객} : 손님 접대를 잘하라.

빈객 접대는 오례의 하나이다. 빈객을 대접하는 물품이 너무 후하면 재물을 낭비하는 것이요, 너무 박하면 환대하는 뜻을 잃는 것이다. 선왕은 이것을 위해 중정에 맞도록 예법을 만들어 후한 경우라도 지나치지 않게 하고, 박한 경우도 줄이지 못하게 하였으니, 그 예를 제정한 근본을 소급해 보지 않을 수 없다. 상관을 접대하는 때라도 예법을 넘어서면 안 된다.

3. 敎民^{교민} : 백성 교육에 노력하라.

목민관의 직분은 백성을 가르치는 일일 따름이다. 밭의 생산을 고르게 하는 것도 장차 가르치기 위함이요, 부세와 요역을 고르게 하는 것도 장차 가르치기 위함이요, 고을을 설치하고 수령을 두는 것도 장차 가르치기 위함이요, 죄를 밝히고 법규를 갖추는 것도 장차 가르치기 위함이다. 가르치지 아니 하고서 벌을 주는 것은 백성을 속이는 것이다. 비록 흉악한 불효자라 할지라도 일단 가르치고 나서 고치지 아니 하면 죽일 것이다.

4. 興學^{흥학} : 교육을 진흥시켜라.

옛날에 소위 학교에서 예를 익히고 樂^악을 익혔다. 그러나 지금은 예도 무너지고 악도 무너져서 학교 교육은 독서에 그치고 있을 뿐이다. 배움이란 스승에게 배운다는 것이다. 스승이 있은 후에나 배움이 있는 것이니, 학덕이 높은 사람을 초빙하여 스승으로 삼은 다음에야 學規^{학규}를 논의할 수 있다.

5. 辯等^{변등} : 신분 구별에 유념하라.

辯等^{변등}은 백성을 안정시키고 그 뜻을 안정시키는 요체이다. 등급이나 위엄이 명확하지 않아서 지위나 계급이 문란하면 백성이 분산되고 기강이 없게 된다. 세력 있는 집안의 죄악은 징벌하고 가난한 선비의 사소한 잘못은 너그럽게 처리해야 한다.

6. 課藝^{과예} : 과거공부를 권장하라.

과거공부는 사람의 심성을 파괴하는 것이지만 選擧制^{선거제}를 고치지 않는 한 그 공부를 권하지 않을 수 없다.

제8부 병전^{兵典} 6조

병전 6조는 簽丁^{첨정}, 鍊卒^{연졸}, 修兵^{수병}, 勸武^{권무}, 應變^{응변}, 禦寇^{어구}로 이루어져 있다. 외적의 침범을 방어하는 국방책과 목민관은 앞장서서 평소부터 군졸을 훈련시킬 것을 말하고, 특히 당시 민폐가 심했던 병무행정의 폐단을 방지하는 것을 강조하고 있다.

1. 簽丁^{첨정} : 군역 대상자 선발을 잘 살펴라.

첨정의 법은 오늘날 폐단이 크고 넓어서 백성들의 뼈를 깎는 병폐가 되었다. 이 법을 고치지 않는다면 백성은 모두 죽게 될 것이다.

2. 鍊卒^{연졸} : 군사 훈련을 잘 시켜라.
3. 修兵^{수병} : 병기 관리를 잘 하라.
4. 勸武^{권무} : 무예를 권장하라.
5. 應變^{응변} : 비상사태에 대비하라.
6. 禦寇^{어구} : 외적의 침범을 방어하라.

제9부 형전^{刑典} 6조

형전 6조는 聽訟^{청송}, 斷獄^{단옥}, 愼刑^{신형}, 恤囚^{휼수}, 禁暴^{금포}, 際害^{제해}로 이루어져 있다. 목민관은 먼저 백성을 바른 길로 인도하고 다음에 형벌하다는 신조를 굳게 가져야 할 것을 역설하고 있다.

1. 聽訟^{청송} : 송사의 심리를 신중히 하라.

수령이 백성의 송사를 듣고 심리하는 것이다. 수령칠사 가운데에도 詞訟簡^{사송간}이란 항목이 들어 있다. 聽訟^{청송}의 근본은 성의에 있고 성의의 근본은 愼獨^{신독}에 있다. 그 다음은 먼저 내 몸가짐을 규율하는 것이니, 훈계하고 가르치며 억울함을 풀어주면 또한 송사하는 일이 없어질 것이다. 인륜에 관한 소송은 명확하게 해야 하고, 골육끼리 쟁송하는 경우는 엄하게 처벌해야 한다.

2. 斷獄^{단옥} : 형사사건의 판결을 신중히 하라.

옥사를 결정하는 것이다. 다산은 그의 저술 欽欽新書^{흠흠신서}에서 형옥에 관한 중요한 문제들을 여러 편으로 나누고 각기 실례를 들어 설명하였다. 옥사를 결정할 때는 밝게 살피고 신중히 생각하여 억울한 사람이 없도록 해야 한다. 각박하게 조문만 따지는 자는 대부분 뒤끝이 좋지 않았다. 옥사가 일어나면 아전과 군교들의 횡포를 엄금하여야 한다.

3. 愼刑^{신형} : 형벌 집행에 신중히 하라.

오늘날 벼슬아치들은 큰 곤장 사용하기를 즐겨한다. 두 종류의 태와 세 종류의 杖^장만으로써는 통쾌한 맛을 느끼기에 부족하기 때문이다. 형벌은 백성을 바로잡는 데 있어서 말단의 방법이다. 수령이 자신을 다스리고 법을 받들어 엄정하게 임한다면 백성이 죄를 범하지 않게 되어 비록 형벌을 폐하더라도 좋을 것이다.

4. 恤囚^{휼수} : 죄수를 불쌍히 여겨라.

감옥이라는 것은 이승의 지옥이다. 감옥에 갇힌 죄수의 고통은 어진 사람들이 마땅히 살펴야 할 일이다. 오랫동안 감옥에 갇혀 있어서 생리가 끊기게 된 자에게 그 정성과 소원을 받아들여 자비와 은혜를 베풀어야 한다.

5. 禁暴^{금포} : 세력 있는 자의 횡포를 금지시켜라.

횡포와 난동을 금지하는 일은 백성을 편안히 하는 것이다. 豪强^{호강}을 쳐서 누르되 임금이나 귀족의 측근으로 세력 있는 자를 꺼리지 않는 것은 목민관으로서 마땅히 힘써야 할 바이다.

6. 際害^{제해} : 백성들의 피해를 제거하라.

세 가지를 없애야만 백성들의 근심이 덜어질 것이다. 도적이 생기는 데는 세 가지 이유가 있다. 위에서 위의를 바르게 가지지 아니 하고, 중간에서 명령을 받들지 아니 하고, 아래에서 법을 두려워하지 않아서는 아무리 도적을 없애려고 해도 되지 않는다. 이치를 살피고 물정을 분변하여 실상을 밝혀내야 한다. 평민을 잡아다가 억지로 도둑을 만들면 그 원통함을 살펴 누명을 벗겨주어야 한다.

제10부 공전工典 6조

공전 6조는 山林산림, 川澤천택, 繕廨선해, 修城수성, 道路도로, 匠作장작으로 이루어져 있다. 산림행정과 수리사업, 성곽과 도로의 관리의 합리적 운영방안을 제시한 것으로, 주로 산업개발과 관련된 행정문제를 다루고 있다.

1. 山林산림 : 산림행정을 잘 살펴라.
封山봉산에서 기르는 소나무는 엄중한 금령이 있으나 마땅히 그것을 삼가 지켜야 하며 농간하는 작폐가 있으면 마땅히 그것을 세밀하게 살펴야 할 것이다. 나무를 심는 정사 또한 한갓 법조문일 뿐이다. 목민관이 오래 유임될 것으로 생각되면 법전을 준수할 것이요, 곧 갈릴 것을 알면 스스로 수고할 필요가 없다고 여길 것이다.

2. 川澤천택 : 수리사업에 정성을 쏟아라.
냇물과 연못은 농사의 근본이니 소중히 여겨야 한다. 우리나라에는 이름난 호수가 7, 8개 있고 나머지는 모두 폭이 좁고 작다. 그러나 그나마도 잡초가 우거지고 수축되지 않았다. 못이나 늪에서 생산되는 물고기 등은 엄중하게 지켜서 백성들의 요역에 보충할 것이며, 수령이 마음대로 취해서는 안 된다.

3. 繕廨선해 : 관아 수리를 방치하지 마라.
관아가 무너졌는데 방치해 두는 것은 수령의 잘못이다. 폐단이 생길 소지를 미리 막아야 하며 노력과 비용을 절약해야 한다.

4. 修城수성 : 성곽 수리에 신중하라.
성을 쌓을 때가 아닐 때 쌓으면 성을 쌓지 않은 것만 같지 못하다.

5. 道路도로 : 도로 관리에 노력하라.
도로와 교량을 잘 닦아서 다니는 사람들을 편안하게 해야 한다. 여관에서 물건을 져 나르지 아니 하고 고개에서 가마를 메지 않는다면 백성이 어깨를 쉴 수 있을 것이다. 객점에서 간사한 자를 숨기지 않고 원에서 음탕한 짓이 자행되지 않으면 백성은 마음을 맑게 할 수 있을 것이다.

6. 匠作^{장작} : 자신을 위한 물품 제작은 하지 마라.

물품 제작하기를 자주 하고 뛰어난 기술자를 다 모으는 것은 탐욕을 드러내는 것이다. 비록 온갖 기술자가 다 갖추어져 있어도 결코 자신을 위한 물품을 제작하지 않는 것이 청렴한 선비의 官府^{관부}이다. 설령 제조하더라도 탐욕스러워서는 안 된다.

제11부 진황^{賑荒} 6조

진황 6조는 備資^{비자}, 勸分^{권분}, 規模^{규모}, 設施^{설시}, 補力^{보력}, 竣事^{준사}로 이루어져 있다. 흉년에 가난한 백성들을 구제하기 위해 구호물자의 비축, 부자들의 곡식을 나누어 주는 일, 진휼 시행의 세부적인 계획, 구제방안의 실시, 흉년 이후에 민생 안정을 강구하는 방법과 진휼의 공과에 대한 점검을 내용으로 하고 있다. 굶주리는 백성들을 구제하기 위해 목민관이 어떻게 노력해야 하는지를 다루고 있다.

1. 備資^{비자} : 구호물자를 비축하라.

흉년으로 기근이 들면 목민관의 재능을 알 수 있다. 흉년에 백성을 구제하는 행정은 미리 예비하는 일만 한 것이 없다. 한해농사가 흉년이라 판정되거든 급히 감영으로 달려가서 곡식을 이송해 올 일을 의논하며 조세를 감면해 줄 것을 의논하여야 한다.

2. 勸分^{권분} : 재해 구제를 권장하라.

권분하는 법은 멀리 주나라 때로부터 시작되었는데, 시대가 내려옴에 따라 정치가 타락하여 이름과 실제가 같지 않게 되었다. 권분하라는 명령이 내려오면 부유한 백성은 크게 놀라고 가난한 사람들은 탐욕스러워진다. 큰 정사에 신중하지 않으면 엉뚱한 공로를 자기 것으로 삼는 자들이 있을 것이다. 권분이란 것은 스스로 나누어 주도록 권하는 것이다. 스스로 나누어 주도록 권하면 관의 힘이 크게 덜어질 것이다.

3. 規模규모 : 진휼에 대비하라.

진휼은 반드시 시기를 맞추어야 하고 규모를 갖추어야 한다. 진휼할 때는 오직 백성을 불쌍히 여기는 마음으로 해야 한다.

4. 設施설시 : 구호시설을 확충하라.

백성을 구제할 때는 반드시 근실하고 유능한 적임자를 뽑아야 한다. 구제하는 관청을 설치하고 監吏감리를 두며 가마솥을 갖추고 이에 소금과 간장과 미역과 마른 새우 등을 갖추어 놓아야 한다. 유리걸식하는 바는 천하의 궁한 백성으로 마음을 다해야 한다.

5. 補力보력 : 민생 안정을 강구하라.

농사가 흉작으로 판명되거든 마땅히 논을 대신 밭으로 삼아 다른 곡식을 심도록 하고 가을이 되면 보리 파종을 권장한다. 봄날이 길어지면 공역을 일으킬 만하니, 관아의 청사가 퇴락해서 수선할 일이 있거든 마땅히 이때에 보수해야 한다. 흉년에는 도적을 없애는 정사에 힘써 다해야 한다.

6. 竣事준사 : 진황정책을 총 점검하라.

진휼을 마무리할 때 모든 사항을 점검하여 범한 죄과를 하나하나 살펴야 한다. 이 날 논공행상을 하고 그 이튿날 장부를 정리하여 상사에 보고한다. 기진맥진한 백성을 도와 안정시켜야 한다.

제12부 해관解官 6조

해관 6조는 遞代체대, 歸裝귀장, 願留원류, 乞宥걸유, 隱卒은졸, 遺愛유애로 이루어져 있다, 관직 교체시의 행동과 돌아갈 때의 행장 꾸미는 법, 진정한 목민관은 백성들의 마음으로 따른다는 사실과 임지에서 수령이 죽었을 때의 처리절차, 수령이 남긴 애민의 자취를 내용으로 하고 있다. 목민관에 대한 평가는 재임 때뿐 아니라 임지를 떠난 뒤에도 백성들의 마음에 길이 남는다는 점을 강조하고 있다.

1. 遞代체대 : 관직이 교체되어도 놀라지 마라.

수령직은 반드시 교체됨이 있는 것이니, 교체되어도 놀라지 않고 관직을 잃어도 연연하지 않으면 백성이 그를 존경할 것이다. 평소에 문서와 장부를 정리해 두어서 청렴하고 명백하게 하여 후환이 없도록 해야 한다. 수령을 전송하는 백성들이 마치 어린 아이가 어미를 잃은 듯 슬퍼하면, 이는 인간 세상의 지극한 영광이다. 돌아가는 길에 완악한 백성을 만나 질책과 매도를 당하여 나쁜 소문이 멀리까지 퍼지는 것은 또한 인간 세상의 지극한 치욕이다.

2. 歸裝^{귀장} : 돌아가는 행장엔 아무것도 없어야 한다.

청렴한 선비의 돌아가는 행상은, 모든 것을 벗어던진 듯 깨끗하여 맑은 수레와 여윈 말인데도 그 맑은 바람이 사람들에게 스며든다. 집에 돌아온 후에 떳떳하지 못한 물건이 하나도 없어야 한다. 맑고 소박함이 예와 같으면 그것이 으뜸이요, 방편을 마련하여 종족들을 넉넉히 해주면 그 다음이다.

3. 願留^{원류} : 더 머물기를 원하도록 하라.

수령이 떠날 때 백성들이 애석하게 여겨 길을 막고 유임을 원하는 일은 역사책에 그 광휘가 전해져 후세에 빛날 것이니 이는 겉시늉만으로 되는 일이 아니다. 혹 수령이 오래 재임해도 서로 편안하고, 혹 늙었어도 유임시키기를 힘써서 오직 백성의 뜻에 따르고 법에 구애받지 않는 것이 잘 다스리는 일이다.

4. 乞宥^{걸유} : 죄가 있으면 용서를 빌어라.

수령이 형식적인 법규에 걸린 것을 백성들이 슬프게 여겨 서로 이끌고 임금에게 호소하여 그 죄를 용서해 주기를 바라는 것은 옛날의 좋은 풍속이었다.

5. 隱卒^{은졸} : 재직중 사망했을 때

재임중에 죽어 오래 되어도 기억하는 것은 어진 목민관의 최후이다.

6. 遺愛^{유애} : 떠난 뒤에도 사모하게 하라.

죽은 뒤에 백성들이 사모하여 사당을 세우는 것은 영광스러운 일이지만, 살아 있는 사람의 사당을 세우는 것은 예가 아니다. 선과 악의 판별은 반드시 군자의 말을 기다려서 이로써 公案^{공안}으로 삼아야 한다.

【다산 정약용 선생 연보】

1762년 광주부 초부면 마현리(남양주 조안면 능내리 다산유적지)에서 태어나다.
1783년 초시와 회시에 합격하여 진사가 되고, 선정전에서 정조의 지우를 입다.
1789년 문과에 급제하다.(28세) 초계문신으로 발탁되다. 한강나루에 배다리를 설계
건설하여 정조의 총애를 받다.
1792년 화성의 설계를 명령 받고 거중기를 설계하여 공사비 4만냥을 절약하게 하
다.
1794년 홍문관 교리에 제수되다. 경기도 암행어사로 나가 연천, 파주, 장단의 구악
을 일소하다.
1797년 천주교 신자로 탄핵받아 자명소를 올리다. 윤6월 곡산부사로 제수되다.
1799년 천주교 신자로 공격받아 자명소를 올리고, 형조참의를 사직하기를 청하다.
1800년 정조의 승하로 고향으로 돌아오다. 여유당의 편액을 달다.
1801년 신유사옥으로 형 약전은 흑산도로, 정약용은 장기를 거쳐 강진에 유배되다.
1818년 목민심서를 저술하다. 18년 만에 유배에서 풀려나다. 9월 마현으로 귀향하
다.
1819년 흠흠신서를 저술하다.
1822년 회갑을 맞아 자찬묘지명을 짓다. 여유당집을 경집 232권과 문집 260여 권으
로 총괄하다.
1836년(75세) 홍씨부인과 회혼일에 마현에서 별세하다.
1910년 7월 정헌대부 규장각제학 文度公^{문도공}이란 시호를 내리다.

▶ 덕혜옹주 | 영화 덕혜옹주

2016년 8월 3일에 영화 '덕혜옹주'가 개봉되었습니다. 평소 홍유릉 앞길을
출근길로 삼았던 바 그 입구에 덕혜옹주 묘가 있으므로 영화개봉을 계기로 남
양주시를 홍보할 기회를 얻게 되었습니다. 즉시 간부들에게 영화를 보러 가자
했습니다. 버스를 타고 개봉관에 가서 우선 갈비탕을 먹었습니다. 영화를 개봉
하는 날 영화표를 사서 눈물을 닦으며 영화를 보았습니다.

간부 여러분! 갈비탕을 드시고 영화를 보셨으니 내일 오전 11:30까지 영화
感想文^{감상문}을 저에게 보내주시기 바랍니다.

다양한 입장에서 감상문을 보내왔습니다. 망명길 해안가의 안가가 폭발하는 장면이 인상적입니다.

귀국을 거부당하는 덕혜옹주의 아픈 장면이 떠오릅니다. 현재 남양주에 사시는 고종황제의 외손녀 이홍 여사님도 함께 영화를 관람했습니다. 이 관람 감상문을 인쇄하여 영화인에게 보냈습니다.

【영화 덕혜옹주 스토리】

고종황제의 외동딸로 태어나 대한제국의 사랑을 받은 덕혜옹주. 일제는 만 13세의 어린 덕혜옹주를 강제 일본 유학길에 오르게 한다. 매일같이 고국 땅을 그리워하며 살아가던 덕혜옹주 앞에 어린 시절 친구로 지냈던 장한이 나타나고, 대한제국의 독립을 위한 비밀스러운 임무에 휘말리게 되는데…('비밀스러운 작전이 시작되는데…' 로 바꿨으면 하는 생각)

1945년 8월 15일 해방된 조국으로 돌아가는 길에 황실의 마지막 왕녀는 입국이 불허되었고 일본까지 따라와서 덕혜옹주와 영친왕을 감시하던 친일의 선봉자는 보란 듯이 귀국하였습니다. 영화에서는 이 대목에서 덕혜옹주는 심각한 정신적 충격을 받는 것으로 표현되었습니다.

이후 옹주 덕혜는 일본의 어느 요양원 지하에서 홀로 지내고 있을 때 이제는 (1962년) 신문사 편집장이 된 덕혜의 평생 호위무사 김장한(박해일)이 여러 곳을 수소문하여 그녀를 찾아냈습니다. 한쪽 다리를 저는 박해일.

그는 평생 덕혜옹주를 사모하지만 측근에서 모신 친구, 측근, 경호원, 독립군, 언론인이었습니다. 백해일의 노력으로 그녀는 해방(1945년)된 후 17년이 지난 1962년에서야 다시 고국 땅에 돌아왔으니 그 세월이 37년입니다.

일본 유학을 떠나기 위해 궁을 나설 때 수많은 궁녀들이 울면서 배웅을 하고 어머니 양씨는 보온병을 주면서 음식과 물을 조심하라 당부합니다. 아버지 고종이 수정과를 드신 후 돌아가셨고 국민들이 독살을 의심하였으며 이에 3.1독립만세운동으로 이어지는 것입니다. 이 물병은 일본 요양원에서 나와 조국으로 돌아오는 길에 소품으로 다시 등장합니다.

일제에 의해 강제로 유학길에 오르기 전에 딸 덕혜는 늘 자신의 발을 씻겨주던 어머니 양씨의 발을 씻겨줍니다. 그리고 어머니에게 '덕혜' 라 불러 달라 말합니다. 하지만 어머니 양씨는 딸의 이름을 부르지 못합니다. 그리고 유학길에 오르고 일본으로 양씨가 위독하다는 전보가 왔지만 조국의 어머니 곁에 가지 못합니다.

어머니(귀인 양씨)가 운명할 때 누가 곁을 지켰는가를 묻지만 독립군 김장한(박해일)은 아무런 답을 하지 못합니다. 그리고 노년에 돌아와 1962년 고종황제와 어머니를 회고하는 장면에서 어머니는 '덕혜야!' 하고 부릅니다. 하지만 그 모습은 실제가 아닌 감독과 배우와 관객의 바람이었습니다.

영화 주인공에게 편지를 보내서 남양주시에 소재한 덕혜옹주 묘역을 방문해 줄 것을 요청했습니다. 영화감독과 제작자가 시청을 방문하여 영화홍보에 힘써 준 데 대해 시장님께 감사인사를 드렸습니다. 그리고 부시장의 안내로 덕혜옹주 묘역을 방문하여 인사를 드렸습니다.

'덕혜옹주' 손예진 님 귀하

참으로 일반적이지 않은 역사 이야기를 바탕으로 2016년 시대정신에 걸맞는 스토리를 전개하여 '덕혜옹주'를 완성하시고 개봉하시기에 남양주시 공무원들이 단체로 1착 관람하고 그 소감을 모아 모아서 작은 책자로 만들어 보내드리게 되었습니다.

온 국민의 가슴 속에 더 깊게 자리한 영화 '덕혜옹주'라고 생각합니다. 문화예술의 세계라는 큰 산에 미리 올라가 코스를 점검하고 이후 올라올 문화인들의 생각을 가늠하시고 예측하시어 영화를 만드셨습니다. 주연배우도 제작진도 모두 대한민국 국민이시니 일제에 대해 하실 말씀이 많으셨을 것이지만 참으로 절제된 표현과 연기, 연출, 그리고 화면 구성이 돋보이는 작품이라 감히 평가합니다.

모든 관객, 국민 모두에게 공감을 주시고 하나 되게 하신 명연기에 더 큰 박수를 보내 드립니다. 기울지 않는 마음속 저울 위에 조선과 일본을 올려놓고 고민과 생각을 얼마나 많이 하셨습니까? 독립군 독립가옥에서 벌어진 총격전과 마지막 다이너마이트 폭파장면은 대한민국 국민 모두의 가슴속에 뭉클한 한 줄기 피가 솟구침을 주셨습니다.

어머니 귀인 양씨의 안위를 보장할 수 없다는 협박으로 인하여 피치 못하게 조선인 노동자 앞에 서서 노동을 권유하는 연설을 시작하였지만 독립운동에 나선 유학생들의 증언대로 헐벗고 손가락이 잘리고도 제대로 치료를 받지 못하는 등 현실을 직시하고 이내 일어 연설문 버리고 우리말로 인사말을 하시는 장면도 감동적이었습니다.

감격적인 장면이 많아서 모두 적어두지 못합니다만 그 순서도 어떤 일들이 먼저인지가 중요한 것이 아니라 이 시대 대한민국 국민에게, 특히 청년들의 가슴속에 조국이라는 커다란 마음속 글씨를 새겨주시는 장면의 연속이었습니다. 감격과 반성과 다짐의 파노라마를 연속으로 만나는 그런 시간이었습니다.

덕혜옹주님은 1962년 1월 26일 김장한과 함께 환국하시고 1989년 올림픽 다음해에 돌아가셨으며 그해에 이곳 경기도 남양주시에 오셨습니다. 1919년 승하하신 아버지 고종황제님과 명성황후님의 陵^{*}을 이곳 남양주시 금곡에 마련하였고 이후 의친왕, 영친왕, 이구 황세손도 같은 줄기 산자락에 함께 하셨습니다. '덕혜옹주' 영화의 개봉은 남양주시 발전에도 의미 있는 역할을 해 주실 것으로 기대합니다.

영화를 보신 국민들이 덕혜옹주에 대하여, 고종황제에 대하여 한 번 더 생각하고 그리워하실 것입니다. 그 과정에서 이곳 남양주시가 알려지고 살기 좋은 슬로라이프 도시, 복지를 선도하는 선진행정의 진면목을 자랑할 수 있고 더 많은 국민들이 남양주시에서 둥지를 마련하신다면 2020년경에 우리 시는 100만의 자족도시로 성장할 것입니다.

감독님과 출연진들이 시간을 내시어 고종황제, 명성황후, 순종황제를 모신 洪裕陵^{***}을 방문하신다면 큰 의미가 있을 것입니다. 의친왕, 영친왕, 덕혜옹주의 묘를 함께 보실 수도 있습니다. 도심 속의 정원과도 같은 이 분들의 능과 묘를 새로운 역사의 오솔길로 발전시킬 수 있을 것입니다. 때로는 추억하는 역사, 반성하는 역사의 현장이 될 것입니다.

어린이에게 역사를 가르치는 나라는 미래가 있으며 그 민족은 흥한다고 했습니다. 장기 계획으로는 홍유릉과 덕혜옹주님 묘 중간의 터에 조선왕릉 미니어처를 만드는 큰 役事^{역사}도 歷史^{역사}적인 일이 될 것입니다. 이 사업은 정부와 민간의 공동작업으로 가능할 것입니다.

거듭 감동스러운 영화를 만드신 감독님과 제작진 출연진 배우님들께 고마운 마음을 전해 드리며 앞으로 시간이 되실 때에 남양주시를 방문해 주실 것을 요청 드립니다.

참으로 행복하게 의미 있게 영화를 보았습니다. 감사합니다.

2016. 8. 8 남양주시청 공무원들이 드림

그냥 스쳐 지나갈 수 있는 영화를 최대한 활용하여 남양주시를 널리 알리게 되는 효과를 올렸습니다. 시에 근무하는 공무원들도 관내에 고종황제, 명성황후, 덕혜옹주가 모셔진 사실을 몰랐다고 합니다.

이 일을 공무원이 해야 하는가 아닌가 하는 논의가 필요할까 생각도 했습니다만 시를 위하고 지역을 홍보하는 일이라면 부시장은 업무소관에 관계없이 역할을 해야 한다고 봅니다.

사실 출근하면서 주 5일중 3일 정도는 '덕혜옹주 길'을 걸었습니다. 그래서 오며가며 간판을 보았고 영화개봉 기사를 보자마자 '이것은 우리 남양주시 弘報^{홍보}의 기회다'라고 찬스를 잡은 것입니다.

공보부서 동료 공무원들의 노력으로 문화재청을 움직여서 덕혜옹주 묘와 의친왕 묘역 비공개 구역을 수개월간 일반에 公開^{공개}하였고 덕혜옹주와 의친왕 등 王室^{왕실}관련 자료 50여 점을 6개월 동안 국민들에게 전시하였습니다.

그 결과 외지에서 관광객이 오는 등 나비효과가 나타났습니다. 신문에 기사를 낼 명분을 얻었고 영화사에서 시장님을 방문한 성과를 얻어낸 것입니다.

이는 덕혜옹주가 1989년에 돌아가시고 영화가 개봉되었다는 사실을 알린 것뿐 아니라 남양주시청 공무원에게 앞으로 우리시 공무원의 적극적인 행정 추진의 轉換點^{전환점}이 되었으며 우리의 행정이 지향해야 할 방향을 제시한 것이라는 自負心^{자부심}을 갖고 있습니다.

【기고문】 덕혜옹주

고종황제께서 61세 회갑을 맞으신 1912년에 고명딸 덕혜옹주를 얻으십니다. 고종은 요즘 유치원의 嚆矢^{효시}랄 수 있는 시설을 마련해 덕혜옹주(德惠翁主, 1912~1989) 교육에 정성을 들입니다. 덕혜옹주의 교육을 위해 덕수궁(경운궁)에 처음으로 유치원이 설립된 것입니다. 우리나라 유치원 1회 졸업생이 덕혜옹주입니다.

덕혜옹주는 9세까지 '복녕당 아가씨'로 불리다가 1921년에 덕혜옹주로 봉해졌습니다. 1925년 일제가 유학이라는 명분을 세워 일본으로 데려갔습니다.

일본에서 영친왕과 한집에 살면서 학교를 다녔고, 19세에 소다케유키(宗武志)와 정략 결혼해 딸 하나를 낳았는데 일찍 그 딸을 잃고 맙니다. 딸을 잃은 아픔과 이혼, 그리고 해방된 조국에 귀국하지 못하는 안타까움이 겹쳐서인지 1946년에 조현병으로 입원합니다. 그리고 신문기자의 노력으로 1962년 대한민국으로 귀국해 창덕궁 낙선재에서 기거하십니다.

영화는 여기까지입니다. 그리고 역사는 면면히 이어져 덕혜옹주는 1989년 4월 21일에 세상을 떠나시고 남양주시 금곡동에 소재한 아버지 고종황제의 홍유릉 인근의 묘소에 안식처를 마련하고 영면하십니다. 영화 '덕혜옹주'가 개봉된 그날 오후 남양주시 공무원 25명이 영화관에 모였습니다. 그리고 영화 관람 후 감상문을 쓰면 어떨까 제안하였습니다. 덕혜옹주는 힘들지만 치열한 삶을 살았고 우리가 모르는 대한민국 마지막 황녀로서의 자존심을 지키고 미래를 향한 큰 희망의 메시지를 주었기 때문입니다. 또한 남양주시를 위한 영화라 생각한 것입니다. 덕혜옹주님이 남양주시에 계시기 때문입니다.

공무원들이 업무중 가장 힘들어 하는 것은 국경일 축사를 쓰는 일, 각종 행사의 대회사를 작성하는 일입니다. 더구나 영화를 보고 감상문을 쓰느니 차라리 요즘 치열한 폭염 속에서 콩밭을 매겠다고 호미 들고 나설 기세입니다. 거지에게 먹여주고 입혀 줄 것이니 아이를 보아 달라 했는데 1시간 만에 아이 내려놓고 동냥자루 다시 들었다는 말도 있습니다. 아이 보기보다 더 힘든 일이 글 쓰는 일인 것입니다.

그러나 덕혜옹주의 묘를 비롯해 고종황제와 명성황후를 모신 홍유릉 등 많은 역사유물이 있는 남양주시의 공무원들이 이 영화를 본 뒤 역사를 재인식하고, 시민들에게도 우리 문화와 역사를 알리는 데 앞장서 주길 바라는 취지에서 '덕혜옹주' 영화 관람 감상문을 쓰자고 제안하였고 간부 공무원들은 이를 흔쾌히 수용하였습니다. 그리하여 남양주시청 간부들이 영화감상문을 모아 작은 자료집으로 만들었습니다. 허진호 영화감독, 덕혜옹주 손예진, 김장한역 박해일, 궁녀 복순역의 라미란님 등에게 팬클럽이 되어 자료집을 동봉한 편지를 보냈습니다. 언론을 통해 남양주시 공무원들이 덕혜옹주 영화 개봉을 계기로 역사를 다시 보고 이를 통해 시를 홍보하는 계기가 되었습니다. 공무원들은 행정과 홍보의 연계성에 대한 새로운 관심을 갖게 되었습니다.

감상문에 언론보도를 보탠 두 번째 자료집을 발간하여 각 부서에 배부하였습니다. 다른 행정을 추진할 때에 이번 사례를 참고하도록 하였습니다. 그리하여 남양주시 공무원 사이에서는 나비효과와도 같은 작은 파장이 일고 있습니다. 안전기획과 직원들은 단체로 영화 '터널' 을 보면서 안전의식을 키웠고, 총무과 직원들도 영화 '덕혜옹주' 단체관람을 통해 새로운 역사인식을 다졌습니다. 아울러 각종 회의중간 숨 고르는 시간에 단골소재로 덕혜옹주 이야기가 올라오고 있습니다.

이후 지인의 협조로 영화제작진과 연결되었고 문화재청의 협조를 얻어 일시 개방이 가능해진다면 덕혜옹주 묘역을 방문하겠다는 전갈을 받았습니다. 남양주 조안면 북한강로에 소재한 남양주종합촬영소 실내세트에서 영화 일부를 찍었으므로 제작진들도 남양주시와는 친근한 사이라 할 것입니다.

남양주시에는 고종황제와 덕혜옹주가 계십니다. 명성황후도 함께 하시고 순종황제도 잠들어 계십니다. 덕혜옹주 영화에 함께 출연하신 영친왕의 英園영원도 인근에 있고 의친왕, 이구 황세손도 같은 산자락에 함께 하십니다.

그래서 이 분들이 굽어 살피시는 참으로 걷기 좋은 이 산책로를 '차분하고 단아한 歷史역사의 길' 이라 칭하고 싶습니다. 영화 덕혜옹주 개봉을 계기로 '덕혜길' 이라 불렸으면 더더욱 좋겠습니다. [경기신문 기고/ 이강석]

홍릉에는 고종황제와 명성황후를 모셨습니다. 유릉에는 순종황제와 순명효황후, 순정효황후를 모셨습니다. 1919년 고종황제가 붕어하셨고 1895년 돌아가신 명성황후와 합장하였습니다. 해설하시는 선생님의 말씀입니다.

高宗皇帝^{고종황제}와 明成 皇后^{명성황후}를 모신 홍릉의 석물은 당시 중국인 기술자들이 작업을 했습니다. 그들은 동물석상의 다리부분은 통으로 작업을 해서 세웠습니다. 純宗皇帝^{순종황제}(1874~1926)의 석물작업은 일본인 기술자들이 담당했습니다. 일본인 감독은 중국 기술보다 일본이 뛰어나다는 것을 보여주기 위해 더 크게 더 구체적으로 석물작업을 하도록 명했습니다.

그래서 동물석상의 조각이 조금 세련되었습니다. 동물 네다리 형상을 제대로 갖추고 있으며 석물이 홍릉의 석상보다 조금 커 보입니다.

하지만 유릉(순종황제)은 아버지 고종황제(홍릉)의 어깨부근에 살포시 기댄 형상으로 자리하고 있습니다. 기울어가는 나라를 바로 세우기에는 역부족이었던 순종황제의 애환이 두 분 父子^{부자}를 모신 홍유릉 위치 관계에서도 느껴볼 수 있습니다. 저 혼자의 느낌인지는 모르겠으나 시간되시면 꼭 한 번 방문하셔서 대한제국의 역사를 회고해 보시는 것도 필요해 보입니다.

2017년 5월 16일에 남양주시 2청사 인근 식당에서 공직 40년 기념 오찬을 하였습니다. 그 자리에서 어제(5월 15일)부터 덕혜옹주님 묘역이 상시 공개되었다는 기쁜 소식을 들어서 가슴 뿌듯했습니다.

▶▶ 민원인 | 손님 만나기 | 결재

손님이 오시고 가시는 의전이 참으로 중요합니다. 부시장은 회의와 행사를 마치고 나면 사무실에서 업무를 보게 됩니다. 이때 다양한 분들이 오십니다. 과거 공직에서 가장 불편한 일은 국장이나 부시장님 결재입니다.

통상 손님들은 오전 10시부터 11시 30분까지 오시는데 한 팀이 대략 30분을 쓰게 됩니다. 그러니 공무원들은 결재를 받아야 하는데 과거시절 손님들은 부시장실에서 담배 피우고 커피에 녹차를 마시면서 장시간을 보냅니다.

부시장, 국장은 체면 때문에 손님에게 가라는 말을 하지 못합니다. 과거에 눈치 없는 손님들은 점심시간에 부시장을 동반하여 나가기 위해 버티는 경우도 있었습니다.

그리하여 11시 50분에 점심 먹으로 가면서 결재 받기를 기다리는 7~8명에게 오후 2시에 오라고 합니다. 참으로 힘들었던 상황입니다. 여러 번 언급됩니다만 결재는 권한이 아니라 의무인데 말입니다.

先酒後麵^{선주후면}(재미로 만들어 보았습니다)이라는 말은 술을 마신 후에 안주를 먹으라는 지침입니다. 공직 수행도 결재가 우선이고 손님접견은 그 다음이었으면 합니다. 손님이 대화중이어도 공무원 결재가 들어가는 소통의 사회가 되었으면 좋겠습니다.

거듭 강조합니다만 정말로 決裁^{결재}는 權力^{권력}도 權限^{권한}도 아닙니다. 결재는 부시장 固有^{고유}의 업무입니다. 가장 먼저 처리해야 하는 최우선의 임무입니다. 손님을 만나기 위해 결재를 미루는 것은 아니 될 일입니다.

과거 어느 간부는 결재시간을 정해 두었습니다. 아무리 급한 결재가 있어도 결재시간 아닌데 결재 받으러 왔다고 내보내는 뭐라 표현하기 어렵고 이해하기도 힘든 선배 공무원이 있었습니다. 따라서 손님보다 결재입니다. 꽃보다 청춘입니다. 청춘이 아름다우니 꽃장식이 필요 없다는 말일까요. 손님들은 부시장이 업무에 충실하도록 응원해야 합니다.

부시장실에 오는 그 많은 손님중에 시정 업무를 도와주러 온 분은 적을 것입니다. 자신들의 이해관계로 오는 분들이 많습니다. 조지훈 선생의 주도 18단중 다섯 번째 商酒^{상주}에 해당하는 상황입니다.

그러니 부시장의 시간을 결재 받는 공무원들에게 양보해야 합니다. 그 손님은 한두 사람, 회사의 경영에 도움이 된다면 100여 명에게 이익이 되는 일이지만 공무원의 결재는 기본적으로 10,000명, 100,000명에게 혜택이 가는 중요하고 소중한 행정을 추진하는 것임을 인식하여 주시기 바라는 마음입니다.

그래서 저는 노크 없이 그냥 쑥~ 들어오시라고 부시장실 문에 컬러 글씨로 榜^방을 붙였습니다. 그 아래에 참고사항으로 "손님이 대화중일 경우에도 공무원이 결재를 받기 위해 쑥 들어올 수 있으니 놀라지 마시고 諒解^{양해}하여 주시기 바랍니다"라는 문구를 첨가하였습니다.

　더러 경험 많은 손님은 이야기가 길어지고 오히려 부시장이 장황하게 이야기를 이끌어가는 경우에 "밖에 결재 받으러 온 직원이 많을 것인데" 하면서 나가려 합니다. 걱정 마시라. 지금 밖에는 아무도 없습니다. 있다면 이미 벌써 들어와 결재를 받아갔을 것입니다.

　손님이 계셔도 양해를 받아 간단한 결재를 하면 됩니다. 손님이 오신 가운데에도 들어오는 결재는 대부분 간명하게 서명하면 되는 문서입니다. 이미 전자문서로 결재를 마친 내용인데 형식상 서명을 하게 되는 위원회 서면결의와 같은 것입니다.

　이미 결정된 사안에 대한 후속조치를 위해 손님이 대화하시는 30분을 기다리는 상황은 절대 안 될 일입니다. 오히려 대화중간에 들어와서 결재를 받고 가면 손님들은 마음 편안하게 대화를 이어갈 수 있습니다.

　다만 관공서를 자주 가시는 분들은 부시장에게 할 이야기를 마음 속으로 정리하여 10분 안에 마무리해 주시면 더없이 감사하겠습니다. 우리의 착하신 부시장님은 어느 상황에서도 손님에게 나가라는 말을 꺼내지 않습니다. 손님들이 잘 조절해 주셔야 합니다. 부시장은 우리 시민 모두의 부시장이고 공무원 전체의 업무를 총괄하는 대표자이니 말입니다.

　손님이 연속으로 이어지는 경우가 더러 있습니다. 이 경우 나가시는 손님에게 예의를 다하시기 바랍니다. 손님이 가시는데 다음 번 손님과 인사를 나누는 경우 가시는 손님에게 소홀한 상황이 발생할 수 있습니다. 오신 일이 잘 되었다면 다행이겠으나 조금 풀리지 않고 돌아가는 경우에는 더더욱 신경을 써서 복도 밖에 나가서 인사를 드려야 합니다.

　조금 체중(!)이 나가시는 분은 현관 1층까지, 더 나가시는 분은 현관 밖에 나가서 인사를 드려야 합니다. 그리고 年歲^{연세}드신 어르신은 차량에 가서 문 열어 드리고 인사하고 손을 흔들어야 합니다. 그리하지 못하면 그 송구함으로 인한 후유증이 일주일 이상 갑니다.

　혈액형이 A형인 부시장님은 더더욱 신경을 쓰시기 바랍니다. 그리하지 못하면 일주일 열흘 마음이 허전하고 그 손님만 생각해도 오전 내내 마음이 무겁습니다.

다시 사무실로 돌아오면 다음 손님이 기다리십니다. 이제부터 새롭게 대화를 이어가면 됩니다. 두 번째 손님이 연세가 많거나 비중이 높다 해서 앞의 손님을 소홀히 하는 일이 없어야 한다는 점을 거듭 강조하는 이유는 지금부터 다음 손님을 정중히 최선을 다해 모시고 진솔한 대화를 하면 되기 때문입니다.

손님들은 대부분 자신이 필요로 하는 행정적 처분이나 지원을 요청합니다. 무슨 내용이든 최선을 다해 검토할 것을 다짐해야 합니다. 도저히 안 되는 일이라도 긍정의 마인드로 검토하겠다고 답하시기 바랍니다. 그것은 불가능한 일이라 말하지 마시기 바랍니다. 시간이 흐르면 손님은 이것이 부시장이 나서도 안 되는 어려운 일인 줄 아시게 됩니다.

본인도 안 된다는 사실을 아시지만 혹시나 해서 부시장에게 오신 것입니다. 그러니 제발 부시장 입으로 아니 된다는 말은 하지 마시기 바랍니다. 검토해 보고 알아보고 힘을 쓰겠다고 말하세요. 그리고 해당 부서에 안 되는 것을 알고 있으니 다음에 손님이 가시면 친절히 설명해 달라고 부탁하세요.

사실 副市長(부시장)을 잘하는 길은 많을 것입니다만 어느 길이 맞는지 파악하기는 어렵습니다. 한 번뿐인 길이고 돌아갈 수도 없는 一方通行(일방통행)이므로 늘 잘해야 합니다. 한 번 바닥에 흘린 물은 다시 담을 수 없습니다.

목욕탕 안에서 아이들이 아무리 험하게 물장난을 해도 욕조에 물이 남아있지만 사막 한가운데에 어렵게 놓여 있는 양동이를 건드리면 물 한 방울조차 남아있지 않는 빈 그릇을 들고 집으로 돌아가야 하는 것이 부시장의 立場(입장)이고 運命(운명)인 것입니다.

그래서 인기 방송인 두 남자 컬투의 '그때그때 달라요'를 다시 한 번 되새기게 됩니다. 부시장으로서 최선을 다하는 방법이 있기는 합니다. 그 최선이라는 것이 어느 정도인가는 또한 가늠하기 어렵지만 스스로 판단하여 마음에 들면 참 잘한 것입니다.

해결책은 제시했는지 앞으로 어찌하라는 것인지에 대해 저도 잘 모르겠습니다. 하지만 한 가지 명확한 것이 있습니다. 공직 20년에서 30년을 하면 공자님의 말씀처럼 남의 말을 받아들이는 耳順(이순)의 시기가 옵니다.

沖年^{충년} : 10세, 열 살 안팎의 어린 나이.

志學^{지학} : 논어 · 爲政篇^{위정편}의 '十有五而志于學 '에서 유래하여, 열다섯 살이 된 나이 를 뜻하는 말.

妙齡^{묘령} : 20살 안쪽의 젊은 나이. 妙年^{묘년}.

芳年^{방년} : 여자의 스무 살 안팎의 꽃다운 나이.

弱冠^{약관} : 남자의 스무 살. 또는 스무 살 전후를 이르는 말. 弱年^{약년}. 출전〈예기^{禮記}〉

而立^{이립} : 논어의 '三十而立'에서 온 말로, 모든 기초를 세우는 나이 '서른 살'을 이 르는 말.

不惑^{불혹} : 공자가 40세에 이르러 세상일에 미혹되지 아니 하였다는 데서 사물의 이치를 터득하고 세상 일에 흔들리지 않을 나이 '마흔 살'을 이르는 말. 출전〈論語^{논어}〉

望五^{망오} : 41세.

桑壽^{상수} : 48세, 桑^상자를 十^십이 네 개와 八^팔이 하나인 글자로 破字^{파자}하여 48세로 봄

知天命^{지천명} : 논어 爲政篇^{위정편}의 '五十而知天命'에서 천명을 아는 나이 '쉰 살'을 이 르는 말. 출전〈논어〉

望六^{망륙} : 51세를 나타내는 말.

耳順^{이순} : 논어의 '六十而耳順'에서 나온 말로 나이 '예순 살'을 이르는 말. 인생에 경륜이 쌓이고 思慮^{사려}와 判斷^{판단}이 성숙하여 남의 말을 받아들이는 나이. 출전〈논어〉

還甲^{환갑} : '예순한 살'을 이르는 말. 華甲^{화갑}. 回甲^{회갑}.

華甲^{화갑} : 61세, 華^화자는 十^십이 여섯 개이고 一^일이 하나라고 해석하여 61세를 가리키 며, 일갑자인 60년이 돌아왔다고 해서 還甲^{환갑} 또는 回甲^{회갑}이라고도 함

進甲^{진갑} : 환갑의 이듬해란 뜻으로 '예순두 살'을 이르는 말. 환갑보다 한 해 더 나아 간 해라는 뜻

七旬^{칠순} : 일흔 살

從心^{종심} : 공자가 70세가 되어 從心所欲^{종심소욕}(마음이 하고자 하는 바를 좇았으되) 不 踰矩^{불유구}(법도에 어긋나지 않다) 하였다고 한 데서 유래하여 '일흔 살'을 이르는 말. 출전〈論語^{논어}〉

古稀^{고희} : 두보의 곡강시 '人生七十古來稀^{인생칠십고래희}'에서 온 말. 70세를 이르는 말.

喜壽^{희수} : 일흔 일곱 살. '喜'자의 초서체가 '七十七'을 합쳐 놓은 것과 비슷한 데서 유래.

八旬^{팔순} : 여든 살.

傘壽^{산수} : 80세, 傘^산자를 八^팔과 十^십의 破字^{파자}로 해석하여 80세라는 의미.

望九^{망구} : 아흔을 바라본다는 뜻에서 81세를 나타내는 말. '할망구'로의 변천.

半壽^{반수} : 81세. 半^반자를 破字^{파자}하면 '八十一' 이 되는 데서 유래.
米壽^{미수} : '米' 자를 풀면 '八十八' 이 되는 데서 '여든여덟 살' 을 이르는 말.
望百^{망백} : 91세, 91세가 되면 백 살까지 살 것을 바라본다 하여 망백.
卒壽^{졸수} : 아흔 살, 卒^졸자의 약자를 九^구와 十^십으로 破字^{파자}하여 90세로 봄
白壽^{백수} : '百' 에서 '一' 을 빼면 '白' 이 된다는 데서 '아흔아홉 살' 을 이르는 말.
上壽^{상수} : 100세, 사람의 수명을 상중하로 나누어 볼 때 최상의 수명이라는 뜻. 左傳^좌^전에는 120살을 上壽^{상수}로 봄. 출전 〈莊子^{장자}〉

▶▶ 공무원에게 필요한 지침서

우리 지방공무원은 9급에서 8급 7급 6급에 승진하는 데 평균 19년이 걸렸고, 사무관 승진교육을 받기까지는 대략 30년이 걸린다는 신문보도가 있습니다.

9급 초임자의 입장에서 본 공직사회, 그리고 8급으로 근무하는 동안의 갈등, 7급이 되어서의 기대감과 자신감, 6급으로서의 어려움 등 산전수전 공중전을 다 겪은 공직자입니다. 이 공직자가 5급이 되고 4급이 되면 반면교사, 학습효과, 경험칙 등 수많은 경우를 겪은 베테랑이 되어 있습니다.

이런 공무원에게 현행의 예산 집행지침을 적용하는 것이 과연 맞는 처사인지 생각해 보고자 합니다. 물론 공무원은 법과 제도를 집행하는 자리입니다. 임의로 해석하지 못하게 각종 매뉴얼, 條例^{조례}, 지침, 기준이 있습니다.

하지만 행정가들은 바른 길로 가는 사회적 기준점을 잡고 있습니다. 말 그대로 행정입니다. 안 되면 마지막에 法^법대로 하자는 말은 많이 하지만 그 누구도 이 일이 안 되니 行政^{행정}대로 하자는 주장은 하지 않습니다.

그래서 행정은 합리성을 바탕으로 진행되는 긍정의 무대입니다. 행정을 집행하는 행정가들은 수많은 경험을 바탕으로 일합니다. 법이 큰 틀을 정하는 것이라면 행정은 상세한 집행을 실행하는 것입니다. 행정에 대한 신뢰가 낮은 것이 아니라 행정을 집행하는 직업 공무원이 많고 집행하는 경우의 數^수가 참으로 다양하다 보니 이런저런 해석상 견해의 차이가 나타납니다.

이래서 공무원의 법집행과 행정추진에 대한 언론과 국민의 혹독한 비판이

따릅니다. 그래서 일부 철부지 公務員^{공무원}, 沒知覺^{몰지각}한 公職者^{공직자}로 인해 다수가 피해를 입는다는 말이 여기에 적용되는 것입니다.

법제정을 잘못했다는 지적은 별로 없습니다. 하지만 법집행을 잘못하고 있다는 비판이 많습니다. 제정된 법은 강 건너 불이고, 법이 집행되는 행정은 나의 앞마당에 피워놓은 모닥불이기 때문입니다.

부정청탁 및 금품 등 수수의 금지에 관한 法律^{법률}이 공포되자 너도나도 걱정을 했습니다. 법이 시행되자 모두가 얼어붙었다고 합니다. 이 법에 의해 조사를 받은 사건은 뉴스에 나왔지만 구체적으로 어떤 수준의 처벌을 받았는지는 보도되지 않습니다.

아마도 어찌 해야 하는가 고민하나 봅니다. 하지만 이 법에 의해 花卉^{화훼}농가가 납품이 줄어 수익성이 떨어지고 零細^{영세} 식당마저 영업실적이 바닥을 치고 있다 합니다.

공직사회에서도 큰 변화가 일어났습니다. 그래서 동사무소 공무원들과 점심을 먹었습니다. 공무원 10년차에 처음 이런 점심을 먹었다고 했습니다. 이 공직자가 그동안 점심을 먹지 않았다는 말이 아닌 줄 아실 것입니다. 이처럼 행정은 현실에 적응할 줄 알고 있습니다. 그러니 법과 제도가 더 이상 공무원 활동무대의 칸막이가 되지 않기를 바랍니다.

법이라는 경계를 설정하고 그 안에서 원하는 풀을 뜯어 먹으며 良質^{양질}의 우유를 생산하도록 어진 洋^양들, 즉 공무원들에게 자율권을 주시기 바랍니다.

부시장은 자신도 모르는 사이에 일정이 정해지고 그 시간에 회의나 행사에 참여해야 합니다. 오찬계획이나 저녁에 일정이 있는지 집으로 퇴근하는가 하는 일정은 다수 동료 공무원들의 관심사입니다. 그러니 일정을 모두에게 공개해야 합니다.

최근에는 스마트폰 어플에 일정을 공유하는 프로그램이 있습니다. 자신이 입력해도 다른 이가 들어와 적어 놓아도 가입자가 상호 공유할 수 있습니다.

오늘 점심은 출장 나가서 동사무소 공무원들과 먹는다면 내근 비서는 친구와 약속을 하게 됩니다. 구내식당에서 점심을 먹는다 하면 4명(부시장, 수행비서, 내근비서, 운행비서)이 함께 갑니다. 저녁에 교통과와 식사를 하는 경우에는 부시장과 운행비서만 가면 됩니다. 혹시 관사 인근에 적당한 식당이 있다면 교통기획계장님 차를 얻어 타고 가면 될 것입니다.

토요일에 복지시설, 체육시설, 운동시설 준공식이 열리는 경우에는 시청에 미리 나와서 담당 팀장의 차에 동승하여 갔다가 또 다른 직원이 사무실로 돌아오는 길에 合乘^{합승}하면 됩니다. 현대사회인은 더 많이 걸어야 합니다.

마사이족의 건강은 걷기에서 출발한다고 합니다. 물을 길어오기 위해 6km를 가고 물동이를 이고 6km를 걸어서 집으로 옵니다. 그래서 마사이족은 건강하다 합니다.

아침 출근길은 건강 프로그램을 실천하는 기회입니다. 동두천시에 근무하면서 2.5km를 걸어서 출근했습니다. 아침마다 만나던 교통정리 아저씨는 지금도 건강하실 것입니다. 오산시청에 근무하면서 1년 반 동안 버스를 두 번 타고 오산 오색시장에 하차하여 1.5km를 걸었습니다. 집에서 92번 타고 비상활주로에서 20번 타고 오색시장 앞에 내렸습니다. 수백 개의 점포가 밀집한 오색시장 삶의 현장을 이리저리 누비고 돌아다녔습니다.

남양주시청 관사에서 시청까지는 2개의 길이 있습니다. 07:30에 출발하면 직항입니다. 곧바로 걸어서 금곡중학교 앞을 지나면 시청 정문 앞에서 다산 선생님을 만납니다. 07:10에 출발하면 4km 코스입니다. 박산이라고 사유지 산길을 가면 잠시 후에 의친왕께 인사하고 덕혜옹주를 만나게 됩니다.

이어서 이구, 영친왕의 안식처인 영원을 지나고 걷기 좋은 마사토 길을 10분간 걸어가면 홍유릉에 이르는 것입니다. 홍유릉에서 고종황제, 명성황후, 순종황제님을 만납니다.

부시장 업무의 90%는 문서결재입니다. 발 빠르게 결재를 하시는 부시장은 존경을 받습니다. 관사에 결재시스템이 있으니 출장 후 곧바로 관사로 퇴근하시는 경우에는 최우선적으로 컴퓨터를 켜 결재문서를 검색하시기 바랍니다.

출장시에는 대리결재자를 지정합니다만, 전날이나 전전날에 기안하여 팀장, 과장, 국장이 긴 시간 검토한 문서의 경우에는 부시장의 결재를 기다리고 있습니다. 특히, 보조기관의 검토가 길었다면 그 업무는 그만큼 긴급할 수도 있고 다수의 민원인이 기다리는 경우가 많습니다. 부시장은 내용을 보고 결재를 하는 행정행위이지만 민원인, 시민은 생업에 직결된 경우도 있고 하루 이틀에 큰 비용이 추가 발생하는 경우도 상상할 수 있습니다.

부시장 결재가 늦어지면 늦어질수록 공무원과 시민의 원성은 늘어만 가는 것입니다. 춘향전에 '燭淚落時 民淚落^{촉루락시 민루락}이요, 歌聲高處 怨聲高^{가성고처 원성고}' 라는 대목이 나옵니다.

金樽美酒 千人血(금준미주 천인혈) 玉盤佳肴 萬姓膏(옥반가효 만성고) 燭淚落時 民淚落(촉루락시 민루락) 歌聲高處 怨聲高(가성고처 원성고)

금잔에 담긴 향기로운 술은 천 사람의 피를 뽑아 만들었고, 옥쟁반에 담긴 맛 좋은 안주는 만백성의 기름을 짜서 만들었으며, 촛대 흐르는 물은 백성들의 눈물이요, 노래 소리 높은 곳에 백성들의 원망하는 소리 높더라.

직접 사무실로 결재서류를 들고 오는 경우에는 일단 칭찬을 하고 자리에 앉도록 권합니다. 부시장은 앉아있고 주무관은 서 있는 모습은 안 됩니다. 10초 안에 끝나는 결재라도 자리에 앉은 후에 대화를 시작해야 합니다.

결재는 먼저 서명을 하고 내용을 보는 방법도 있습니다. 기안자나 결재를 받으러 온 당신을 신뢰한다는 의미입니다. 공무원들은 자신이 기안한 자료, 企劃^{기획}한 문서에 부시장이 시원스럽게 萬年筆^{만년필}로 휘갈겨 결재하는 소리에 힘을 낸다고 합니다. 다소간 마음에 들지 않는 부분이 있더라도 책하지 말고 잘 된 부분을 격려하여야 합니다.

사실 기안문에 '당신과 우리 시는 나쁘다' 라고 쓰는 경우는 없습니다. 우리 시를 후퇴시키고자 기안을 올리는 경우도 없습니다. 민원인과 싸우자고 민원 서류를 작성하지 않습니다. 모든 민원서류의 시작은 '시정발전을 위한 귀하의 성원에 감사드립니다' 라고 시작합니다. 허가신청을 불허하는 경우에도 그러하고 시 행정을 강하게 질타한 민원서류에 대한 답신에서도 늘 '성원에 감사드린다' 는 문장으로 시작합니다.

결국 잘해 보자고 쓰는 것이 기안문인데 결재판을 열자마자 사인을 했다고 큰 문제가 발생하는 것 아니고 꼼꼼히 따지고 질문하다가 마지막에 어렵게 서명한다고 결재가 달라지지 않는 것이라면 우선 사인하고 검토하는 것도 좋은 방식이라는 생각을 합니다.

어떤 이는 너무 쉽게 결재하는 것으로 인식되어서는 안 된다고 합니다만 이를 불식하기 위해서는 서류의 마지막 장까지 넘겨보는 정성은 필요합니다. 보고서가 30쪽을 넘는다면 마주 앉아서 다 읽기에 어려우니 일단 시간을 가지고 보겠다 하고 나중에 결재한 서류를 들고 해당과로 가서 전하는 방법도 있습니다.

부시장이 부서를 방문하는 계기가 되고 이 또한 소통의 한 가지 수단이 됩니다. 부서에 결재서류를 들고 가는 것에 대해 긍정의 평가를 할 것입니다. 실제로 그런 경험이 있습니다. 서류 들고 갔다가 즉석에서 저녁약속을 잡기도 합니다. 눈치 빠른 부서장은 결재서류 배달해 주었다고 박수를 誘導^{유도}하기도 합니다.

따라서 신임 부시장이 오면 기획부서에서는 회의 줄이기 보고서를 들고 와서 살짝 전임 부시장을 비판합니다. 회의가 많았고 길었다는 말입니다. 시장님 지시사항이 끝나고 나서 부시장이 더 길게 후속 당부말씀을 하시니 참으로 힘들었다 말합니다. 정확히 알 수는 없으나 회의는 짧은 것이 좋습니다.

연설이 짧고 임팩트가 있어야 하듯이 회의는 확실한 주제를 가지고 정책결정 여부를 논하는 격렬한 토론의 장이 되어야 합니다. 하지만 우리의 현실은 늘 현재 진행중인 업무를 설명하는 회의입니다.

그냥 듣고만 있으면 되는 회의입니다. 간부들은 다른 부서의 업무에 대해 참견하는 듯한 의견을 내놓으려 하지 않습니다. 토론이 없는 회의가 많습니다.

그래서 공식적이고 의례적인 회의는 짧게 마치고 정말로 유익한 토론의 장을 만들고 꼭 필요한 간부와 실무자들이 모여서 결정을 하는 회의를 따로 마련하면 좋습니다. 회의시간은 50분을 넘어서면 안 됩니다. 경우에 따라서는 20분에 마치고 돌아가도록 하는 스피드 행정운영이 필요합니다.

회의는 짧게 마치고 곧바로 오찬으로 이어지는 시스템을 만들어야 합니다. 저녁 회의가 끝나면 만찬장으로 이동하여 그 실천방안을 고민하는 시간을 가져야 합니다. 그리하여 드라마 '태양의 후예' 명대사중 하나인 "이 어려운 일을 또 해냈지 말입니다"를 連呼^{연호}하여야 하는 것입니다.

▶▶ 재난사고 응급대응

2016년 6월 1일 오전 7시 27분에 남양주시 진접선 지하철 공사장에서 용접 작업중 폭발사고가 발생하여 근로자 4명이 숨지고 10명이 부상하는 대형사고가 발생하였습니다. 오전 8시 30분에 열리는 월례조회 참석을 준비하고 있었는데 8시경 읍장님으로부터 상황보고가 들어왔습니다.

즉시 현장으로 출동하였습니다. 소방관들이 출동하여 지하철 공사장에서 부상당한 근로자를 구출하고 있었습니다. 9시경 교량 아래 공간에 대책본부 간판이 걸리고 책상이 배치되고 노트북과 상황판이 설치되었습니다.

월례조회를 간단하게 마무리하신 이석우 시장님이 현장에 오셔서 경찰서장, 소방서장과 함께 대책회의를 주관하시고 구조상황을 지휘하셨습니다. 정부의 장차관이 오시고 유관기관 간부들이 출동하였습니다.

이 공사장은 민간건설사가 수주한 공사입니다만 그 현장이 남양주시 관내이므로 공무원이 출동하고 시장님이 오신 것입니다.

나중에 국민안전처에서 발 빠르게 대처한 모범사례라면서 그 과정을 문서로 받아갔습니다. 참으로 잘 대처한 非常事態^{비상사태}의 경험이었습니다. 현장에 답이 있고 현장에 해결책이 있음을 보여주는 일이었습니다.

▶▶ 회고 | 반성 | 자랑

부시장으로 근무한 세월을 회고해 보면 일단 후회는 없습니다. 최선을 다했다고 자부하기는 합니다만 늘 부족함이 있는 것은 사실입니다. 더구나 지방자치시대에서 부시장의 역할은 늘 Yes만 할 수는 없지만 그렇다고 No라 말하기도 쉽지 않습니다. 스스로 어려운 민원의 전면에 나서야 하고 긍정평가를 받는 시책에 대한 논공행상에서는 뒤로 물러서야 합니다.

물론 어려움을 당해내고 잘한 일은 동료와 후배들에게 넘기는 것이 이 세상을 살아가는 모든 조직원들의 필수품인 것을 알지만 政治人^{정치인}인 시장님의 지휘를 받아 행정을 총괄하는 입장은 불가원 불가근 그 자체입니다. 열심히 하다 보면 舌禍^{설화}를 만나고 조금 물러서 있으면 소극적이라는 비판을 받습니다.

열심히 일하면 '꼬장거린다' 는 비판을 받을 것이고, 큰 일만 챙기면 '설렁설렁 점수만 챙기려 한다' 는 비판을 받으니 홀어머니 모시는 외아들의 입장이 됩니다. 평생 아들 하나 바라보며 온 정성을 다해 키운 자식이 아내에게 잘하면 그것이 고깝고 어머니 편에 기울면 아내의 눈물이 흐르니 참 어려운 상황이라 합니다. 부시장이라는 자리가 바로 그런 位置^{위치}라고 생각합니다.

즉, 결재가 늦으면 하는 일 없이 시간만 끌고 필요 없는 회의만 한다 하고 문서처리가 빠르면 검토도 안 하고 마우스 클릭만 하면서 월급 다 타 먹고 법인카드만 축낸다는 批判^{비판}에 직면하는 것입니다.

사실 시청의 간부들은 개청 이래 그동안 20명 넘는 부시장을 만나서 회의하고 결재 받고 식사하고 討論^{토론}을 해 왔습니다. 누구는 어떠하고 어떤 부시장은 열심이라 합니다만 그 평가가 명확하지는 않습니다. 간부 공무원들은 가급적 전임자, 다른 간부를 批判^{비판}하지 않습니다. 마음 속에 간직할 뿐 말하지 않습니다.

우리는 대부분 나를 기준으로 상대방을 평가합니다. 그 사람은 나보다 어리다고 하면 도대체 몇 살인지는 당신의 나이를 알려주어야 대략이라도 그 사람의 나이를 추정할 수 있을 것입니다. 나보다 작다고 하는데 말씀하시는 그대의 키는 180cm인지 160cm인지 밝히신 후 말씀하셔야 한다는 말입니다.

부시장에 대한 평가도 잘한다고 하는 것은 자신의 기획을 받아준 경우이고 못한다고 말하는 것은 함께 근무하는 동안에 그 공무원과 충돌이 있었거나 언쟁이 발생했다는 말인 것입니다.

부시장의 잘잘못은 저울에 달아 평가할 수 없고 자로 재서 비판할 수도 없습니다. 양궁 과녁이나 표적지는 동심원이 여러 개 있고 점수를 사전에 정해두었으므로 객관적인 평가가 가능합니다.

하지만 부시장의 업무처리 내용에 대해서는 행정 목표의 정중앙에서 얼마나 떨어진 것인지를 평가하는 객관적 기준이 없습니다. 각자의 마음속 생각으로 잘 한다 못 한다 평가하기 때문에 명확하고 타당한 평점을 제시하는 것은 아닌 줄 생각합니다. 그래서 부시장의 입장은 마치 '팔러 가는 당나귀' 입니다.

부시장이 바로 당나귀를 팔러 가는 아버지, 아들, 그리고 그 당나귀입니다. 이래도 비판 저래도 불평 빨라도 안 된다 하면서 느리면 답답하다고 합니다. 업무적인 것은 그렇다고 해도 이해가 됩니다만 더 중요한 것은 따로 있습니다.

즉 부시장이 해야 할 일에 대한 안내 담당이 없습니다. 부시장과 같이 근무하는 동료들의 이야기를 들어보면 업무추진비를 절약하라는 경리팀장의 꿈을^{고언}이 있을 뿐입니다. 물론 국장 과장중에 부시장실에 들어서 이런 저런 동향을 알려주는 분이 있습니다만 매주 매일 부시장 일정과 동선을 밀착 관리하는 누군가가 필요하다는 생각이 들었습니다.

나름 이 자랑은 꼭 하고 싶습니다. 부시장 등 부속실이 있는 부서에서 일하면서 부속실에서 전화를 걸어준 경우는 없습니다. 부재중 온 전화에 대해 걸어서 걸려온 듯 바꿔준 경우는 있을 것입니다. 부재중 전화는 번호를 받아서 통화했습니다. 출장에 외부전화가 오면 문자로 받아 통화했습니다.

협의가 필요하면 전화로 논의하고 만나야 할 필요가 있으면 국장실, 과장실, 팀장 자리에 가서 대화하였습니다. 이는 소통의 방식중 가장 빠른 지름길입니다. 부시장 방으로 오라 하면 일단 긴장을 합니다. 올바른 의견을 내놓기가 어렵습니다.

동네 강아지 20%는 먹고 들어간다는 말에 공감합니다. 강아지가 꼬리를 치며 자신의 집으로 후퇴하면서도 열심히 할 말을 하는 것을 보셨을 것입니다.

우리도 마찬가지입니다. 자신의 사무실에서 대화를 하면 자신감이 생기고 필요한 서류가 바로 옆에 있으니 걱정이 없습니다. 그리고 제가 노리는 효과는 그 주변에서 일하는 다른 동료 공무원들에게도 업무에 대한 자신감을 심어줄

✱ 【팔러 가는 당나귀】 초등학교 때 바른생활 책에서 본 그 이야기가 示唆^{시사}하는 바를 이제야 이해 하겠습니다. 아버지와 아들이 당나귀를 팔러 장으로 가는데 주변에서 비판합니다. 왜 바보처럼 당나귀를 타고 가지 父子^{부자}가 걸어서 갈까. 그래서 아들을 태워서 가자 이번에는 어린 녀석이 孝心^{효심}이 없어서 아버지를 걸어가게 하네. 그래서 아버지가 타니 불쌍한 아들, 데려온 아들일 것이라 합니다. 그리하여 부자가 함께 타고 가니 동물을 虐待^{학대}한다는 비판이 나옵니다. 결국에는 당나귀를 장대에 걸어 부자가 메고 가다가 외나무다리 위에서 아이들이 바보 같다고 큰 소리를 치자 이에 놀란 당나귀가 버둥거리고 그 충격으로 부자가 당나귀와 함께 개울물에 빠진다는 이야기 입니다.

수 있을 것이라는 점입니다.

무거운 서류를 들고 부시장실로 오지 말고 부시장을 회계과로 초청하면 됩니다. 녹차 한 잔에 과자 3개만 놓아주면 신이 나서 도장 들고 출장을 가서 결재를 하는 것입니다. 조금만 생각을 바꾸면 참 재미있게 일할 상황이 참으로 많습니다.

▶▶ 비서실장의 기능機能과 역할役割

오래 전부터 도지사 비서실장을 2급 이사관으로 해서 기획조정실장, 균형발전기획실장, 경제실장, 도시주택실장, 의회사무처장, 그리고 인구 50만이 넘는 시의 부시장을 포함한 전체 부시장 부군수를 총괄하는 역할을 해야 한다고 생각합니다. 시장실, 군수실의 비서실장도 5급, 6급이 아니라 4급이나 그 이상으로 보임해야 할 것입니다.

비서실장과 비서가 가방을 들고 다니고 차량의 문을 열고 닫는 역할이 아니라 시장님 군수님 그리고 부단체장이 해야 할 일을 총괄 기획하는 연출자가 되어야 한다는 말입니다. 그래서 중요 행사일정을 놓고 여기 여기는 시장님 참석, 이곳저곳은 부시장이 가도록 조정해야 한다고 봅니다.

◇ 인구 50만 명 이상의 기초자치단체 : 수원, 고양, 성남, 용인, 부천, 안산,
　남양주, 안양, 화성, 김해, 창원, 포항, 전주, 천안, 청주

비서실장은 대외적으로도 시장, 부시장 일정에 맞지 않으니 그 단체의 행사날을 다음날로 조정하는 역할도 할 수 있어야 합니다. 물론 지금 비서실에서 다 하는 역할입니다만 고위급 비서실장이 정하고 시장님 군수님은 거기에 따라가시면 되도록 했으면 하는 마음입니다. 그래서 비서실장은 부단체장과 편하게 업무를 조정하고 일정을 조율하는 정도의 수평적 행정이 가능했으면 합니다.

AI(조류독감)이 심각할 때 부시장 스스로 현장을 가자고 했습니다. 오전 09:30부터 관내를 순찰하고 동행한 축산과장님과 점심을 먹고 있는데 시장님 비서실에서 전화가 왔습니다. 시장님께서 오후에 AI현장을 가시겠다는 것입니다. 타임이 딱 맞아서 마치 부시장이 오전에 점검하고 오후에 시장님이 나가시는 모양새를 갖추게 되었습니다.

이런 스케줄을 시장실 비서실장이 총괄해야 한다는 말입니다. 그 실무역할은 시정팀장, 기획팀장, 또는 별도의 의전팀이 할 수 있을 것입니다. 시장실과 부시장실 스케줄을 총괄하는 비서팀을 설치하는 것도 바람직한 방법이 될 것입니다.

▶ 비상급수 | 위기대처

2016년 8월에 남양주시 금곡동 상수도 가압장 모터가 고장이 나면서 배수지에 물 공급이 중단되었고 오후부터는 단수가 불가피하다는 상황이 들어왔습니다. 즉시 현장에 가보니 지하실에서 침수된 물을 퍼내고 모터를 수리하고 있습니다.

시청에서 호평동과 평내동을 넘어가는 고갯마루 좌측에 배수지가 있어서 금곡동 전체에 수돗물을 공급하는데 동 전체가 몇 시간 후에 급수가 중단된다는 상황입니다. 모터를 분리하여 공장에 보내서 건조시킨 후 다시 받아오는 동안에 새 모터 2대를 주문하여 차에 싣고 달려오는 중이라고 했습니다. 모터를 2개 돌려야 비상급수가 가능하다고 합니다. 전체 급수에는 총 5대의 모터가 돌아가야 합니다. 그런데 모터 5대가 정지하고 모터 2대를 공장에서 차에 싣고 현장으로 오는 중입니다.

모터를 교체하고 가압하여 물을 올릴 수 있는 시간은 오후 7시경이라 했습니다. 6시부터 시민들이 집으로 돌아와 저녁을 짓고 샤워를 하고 빨래를 할 그 시간에 단수가 된다는 절박한 상황입니다.

동장실에서 긴급회의를 열었습니다. 식수를 공급하기 위해 茶山水^{다산수} 4,000

병을 확보했습니다. 각 통 지역에 배분하기 위한 차량 3대를 준비하였습니다. 인근 양정동, 평내동의 지원을 받았습니다.

시청 급수차도 동원했습니다. 우리가 단수사고를 겪은 것은 2009년 경이라 합니다. 7년 동안 단수사고가 없었으므로 비상상황에 대처하는 노하우가 필요했습니다.

수도부서에 오래 근무한 지인 공무원에게 자문을 구했습니다. 여러가지 이야기를 나누다가 급수차를 마을로 보내는 방법도 있겠지만 미리 배수지에 급수하는 아이디어가 떠올랐습니다.

우선 시청 급수차를 금곡 배수지로 보냈습니다. 남양주소방서에는 골목 급수를 위한 소방차 지원을 미리 요청해 두었는데 단수가 될 때까지 기다릴 것이 아니라 미리 급수차를 운행하여 배수지에 물을 채웠습니다.

전략도 필요했습니다. 단수된다는 예고를 서둘러 하면 재난이 발생하였을 때 생필품 사재기하듯이 수돗물을 미리 욕조나 물통에 받아두게 되므로 배수지의 물이 급격히 빠지고 결국 고지대 단수를 가속화한다는 판단을 했습니다. 단수에 대한 안내는 가급적 늦추기로 했습니다. 음식점은 영업을 못하는 문제가 있어 걱정이 많습니다.

배수지에 가니 소방차와 시청 급수차로 연신 물을 길어 붓고 있습니다. 소방 호수가 팽팽하게 부풀고 배수지 입구에는 대형 분수대를 틀어놓은 듯 콸콸콸 물이 들어갑니다. 양주, 의정부, 구리, 하남시에 요청하여 급수차를 지원받았습니다. 구리 의정부 하남소방서의 소방차 지원을 요청하였습니다. 두 말 없이 지원에 응해 주신 주변지역 시청의 공무원에게 감사드립니다. 남양주소방서를 비롯한 인근지역 소방관 여러분께 감사드립니다.

저녁 6시가 되자 배수지의 물이 내려가는 속도가 빨라집니다. 수도과장님 스마트폰에 배수지 상황이 연결되어 있습니다. 수시로 체크하는데 남은 물 수위가 5cm라 했습니다. 이제 단수 직전입니다만 소방차, 시청 급수차는 계속 물을 실어 날랐습니다.

금곡 가압장에서 모터 1대를 교체하여 가동을 시작했다는 낭보가 왔습니다. 2번째 모터도 30분 내에 수리를 완료할 수 있다는 기쁜 소식이 들어옵니다. 가압장에 다시 가 보니 상하수도 센터장을 비롯한 공무원 모두가 현장에서 東奔西走^{동분서주}하고 있습니다. 점심을 못 먹은 직원도 있다 합니다. 저녁을 교대로 드시도록 하자 했습니다.

모터수리가 원활하다고는 하지만 고지대, 관말지역에는 단수가 예상되므로 금곡동장님이 통장님들께 문자를 보냈습니다. 오늘 저녁 일시적인 단수가 예상되니 미리미리 주민에게 공지해 주시고 단수된 곳에는 다산수(페트병)를 공급하고 시청 급수차, 구리시 給水車^{급수차}를 가동하여 골목급수를 하겠다고 알려 드렸습니다. 그리고 급수차를 타고 고지대로 출동하였습니다.

좁은 골목에 어렵게 급수차를 몰고 가서 양동이에 물을 채워 드리고 큰 통에 물을 담아 장정 3명이 들고 집 입구까지 배달했습니다. 저녁에 늦게 오시는 분들에게 나누어 주신다고 하십니다. 庶民^{서민}들이 사시는 마을에 다정다감한 우리의 이웃이 더더욱 많이 사신다는 생각을 했습니다.

그런데 우리의 급수차가 고장이 났습니다. 禍不單行^{화불단행}, 어려움은 늘 겹친다고 했습니다. 시동을 걸어보지만 후진 불만 들어오고 더 이상 반응이 없습니다. 그래도 골목급수는 계속됩니다. 카센터 사장님은 연락을 해도 받지 않고 30분 넘게 기다리다가 다른 차량을 타고 금곡동 사무소로 돌아왔습니다.

다른 조에서도 금곡동 내 고지대 여러 곳에 급수를 했습니다. 생수를 공급하고 급수차로 물을 보급해 드렸습니다. 전체적으로 심각한 단수는 없었습니다. 소방관들과 시청 공무원들이 비상급수 작전을 펼친 결과입니다. 이쪽에서 단수에 대한 대응을 하고 있으므로 기술팀은 더욱 빠르게 모터수리에 열중한 것으로 생각합니다. 보이지는 않았겠지만 작은 응원이 된 것 같습니다.

아마도 급수작전으로 30분 정도 給水^{급수}를 연장시켰다고 생각합니다. 다시 말해 단수시간을 30분 늦춘 것입니다. 오늘 수도분야 고장사태에 대응하면서 몇 가지 의미 있는 행정 매뉴얼을 구상했습니다. 배수지를 건설할 때에 소방차가 비상급수를 할 수 있는 공간을 확보해야 한다는 점입니다. 그리고 수도관을 고치는 일에만 집중할 것이 아니라 급수 대책도 함께 마련해야 한다는 것입니다.

지금 이 시각 밤 10시에도 모터수리는 계속되고 있습니다. 새벽까지 작업을 해야 5개 모터가 정상적으로 가동되고 임시로 돌려막은 급수 시스템도 제 자리로 돌려놓을 수 있다고 합니다.

저렇게 큰 장치로 24시간 365일 물을 공급하는 상하수도센터의 수도과 임무가 막중함을 한 번 더 확실하게 깨달았습니다. 평소에는 모르다가 고장이 나고 문제가 발생하면 그 업무의 중요성이 부각되는 것도 피할 수 없는 행정 현실입니다. 아침마다 떠오르는 태양의 소중함을 몰랐다는 것과 같습니다. 아침마다 밥상을 차려주신 어머니의 고마움은 자취생이 되어서야 절실하게 알게 되는 것입니다. 단수사고를 통해 行政^{행정}의 答^답은 現場^{현장}이라는 점을 확인하는 기회가 되었습니다. 급수차가 가서 좌르르 물을 붓는 줄 알았더니 비상급수시설에서 물을 받아 다시 송수관을 통해 배수지에 물을 보충하는 작업이 쉽지 않음을 알게 되었습니다.

그리고 고속으로 차량이 지나가는 길가에 소방차, 급수차를 세우는 것도 위험한 일이므로 安全裝置^{안전장치}를 충분히 해야 한다는 점도 확인하였습니다.

오늘 비상급수, 모터수리, 급식 등 애쓰신 남양주시 공무원, 민간인 모든 분들께 감사드립니다. 의정부, 양주, 구리, 하남시 수도과 공무원, 소방관 여러분 감사합니다. 불편을 감내하신 금곡동 시민 여러분 감사드립니다. 어제 오늘, 금요일과 토요일은 바쁘지만 보람찬 하루였습니다.

부시장 | 수도과장님께 보낸 감사편지

비상급수 先公後私^{선공후사} 지원에 감사드립니다. 부시장님, 수도과장님께 감사 인사드립니다. 저는 남양주시 부시장 이강석입니다.

8월 13일 오후에 남양주시 상수도 가압장 모터 고장으로 인하여 금곡동 전체가 단수될 수 있는 비상사태가 발생하여 東奔西走^{동분서주}하였습니다. 시에서는 단수를 늦추기 위하여 배수지에 물을 보충하자는 비상회의 결과에 따라 시청 급수차, 남양주소방서 물탱크차를 지원받았습니다.

그리고 주변의 구리시, 하남시, 양주시, 의정부시 순으로 시청 급수차 지원을 요청하였습니다. 부단체장님과 과장님, 그리고 수도과에 근무하시는 공무원들이 先公後私^{선공후사}의 정신으로 도움을 주셨습니다. 짧은 시간에 190톤을 실어 날라 단수되지 않도록 힘써 주셨습니다.

고지대 일부에서 단수가 발생하였지만 저녁 식사를 준비하고 퇴근 후 폭염의 피로를 씻어내야 하는 중요한 시각(18:00~19:00)에도 급수가 가능했습니다. 남양주시 주변 의정부시, 양주시, 하남시, 구리시 수도과 공무원의 적극적인 지원, 남양주소방서 소방관의 노력의 결과입니다.

우리 시는 이번 수도업무 비상사태를 겪으면서 몇 가지 중요한 노하우를 축적하였습니다. 다른 시에서는 이미 그렇게 하실 것으로 생각합니다만 급수라인에 고장이 발생하면 단수예상 지역에 대한 상황판단이 중요합니다. 그리고 급수 가능지역에서 물을 받아 단수가 예상되는 배수지에 물을 보충하는 것입니다. 앞으로는 인근 시에서 물을 퍼 나르는 전략도 매뉴얼에 넣어야 하겠습니다.

다음으로 시민들에게 생수를 보급하여야 합니다. 가정에서 수돗물을 쓰는 순서는 1.식수 2.샤워 3.세탁 4.설거지 5.화장실 순이라고 본다면 최우선으로 생수를 공급하고 두 번째 생활용수를 보급해야 하는 것입니다. 시청 급수차의 물은 식수와 생활용수가 가능하고 소방서 물탱크의 경우는 생활용수가 가능하고 먹을 수 있는 물인가의 여부는 소방관서에서 판단해 줍니다. 비상급수 시에는 식중독이나 전염병 예방에 각별히 신경을 써야 할 것입니다.

고지대 일부지역에 단수가 되니 어려움이 많았습니다. 시민들이 아파트 관리사무소 앞에 주전자, 양동이, 물병을 들고 줄서서 기다리시는 모습을 보니 어찌 할 바를 모르겠습니다. 식수공급은 늦어지고 시간이 갈수록 시민불편은 가중되었습니다. 폭염이 기승을 부리던 8월 12일, 13일에는 식수 이외에도 땀을 씻는 데 물이 많이 필요하였습니다.

남양주 시민들께 감사드립니다. 비록 고지대 일부지역이지만 급수 불편을 많이 참아 주셨습니다. 시에서도 시청 급수차, 소방서 물탱크차, 인근 시의 수도과 지원을 받은 차량으로 배수지에 물을 채우고 골목길에 생활용수를 공급하며 생수를 보내는 등 여러 가지 급수를 위한 노력을 하였지만 부족하였습니다.

거듭 구리시, 하남시, 의정부시, 양주시 수도과장님의 지원에 감사드립니다. 남양주소방서 소방관 여러분 수고하셨습니다. 그리고 이번 비상사태를 겪으면서 유관업체의 발 빠른 대처가 중요함을 알았습니다. 모터를 수리하고 관로를 정비하고 주택가에서 급수를 관리해 주신 협력업체 직원 여러분의 숨은 공로에 감사드립니다. 앞으로 남양주시 주변의 다른 시군에 단수 비상사태가 발생하면 적극적으로 지원하겠습니다. 소방서는 경기도재난본부의 지휘에 따라 인근지역 대형재난, 화재가 발생하면 응원출동을 한다고 합니다. 우리 수도부서에서도 이 같은 시스템을 갖출 필요가 있다고 생각합니다.

다시 한 번 적극적인 선공후사의 정신으로 도움을 주신 공무원 여러분과 모든 분들에게 감사 말씀드립니다. 고맙습니다.

2016. 8. 16 남양주시청 이강석 드림

▶▶ 공직公職을 떠나는 마음을 적은 글

남양주시를 떠나면서 동료 선배 후배 공무원에게 보내는 인사문 초안을 수 일째 보태고 지우고 첨가하면서 완성했습니다. 2017년 1월 1일 새벽에 글을 발송하였습니다. 각 부서에 보내고 전체 공무원이 보는 게시판에 올렸습니다. 개인 카페에도 실었습니다. 그리고 그 양을 가늠해 보니 원고지 90매 18,000자입니다.

아마도 공직을 떠나면서 남긴 글 중에 그 내용이 조금은 긴 글 중의 하나가 될 것이라는 생각을 합니다. 한국 기네스북에 등재를 신청하는 것도 생각해 보고자 합니다. 보통 선배들이 이른바 '퇴임의 변' 이라 해서 원고지 7매 내외의 글을 올리는 것을 자주 보았습니다.

그런데 이런저런 이야기를 늘어놓다 보니 글의 양이 늘고 커져서 결국 90매 원고를 채웠습니다. 자신의 초임시절부터 현재에 이르기까지의 喜怒哀樂희로애락을 句句節節구구절절 적다 보니 말이 많아졌습니다.

이 글을 보냈어도 전문을 다 읽는 분이 별로 없을 것이라 생각하므로 차라리 간명하고 서정적으로 인사말을 쓰는 것이 좋을 것인데 하는 생각도 들었습니다. 그리하여 국장님 등 간부들에게 보내는 간명한 편지를 적어 보았습니다.

> 국장님 감사합니다. 정말로 초임 공무원을 시작한 것이 얼마 안 되는 듯 여겨지는데 그냥저냥 40년 가까운 세월과 시간이 흘러서 어제 공직 마지막 12월 오후 3시 종무식에 참석하니 마음이 짠했습니다.
>
> 2017년 시무식에 참석하여 동료 공무원들을 만나니 반가운 가운데 곧 이별을 한다는 생각에 마음 한구석에 무거움이 자리했습니다만 밝고 희망에 찬 남양주시 공무원들을 바라보면서 우리 시의 찬란한 미래를 미리 보고 있다는 생각이 들었습니다.
>
> 국장님과 함께 남양주시 발전을 위해 일한 것은 공직 생활중 가장 멋진 기간이라 생각합니다. 잘 모르는 업무를 소상히 설명해 주시고 발전적 방향으로 이끌어 주신 데 대해 깊은 감사를 드립니다.
>
> 그리고 국장님께서는 폭넓은 경험을 바탕으로 행정 발전방안을 제시하시면서 그간의 경륜을 발휘하여 시정의 다양한 분야에서 큰 성과를 내셨고 시정에 함께 한 저

로서는 많은 보람을 얻었으며 이에 마음 속 깊은 감사 말씀을 드립니다.

　아울러 국장님과 함께 한 남양주시청에서의 공직생활의 아름다운 추억을 평생 간직하고 누구를 만나서도 자랑하게 될 것입니다. 함께 호흡하고 같이 고민하며 이룩한 성과를 큰 보람으로 간직하겠습니다. 국장님의 건승을 기원 드립니다. 고맙습니다. 감사드립니다.

2017. 1. 5 이강석 드림

▶▶ 명예퇴직에 대하여

　2016년 말에 名譽退職^{명예퇴직}을 결심하였습니다. 자신을 돌이켜보니 40년 가까운 세월 동안 늘 신세만 지고 있습니다. 좋은 분을 만나 평온하고 행복하게 근무했습니다. 더 많이 애쓰고 열심히 일하시는 분에게도 승진의 영광을 割愛^{할애}해야 한다는 생각을 하고 있었습니다.

　그래서 공직을 마치는 '명예퇴직원'을 내면서 돌이켜 보니 금년 1월 5일에 승진발령을 받았으므로 1년 365일을 넘기려면 2017년 1월 6일자에 명예퇴직을 하면 적정하겠다는 생각을 했습니다.

　공무원이 명예퇴직을 하면 특별승진을 하게 됩니다. 당해직급으로 1년 이상 근무하면 다음 직급으로 명예롭게 특별승진을 하는 것입니다. 연금이나 보수 등에는 전혀 영향이 없습니다. 연금 등은 당해직급으로 받게 됩니다.

【지방공무원법】

제39조의3(우수 공무원 등의 특별승진) ① 공무원이 다음 각 호의 어느 하나에 해당할 때에는 (…중략…) 특별승진 임용할 수 있다.

4. 재직중 공적이 특히 뚜렷한 사람이 제66조의2에 따라 명예 퇴직할 때

【지방공무원 임용령】

제38조의4(특별승진임용) ① 법 제39조의3에 따라 특별승진임용(일반승진시험에 우선 응시하게 하는 경우를 포함한다. 이하 이 조에서 같다)을 할 때에는 다음

> 각 호의 어느 하나에 해당하는 공무원중에서 승진 임용하여야 한다. 〈중략〉
> ② 제1항에 따라 특별승진 임용하는 경우에는 해당 공무원이 제34조의 승진임용의
> 제한을 받지 아니 하는 사람 〈중략〉 제1항제4호에 따라 특별승진 임용하는 경우
> 에는 해당 공무원이 명예퇴직일 전날까지 해당 계급에서 1년 이상 재직하여야
> 한다.

그래서 2급으로 366일을 근무하면 특별승진 요건이 될 것으로 보고 명예퇴직 희망일을 1월 6일로 작성하여 제출하였습니다. 그리고 차분히 공직을 떠나는 마음의 준비와 서류를 정리하고 있었습니다. 그런데 1월 3일 오전에 인사발령 초안이 왔다고 합니다. 내부서류로 시장님과 군수님에게 미리 보고 드리기 위한 자료인데 인사발령일이 1월 3일입니다.

2017년 1월 3일자로 명예퇴직을 하게 되면 2016년 1월 5일에 승진하였으니 1년 365일에서 2일이 부족하여 특별승진 요건을 채우지 못하게 되는 것입니다. 이 가슴 아픈 소식을 접하니 오전 내내 오후까지 마음이 무거웠습니다.

하지만 명예퇴직에 따른 특별승진이라는 개인적인 명예를 위해 경기도와 시군의 부시장 부군수 실장 국장이 이임식과 취임식을 하는 큰 행사에 차질을 줄 수는 없었습니다. 그냥 운명으로 받아들이기로 하였습니다.

그리고 오후에 게시판에 공식 인사발령 발표가 났습니다. 그 전에 수차례 게시판에 들어가 보았는데 발표가 나지 않더니 3시경에 게시물이 올라왔습니다. 대어 낚싯줄 당기듯이 조심스럽게 마우스를 움직여서 인사발령 파일을 클릭하였습니다.

큰 글씨의 인사발령문이 후두둑 떠오르는데 오전의 초안 인사발령지 첫 장의 3번째에 있던 남양주시 부시장 자리에 안양 부시장이 자리하고 있습니다.

남양주시 부시장 발령이 빠져 버린 것입니다. 좋은 느낌으로 마우스를 움직이자 3쪽 마지막 줄에 '경기도청 인사과 최현덕 남양주시 부시장(전출) 2017. 1. 6字' 라고 선명하게 나타납니다. 복권 마지막 번호까지 맞은 기분이었습니다.

다른 간부들은 1월 3일자인데 유일하게 남양주시 부시장은 1월 6일인 것

입니다. 오전에서 시작하여 오후 3시까지 이어진 침울함이 일거에 사라지는 쾌거입니다. (그래서 지방공무원임용령을 개정하여 특별승진 요건을 '당해직급 1년 근무'에서 당해직급 '10개월 이상 근무'로 개정해 주실 것을 2017. 5월에 행정자치부와 경기도청에 건의했습니다.)

총무과 인사팀으로 갔습니다. 오전에 본 인사발령지에 1월 3일자로 나와서 마음이 무거웠는데 지금 막 1월 6일자로 확인하고 온 것이라 말했습니다. 인사팀 차석이 답합니다. 오전에 인사발령 내용을 보고 경기도청에 전화를 걸어서 남양주시는 1월 6일자로 준비하고 있으니 조정이 필요하다는 이야기를 전했다는 것입니다.

이전에 경기도청 인사부서와 사전 조율과정에서 1월 6일자를 요청한 바 있습니다. 하지만 저 하나를 위해 경기도 인사일정을 조정하는 것은 쉬운 일이 아니라 생각해서 그냥 받아들이기로 하였던 것인데 인사팀 실무자가 적시에 도에 어필한 것이 받아들여진 것입니다.

이 직원은 바로 제가 남양주시를 떠나기 5일 전에 내부망에 올린 글에 나오는 '어머님은 짜장면이 싫다고 하셨어'의 주인공입니다. 제가 토요일에 혼자 사무실에 나와서 점심으로 식은 죽을 먹어보니 제 맛이 아니므로 총무과에서 전자렌지를 돌려서 맛나게 먹을 때 불쑥 컵라면을 들고 와서 익기도 전에 같이 식사를 하였다는 그 직원인 것입니다.

훗날 우리 夫婦^{부부}는 이 직원과 부속실 직원을 초청하여 제가 퇴직한 후 새롭게 근무하는 기관이 소재한 안산시 개봉관에서 영화(조작된 도시)를 보고 맛집에서 저녁을 먹은 후 서해바다 섬마을을 함께 여행하였습니다.

참고로 공무원의 승진소요 최저연수는 1년 6개월에서 4년으로서 규정대로 딱딱 승진한다면 9급에서 2급까지 21년이라는 산술적 계산이 나옵니다만 실제로 9급에서 5급에 승진하는 데 소요되는 기간은 26년에서 29년으로 좀 길게 나옵니다. 참고하시라고 지방공무원 임용령의 승진 소요 최저연수를 적어 둡니다.

> **【지방공무원 임용령】**
>
> 제33조(승진소요 최저연수) ① 공무원이 승진하려면 다음 각 호의 구분에 따른 기간 동안 해당 계급에 재직하여야 한다.
>
> 1. 3급 이상 : 2년 이상
> 2. 4급 : 3년 이상
> 3. 5급 : 4년 이상
> 4. 6급 : 3년 6개월 이상
> 5. 7급 : 2년 이상
> 6. 8급 : 2년 이상
> 7. 9급 : 1년 6개월 이상

2017년 언론보도에 보니 지방직 9급으로 들어와 5급이 되는 데 걸리는 기간은 지방직 29년, 국가직 26년입니다. 시도에 따라 다른데 9급~5급 소요기간이 빠른 곳은 22.1년, 더딘 곳은 27.7년, 31.8년입니다. 그리고 지방직 9급에서 8급 승진에 2.5년, 8급 → 7급 4.8년, 7급 → 6급 10.1년, 6급 → 5급 11.6년이 소요됩니다.

公職^{공직}은 시작부터 마무리까지 모든 것이 소중하고 아름답습니다. 하루하루가 쌓이고 모여서 명예퇴직이라는 탑을 쌓는 마음으로 일하는 곳이 공직입니다. 모든 것을 양보하는 듯 보이지만 최선을 다해서 일하고, 부분적으로 복지부동한다는 지적을 받지만 그것은 일부의 경우이고 대부분 거의 모든 공무원이 국민의 안전을 위협하는 현장에 제일 먼저 달려갑니다. 소방공무원, 경찰공무원이 앞장서고 있고 행정공무원들도 후방에서 함께 뛰고 있음을 자부하고 있습니다.

공직에서 최선을 다해 일하시는 공직자 여러분이 다음번 인사에서 반드시 승진하시기를 바랍니다. 지난번 인사에서 누락되신 공무원은 한 번 더 자신을 둘러보고 열심히 일할 수 있는 발전의 전환점으로 삼으시기 바랍니다. 인사권자도 모든 공직자에게 승진의 기회를 주고 싶을 것입니다만 제한된 인원만 승진 가능한 현실적 苦衷^{고충}도 이해해야 할 것입니다.

공무원에 들어오기 위해 深夜^{심야}까지 공부하시는 예비 공무원 여러분도 힘을 내시기 바랍니다. 공직은 자신의 능력을 최고로 발휘할 수 있는 참 좋은 직장입니다. 최선을 다해 일할 수 있고 그 속에서 보람을 찾을 수 있는 당당한 직업입니다.

승진에 차별받지 않고 출퇴근에 부담 없는 직장입니다. 다만 9시 출근, 6시 퇴근은 지켜지지 않습니다. 출퇴근 시간은 본인이 근무를 하면서 3일 안에 결정됩니다. 막장 드라마에서 보면 상사가 퇴근을 막습니다만 공직에서는 누구도 퇴근을 못하게 하지 않습니다. 자신의 일과 업무량에 맞춰서 퇴근시간을 스스로 정하게 되는 참으로 묘한 결정기준이 있다는 점을 알려드립니다.

공무원은 자신의 할일을 스스로 결정하게 된다는 말입니다. 그리고 힘들면 나도 모르는 사이에 주변의 동료와 선배들이 지켜주고 있음을 확인하게 되는 참으로 이해할 수 없는 奇妙^{기묘}한 조직이라는 점을 강조하여 알려드리고자 합니다. 이 부분의 글을 쓰기 위해 그동안 전체의 이야기를 수십 일 동안 쓰고 지우고 고치기를 반복했나 봅니다.

▶▶ 한 마디 추가하는 말씀

수많은 사람들이 살아가는 이 세상의 1년 365일은 물론 지난 50년, 100년, 1,000년을 돌이켜 보아도 역시 하루의 시작은 새벽이고 그 새벽을 통해 길든 짧든 하나의 생을 구성하고 시작하는 것인가 봅니다. 인생, 공직, 직장생활, 정치인 모두가 다 시작이 중요하다는 생각을 합니다.

그러므로 이 새벽에 사람들은 각기 다른 모습으로 이 순간을 맞이하고 있을 것입니다만 삶이라는 과정은 비슷한 부분이 많을 것이니 남의 경험을 빌려서 나의 삶과 인생의 방향타로 삼는 것도 필요한 일이라 할 것입니다.

이 새벽의 주변을 살펴보면 밤새 전방과 후방에서 초병들이 지키는 가운데 군 막사 안에서 잠을 자는 병사, 不寢番^{불침번}을 서면서 불당번을 하는 전방부대 장병도 있습니다. 새벽부터 아침까지 전방을 응시하며 시간과 싸우고 졸음과 사투를 벌이고 있는 군인도 있습니다.

일반사회에서 보면, 어제 밤부터 오늘 새벽까지 전기를 보내주시는 한전의 상황실, 가스를 조절하는 관리실, 그리고 화재와 재난을 대비하는 소방관, 범죄예방을 위해 밤을 밝히는 경찰관이 있어서 수천만 대한민국 한반도의 평화와 행복이 깃들어 있습니다. 우리가 모르는 사이에 수십 번 이불을 덮어주며 아기를 보살펴주시는 우리의 엄마들이 얼마나 많습니까.

어제 밤에도 음주운전으로 경찰서에서 조서를 받으며 이 시각쯤이면 술도 깨고 정신을 차려서 평생에 돌이킬 수 없는 실수를 반성하고 있는 이들도 수십 명 있을 것입니다.

제발 음주운전은 없어져야 하는데 말입니다. 언론에서 음주운전의 폐해를 수없이 보도하는 데도 이처럼 발생하는 음주사고, 면허취소, 벌금 등 안타까운 일들에 대해 진중하게 생각해 보아야 할 것입니다.

대리운전 15,000원을 아끼려다가 1천5백만 원 벌금과 수리비, 치료비를 내고나서도 더 큰 정신적, 육체적으로 고통을 겪게 되는 것입니다.

지금 이 순간 잠자는 모습이 똑같은 분이 없을 것입니다. 20층 아파트 같은 위치의 방에서 잠자는 20가정의 모습을 상상해 보면 화장실만 같을 뿐 TV, 냉장고, 침대의 위치, 식당의 방향이 서로 다를 것입니다. 이처럼 서로 다른 것은 공직자들의 생각과 삶에서도 마찬가지일 것입니다.

과거 공무원의 樣態^{양태}와 이 시대 30세 전후 젊은 공직자의 모습은 크게 다를 것입니다. 월요일 아침에 일어나 신바람 나게 출근하는 공직자가 많아야 하는데 우리 공직사회 구조가 새벽에 뛰어나가 일하는 개인 기업은 아니라고 봅니다. 그래서 어느 정도 규정과 절차를 따라야 합니다. 하지만 그 속에서 내가 움직일 수 있는 틈새는 일반사회보다 넓은 분야가 더 많이 있을 수도 있습니다.

즉, 개인 기업이나 가계를 운영하는 경우에는 돈벌이를 위해 새벽에 나가 일할 수 있습니다. 그래서 미국 등지의 교포중 성공한 분들은 부지런함이 경쟁력이라고 했습니다.

새벽에 일찍 일어나 더 멀리 농촌 마을로 가면 채소 값이 저렴하고 당일의 채소를 가져오면 신선한 상태로 판매하니 인기가 높아서 아침에 다 팔린다고 합니다. 부지런함을 바탕으로 멀리 가서 일찍 가져온 채소를 모두 팔아 큰 수익을 올린다는 말입니다.

공무원에게 있어서 부지런함이 競爭力^{경쟁력}입니다. 5분, 10분 일찍 출근하면 얻는 것이 많습니다. 신문함의 신문을 꺼내어 과장님 책상에 올리면서 자신도 모르게 기사를 보게 됩니다. 일찍 출근하면 복도에서 사무실에서 만나는 선배들의 움직임에서 자신의 미래를 보게 됩니다.

아는 만큼 보이기도 하고 보는 만큼 알게 되기도 합니다. 그 선배들은 부지런한 후배를 보면서 신뢰를 쌓아갑니다. 부지런함은 중요 보직에 발탁될 수 있는 公職發展^{공직발전} 포인트를 누적하고 에너지를 發電^{발전}하고 蓄積^{축적}하는 힘의 源泉^{원천}인 것입니다.

공직은 선배들이 끌고 가는 운동회의 종목과도 같습니다. 1960년대 시골 초등학교 운동회의 하이라이트는 部落^{부락}대항 계주에 이어 진행되는 '손님 찾아 달리기' 입니다.

저는 달리기가 좀 약했는데 이 종목에서 집은 카드가 '청년/아저씨' 였고 옆에 어느 청년이 손을 잡고 달려서 1등을 한 행복한 사건이 있었습니다. 아마도 10살 정도 위일 것으로 추정하는데 이 청년의 도움으로 달리기 1등을 한 이후 공직에 들어와 참으로 많은 선배들의 도움을 받았습니다.

선배의 도움은 공직에서도 받았고 인생에서도 助力^{조력}을 얻었습니다. 물론 19세에 공직에 들어왔으니 대부분의 선배는 공직선배와 인생선배가 겹치고 있고 이 분들이 공직과 인생을 동시에 이끌어 주셨습니다. 비봉면사무소 산업계에 근무하신 선배님들, 팔탄면사무소 선배님들이 생각납니다. 그리고 농민교육원에서는 공직은 물론 인생을 이끌어 주신 '엉아' 들이 여러 명 있습니다.

이후에도 여러 부서 다양한 분야에서 여러 선배님들이 공직을 고양해 주시고 인생을 살찌게 해 주셨습니다. 그리고 이제 와서 돌아보니 제가 어느 후배를 이끌어 주었나 생각이 나지 않습니다. 아들보다 더 귀여운 손자이고 딸만큼 예쁜 손녀라는데 말입니다.

내리사랑이라는데 후배에게 어떤 도움을 준 기억이 없고 귀감이 된 사례도 없으니 송구한 마음입니다. 결국 어르신들의 보살핌만 받고 갚아야 할 내리사랑을 다하지 못한 점을 크게 반성하면서 오늘도 이 글을 쓰고 있습니다.

出版社^{출판사}에 사전 검토를 받았습니다. 문장이 장황하고 들어가지 말아야 할 글이 섞여 있다는 평가를 받았습니다. 공무원으로 일하는 독자들에게 작은 도움이 될 것이라는 평가는 기본점수 40점에 포함된 것으로 받아들이고 있습니다. 그래서 틈을 내서 가다듬었습니다. 내 손과 마음으로 쓴 글을 버리는 일은 아주 큰 아픔입니다. 처음에는 소제목을 달았는데 문장이 끊기는 것 같아서 지우면 오히려 이번에는 문장의 연결고리가 모호하여 다시 작은 제목을 조금 길게 써넣었습니다.

밤을 새워 일하시는 회사의 신입사원처럼 써놓은 글을 하나로 합치는 과정에서 그 접합과 봉제작업에 여러가지 공정을 거치고 있다고 해야 하겠습니다.

세상사에 王道^{왕도}(어떤 일을 하는 데에 마땅히 거쳐야 하는 과정), 즉 지름길이 없다고 합니다. 공직에서도 곧바로 건너가는 길을 만나기는 어렵습니다. 사법고시, 행정고시, 외무고시를 통해 직업의 지름길, 정치의 중심무대에 진출하시는 분이 많이 있습니다.

이 분들은 또 다른 세계를 구성하고 서로를 이끌며 나가십니다. 뿐만 아니라 이른바 마슬로우(Abrham Maslow, 1908~1970)의 인간욕구 5단계설에 따라 문화, 예술, 철학, 영화, 연극 등 생의 최고봉을 향해 나가시는 분들도 많습니다. 공직이라는 길, 직장의 샐러리맨의 출근길을 선택하신 분들은 그 속에서 나의 길을 찾고 그 틈새에서 문화와 예술을 이야기하고 정치를 논의할 수 있으며 훗날에 政界^{정계}의 境界^{경계}에 발을 내딛을 수도 있을 것입니다.

다만 그러한 미래의 성취를 위해서는 지금 20대, 30대의 나의 길 위에 탄탄한 길을 개척하고 쉽지 않은 미래의 거친 파도를 이기는 성실하고 청렴한 인품으로 조각한 작은 인생의 배를 준비하여야 할 것입니다. 그 배가 크든 작든 용도에 맞아야 할 것입니다. 작은 강을 건너가는 배가 있고 저 큰 배를 끌어올려 항구에 옮기는 크고 넓은 반잠수식 배도 필요한 것입니다.

그래서 용처에 맞게 적절한 인재를 구하여 배치하는 것을 '適材適所^{적재적소}'라고 합니다만 공직에서 과연 적재적소가 있을까 생각해 봅니다. 공무원은 적재적소가 아니라 미완의 인물을 그 자리에 배치하면 그 자리에 적응하면서 스스로 성장한다고 생각합니다.

공직에서 7급이나 6급 발령자를 보시면 이해하실 것입니다. 어쩌면 어디에서 그리도 꼭 맞는 인물을 구해 왔나 감탄한 것이 한두 번이 아니었습니다. 제 나이 30세 전후에 다른 분들의 인사발령을 보면 참으로 딱 갈 사람이 그 자리에 가는 것이 여러 번 크게 보였습니다.

나 자신이 그렇게 배치되었는가는 알 수 없습니다만 주변의 선배와 후배들을 참으로 적재적소 이상의 적임자로 쏙쏙 뽑아다가 그 자리에 올려놓는 인사부서 간부들의 慧眼^{혜안}에 여러 번 놀라곤 했다는 말을 자신 있게 하는 것입니다.

▶▶ 두 마디 추가하는 말씀

공무원으로서 일하는 기본자세는 先公後私^{선공후사}입니다. 공적인 일을 먼저 하고 개인의 일은 나중이거나 후순위라는 의미로 해석하겠습니다만, 여기에 더하여 공직을 수행함에 있어서 다른 부서의 협조, 협력사항은 오전에 서둘러 처리하여 보내고 우리 부서의 일은 그 이후나 오후에 처리하자는 의견입니다.

여러 부서의 의견을 모으거나 자료를 집계하여 관리하는 부서는 늘 자료를 기다리고 있으니 오전에 정리하여 보내주면 그만큼 다른 부서의 일처리 속도가 빨라질 것이라는 생각입니다.

우리 부서 일 다 하고 나서 다른 과의 협조사항이나 의견회신을 보낸다면 타 부서의 경쟁력이 떨어지는 것이고 그만큼 우리 조직 전체의 능률성이 낮아질 것이라는 점을 강조하고자 합니다.

서울외곽순환 고속도로를 저는 둥근 도로, '원웨이◎'로 개칭하자고 주장합니다. 이 고속도로의 수원 출발 → 부천지점에서 상시 체증현상이 발생하는 이유는 부천시내의 복잡한 도로사정으로 인하여 나들목에서 정체현상이 발생하기 때문이라고 합니다. 행정도 마찬가지로 담당자, 계, 과 단위에서 遲滯^{지체}, 遲延^{지연}되면 조직 전체가 늦어지게 되는 것입니다.

공무원은 자주 회의를 열게 되는데 아직도 우리의 마음 속에 회의시각은

14:00입니다. 점심은 먹고 오라는 것이고 회의가 끝나도 오후 4시경이니 저녁을 먹자고 2시간을 기다릴 수 없기 때문입니다. 그냥 14:00에 회의를 연다면 14:00~14:50이라고 끝나는 시각을 미리 알려 주시면 좋습니다. 참석자들이 회의 이후 자신의 일정을 관리하는 데 큰 도움이 될 것입니다. 조금 길게 잡고 20분 정도 일찍 끝내면 무슨 보너스라도 받은 기분일 것입니다.

회의장에 필요한 소품을 잘 챙겨보아야 합니다. 회의나 행사의 기본은 사회자의 시나리오입니다. 사회자의 진행은 봄날 개나리 진달래 핀 산골짜기의 시냇물처럼 돌돌돌 흘러가야 합니다. 참석자 소개는 위원장 오른쪽 또는 왼쪽에서 시작해서 순서대로, 순로로 진행해야 합니다.

나이순, 직위순, 다른 기준으로 하면 그 객관성에서 공감을 얻지 못합니다. 어느 행사장에서 시나리오 없이 사회자 자신이 아는 시의원만 소개하여 행사를 망친 사건이 있었습니다.

물론 자리 배치도 중요합니다. 위원장을 중심으로 좌우에 연세 높으신 분을 배치하는 것도 기준입니다. 여성위원들이 끝자리나 구석에 배치되지 않도록 각별히 노력하여야 합니다. 영원히 풀리지 않는 과제가 행사장 자리배치입니다. 그래서 어느 기관에서는 좌석 배치도를 사전에 공개하기도 합니다.

회의장이나 행사장에 비치된 음료 병마개를 덮은 비닐을 떼어내야 합니다. 회의시간에 비닐 따는 소리조차 騷音[소음]이 될 수 있습니다. 다과는 먹을 때 소리가 나지 않는 것으로 선택하여 주시기 바랍니다. 역시 비닐포장은 미리 개봉하여 바스락 소리를 최소화해야 합니다. 음료와 함께 물을 備置[비치]하면 더욱 좋습니다.

✤ 지체로 말하면 수원－의왕간 지지대고개가 있습니다. 정조대왕이 한양에서 화성 융릉으로 아버지 사도세자(장조)릉에 참배하고자 내려오실 때에 御駕[어가]가 늦는다 하여 遲滯[지체], 그리고 참배를 마치고 환궁하실 때 이 지지대 고개에서 하염없는 눈물을 흘리시므로 어가 교꾼들의 발걸음이 떨어지지 않았다 해서 지연되니 遲滯[지체]와 遲延[지연]의 지자 2개를 쓰고 이 고개에 단을 쌓아 조금 더 높은 곳에서 아버지의 산소를 바라보는 효자의 모습에 감동하여 遲遲臺[지지대]고개라 이름 지었습니다. 그리고 그 자리에 遲遲臺碑[지지대비]를 세웠다고 합니다. 지금도 효행공원 안에는 깔끔, 단아한 선비 한 분이 저 하늘을 바라보시는데 이 분이 바로 선비의 복장으로 민정을 살피셨다는 정조대왕이시고 동상의 시선이 머문 곳이 바로 아버지 장조(思悼世子, 사도세자)가 잠드신 융건릉이라 합니다.

회의나 위원회의 주최 측 간부는 행사 시작 10분 전에 행사장에 와서 손님을 기다려야 합니다. 그것이 에티켓입니다. 제가 15분 전에 회의장, 행사장에 도착하여 얻은 것이 참으로 많습니다. 위원님들의 미소를 얻었고 신뢰를 받았으며 위원회의 복잡하고 어려운 안건도 쉽게 처리할 수 있었습니다. 이른바 疏通소통의 행정방식입니다.

논란이 예상되는 안건에 대해서는 미리 위원님들과 사전 대화를 통해 調律조율하는 시간을 갖기 위해서 15분 일찍 회의장에 와야 합니다. 회의에 참석하시는 분, 위원으로 오시는 분들은 대부분 60세 이상이시고 위원장인 부시장 부군수가 60세인 경우는 없다는 점을 강조하고자 합니다.

사회자의 시나리오에서 수정해야 할 부분이 조금 있습니다. 회의나 위원회를 시작하면서 國民儀禮국민의례를 합니다. 국기에 대하여 경례, 이하 의식은 생략하겠습니다. 장소 여건상 생략한다고도 하고 시간 관계상 생략한다고도 합니다. 국민의례를 생략하여야 하는 장소가 있다고 생각하지 않습니다. 얼마나 긴급한 회의이기에 시간이 없다고 하시는데 정말로 애국가 1절을 부르는 시간이 부족할까 생각해 봅니다.

국민으로서 공무원으로서 위원회, 회의 등 공식 행사를 진행하면서 국민의례를 생략하는 것은 참으로 안타까운 일인데 사회자는 불필요해 보이는 생략한다는 말을 하지 말았으면 합니다. 생략한다는 말을 생략 하자는 주장입니다. 국기에 대하여 경례, 모두 자리에 앉아주시기 바랍니다. 성원이 되었으므로 위원장님께서 회의를 진행하시겠습니다.

회의진행은 가급적 부드럽고 평온하게 하여야 합니다. 형식적이고 의례적인 수사보다는 평범하고 진심이 담긴 멘트가 필요합니다. 발언권을 존중하여

✱ **에티켓**, etiquette : 사회생활의 모든 경우와 장소에서 취해야 할 바람직한 행동 양식. 굿 매너(good manners)와 거의 같은 뜻이라 할 수 있다. 에티켓은 본시 프랑스어로서 예의범절을 익힌 사람이 왕실에 출입할 수 있는 티켓과 같은 것을 의미한 말에서 나온 것으로 전한다.
현대의 에티켓의 본질은 ① 남에게 폐를 끼치지 않는다. ② 남에게 호감을 주어야 한다. ③ 남을 존경한다 등의 세 가지 뜻으로 요약될 수 있다. 즉, 에티켓은 남을 대할 때의 마음가짐이나 태도를 말한다고 할 수 있다. 구체적인 내용으로서는 옥외와 실내에서의 에티켓, 남녀간의 예의, 복장 · 소개 · 결혼 · 凶事흉사 · 席次석차(자리순서) · 편지 · 경례 · 경칭 · 식사예법 등 생활 전반의 분야에 이른다.

야 합니다. 위원장의 회의진행보다는 자연스러운 위원님들의 의견 개진이 이어지도록 하여야 합니다.

공무원에 대한 신뢰를 확보할 수 있는 기회이기도 합니다. 그래서 늘 공무원은 중립적이고 합리적입니다. 그래서 가끔 의회에 나가서는 "내일 아침 동쪽 하늘에서 태양이 뜰 것으로 보고받고 있습니다"라고 답하기도 합니다.

회의는 중지를 모으는 행정의 중요한 절차인 점에는 동의하지만 행정중에서 가장 비효율적인 시간이기도 합니다. 각종 회의를 주관하는 입장에서는 필요한 일을 하고 있지만 불려온 공무원들은 가외로 시간을 허비하고 있다는 생각이 들 수 있습니다.

그래서 확대 간부회의는 시간 준수에 신경을 써야 합니다. 최소 100명 이상이 모이는 회의가 30분 지연되면 회의 이후에 참석자들이 각기 주관하는 수십 건의 행사에 차질을 줄 수 있으니 말입니다.

기관장은 회의 마치고 다음 일정을 따라가면 되지만 말 한 마디 못하고 2시간 동안 이야기를 들으면서 경찰서 조사받으러 온 사람처럼 셀프 반성만 하다가 돌아서는 이들은 다음 일정에 늦어서 이런저런 변명을 하게 될 것입니다. 그 辨明^{변명}의 결정타는 시장님 간부회의가 길어서라 말할 것입니다.

4년마다 표를 구해야 하는 자칭 비정규직 정치인들이야말로 시간과의 싸움이니 각종 회의에서 시간을 절약하는 체질을 키워야 할 것입니다. 시장님 군수님을 보좌하는 공무원이 그 역할에 더더욱 신경을 써야 하는 것은 當然之事^{당연지사}, 易地思之^{역지사지}임을 再三^{재삼} 강조합니다.

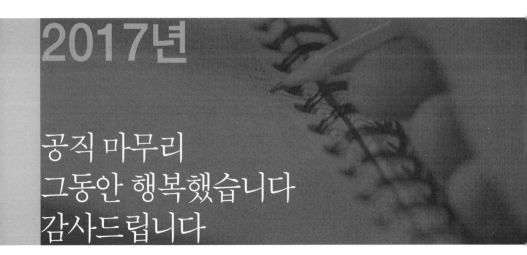

2017년

공직 마무리
그동안 행복했습니다
감사드립니다

▶ 그동안 행복하였습니다. 감사드립니다.

　존경하고 사랑하는 남양주시 동료 공무원을 만나 함께 일하고 같이 기뻐하고 땀 흘린 시간이 참으로 소중하고 보람이 가득하여 가슴이 벅차오르게 행복합니다. 매일 매달 발전하는 우리 남양주시에서 일하는 내내 동료 공무원 여러분의 역동적인 모습을 보았고 그 속에서 일하는 공무원들의 찬란한 모습을 보면서 더 큰 보람과 감흥을 만났습니다.

　2016년을 알차게 보내고 희망에 찬 2017년을 만나는 시점에서 저는 자리를 떠나 새로운 분야 블루오션으로 나가게 되었습니다. 푸른 바다에 떠있는 浮萍草^{부평초}처럼 바다 가운데 작은 조각배가 되어 풍랑을 만나고 암초를 피하면서 현실사회를 절감하는 기회를 맞이할 것 같습니다.

　물론 공직이 참으로 복잡하고 어렵고 힘든 직업인 것을 인정하지만 39년 8개월을 근무하면서 익숙해진 분야도 있고 어느 정도 친숙해지고 조금은 편리하게 일한 면도 있고 현실에 안주한 것은 아닌가 반성하는 마음도 있습니다. 개인적으로는 7급에 이르니 사명감도 생기고 자신감도 올라온 것 같습니다.

　혹시 동료 후배 공무원중에 공직의 풀타임에 대해 듣고자 하시는 분이 있을 것 같아서 이임, 퇴직하면서 저의 공직 이야기를 적어서 보내 드리고자 합니다. 정답을 적어낸 것은 아니겠지만 혹시 실패사례도 말씀드리는 이른바 틀린 경우를 이야기함으로써 이후에는 후배 동료 공직자들이 바른 길을 걸어갈 수 있을 것이라는 기대를 합니다.

남양주시 공무원 여러분, 선배 동료 후배 공무원 여러분! 여러분의 큰 사랑만 가득 안고 저는 떠나갑니다. 그리고 퇴직 이후 살아가면서 늘 남양주시를 생각하고 남양주시 소식을 신문을 통해 읽고 인터넷을 통해 우리 시의 발전하는 모습을 보고 기뻐할 것입니다.

공직에서 이임을 하면, 퇴직을 하면 좀 소망스럽고 서정적이며 문학적인 글을 써야 한다고 생각했습니다. 그런데 막상 떠나는 시점에서 저는 일상의 주변에서 생각하고 느낀 점을 적어서 게시합니다. 글로 퇴임식을 대신하겠다고 오래 전부터 다짐해 왔고 이렇게 그 의지를 실천하게 되어 스스로 대견스럽게 생각하고 있습니다.

저는 여러분 모두가 2017년에도 더더욱 열성적으로, 지금까지 堅持^{견지}해 온 대로 자신감을 가지고 적극적으로 업무에 임해 주실 것을 확신합니다. 그리고 남양주시가 더 크게 발전하고 인구 100만을 넘어 150만에 이르는 그날에도 우리 공무원이 시정의 중심에 설 것임을 확신합니다.

여러분 감사드립니다. 여러분의 풍성한 사랑과 관심을 듬뿍 안고 돌아가겠습니다. 여러분의 건승, 발전, 성취를 기원합니다. 고맙습니다. 그럼, 저의 公職^{공직} 이야기를 시작하겠습니다. 이야기가 많이 지루할 수 있다는 점을 미리 말씀 드립니다.

▶ 신규발령

고등학교를 졸업한 1977년 그해 5월에 5급을류(현재의 9급) 신규 공무원 발령을 받으러 화성군청에 갔습니다. 19살 나이에 T-셔츠를 입고 군청 내무과 행정계에 들어가니 행정계장님이 대뜸 '당신은 어디서 왔는가?' 물으십니다. 발령 받으러 오라 해서 왔다고 하니 '그 복장이 뭐냐' 면서 도대체 발령 안내문을 읽어보지 않았느냐 또 다시 야단을 치십니다.

공무원에 합격한 후 재수생이 되어 서울 광화문학원을 다니다가 발령 받으라 해서 서울에서 곧바로 화성군청이 소재한 오산읍(1989년에 오산시 승격)으로 달려왔으므로 발령 통지문을 받지 못하고 시골전화로 날짜만 알고 왔으므로 간소복이니 정장이니 기타 발령 받기 위한 준수사항을 전혀 알지 못하였던 바입니다. 결국 행정계 옆의 통계계 직원의 청남색 점퍼를 빌려 입고 발령 대열에 서서 군수님의 발령장을 받게 되었습니다.

요즘 민방위복의 嚆矢효시라 할 수 있는 노란색 근무복을 정갈하게 다려 입으신 군수님은 19살 청년의 주변에서 흔히 뵐 수 있는 분이 아니었습니다. 자존감이 높아 보이셨고 주변에서 이른바 모시는 바가 보통이 아니었습니다. 절절맨다는 표현이 맞을 것입니다.

행정계장님은 아주 긴장되고 격앙된 목소리로 몸과 목을 곧추세우고 발령사항을 읽어 가시고 16명인가 신규 공무원들이 줄을 서서 논산훈련소 훈련복 받듯이 발령장을 받아 뒤에 가서 서고 다시 한 걸음 가는 열병식을 마쳤습니다.

그리고 군수실을 나와 내무과 행정계로 가자 깔끔하게 머리를 기름 발라 빗어 넘긴 행정계 직원이 다른 여성공무원과 서 있다가 "두 사람은 같은 비봉면이고 이쪽(저를 지칭하며)은 비봉이 고향이니 잘 안내해서 발령지로 가라"는 당부말씀을 하십니다. 그래서 둘(저와 다른 여성 발령자)은 오산을 출발하여 오목천을 지나 비봉면 소재지에 당도하였습니다.

비봉면사무소에서 안희창 선배가 두 사람을 맞이하는데 '李 서기는 본 면 출신이니 잘 알 것이고 金 서기는 차차 배워가면서 동네 지리를 익히면 될 것'이라 말씀하시는데 '이 서기' 라는 말이 귀를 통해 머리에 꽉 박히면서 이제 공무원이 되었구나 하는 느낌을 받았습니다.

신규발령을 받기 전에 16명 청춘남녀들이 아주 친밀하게 대화하고 농담도 하고 손을 잡는 등 앞서가는 젊은이의 모습을 보이기에 처음 만난 남녀들인데 참으로 희한한 일이다 생각했습니다.

훗날에 파악한 바 이들은 성적 우수자로서 먼저 신규채용자반 6주 동안 새마을교육 2주를 받았으므로 합숙 8주, 2달간의 동창이어서 친밀했다는 사실을 알게 되었습니다. 저는 성적이 후순위였으므로 교육은 받지 않은 것입니다. 저는 1977년 5월 16일에 발령 받고 4개월 후인 9월 3일에 신규 채용자 과정을 수료하였습니다.

▶▶ 공직을 회고함

이후 여러 부서를 이동하면서 공직을 이어갔고 수원과 동두천에서 다시 수원, 의정부, 서울 남대문, 오산, 의정부를 거쳐 남양주시청에서 근무하였습니다. 농민교육원에서 3년1개월 근무하면서 타자를 배우고 운전면허를 따고 공사판을 벌였습니다. 건물 벽채를 헐어내고 사감실을 확장하였습니다. 하천에서 모래를 퍼오고 시멘트를 사다가 콘크리트 작업을 했습니다. 도배와 장판을 하고 2층 침대 2조를 사서 넣으니 사감실 리모델링이 완성되었습니다. 정말 겁없이 일했던 추억이 있습니다.

글씨를 못 쓰는 핸디캡을 打字^{타자}로 대체하였습니다. 차는 있는데 운전할 직원이 부족하여 자동차운전학원에 등록을 하여 강의를 듣고 코스를 배워 1982년 인천에 가서 24세 나이에 運轉免許^{운전면허}를 받았습니다.

공보실에 근무하면서 개조식 자료를 서술식으로 만들어 배포한 보도자료를 바탕으로 신문에 활자로 나오는 것이 신기했습니다. 간부회의 내용을 음향으로만 듣고 200자로 요약하여 언론사에 전화로 불러드리면 오후 석간에 도지사님 사진과 함께 기사로 나오는 것이 보람이었습니다.

홍보사진 1장을 신문에 내기 위해 택시를 타고 A사로 가서 택시를 대기시키고 다음 B사에서 2배 요금을 내고 차를 보내드린 후 신문사 편집국 업무(사진과 설명문 전달)를 마치고 걸어서 사무실로 돌아온 추억이 있습니다.

예산부서에서 수많은 나날 밤을 새워가며 일했던 추억이 있습니다. 인쇄소에 자료를 보내기 직전에 추가사업이 들어와서 다시 수 시간 동안 전산작업을 하면서도 불평 없이 일했던 자부심이 있습니다.

시군과의 교류 인사에서 생각 밖으로 97km 떨어진 먼 곳 동두천시청에 배치되었지만 오전에 발령 받고 인사를 다닌 후 점심 식사 후부터 '훗날 크게 쓸 용처가 있을 것' 이라는 자부심으로 2년간 신바람 나게 일하고 수해복구에 임하면서 정말로 목숨을 다했더니 훗날에 더 큰 행운과 기쁨이 주어졌습니다.

동사무소 공무원들과 마음을 열고 대화하고 함께 호흡하면서 수해복구를 지원하고 환경정비에 나섰던 추억과 지역 어르신과의 나이를 초월한 우정은 20년 넘게 이어지고 있습니다.

공무원들이 조금은 어려워하는 언론인을 모시고 신바람 나게 일했던 기억이 있습니다. 의회 4층 예결특위 복도에서 새벽까지 기다리고 기다리던 그 추억은 이제 정말 행정의 역사 속으로 멀어져 가려 합니다.

2008년 8월 의회 근무중에 도의원 수십 명을 모시고 울릉도와 독도를 방문하였는데 여행사와 미스매칭으로 금요일에 돌아와야 하는데 울릉도 여행사 직원이 우리 일행을 위해 확보한 배표가 토요일자이므로 하루 1박을 더 머물렀던 사건이 있었습니다.

당시 다른 과에서 준비한 것이고 저는 그냥 인솔자로 명받고 왔을 뿐이라고 변명을 하고 싶었습니다. 마음 속으로는 그런 워딩을 구상하였지만 다행스럽게도 '모든 잘못은 저에게 있습니다!' 라는 발언이 나왔고 의원님들께서 오히려 걱정 말라시며 용서해 주셨습니다.

이후 의원님들의 의정활동을 적극 지원하였습니다. 대외협력 담당관실에 근무하면서 세미나, 회의, 각종 행사를 적극 지원하여 신뢰를 쌓았습니다. 각종 행사에 이벤트를 기획하고 직접 참여하는 보람도 있었습니다.

깨알자랑도 하고 싶습니다. 2007년 장기교육, 2012년 장기교육을 받으면서 매일 메인강의를 열심히 들었습니다. 2007년에는 명강사 명강의를 볼펜으로 적은 후 워딩하였고 2012년에는 노트북을 펴놓고 강의말씀을 받아 적었습니다.

그리고 두 번 다 자료집을 만들어 동료들에게 배부했습니다. 인쇄비는 연수원이 부담했습니다. 이후 연수원 업무를 지원한 공로를 인정받아 행정자치부 지방행정연수원장님의 감사패를 받았습니다. 현직 지방청 공무원에게 행자부 연수원장님이 感謝牌^{감사패}를 전한 사례도 흔하지는 않을 것이라 생각합니다.

서울 남대문 인근에 사무실이 있는 수도권교통본부에 근무하면서 서울과 인천 공무원을 우선하고 경기도 공무원에게 양보하는 양해를 구하였던 일이 생각납니다. 참으로 어려운 여건에서 열심히 일하는 그 동료들이 그립습니다.

오산시청에 근무하면서 주차장에서 사무실까지 우회하여야 하는 불편한 현장을 보고 주차면을 줄여서 지름길을 냈습니다. 라운드 회의실 책상 하나를 비워서 통로를 만들어 주니 카메라 기자들이 안으로 들어가 중앙에 서서 멋진 앵글을 잡아내고, 공무원들이 화분을 옮기기에도 편하게 되었으며 바퀴 달린 청소기를 끌어와 손쉽게 작업을 하게 되었습니다.

문틈에 설치된 회의참석 체크기의 선을 연장하여 홀 가운데에 비치된 책상 위에 설치하니 공무원들이 전철 카드 찍듯이 양쪽에서 수월하게 입장하였습니다. 사무실에서 쓰레기통을 쓰지 않고 작은 비닐 봉투를 책상과 벽면에 부착하여 매달고 수시로 발생하는 마른 쓰레기를 모아 일과 후에 돌돌 말아서 배출하였습니다.

평양 소재 양각도 호텔생활 일주일은 평생 동안 기억될 아주 큰 대사건이 되었습니다. 균형발전기획실에 근무하면서 남북한 국제축구대회가 열리는 평양에 도착한 그날 연천으로 포탄이 날아들고 이로 인해 남북간 긴장감이 팽배하여 다시 집으로 사무실로 돌아갈 수 있는 것인지 크게 걱정하였던 危機一髮^{위기일발}의 상황이 떠오릅니다. 김포공항에 내려서야 모두가 안도하며 가슴을 쓸어내린 일이 있습니다.

그리고 휴전선 인근의 마을을 지원하는 일, 캠프그리브스 교육, 북부지역 균형발전을 위한 사업에 동참하면서 남북 分斷^{분단}의 현실을 더 많이 알게 되었습니다.

▶▶ 남양주시청에서

남양주시청에 근무하면서 파티션 옆에 롤 휴지를 비치하였고 책상 위의 컴퓨터 등 각종 전원을 원터치로 끄고 켤 수 있게 배치하였습니다. 장식용으로 출입문에 세워둔 책장을 의자 뒤로 이동시키니 수납이 편하고 필요한 자료를 손쉽게 볼 수 있어서 효율적이었습니다.

사무실에 차와 잔과 주전자를 비치하고 공무원을 만나 차 한 잔 하면서 공직에 들어오는 과정을 이야기하고 20대 공직자의 의미와 역할을 논의하고 60세에 이르는 평생 동안 정년까지 이 길을 담담하게 걸어갈 것을 주문했습니다.

바인더 북에 합격증, 발령장, 공직에서 결재를 받은 몇 건의 공문사본을 보존하는 것도 의미 있다는 이야기를 후배 공직자들에게 전하였습니다. 공직과 관련한 자료를 잘 보존하는 것도 자존심을 키우는 일이며 공직에서 최선을 다할 수 있는 힘이 되었습니다.

나의 일정으로 인해 다른 부서, 다른 공무원에게 불편함이 발생하는 것을 최소화하기 위해 노력하였습니다. 공적, 개인적 일정을 스마트 폰으로 공유하고 아침 미팅시간에 오늘의 일정과 운영계획을 확인 하였습니다. 출장중에는 歸廳귀청시각을 미리 알려서 부서와의 협의나 회의시간을 잡을 수 있도록 노력했습니다.

행사장에 여러 대의 차가 가지 않도록 동승, 합승을 권고하고 動線동선을 양보 조정하여 불편을 최소화하였습니다. 특히 간단한 행사를 위해 과장, 팀장, 실무자가 모두 출동하는 일이 없도록 당부하였습니다.

이야기를 하면 할수록 自畵自讚자화자찬이 되고 자랑만 더하게 되니 송구한 마음이기는 합니다만 혈액형이 A형인 관계로 조금은 내성적이었나 봅니다. (혈액형에 의한 성격 유형에 대해 그렇게들 이야기하시니 저도 그렇게 생각합니다.) 그래서 회의중에 강하게 말한 것을 후회하고 누군가를 소개할 때 부족함이 있었던 것을 반성하고 그 안타까운 여운을 3~4일 넘게 마음에 품기도 하였습니다.

손님이 오시면 반갑게 맞이하려 노력하였지만 정성이 부족한 경우도 있었을 것입니다. 가시는 손님을 잘 배웅해야 하는데 다음 손님이 겹치는 경우에 소홀할 수 있다는 생각이 들었고 실제로 그런 사례를 겪은 바 있었습니다.

그리하여 마음의 다짐을 하였습니다. 손님을 맞이하는 것보다 보내 드리고 배웅하는 데 더 열심히 노력하였습니다. 기본적으로는 복도에 나가서 인사드리고 조금 선배는 1층 현관까지, 연세 드신 어르신은 건물 밖이나 차량까지 가서 인사드린다는 원칙을 가지고 생활했습니다.

특히, 민원인의 경우에는 30분 동안 이야기를 들었습니다. 대부분의 민원인들은 같은 이야기를 3번 정도 반복하시면 스스로 표정이 밝아지시는 것을 느꼈습니다. 가슴 속의 울분을 시청 공무원에게 막힘없이 이야기하였다는 표정이십니다. 수첩에 민원내용을 적으면서 傾聽^{경청}하려 노력하였습니다. 그 다음에 市^시의 입장을 설명 드렸습니다.

대부분의 민원인들이 대화를 마친 후 복도에서 인사드리면 "내 이야기를 들어주어서 고맙다" 하셨습니다. 그분의 민원을 제가 해결하지 못한다는 것을 아시면서도 오신 경우가 많았습니다. 民願^{민원}이 民怨^{민원}이 되지 않도록 친절과 경청이 중요합니다. 그리고 민원인이든 공직자이든 마주앉아 이야기를 나눴습니다. 공무원이 서 있겠다고 하면 같이 일어서서 대화했습니다. 테이블에 자료를 놓고 이마를 마주하고 대화하기 위해 노력했습니다. 동료 공무원이 스스로 책상 앞으로 다가서는 경우에는 일어서서 대화하려 노력했습니다. 몇 번은 저만 앉아서 대화를 하여 대단히 미안한 마음입니다.

한 번은 사무실에 전자렌지가 없어서 일요일 점심시간에 죽을 데워먹기 위해 ○○과에 가서 부탁을 하였습니다. 동료 후배 공무원들이 혼자 죽 먹는 것이 안쓰러운 듯 급하게 컵라면을 세팅하고 익기 전에 먹고 있으므로 덜 익은 것 같다고 하니 '자신은 덜 익은 라면을 좋아한다!' 말합니다.

"어머니는 짜장면이 싫다고 하셨어." 유명 그룹가수(GOD)가 부른 노랫말이 생각났습니다. 어머니는 아이들이 짜장면을 먹는 모습을 보시는 것만으로도 행복하십니다. 그리고 그날 먹은 롤 케익 맛은 참으로 오래 기억할 것입니다.

나름의 경험을 가지고 준비한 민원 공무원 강의내용을 우리 시 민원 교재에 반영해 주어서 참으로 기분이 좋았습니다. '거스름돈을 테이블에 놓지 말고 민원인의 손바닥에 드리자.' '민원서류를 임의로 접지 말고 봉투를 얹어서 드리자.' '손가락으로 지적하지 말고 손을 펴서 案內^{안내}하자.'

이리저리 생각해 보니 남양주시에서의 1년 동안 참으로 다양한 행사와 회의와 식사가 있었습니다. 동에 가서 동료 공무원들과 점심을 먹으면서 늘 몸과 마음이 젊어지는 느낌을 받았습니다. 指導鞭撻^{지도편달}하여 주시는 의원님, 위원회 위원님들의 배려에 감사드립니다.

1989년에 영면하신 덕혜옹주님이 영화 '덕혜옹주'로 다시 2016년 8월에 우리의 곁으로 오셨습니다. 그리고 문화계의 영화를 소재로 남양주시를 주변에 알리고 홍보하는 호재로 활용하는 사례도 만들었습니다. 우리 시의 슬로라이프 행사 발전전략을 짜기 위해 최근에 임용된 젊은 공무원 15명을 버스에 태워 현장을 둘러보게 한 후 소감문을 받아 해당 부서에 전했습니다.

슬로라이프 창조오디션을 지원하기 위해 연천군 회의실에 가서 발표자와 준비단 동료들과 점심을 함께 하고 발표 현장에서 응원의 박수를 보내는 이른바 '바람잡이' 역할을 하였고 다산축제를 홍보하는 발표장에 가서는 녹색 선비복장을 하고 朝鮮時代^{조선시대} 학생이 되어 준비된 원고를 발표하기도 했습니다.

남양주시 10년 후의 모습을 그리자는 제안을 하고 다수 공무원들이 참여하여 적어낸 내용을 자료집으로 만들어 부서에 전했습니다. 새로운 사업을 구상하는 데 작은 참고가 되어 아주 큰 프로젝트를 착안할 수 있기를 기대합니다.

동 공무원과 오찬을 하면서 맑고 빛나는 눈을 보았고 남양주시 인구 100만 시대를 준비하는 공직자의 미래를 보았습니다. 초롱초롱한 동료들의 얼굴에서 우리시 남양주의 무한한 可能性^{가능성}을 확인했습니다.

조안에서 수동면에서 별내면에서, 별내동에서, 그리고 평생교육원, 보건소, 보건지소, 상하수도센터, 농업기술센터와 읍면동에서 남양주시를 위해 맹렬하게 일하는 동료들을 만났습니다. 그리고 1청사에서 2청사에서 현장에서 각각의 역할에 최선을 다하며 묵묵히 일하는 동료들을 보았습니다.

의회 사무국에서 의원님의 의정활동을 지원하고 시정과의 유기적인 연계를 위해 노력하시는 동료 공무원들에게 감사의 말씀을 전합니다. 의원님들의 지도편달에 감사드립니다. 茶山^{다산} 정약용 선생님을 기리는 다산문화제, 평생학습축제, 광릉 숲 축제, 슬로라이프 대회 등 행사장에서는 빛나는 남양주시 공무원들의 재능을 보았습니다. 시민을 위해 연구하고 노력하고 전문가들과 힘을 모으는 과정에 함께 하였습니다.

사계절 썰매장을 가득 메운 시민들은 아이들을 데리고 長蛇陣^{장사진}을 이루고 긴 줄을 지키며 기다리십니다. 강원도에 가서나 가능해 보이는 눈썰매장을 4계절 남양주시 진접에서 가능하게 하였습니다.

겨울에는 눈을 뿌린 슬로프에서 원통형 튜브 썰매를 타고 여름에는 수영복을 입고 워디 파크로 몸을 날리는 시원함을 맛볼 수 있는 4계절 전천후 썰매장이 개장한 것입니다. 이 사계절 썰매장은 이석우 시장님의 깊은 관심과 검토, 수차례의 현장점검을 거쳐서 완공되고 2016년 12월 17일 14:00에 개장하였습니다. 그날 개장행사장을 4자로 표현하면 人山人海^{인산인해}였습니다. 참으로 보람된 일이고 시민을 위한 행정이라는 생각을 하였습니다.

남양주시의 역사는 수많은 공무원들이 각기 다른 나이와 다른 모습으로 자리하면서 누구는 1977년부터 2017년까지, 1990년에서 2025년까지, 다른 젊은 이는 2016년부터 2050년까지 각각의 시간과 세월을 가지고 최선을 다하는 가늘고 질긴 실타래가 모이고 쌓여서 만들어지는 시간과 역사의 동아줄이라고 생각합니다.

굵은 철근은 외부의 압력을 받아 끊어질 수 있지만 가느다란 줄기를 수천 가닥 겹치고 꼬아낸 동아줄은 그것이 쇠줄이든 풀잎 줄기일지라도 절대로 끊어지지 않습니다. 남양주시를 끌고 가는 견인줄은 그 동안 어려운 여건 속에서 열성적으로 일해 온 선배 공직자들의 힘의 줄기가 모이고 현재 근무하는 공직자 동료들의 열정의 줄기가 중심을 잡고 있는 거대한 동아줄입니다.

거기에 후배로 들어온, 그리고 2017년에 들어오고 이후에도 참여하게 될 후배 공직자들의 열정이 보태져서 100만 도시, 살기 좋은 도시, 복지가 풍성한 도시, 안전한 도시, 자전거의 도시, 슬로라이프의 도시로 우리 시를 이끌어 가는 것입니다. 물이 감아돌고 산이 자리하며 누구나 살고 싶은 도시를 우리가 만들어 가는 것입니다.

남양주시의회 의장님, 부의장님, 위원장님, 의원님들의 지원과 협력, 지도와 격려에 감사드립니다. 늘 따스한 손길로 이끌어 주셔서 감사합니다. 경찰서, 소방서, 농협, 한전, 통신사, 가스회사 등 유관기관의 많은 분들이 도와주셨습니다. 언론에서도 늘 시정을 홍보하기 위해 애쓰시고 힘을 실어주셨습니다. 언론인 여러분 대단히 감사합니다.

금곡동 가압모터 고장으로 단수가 되었을 때 열심히 노력한 공무원들이 생각납니다. 불편을 감내해 주신 시민 여러분께도 감사드립니다. 인근 구리시, 양주시, 의정부시, 하남시, 포천시의 수도과에서 급수차를 보내 도와주셨습니다. 남양주소방서 공무원 여러분의 노고에 깊은 감사를 드립니다. 남양주시청 공무원 여러분 감사합니다. 수고하셨습니다.

▶▶ 명예퇴임에 이르러서

공직을 떠나는 선배들이 퇴임사나 퇴임의 인사문에서 여러 가지 좋은 말을 하시다가 말미에 "저로 인해 마음 아픈 일이 있었던 분들에게 용서를 구한다"고 말하는 이유를 이제야 조금은 알 것도 같습니다. 우리의 행동, 언어, 기타 일상에서 본의와 다르게 다른 이에게 불편을 주거나 불쾌함을 주는 경우가 더러 있을 것입니다. 최선을 다해야 하는데 말입니다.

발령장은 쌓이고 모여서 바인더 한권을 채우더니 어느 날 문득 명예퇴직이라는 그 역사적인 날이 다가왔습니다. 직업 공무원에게 정년이라는 것이 있는 줄 알고 있었지만 나에게도 적용되는 줄은 몰랐거나 모르는 척했나 봅니다.

하지만 우리의 달력과 공직 명부에는 어김없이 다가오는 세월의 흐름과 물결이 밀려들었고 두 아이가 착하게 성장한 만큼 그 아버지의 나이를 가져갔나 봅니다. 예쁘기만 했던 아내의 머릿속에 새치가 보이고 환하게 웃을 때 눈가에 잔주름이 접히는 것 같습니다. 그래도 늘 밝은 미소로 內助^{내조}해 준 아내에게 감사의 인사를 합니다. 퇴임식을 안 하기로 하였기에 아내에게 조금 미안합니다. 그래서 사무실에 2m 길이의 플래카드에 '이강석 명예퇴임' 이라 써 붙이고 아내와 아이들과 사진 한 장 찍고자 합니다.

어느 시인의 짧은 시를 읽었습니다. 워딩이 정확하지 않은데 딱 한 번 읽으며 기억한 시의 주요내용은 이러합니다.

"천당에 가신 어머님이 아들을 위해 그곳에서 꽃밭을 만드시나 보다. 요즘 들어 더더욱 내 머리카락이 많이 빠진다."

머리카락이 빠지는 것조차 어머니와 연결하는 시인의 효심에 눈물이 납니다. 많은 반성을 하고 있습니다. 아이들이 잘 크는 모습을 보면서 이 세상 모든 분들에게 감사하는 마음을 갖습니다.

남양주시에 근무하면서 나산 선생님을 조금 이해하고 고종황제, 명성황후를 모신 홍릉 앞을 매일 아침저녁으로 지나면서 역사를 생각하게 되었습니다. 조선시대 수많은 분들도 시간과 세월의 흐름을 애석하게 생각하였겠지만 누구에게나 엄숙하게 다가와서 지나가는 시간과 세월임을 알고 있습니다.

公職者공직자로서 公務員공무원으로서 후회 없이 일했다고 생각합니다. 무거운 것을 들어도 일이고 가벼운 물건을 날라도 일이라고 생각합니다. 자신에게 주어진 업무를 충실히 하면서 주변을 돕는다면 錦上添花금상첨화일 것입니다.

주변의 선배, 후배, 상사, 동료들의 관심과 사랑을 받으며 공직자로서 열심히 일하고 후회 없는 삶을 살았다고 생각합니다. 긍정의 마인드로 생각하고 판단하고 실천하였다고 자부합니다.

나로 인해 다른 업무가 지연되는 것은 절대 안 된다는 자세로 일하면 될 것입니다. 나 때문에 다른 동료가 불편해도 안 될 일입니다. 잘 지켜내지 못한 나름의 좌우명이지만 그래도 조금이라도 스스로 정한 좌우명을 지키기에 노력하였다는 사실을 글로 남길 수 있어서 다행입니다.

모든 공무원들은 그 조직의 미래를 생각하며 오늘의 업무에 임해야 합니다. 지금 이 순간에도 이 글이 동료 여러분에게 전해진다는 점을 생각하면서 의도적인 표현이 들어간다는 느낌이 옵니다. 이 새벽에 일어나 컴퓨터 앞에 앉아서 글을 쓰는데 자꾸만 누군가가 이 글을 읽을 것이라는 사실을 의식하게 됩니다.

지금은 폐지되어 활용하지 않는 국민교육헌장의 공감 가는 한 구절이 떠오릅니다. "나라의 융성이 나의 발전의 근본임을 깨달아…" 1968년 10살 초등학생이 달달달 외웠던 이 문장이 당시로서는 참으로 멋진 명문이었습니다. 지금 시대에 적용해 보면 나의 발전이 시정의 발전이고 시의 隆盛이 나의 행복인 것입니다.

20대부터 써둔 글을 모아 보니 하나같이 좋은 자료가 됩니다. 2007년 장기교육, 2012년 연수교육 때 들은 강의내용을 정리했다가 필요한 것을 발췌하여 동료 후배 공무원들에게 배포하였습니다. 젊은 공무원이 힘들어 하는 언론관계, 행사 연설문, 보도자료 작성법을 간명하게 소개하였습니다.

구슬은 바늘과 실로 꿰어야 보배가 됩니다. 공무원 수첩 페이지마다 명문장이 들어 있으므로 이를 정리하였고 강의교재 표지에 명구를 집대성하였습니다. 그 자료를 주변의 동료 공무원들과 공유했습니다.

참으로 많은 공무원들을 만나고 이별했습니다. 지난 세월동안 과단위에서 만나고 이별한 이들이 어림잡아 1,000명(30명×30부서=900명)이 넘을 것이고 같은 국에서 근무한 이들을 계산하면 3,000명이 넘을 것입니다. 다 이름을 기억하지 못하지만 스쳐간 얼굴이 얼마나 많겠습니까.

특히 우리 시 남양주에서 지난 1년 동안에 만나고 눈빛인사를 나눈 분들이 공무원만 1,500명이 넘을 것이고 의원님, 언론인, 통장님, 자치위원님, 그리고 시민들 또한 500분에 달할 것 같습니다. 각종 위원회에서 만나 뵌 전문가들도 100명에 이를 것입니다.

공무원을 하면서 이런 계산을 별로 하지 않는 것 같습니다. 공직 40년 기간 동안 받은 발령장을 바인더로 보관하고 작은 책자로 인쇄하여 보관하는 이도 적을 것입니다만 공직생활 동안 만난 분이 몇 분인가를 헤아려 보는 경우도 흔하지 않은 사례라 하겠습니다.

특히 공직 30년을 하면 360번 봉급을 받는다는 간단한 계산 결과를 이야기하면 주변의 동료들은 지금까지 몇 번 월급을 받았는가 생각해 보지 않았다면서 그리 횟수가 많지는 않은 것 같다고 합니다. 저도 따져 보니 462번의 월급을 받습니다. 정확히 39년 8개월 근무하므로 476번을 받아야 하는데 병역 휴직으로 14번을 받지 않았으니 462번이 맞습니다.

▶▶ 운명적으로 남양주시 공무원입니다

저는 운명적으로 남양주시 공무원이 되었습니다. 그래서 행복하고 참 좋은 분들을 많이 만나서 좋았고 보람이 큽니다. 한 분 한 분 생각해 주시고 의논해 주시고 도와주셔서 감사드립니다.

우리 시 남양주는 茶山^{다산} 선생님을 더 크게 모셔야 합니다. 가장 왕성한 학문적 업적을 이룩하신 곳이 귀양지인 강진이고 茶山草堂^{다산초당}이라고 생각합니다. '다산초당'을 복제해서 남양주시 다산유적지에 짓고 싶습니다.

다산문화제 행사중에 霞帔帖^{하피첩}중 분실된 4첩을 채워 넣는 漢詩^{한시} 짓기 행사를 추가했으면 합니다. 부모의 입장에서 지어볼 수도 있고 자녀의 생각으로 채울 수도 있겠습니다.

저는 어느 날 한밤중에 일어나 다산 선생님의 목민심서, 하피첩을 워딩하여 배포하였습니다. 목민심서를 워딩하고 중요 한자를 찾아서 변환하면서 그 내용을 많이 이해하였습니다. 牧民心書^{목민심서}와 하피첩의 글은 더 많이 보급해야 할 참 좋은 글인 줄을 알게 되었습니다.

반성도 합니다. 도시의 미래 모습을 머릿속에 그리면서 일하여야 했습니다. 좀 더 크게 보고 깊이 생각하여야 하겠습니다. 자랑스러운 아름다운 자전거길이 더 풍성한 꽃길이 되도록 하는 방안을 연구했으면 합니다. 대한민국에서 가장 멋진 한강변을 2면이나 가지고 있으니 더 아름다운 강변도시로 나가는 길도 보일 것입니다.

원활한 사업추진, 사업예산의 확보 등 점진적인 역할을 했어야 하는데 부족함을 느끼고 있습니다. 예산 사업이 아니어도 각 부서가 적절히 활용하는 시스템적 접근이 필요하다는 생각을 하면서 다음번에 오신 분이 큰 역할을 해 주실 것으로 기대합니다. 양평과 광주와 하남에서 남양주시를 넘나드는 교량이 랜드마크가 되었으면 합니다. 장기 프로젝트로 漢江^{한강}물에 잠긴 듯 떠있는 한국적인 '오페라하우스'를 건설하는 상상을 해 봅니다. 관객이 가져온 차량은 다산 선생님의 배다리 위에 주차하면 됩니다.

다산 선생님의 欽欽新書^{흠흠신서}를 모티브로 한 백성을 위한 공연장을 만들고

牧民心書^{목민심서}에 기반을 둔 객석을 꾸미는 것입니다.

거대한 茶山像^{다산상}을 중심으로 100명 연주자의 무대를 거중기에 올려 객석 앞을 오가며 연주를 하는 것입니다. 무대 지붕은 다산초당을 본떠 올 수도 있을 것입니다. 백성을 고르게 잘 모시자는 다산 선생님의 牧民心書^{목민심서} 정신에도 부합하는 설계가 나올 수 있을 것입니다.

광릉 숲에는 국제회의장을 건설하였으면 합니다. 아이디어 회의, 브레인 스토밍, 명상회의 등 다양한 주제와 모티브를 구상할 수 있습니다. 맑은 물 한 병을 들고 들어가서 광릉 숲 안에 유리로 만든 투명 회의장에 들어가서 맑은 공기로 호흡하며 머리를 맞대고 회사, 조직, 협회의 미래를 의논하는 것입니다.

각국의 정치인들이 국가의 장래를 논의하는 國際會議場^{국제회의장}을 상상해 보는 것입니다. 숲의 치유기능을 활용하고 맑은 공기와 풍성한 자연의 신록 속에서 더 넓은 상상의 세계를 펼쳐 볼 수 있게 하는 명품 회의장을 만들고 싶습니다.

일체의 환경오염원을 차단하고 오로지 몸만 들어가서 산소로 호흡하고 이산화탄소를 배출하고 회의장에서 나오는 프로그램을 제안하는 것입니다.

광릉 숲 축제기간에 만난 나비들을 기억합니다. 길옆을 장식한 548년(세조, 1417~1468) 동안 이어온 자연 들꽃을 생각합니다. 1468년 세조가 이곳을 방문하여 묘역으로 정한 후 내린 "풀 한 포기 나무 한 그루 건드리지 말라"는 御命^{어명}이 이처럼 잘 지켜진 현장입니다.

수동에서 축령산을 관통하여 가평 남이섬에 이르는 터널을 건설하고 싶습니다. 관광객들이 서울을 출발하여 조안 슬로시티, 수동 관광지에서 저녁을 먹고 아침에 이 터널을 달려 가평 남이섬을 관광한 후 돌아오는 1박2일 코스를 개발하고 싶습니다. 지금 당장은 받아들이기 어려운 제안을 하고 있습니다만 상상은 영화가 되고 영화는 현실이 되며 空想^{공상}에서 想像^{상상}이 나오고 상상에서 프로젝트가 탄생하는 것입니다. 시가 발전하는 데 기여하면서 자신이 공직 인생을 살찌우고 더 넓은 나의 삶을 키워가는 것입니다.

출근길에 시간을 내서 홍유릉 뒷길을 수십 번 걸었습니다. 1년간 살았던 GS 아파트에서 시작하면 사무실까지 50분이 소요됩니다. 평온하고 행복한 산책길입니다. 의친왕, 덕혜옹주, 영친왕을 만나고 고종황제와 명성황후를 뵙습니다. 그리고 시청에 출근하여 열심히 일하고 퇴근길에는 명성황후, 고종황제, 순종황제님께 인사드리며 집으로 갑니다.

수백 번 오가면서 생각한 것이 있습니다. 조선의 역사를 한눈에 배울 수 있는 조성왕릉 미니어처를 만들고 IT를 접목하여 역사를 배우는 '太祖^{태조}에서 高宗^{고종}까지 역사마을'을 만들고 싶습니다. 홍유릉 뒤편 길 U자형 토지 안에 조성하고 싶습니다.

전국의 초중고생이 반드시 방문하는 코스가 될 것으로 생각합니다. 현장교육과 IT를 접목한 현장에서의 살아있는 歷史教育^{역사교육}의 새로운 名所^{명소}가 될 것입니다. 미니어처 코스마다 스마트폰을 연결하고 이어폰을 통해 왕과 조선의 역사에 대해 듣고 映像^{영상}을 통해 각종 자료사진을 만날 수 있게 설계하기를 기대합니다. 1박2일 코스로 와서 오전과 오후 그리고 밤에 다니면서 조선시대 역사의 큰 그림을 머릿속에 그리게 될 것입니다.

지금 함께 근무하는 공직자들은 몇 년 내 100만 남양주시를 달성하는 초석입니다. 歷史^{역사}의 증인이 되고 主人公^{주인공}이 되는 것입니다. 그런 자긍심을 바탕으로 눈을 크게 뜨고 시선을 좀 더 멀리 보내시기 바랍니다.

지난 10년 동안 8272센터에서 484,000건의 시민 민원을 처리하였습니다. 이석우 시장님의 제안으로 시작된 전국 타자치단체에 사례가 없는 독특한 시스템으로 시민의 행복을 업그레이드하였습니다. 시간상 10분 거리 안에 체육관, 도서관, 시정을 만나는 행복 '10minute'를 이룩하는 참 좋은 시책이며 앞으로도 계속 업그레이드해 나갈 일입니다.

어느 행정기관이나 민원인이 전화를 걸면 부서마다 소관이 아니라 하고 해당 과에서도 담당자가 누군지 불분명하고 담당자가 있어도 자리를 비우거나 다른 일로 통화중이거나 회의를 하면 민원인은 같은 말을 3~4번 반복해야 하는 어려움이 있습니다.

하지만 남양주의 대표 시책중 하나인 8272센터는 일단 전화를 걸면 통화가 되고 설명을 하면 즉시 처리되는 참 좋은 시책인 것입니다.

남양주시의 선진화된 복지 또한 지방의 정책을 中央^{중앙} 시책으로 반영한 사례입니다. 희망케어센터는 행정과 민간이 融合^{융합}하여 복지사각지대를 없애고 예산과 민간의 참여, 봉사가 어우러지는 복지 축제의 장이라 할 것입니다.

눈이 조금만 내려도 현장에서 먼저 움직이는 남양주시 공무원이 자랑스럽습니다. 사고가 나면 즉시 달려가는 민첩한 공무원이 尊敬^{존경}스럽습니다.

8272는 경찰, 소방, 가스, 전기, 통신 등 국가기능, 민간기능까지도 포괄하는 참으로 폭넓은 업무를 현장에서, 필드에서 機敏^{기민}하게 움직이며 처리하는 참 좋은 조직이고 부서이며 참으로 착한 공무원이고 임직원들입니다.

이와 함께 경제 활성화를 위한 노력, 징수징세에 전심전력하는 모습, 환경관리, 하천관리, 녹지와 공원업무, 도시, 주택, 건축, 지적, 교통, 건설, 도로, 평생교육, 수도급수, 하수도 관리, 보건업무, 농업기술 지원, 풍양출장소, 의회사무국, 읍면동면에 이르기까지 우리 남양주시 동료 공무원 모두가 하나같이 일당백입니다.

언제 어디에서나 누구를 만나도 '당당한 남양주시 공무원' 임을 자랑하는 여러분을 존경합니다. 그리고 거듭 우리의 손으로 100만, 150만 남양주시를 건설하고 이끌어 나갈 것을 다짐하여 주시기 바랍니다. 저도 공직을 떠납니다만 '한 번 海兵^{해병}은 영원한 해병'인 것처럼 '남양주시 공무원인 것은 不變^{불변}'이며 시가 발전하면 보람이 차오르는 일이고 어려움이 닥치면 함께 힘을 보태는 마음으로는 '영원한 남양주시 공무원'으로 함께 할 것입니다.

▶▶ 작은 해명 또는 설명

제가 퇴임식 행사를 하지 않은 이유는 간단합니다. 다른 분이 불편하지 않도록 해야 한다는 생각에서 퇴임식을 하지 않습니다. 제가 人事^{인사}를 다니면 될 것을 수백 명이 회의실에 모이는 것은 불편한 일이고 비효율적인 상황이라고 보았습니다.

> 남양주시 이강석
> 명예퇴직을 명함.
> 2017년 1월 6일
> 남양주시장 이석우

이강석 남양주시 부시장 퇴임
2017. 01. 06. (금) / 남양주시청
동료 공무원들이 격려의 메시지를 써 주었습니다.

　그동안 여러 번 취임식을 생략하고 동료 여러분과 대화를 하면서 만남을 시작하였습니다. 이임식은 더구나 생략하였습니다. 각 部署^{부서}에 가서 인사를 드리는 것이 도리이고 이 세상의 이치라고 생각합니다.

　취임하는 날 구내식당에 찾아가서 인사한 것과 마찬가지 맥락으로 퇴임인사도 사무실로 가겠습니다. 모든 사무실에 인사 가지 못함을 용서하시기 바랍니다. 모든 부서에 가서 인사드리지 못하기에 하고 싶은 말이 많아지고 그래서 이 글이 자꾸만 길어지고 있습니다.

　이제 새벽 1시, 불면의 밤에 형식과 격식에 맞지 않는 어눌한 문장으로 마음속 이야기를 꺼내어 적어봅니다. 형식과 격식은 중요하지 않다고 생각합니다. 진리를 말하는 방에는 粧飾^{장식}을 할 필요가 없다는 말을 들었습니다. 저의 잘못으로 불편함이 있으신 분께서도 새해를 맞아 모두 다 용서해 주시기를 간청 드립니다. 제 생각이 부족하여 저의 不德^{부덕}으로 인해 마음 상하신 분들에게 위로의 말씀 올립니다.

　좀 더 잘하고 싶었는데 다하지 못한 안타까움을 反面敎師^{반면교사}로 삼아 공직 이후의 직장에서는 더더욱 열심히 노력하고자 합니다. 남양주시의 더 큰 발전을 기원합니다. 이제 2016년을 보내는 종소리가 시작됩니다.

　그 동안 여러분과 함께해서 행복했습니다. 감사합니다. 고맙습니다.

2016. 12. 31 밤 12시에

不肖^{불초} 이강석 드림

▶▶ 경기테크노파크

경기테크노파크에 근무합니다. 공직 내내 행정파트에서 근무하였는데 이제는 중소기업을 지원하고 응원하는 공기관에서 전문가와 함께 소통하고 공유하면서 상호 補完財^{복완재}가 되어 일하고 있습니다. 정부, 경기도, 안산시, 그리고 도내 시군이 참여하는 재단법인 경기테크노파크는 경제 활성화, 산·학·연·관의 협력, 기술고도화, 창업지원, 기술혁신 업무를 추진합니다.

주요 업무는 창업지원, 기술닥터, 지식재산권 관리지원, 스마트제조혁신 센터, 마케팅 지원, 3D프린팅, 드론산업, 정책연구, 에너지 정책 등입니다.

산업기술단지 면적은 19만1천㎡이며 이 넓은 단지 안에 경기테크노파크, 한국산업기술시험원, 한국전기연구원, 한국생산기술연구원이 함께 있고 한양대학교, LG이노택, 고대 안산병원, 한국생산기술연구원, 농어촌연구원 등과 함께 '지역혁신 클러스터(ASV=안산 사이언스 밸리)'를 구성하고 있습니다.

2017년은 4차 산업혁명에 대한 논의가 시작되는 시기입니다. 경기테크노파크에서 4차 산업이 태동하고 있으며 경기도와 안산시가 경기도 경제와 대한민국 산업을 先導^{선도}할 것입니다.

그 현장이 바로 경기테크노파크와 안산사이언스밸리가 될 것입니다. 공직의 경험을 살려 민간에서 소통하는 길을 찾아 함께 배우고 있습니다.

최근에는 스마트공장, 드론, 3D프린트 등 첨단분야 사업을 추진하고 있고 전시장, 박람회, 토론회 등에 참석하여 중소기업의 미래를 공유하고 함께 고민하고 있습니다. 微力^{미력}이나마 國家發展^{국가발전}에 기여하고 있어서 행복합니다.

▶▶ 마치는 글

글 쓰는 일, 책을 내는 일이 이처럼 어려운 일인 줄을 좀 더 일찍 알았었다면 감히 시작을 하지 않았을 것입니다. 다른 분들의 책을 보면서 지난 40년 동안 늘 부러워하고 멋지다 하면서도 이렇게 힘든 작업이라는 사실을 알지 못한 것이 차라리 다행스럽기도 합니다.

뒤늦게 깨닫고 그동안 다른 분들의 出刊^{출간}의 고통을 대수롭지 않은 일로 생각한 점에 대해 큰 反省^{반성}을 하고 있습니다. 일일이 용서를 빌어야 하는 것인가도 생각할 정도입니다. 우선은 긴 문장 많은 글속에서 큰 흐름을 잡지 못하여 송구하고 죄송합니다.

어느 작가님이 단어 한 개를 표현하기 위해 하룻밤을 꼬박 지새우셨다는 이야기를 들은 바 있습니다. 평생을 글을 쓰는 작가로 살아가면서 자신의 글속에서 단어 하나를 선택하기 위해 하루 검은 밤을 하얗게 지새우셨다는 말씀을 들으면서 작가님들에게 존경과 함께 감흥을 받은 바 있습니다.

그런데 저는 읽어 보신 바와 같이 고민이 없었습니다. 그래서 거듭 송구합니다. 그리고 큰 경험이 되었습니다. 다음 책을 출간할 때에는 거친 돌 틈에서 금가루를 캐는 '鑛夫^{광부}의 심정' 으로 노력하겠습니다.

내 생각이 갈기갈기 찢기는 고통스러운 과정 속에서 한 글자 한 문장 한 페이지를 채워가는 노력을 기울이겠습니다. 그것이 이 책을 어설프게 세상에 내어 놓는 잘못을 사죄하는 길이라 생각합니다.

독자 여러분께 용서를 구합니다. 송구하고 죄송합니다. 표현이 서툴러 부족한 표현이 있다는 점도 널리 살펴 이해하여 주시고 이야기가 중복되는 부분도 살펴서 바다 같은 마음으로 海諒^{해량}하시고 보살펴 주시기를 바랍니다.

이 책이 서점 진열대에 올려지도록 정성을 다해 준 오랜 친구 한누리미디어 김재엽 대표와 김영란 여사, 직원 여러분께 감사드립니다.

2017년 6월에

불초 이 강 석 올림